Alarm in einer nordböhmischen Industriestadt! Ein brauner, klebriger Niederschlag, zunächst nur ein harmloser Dauerregen, versetzt die Einwohner in Angst und Schrecken, denn die zähflüssige Smogmasse, Massit genannt, verwandelt sich in gewaltige Klumpen, die sich gleich bösartigen Spukgestalten auf die Menschen stürzen. Doch die Stadtbewohner wehren sich, sie evakuieren Kinder und alte Leute ins nahe Gebirge und schließen sich zu Kampftrupps zusammen, die auf die Massitkolosse mit scharfen Scheinwerfern und Knüppeln losgehen. Das Multitier weicht zurück, hinterläßt aber einen braunen Staub, ein gefährliches Gift, das die Willenskraft der Menschen lähmt und der Anarchie Tür und Tor öffnet. Alle Kraft ist nötig, um auch diesen Feind zu besiegen, der jederzeit wieder über die Stadt herfallen kann.
Dem Gedenken Karel Čapeks, dessen Roman »Der Krieg mit den Molchen« weltweites Aufsehen erregte, ist dieses Buch »in Demut und Liebe gewidmet«, ein Science-fiction-Roman, der auf fesselnde Weise versucht, ökologischen und ethischen Problemen einer nicht allzu fernen, phantastischen Zukunft auf den Grund zu gehen.

Von einem Fels der Helle bin zersplittert ich
in tausend Schmetterlinge und Vögel.

Miroslav Florian

Vladimír Páral

Der Krieg mit dem Multitier

Phantastischer Roman

Aus dem
Tschechischen von
Gustav Just

Verlag Volk und Welt
Berlin

ISBN 3-353-00161-1

1. Auflage

L. N. 302, 410/30/87
Originalausgabe: *Válka s mnohozvířetem*, erschienen bei
Československý spisovatel, Praha 1983;
Printed in the German Democratic Republic

Einbandentwurf: Gerhard Bunke
Satz, Druck und Einband: Karl-Marx-Werk Pößneck V15/30
LSV 7234
Bestell-Nr. 648 591 2

00720

Das Multitier

01

(science-fiction)

Der größte Erfolg der zeitgenössischen Zivilisation
besteht darin, daß sie Wesen geschaffen hat,
die sie zu überleben vermögen.

Marcel Pagnol

I

AM DIENSTAG, dem 18. November, wird es in Böhmen bewölkt mit Aufheiterungen sein, im Gebirge klar, Nachttemperaturen null bis -2 Grad, höchste Tagestemperatur 3 bis 5 Grad. In den Industriegebieten nimmt die Bewölkung (braunen Typs) tagsüber zu, in den Nachmittagsstunden stellenweise Tropfenfall (braunen Typs).

Kurz nach Mittag trieb der Westwind schwere braune Wolken über die hunderttausend Einwohner zählende Bezirksstadt Ústí, und die Teilnehmer der Beratung im Arbeitszimmer des Generaldirektors der »Nordböhmischen Lebensmittelbetriebe« (NBLB) schienen in dem bräunlichen Dämmer zu erbleichen.

»Ein weiterer Punkt ist die Entscheidung über die Kollektion unserer Lebensmittel für die Messe in Mailand. Es referieren Doktor Rohan und Ingenieur Bimoň«, las die Sekretärin vom Block ab und knipste das Licht an. »Allerdings ist bereits ganz Norditalien verseucht, so daß die Messe kaum stattfinden wird.«

»Und wir werden in ein paar Tagen überhaupt keine Lebensmittel mehr haben. Geschweige denn für die Messe.«

»Wir dürfen nicht aufhören, an die Zukunft zu denken. Rufen Sie sie herein!« entschied der Generaldirektor und konzentrierte sich auf die beiden Männer im weißen Kittel, die Tabletts mit ihren Mustern für Mailand hereinbrachten.

Der selbstbewußte Eda Rohan begann selbstverständlich als erster und bevor ich ihn noch dazu aufgefordert hatte. Unser berühmter Autor von bittersüßen Spezialitäten. »Industriekünstler« nennt er sich in seinem Dünkel, aber seine Käseschokoladen, Apfelrindspaste in der Tube und Salzbonbons sind der beste Exportartikel der NBLB und eine beständige Valutaquelle. Schließlich habe ich mir für ihn den Titel »Konzernhauptspezialist« ausgedacht, damit er tun kann, was er will, wofür er monatlich 8000 einsteckt. Und noch mehr kriegt er für seine Patente und Lizenzen. Außerordentlich tüchtig. Aber Neigungen zu Unernst bis Dreistigkeit. Nicht mal gegrüßt hat er mich beim Eintreten. Ein ewiger Spötter und Witzereißer – jetzt serviert er uns das Zeug auf dem Tablett wie ein Barkellner!

Aber die Sache ist es wert. Biercremeeis, rosa Emmentaler mit Johannisbeeren, goldbraune Lammkaramellen und die exklusive »Jägerpastete« aus Hasenklein, Mandarinen und Vogelbeeren – eine hübsche Garnitur von Hits und in Mailand garantiert eine Goldmedaille.

Falls freilich dieses Mailand nicht vorher in dem braunen Meer versinkt.

Standa Bimoň hingegen hat nichts Neues. Diese »ökonomischen Lebensmittel« – ich weiß, sie sind auf wissenschaftlicher Basis entwickelt, ökonomisch vorteilhaft und dereinst leider unvermeidlich auf unserer alten und immer mehr und immer schneller überbevölkerten Erdkugel – auch darüber lese ich dauernd. Aber könnte man sich nicht wenigstens ein bißchen schmackhaftere ausdenken?

Der Generaldirektor besichtigte ohne Begeisterung Bimoňs *Ökolebensmittel*, viereckige Plättchen eines weißgrauen Netzwerks, in dessen unverdauliches Gewebe die entsprechenden Nährstoffe maschinell injiziert werden. Nach dem Genuß und bei der Verdauung bleiben die Nährstoffe im Körper, während das Netzwerk (oder der Gitterträger aus inerten Polymeren) unversehrt bleibt und nach – mhm – dem Passieren des Verdauungstrakts nicht hinuntergespült, sondern herausgeklaubt und gewaschen wird und, ähnlich wie vom Altstoffhandel aufgekaufte Flaschen, in die Distribution zum weiteren Gebrauch zurückkehrt. Der polymere Gitterträger läßt sich vierhundertmal verwenden, seine Lebendauer beträgt sechs Jahre, und der Hauptvorteil besteht in der radikalen Einschränkung des Abfalls, der uns bereits zuzuschütten droht.

Und auf dieser wissenschaftlich-technisch-ökonomischen Basis hat Standa Bimoň für Mailand das »Ökogrundbrot« (graue Netzplättchen) bereitgestellt, ferner »Individuelles Ökobrot« (die gleichen Plättchen, einstweilen ohne Nährstoffe, die der Verbraucher selber entsprechend seinem persönlichen Harmonogramm injiziert), in 16 verschiedenen Programmen für schwer oder leicht Arbeitende, Diabetiker, Sportler, schwangere Frauen usw., sowie die Kindergarnitur »Der kleine Kostgänger« – die gleichen Plättchen, in die die Kinder Eiweißstoffe, Fette und Vitamine hineinstechen, damit sie sich von klein auf an die Ökonahrung gewöhnen.

Die armen Kinder. Als ich zur Schule ging, pflückte ich mir die Kirschen in unserem Garten direkt vom Baum. Und Mutters Quarktäschchen! Oder Kartoffelpuffer!

»Du mußt doch einsehen, Standa, daß wir damit nicht nach Mailand können.« Schon wieder spricht Eda Rohan. Hab ich ihm denn das Wort erteilt?

»Die Ökolebensmittel sind die einzige Antwort auf die wissenschaftlich-ökonomische Prognostik und den Welttrend«, verteidigt sich Bimoň und läuft rot an. Unsere zwei Kampfhähne sind schon wieder aneinander. Ich gebe ihnen dafür fünf Minuten.

»Die einzige bestimmt nicht!« fällt ihm Rohan ins Wort. »Wenn du sie wenigstens färben und aromatisieren würdest! Oder zumindest, sagen wir, in runde Plätzchen, Kränzchen, Hörnchen schneiden . . .«

»Färben, parfümieren und maniküren!« braust Bimoň auf, »wie du dein unseriöses bittersüßes Zeug, nicht wahr! Und warum nicht gleich süßsauer oder bittersalzig?«

»Bittersüß ist ein Ausdruck unseres Lebens.«

»Auf diesem Niveau gedenke ich nicht zu diskutieren.«

»Es ist für dich zu hoch, ja, du Standardstanda!«

»Armselige Wortspiele sind tief unter meinem Niveau. Übrigens braucht unser Betrieb solid standardisierte und perspektivische Produkte bestimmt mehr als diese Exzentrizitäten. Mit einem Beigeschmack von Scharlatanerie!«

»Und wer braucht deine grauen Vierecke? Die aussehen wie zerschnittene Scheuerlappen? Und genauso schmecken?«

»Ich habe meine Muster von Ökobroten auf der Grundlage der Fachliteratur aus der ganzen Welt projektiert.«

»Aus der du sie gerade man herausgelesen hast. Und dazu hast du nur noch Polymernetze bestellt und kleine Bissen von wirklichem Essen reingepiekt. Und dann verlangst du von den Kindern, daß sie es selber reinpieken.«

»Ich verwahre mich energisch gegen ...«

»Jetzt aber Schluß, ihr zwei! Sollen die anderen ihre Meinung sagen«, griff der Generaldirektor ein. Eda Rohan übertreibt wie immer, aber ein bißchen hat er recht, Bimoň ist zwar gewissenhaft und strebsam, doch viel Invention und Originalität steckt nicht in ihm. Alles übernimmt er nur, arbeitet es aus und appliziert es – dafür genügen die 3000 monatlich völlig. So was kann doch jeder.

Nach kurzer Diskussion notierte die Sekretärin, daß die NBLB die Mailänder Messe mit der Kollektion von Dr. E. Rohan beschicken werden, worauf sie den Hauptpunkt der heutigen Beratung vorlas: »Die NBLB bei Ausrufung des Verseuchungszustands. Es referiert der Leiter des Krisenstabs.«

»In voller Einsatzkraft haben wir alle vierzig AM-Lichtwerfer und sechzehn Antimassitpropeller bereitgestellt«, legte der damit beauftragte Stellvertretende Direktor los. »Allerdings unter der Voraussetzung, daß wir gezwungen sein werden, die gesamte Betriebsenergetik einschließlich des Kesselhauses abzuschalten und mit einer drastisch eingeschränkten Zuteilung von elektrischem Strom zu rechnen.«

Der Generaldirektor trat müde ans Fenster und öffnete es. Die schweren braunen Wolken bildeten bereits einen geschlossenen tiefhängenden Schleier, und über die Scheibe rannen die ersten Tropfen einer glitschigen gelbbraunen Gallerte.

Es geht schon los. In ein paar Tagen wird's uns überschwemmen ...

HEUTE WISSEN WIR, daß Massit, diese braune, vor allem in Industriegebieten und über Großstädten in wachsenden Mengen vorkommende Masse, aus Abfallstoffen aller Art entsteht. Rauch aus Fabrikschornsteinen, Industrieexhalationen, Auspuffgase der Automobile, gefördertes taubes Gestein, Fabrikabfälle, Schlacke, Asche, Staub, Verschmutzungen der Flüsse, städtische Abwässer und der Inhalt der Mülltonnen – dies alles setzt sich zu der braunen Verpestung eines immer ausgedehnteren Territoriums zusammen. »Bildlich gesprochen«, sagte Professor Janík von der Prager Universität unserem Korrespondenten, »ist unsere Erdkugel an Bronchialkatarrh, Schnupfen und schwerem Durchfall zugleich erkrankt. Es bleibt nur zu hoffen, daß sich daraus nicht am Ende Krebs entwickelt.«

EINE WAHNSINNIG GEWORDENE MASSE? Die Analyse von riesigen Ballen der braunen Masse, die sich in der Stadt Leeds, dem Zentrum der britischen Stahlindustrie, zu meterhohen Wehen aufgetürmt hat, bestätigte die Befürchtungen der Wissenschaftler. In dieser braunen Gallerte des »Typus Leeds« entdeckten sie eine Mikrostruktur, die an das verderbliche Wachsen und Wuchern von Krebszellen im menschlichen Organismus erinnert. Für die braune Masse schlugen sie deshalb die neue Benennung »Cancerit« vor. Ihren Ursprung aus Abfallstoffen aller Art drücken die früheren Benennungen aus wie »Degrad«, »Destrukt« und »Dekomposit«, ihre braune Farbe die sowjetische Bezeichnung »Skoritschmass«, die angloamerikanische »Brownit« und die deutsche »Braunit«, den Expansionsdrang ihres Wachstums »Expandit«, ihr wahnsinniges Wuchern »Entropin«, »Chaotit«, aber es gab auch solche Vorschläge wie »Idiotin« und »Katastrophit«.

Immer offensichtlicher wird jedoch der gemeinsame Ursprung und die Entwicklung jeder einzelnen Form dieser verpestenden Masse, für die heute am häufigsten der ursprüngliche Name »Massit« benutzt wird.

II

Doktor Edvard Rohan (42), groß und schlank, mit gebräuntem länglichem Gesicht, trat frohgestimmt aus dem Verwaltungsgebäude auf den Hof, der jetzt an einen Flugplatz bei Dreharbeiten erinnerte. Auf vier Meter hohen Ständern steckten drei unförmige Antimassitpropeller, und in dem Gewirr der über den asphaltierten Parkplatz verteilten Kabel schloß die Elektrikerbrigade die Batterie der AM-Lichtwerfer an.

Bald wird's auf uns runterfallen, aber so werden wir der Sache wohl Herr werden, nicht?

»Guten Tag, Herr Doktor!« Polda Štrunc, in dunkelblauer Pförtneruniform, eine PVC-Krawatte am Gummiband um den Hals, die schwarzen Dienstschuhe spiegelblank gewienert, salutierte schneidig.

Er tut, als würde er das alles leiten, und dieses braune Unheil freut ihn vielleicht sogar.

In Pavillon C nahm Eda immer zwei Stufen auf einmal, und im Vorzimmer seines Ateliers rief er seiner Sekretärin Tina Trnková zu: »Ich hab Mailand gewonnen!«

»Du gewinnst immer, Eda!« Seine Sekretärin lächelte ihm zu.

Meine Tina ist ein prima Mädel, aber sie ist von Pech verfolgt. Ihr Neuvermählter Tibor, unser Chauffeur, ist ein Jahr nach der Hochzeit zu einer anderen Mieze gezogen. Zu Hause höre ich oft durch die Wand, wie sie in einem fort diese fünf abgespielten Kassetten laufen läßt, die schon das ganze Haus kennt, und manchmal die halbe Nacht. Allein. Und das ist bestimmt nicht gut für so eine junge Mutti.

»Wollen wir's feiern, Tina?«

»Heute hast du keine Zeit.«

»Aber! Das möchte ich sehen!«

»Bimoň hat bis abends Dienst im Krisenstab.«

Also weiß Tina das schon von mir und Leona Bimoňová ... Eine gute Sekretärin soll freilich alles wissen – aber Frechheiten werde ich nicht dulden.

»Das interessiert mich überhaupt nicht. Und dich sollte es auch nicht interessieren!« sagte Eda kühl. »Verbind mich mit meiner Frau!«

Tina biß sich auf die Lippe, wählte die Nummer der Stadtbibliothek, verlangte Frau Doktor Rohanová und übergab dem Chef den Hörer.

»Hier Eda. Grüß dich, Liebling! Ich hab dieses Mailand gewonnen! Ich eile zu dir, wir machen uns einen schönen Tag, ja?«

»Verzeih, Eda«, sagte dann Tina Trnková. »Ich wollte nicht...«

»Vergiß es«, sagte er und trat in sein Atelier. Auf beiden großen Tischen ein wildes Durcheinander wie nach einer Schlacht, Dutzende Muster von orange- und rosafarbenem Emmentaler, Vogelbeeren, Lamm- und Hasenfleisch, Überreste einer zweimonatigen Rackerei, dazu weitere siegreiche Kollektionen für eine weitere Messe – ungeduldig fegte er alles zusammen, warf es in den Trichter der Abfallmühle und schaltete den Strom ein. Mein süßbitterer Hit – jetzt schon ein Standardprodukt, wie auf dem Fließband. Und die Goldmedaille aus Mailand wird sich der General unter Glas ins Vorzimmer hängen.

Die elektrische Brechmühle röchelte, knackte und schmatzte widerlich, Eda Rohan stand still vor der verglasten Karte seiner SPINNWEBE und fuhr leicht mit den Fingern beider Hände darüber. Mein Meisterwerk: Milch, Eier und Gemüse direkt von den Farmen, Mehl aus kleinen Elektro- und Windmühlen und Obst direkt von den Bauern – all das strömt zentripetal, aus dem Zentrum gegenströmig Salz, Gewürz und Verpackungsglas. Erzeugung und Distribution in jedem Abschnitt des Netzes SPINNWEBE. Schluß mit den Mammutgroßproduktionen, Gefrierhäusern, Darren, Lagern, synthetischen Zusätzen, Farbstoffen und all diesen künstlichen, maschinellen Lebensmitteln – an jedem Ort unmittelbar im Terrain Zubereitung schmackhafter, gesunder Speisen aus frischen Rohstoffen. SPINNWEBE bedeckt ganz Böhmen und in Verbundnetzen den ganzen Kontinent.

Mein Meisterwerk ist einstweilen nur dieses Stück Papier hinter Glas. Wann werde ich endlich dazu kommen? Heute wieder nicht mehr. Ein weiterer verlorener Tag.

Eda verließ das Atelier; auf dem Parkplatz stieg er in seinen schnittigen italienischen Luxussportwagen und fuhr über die ausgelegten Kabel der Antimassit-Lichtwerfer in die Stadt. Ein Konzernhauptspezialist braucht sich bei keinem

Generaldirektor freizunehmen, der ihm die Goldmedaille stiehlt.

Er parkte vor der Stadtbibliothek und beobachtete vom Flur durch die Glastür der Theaterabteilung eine Weile mit Wohlgefallen seine Frau. Meine Pavla ist bildhübsch, mit neununddreißig hat sie noch ihre Mädchenfigur. Nach achtzehn Jahren Ehe erregt sie mich immer noch. Die um zehn Jahre jüngere Leona ist neben ihr nur ein schmutzigbrauner Schatten.

»Mach Schluß hier, wir fahren raus!« rief Eda seiner Frau fröhlich zu.

»Das kannst du, ich nicht«, sagte Pavla Rohanová. »Wie oft habe ich dir gesagt, daß ich bis fünf arbeite.«

»Da machst du eben heute eine Ausnahme!«

»Es geht wirklich nicht, Eda. Um halb fünf kommen die Jungs vom Gymnasium, sie wollen sich die Tschechow-Stücke holen.«

»Dann läßt du sie eben bei der Sekretärin.«

»Aber sie wollen von mir beraten werden.«

»Dann hinterläßt du ihnen bei der Sekretärin eine Nachricht.«

»Ich hab's ihnen versprochen«, sagte Pavla, jetzt schon eigensinnig und gereizt.

Dauernd denkt sie, ich würde ihre Arbeit unterschätzen, dabei achte ich sie fast zu sehr. Aber wenn Pavla so wenig Zeit für Freude bleibt ... Meine Frau ist natürlich wunderbar, doch mehr bei Unannehmlichkeiten und schlechtem Wetter.

»Und ich hab mich so gefreut«, sagte er gedehnt und enttäuscht.

»Du denkst dauernd, meine Bibliothek sei eine Art Taubenschlag. Also sei nicht böse und hör zu, du kannst einstweilen einkaufen und die Sachen im Auto lassen. Könntest auch Michals Hosen in der Reinigung abholen. Ich versuche ihn inzwischen anzurufen, und wir könnten alle drei zusammen ins Kino ...«

»Michal geht doch längst nicht mehr gern mit Mammi und Pappi wohin. Du vergißt, daß er achtzehn ist!«

»Und du vergißt zuweilen, daß du überhaupt einen Sohn hast. Ich hab's gut gemeint, aber mach, wie du willst. Es ist dein Tag.«

»Ich wollte, daß er unser ist.«

»Eda, du weißt doch . . .«

Pavla ist traurig geworden, und ich weiß genau, was ich ihr gerade jetzt sagen sollte und könnte, was sie erwartet und was die Wahrheit ist – aber dabei höre ich mich schon, wie ich ihr etwas ganz anderes sage, was sie verletzt: »Also verzeih, daß ich dich gestört habe, und bestell deinen Jungs vom Gimpel einen schönen Gruß.«

Das hat sie verletzt.

Wütend – vor allem auf sich – tigerte Eda unschlüssig auf den Asphaltwegen des kleinen Bibliotheksparks auf und ab. Wenn ich mich ein bißchen abgekühlt habe, sollte ich noch einmal zu Pavla gehen und ihr sagen . . . Vielleicht nur ihr Gesicht in beide Hände nehmen, und wir werden wieder eins sein. Ach ja! Aber ich habe jetzt eben eine zweimonatige Schinderei runtergerissen, bin abgerackert und muß mich abreagieren. Wein, Freude, Lachen, Genuß . . . Ich hab jetzt nicht die geringste Lust, einzukaufen, dem Sohn die Hosen aus der Reinigung zu holen und mit der Familie ins Kino zu gehen!

In den novemberkahlen Baumkronen rauschte brauner Regen, zerrann klebrig auf dem Asphalt, und Eda wischte sich angewidert die gallertigen Massittropfen vom Gesicht. Eine ekelhafte Schweinerei, von oben und innerlich. Und in ein paar Tagen . . .

In dem walzenförmigen Abfallkorb aus Blech begann es zu blubbern wie in einem Sumpf, weggeworfene Bananenschalen, Apfelgriebse, ein angeknabbertes Hörnchen, aufgeweichte Pappbecher, zerknüllte Zeitungen, ein zerbrochener Taschenkamm und Zigarettenkippen, alles war rasch durchnäßt, schäumte, blähte sich auf, dem braunen Regen entgegen, und paarte sich gierig mit ihm – da verbindet sich die niedere Form der Abfälle zu höheren –, bis der Blechzylinder überquoll, ein Rinnsal gelbbrauner Gallerte von frischgeborenem Massit auf den Asphaltweg sickerte und sich dort gierig mit einer ausgedehnten braunen Pfütze vereinigte.

Der Regen wurde stärker. Aus dem Gezweig einer riesigen nackten Buche kroch ein Bächlein der braunen Masse den Stamm hinunter und mündete in die Massitpfütze, die durch das frische Rinnsal mit dem Inhalt des Abfallkorbes verbunden war, alles verschmolz mit einem Schlage und schien sich zu beleben – die plötzlich zehn Meter lange braune Schlange, den Schwanz im Gezweig der Buche, tankte aus dem Korb gierig die bereits gereiften Abfälle, die in nassen Flocken über den Rand des Blechzylinders glitten und in den sich verdikkenden Schlangenleib gesogen wurden, wie wenn im Terrarium eines zoologischen Gartens eine Tigerschlange weiße Labormäuse verschlingt. Es gibt eine Theorie, wonach das gesamte Massit auf der Erde, in braunen Wolken, braunem Regen, Flocken, Pfützen und wachsenden Wehen, möglicherweise ein einziger riesiger Organismus ist . . .

Eda lief es kalt über den Rücken, er warf den Zigarettenstummel in die Pfütze, wo er nur kurz aufzischte, naß wurde und aufschäumte – in ein paar Sekunden war die braune Kippe bereits mit der braunen Flüssigkeit verschmolzen. Klebrig braune Tropfen regneten Eda auf die Stirn, sammelten sich in seinen Augenbrauen und glitten ihm wie dicke Tränen über die Wangen.

Ich sollte zu Pavla gehen, ihr Gesicht in beide Hände nehmen. Aber jetzt hab ich die Kraft nicht mehr dazu.

Plötzlich erschlafft, ging Eda Rohan ohne einen einzigen Gedanken zu seinem Sportwagen, startete und fuhr, nun schon ganz apathisch, los, dahin, wohin er eigentlich wirklich nicht wollte.

Die NBLB hatten für ihre Beschäftigten einen vierstöckigen Wohnblock gebaut, und Eda parkte vor seinem Haus Nummer

2002. Ringsum alles leer, nur vor dem Nachbareingang stand ein geschlossener Lastwagen, und Männer in der Uniform der Technischen Dienste der Stadtverwaltung luden Pakete und Koffer ein.

Die letzten Bewohner der unteren drei Stockwerke werden beschleunigt ins Erzgebirge evakuiert. Wenn das Massit aus den Wolken niederfällt, soll es hier eine Höhe bis zu neun Metern erreichen.

Der verlassene Spielplatz schimmerte tot von der braunen Sülze.

Die Kinder sind schon alle in den Bergen.

Im Haus war es totenstill. Die drei unteren Stockwerke bereits evakuiert, und aus unserem haben sich die Durdíks in die Berge bringen lassen. Wir könnten es selbstverständlich auch, es genügt, den Hörer abzuheben, und schon erledigt der Technische Dienst alles – mit den Möbeln kann man natürlich nicht in die Berge, und Pavla will nicht wegen ihres Pianos, und ich nicht wegen Pavla und natürlich nicht wegen Mailand, und Michal auf keinen Fall, unser Herr Sohn hat sich dahingehend ausgedrückt, daß er das »erleben will«!

Im vierten Stock dämpfte Eda den Schritt und schlich rasch an den Türen der drei letzten bewohnten Wohnungen vorbei. Unser Michal ist jetzt bestimmt nicht zu Hause, Tina auch nicht, und bei den Durdíks ist es schon leer. Vor der Tür mit der Visitenkarte Ing. STANISLAV BIMOŇ, CSc.* hielt er den Atem an, klopfte fünfmal leise, und nach wenigen Augenblicken schlüpfte er hinein. Leona Bimoňová, in engen Jeans (sie ist stolz auf ihren kleinen Hintern), Oberhemd (weil ich ihr beim erstenmal gesagt habe, es stehe ihr, das war allerdings beim erstenmal, und ich hätte ihr das gleiche gesagt, wenn sie eine Gummischürze fürs Waschhaus umgehabt hätte), dazu ihr triumphierendes Lächeln, das mich am meisten bei ihr anstinkt.

Ich war Pavla nicht untreu, übrigens habe ich das auch nie gebraucht. Ein paarmal auf längeren Dienstreisen allerdings

* CSc. = Candidatus scientiarum, ein akademischer Titel

... Einmal im Juni an den Berliner Seen, einmal in Venedig und einmal in Riga. In Riga eigentlich zweimal, dort bekam ich meine erste Medaille, und ich mußte mich einfach rasch abreagieren. In den achtzehn Jahren unserer Ehe also alles in allem nur vier Nächte und jedesmal danach gleich am Morgen für immer Schluß. Und die letzten Jahre keine einzige gestohlene Nacht mehr.

Mit Leona deshalb, weil es so leicht ging, fast automatisch. Oder weil sie selber es eigentlich angefangen hat. In unserem vierten Stock verträgt sich im Grunde keiner mit keinem, dauernd Streit um den gemeinsamen Wasch- und Trockenraum, die Dunkelkammer, die Sonnenterrasse auf dem Dach und das Fleckchen auf dem Hausparkplatz, um die Treppenreinigung, Lärm in der Wohnung und das Fahrrad, das auf dem Flur hinderlich rumsteht. Ich habe eigentlich nicht gesündigt, wenn ich bei all dem Leona immer ein bißchen zulächelte. Und sie noch davor mir.

Einmal brachte ich Pavla einen Blumenstrauß, elf Teerosen, Leona polierte gerade die Tür, und so gab ich ihr auf dem Flur eine Rose ab. Na und dann sagte ich ihr nur noch, daß ihr das Oberhemd steht, daß sie einen entzückend kleinen Hintern hat, und schon war's passiert.

Leona liebe ich nicht, eigentlich mag ich sie nicht mal. Und ich mache es auch nicht Bimoň zum Trotz. Aber wenn man so was gleich nebenan hat ... Und alles, was Pavla fehlt, hat Leona reichlich – sie ist hysterisch, streitsüchtig, eifersüchtig, jähzornig, provozierend, launisch, rachsüchtig, unverträglich. Manchmal freue ich mich auf sie. Bimoň hat einmal monatlich Nachmittagsdienst im Krisenstab, und das reicht völlig. Am Nachmittag ist es vielleicht eine geringere Sünde als nachts, und heute schaffe ich es nachher noch glatt mit der Familie ins Kino.

»Verzeih, ich wollte dir Blumen bringen, aber wegen der Nachbarn ...«, sagte ich.

»Verzeih, ich habe nur meinen Körper für dich bereit und außerdem Angst, daß man darauf kommt«, sagte Leona.

»Eigentlich habe ich heute Lust, bloß zu plaudern. Als deine geschwätzige Leopardin.«

»Ich hingegen würde mich gern hinlegen.«

»Du bist ein typischer Halunke, doch mir macht es Spaß, dich zu reizen, mein fauler Leopard. Aber wenn du mich nur anrührst, verwandle ich mich in einen Feuerbusch – oh, heute bin ich irgendwie biblisch.«

Langsam knöpfte er ihr das Oberhemd an der Brust auf, und sie flüsterte ihm dabei zu: »Heute hab ich mich den ganzen Tag gezwungen, an dich zu denken, während ich mich früher den ganzen Tag gezwungen habe, nicht an dich zu denken. Beides ist schwer, aber nicht unmöglich ... Ich liebe dich überhaupt nicht, aber manchmal wahnsinnig ... Laß, ich mach's selber ...«

Die allzu magere Leona zog sich allzu bald und allzu schnell aus.

Dämmer im Schlafzimmer, und draußen vorm Fenster wird's braun.

DER SONDERAUSSCHUSS DER UNO für Umweltschutz behandelte auf seiner 383. Sitzung in Casablanca den zusammenfassenden Bericht über die wachsende Verseuchung ausgedehnter Gebiete unseres Planeten durch die braune Massitmaterie. Zum erstenmal in Los Angeles beobachtet, breitete sie sich von Westen über die ganzen USA aus und bildete in deren nordöstlichen Industriestaaten Pennsylvania, New Jersey und New York eine vorläufig nicht zu beseitigende, bis zehn Meter hohe Schicht. Kurz darauf tauchte sie in Europa auf, wo sie eine sich verdichtende Schicht in der Atmosphäre bildet (Bewölkung von braunem Typus). Eine kritische Situation entsteht vor allem in den industriellen Ballungszentren Englands (Liverpool, Manchester, Birmingham, Northhampton, Groß-London), Frankreichs (Roubaix-Lille, Paris) sowie in den Bergwerks- und Hüttengebieten Belgiens und an Rhein und Ruhr. Eine gesunde Situation besteht heute in keinem Industriegebiet mehr. In Mitteleuropa bleiben bislang nur die Gebirgsgebiete oberhalb 700 m über dem Meeresspiegel unberührt.

DIE MASSITKONZENTRATION im nordböhmischen Braunkohlenbekken zwischen den Städten Most und Ústí nähert sich rasch ihrem kritischen Wert. • Erneut fordern wir alle bislang in den unteren Stockwerken wohnenden Bürger zur beschleunigten Umsiedlung in die vorgesehenen Gebirgsregionen auf. Die Regierung und die Verwaltungen aller Ebenen garantieren jeder Familie sofortige kostenlose Übersiedlung, Unterbringung, Arbeitsplätze sowie kulturelle und gesellschaftliche Angebote und alle nur mögliche Fürsorge.

Auf den Bergen
ist rein die Luft
und Platz für jedermann!

III

Tausende kamen her, so wie an jedem Tag. Die glänzenden Ströme von Bussen, Autos aller Art und Motorrädern ergossen sich von den geräumigen Parkplätzen vor den Fertighäusern der Umsiedler im Zickzack auf die buckligen Wiesen, befuhren zweiströmig in beiden Richtungen den ganzen Gebirgsabschnitt der internationalen Fernverkehrsstraße Prag–Ústí–Berlin, aber sickerten auch in das gelbe Gras der Hänge – geparkt wurde auf jedweder Fläche, auf der die Räder Halt fanden.

Wer auch nur einigermaßen konnte, war aus der Stadt herauf ins Erzgebirge zu den Evakuierten gekommen, zu seinen Kindern, Verwandten, Bekannten, oder auch bloß so, wenigstens für ein Stündchen, in die letzte Ecke von Nordböhmen und eine der letzten Mitteleuropas, wo es noch saubere Luft gab. In der Sonne des kurzen Novembertages leuchteten unter einem durchsichtig blauen Himmel die Bergkämme wie eine langgestreckte Insel im braunen Meer der Massitwolken, die sich in einem geschlossenen Schleier bis zu Ostsee und Atlantik hinzogen. Zweihundert Kilometer südlich tauchte aus der gleichen braunen Wolkenschicht über dem gesamten böhmischen Kessel wie eine weitere saubere Insel das Bergmassiv des Böhmerwaldes auf. Und dann nur noch die Alpen.

Tina Trnková (23) küßte noch einmal den kleinen Tomášek und setzte ihr Kind behutsam zurück in den Sportwagen.

»Du gehst schon?« fragte ihre Mutter.

»Heute muß ich. *Er* soll abends kommen.«

»Tina, du solltest versuchen . . .«

»Ich weiß, Mama. Tschüs, Tomášek! Sei lieb zu Großmutti, ich komme morgen wieder.«

Die Hände in den Taschen des langen Tweedmantels, eilte Tina in dem kühlen, funkelnden Glanz zur Haltestelle der städtischen Sonderbusse, die alle sechs Minuten fuhren, und sprang in die sich bereits pneumatisch schließende Tür.

Unter dem bleich werdenden Himmel leuchteten in der sich entfernenden Evakuiertensiedlung die ersten warmgoldenen Vierecke der Fenster auf, der Autobus fuhr in einer flachen Serpentine zwischen den Hängen von Buchenwäldern hindurch, die dann plötzlich in braunem Dunkel verschwanden. Nach dem Passieren der Wolke sah man unten noch eine Weile Ústí, aber aus der Massitwolkendecke regnete auf die Stadt bereits brauner Schleim.

Unser Haus Nummer 2002 ist jetzt nur noch ganz oben bewohnt, und Tina Trnková betrat ihre Wohnung im vierten Stock.

»Rohan war schon wieder bei der Bimoňová!« sagte Rita Nedomová grinsend, die es nie überdrüssig wurde, die Geheimnisse der Nachbarwohnungen durch ein Weinglas, das eine Ende ans Ohr und das andere an die Wand gepreßt, zu belauschen.

»Und da hat der Herr Chef im Büro vor mir Witze gemacht, wie sehr er sich auf seine Pavla freut . . .«

»Die Männer sind Wildschweine«, verkündete Rita wieder einmal, was sie auf der Welt am meisten interessierte.

Ich hab sie bei mir wohnen lassen, als Tibor mir weggelaufen ist und Tomášek in die Berge gebracht wurde. Ich vertrag es nicht, allein zu sein, und Rita gabelt immer jemanden auf – sie arbeitet als Serviererin, mit fünfunddreißig ist sie noch leidlich beisammen, genau so gewachsen, wie es die Männer am liebsten haben, kräftig, stramm, erfahren, dreimal geschieden, fast allzu unternehmungslustig, und sie kann sich auch prügeln, so daß einem bei ihr nur die Gefahr droht, die man sich selber aussucht. Ihre Haut ist immer noch straff und am ganzen Körper gebräunt, sie sonnt sich nackt auf dem Balkon, auf dem Dach, überhaupt am liebsten dort, wo es sich absolut nicht schickt. Infolgedessen bleibt sie nie lange allein und bringt mir ihre Jagdbeute in die Wohnung.

»Wie war's oben?« fragte Rita, das Weinglas schon wieder an die Wand der Rohanschen Wohnung gepreßt.

»Sauber und schön. Warum fährst du nicht auch mal hin, wenigstens mal gucken?«

»Mir gefällt's hier.«

»Mir nicht mehr.«

»Dann laß dich doch zu Tomášek evakuieren, und ich hüte das inzwischen hier.«

»Da würde ich in eine schöne Spelunke wiederkommen, stimmt's? Nein, ich muß noch hierbleiben.«

»Du glaubst immer noch im Ernst, daß es dir gelingt, dein Männchen zurückzuzerren?«

»Ich muß es wenigstens versuchen. Heute abend. Das hab ich dir schon gesagt.«

»Gesagt hast du mir, daß er sich heute seine fünf abgespielten Kassetten holen will. Aber er wird sie zu seiner neuen Biene bringen, Tinalein!«

»Ich weiß nicht, was Tibor wollen wird. Aber ich weiß, was ich will und brauche – ich und Tomášek. Also hau schon ab, Rita! Ich muß mich noch ein bißchen zurechtmachen.«

»Aber du siehst doch so schon hervorragend aus, Tina! Das Kleid vorn und hinten anliegend, man sieht richtig die Äpfelchen – wenn ich solche hätte! – und den Hintern.«

»Ich bin doch keine Nutte, auch wenn ich zufällig so aussehen sollte, Rita. Aber du willst eine aus mir machen.«

»Dabei ist es gerade das, was du heute abend brauchen wirst, stimmt's? Wie willst du ihn denn sonst . . . Gut, gut, ich geh ja schon. Und wenn's nicht klappt, erwarte ich dich in der ›Spinne‹, mit einer tollen Truppe vom Gaswerk. Ich hab von denen schon einen prima Kerl für dich bearbeitet, er ist Schichtmeister, kriegt mehr als ein Ingenieur, wechselt täglich die Socken und liest vielleicht sogar Bücher . . .«

In wachsender Ungeduld begann Tina, Kleid und Wäsche auszuziehen, bis sie nackt dastand.

»Da willst du ihn so begrüßen . . .«, ulkte Rita grienend.

»Wenn ich wüßte, daß es hilft . . .«

Als Tina endlich allein war, badete sie rasch und sprühte sich mit einem grünen polnischen Parfüm ein, Tibor hatte dessen Duft immer gern gehabt. Und jetzt das Kleid, das oder das? Vielleicht was Weißes . . . Oder mehr sexy? Nein. Das rotweiß gestreifte, in dem ich ihn immer abends erwartet habe. Bei dem er immer mit den Knöpfen gespielt hat.

Mit dem Kamm in der Hand setzte sie sich vor den hohen Spiegel im Schlafzimmer und kämmte sich mit langsamen, langen Strichen. Wie er mich damals immer gekämmt hat. Er müßte schon hier sein. Am Telefon hat er doch gesagt . . . Wir reden schon ein Jahr miteinander nur durchs Telefon. Und täglich sehe ich ihn aus dem Bürofenster, wie er auf dem Hof den schwarzen Schlitten des Direktors wienert, mit dem das Unglück angefangen hat. Als er noch den Lastwagen fuhr, gehörte er Tomášek und mir.

Kehr zurück, ich bitte dich. Ich werde alles tun, was du willst und brauchst, was du dir auszudenken nur fähig bist – wieviel es auch wäre. So sehr bitte ich dich . . .

Eine junge Frau in der verlassenen Wohnung, Stunde um Stunde zermürbt von der Stille des menschenleeren Hauses in der Stadt, die eine Katastrophe erwartete, und an den Fensterscheiben krümmen sich Tausende von daranfliegenden braunen Würmern. Warum ist Tibor nicht gekommen? Vielleicht läßt ihn dieses Weib nicht? Oder er ist plötzlich davor zurückgeschreckt, daß er Abbitte leisten und sich demütigen müssen wird, Tibor war immer ein Großkotz. Oder er hat einfach nicht die Kraft gefunden, durch die braune Pampe draußen zu waten...

Ich habe die Kraft. Ich muß sie haben. Tina stand energisch auf und zog sich an, verstaute die fünf Tonbandkassetten in der Handtasche und hastete die stille Treppe hinab.

Der braune Regen war stärker geworden und dicht wie noch nie, vom dunklen Himmel fielen nicht mehr nur Massittropfen, jetzt schwebten und wirbelten schwere, nasse Flocken, Fasern und ekelhafte Fransen durch die Luft.

Hoffnungslos, sich diese braune Gallerte mit den Händen vom Gesicht zu wischen, die Finger klebten von dem fettigen Schleim, und Tina blieb nach einigen Schritten stehen. Was willst du den beiden eigentlich sagen, du Schäfchen? Dieses Weib bitten, sie soll dir den Mann und Tomášek den Vater wiedergeben? Tibor durch eine Schilderung rühren, wie die Haare des Sohnes duften, daß er sich schon allein die Schuhe anziehen kann und daß er den fehlenden Vati jetzt schon groß wie einen Riesen zeichnet? Und ihnen die Kassetten bringen, damit sich Tibor deswegen nicht mehr zu mir bemühen muß...

Tina zwinkerte mühsam mit den verklebten, erschlaffenden Lidern, das Gesicht eingezwängt in eine schwere Maske aus brauner Gallerte. Morgen sollte ich mich zu Tomášek in die Berge evakuieren lassen. Eigentlich hätte ich mit Rita in die »Spinne« gehen sollen, um wenigstens diese Nacht nicht allein zu sein – in die »Spinne« würde ich's noch schaffen. Aber mir ist schon alles egal.

Blinzelnd schaute sie auf das verdunkelte Haus Nummer 2002, in dem nur noch im obersten Stock die letzten Fenster leuchteten. Wie ein untergehendes Schiff... Auf was warten wir hier eigentlich?

BEI ERREICHUNG DER KRITISCHEN MENGE von Massit in der Atmosphäre sinken seine gesättigten Wolken relativ schnell zu Boden und bedecken ihn in Form einer braunen Massitverseuchung. An einem so betroffenen Ort ist es nötig, den Notstand »VERS« (Verseuchung) auszurufen und unverzüglich Antimassit-Maßnahmen durchzuführen. ● 1. Beschleunigt die

Evakuierung der Bewohner niederer Stockwerke unterhalb der Verseuchungsebene sowie aller Kinder bis 15 Jahre zu beenden, soweit dies nicht schon früher geschehen ist. ● 2. Unverzügliche Einstellung der Produktion und des Betriebs in allen Fabriken und Produktionsstätten, die bis jetzt ihre Abprodukte in die Luft und die Gewässer ableiten. ● 3. Radikale Einschränkung oder völlige Abstellung aller Quellen von Verunreinigung (Personen- und Lastkraftwagen außer Elektromobilen, Heizungen mit Kohle, Öl und Leuchtgas, offener Feuer und des Tabakrauchens). ● 4. Infolge des Abschaltens der meisten Wärmekraftwerke, Dampfkessel u. ä. werden die Wohnhäuser nur in beschränktem Maße beleuchtet und geheizt werden können. Die Zufuhr von elektrischem Strom und Dampf wird für die nichtevakuierte Bevölkerung in den Städten um durchschnittlich 80 % gesenkt. Deshalb wird diesen Bewohnern empfohlen, in jedem Haus nur eine gemeinsame Wohnung auszuwählen, für die man die Zufuhr von Elektrizität und Dampf gewährleisten kann.

Nach Ausrufung des Notstandes »VERS«
kann man heizen, beleuchten, kochen, baden und Wäsche waschen nur mehr in Gemeinschaftswohnungen!

IV

Leona Bimoňová (29), schlank, mit kleinen spitzen Brüsten und dichtem blondem Haar, riß das Laken vom Bett und stopfte es zur Schmutzwäsche. Dieser Eda Rohan hängt mir schon zum Halse raus! Warum mach ich mit ihm überhaupt... Er hat mich einfach provoziert durch sein überhebliches Wohlwollen, seine frechen Triumphe über meinen Standa, seinen heisergebrüllten Ruhm, seine Reisen durch die Welt, die Goldmedaillen, das unsinnig teure Auto, die demonstrative »Liebe« zu seiner stolzen Frau Doktor Pavla – ich hatte es geradezu psychisch nötig, ihn loszureißen, zu mir zu ziehen, an mich zu fesseln. Nur um mir selber zu beweisen, daß ich es kann, wenn ich will. Nur so ein kleines Mädchenspiel, das ich mit Standa nicht hatte. Eine Frau sollte das doch können – und mit Liebe hat das gar nichts zu tun.

Aus dem nach Toilettenseife duftenden Wäscheschrank nahm Leona ein frisches Laken und bettete flink das zerwühlte Bett auf. In meinem Leben ist alles so gewesen, wie es sein soll. Vier Jahre Fachschule des Gesundheitswesens und lauter Einsen, die erste Bekanntschaft erst nach dem Abitur, und gleich ernst – der fast ideale Mann, sofort nach der Hochzeit eine eigene Wohnung, zwei gesunde Kinder, und beide Jungen.

Liebevoll strich sie die aufgeschüttelten Federbetten glatt. Mein Standa ist der Richtige, strebsam, arbeitsam, fürsorglich. Er ist ein ehrenhafter Mensch und ein guter Mann. Vielleicht nur zu eifersüchtig – aber bloß deshalb, weil er mich durch und durch kennt. Und der einzige, der es bei mir aushält, denn dann und wann bin ich vielleicht ein bißchen unerträglich. Aber wenn ich so lebensgierig bin, leben, LEBEN ...

Übrigens sind meine Fehler entzückend und eigentlich zum Verlieben, nicht so wie bei den übrigen unmöglichen Weibern in diesem Hause. Edas Pavla hat angeblich zwei Doktortitel, aber sie hat sich wie eine Maus in eine Bibliothek verkrochen, geniert sich dauernd – sie wird schon wissen, warum! – und trägt heimlich eine Brille. Oder diese arme verlassene läufige Hündin Tina Trnková mit ihrer entsetzlichen Freundin Rita, die ihr Kerle von der Straße in die Wohnung schleppt. Sie mögen mich nur deshalb nicht, weil ich die beste bin.

Und mein Standa weiß das von mir und liebt mich auf seine alltägliche, aber gute Art. Ein bißchen schwerfällig ist er halt. Und ich so leichtfüßig ...

Leona tanzte lachend vom Schlafzimmer in die Küche zum Abwaschtisch und drehte beide Hähne voll auf. Liebe, das heißt, es bei jemandem das ganze Leben aushalten und mit ihm Kinder haben. Das Wasser fließt zu und fließt ab – aber was bleibt, ist der Wasserfall ... Wer hat das gesagt? Kurz und gut, ich bin glücklich verheiratet, und jetzt mach ich meinem Liebsten ein gutes Abendessen. Nur ist für eine große Kocherei keine Zeit mehr, wo ich doch den ganzen Nachmittag mit Rohan ... Im Hause hab ich nichts, und einzukaufen schaff ich nicht mehr. So werde ich also dem Liebsten Spinat mit Spiegelei und Kartoffeln machen. Aber das hatte er doch gestern ... Schließlich ist auch er nicht vollkommen! Und oft nicht zu ertragen!

Energisch schälte sie Kartoffeln und warf sie in den Kochtopf. Mein unsinnig eifersüchtiger Tyrann wollte mich überhaupt nicht arbeiten lassen, erst nach langem Bitten – und häufig mußte ich dabei auch heulen! – hat er mir eine Halbtagsbeschäftigung in der Frauenstation des Bezirkskrankenhauses erlaubt, nur vormittags von sechs bis zwölf, in der langweiligsten Abteilung, wo der einzige »Mann« der dreiundsechzigjährige Chefarzt ist. »Ja, Frau Doktor. – Bring ich gleich, Frau Doktor!«, und den Rest des Tages dauernd nur zu Hause – das ist also wirklich armselig für eine Frau wie mich, die sich so sehr danach sehnt, zu leben.

Und ganz unerträglich jetzt, da wir beide Kinder schon ein halbes Jahr bei Großmutter im Böhmerwald haben, was soll ich so allein den ganzen Tag machen? Ich habe angefangen, auf Glas zu malen, Esperanto zu lernen, wollte in einem Theaterzirkel spielen, aber das hat mir dieser auf peinliche Weise eifersüchtige Standa nicht gestattet. Ich möchte große Fenster bemalen, auf internationalen Konferenzen dolmetschen, im Ballett tanzen (notfalls auch in einer Bar!), die Welt als Stewardeß kennenlernen oder etwas Neues in Afrika und Südamerika machen ... Doch das geht natürlich nicht, nicht wahr? Leona nahm aus dem Kühlschrank einen Eisziegel gefrosteten Spinats und haute ihn wütend in die Kasserolle.

Leben mit großem L. Leona salzte die Kartoffeln und stellte sie auf den Herd. Was soll ich anfangen mit all dem, was in mir ist? Eine werktätige Mutter und fürsorgliche Ehefrau, mehr können sich die heutigen Männer nicht vorstellen, die vor lauter Fernsehen, Fußball, Unterm-Auto-Liegen und ihrer papiernen Wissenschaft vergessen haben, was das Schönste ist.

Man muß sie dann und wann daran erinnern. Leona ritzte ein Streichholz an, schaute in das Flämmchen und ließ es erst fallen, als es ihr die Finger zu verbrennen drohte. Man muß sich zuweilen versuchsweise seiner Stärke und Anziehungskraft versichern – das braucht doch jede Frau für ihr Selbstbewußtsein. Sie warf den geschwärzten Streichholzrest ins Abwaschwasser und sah dabei ihr Spiegelbild auf der dunklen Wasserfläche. Leidenschaftliche Charaktere brauchen es einfach, daß immer etwas geschieht.

Wenigstens in meinen kleinen Spielen, nur in geringfügigen Andeutungen, von denen ich weiß, daß sie die Männer erregen, manchmal genügt es, ein Bein übers andere zu schlagen, mit einer scheinbar unbewußten Geste den Busen zu berühren und ihn zu drücken, die Zungenspitze zwischen den Lippen vorzustrecken, sich den Gürtel zu richten, sich ein bißchen zu rekeln, zu seufzen, das Gefrorene auf eine bestimmte Weise zu schlekken – zwischen Mann und Frau enthält fast alles Sex, und einige Männer sind da besonders aufnahmefähig. Das soll klein und banal sein? Aber was habt ihr eigentlich an Großem und Erhabenem für mich, ihr Herren der Welt und eurer rohen Spiele, bei denen Menschen getötet werden? Meine kleinen Spielerchen tun wenigstens niemandem weh, sie wärmen nur und beleben eure kalte und langweilige Welt.

Stanislav Bimoň kam wie immer um neun nach Hause, heute aber von Massit bespritzt, als wäre er in einen Sumpf gefallen, und er stürzte sogleich ins Badezimmer.

»Fällt draußen so viel?« wunderte sich Leona, während sie ihrem Mann das angewärmte Handtuch reichte.

»Es wird nicht lange dauern, und alles fällt auf einmal herunter«, sagte Standa und machte sich hungrig übers Abendessen her.

»Was hat der Generaldirektor zu deinem Ökobrot gesagt?«

»Nach Mailand fährt Rohan.«

Eda gewinnt immer, aber ich werde über ihn siegen, und dir bringe ich das auch bei, Liebling. »Was hat er sich wieder ausgedacht, dieser Betrüger?« fragte Leona. »Gezuckerten Senf oder Speck mit Marmelade?«

»Etwas in der Art. Er hat Emmentaler mit Schinken rosa gefärbt und Johannisbeeren hineininjiziert. Und Gefrorenes hat er mit Pilsner Bier gemischt, Hammelfleisch mit Karamel und Hasenbraten mit Vogelbeeren.«

Was also bedeutend schmackhafter ist als deine grauen Ökobrote. Mein Standa hat nicht viel Phantasie und leider auch keinen Humor. »Das sind vielleicht Pampen, sag ich dir! Aber wer wird ihm jetzt Vogelbeeren pflücken und Hasen fangen, jetzt, da ...«

»Du hast völlig recht, Leona, jetzt erwarten uns ganz andere Sorgen. Und die Zeit der Ökonahrungsmittel naht unaufhaltsam.«

Würde ich sie bloß nicht erleben! Standa nimmt seine Wissenschaft zu ernst, er möchte das ganze Leben danach einrichten. Ingenieur und Kandidat der Wissenschaften, ich nur eine gewöhnliche Krankenschwester, aber vom Leben weiß ich mehr. Standa ist ziemlich blockiert, ohne mich wäre er verloren. »Bestimmt, Liebling. Und was hattest du heute für einen Dienst im Stab?«

»Jetzt geht es schon hart auf hart. Wir haben alle Antimassit-Lichtwerfer und sämtliche Propeller überprüft.«

»Wie funktioniert das eigentlich?«

»Hör zu. Massit entsteht durch Agglomeration, Akkumulation, Sedimentation und Diffusion, kurz, durch Zusammenballung und Wuchern riesiger Mengen von Abfallstoffen. Am besten gedeiht es bei Dunkelheit, Wärme, Feuchtigkeit und Reglosigkeit. Na und wir erzeugen gerade mit diesen Lichtwerfern und Propellern Licht und Luftbewegung, verstehst du? Wir zerstrahlen das Massit, treiben es durch Luftzug auseinander, und so vernichten wir es.«

»Da bin ich aber wirklich neugierig.«

»Die Forschung und die bisherige Praxis beweisen ...«

»Ich warte lieber, wie das bei uns in Ústí ausgeht. Das Radio hat schon wieder was von diesen Gemeinschaftswohnungen gemeldet, und Tina Trnková hat im Waschhaus gesagt, daß das für uns die leere Wohnung der evakuierten Durdíks sein soll – da werden wir aus dem vierten Stockwerk im Ernst alle in einer Wohnung hausen müssen?«

»Schlafen werden wir selbstverständlich bei uns. Man schaltet nur den Strom, die Heizung, das warme Wasser ab, kurz, alle Arten von Energie, die durch Verbrennen von Koks, Kohle und Öl erzeugt werden. Der Industriequalm ist nämlich die Hauptquelle des Massits. Und von den Elektrizitätswerken bleiben nur die Wasser- und Atomkraftwerke in Betrieb.«

»Dann werden wir hier bei Kerzenlicht hocken?«

»Kerzen werden genauso verboten wie Streichhölzer, Zigaretten und jedes offene Feuer, weil jegliche Verbrennung Abprodukte erzeugt, aus denen erneut Massit entsteht.«

»Und Fernsehen ist selbstverständlich . . .«

». . . selbstverständlich nur in der Gemeinschaftswohnung zulässig. Wie alle Elektrogeräte, Liebling. Also auch dein Fön und mein Rasierapparat.«

»Das werden ja Abende! Zu Hause dunkel und kalt, und in der Wohnung der Durdíks müssen wir uns mit der ganzen Bagage aus unserer Etage zusammenquetschen.«

»Wir werden uns daran gewöhnen müssen.«

»Ich möchte dich sehen, wie du beim Fernsehen auf einem Kanapee mit der Rohanová und Rohan und denen allen hockst. Und ich mich an einem Herd mit all diesen unmöglichen Weibern rumschubse. Und in einer Wanne mit dieser Nutte Rita bade!«

»Wir werden uns eben irgendwie einigen müssen, Liebling.«

»Aber wie, ich bitte dich! In dieser Etage war schließlich immer jeder gegen jeden, und wenn wir uns in vier Wohnungen nicht vertragen konnten, wie wird das dann in einer sein!«

Nach dem Fernsehen las Standa noch eine Stunde, und wir trafen uns im Bad wieder. Ich brachte ihm, wie er das gern hat, sein Glas Milch an die Wanne.

Mein Mann ist hübsch und gutgebaut, hat eine milchweiße Haut wie ein Kind, aber kräftige Schultern, einen mächtigen Brustkorb, sportlich schlanke Hüften und die Schenkel eines Schwerathleten, alles an ihm ist muskulös, fest, robust und schwer – ich wieder eine feine, zarte Blondine, empfindsam, nervös und so wahnsinnig lebhaft ... Eigentlich ein wunderbares Paar, nicht? Voller Genuß wartet er im warmen Wasser, daß ich ihm den Rücken abrubble. Der Beginn unseres Liebesspiels. Mindestens dreimal in der Woche, und das schon neun Jahre ... Doch ich hab seinen schlichten und gewissermaßen fundamentalen Hunger gern. Er ist dabei nach wie vor so rein ... Heute werde ich ihn für meinen nachmittäglichen Ehebruch reich belohnen. Und das Kätzchen kriegt seine zweite Schüssel Sahne.

Als der Mann ins Schlafzimmer gegangen war, erinnerte sich die Frau noch an die Wäsche auf dem Balkon. Sie machte die Glastür auf, nahm im Dunkel die paar Stücke von der Leine, aber im Zimmer erschrak sie dann – aus den gewaschenen Handtüchern und Hemden rannen Knäuel klebriger brauner Medusen auf sie herab, sie hatte mit einem Male ganze Stücke auf sich. Aber das ist doch noch nie durch das Loggiadach auf den Balkon gefallen ...

Sorgfältig frisiert, parfümiert und so delikat in dem weißen Spitzennachthemd, stand Leona entsetzt da, bespritzt mit großen braunen Flecken, die sich auf ihr zu bewegen schienen. Wie eine Aussätzige. Und plötzlich auch innerlich schmutzig und elend ...

»Komm schon!« erschallte aus dem Schlafzimmer die Stimme ihres Mannes.

»Gleich, Liebling.«

Aber heute werde ich dazu alle Kraft zusammennehmen müssen.

DIE KREISSTADT MOST erste verseuchte Stadt in Nordböhmen. Die Evakuierung der Einwohner aus den unteren Stockwerken wurde beizeiten durchgeführt, noch vor der Ausrufung des Notstandes »VERS«, heute wohnt in der ganzen Stadt niemand mehr unterhalb der vierten Etage. Die Gemeinschaftswohnungen haben sich bewährt. »Obwohl ich sechsundfünfzig Jahre in unserem Haus wohne, habe ich erst jetzt erkannt, was für gute Nachbarn ich habe«, lobt die Rentnerin Anna Janečková ihre neuen Freunde in der Gemeinschaftswohnung, die niemand mehr anders nennt als »Gemeinwohnung«.

V

Der nordböhmische Bezirksrat, der Kreis- und der Stadtrat Ústí erklärten den Notstand VERS für Stadt und Kreis Ústí mit Wirkung vom 19. November, 10.00 Uhr. Die Direktoren der Betriebe, Institute und Institutionen haben die versiegelten Umschläge mit den drei braunen Streifen zu öffnen und unverzüglich allen Instruktionen für den Notstand VERS nachzukommen. Wir wiederholen: Der Nordböhmische Bezirksrat, der Kreis- und der Stadtrat Ústí ...

Nachts geweckt von Lärm, Knattern und Zischen draußen, als glitte von außen ein unförmig riesiger weicher Bauch über die Fensterscheiben, zog die aufgeschreckte Frau die Rollos herunter, und am Morgen wachte sie wie immer zu früh auf. Frau Dr. phil. und Dr. art. (Philosophie und Theaterwissenschaften) Pavla Rohanová (39) berührte im Dunklen mit den Fingern die Schulter ihres Mannes, ganz leicht, um ihn nicht aufzuwecken. Sie wollte sich nur versichern, daß er neben ihr lag.

Gestern nachmittag habe ich ihn enttäuscht, als er zu mir in die Bibliothek kam und sogleich sein weiteres Mailand feiern wollte. Eda findet eben bei nichts das richtige Maß! Entweder arbeitet er verbissen wie ein Wilder, oder er will sich genauso amüsieren – er kennt keine Zwischenstufen zwischen diesen zwei hermetisch abgeschlossenen Halbkreisen seines Seins. Dabei träumt er von seinem kontinentalen Großprojekt »Spinnwebe«, seinem Meisterwerk, für das er jedoch bislang keine Zeit findet, und es ist, als wolle er sich dafür rächen. Am meisten an sich. Zerrüttet und zerrüttend. Er hält ein Verhältnis mit Leona Bimoňová aufrecht, das mich kränkt und schmerzt.

Pavla lauschte im Dunkel auf Edas Atem. Ich weiß, daß er mich nach wie vor liebt. Das weiß ich mit Sicherheit. Heuer im sommerlichen Florenz, in der Hügellandschaft, wo die Leute bis hoch oben unter einem genialen Himmel wohnen, und die ganze Fahrt im heißen Autobus bis nach Rom hat er mir zart mit dem Finger aufs Handgelenk geklopft.

Wir haben so viel gemeinsam ... lange Stunden im Regen an der schiefergrau verdunkelten Ostsee und an den verschleierten Spiegeln der südböhmischen Teiche, ganztägige Ausflüge mit dem Auto und Nächte auf den umgeklappten Sitzen, Abende am offenen Feuer am Waldrand vor unserem Wochenendhaus, in dessen Keller wir aus einem uralten Brunnen diamantschwarzes Wasser schöpfen. Und unsere schönste Abendstunde mit Kognak und einer Zigarette – eigentlich rauche ich nur deswegen.

Aber das sollte ich nicht. Pavla hustete vorsichtig und betastete furchtsam eine Stelle auf ihrer Brust. Als spürte ich es immer mehr ... Und hier auch schon? Ich habe Angst vor Krebs. Und ich fürchte mich vor einer ärztlichen Untersuchung, Röntgen ... Vielleicht rede ich es mir nur ein, und mir fehlt nichts. Und wenn ... Ich will nicht, daß Eda eine durch eine Operation verunstaltete Frau hat. Da sterbe ich lieber. Ich will früher sterben als er.

Nie kann ich ihm das sagen. Er nimmt nichts ernst und sich am allerwenigsten. Unbarmherzig, fast grausam macht er sich auch über seine Nächsten lustig ... Seine Art von Liebe. Meine Art ist still, und sie gefällt Eda. Ich weiß es. Aber warum dann mit der Bimoňová? ...

Pavla stand auf, ging barfuß durch die mit Rollos verdunkelte Wohnung, machte erst in der Küche Licht und warf einen Blick in das Zimmer des Sohnes. Michal schlief unruhig, verschwitzt und mit halboffenem Munde, auf dem Teppich verstreut Dutzende Kassetten, und im Dämmer blinkten die farbigen Lichter der großen japanischen Stereoanlage, seiner geliebten »Musikkombine«, die er wieder einmal vorm Einschlafen auszuschalten vergessen hatte, wie oft eigentlich schon in der letzten Zeit.

Mein Sohn macht die Nacht zum Tage. Ich fürchte, er ist jetzt unglücklich. Mir sagt er nichts. Hat schon aufgehört, sich mir anzuvertrauen. Ich weiß, er ist bereits erwachsen. Dabei jedoch immer noch wehrlos wie ein kleiner Junge. Aber du brauchst mir doch nichts zu beichten, mein Sohn. Nur bei mir sein, wenigstens ein Weilchen am Tage, damit du weißt, daß ich für dich lebe. Für euch beide.

Eda wirft mir ständig vor, ich sei voller Hemmungen, »auf Tschechowsche Art edel bis zur Ohnmacht« und »so zart und fein wie keine«. Aber ich kann das doch nicht erklären. Vielleicht darf ich es auch gar nicht ... »Das ist das Grausamste«, schreibt Cesare Pavese. »Die Kunst zu leben liegt darin, vor denjenigen, die uns am teuersten sind, die Freude darüber, daß wir bei ihnen sind, zu verbergen, sonst verlieren wir sie.« Aber manchmal habe ich auch Wut auf mich, daß ich wie hinter Glas bin.

Pavla brühte Tee auf, schnitt Brot und beschaute sich, die Tube mit Nerzcreme in der Hand, ein paar Sekunden im Bad. Ich bin nervös. Fürchte mich, weil ich es so brauche, daß jemand mich braucht.

Bevor sie die Küche verließ, löschte sie das Licht, zog das Rollo hoch – und erstarrte. Am Himmel, so blau und klar, wie wir ihn schon wochenlang nicht gesehen hatten, leuchtete die Novembersonne, fern, klein und schwach, aber ihr Schein erhellte die ganze obere Halbkugel. Den Boden dieser Halbkugel jedoch bedeckte von Horizont zu Horizont eine einzige Wolkenfläche wie ein sich kräuselndes braunes Meer, aus dem nur die obersten Stockwerke der Häuser, die Fabrikschlote, der gotische Kirchturm und die Lichtmasten ragten ... Das also war der nächtliche Krawall draußen. Es ist schon auf uns niedergefallen.

Pavla machte das Fenster auf und bot das Gesicht den kaum spürbaren Sonnenstrahlen dar. Gib mir Kraft und mach mich gesund, du Sonne unserer Kinderferien, die das weiche Gras und die Skispur im gelblichen Firnschnee des Vorfrühlings metallisch aufglitzern ließ, an einem zartgoldenen Abend durch die Birkenkronen wanderte, mit lebendigen Glanzlichtern den feuchten Sand der Meeresstrände marmoriert und uns die nackte Haut gekost hat, du menschlichster Stern, den ich in den Augen meines Mannes und meines Sohnes suche ...

Und jetzt hinunter in die braune Hölle. In der Haustür holte Pavla Rohanová tief Luft, spannte den Regenschirm auf, aber nach einigen Schritten klappte sie ihn wieder zu. Das braune Gestöber wirbelte und regnete von allen Seiten.

... und der Stadtrat Ústí erklären den Notstand VERS für Stadt und Kreis Ústí ab heute um 10.00 Uhr vormittags.

Die Direktoren der Betriebe, Institute und Institutionen haben die versiegelten Umschläge mit den drei braunen Streifen zu öffnen und unverzüglich ...

VI

Beim Blick aus dem Fenster ergossen sich die unabsehbaren braunen Wolkenflächen unmittelbar von der Haustür, etwa einen Meter unter dem Fenster, bis zum Horizont und den Erzgebirgskämmen, auf deren sonnenbeschienenen Hängen die weißen Siedlungen der Evakuierten im gelben Novembergras leuchteten.

»... jetzt also sehen wir den oberen Rand der Massitwolke, unter deren Hängebauch wir die letzten Wochen gelebt haben«, erklärte Stanislav Bimoň seiner Frau.

»Unten seh ich überhaupt nicht unsere Straße«, sagte Leona. »Auch nicht unser Auto vorm Haus.«

»Weil unter uns die Massitflocken bis in eine Höhe von neun Metern wirbeln.«

»Pfui. Und wie lange wird der Spuk hier gehen?«

»Das hängt jetzt nur von uns ab. Massit ist wie ein wilder Dschungel und muß unaufhörlich wachsen. Wenn es uns gelingt, sein Wachstum zu stoppen, nimmt es schnell ab, weil es dann seine Existenz aus eigenen Quellen speisen muß. Wenn es keine andere Nahrung findet, muß es sich selbst auffressen, verstehst du? Und dieser gigantische Körper hat auch einen gigantischen Bedarf.«

»Warum hören wir dann nicht augenblicklich auf, ihn zu füttern?«

»Das tun wir ja. Mit Ausrufung des Notstandes VERS ab

heute zehn Uhr wird die Verbrennung von Kohle und Öl eingestellt und werden alle anderen Quellen von Abfallstoffen verstopft. Aber ganz einstellen läßt sich das nicht, Autobusse und Krankenwagen müssen fahren, in Krankenhäusern muß geheizt werden, auch in Wohnhäusern, dort nur noch in Gemeinwohnungen. Übrigens leben hier an die hunderttausend Menschen, und jedes Leben produziert notwendigerweise Abfälle. Sonst müßten wir ja aufhören zu essen, zu trinken, aber auch zu atmen.«

»So daß nun also diese braune Bestie ständig weiterwächst.«

»Ja. Aber unsere Propeller und Lichtwerfer beginnen das Massit zu liquidieren, und jetzt geht es darum, ob wir es schaffen, es schneller zu vernichten, als das Massit es schafft, zu wachsen.«

»Und wenn wir's nicht schaffen?«

»Das wäre sehr schlimm. Das Massit würde sich zusammenballen, dichter und schwerer werden, höher steigen. Es würde uns ertränken und ersticken. Wir müssen es einfach schaffen, sein aggressives Wachstum zum Schrumpfen zu bringen. Bis zum Schluß eine dünne Schicht trockenen Staubes übrigbleibt, mit dem das Massit endet.«

»Eine dünne Schicht? Schau nur, wieviel da ist – ein ganzes Meer von Millionen, ja Billionen Tonnen!«

»Du übertreibst, Leona. Das Massit bildet bis jetzt eine neun Meter hohe Schicht auf einigen hundert Quadratkilometern – die ganze riesige Masse besteht zum größten Teil aus Wasser, Luft und Gasen, gebunden in Aerosolen, Gallerte und Mikroschaum. An fester Materie enthält das Massit nur den Bruchteil eines Prozents – das eben ist das trockene Pulver, das davon am Ende übrigbleibt.«

»Gott sei Dank, daß wenigstens die Kinder bei Großmutter im Böhmerwald sind!« sagte Leona.

Stanislav wandte sich vom Fenster ab. Die Böhmerwaldberge sind jetzt nur noch eine sich stetig verkleinernde Insel in dem anbrandenden braunen Meer.

»Nimm dir einen Regenschirm, Liebling«, sagte er zu seiner Frau.

»Aber wir fahren doch mit dem Auto, oder meinst du, wir finden es vor dem Haus nicht mehr?«

»Ab zehn Uhr gelten die Einschränkungen des Notstandes VERS.«

»Aber jetzt ist es erst halb acht.«

»Weißt du, wieviel Liter Massit der Auspuff unseres Škoda in einer einzigen Fahrminute produziert?«

»Aber du hast doch gesagt, daß diese Bestie so oder so wächst. Du wirst mich doch nicht in diese ekelhafte braune Pampe jagen, wo ich mir gerade den Kopf gewaschen habe.«

Mit eingeschalteten Scheinwerfern und Nebelleuchten fuhr Stanislav Bimoň vorsichtig hinunter ins Stadtzentrum. Auf Fahrbahn und Gesteigen wälzten sich gewaltige Massitballen, wie Phantomsträucher der asiatischen Wüsten, die Scheibenwischer glitten rasch über die Frontscheibe, und plötzlich tauchte direkt vor der Kühlerhaube eine dunkle Silhouette auf.

»Du überfährst ihn ja!« kreischte Leona auf und schlug die Hände vors Gesicht.

Quietschende Bremsen, die Gestalt vor dem Auto in Hüfthöhe vom Lichtkegel der Scheinwerfer halbiert, aber ihre obere Hälfte setzte die Bewegung fort, schob sich über die Blechhaube, zerklatschte an der Frontscheibe und übergoß die Seitenfenster mit einem nassen braunen Film. Nach diesem ersten Zusammenstoß mit dem Massit fuhren wir nur mehr im Schrittempo.

In der am tiefsten gelegenen Innenstadt, am Elbufer, schwächte sich der braune Flockenwirbel ab. Die schweren Massitflocken setzten sich hier, nach ihrer vielwöchigen Wanderung in den Luftströmen über Europa, auf den Hausdächern fest, und aus ihren dicken Waben rannen Bäche einer gelbbraunen Gallerte und erstarrten zu dunklen Tropfsteinen. Aus den klebrigen Wehen auf den Gehsteigen wuchs ihnen weinstockartig die gleiche Masse entgegen, kroch die Hauswände hoch, bedeckte sie mit ihren Ranken und verband sich mit den Stalaktiten gierig zu geschlossenen Leibern ... Eines einzigen gigantischen Organismus? Das ist bisher noch nicht exakt belegt, aber allgemein hält man dafür, daß das Massit eine gewisse primitive Intelligenz aufweist oder zumindest den Instinkt hartnäckigen Zusammenwachsens und der Expansion.

Der Gebäudekomplex des Bezirkskrankenhauses schien von Tonnen nasser brauner Glasur bewachsen zu sein, die Mauern bedeckt mit monströs gebauschten beweglichen Reliefs, die schwer über den Putz rannen und die Fenstersimse hochklommen, sich verbanden und ihre Nährstoffe austauschten, wie in einer einzigen gesteuerten Bewegung. Von den Massithalden auf den Flachdächern rissen sich mächtige rüsselartige Röhren los, zischten durch die Gebäudelücken, als schnappten sie nacheinander, und ketteten sich unmittelbar in der Luft mit Dutzenden von weiteren Rüsseln zu schweren Girlanden zusammen.

»Na so was«, staunte Leona, als sie aus dem Auto stieg.

»Keine Angst, Liebling. Dein Krankenhaus ist das am sorgfältigsten geschützte Objekt in der ganzen Stadt. Stell dir einfach vor, der Winter sei heuer früher gekommen und es sei eine Menge Schnee gefallen, der zur Abwechslung braun ist.«

»Ich hab keine Angst.«

»So gefällst du mir. Und so liebe ich dich. Ruf mich jede Stunde im Betrieb an, also genau um neun, zehn, elf und dann zu Mittag, bevor du nach Hause fährst. Nimm den Bus, und wenn es nicht gehen sollte, hole ich dich ab.«

Die beiden Bimoňs küßten sich, und Stanislav schaute Leona nach, bis sie in dem braunüberwucherten Eingang der Frauenstation verschwand. Ich werde sie um 9.30, 10.30 und 11.30 Uhr anrufen, so daß wir alle dreißig Minuten in Verbindung stehen – in einer so kurzen Zeitspanne kann nichts passieren. Und im Verlauf einer halben Stunde wird sie auch keinen Unfug treiben können.

Meine Leona treibt so viel Unfug ... »Hausfrau und Kleopatra zugleich«, sagt sie selber von sich, und so ist es auch – eine großartige Frau und Mutter unserer zwei Söhne, meine Ratgeberin und unermüdliche Anregerin, verständnisvolle Freundin und Geliebte, fähig, jedes Gefühl auszulösen, das es nur gibt. Eine Frau, wie sie jeder möchte. Und Leona weiß das nur zu gut.

Ich liebe sie, ein für allemal, so wie sie es verdient, will und braucht, aber sobald Leona einmal etwas hat, fängt sie an, drin zu stochern, zu bohren und dran zu stoßen, unruhig wie Dampf in einem Hochdruckkessel, der bei geringster Undichte augenblicklich entweicht. Der Überdruck ihres Temperaments stürzt sie ungestüm in alle möglichen Spiele bis zu Kindereien und gefährlichen Abenteuern. Unserer zwei Söhne, der Familie wegen muß ich sie bewachen, am meisten vor sich selber.

Der große asphaltierte Parkplatz der NBLB fast leer, nur wenige hatten heute gewagt, mit dem Auto zu fahren, auf dem Hof wurden probeweise die ersten Lichtwerfer eingeschaltet, und um sie herum das fieberhafte Treiben letzter Vorbereitungen.

Auf dem Weg zum Pavillon C mußte Stanislav den Fuß einer meterhohen Massitpyramide passieren, über deren Gipfel wie über einem Vulkankrater ein gewaltiger Geysir dünner graubrauner Masse zitterte, die zugleich, bereits zu ganzen Bächen verflüssigt, schwer wie Lava zu beiden Seiten des Vulkans herabrann. Aus der braunen Wolkenfläche, die sich bis zum Erzgebirge erstreckt, ragte das Dach des Pavillons wie das höchste Deck eines untergehenden Schiffes in den Sonnenschein. An der Reling stand schweigend die Sekretärin Tina Trnková, und Stanislav erschauerte. Aus dem hundert Meter hohen Betonschornstein des zentralen Kesselhauses der NBLB stieg hoch über ihrem Kopf der übliche schwarzgraue Rauch – aber jetzt steigt er über dem braunen Wolkenmeer nur ein paar Meter hoch, biegt sich dann jäh zu einem hufeisenförmigen Bogen und wälzt sich wie ein mächtiger, braunwerdender Fluß zurück zur Erde . . . Das ist der Geysir der Vulkanpyramide im Hof, der aber nach unten schießt.

Da hat ihn die Massitwolke, mit unserem Fabrikrauch, von dem sie sich seit Wochen nährt, verwachsen, bei ihrem nächtlichen Niedersinken zur Erde umgebogen, hat die aufsteigende Rauchsäule mit zu Boden gerissen, wo sie sie jetzt mit tausendadrigen Ranken gierig absorbiert und, von ihr gefüttert, in die Höhe wächst, wie ein tätiger Vulkan – wie ein monströser Stalagmit.

»Gehen wir hinunter«, sagte Stanislav leise zu Tina Trnková. »Man wird uns brauchen.«

»Ich habe Angst um Tomášek.« Sie wies auf die sonnenübergossenen Bergkämme, wo die Häuser der Umsiedler wie kleine weiße Punkte über dem braunen Meer flimmerten. »Wird das nicht bis zu ihnen dort oben steigen?«

»Keine Angst, Tina, nein. Das darf es nicht.«

»Du hast es richtig gemacht, daß du deine zwei Jungen in den Böhmerwald geschickt hast.«

»Jetzt kommt es nicht mehr darauf an, wer wo ist.« Plötzlich umklammerte ihn Angst um die Söhne, aber er bezwang sich, so daß man es seiner Stimme nicht anmerkte. »Jetzt kommt es nur auf die Höhe über dem Meeresspiegel an, und da ist auch dein Tomášek gut dran. Komm.«

In dem grauen Dämmer im ersten Stock des Pavillons blinkten unruhig die Deckenleuchten, Stanislav meldete sich telefonisch beim Krisenstab der NBLB, wurde jedoch von einer müden, heiseren Stimme mürrisch abgewiesen: »Ihr Wissenschaftler kommt erst ganz zum Schluß an die Reihe. Wir rufen Sie an, und bis dahin lassen Sie sich nicht stören!«

Tina steht am Fenster, und wie jeden Tag späht sie hinunter auf den Hof, zur Garage ihres Mannes Tibor, von dem sie einstweilen nur sein geckenhaftes schwarzes Ledersakko sieht. Die zwei verkehren schon ein Jahr nur telefonisch miteinander. Eine traurige Geschichte – oder eher empörend. Wie konnte dieser Mann Frau und Kind gerade jetzt verlassen – das ist für mich kein Mensch.

»Tina, bitte! Erledige hier alles, was möglich ist, denn genau um zehn müssen wir das Licht löschen und den Strom abschalten«, sagte Stanislav zu ihr und ging in sein Arbeitszimmer.

Die ganze eine Wand des schmalen Raumes mit einem Metallregal verdeckt, darin bis zur Decke Reihen sorgfältig geordneter Periodika, Bücher und Mikrofilme, auf einem Metalltisch die abgelehnten Muster der Ökobrote für die Mailänder Messe. Ein weiterer Mißerfolg. Und diesmal besonders schmerzhaft.

Der Entwicklungstechnologe Ing. Stanislav Bimoň, CSc. (35), trat an sein Regal und preßte die Stirn an die kühlen Buchrücken. Ich habe diese Ökobrote nach bestem Wissen und Gewissen erarbeitet, ist das denn wenig? Was kann eigentlich ein Mensch mehr? Ein plötzliches Gefühl von Erschöpfung und grenzenloser Schwäche. Mache ich nicht einen grundsätzlichen Fehler – die ganze Reihe von Jahren? Und vielleicht mein Leben lang?

»Das erste Anzeichen von Intelligenz ist, an Gedrucktem zu zweifeln«, sagt mir Rohan grinsend. Ein bloßer Aphorismus. Nur ein billiger Witz. Da soll ich wohl aufhören, der Wettervorhersage und dem Kursbuch zu vertrauen? »Die Wettervorhersage stimmt sowieso nie, und die Züge haben immer Verspätung«, hält mir Leona lachend entgegen. »Und das Leben richtet sich nicht nach deiner Wissenschaft.« Das ist natürlich nicht der Fehler der Wissenschaft. Es genügt, aus dem Fenster auf diese braune Bescherung zu schauen – seit wieviel Jahren hat uns gerade die Wissenschaft vor einer ökologischen Katastrophe gewarnt?

Der Augenblick der Schwäche war vorbei, Ingenieur Bimoň strich liebevoll über die wohlgeordneten Bücher, trat an den Metalltisch und steckte sich ein Muster des Ökobrots in den Mund. Niemand behauptet doch, daß das ein exklusiver Lekkerbissen sei. Übrigens, wie oft futtern denn die Leute Tag für Tag ausschließlich exklusive Leckerbissen? Und wieviel Millionen leiden bis jetzt Hunger.

Stanislav aß sein Brot der Zukunft. Eine einfache Speise, die alle benötigten Nährstoffe in vernünftigen Proportionen liefert. Freilich, sie reizt nicht raffiniert den Gaumen, führt zu keinen Geschmacksorgasmen. Aber ist es nicht schon längst an der Zeit, mit diesem sinnlosen Eßkult Schluß zu machen, der aus Jahrhunderten überdauert, da das Hauptvergnügen in Fressen, Saufen, Huren und öffentlichen Hinrichtungen bestand? Übrigens ist belegt, und zwar wissenschaftlich, daß der Genuß des Fleisches von geschlachteten Tieren eine gewisse Euphorie bewirkt, ein Erbe der urzeitlichen Jäger, ihrer dunklen Waldmythen und blutigen Rituale, eine Euphorie, die der Schamane Rohan mit seiner »Jägerpastete« aus aussterbenden Hasen und Vogelbeeren aufzufrischen trachtet.

»Die Leute haben meine Spezialitäten gern«, sagt mir der Fleischer Rohan grinsend. Um so schlimmer für die Leute. Die sich tagtäglich vorm Fernsehen aus purer Langeweile überfressen, während Hunderte Millionen ihrer Brüder hungern. Die ihre Frauen und kleinen Kinder betrügen und verlassen. Und die jetzt die Welt mit diesem braunen Unrat überschwemmen. Warum sollen gerade die uns diktieren, und warum sollen wir dauernd vor ihnen zurückweichen? Die Menschheit muß sich doch endlich einmal zusammenreißen!

Da klingelte das Telefon, von der erschrockenen Tina durchgestellt vom Krisenstab, und im Hörer eine aufgeregte Stimme: »Pavillon C, verdammt, warum meldet ihr euch nicht bei mir?«

»Ich habe mich vor einer Weile bei Ihnen gemeldet, aber mir wurde gesagt . . .«

»Ich pfeif drauf, was dir gesagt wurde. Wie heißt du?«

»Ingenieur Bimoň.«

»Bimoň, Bimoň . . . dich hab ich überhaupt nicht auf der Liste, aber das ist jetzt auch schon egal. Hör zu, Bimoň, übernimm dort das Kommando, verstanden! Alle in die Gummianzüge und in fünf Minuten antreten auf dem Hof!«

Sämtliche arbeitsfähigen Personen stellen sich an ihrem Arbeitsplatz ein, wo ihnen Aufgaben gemäß den Dispositionen der Krisenstäbe für den Notstand VERS zugeteilt werden. Alle Schulen werden mit sofortiger Wirkung auf unbestimmte Zeit geschlossen. Wir fordern Lehrer, Schüler und Studenten auf, beschleunigt in die Antimassitbrigaden im nächsten Bereichs- oder Gebietszentrum von VERS einzutreten.

VII

Junge, Junge, das gibt wieder Zoff – acht durch, und ich siel mich immer noch hier rum! Der hochaufgeschossene Michal Rohan (18) sprang aus dem Bett, riß hastig das Kabel seiner Stereoanlage, deren farbige Kontrollämpchen wieder einmal die ganze Nacht gebrannt hatten, aus der Steckdose und lief aus seinem Zimmer. Die Glasfüllung der Küchentür leuchtete ins Halbdunkel der Wohnung. Sollte Mutti auch auszuknipsen vergessen haben? Aber nein, das ist ein ganz anderes Licht. Das reinste Wunder . . .

Draußen vorm Küchenfenster ein unwahrscheinlich blauer Himmel und die niedrige Morgensonne über dem sich bis zum Horizont ergießenden braunen Meer. Also ist es schon niedergesunken! Und ich hab's verschlafen und komm wieder mal zu spät zur Arbeit.

Michal warf sich über, was ihm gerade unter die Hände kam, und kehrte in die Küche zurück, um zu frühstücken. Ein pfundiges Sandwich mit geräucherter Zunge und Sardellenbutter, dazu zwei riesige Pampelmusen, die ich liebe, Mutti auch, aber niemals nimmt sie sich eine, damit sie für mich bleiben, wo ich eine ganze Tasche davon täglich fresse. Meine Mutti ist Extraklasse, und sie hat mich sehr gern. Ich bin genau neun Monate nach der Hochzeit geboren.

Den Mund voll von dem Sandwich, stand er eine Sekunde

vor dem elterlichen Schlafzimmer. Vater schläft bestimmt noch, wo er doch gestern seine weiteren künftigen Goldmedaillen gefeiert hat. Wenn ich ihn jetzt wecke und mit seiner Karre in die Firma fahre, auch dann komme ich zu spät. Vater kann sich das erlauben. Aber mir ist es schrecklich peinlich, dauernd als der kleine Junge des großen Rohan zu erscheinen.

Der junge Mann lief aus dem leeren Haus in die Straßen der verseuchten Stadt. Eine Stadt, die verrückt geworden ist – über die Häusermauern kriechen Tausende dicke, glänzende Schlangen dieser braunen Schweinerei und Tausende und Millionen von braunen Polypen und Kraken. Einen normalen Polypen hab ich mein Lebtag nicht gesehen – ist das nicht etwas in der Nase? –, aber Kraken voriges Jahr im Sommer in Jugoslawien. Wir gingen morgens über den leeren Strand, und uns entgegen plötzlich ein Kerl, Mutti zog mich rasch weg, damit ich ihn nicht sehe, aber ich besichtigte ihn gründlich – von der Taille hing ihm ein halbmeterlanges Gemächte runter, doch das war nur ein Krake, den er soeben aus dem Meer gefischt hatte und, wie ein Handtuch über den Arm geworfen, vor dem Bauch trug. Mutti ist geschämig wie ein kleines Mädchen.

An unserer Bushaltestelle kein Mensch, geschweige denn ein Bus, und das Wartehäuschen sieht aus wie ein drei Meter hoher Schneemann. Und alle Straßenleuchten, aber auch die Verkehrsschilder in Massit gehüllt, wie wenn frischgefallener Schnee im Wald aus jedem Baum ein Ungetüm, ein Monstrum macht. Nur ist der Schnee jetzt naß und braun.

Durch die Luft fliegen Flocken, einige sind groß wie die Feuerquallen in der Adria, als wir in Italien Urlaub gemacht haben. Wenn damals Wind aufkam, rannten wir mit Mutti los, um auf die großen Wellen zu springen, aber in ihnen tauchten plötzlich diese roten Schirmchen auf, die brannten wie Brennesseln. Ich rannte durchs seichte Wasser vor Mutti her (sie hat Angst wie ein kleines Mädchen) und schleuderte die Biester beiseite, damit sie ihr nicht schadeten.

Der Autobus wird wohl nicht fahren, also legen wir die

Strecke im Laufschritt zurück. Aus jedem Abfallkorb wächst ein brauner Rebstock, wie wir sie in Bulgarien gleich am Hotel hatten, und aus der Reihe der Mülltonnen ist ein Bambushain gewachsen, wie wir einen im botanischen Garten in Suchumi sahen, wo ich mit Mutti Eis geschleckt habe – eigentlich bin ich schon viel herumgereist. Weil der Pappi mich dauernd bilden will und ihm und Mutti all diese Bildergalerien und Kathedralen unheimlichen Spaß machen, obwohl sie vielleicht überall ähnlich sind. Vor jeder muß man eine halbe Stunde im überhitzten Bus warten, bis der einheimische Fremdenführer kommt, und nach der halbstündigen Besichtigung wieder eine halbe Stunde im Bus, weil immer einer aus der Gruppe rumtrödelt und den Betrieb aufhält. Im Vatikan waren das eine und eine viertel Stunde. Ich möchte hundertmal lieber nur so mit Rucksack los und irgendwo auf dem Bahnhof oder unter freiem Himmel pennen ... Andererseits genießen wir bei diesen Sommerreisen unsere Mutti am meisten, während wir uns zu Hause eigentlich nur in der Tür begegnen. Eigentlich ziemlich schlimm, wenn man bis in den Vatikan muß, um ein halbes Stündchen mit der eigenen Mutter zu verbringen, oder?

Im unteren Teil der Stadt fällt ein bißchen weniger von dem Massit, aber um so mehr kriecht es über die Häuser. Das sind nicht mehr nur Polypen, Schlangen und Kraken, sondern ganze riesige Säcke, Laibe, Beutel, Wänste, Pansen und Netzmägen und alle die vier Mägen der Kuh, die ich mir in der Schule eingepaukt, aber gleich wieder vergessen habe. Wie alles. Für mein Alter bin ich furchtbar vergeßlich. Und zerstreut. Und mächtig nervös. Dringend brauchte ich endlich 'ne richtige Frau.

Die Hauptpost sieht aus wie ein ausgeweideter Hirsch, wie Vater einen in Polen geschossen hat, an allen Wänden blähen sich riesige braune Lebern, Milzen und Därme, dazwischen Hunderte pulsierende Herzmuskel. Und auf unserem Marktplatz das Hotel Bohemia, das Kaufhaus Prior, die Sparkasse – aus jedem Haus ist ein riesiges Tier geworden, abgehäutet, so daß man seine zuckenden Muskeln, Lungen und Nieren sieht ... Nein. Der ganze Platz ist das Innere eines einzigen braunen Ungeheuers, das uns verschlungen hat. Und seine ständig blutenden und eiternden Innereien sondern Gallerte, Schleim, Magensäfte und Speichel ab, um uns zu verdauen.

Michal trat an ein massitübergossenes Telefonhäuschen und stach probeweise mit dem Finger in die herabrinnende braune Masse. Je heller sie ist, um so rascher fließt sie, wie das weiche Ei, das ich Mutti am Sonntagmorgen gekocht habe, damit sie noch weiterschlafen konnte, und sie mußte dann das ganze Frühstück noch mal machen. Und je dunkler das Massit ist, um so fester wird es, und wenn es die Farbe von Schokolade hat, dann ist es zäh wie Gummi.

Er schlug mit den Fingern und dann mit der Faust auf die pampelmusengroßen dunkelbraunen Massitbatzen ein – die schokoladenfarbene Kugel begann unter seinen Schlägen zu erstarren und ließ seine Faust wie einen Boxhandschuh abprallen. Doch als er dann mit dem Fingernagel die dünne Oberflächenmembrane aufritzte, quoll ein dickes Gelee heraus, das an der Luft rasch eintrocknete, bis von der ganzen dunklen Kugel nur ein winziges Häuflein beigefarbenen Pulvers übrigblieb. Interessant. Aber ich muß jetzt flitzen, der Job wartet.

Auf dem Hof der NBLB ein irrsinniges Durcheinander, also wird's heute irgendwie untergehen, daß ich wieder zu spät angetrabt bin. Michal Rohan hastete außer Atem hoch in die dritte Etage des Gebäudes F, aber in allen drei Räumen der Werbeabteilung nur grauer Dämmer und nirgends ein Schwanz. So daß ich heute sogar als erster eingetroffen bin! Das ist noch nie dagewesen.

Also schnell alle Lampen anknipsen, auch die Lampe auf meinem Tisch, so als rackerte ich hier schon mindestens eine Stunde. Michal stützte sich mit den Ellbogen auf die verstreuten Papiere, so wie er sie gestern liegengelassen hatte, und grübelte über seinem Arbeitsplan für November: Aprikosenjoghurt »Aprijog«, Kinderlebkuchen »Mischa« und Brombeerjam (in dem jedoch von Brombeeren nicht viel sein wird).

Für zweitausend monatlich (zu denen ich noch mindestens ebensoviel aus Pappi raushole, aber dennoch bin ich dauernd blank) soll ich hier die Reklame für die Erzeugnisse der NBLB entwerfen. Aber meine Reklame gefällt keinem so recht. Mir eigentlich auch nicht.

Für die Aufgabe »Butter und Fette« zum Beispiel hab ich mir den Slogan ausgedacht: »Unsere leckere Auswahlbutter erfreut Kinder, Vater, Mutter« und dazu das Bild einer solchen glücklichen Familie, der Pappi, die Mammi, drei Kinderlein, alle kugelrund wie fünf rosige Schweinchen, und sie freuen sich über die Auswahlbutter. Die Firma hat's mir nicht abgenommen, sie begann gerade die Reduzierung des Körpergewichts zu propagieren und druckte das Bild eines mageren rachitischen Mädchens, wie es mit einem Fläschchen Pflanzenöl der Marke Votanol winkt.

Für die Leberpastete »Autocamp« habe ich mir ein ganzes Triptychon ausgedacht (wo der Pappi mich doch in den Weltgalerien bildet): 1. Das bekannte Bild, wie der Adler dem an den Felsen geschmiedeten Prometheus die Leber raushackt. 2. Der Adler tobt im Käfig, daß die Federn fliegen, der befreite Prometheus kichert und legt seine Leber eigenhändig auf ein Förderband, von dem – Bild 3 – am anderen Ende Konservendosen der Leberpastete »Autocamp« purzeln. Das Triptychon nahm man mir auch nicht ab, und statt dessen druckten sie wieder das knochige, klapperdürre Mädchen, wie es mit einer blöden Konservendose winkt.

Warum also halten sie mich hier überhaupt? Ach ja. Weil mein großer Pappi so 'ne Bombe ist, der Liebling des Generals. Ich sitze hier seit dem ersten September, bald sind's vier Monate, und mir macht's immer weniger Spaß.

Ursprünglich wollte ich Philosophie studieren, so wie Mutti, aber vor allem deshalb, weil ich dringend etwas über mich erfahren möchte. Doch die Aufnahmekommission der philosophischen Fakultät hat das nicht als ausreichenden Grund erachtet (und ich hatte auf der Penne ja auch einen kläglichen Zensurendurchschnitt), und sie haben mich nicht genommen. Vater war damals in Dänemark, sonst hätte er das bestimmt geregelt. Aber als er aus Dänemark wiederkam, war's zu spät, und so hat mir mein unermüdlich (und oft bis zum Kotzen) bombiger Pappi beim General diesen Druckposten erwirkt.

Ich würde lieber irgendwo draußen unter normalen lebendigen Menschen arbeiten, als Bademeister zum Beispiel oder Taxifahrer, Kulissenschieber, Tonmeister, Diskjockey, denn von Musik versteh ich am meisten. Aber schon Mutti zuliebe muß ich einen normalen Job machen.

Also, los geht's. Womit anfangen? Aprikosenjoghurt »Aprijog« sagt mir nichts, und Joghurt hasse ich. Brombeerjam – wie sehen eigentlich wirkliche Brombeeren aus? Aber daran erinnert sich sowieso niemand mehr. Ich fange mit dem Kinderlebkuchen »Mischa« an. Kinder hab ich sehr gern, und es soll ihnen gefallen ... Vielleicht das Bild eines Bärchens, wie es diese Lebkuchen von einem Lebkuchenhaus abreißt und in Brieflein steckt ...

Der grübelnde junge Werbespezialist wurde plötzlich durch zwei hereinstürzende Männer in schwarzen Gummischürzen aufgestört, der eine trug eine gewöhnliche Brille, der andere hatte das Gesicht hinter einem Schutzschild aus Plexiglas versteckt, und gleich in der Tür schrie er los: »Schaut euch den an, brennt hier Licht wie auf einem Ball, ja weißt du denn nicht, daß VERS ausgerufen ist?!«

»Ich ... mir hat niemand was gesagt«, verteidigte sich Michal.

»Hast du die Sirene nicht gehört?«

»Das ja, aber ich dachte, das ist wegen dem Nebel, wie wenn die Schiffe aufm Meer ...«

»Was ist das für ein Blödmann?« fragte der Mann mit dem Plexiglas seinen Begleiter.

»Pst . . . das ist der Sohn von Doktor Rohan«, flüsterte ihm der Bebrillte rasch zu.

»Aber darauf ist jetzt geschissen, wessen Junge einer ist. Augenblicklich alles auslöschen, abschalten, zuschließen und dalli auf den Hof!«

Auf dem Hof ein gräßlicher Krawall, das Brüllen der Sirene und der Megaphone, die Lichtwerfer feuern voll hinein, die riesigen AM-Propeller drehen sich wütend ratternd wie Windmühlen, so daß die zerdroschenen Massitfetzen durch die Luft fliegen und einem direkt in die Fresse. Und dazwischen wimmelt es von Menschen, einige halten Harken in den Händen, wissen aber nicht recht, was sie damit anfangen sollen.

Und in diesem verrückten Remmidemmi steht mein bombiger Pappi natürlich seelenruhig schön in Deckung unterm Dach des Pförtnerhauses, auch mit Harke – ich kann schwören, zum erstenmal im Leben! –, die er ungezwungen und elegant wie einen Golfschläger hält. Dabei sieht er aus wie ein Großmeister des Gartenbaus. So ist's immer und überall mit ihm. Man muß ihn echt bewundern, auch wenn man's nicht will. Mein phantastisch bombiger Pappi ist außer anderem auch ein phantastischer Showman.

»Was gammelst du hier rum!« schrie jemand Michal an und drückte ihm hart einen Gartenrechen in die Hand.

AUCH MIT KLEINEN MITTELN EIN GROSSES WERK! Nicht jeder kann natürlich gegen das Massit an den AM-Lichtwerfern, den Propellern und komplizierten Spezialapparaturen kämpfen. Aber gewöhnliche Harken haben ebenfalls eine ausgezeichnete Wirkung. Ihre Metallzähne reißen bei jeder Bewegung die dünne Oberflächenmembrane des Massits auf, dessen ungeschütztes empfindliches Innere dann allein durch die Wirkung des Tageslichts und des Luftsauerstoffs vertrocknet, bevor es noch Zeit hat, sich wieder zu verbinden und zusammenzuwachsen. So zerfällt es zu einer geringfügigen Masse von unschädlichem beigefarbenem Pulver. Harkt mit ruhigen, möglichst weitausholenden Bewegungen!

VIII

Das Durcheinander auf dem Hof legte sich, als die Mitglieder des Krisenstabs (gebildet aus Vertretern der Betriebsleitung und der gesellschaftlichen Organisationen) persönlich die Leitung des Kampfes gegen das Massit übernahmen.

Gemäß dem Operationsplan für den Notstand VERS wurde die Belegschaft der NBLB in sechzehn Brigaden aufgeteilt (zu je dreißig Mitgliedern), es wurde je eine Brigade für Leitung, Erforschung, Verbindung, Pioniertechnik, Verkehr, Versorgung, Gesundheitswesen und Verpflegung gebildet, ferner vier Brigaden zur Bedienung der AM-Lichtwerfer und ebenfalls vier für die AM-Propeller. Zum Leiter einer jeden Brigade wurde ein bereits zuvor geschulter Brigadier ernannt.

Jeder, der wenigstens eine gewisse Ausbildung in der Bedienung der AM-Apparate, im Fernmeldewesen, in der Elektrotechnik, der Reparaturtechnik, der technischen Versorgung, des Betriebs oder der Reparatur von Traktoren und LKWs, in der Massenverpflegung oder in der Ersten Hilfe hatte, wurde nach seiner persönlichen Fachkenntnis eingereiht, bis am Ende nur noch zweiunddreißig Mitarbeiter übrigblieben – Verwaltungsangestellte, Archivare, Bibliothekare, Sekretärinnen, Pkw-Fahrer ohne weitere Qualifikation, Redakteure der Betriebszeitung und Mitarbeiter nichttechnischer Bereiche, die der Operationsplan VERS knapp und bündig unter dem Stichwort zusammenfaßte: »Sonstige – zur freien Disposition des Krisenstabes«.

Während alle sechzehn Brigaden nach wenigen Minuten bereits intensiv tätig waren, standen diese »Sonstigen«, sich verlegen auf die ausgegebenen Harken stützend, herum, bis der Kommandeur des Krisenstabes zuletzt auch zu ihnen kam.

»Ihr seid, sagen wir, die Hofbrigade und werdet dem Massit mit Harken zu Leibe rücken. Einen Brigadier zu schulen, haben wir noch nicht geschafft.« Der Blick des Kommandeurs blieb auf der athletischen Gestalt von Stanislav Bimoň haften. »Leiter der Hofbrigade werden Sie sein.«

»Zu Befehl!« sagte Stanislav und nahm Grundstellung ein.

»Teilen Sie die Brigade in vier Gruppen, trainieren Sie sie und verlieren Sie keine Minute Zeit!« sagte der Kommandeur und enteilte in den Stab.

»Vorläufig kann keiner von uns was, aber gemeinsam werden wir's vielleicht irgendwie lernen«, wandte sich Stanislav mit verlegenem Lächeln den ihm unterstellten Mitarbeitern zu. »Das Harken wird kein Problem sein ... langsam, wie es jeder schafft, mit ruhigen, möglichst weitausholenden Bewegungen, wie Sie es alle schon im Fernsehen gesehen haben. Das sieht freilich primitiv aus, aber seine Wirkung wird's bestimmt nicht verfehlen. Wie Sie wissen, gedeiht Massit am besten im Dunklen, in Wärme, Feuchtigkeit und Stagnation – bei der Arbeit mit den Harken werden wir es stören, um- und umwenden, durchlüften, trocknen und abkühlen, so daß jede Ihrer Bewegungen eine mehrfache Bedeutung hat. Fangen Sie bitte an, probieren Sie's. Aber vor allem die Frauen bitte ich, sich maximal zu schonen. Das ist vorläufig alles, ich danke für die Aufmerksamkeit.«

Nach dem Löschen des Feuers im zentralen Kesselhaus der NBLB verschwand über dem hundert Meter hohen Schornstein allmählich jener gewaltige hufeisenförmige Rauchbogen, der nachts beim Niedersinken der Massitwolke mitgerissen und zur Erde gedrückt worden war, es jedoch dann geschafft hatte, auf dieser Wolke einen riesigen pyramidenförmigen »Vulkan« zu bilden, dessen wallende braune Masse den Hof mitsamt den Menschen zu verschütten drohte.

Gegen diesen Vulkan wurde ein massiver Angriff von drei Seiten zugleich eröffnet. Zielgerichtet brannten die Batterien der AM-Scheinwerfer mit mächtigen Lichtkegeln tiefe Höhlen und Tunnel in die Hänge der Pyramide, wonach die von den AM-Propellern hineingetriebenen Kaltluftströme ganze Blöcke aus dem feuchtweichen Vulkankörper brachen und sie zu rasch heller werdendem Splitt und weiter zu bereits unschädlichem beigefarbenem Pulver zerkleinerten.

Aber das Massit begann sich zu wehren. Immer flinker gruppierte es seine Masse von den Stellen tödlicher Bedrohung um und ergoß sich in die Sicherheit von Schatten und Windstille, aus dem Innern des zerstörten Vulkans strömten schnelle braune Bäche, die zu den Gebäudemauern flossen, von wo ihnen Hunderte frischgeborene schwesterliche Fangarme entgegeneilten, Gallerte verschmolz mit Gallerte, und zentnerschwere Massitblöcke glitten zischend durch die braunen Röhren nach oben.

Die Mitglieder der Lichtwerfer- und Propellerbrigaden mußten sich wie Ackergäule vor ihre umfangreiche schwere AM-Technik spannen, geistesgegenwärtig manövrieren und sie wie Kanonen durch Schlamm in neue Feuerstellungen ziehen. Die gezielten Lichtkegel zerrissen die immer höher über dem Hof zu dichten Hängebrücken zusammenwachsenden braunen Lianen und schossen sie herunter, und die Luftwirbel der Propeller zerstäubten die vorüberfliegenden Fangarme, Ranken und Adern zu einem Splitterschauer der braunen Masse, die jedoch immer gewandter dem Verderben entrann und sich immer sicherer an ungefährdete Stellen umgruppierte.

Um 14.00 Uhr konstatierte der Krisenstab, daß sich die Wirksamkeit der AM-Technik seit Ausrufung des Notstandes VERS um zwanzig Prozent vermindert habe, mit der Tendenz eines weiteren Absinkens. Während dieser ersten vier Stunden hatte das Massit wenn nicht Intelligenz, so zumindest eine überraschende Gelehrigkeit bewiesen, vielleicht sogar eine gewisse Fähigkeit zu taktischen Manövern.

Die drei Trupps der Hofbrigade hatten eine Schützenkette gebildet, die Leute stießen mit den Harken in die unteren Ballen der braunen Gallerte, verfolgten die entweichende Masse, wichen vor ihren sich rasch bildenden zwei Meter hohen Dünen und Wellen zurück, rissen die Massitlappen, die über die Gebäudemauern krochen, herunter und sprangen vor den elastischen, weichen Blöcken zur Seite, die in einem fort an den Wänden herabrutschten und von den Dächern stürzten.

Der Brigadier Standa Bimoň vollbrachte großartige Leistungen; geistesgegenwärtig stets an der Stelle der größten Bedrohung, die Harke wie eine Lanze gefällt, warf er sich gegen die Angriffsfront und zerschmetterte sie mit dem Scharfblick eines vortrefflichen Baskettballspielers, ständig in Aktion und die Augen überall: »Vorsicht an der Garage, in wenigen Sekunden fällt's runter! – Versteckt euch hinter dem Lichtwerfer! – Ausgezeichnet, Redakteur! – Tina, ruh dich ein Weilchen aus, und du, Tibor, gib ihr Rückendeckung!«

Die Eheleute Tibor und Tina Trnka hatten bislang noch kein Wort miteinander gewechselt, dafür unterhielt der Witzbold Eda Rohan die ganze Brigade. »Kommen Sie nur näher, Madame, damit wir zusammen was Schönes erleben!« rief er einem sich aufblähenden zwei Meter hohen Monstrum zu und hieb es mit der Harke um. »Schön auf den Rücken, Liebling, und jetzt noch die Beinchen breit! Ein braves Mädchen, so gefällst du mir, und jetzt wieder ich«, und mit rhythmischen Bewegungen der Harke zerkleinerte er die liegende Silhouette zu hellem Pulver. »Zur nächsten Nummer bereit!« Damit machte er sich über ein weiteres Stück her, diesmal mit Rückhandschlägen.

»Das ist doch kein Tennis«, sagte Standa zu dem Spaßvogel.

»Das tut mir allerdings aufrichtig leid. Wollen wir's im Golfstil versuchen?« Eda grinste und begann mit der Harke herumzufuchteln wie mit einem Golf-, dann wie mit einem Hockeyschläger und schließlich wie mit dem Bogen einer Baßgeige – man muß jedoch zugeben, daß seine Schläge, obzwar sie launenhaft wechselten, ungewöhnlich wirksam waren, als treffe er mit jedem direkt die Nervenzentren des braunen Gewoges.

Der Apfel fällt nicht weit vom Stamm – der junge Rohan, obwohl vom alten getrennt, hampelte herum wie sein Vater, nur ohne dessen Effektivität. Da stritt er mit ganzen Massitblöcken, was offensichtlich über seine Kräfte ging, er kletterte ihnen sogar auf der Feuerleiter nach – um Tina Trnková zu imponieren –, fiel natürlich herunter, schlug sich wund, aber schon trieb er es wieder woanders, rannte dauernd hin und her, kurzum, er trieb Unsinn und zerbrach am Ende seinen Harkenstiel.

Am Nachmittag, kurz nach 15.00 Uhr, brachen plötzlich die Reste des durchlöcherten und zerfetzten Stalagmitvulkans auf dem Hof auseinander und ergossen sich nach allen Seiten wie Lava, das befreite Massit regenerierte sich bestürzend schnell, ballte und blähte sich zu frischen Formen und wuchs erneut, über den Hof wälzten sich Blöcke, so groß wie Autobusse, und einer, so groß wie ein Güterwaggon, überschwemmte die ganze Hofbrigade.

»Lauft, lauft weg!« rief der Brigadier Bimoň.

»Michal – wo bist du?« brüllte Eda Rohan, der rechtzeitig auf die Feuerleiter geklettert war.

Michal tauchte aus der braunen Masse auf, gab aber dem Vater keine Antwort, drang wieder in den braunen Brei ein, aus dem er schließlich die ohnmächtige Tina Trnková hervorzerrte und huckepack nahm. Tibor Trnka schaute ein paar Sekunden zu, dann stürzte er herbei, und die beiden Männer trugen Tina in die Sanitätsstelle.

Um 16.00 Uhr kündigte die Sirene das Ende der ersten Notstandsschicht an, und die erschöpften Mitarbeiter brachten ihre Harken ins Magazin. Der Pyramidenvulkan war zwar verschwunden, aber der Anblick des Hofes keineswegs erfreulich. Auf dem verlassenen Schlachtfeld rückten aus den Nachbarhäusern und -gassen frische braune Verstärkungen heran, sie flossen auf den Hof, und im Nu waren die so mühsam gesäuberten und nur noch mit dem beigefarbenen Staub des toten Massits bedeckten Stellen wieder mit Ranken und Gerten des rapide wuchernden Gallertedschungels bewachsen.

Der Pförtner Polda Štrunc in dunkelblauer Uniform eilte mit dem braunen Büchlein »Regeln für den Notstand VERS«

(Hunderte Exemplare davon waren schon vormittags in offenen Kisten hergebracht und umsonst verteilt worden) auf den Parkplatz und stellte sich vor die Motorhaube des italienischen Sportwagens, in dem sich Eda Rohan mit Sohn bereits zur Heimfahrt anschickte.

»Stop!« sagte er zu ihnen, stoppte auch den bereits anfahrenden Standa Bimoň und las allen laut aus den »Regeln« vor: »Artikel einunddreißig – Personenautos dürfen nur in außerordentlichen Fällen und grundsätzlich nur voll ausgelastet benutzt werden!«

»Na, was soll's«, brummte der erschöpfte Eda. »Der heutige Tag ist mir ganz außerordentlich vorgekommen, bis zum Halleluja!«

»Wir fahren zusammen«, entschied Standa Bimoň, band, um nicht den Motor anlassen zu müssen, seinen Škoda mit dem Abschleppseil an Rohans Wagen und setzte sich hinters Lenkrad. In das vordere Auto stieg dann noch Tina Trnková.

So fuhren sie schweigend durch die Stadt, die von einer lebenden braunen Glasur bewachsen war. Diese ergoß sich jetzt ungehemmt in riesigen Massen von Straße zu Straße, sich in dichten Schichten über Dächer und Hausfassaden bewegend, wie eine mächtige, glänzende Muskulatur, die für die nächsten Schläge trainiert.

RAUCHEN AUCH VERBOTEN? »Rauchen besonders«, sagte unserem Berichterstatter Herr Professor Janík von der Prager Universität. »Ein durchschnittlicher Raucher produziert mit seinen zwanzig Zigaretten pro Tag bei der heutigen Situation bis zu achtzig Kubikmeter gasförmiges Massit, was dem Inhalt eines beachtlichen Gartenbassins entspricht.«

IX

Abends kamen die Bewohner der vierten Etage des Hauses Nr. 2002, das Ehepaar Bimoň, die Rohans mit Sohn Michal und Tina Trnková samt ihrer Mitbewohnerin Rita Nedomová, in der leeren Wohnung der in die Berge evakuierten Familie

Durdík zusammen, um hier die Gemeinwohnung des Hauses zu etablieren.

Die sieben Menschen nahmen im Wohnzimmer der Durdíks Platz, wie es eben ging (Michal Rohan auf dem Teppich), und harrten der kommenden Dinge.

»Mit dem heutigen Tag hat der Notstand VERS begonnen, und so müssen wir damit anfangen«, begann Standa Bimoň verlegen, als niemand das Wort ergriff. »Das da war im Hausbriefkasten.« Er zeigte allen ein Formular der Evidenzkarte der Gemeinwohnung und eine braune Broschüre »Regeln für den Notstand VERS«. »Auf dieser Karte müssen wir alle Mitglieder der Gemeinwohnung eintragen und den Vertrauensmann, der für Gemeinwohnung und Haus verantwortlich sein wird. Wen schlagt ihr vor?«

»Eda Rohan«, erkühnte sich Tina, als keiner etwas sagte. »Er ist der Älteste von uns und der Erfahrenste.«

»Gerade deshalb hat er keine Lust, den Hausmeister zu machen«, verwahrte sich Eda grinsend.

»Dann soll es doch Standa Bimoň übernehmen«, schlug Tina nach einer weiteren Stille vor. »Wo er doch schon damit angefangen hat, nicht?«

»Ich versteh nicht, warum ausgerechnet mein Mann hier Hausmeister sein soll!« fuhr Leona Bimoňová sie an.

»Einen anderen haben wir nicht mehr«, fertigte Tina sie ab. Rita lachte und zündete sich eine Zigarette an.

»Vielleicht meldet sich jemand freiwillig«, schlug Pavla Rohanová vor. Aber das geschah nicht.

»Also, damit wir hier nicht bis Mitternacht glucken«, griff Eda in die peinliche Stille ein, »schlage ich Standa Bimoň vor. Wer dafür ist, soll die Hand heben.«

Es hoben sich fünf Hände (außer denen des Ehepaars Bimoň), und Standa blieb nichts übrig, als die Funktion des Vertrauensmannes zu übernehmen.

»Sowieso werden wir uns darin ablösen«, sagte er und blätterte in der braunen Broschüre der »Regeln für den Notstand VERS«. »Was uns betrifft, steht erst hier, Artikel achtundzwanzig: Ab sofort ist die Zufuhr von Heizdampf und Warmwasser zu allen Wohnungen, außer den gemeinschaftlichen, zu unterbrechen. Praktisch werden wir das so durchführen, daß jeder bei sich zu Hause sämtliche Hähne an den Heizkörpern zudreht, ebenso die Warmwasserzuleitung – der Hahn ist im Bad hinter der Tür, über dem Klobecken. Baden kann man also nur mehr hier, im Bad unserer Gemeinwohnung. Wir müssen das irgendwie organisieren, und so schlage ich vor, daß an einem Tag die Frauen und am anderen die Männer baden.«

»Aber wir müssen doch täglich baden«, wandte Eda ein. »Oder zumindest duschen.«

»Der Notstand VERS bedingt unerläßliche Einschränkungen«, erwiderte Standa trocken.

»Verkündet wurde der Zustand der Verseuchung, nicht des Erstickens im Dreck!« stritt Eda weiter.

»Ich kann mir einen Tag ohne Wannenbad nicht vorstellen«, ließ sich auch Leona vernehmen.

»Wir wissen doch alle, wie schlecht wir mit jeder Art von Energie dran sind«, sagte Standa eindringlich. »Und wenn wir sie mutwillig im Badezimmer verschwenden, wird nichts für die Lichtwerfer und Propeller übrigbleiben, und wir werden wirklich ersticken – aber in einem Meer von Massit. Sparen müssen wir überall und mit jedem Kilowatt.« Standa ließ seinen Blick hilfesuchend über die Gesichter wandern, aber vergeblich, auch bei seiner Frau fand er keine Unterstützung.

Eda Rohan hatte die Mehrheit auf seiner Seite, wenn auch nur eine schweigende Mehrheit. »Da sollen wir wohl zu zweit in die Wanne steigen?« sagte er ironisch. »Oder alle sieben auf einmal?«

»Ich bin der Meinung, daß es fortan genügen muß, alle zwei Tage zu baden«, stieß plötzlich Michal Rohan hervor und lief rot an. Mir ist es zwar völlig egal, aber mich kotzt es an, wenn mein unheimlich witziger Pappi um jeden Preis seinen Witz vorführen muß.

»Danke, Michal«, sagte Standa und las, durch den Zuspruch gestärkt, weiter aus dem braunen Regelbuch vor, jetzt viel entschiedener: »Artikel neunundzwanzig – elektrischen Strom ab sofort nur noch in der Gemeinwohnung. Jeder dreht die elektrischen Sicherungen im Korridorschränkchen heraus. In Privatwohnungen ist es unzulässig, irgendwelche Stromverbraucher zu benutzen, ich zitiere: namentlich keine Elektroherde, -kocher und -grills, Kaffeemaschinen, Kühl- und Gefrierschränke, Küchenmaschinen, Mixer, Müllschlukker, Toaster, Höhensonnen, Infrarotstrahler, Fernseher, Radioempfänger, Plattenspieler und Tonbandgeräte, die aus dem Netz gespeist werden, keine Elektroheizkörper und -sonnen, Decken-, Steh-, Tisch- und sonstigen Lampen, Bügeleisen, Elektrorasierer, Föne, Telefone und Türglocken. Artikel dreißig – Hausaufzüge. Maximale Sparsamkeit und volle Auslastung. – Am besten wird es sein, wenn ich den Aufzug einfach abstelle und ihn nur früh zum Weg zur Arbeit und nachmittags von der Arbeit einschalte. Wir alle werden immer gemeinsam in der einen Kabine hinauf- und hinunterfahren.«

»Für den Weg hinunter wird der Aufzug vielleicht gar nicht nötig sein«, ließ sich Michal Rohan vernehmen. »Die paar Treppen können wir doch ruhig zu Fuß runterlaufen.«

»Ausgezeichnet, Michal!« lobte ihn Standa.

»Aber das ist doch Unsinn!« Eda platzte fast vor Lachen.

»Ich wüßte nicht, warum!« lehnte sich Michal wieder gegen seinen Vater auf. »Wenn wir's alle beschließen ... .«

»Wenn wir's alle beschließen, wird der Unsinn noch größer«, machte sich der Vater über seinen eifrigen Sohn lustig. »Damit der Aufzug herauffahren kann, muß er zuerst hinunterfahren. Damit ersteht vor uns das Problem, wer den Aufzug täglich ins Erdgeschoß befördert.« Wie immer amüsierte sich Eda Rohan königlich. »Am besten vielleicht wir alle – indem wir morgens bequem damit aus unseren Wohnungen hinunterfahren, stimmt's, mein lieber Sohn?«

»Das war wieder mal furchtbar witzig, Herr Papa«, stieß Michal puterrot hervor.

»Nicht wahr?« zog ihn der Vater lachend auf.

»Frau Trnková meldet sich zu Wort«, mischte sich Pavla Rohanová in den Familienstreit ein.

»Ich frage nur, ob es jetzt verboten werden soll, zu Hause einen Recorder laufen zu lassen«, sagte Tina.

»Selbstverständlich nicht«, erklärte ihr Standa. »Soweit er mit Batterie betrieben wird, kannst du ihn jederzeit einschalten. Und wenn du ihn ans Netz anschließen möchtest, also mit dem Kabel in die Steckdose in der Wand, dann bringst du ihn mit in die Gemeinwohnung.«

»Aber ich hab keine Batterien, und die Kassetten muß ich zu Hause abspielen«, sagte Tina unglücklich. »Weil ich sonst nicht einschlafen kann ...«

»Das ist Tatsache«, eilte Rita Nedomová der Freundin zu Hilfe und steckte sich eine neue Zigarette an. »Batterien sind schon lange nicht mehr zu kriegen, da sich jeder auf den VERS vorbereitet hat. Und Sie wissen doch, wie Tina dran ist, den kleinen Tomášek hat sie im Gebirge, und Tibor ist weg – sie ist davon wahnsinnig nervös. So daß sich die Herren vielleicht als Gentlemänner erweisen und ihr eine Ausnahme erlauben könnten, nicht?«

»Die Regeln für den Notstand VERS lassen keine Ausnahmen zu«, sagte der Vertrauensmann Bimoň kalt. »Was unter anderem auch das Rauchen betrifft.«

»Na ja! Hat 'n Amt gekriegt und damit auch Verstand, klar!« sagte Rita schnippisch und blies ihm den Zigarettenrauch ins Gesicht.

»Meinen Sie nicht auch, daß Sie reichlich frech sind?« herrschte Leona sie an.

»Die Funktion des Vertrauensmannes der Gemeinwohnung würde ich Ihnen jederzeit abtreten«, sagte Standa. »Nur darf ich das nicht, Frau Nedomová, weil Sie nicht im Mieterverzeichnis stehen und in unserem Hause also bloß Gast sind. Wenn Sie das bleiben wollen, werden Sie gezwungen sein, uns zu respektieren. Zweifellos wissen Sie, daß Rauchen während des Notstandes VERS streng verboten ist.« Standa hob die

Stimme. »Ich fordere Sie auf, augenblicklich die Zigarette auszudrücken!«

Die erschrockene Rita gehorchte hastig, und im Zimmer machte sich unangenehme Stille breit.

»In der heutigen Situation jemanden aus dem Hause zu weisen wäre wohl zu roh, nicht?« fragte Eda alle. Aber die schweigende Mehrheit schwieg natürlich. »Und du mach dir auch keine Sorgen, Tina«, fügte er hinzu. »Unser Michal wird dir seine Batterien bringen.«

»Klar! Batterien einen ganzen Haufen und dazu das japanische Stereo-Hi-Fi!« rief Michal und lief gleich wieder rot an.

»Artikel einunddreißig«, las Standa weiter aus dem braunen Buch vor. »Der Vertrauensmann der Gemeinwohnung ist persönlich für die strenge Einhaltung dieser Regeln verantwortlich und wird sie persönlich kontrollieren. Zu diesem Zweck sind alle verpflichtet, ihm Zugang zu ihrer Wohnung zu ermöglichen, wann immer er das für angebracht hält.«

»Zum Beispiel um Mitternacht?« kläffte Eda.

»Warum gerade um Mitternacht?« fragte ihn Standa verständnislos.

»Und warum eigentlich nicht? Diese braune Broschüre haben ihre Verfasser offensichtlich in einer solchen Hast zusammengeschmiert, daß sie es nicht geschafft haben, sich mit dem Zivilgesetzbuch bekanntzumachen. Der Notstand VERS darf aus unseren Heimen keine Kasernen machen unter der Aufsicht eines U. v. D. Was mich betrifft, so werde ich in meine Wohnung niemanden ohne ordnungsgemäße richterliche Genehmigung lassen, die ich zuvor gründlich durchlesen und überprüfen werde. Was ich auch den anderen empfehle«, versuchte Eda Rohan wieder, auch die übrigen zu einer Äußerung zu bewegen.

Die aber schwiegen.

Die schüchterne Pavla und Tina aus Unlust zum Streit, ebenso wie Leona, auch wenn sie mit ihrem eifrigen Standa nicht in allem übereinstimmt. Michal wieder will nicht als mein ewiger Schatten gelten, also opponiert er lieber, und

Rita Nedomová ist offenbar erschrocken, daß der Vertrauensmann Bimoň sie tatsächlich aus dem Hause jagen könnte.

»Diese rhetorische Übung war völlig überflüssig.« Standa klappte das braune Regelbüchlein zu. »Ich habe natürlich nicht die geringste Lust, bei jemandem um Mitternacht in die Wohnung einzudringen. Aber falls jemand illegal heizt oder Licht brennt, wird es nötig sein, das zu unterbinden. Ohne besonderen Gerichtsbeschluß und sofort und, wenn's sein muß, um Mitternacht. Keine weiteren Hinweise oder Fragen? Also können wir den Fernseher einschalten.«

Auf dem Bildschirm heute nur die von einem Kommentator verlesenen Berichte von den Antimassit-Schlachtfeldern, optimistische Prognosen von hastig zusammengerufenen Wissenschaftlern, durchsetzt allerdings mit sehr ernsten Warnungen, worauf der Kommentator die Fernsehsendung des ersten Notstandstages mit der Mitteilung beendete, daß aus energetischen Gründen lediglich der Rundfunk weitersenden werde.

Standa schaltete den Fernseher aus und das Radio ein, aus dem schmissige Blasmusik erschallte, und forderte die Versammelten auf, sich aus ihren Wohnungen Lebensmittel und Toilettenbedarf zu holen. »Ein Wannenbad werden heute die Frauen nehmen«, entschied er. »Doch zuvor sperren Sie bitte zu Hause die Heizung und das Warmwasser ab. Die elektrischen Sicherungen im Flur drehe ich selber für alle heraus, und ich erinnere daran, daß es nicht erlaubt ist, in den Wohnungen mit Kerzen zu leuchten, sondern nur mit Taschenlampen. Eine brennende Kerze produziert in einer Minute zehn Liter gasförmiges Massit.«

»Ich muß ihr die Batterien bringen«, murmelte Michal Rohan, sobald er mit den Eltern in die eigene Wohnung zurückgekehrt war, warf Teile eines Staubsaugers aus der großen Leinentasche, stopfte sie mit einer reichen Kollektion seiner Musikelektrotechnik voll, und schon flitzte er wieder los.

»Warte, hast doch noch nichts gegessen!« rief ihm die Mutter nach.

»Ich hab jetzt keinen Hunger, vielleicht später!« rief er und verschwand.

»Was wirst du essen?« fragte Pavla ihren Mann.

»Was man hier eben zubereiten kann«, antwortete Eda.

»Ich hab auch keine Lust mehr hinüberzugehen. Aber mußtest du dich so streiten?«

»Mußte ich und werde ich müssen. Und jetzt machen wir uns einen schönen Abend zu Hause, ja?«

»Sehr gern. Schaltest du die Heizung ab? Ich brühe rasch einen Kaffee auf.«

Eda drehte die Hähne aller Heizkörper zu, und als er gerade die Zuleitung des Warmwassers absperrte, breitete sich plötzlich in der ganzen Wohnung Dunkelheit aus. »Ich möchte wetten, daß unser lieber Vertrauensmann den Strom für die Wohnungen zuerst bei uns abgeschaltet hat. Aber ich bin es gewohnt, der erste zu sein, mir hätte sonst richtig was gefehlt«, brummte er und suchte die Taschenlampe.

»So daß es keinen Kaffee mehr gibt!« rief Pavla aus der dunklen Küche.

»Ausgezeichnet! Wir entkorken eine Flasche Weißwein.«

»Da mach ich mit. Er wird aus dem Kühlschrank noch schön kalt sein.«

»Hier wird jetzt alles kalt sein. Bloß wir nicht, stimmt's?«

»Nein, wir nicht.«

Im zuckenden Licht der Taschenlampe führte Eda seine Frau ans Klavier, stellte die Flasche Wein darauf, füllte zwei Gläser und richtete das Licht auf sie. »Wie wenn im goldenen Mond eine kühle Glocke hallt ... Erinnerst du dich?«

»Ein lebendiger Phönix ...« Sie lächelte und rezitierte weiter aus dem Stück: »Kristalle in der Ernte«.

»Eine schluchzende Nachtigall, in den Birnbäumen versteckt ...«

»... um die herbstliche Mitternacht«, schloß sie und begann leise zu spielen, bei Musik öffnete sich Pavla am tiefsten, und sie spielte mit geschlossenen Augen, bis sie spürte, daß er sie von hinten um die Brüste faßte und immer fester drückte.

»Liebster«, flüsterte sie, als er sie im Schlafzimmer zart hinlegte und sich ihr, offen und heiß, wie sie war, näherte, »schon so viele Tage warst du nicht bei mir ...«

»Weil ich nicht wußte, daß du mich so sehr willst – wie ich jetzt dich.«

Der Vertrauensmann Stanislav Bimoň entschied, daß das Schlafzimmer der Zweizimmerwohnung der evakuierten Durdíks das »Dienstzimmer der Gemeinwohnung« sein solle, und besichtigte es mit seiner Leona – in dem nicht allzu großen Raum standen nur zwei Ehebetten, Schränke und ein Toilettentisch mit ovalem Spiegel. »Sollten wir die Betten nicht senkrecht zur Wand stellen, damit mehr Platz wird?« überlegte er laut.

»Aber warum?« Leona lachte. »Vielleicht werden sie uns gerade so zupaß kommen ...«

»Wozu denn?«

»Ein bißchen drauf schmusen, schön im Warmen und bei Licht, nicht? Wo es doch bei uns drüben jetzt kalt und dunkel sein wird.«

»Das schlag dir aus dem Kopf, Leona, das hier wird das Dienstzimmer. Aber die Betten lassen wir so, falls jemand krank wird.«

»Wenn jemand krank wird, schicken wir ihn ins Spital, das ist doch noch in Betrieb. Sei dir endlich bewußt, daß du hier kein Hausknecht oder Hausmeister bist, sondern der Kommandant unserer Etage. Und der Chef des ganzen Hauses!«

»Nur der Vertrauensmann, und das auch nur deshalb, weil es kein anderer übernehmen wollte.«

»Darauf kommt es nicht an, jetzt bist du hier die Hauptperson. Und du mußt deine Autorität durchsetzen.«

»Weißt du, ich möchte das lieber demokratisch leiten.«

»Das hast du doch schon versucht, und du hast den Rohan gehört, wie er dich dauernd angestänkert hat. Was erlaubt sich der Kerl? Dieser aufgeblasene Scharlatan, der Emmentaler Käse mit Johannisbeeren mischt, Bier mit Speiseeis, dafür heimst er in der ganzen Welt Goldmedaillen ein, und dich stößt er immer und ewig zurück ... Also wirst du wenigstens hier und jetzt der erste sein.«

»Darum geht es mir doch überhaupt nicht, ich will nur ...«

»Aber darum muß es dir gehen, Liebling, und nicht nur jetzt und hier. Du schaffst es bestimmt! Du warst fabelhaft, als du den Rohan und diese unmögliche Rita zusammengestaucht hast, ich war stolz auf dich.«

»Du ärgerst dich also nicht mehr, daß ich die Funktion übernommen habe?«

»Kein bißchen!« sagte sie und küßte ihn. »Ich liebe dich und werde dir helfen!«

Standa begab sich in heiterster Stimmung auf den Flur, um die elektrischen Sicherungen aller Wohnungen herauszudrehen (zuerst bei den Rohans), Leona setzte sich aufgekratzt auf das weiße Samttaburett vor Frau Durdíks Toilettentisch und beschaute sich grinsend in dem ovalen Spiegel. Ganz hübsch, unser neues Zimmer, was? Mir fängt's hier zu gefallen an.

Wo ich doch so gern spiele ... Warum also nicht die erste Dame des Hauses, die First Lady ... Wihi! Und als Gattin des Vertrauensmanns werde ich auch meinen wankelmütigen und trägen Liebhaber unterm Daumen haben.

Als in Tinas Wohnung plötzlich das Licht ausging, begann Rita Nedomová mit einem ordinären Fluch im Dunkel nach einer Kerze zu fingern. Sobald sie sie gefunden und angezündet hatte, steckte sie sich an ihrer Flamme eine weitere Zigarette an.

»Du weißt doch, daß Kerzen verboten sind«, ermahnte Tina sie. »Auch das Rauchen.«

»So'n Scheiß, du nimmst das wohl auch schon so ernst wie dieser blöde Bimoň?«

»Ich will keinen überflüssigen Verdruß haben, weißt du.«

»Dich erwartet eine ganze Fuhre, Herzchen. Und mich ... Wie dieser Bimoň auf mir rumgeritten ist, was? Aber die liebe Rita fürchtet sich vor niemandem auf der Welt.«

»Was werden wir essen?«

»Was schnell fertig ist. Wenn uns diese Zicke Bimoňová überhaupt an den Herd ranläßt.«

»Vielleicht läßt sie uns wenigstens Rühreier machen«, seufzte Tina und packte sechs Eier, einen halben Laib Brot und ein Stück Butter in die Tasche.

»Und noch das«, sagte Rita und steckte eine Flasche Rotwein dazu.

»Wozu das, ich bitte dich!«

»Ein Tröpfchen Wein hebt die Stimmung.« Rita grinste sie an und blies die Kerze aus. »Und unser gestrenger Herr Vertrauensmann ist schließlich auch nur ein Mann, nicht? Dem seine magere Ziege fremdgeht.«

Die Gemeinwohnung wurde allmählich in Betrieb genommen. In dem gemeinsamen Badezimmer badete zuerst Leona, ihr folgten Tina und Rita, die dann in der Küche hastig ihre Rühreier verspeisten. Michal Rohan hatte nichts zu essen mit, aber nach Hause zu den Eltern wollte er nicht. Tina schmierte ihm dick zwei Butterbrote, und dann schoben sie in der Ecke des Wohnzimmers zwei Sessel zusammen. Der junge Rohan baute für die junge Frau begeistert die elektrische Musikanlage auf, zeigte ihr dann, wie man sie bedient, und ließ leise Musik nach ihren Wünschen laufen.

An dem niedrigen Tischchen vor dem erloschenen Fernseher saß auf einem Sofa das Ehepaar Bimoň, Standa studierte in der braunen Broschüre die Regeln, und Leona langweilte sich ostentativ. Am Bücherschrank hinter ihnen stand Rita Nedomová und tat, als schaute sie sich Bücher an.

Leona gähnte. Das werden ja schöne Abende! Eda kommt heute nicht mehr, der ist dort mit seiner Pavla im Dunklen. Und sein Michal fängt hier an, die Tina Trnková einzuwickeln. Er wird wohl nach seinem Vater geraten sein. Und Standa liest nur dauernd. »Wenn wenigstens Spielkarten da wären!« sagte sie laut.

»Ich hol welche«, erbot sich Rita rasch, und nach einer

Weile brachte sie ein abgegriffenes Spiel mit zweimal vierundfünfzig Blatt und stellte eine Literflasche daneben. »Wenn wir schon hier zusammen vegetieren müssen, dann lieber im Guten und lustig, nicht?« Sie lächelte Standa zu.

»He, ihr zwei Verschwörer dort, kommt auch zu uns!« lud Leona die beiden in der Ecke, Tina und Michal, mit an ihren Tisch. »Damit auch mir jemand den Hof macht!«

»Aber was werden wir spielen?« fragte Standa.

»Wir sind fünf, also Rommé«, sagte Tina.

»Rommé hab ich zuletzt gespielt, als ich neun war«, sagte Leona verächtlich.

»Dann spielt doch zu viert, ich werde kiebitzen.« Rita trat bereitwillig zurück und enteilte in die Küche, um die Flasche zu entkorken.

»Wir werden Canasta spielen«, entschied Leona majestätisch. »Michal, du gibst!«

Die vier begannen zu spielen, ziemlich stockend und zäh, Standa zu ernst (wie er alles machte), Tina lustlos (worüber sich Leona insgeheim amüsierte), und Michal bemühte sich auf rührende Weise, sie aufzuheitern. Aber Stimmung und Schwung brachte erst Rita in das Ganze – in Kneipen zu Hause, Serviererin und Gäste von früh bis nachts, machte sie auch aus der Gemeinwohnung ein Lokal, ließ die passende Musik laufen, arrangierte eine intime Beleuchtung, schenkte fleißig nach, ging um den Tisch, neigte sich zu den Spielern; Meisterin in allen Kartenspielen, verstand sie es, jeden fachmännisch zu loben (am meisten Standa), mit ihren saftigen Scherzen zum Lachen zu bringen (außer Leona), und die Flasche Wein war bald geleert.

»Wenn's am schönsten ist, soll man aufhören«, schlug Standa mit einem Blick auf die Uhr vor.

»Was sollen wir zu Hause?« widersprach Michal und warf Tina einen flehentlichen Blick zu. »Dort erwarten uns nur Kälte und Dunkel.«

»Also noch eine Runde?« meinte Tina und lächelte ihm zu.

»Zu einer zweiten Runde gehört auch eine zweite Flasche –

darf ich sie holen?« rief Rita fröhlich. »Wo wir doch hier wie eine einzige große Familie sind . . .«

»Wir haben unsere Familie im Böhmerwald«, fertigte Leona sie unbarmherzig ab.

Aber Rita hörte es gar nicht. »Ich fliege schon, nur hab ich die Flasche ganz hinten in der Speisekammer, und so würde ich bitten, für ein Weilchen Licht bei uns zu machen, weil ich keine Taschenlampe habe«, sagte sie leichthin. »Als ich das erste Mal dort war, um die Karten zu holen, hab ich mir im Dunklen ganz schön das Knie angeschlagen.« Und eifrig den Rock schürzend, zeigte sie Standa das Knie einschließlich der beiden strammen gebräunten Schenkel.

»In Privatwohnungen darf jetzt kein Licht brennen«, belehrte Leona sie von oben herab. »Andernfalls würde ich schon längst nicht mehr hier hocken.«

»Aber doch nur für ein klitzekleines Weilchen«, bettelte Rita den Vertrauensmann Bimoň.

»Bei Ihnen Licht machen darf ich wirklich nicht, aber ich hole für Sie eine Taschenlampe«, erbot sich Standa und eilte bereitwillig in das Dienstzimmer der Gemeinwohnung.

»Brich dir bei der Hast bloß kein Bein, Liebling!« riet ihm Leona giftig, und ihr Blick begegnete dabei funkelnd dem von Rita. Doch diese lachte ihr nur frech ins Gesicht.

»Sie sind ein wahrer Gentleman und furchtbar nett zu mir«, hauchte sie dann und ging rasch in Tinas Wohnung, wo sie sich als erstes eine Zigarette anzündete, die aber bei dem gierigen Saugen nach einigen Zügen bereits verglimmte. Rita steckte sich flugs eine zweite an und rauchte sie voller Genuß.

X

Die Frontalschlachten mit den konzentrierten Massen der braunen Materie im Hof der NBLB gingen allmählich in verbissene Guerillakämpfe auf immer ausgedehnteren Schlachtfeldern über. Mit wachsender Intelligenz entrann das Massit der Reichweite der AM-Lichtwerfer und Propeller, gruppierte sich behende um, regenerierte sich und wucherte an verborgenen Stellen wieder zu mehrere Meter hohen Halden und Wehen.

Der städtische Krisenstab gliederte Ústí in neun Operationsabschnitte, deren jeder einem Industriebetrieb zugeordnet wurde, und die Brigaden der NBLB fuhren mit der AM-Technik in die umliegenden Straßen. Auf dem Hof blieb nur Bimoňs Brigade mit den Harken zurück.

Nach einigen Tagen zeigten sich Ermüdungserscheinungen wegen der ungewohnten körperlichen Arbeit, aber auch Niedergeschlagenheit wegen des immer erfinderischeren Gegners. Das Massit kletterte vom Hof die Mauern hinauf, mit den Harken war es nur zu verfolgen, indem man sie mit beiden Händen hoch über den Kopf streckte, was natürlich niemand lange aushielt.

Der unermüdliche Standa Bimoň schleppte aus dem Magazin eine lange Leiter heran und kletterte bis in die Höhe des zweiten Stockwerks hinauf, wo er mit einer Heugabel ganze Massitbatzen auf die Erde herunterriß, damit die übrigen sie dort bequem liquidieren konnten. Der sportlich trainierte Standa stellte die Leiter immer wieder zu dem dichtesten braunen Bewuchs um, mal war er oben, mal unten, dazwischen richtete er den Leuten die verbogenen Harkenzinken grade, umwickelte die gesprungenen Stiele mit Isolierband und redete unermüdlich auf die Verzagenden ein: »Das Schlimmste haben wir schon hinter uns, jetzt heißt es nur noch durchhalten, bloß ein paar Tage, bis wir das Wachsen des Massits in Abnehmen umkehren, dann muß diese Bestie anfangen, sich selber zu verzehren.«

Wann immer der Hof jedoch fast gesäubert war, wälzte sich eine neue braune Flut aus der Nachbarschaft herbei. Dem vernichtenden Feuer der AM-Technik entfliehend, übergossen zwei Meter hohe braune Wellen den Hof, bis die Lichtwerfer im Verein mit den Propellern auch hier ihr Werk begannen.

Und wenn diese wiederum Stellungswechsel vollzogen, fing alles von neuem an.

Tina Trnková blies sich die Haare aus der schweißnassen Stirn und schaute zornig auf den Rücken ihres Mannes. Obwohl Standa sie beide absichtlich in dieselbe Gruppe eingereiht hatte, so daß sie einander ständig nahe waren, zeigte Tibor Trnka verstockte Gleichgültigkeit. Würde er wenigstens nach unserem Tomášek fragen, früher haben wir über ihn zumindest noch telefonisch gesprochen. Aber Tibor ist desinteressiert wie hinter Glas, und gleich nach der Schicht, so hübsch mit seinen schwarzen Haaren, den blauen Augen, den blendendweißen Zähnen, in einem feschen schwarzen Ledersakko und hautengen Jeans, hat er nur eins im Sinn – hin zu seinem Nuttchen. Der junge Michal Rohan dauernd um mich, von rührender Unbeholfenheit, aber mit so viel brennendem Interesse ... Könnte Tibor nicht wenigstens ein bißchen auf ihn eifersüchtig sein?

Eda Rohan machte die Arbeit mit der Harke keinen Spaß mehr. Er fuhrwerkte immer nachlässiger, aber auch fauler damit herum, stand immer häufiger auf den Stiel gestützt da und setzte sich schließlich in aller Seelenruhe auf einen Gerätehaufen.

»Ist es dir nicht peinlich, herumzusitzen, während sich hier auch Frauen schinden?« giftete ihn Standa an.

»Wir schinden uns hier alle völlig überflüssig.« Eda ließ einen gelangweilten Blick über den Hof wandern, auf dem eine neue braune Flut in wenigen Minuten die halbtägige Anstrengung von dreißig Menschen hinwegwischte. »Dazu genügen keine Harken mehr.«

»Dann denk dir was Besseres aus!«

»Das möchte ich gern.«

Durch den dünnen grauen Wolkenschleier schimmerte zeitweise schwach die Wintersonne, ihre Strahlen ließen die braune Gallerte aufglitzern und versengten ihre Oberfläche, aber das Massit wellte rasch auf und ergoß sich in den Schatten.

Eda seufzte, als er sah, wie sein Michal unentwegt um Tina Trnková herumschwarwenzelte. Die Pubertät meines Sohnes zieht sich in die Länge. Ob er schon eine Frau gehabt hat? Wohl kaum. Aber mit mir will er darüber nicht reden. Schade. Ich würde ihm raten, daß eine Verheiratete für einen schüchternen Anfänger das beste ist. Allerdings nicht unsere Tina, obwohl ihrem Tibor das wahrscheinlich gar nichts ausmachen würde. Aber Michal legt keinen Wert auf meine Ratschläge, ihn fuchst es, wenn ich ihn nur anschaue. Doch das muß ich, mein Sohn. Wenn dir hier was passiert, würde mir Pavla das nie verzeihen.

Eda stand auf und begann, dem Sohn den Rücken zuwendend, wieder zu harken, beobachtete ihn jedoch die ganze Zeit in seinem Taschenspiegel, den er in der Hand versteckt hielt. Als dann wieder die Sonne durchbrach und ihr vom Spiegel reflektierter Strahl ihn blendete, vergaß Eda den Sohn – fasziniert drehte er den Spiegel in der Hand und richtete den zurückgeworfenen Sonnenstrahl auf einen Massitlappen an der Wand. Die glänzende Oberfläche der braunen Gallerte begann sich an der getroffenen Stelle zu runzeln, platzte, und der Lappen wälzte sich rasch in Sicherheit.

»Mehr Licht!« sagte Voltaire. Ein Maximum an Licht – sage ich! Eda warf die Harke weg und lief los.

Doktor Rohan kehrte nicht mehr in die Hofbrigade zurück. Als er dem Krisenstab seinen Vorschlag erläutert hatte, wurde er sogleich als Mitglied kooptiert und mit der unverzüglichen Realisierung beauftragt – Telefone klingelten, und aus allen Magazinen der NBLB wurde beschleunigt Stanniol, Zellophan und Glanzfolie herbeigeschafft, all das, was zur handelsüblichen Verpackung von Keksen, Schokoladen, Limonade in Pulverform, Schmelzkäse, Kaugummis und Suppenpulver verwendet wurde, und sieben rasch zusammengestellte Brigaden, über zweihundert Mann, begannen, die Mauern und Hauswände mit silbernen Reflexstreifen zu bekleben.

Am nächsten Morgen fuhren in aller Frühe die AM-Reflektoren los, und die ganze derart beklebte Straße flammte in dem vielfach von sämtlichen Wänden reflektierten Licht – entsetzt riß das Massit in diesem Glanztunnel auf, wurde löchrig, zerfaserte und wand sich auf dem Pflaster in ohnmächtiger Agonie.

ACHTUNDDREISSIG STRASSEN

allein in der Bezirksstadt Ústí gesäubert und weitere Hunderte in weiteren nordböhmischen Städten. Der Autor der neuen Methode, Dr. Rohan, zum Mitglied des Stadt- und Bezirkskrisenstabes und zum Sonderberater des Zentralstabes in Prag ernannt, er erhielt ein Glückwunschschreiben des Ministers für Umweltschutz.

Aber Rohans Reflexstreifen hörten bald auf zu wirken. Das tödlich bedrohte Massit raffte sich zu einem massiven Gegenschlag auf – auf Hunderten Quadratkilometern seines über das ganze Land ergossenen braunen Meeres sprossen Milliarden von kleinen rostroten Blumen hervor, deren reife Blütenblätter, wie Löwenzahnsamen vom Wind getragen, die Städte erneut in Angriffswolken überfielen, Milliarden rostroter Plättchen flogen auf die silbernen Stanniolstreifen an den Häusern, aber auch direkt an die Scheiben der AM-Reflektoren, wo sie sogleich zu beigefarbenem Pulver verdorrten. Doch die Reflektoren hörten natürlich auf zu leuchten, und der zerstörerische Widerschein der silbernen Streifen wurde erstickt.

Statt mit Harken mußten die Brigaden mit Besen und Schaufeln ausrücken, auf Leitern fegten sie die Stanniolstreifen an den Hausfassaden ab, und die fluchenden Mechaniker wischten mit den Ärmeln die Scheiben ihrer Lichtwerfer sauber, durch die Straßen wirbelte der trockene beigefarbene Staub, aber aus der Umgebung der Stadt flogen neue Wolken rostroter Blättchen heran und stürzten sich mit dem Mut japanischer Kamikaze-Flieger in den sicheren Lichttod, um so ihren Hauptkörper zu retten, der sich wieder in die erloschenen Straßen zu ergießen begann, wo er sich erneut zu Dünen häufte.

XI

»Ich pfeif drauf!« sagte Rita Nedomová wütend, als vom Dach der Bushaltestelle ein Ballen nasser brauner Gallerte herunterfiel und auf ihrem roten Wildlederpelz zerklatschte.

»Immer mit der Ruhe«, sagte Tina Trnková müde.

Die Freundinnen hatten sich nachmittags nach der Arbeit auf dem Marktplatz von Ústí getroffen, »um etwas zu unternehmen«, wie Rita sich wünschte – aber es gab nichts zu unternehmen. Sämtliche Hausfassaden waren im Zebramuster mit Staniolstreifen beklebt, die aber jetzt schon beigefarben bestäubt waren, dazwischen blind die Fenster und die Schaufenster der meisten Geschäfte, der beiden Restaurants, des Tanzcafés Svět, des Interhotels Bohemia – überall geschlossen.

»Ruda! Du mein süßer Liebling«, rief Rita dem ihr bekannten Wirt der berühmten Hafenkneipe zu, zog den düster blickenden Mann am Arm zu sich heran und küßte ihn laut auf das unrasierte Gesicht. »Ich komm gleich zu dir, was futtern.«

»Das hättest du in der Betriebskantine machen sollen, mein Schatz.« Ruda Štosl ließ einen spöttischen Blick über ihren üppigen Busen schweifen. »Denn Schulspeisung werden sie dir wohl kaum geben.«

»Du bist ein Schuft, aber lieben tu ich dich trotzdem. Und wo schenkst du jetzt aus?«

»Im Stahlwerk. Aber nur Öl für die AM-Propeller.«

»Und unser schönes Hafenlokal . . .«

»Dort wird jetzt für Rentner gegen Essenmarken gekocht.«

»Also das ist das absolute Ende«, erklärte Rita und dämpfte sogleich die Stimme. »Ruda, ich hab nichts mehr zu paffen . . .«

»Das hat jetzt niemand.«

»Aber ich geb dir dafür, was du nur willst«, flüsterte die braungebrannte stramme Rita dem Mann zu. »Für eine einzige Schachtel Amilullen . . .«

»Ich geh inzwischen einkaufen«, sagte Tina und stellte sich in die Schlange vor der Kaufhalle.

Nach der Schließung aller Restaurants, Weinstuben, Cafés und Bars (ebenso wie der Kinos, Theater, Hotels, Sportstätten) hatte das Netz der Küchen in Betrieben, Schulen und VERS-Zentralen die öffentliche Versorgung übernommen, in den Geschäften allerdings konnte man fast das normale Lebensmittelsortiment kaufen, mit Ausnahme von frischer Milch und Gemüse (der Verkauf sämtlicher Tabakerzeugnisse war selbstverständlich eingestellt).

Tina kaufte Brot, Kühlhauseier, ein paar Konserven – in der Küche der Gemeinwohnung kochen macht mir keinen Spaß – und kehrte zu der schon ohne Štosl an der Haltestelle wartenden Freundin zurück.

»Dieser verdammte Schweinehund hat mich im Stich gelassen«, beklagte sich Rita. »Aber dir würde er was ablassen, wenn du ihn ranläßt. Dieser Gauner verlangt jetzt für Zigaretten den zehnfachen Preis, für eine Vierkronenschachtel Start will er vierzig und für eine Schachtel Amizigaretten, die fünfundzwanzig kostet, will er ganze zweihundertfünfzig rausschlagen!«

»Da bin ich aber wirklich froh, daß ich nicht rauche«, sagte Tina lächelnd.

»Wär ich 'n hübsches junges Mädchen wie du, ich würde einen geheimen Tabakladen aufmachen, und bevor der Notstand VERS zu Ende ist, hätte ich in Ústí eine Villa mit Swimming-pool gekauft ... Na, macht nichts, man wird sehen. Und was ist mit Tibor?«

»Nichts.«

»Und Michal?«

»Der schwänzelt dauernd um mich herum. Er ist ein sehr netter Junge.«

»Wirst du auch nett zu ihm sein?« fragte Rita lachend. »Ich kann ja für die Nacht verschwinden, damit ich euch nicht im Wege bin.«

»Ich bitte dich, das ist doch noch ein Kind!«

»Wie du, Tinalein, wie du. Aber du solltest keins mehr sein. Na, macht nichts, fahren wir, ja? Hier ist es zappenduster, und die einzige Unterhaltung wird jetzt die Gemeinwohnung sein.«

Die Freundinnen reihten sich in die Schlange für die Busse ein, die in großem Abstand und fast im Schrittempo fuhren, weil jeder einen unförmigen Anhänger mit einer Apparatur zum Auffangen der Auspuffgase zog.

Die Mitglieder der höheren Stäbe hatten Anspruch darauf, ihren Privatwagen zu benutzen, und so fuhren die beiden Rohans am Nachmittag in ihrem italienischen Sportwagen auf den Střížovicer Berg oberhalb der Stadt.

Aus ihrem Lieblingsweg durch den parkartigen Wald und die Wiesen oberhalb des kleinen Sees war eine Schreckensgalerie geworden – die Bäume bis in die Wipfel mit einer nassen braunen Glasur beklebt, die ganze Wälle um sie aufgehäuft hatte. Rüsselförmige Röhren sogen den letzten Rest Wasser aus dem See in ihre riesigen Leiber.

»Als hätte sich aus der Stadt alles hier zusammengezogen«, sagte Pavla.

»In Sicherheit vor unserer Technik.« Eda begann mit einer Birkengerte energisch auf die braune Gallerte einzuschlagen, die eine Bank am Wege umfloß, aus den Wunden der verletzten Masse blutete dickes Gelee, das sich in beigefarbenes Pulver verwandelte, aber der ganze gallertige Überzug der Bank gerann plötzlich zu einer Welle, die zäh wie Quecksilber in das gelbe Dezembergras rann. »Diese Bestie wird immer schlauer.«

»Schau, Eda! Weiter können wir nicht mehr.«

Im Hintergrund der großen, ebenen Wiese ragte ein hoher Massitwall auf, vor dem etwas im Gange war. Aus dem Hauptkörper sonderten sich schokoladenbraune Blöcke ab, formten sich rasch zu drei Meter hohen, aufgerichteten Silhouetten – wie riesige, sich auf die Hinterbeine stellende Walrosse, Känguruhs oder Molche – und rückten reihenweise gegeneinander vor. Schließlich prallten sie aufeinander, ein Körper umarmte den anderen wie zum Tanz, die schokoladenbraunen Silhouetten drehten sich, stießen aneinander, drängten einander weg und warfen sich gegenseitig zu Boden.

»Sie spielen zusammen«, flüsterte Pavla. »Wie die Delphine im Agäischen Meer.«

»Das dürfte wohl kein Spiel sein«, sagte Eda heiser. »Eher ein Kampftraining.«

Zwei glänzende braune Molche strebten geradenwegs auf die Rohans zu.

»Ich möchte lieber gehen«, sagte Pavla zitternd.

»Und das schnell. Diese Schokoladenform des Massits ist die aggressivste.«

Eda nahm Pavla an der Hand, und sie eilten von der Wiese zurück zum Wäldchen. Aus den Zweigen der ersten Bäume plumpsten zwei Massitblöcke herab, richteten sich rasch auf, erstarrten, und zwei weitere schokoladenfarbene Molche rückten gegen das Menschenpaar vor.

»Lauf!« schrie Eda und rannte Pavla hinterher, bereit, sie mit der Birkengerte zu verteidigen. Aber diese dunkle Form ist zäh wie Gummi! »Dorthin, zum Zaun des Sanatoriums!«

Die vier Molche gingen vom Schritt zum Laufschritt über und holten die beiden noch vor dem Stacheldrahtzaun ein. Eda schlug dem nächsten Molch mit der Rute mitten auf den Kopf, wurde aber gleich darauf von seiner schweren Flosse zu Boden geworfen. Blitzschnell rollte er sich auf den Rücken, sprang auf, packte zwei Drähte, zog sie auseinander und stieß Pavla mit blutenden Händen in die Lücke dazwischen; die Frau schrie entsetzt auf, als die Stacheln ihr das Kleid und die Haut aufrissen, der Mann schob sie mit seinem beschützenden Körper vor sich her und kroch ebenfalls rasch zwischen den Drähten durch.

Die vier Schokoladenmolche prallten gegen den Stacheldraht, an dem sie zusammenbrachen, ausbluteten und vertrockneten.

Auf dem leeren Kinderspielplatz inmitten der Siedlung tappten zwei alte Männer in Gummigaloschen durch die dichte braune Gallerte, plauderten miteinander und zogen Harken hinter sich her, die ihren Weg mit zwei Streifen beigefarbenen Pulvers kennzeichneten. Michal Rohan pendelte, die dudelnde Kofferheule unterm Arm, zwischen dem Haus Nummer 2002 und der Bushaltestelle hin und her.

Der einzige Augenblick am Tage, da ich hier Mutti treffen kann, wenn sie von der Arbeit kommt. Zu Hause ist es dunkel, in der Gemeinwohnung geht es nicht, und ich müßte unbedingt mit ihr sprechen. Aber ich trau mich ja doch nicht, es ihr zu sagen. Geschweige denn Vater – der würde mir paar Witzchen über Pubertät und Hormone erzählen und mir dann raten, mir bei einer erfahrenen Frau Erleichterung zu verschaffen. Aber ich würde es nicht ertragen, wenn so von Tina gesprochen wird.

Mutti würde mich wenigstens anhören, doch selbstverständlich würde sie dann sagen, Tina sei verheiratet, habe den kleinen Tomášek – was eine Tatsache ist, aber die hilft mir jetzt auch nicht weiter. Mutti ist phantastisch, aufmuntern kann sie einen allerdings nicht sehr, sie ist dann die Beste, wenn es einem schlecht geht. Aber ich fühle mich jetzt wunderbar – und zugleich auch ziemlich mies.

Mit Tina kann man absolut über alles reden, vielleicht bin ich gerade deshalb so in sie ... Warum verliebt man sich eigentlich in jemanden? Verdammt, wie kommt das, daß man darüber nach wie vor faktisch nichts weiß? Wenn die Wissenschaft endlich mal anfinge, sich um eine so lebenswichtige Sache zu kümmern, und nicht immer nur um die Technik. Die uns gerade jetzt so enttäuscht hat.

Das schreckliche Problem ist freilich, daß Tina gerade erst dreiundzwanzig ist. Wäre sie schon fünfunddreißig, wären wir schnell ein Paar, so ist das doch in jedem zweiten Roman von Páral. Oder wenn sie sechzehn, siebzehn, von mir aus neunzehn wäre ... Aber ihre dreiundzwanzig sind für meine achtzehn einfach ein Malheur.

Aus der Hauptstraße kam ein schnittiges Auto gefahren, Michal lief los, den Eltern entgegen, aber dann stockte er – beide in zerrissenen Kleidern und mit blutig verschrammten Händen. »Um Himmels willen, was habt ihr . . .«

»Vati hat mich von der Arbeit abgeholt und auf einen kleinen Ausflug in den Střížovicer Wald gefahren.« Die totenblasse Mutti lächelte.

»Aber was hat euch so zugerichtet?«

»Ein kleiner Konflikt mit der Schokoladenform des Massits«, sagte der Vater, selbstverständlich wie immer in bester Stimmung. »Obwohl diese Form schon etwas Neues ist. Man könnte sie die Střížovicer, die Molchform oder . . . oder nach ihrem Entdecker die Rohansche nennen. Doch nein, meinen Namen gebe ich nicht her, solange ich nicht was gegen diese besonderen Viecher erfunden habe.«

Beide redeten durcheinander, und ich half dabei Mutti behutsam aus dem Auto. Sie war voller Blut, Vater auch, aber er amüsierte sich ungeheuer, schwärmte aufgeregt davon, was er alles gegen diese Střížovicer Molche ausprobieren würde . . . Ach ja, mein so furchtbar bombiger Pappi – wenn dieser Massithorror noch einen Monat anhält, wird er Minister oder kriegt den Nobelpreis. Höchstwahrscheinlich beides.

Die kürzer werdenden Tage des voranschreitenden Dezembers, und in den unbeleuchteten Privatwohnungen hält sich die Temperatur um 2 Grad über Null (das nur, damit die Wasserleitungsrohre nicht einfrieren und platzen), in den verdunkelten Häusern leuchtet und wärmt die Gemeinwohnung wie ein goldenes warmes Herz – die einzige Stelle, wo man im Warmen und bei Licht sitzen kann, sich ein warmes Essen oder ein kaltes Getränk aus dem Kühlschrank gönnen, baden, sich rasieren, sich die Haare waschen, Wäsche waschen, bügeln, Musik hören kann, wo man auch rasch telefonieren oder sich ein Glas Milch aufwärmen kann.

Der Vertrauensmann Stanislav Bimoň schritt im Dienstzimmer der Gemeinwohnung nachdenklich von Wand zu

Wand, eigentlich reichen diese zwei Zimmer plus Küche mit Bad für die Bedürfnisse von sieben Menschen völlig aus! Und vielleicht ist das ein Vor-Bild künftiger Wohngemeinschaften, denn auf unserer Erdkugel wird nie mehr Energie im Überfluß vorhanden sein. Auch Lebensmittel nicht. Vielleicht wird hier dank der Massitkatastrophe etwas Neues und ungemein Wichtiges geboren ...

»Mein Gott, hab ich mir eben einen Teller geborgt!« vernahm er hinter der dünnen Wand Leonas Stimme, und der aus der Küche herüberhallende Streit der drei Frauen verstärkte sich.

Wenn nur die Menschen zu mehr Takt und Einsicht fänden, dachte Standa mit einem Seufzer. Leona will bei uns zu Hause heimlich Licht machen und heizen, einen Vertrauensmann würde doch niemand kontrollieren kommen, und es wird immer schwerer, ihr beizubringen, was das ist: Verantwortung, Moral, Ordnung. Sie will hier die Königin spielen.

»Ein Teller, ja?« erboste sich Tina in der Küche. »Schon zwei große Teller, zwei kleine, eine Pfanne und zwei Kasserollen!«

»Wir haben bereits unser ganzes Geschirr angeschleppt und haben nichts mehr, wovon wir fressen können!« schrie Rita.

Meine Leona provoziert wieder, und Rita gibt ihr natürlich kontra. Rita ist hier faktisch die einzige, die mich unterstützt. Sie versteht uns zu unterhalten, was gerade jetzt sehr vonnöten ist, und sie zeigt mir sogar ihre persönliche Sympathie. Standa atmete tief durch und ging mit dem Dienstbuch der Gemeinwohnung in der Hand auf den eiskalten Flur, um die Elektrozähler der Privatwohnungen zu kontrollieren. Eda Rohan hat nachts wieder heimlich Licht gebrannt. Schon zum zweiten Mal.

»Du mußt ihn bestrafen!« drängte Leona. »Der Kerl ignoriert uns doch völlig. Und macht sich über uns lustig.«

»Diesmal wirst du wohl recht haben«, sagte Standa, und als sich nach dem Abendessen alle im Klubraum der Gemeinwohnung (dem ehemaligen Wohnzimmer der evakuierten Durdíks) vor dem Fernseher versammelt hatten (das Fernsehen sendet täglich eine Stunde, von 19.30 bis 20.30 Uhr), prangerte er Rohans Verschulden öffentlich an.

»Mir ist in der Nacht eine Idee gekommen betreffs der Molchform des Massits, und das mußte ich mir gleich aufschreiben«, erwiderte Eda ungerührt. »Dich belästigen nachts keine Ideen, stimmt's? Und auch nicht am Tage.«

»Disziplinverstöße können wir nicht mit bloßen Witzeleien übergehen«, sagte der Vertrauensmann Bimoň trocken. »Zumal es sich bereits um den zweiten Fall dieser Art handelt.«

»Werde ich hingerichtet oder ausgepeitscht?« fragte Eda grinsend.

»Vati, ich bitte dich«, begann Michal errötend, aber Rita hatte die kräftigere Stimme:

»Was fällt dir ein, Rohan, unsern Vertrauensmann zu verscheißern, der sich um uns alle kümmert! Was soll das lange Gequatsche! Licht machen darf man in seiner Wohnung nicht, du hast es zweimal gemacht, also zahl Strafe und basta!«

»Auf wieviel kommt eine solche kleinere Sünde zu stehen?« erkundigte sich Eda spöttisch. »Sag's nur, Rita, du kennst dich doch in den Gebühren für Sünden aus, nicht?«

»Eda, ich bitte dich«, sagte Pavla unglücklich.

»Verzeih, Liebste. Und ihr alle.« Eda nahm aus der Tasche ein dickes Bündel Fünfhunderter, nur nachlässig mit einer Haarklemme zusammengehalten, zog zwei rosa Banknoten heraus und legte sie vor Standa auf den Tisch. »Sagen wir, zweihundert für jede Sünde, macht vierhundert für die beiden bisherigen und sechshundert als Vorauszahlung für drei weitere. Verzeihung, aber Tribunale mag ich einfach nicht.«

Nach den Fernsehnachrichten (nichts Neues, die Wirksamkeit der AM-Technik sinkt kontinuierlich, das Massit wächst immer noch) rief der Vertrauensmann Bimoň seine Gattin ins Dienstzimmer der Gemeinwohnung, wo sich Leona sogleich auf das Samttaburett (die einzige hiesige Sitzgelegenheit) vor ihren geliebten ovalen Spiegel setzte, so daß Standa nichts übrigblieb, als wieder von Wand zu Wand zu wandern.

»Ich wollte dich nicht öffentlich ermahnen«, sagte er, »aber hör auf, Tina und Rita mit dem Geschirr in der Küche zu provozieren. Haben wir denn nicht genug eigene Teller?«

»Na ja, dein Liebling Rita hat selbstverständlich immer recht, was?«

»Sie ist die disziplinierteste von allen, außer Pavla Rohanová. Und jedesmal tritt sie für mich ein wie eben, was dir nur selten einfällt, Liebling. Dabei hast du versprochen, mir zu helfen.«

»Ich hab's doch schon gemerkt, daß dir Ritas schwitzendes braunes Fleisch gefällt! Hast wohl Appetit drauf bekommen? Bereits drei Tage hast du mit mir nicht mal geschmust.«

»Wenn ich abends heimkomme, schläfst du längst.«

»Was soll ich denn machen, allein in dieser Kälte und Dunkelheit! Hier könnte es sehr hübsch sein, aber für dich ist das selbstverständlich nur ein Dienstzimmer. Statt zu leiten und zu herrschen, machst du faktisch bloß den Hausmeister, und davon haben wir gar nichts. Rohan hat inzwischen erneut Karriere gemacht, wie immer und überall. Und jetzt schmeißt er dir geringschätzig einen Tausender hin und wird bei sich zu Hause Licht brennen, wann immer es ihm beliebt.«

»Du hast gewollt, daß ich ihn bestrafe.«

»Das ist doch für den keine Strafe, wo er drei viertel Millionen hat und dieser Rita dreitausend für eine Stange Amizigaretten gibt, die normal zweihundertfünfzig gekostet hat. Das hast du nicht gewußt? Und daß dein Ritalein in der ganzen Stadt mit Zigaretten schiebt und raucht wie ein Dampfer?«

»Ich hab sie nie dabei ertappt.«

»Sie raucht überall, nur nicht vor dir. Und wie sie nach Tabak stinkt! Und dauernd hetzt sie gegen mich. Aber du läßt natürlich auf diese Nutte nichts kommen, was!«

»Ich hab keine Lust, mich jetzt zu streiten, ich muß arbeiten!« sagte Standa und klappte das Dienstbuch der Gemeinwohnung auf. »Darf ich mich an den Toilettentisch setzen?«

»Pah!« machte Leona verächtlich und verließ das Dienstzimmer. Im Klubraum das Dröhnen von Michals Kofferheule, Edas Sohn tanzte auf dem Teppich mit der barfüßigen Tina, Rita hatte ein rotes Tuch über die Lampe geworfen – sie will es hier wie in einer Bar haben –, und in der Küche macht Rita wieder bei dickem Knoblauchgestank in drei Pfannen Röstbrote, sie verwandelt die Wohnung in eine Matrosenkneipe. »Bist du gekommen, um unsere Teller und Kasserollen abzuwaschen, die du bei uns geschlaucht hast?« grinst sie mich frech an.

»Pah«, machte Leona wieder, und im Bad dann stellte sie fest, daß ihr jemand – bestimmt wieder dieses Biest Rita! – zerkochten Lippenstift in die Waschmaschine gegossen hatte, auf der Wäsche Flecke wie nach einem Mord. Leona setzte sich wütend auf den kalten Wannenrand. First Lady, pah! Mir bleibt hier nur noch das Klo übrig.

Das alles ist Standas Schuld. Bis in die Nacht hinein hockt er in seinem »Dienstzimmer« und schmiert dort Harmonogramme zusammen, wer wann Wäsche waschen und baden darf, wer den Fußboden scheuern, die Fenster putzen, Flur und Treppe wischen soll, wer den Teppich saugen wird, und das alles für einen Monat im voraus – dabei schert sich keiner drum. Statt souverän zu entscheiden und zu befehlen, Respekt zu wecken und notfalls auch Angst . . . In unserem Krankenhaus versteht das jeder Chefarzt nur allzu gut. Mein braver Mann! Er nimmt alles so ernst. Und ist so eifrig! Er will gerecht sein, und dabei liefert er mich diesen Furien aus. Zur Strafe sollte ich ihm Hörner aufsetzen.

Eda geht jetzt jeden Tag schon früh am Abend mit Pavla schlafen – aber liebt er sich auch täglich mit ihr? Ganz gern würde ich auch wieder mal mit ihm sündigen, aber darum bitten werde ich ihn nicht! Leona warf die rotgefleckte Wäsche aus der Waschmaschine direkt in die Wanne und ließ laut heißes Wasser aus Hahn und Brause zugleich darauf laufen, soll sich dieser Hausmeister aus dem Dienstzimmer nur sehen lassen! Und aus der zum Trocknen aufgehängten Wäsche suchte sie flink Ritas beigefarbenen Büstenhalter heraus – die einzige Nummer fünf unter unseren Zweiern und Dreiern – und schwärzte ihn rachsüchtig mit Tinas Wimperntusche.

Rita Nedomová (45) erwachte zu Mittag im Schlafzimmer von Tinas Wohnung und steckte sich als erstes eine Zigarette ihrer amerikanischen Lieblingsmarke Winston an, aber im Zimmer war es so kalt, daß sie Tinas Skipullover überziehen mußte, um sich beim Rauchen nicht zu erkälten.

Im Morgenrock lief sie dann über den Flur in die leere durchwärmte Gemeinwohnung (alle schon seit dem Morgen in der Arbeit) und plünderte in der Küche den gemeinsamen Kühlschrank, das ausgiebige Frühstück (vier B-Eier, mit Grieben und einem Rest Salami gebraten und dick mit dem geriebenen Roquefort der Rohans bestreut) eröffnete sie mit einem Bier und begoß es reichlich mit einem zweiten Bier.

Nicht imstande, das Kältegefühl loszuwerden, schaltete sie die elektrische Heizsonne ein, setzte sich auf den Fußboden direkt davor, und als sie sich schließlich erwärmt hatte, warf sie den Morgenrock ab und wälzte sich nackt auf dem Teppich herum, der trockenen elektrischen Glut abwechselnd ihre schweren Brüste, den Rücken, den dunklen Schoß und die Hinterseite der gebräunten Schenkel aussetzend, bis sie, am ganzen Leibe schweißbedeckt, schnaufte wie in höchster Wollust, wonach sie dann, endlich von Wärme gesättigt, noch ein Stündchen genüßlich schlummerte.

Um 14 Uhr trat sie wie jeden Montag in das Wartezimmer des Betriebsarztes ihres Arbeitgebers, des Volkseigenen Betriebes Restaurants und Speisegaststätten (RuS), und führte dann in der Arztpraxis, überzeugend hustend und rührend nach Luft schnappend, ihren bewährten Trick vor, der ihr eine weitere Woche bezahlte Arbeitsunfähigkeit einbrachte (»schwere chronische Bronchitis« – was in dem industrieverräucherten Ústí gang und gäbe ist). Das also hätten wir.

Auf dem Hof der RuS-Direktion ackerten sich die Kolleginnen Serviererinnen in schwarzen Gummischürzen mit Harken ab, die Barkeeper reinigten die Stanniolstreifen an den Wänden vom Massitstaub, und Rita wanderte heiter gestimmt durch die ganze Stadt in das abgelegene Hafenviertel (die städtischen Busse verkehren jetzt nur in der Morgen- und Nachmittagsspitzenzeit).

Die Hauptstraßen leidlich gesäubert, und übers Pflaster rasselte jeden Augenblick ein AM-Propeller oder eine Batterie eingeschalteter Lichtwerfer, vor denen sich das Massit in die engen Seitenstraßen zurückzog, wo es seine Verletzungen heilte, die Nährstoffe austauschte, sich regenerierte und wieder zu wogenden Dünen und Wehen frischer brauner Glasur wucherte. Ergib dich bloß nicht und halte aus, mein brauner Liebling! Wenigstens noch bis zum Frühjahr.

Mit der leeren Einkaufstasche gelangte Rita in das Labyrinth der krummen Gäßchen des alten Hafenviertels, das aussah wie eine von braunem Dschungel überwucherte kambodschanische Stadt, die Bahnunterführung war bis zur Wölbung mit klebriger Gallerte ausgefüllt, Rita stieg über die Gleise, und in der Schiffergasse wartete sie geduldig vor dem Haus Nummer 88.

»Ich hab dir doch gesagt, du sollst nicht direkt hier vor meiner Bude warten!« brummte der Gastwirt Ruda Štosl, der, wie immer unrasiert, von der Schicht im Stahlwerk kam. Dieses Rauhbein rasiert sich einmal in der Woche, mit den Stoppeln macht er keinen Eindruck mehr, aber er pfeift drauf.

»Die Leute werden eben denken, ich bin dein Schätzchen«, sagte Rita liebenswürdig und folgte ihm über die Treppe in seine Wohnung.

»Pinke hast du?« fragte er, kaum daß er die Tür hinter sich geschlossen hatte.

»Für dich immer und alles, Ruda.«

»Wieder wie gestern?«

Er holte vom Schrank einen Koffer voller Zigaretten, und ich kaufte mir zum Großabnehmerpreis eine ganze Stange amerikanischer Winstons (bestehend aus 10 Schachteln zu 250), ich spuckte also 2500 aus (Rohan hab ich sie für ganze 3000 angedreht), und als Prämie erbettelte ich mir eine Schachtel Start, die noch unlängst vier Kronen gekostet hat – kurz sind die Stengel und miserabel wie Heu. »Also morgen wieder um die gleiche Zeit, Ruda.«

»Und warte nicht vor der Bude auf mich.«

Rita stieg wieder über die Eisenbahngleise, und zwanzig Minuten später trat sie bereits ins Büro von Vintr, dem Leiter einer Elektroverkaufsstelle – diese meine Kundschaft Vintr ist so 'n dickes, nervöses Schweinchen mit Goldrandbrille, er kaufte mir von dieser Stange acht Schachteln für insgesamt 2000 ab, er bezahlte mit Taschenlampenbatterien, und als Großabnehmerin gab er mir 100 Stück zu je 20. Die zwei restlichen Schachteln Winston und die Schachtel Start bleiben für mich.

»Die Batterien gehen jetzt rasch runter im Preis, weil schon zwei Waggons aus Brno unterwegs sind«, sagte Rita leichthin. »Mußt mir also noch was zuzahlen.«

»Aber ich hab doch kein Bargeld«, behauptete Vintr. Warum soll er auch Bares ausspucken, wo er ein Lager voller Batterien hat.

»Dann wenigstens ein paar Lullen fürn Weg«, sagte ich und schnappte mir noch eine Schachtel Winston – insgesamt jetzt also schon die dritte, die ich mir untern Nagel gerissen habe. Rita stöckelte eine enge Gasse bergauf, auf dem löchrigen Gehsteig stieg sie über dahinkriechende braune Rüssel, die Gartenpforte der Frau Roubíčková von einer zwei Meter hohen Massitwehe übergossen, Rita kletterte hinauf und rutschte dann auf ihrer Tasche wie auf einem Rodel lachend direkt in die Tür des kleinen Hauses hinunter. Die blitzsaubere Rentnerin Roubíčková zahlte in kleinen abgegriffenen Scheinen 2500 für alle 100 Batterien – sie hat sie von mir zu je 25, verkaufen tut sie sie für 40, und so wird auch die Oma ein hübsches Weihnachten haben.

Und jetzt klingeling, Kassenschluß: 2500 von der Roubíčková, so daß ich zurück habe, was ich hatte, mein kleines Betriebskapital. Drei Schachteln Winston, das sind sechzig Zigaretten, vierzig reichen mir bis morgen, und die dritte Schachtel verkaufe ich für 300 – eine sehr willkommene Aufbesserung zum Krankengeld. Und dazu noch als Prämie ein Päckchen von dem miserablen Heu der Marke Start. Mit der werde ich mir einen besonderen Genuß gönnen.

Rita begab sich in die Kaufhalle, wo sie die Tasche mit Rum- und Bierflaschen füllte. Für das übrige soll Tina sorgen, wo sie doch umsonst mitsäuft, nicht?

»Zigaretten werden immer noch nicht verkauft?« fragte ich dann aus Jux die Kassiererin.

»Wenn's nur schon soweit wäre!«

»Vielleicht hätte ich morgen für Sie paar Schachteln, in jeder zwanzig der feinsten amerikanischen Stäbchen von der führenden Weltmarke Winston.«

»Für wieviel?«

»Weil Sie's sind, für bloße dreihundert.«

»Das ist ja schrecklich ... Aber ich frag meinen Mann, ohne Zigaretten ist's mit ihm nicht auszuhalten, schon zweimal ist er mit 'm LKW angeknallt.«

»Alsdann auf Wiedersehen morgen, Frau Kassiererin!« Und wir haben eine neue Kundschaft.

Vom Marktplatz fuhr Rita mit dem Bus bis in die Siedlung, da war es bereits dunkel, und vor dem Haus schon wieder der bekannte Schatten. Otík Fajt, der in der »Holzgestaltung« als Lackierer arbeitet, sehr schlau ist er nicht, aber ein stattlicher Bursche – und gutgebaute junge Männer hab ich gern –, er säuft nur zu viel und raucht wie ein Schlot.

»Ritalein, ich bitte dich, wenigstens eine Lulle«, bettelte er.

»Das kostet jetzt viel Geld, Otík. Wieviel hast du?«

»Im Moment gerade nichts, aber morgen bring ich dir . . .«

». . . wieder nur dein leeres Maul, nicht wahr? Du solltest nicht so viel saufen, Otík.«

»Wo ich doch nur achtzehnhundert kriege und davon vierhundert für Alimente draufgehen.«

»Da wirst du nicht viel rauchen, mein Junge.«

»Aber ich kann ohne Tabak nicht sein, Tatsache! Wenn ich nicht wenigstens ein paarmal ziehe, wird mir schwindlig, heute bin ich wieder von der Leiter gefallen.«

»Jeder braucht das, aber mich fragt keiner, was mir fehlt. Eine alleinstehende, verlassene Frau ohne Mann und Freund . . .« Solche feinen Anspielungen schlagen bei Otík nicht an, also werde ich ihn noch ein Weilchen foltern, bis ich wirklich Appetit auf ihn kriege. Ich seh es eben gern, wenn ein Mannsbild bettelt. Und der da windet sich schon wie ein Wurm. »Also komm mit rauf, vielleicht find ich noch paar Stäbchen.«

»Rita, du mein Goldstück . . .«

Bei mir oben zeigte ich ihm das Päckchen Start und fragte: »Was würdest du mir dafür geben, Otík?«

»Alles, was ich habe, und gleich.«

»Aber du hast doch nichts.«

»Nein, aber . . . Ich bitte dich sehr . . .« Er atmete bereits schwer und richtig gequält.

»Etwas hast du aber doch, oder? Komm her, ich zeig's dir . . .«

Rita führte Otík in Tinas Schlafzimmer, doch bevor sie die Tür hinter sich schloß, band sie um die Außenklinke ein gelbes Haarnetz (Zeichen für Tina: Jetzt nicht stören!), knipste die große Taschenlampe an und stellte den jungen Mann vor den Spiegel.

»Jetzt siehst du, was du für mich hast, ja?« flüsterte sie. »Noch nicht? Na dann zieh dich rasch aus! Hier ist es wie im Eisschrank, und ich will in der Gemeinwohnung noch das Fernsehen erwischen.« Rita machte eine Flasche Rum auf und schenkte zwei Senfgläser randvoll. »Loß, stoßen wir an, Junge!« sagte sie lachend. »Für mich zum Aufwärmen und für dich wegen der Courage!«

In der Gemeinwohnung immer enger, und Streit und Stunk nehmen zu, was wem gehört und wer aufzuwaschen und aufzuräumen hat. Der Vertrauensmann Bimoň hat zwar empfohlen, die Bewohner jeder Wohnung sollten ihre Sachen und Lebensmittel sichtbar mit den Buchstaben B (Bimoň), R (Rohan), T (Trnková und Nedomová) zeichnen, und auf Verlangen malte er sie jedem eigenhändig mit Emailfarbe auf die Teller und mit Filzstift auf die Servietten, verzweifelt probierte er auch farbige Tuschen und Nagellack aus, entschlossen, ihnen notfalls Monogramme in die Hemden und Handtücher zu sticken – aber wie soll man Buchstaben auf Zahnbürsten, Seife, Löffel, Gabel und Messer malen, und wer hat Appetit, beschriftete Brote, Hörnchen, Grieben oder Äpfel zu essen?

In den ausgekühlten Privatwohnungen bricht im Dezember die Dunkelheit schon am frühen Nachmittag herein, nach Hause kann man sich nur tastend wie ein Blinder schleichen (in der ganzen Stadt akuter Mangel an Batterien jeglichen Typs), um dort nichts als ein eiskaltes Bett vorzufinden – die durchwärmte und beleuchtete Gemeinwohnung platzt aus allen Nähten, und wer sich auch nur ein bißchen verspätet, findet in der Küche nur einen Berg schmutziges Geschirr (mit Buchstaben und ohne), einen vollgepackten Kühlschrank, im Bad den kläglichen Rest seiner gestern mitgebrachten Seife, den leeren Karton seines Waschpulvers, bei einem mehrminütigen Aufenthalt auf dem WC (das Toilettenpapier nimmt jeder, wie es ihm unter die Finger kommt) pocht bestimmt jemand an die Tür, und wer als letzter in den Klubraum kommt, muß beim Fernsehen auf dem Fußboden sitzen.

Pavla Rohanová seufzte nur still, als sie vor dem Abendessen in der Küche geduldig fremde Teller spülte (auf ihrem feinen, mit dem Buchstaben R gezeichneten Porzellan standen fremde Speisen im Kühlschrank) und in dem vollgespritzten Bad statt ihrer gestern gewaschenen Leibwäsche traurig bloß fremde schmutzige Stücke fand.

»Willst du auch?« fragte die halbnackte Rita, während sie von der Etagere unter dem Spiegel ein mit einem großen roten B gekennzeichnetes Fläschchen Zitronenshampoo nahm.

»Nein. Da steht doch ein B drauf, also gehört es Leona Bimoňová.«

»Na eben!« meinte Rita grinsend, goß sich das Shampoo verschwenderisch in ihr dichtes dunkles Haar, pißte dann lustvoll in die leere Flasche und stellte sie zurück auf die Etagere.

»Komm, gehen wir nach Hause!« bat Pavla im Klubraum ihren Mann.

»Willst du dir nicht das Fernsehprogramm anschauen? Heute wird mein Interview über die Střížovicer Molche gesendet.«

»Das kannst du mir zu Hause besser erzählen.«

Die Rohans leuchteten zu Hause mit der Taschenlampe (Eda kaufte die Vierkronenbatterien von Rita zu vierzig Kronen pro Stück) und zogen sich die Pelze an, Pavla noch die kniehohen gefütterten Stiefel aus weichem italienischem Leder, sie setzte sich ans Klavier, Eda wickelte ihr eine schwere Wolldecke um die Beine, entkorkte eine Flasche Weißwein (gekühlt durch das bloße Stehen im Zimmer), und Pavla begann leise zu spielen.

Es dauert schon zu lange. Ich hab die Nerven nicht dazu. Es sollte etwas geschehen, etwas Gutes. Pavla nippte von dem Wein. »Warum können wir uns in der Gemeinwohnung nicht vertragen?«

»Weil wir dort sein müssen. Wenn wir es freiwillig wollten, wäre es sogar hervorragend, auf jeder Etage einen Klubraum zu haben, wo wir hingehen können, aber nicht müssen. Außer der Beschränkung der persönlichen Freiheit ist gerade die erzwungene Koexistenz das Unangenehmste in einem modernen Gefängnis, wo ansonsten ebenfalls acht Stunden am Tage gearbeitet wird, wo Sport, Lektüre, Fernsehen erlaubt ist – doch die Grobheiten und Rohheiten der Mithäftlinge sind wohl von allem das Schlimmste. Die Hölle, das sind die anderen.«

»Aber wenn sich alle Gefangenen einigten, würden sie doch im Guten miteinander auskommen und sich sogar anfreunden.«

»Dann könnte der Knast eine Art Sport- und Heilstätte für Fettsüchtige werden«, meinte Eda lachend. »Da würde ich mich gern für ein Jahr einsperren lassen, denn bei deiner glänzenden Küche werde ich sonst wohl nie abnehmen.«

»Ich mache mir Sorgen um Michal.«

»Ich überhaupt nicht.«

»Er ist dein Sohn.«

»Er ist ein junger Mann und braucht eine Frau.«

»Aber Tina ist verheiratet und hat ein Kind.«

»Doch sie hat keinen Mann. Und vielleicht braucht Tina es noch nötiger als unser Michal.«

»Für dich ist alles so einfach . . .«

»Und für dich überflüssig kompliziert, Liebste.« Eda stand auf, küßte Pavla aufs Haar und warf den Pelz ab. »Ich schau mal nach Michal und seh mir Bimoňs Knast an.«

»Dir macht das langsam Spaß.«

»Eigentlich ja. Wie alles auf der Welt. Warum denn auch nicht?«

Im Klubraum waren die Fernsehnachrichten beendet, Standa war ins Dienstzimmer gegangen, und Rita eröffnete ihre tägliche Bar, indem sie ein rotes Tuch über die Stehlampe breitete, Röstschnitten fabrizierte (aus beschriftetem und unbeschriftetem Brot und Schmalz) und fünf Flaschen Bier auf einmal zwischen den Fingern einer Hand hereinbrachte. »Michal, hau mal die richtige Musik rein! Wir beginnen mit Damenwahl!« rief sie, in die Hände klatschend, und holte sich Eda aufs Parkett zwischen den Fenstern.

»Sei mir nicht böse, Eda, daß ich dich gestern so angefahren habe, weil du zu Hause Licht gebrannt hast«, flüsterte sie ihm zu. »Er meint es eigentlich gut, der Standa, obwohl er sonst 'ne lange Leitung hat.«

»Du kennst dich bestimmt in den Männern aus.«

»Da würdest du kucken. Hör mal, brauchst du nicht wieder mal Amerikanische oder Batterien?«

»Davon hab ich genug, wahrscheinlich bis zum Ende des Notstandes VERS.«

»Aber der wird hoffentlich nicht so bald zu Ende gehen. Mir wäre richtig bange danach . . .«

Michal tanzte mit Tina, die übriggebliebene Leona hielt es nicht aus, nur zuzuschauen, und holte sich aus dem Dienstzimmer ihren Standa.

»Damenwahl!« rief Rita aufgekratzt, packte den Vertrauensmann fest um die Hüfte, und schon drehte sie sich mit ihm auf dem Parkett.

»Pah!« machte Leona und trat ohne Zögern zu Eda, hängte sich ihm mit beiden Armen um den Hals, preßte Hüften und Schenkel an ihn, und das heimliche Liebespaar wiegte sich im Tanz.

»So fangen diese Luder immer an.« Tina Trnková, die mit Michal tanzte, wies mit dem Kinn auf Leona. »Wenn sie einer Frau den Mann und einem Kind den Vater stehlen wollen.«

»Mein Vater ist ja manchmal ein richtiges Vich, aber das würde er Mutti nie antun!« sagte Michal entschieden, und als der Tanz zu Ende war: »Würde es dir viel ausmachen, wenn ich mal kurz nach ihr schaue?«

»Aber überhaupt nicht. Hol sie wieder zu uns!«

»Das würde ich furchtbar gern.«

Michal raste nach Hause wie eine Lokomotive, in der stockdunklen Wohnung stieß er das Tischchen mit dem Telefon um. »Mutti, warum hast du nicht wenigstens Licht?«

»Mir gefällt es so besser«, sagte die unsichtbare Pavla.

»Mutti, komm in den Klubraum, ein bißchen tanzen!«

»Weißt du, ich will da nicht mehr hin.«

»Ach, komm doch! Ich leg den Walzer auf, den du so gern hast.«

»Das ist lieb von dir, Michal, aber laß mich lieber hier. Vielleicht ein andermal, ja? Was macht Vati?«

»Er tanzt mit Frau Leona. Soll ich ihm was bestellen?«

»Nein. Oder doch. Er soll sich gut amüsieren.«

Schien es mir nur, daß Mutti das auf einmal irgendwie bitter gesagt hat? Aber sie weiter zu überreden hätte keinen Sinn, meine durch und durch musikalische Mutti mag einfach keinen Lärm und wohl auch nicht meine Elektromusik, selbst wenn sie das Gegenteil behauptet. Sie ist wahnsinnig taktvoll. »Wird es dir hier nicht ein bißchen traurig sein?«

»Jetzt nicht mehr, wo du nach mir geschaut hast. Also geh schon.«

Und im Dunkel begann sie wieder Klavier zu spielen.

»Nach einer Weile gucke ich wieder nach dir!« sagte ich ihr also, und im Korridor stieß ich erneut gegen das blöde Tischchen mit dem dämlichen Telefon, das jetzt sowieso nichts nütze ist. Aber auch ohne Telefon kann man erstaunlicherweise schön leben. Und überhaupt, dieser VERS fängt an, was Vortreffliches zu sein.

Auf dem Fußboden des spärlich beleuchteten Flurs glänzte matt der längsgestreifte Belag. Michal suchte sich einen Streifen aus und balancierte darauf wie ein Seiltänzer. Das hab ich mir als kleiner Junge ausgedacht, und seitdem beruhige ich mich immer auf diese Art, wenn ich erregt bin. Stundenlang bin ich hier auf und ab balanciert, als Mutti mit der Galle im Krankenhaus lag. Und noch mehrmals ihretwegen, wenn sie traurig war oder sich geärgert hat. Wegen dem Pappi noch nie. Ein paarmal wegen Irena, aber das immer nur ein Weilchen, und am Ende ist ja doch nichts draus geworden. Auch mit Marcela nicht. Dann öfter vor dem Abitur, und noch öfter, als ich an der philosophischen Fakultät nicht aufgenommen wurde. Vor der Arbeitsaufnahme in den NBLB und vor jeder Abgabe meiner ersten Reklamen. Dann nicht mehr oft.

Erst jetzt wieder. Weil ich spüre, daß in meinem Leben jetzt ungeheure Dinge beginnen ... Aber Tina darf mich nicht so herumkaspern sehen, sonst denkt sie, ich sei immer noch ein kleiner Fratz. Ich werde ihr beweisen ... Sie ist absolut phantastisch, fast wie meine Mutti.

»Sei nett zu unserem Michal«, sagte im Klubraum Eda Rohan beim Tanz zu Tina Trnková. »Er ist noch so jung, daß es manchmal weh tut.«

»Ich weiß«, sagte Tina. »Und gerade deshalb... Ich möchte ihn nicht verletzen. Du solltest ihn mehr bei dir halten, meinst du nicht? Weil ich selber...«

»Ich versteh mich jetzt nicht besonders mit ihm, Tinalein. Ihr seid beide erwachsen genug, also mach, was du willst, aber auf keinen Fall tu etwas, was du nicht willst, ja? Du weißt doch, daß ich dich mag. Eigentlich wollte ich immer eine Tochter haben...«

»Ich will es immer noch. Ein Schwesterlein für Tomášek«, gestand ich Eda, und da war Michal schon wieder da. Ich mußte erneut mit ihm tanzen, aber eigentlich wollte ich es auch selber.

Jede Frau braucht doch, daß jemand sie liebhat. So sehr würde ich jetzt Tibor brauchen... Was wird mein Mann wohl heute abend machen? Besser nicht daran denken. Ich bin allein... Tina Trnková gab sich im Tanz Michals zitternden Händen hin. Er hält mich wie eine kostbare Vase. Michal ist wirklich noch ein Junge.

»Du bist so traurig, weil dir um deinen kleinen Tomassino bange ist, stimmt's?«

Michal hat sich für meinen Tomášek diesen Kosenamen ausgedacht. Tibor wäre so etwas nie eingefallen.

»Wenn jetzt keine Autobusse mehr zu den Evakuierten in die Berge fahren, kann ich dich doch mit Vaters Schlitten hinbringen, willst du?«

»Zu meinem kleinen Tomassino...«

»Gleich morgen, ja? Und ich klaue Vaters Stabsausweis, falls uns unterwegs jemand anhält. Also morgen gleich nach der Arbeit, ja? Mit Vater krieg ich das schon klar.«

»Du bist so nett, Michal.«

»Eher wohl blöd, aber andererseits froh, daß du mir das so sagst.«

Hinter Michals Rücken tanzte Leona mit Eda, und plötzlich saugte sie sich unter seinem Ohr fest. Tina zog die Stirn kraus. Das darf Michal von diesem niederträchtigen Weib nie erfahren. Er vertraut seinem Vater blindlings.

»Jetzt aber Schluß mit den sentimentalen Schleichern, Michal!« johlte Rita. »Leg was Scharfes ein oder am liebsten was ganz Höllisches!«

»Pfeif auf sie!« sagte ich zu Michal. Rita hätte am liebsten einen Csárdás, damit sie vor Standa halbnackt auf dem Tisch tanzen kann, Leona zum Hohn. Mit Tibor bin ich fast jeden Abend tanzen gegangen, damals, vor langer Zeit. Und dann auch noch nach der Hochzeit. Aber als dann Tomášek kam, ging es nicht mehr. Und danach hat es sich nie mehr wiederholt.

»Bist schon wieder traurig«, sagte Michal zu mir, und fast bittend: »Sei nicht traurig, Tina.«

»Ich bin müde und werde schlafen gehen. Gute Nacht!«

»Warte, ich hab dir was mitgebracht.«

Michal holte mich auf dem Flur mit einer riesigen Leinentasche ein. »Wo ich dich doch jede Nacht hinter der Wand höre, Tina, wie du immer nur diese fünf Kassetten spielst«, sagte er verlegen zu mir. »Sie sind ja gut, das ja, ich kenne sie schon auswendig, aber ich hab für dich so was wie eine kleine Kollektion hervorragender Nachtmusik zusammengestellt . . .«

»Also komm weiter.«

In meinem Schlafzimmer begann er in der Tasche zu kramen, und flink stellte er mir eine ganze Säule aus seinen Empfängern, Tunern und Vorverstärkern (oder wie diese Blechkästen heißen) zusammen, das Ganze begann zu spielen, aber auch mit lustigen roten und grünen Lichtern zu blinken. Michal kroch auf den Knien auf dem Teppich drum herum, glücklich, daß er für mich etwas tun kann, für eine einsame Frau und Mutter, der der Mann davongelaufen ist.

»Aber jetzt darfst du wirklich nicht mehr traurig sein. Kein bißchen mehr.« Er stand vor mir und wischte mir unbeholfen die Tränen ab.

Ich mußte ihn nicht küssen, aber ich wollte es. Er hatte ein heißes Gesicht und zitterte am ganzen Leibe. Rasch schickte ich ihn weg. Ihn kann man gar nicht fürchten. Da eher mich selbst.

Michals Nachtmusik ist wunderbar.

Am nächsten Tag fuhr er mich tatsächlich mit Edas Sportwagen hoch ins Erzgebirge. Unterwegs wurden wir mindestens sechsmal angehalten, aber Edas brauner Stabsausweis machte so einen Eindruck, daß sie sich nicht mal das Paßbild anschauten.

Oben im Umsiedlerheim lösten wir mit Edas Wagen, dem ersten Privatauto nach Tagen, eine wahre Sensation aus. Meine Mutter weinte. Tomášek war glücklich.

Michal holte aus dem Auto wieder die riesige Leinentasche. Er hatte unserem Tomassino zehn Tafeln Milchschokolade mitgebracht, eine riesige Pralinenschachtel, einen Satz Pastellstifte und einen Satz Farbkreide, Andersens Märchen, auf vier Kassetten aufgenommen, dazu den Recorder und dreißig Batterien, einen Fußball aus schwarzweißem Chromleder, etwa fünf Kilo Pampelmusen, einen Beutel Glasmurmeln, eine Kindergarnitur »Der kleine Chemiker« und ein abgegriffenes Plüschbärchen.

Das war ein schöner Tag, eigentlich so etwas wie ein Familientag, wie ich ihn schon furchtbar lange nicht erlebt hatte. Michal hat Kinder gern, er versteht es, mit ihnen zu spielen, und unser Tomassino verliebte sich geradezu in ihn. Wir kehrten erst spät abends heim. Die Gemeinwohnung war bereits leer, Michal holte von zu Hause eine Flasche Wein, und lange tanzten wir bei seiner Musik. Als er mich dann durch den finsteren Flur heimbegleitete, blieben wir im Dunkeln vor der Tür meiner leeren Wohnung stehen.

Er streichelte mit den Fingern zart meine Schläfen, und ich rieb mein Gesicht an seiner heißen Hand. Ich will jetzt nicht an Tibor denken. Aber in der Nacht werde ich es wieder müssen ... Vielleicht bin ich schlecht, wenn ich jetzt wenigstens ein Weilchen mit jemandem beisammen sein will, der mich gern hat ...

»Liebste, meine schöne ...« Michals Mund fieberte bereits.

»Komm«, sagte ich. »Aber nur für ein ganz kleines Weilchen, ja? Das mußt du mir versprechen.«

»Ich verspreche alles, was du willst.«

Tina nahm Michal mit in ihre Wohnung, und bevor sie die Tür des Schlafzimmers hinter sich schloß, wickelte sie plötzlich unwillkürlich das gelbe Haarnetz um die Außenklinke.

Sie küßten sich im Stehen, dann im Sitzen. Aufgewühlt von der fast schmerzhaften Erregung des jungen Mannes, legte sie sich endlich neben ihn, aber nach einer Weile setzte sie sich wieder auf. Nein. Ich kann es wirklich nicht. Schwach seufzte sie, beugte sich über den Liegenden, brachte ihn mit einem Kuß zum Verstummen, knöpfte ihn auf und begann mit der Hand seine bitter krampfhafte Spannung zu lösen. Er ist so nett zu mir, ich muß ihn wenigstens ein bißchen erfreuen.

XII

ERNSTE WARNUNG AN ALLE! Die neue aggressive Form des Massits, rasch vorrückende, an menschliche Gestalten erinnernde Körper, ist äußerst gefährlich. Diese neue schwere Gattung enthält einen um das Zehnfache höheren Prozentsatz an Festbestandteilen, auch ihre Oberflächenhaut ist bedeutend fester. Die bisherige AM-Technik wird in diesem Fall wirkungslos bleiben. Die Krisenstäbe aller Stufen werden angemessene Maßnahmen ergreifen.

Achtung!
Diese aggressive Form des Massits
ist fähig, den Menschen direkt anzugreifen!

Am frühen Morgen des 6. Dezember waren die Hauptstraßen der Stadt überraschend sauber, auf dem Hof der NBLB kaum ein paar braune Ranken an den Mauern, überall Ruhe und Stille, aber in der Luft drückende Spannung wie vor einem Gewitter.

Der Krisenstab der NBLB erließ das strenge Verbot, den Fabrikhof zu verlassen, und die Leiter aller zehn Brigaden verteilten an die Belegschaft eiligst sonderbare »Verteidigungsbogen«, auf die Schnelle angefertigte hölzerne Bogen, deren Enden, einem Flitzbogen ähnlich, mit einem dünnen, scharfen Draht verbunden waren. Den physisch kräftigeren Männern wurden die Harken belassen oder gewöhnliche Bügelsägen zugeteilt.

Kurz vor neun Uhr heulten plötzlich sämtliche Sirenen in der Stadt auf, und die beiden Wachmänner der NBLB stürzten aus dem Pförtnerhaus, um das Gittertor zu schließen, schafften es jedoch nicht mehr. Auf der Straße vor dem Betrieb blähte sich eine schokoladenbraun glänzende, drei Meter hohe Welle auf und prallte mit der Gewalt von Meeresbrandung gegen das sich bereits schließende Tor, beide Torflügel wurden auseinandergerissen, mitsamt den beiden sich dagegenstemmenden Pförtnern zurückgedrückt, und die ersten zwei Menschenleiber verschwanden unter dem hereinströmenden Schwall.

Die Sirenen verstummten, in der plötzlichen Stille Entsetzensschreie – das ist nicht nur eine Welle, sondern eine ganze angreifende braune Armee –, über den Hof rückte eine geschlossene Phalanx hoher Massitungetüme nach der anderen vor, wie aufgerichtete Molche oder riesige Robben, Känguruhs und Pinguine, wie Bäume, die in braunem Schnee versunken sind, wie aufrecht gehende Bären oder drei Meter hohe Riesen, ohne einen Laut und in bedrückender Stille, nur ein feuchtes Schmatzen, sowie sich die Massen auf die Menschen zuwälzten, die schreiend in den äußersten Zipfel des Hofes flüchteten.

In der Hofmitte ragten nur die hohen Metallkonstruktionen der AM-Technik, verlassen von der Bedienung, aber sie standen bloß noch ein paar Sekunden – die erste Angriffsreihe fällte die schweren Maschinen, die weiteren Reihen walzten sie nieder, die umgestürzten Propeller verbogen sich knirschend, und aus den eingeschlagenen Reflektoren der mit voller Wucht umgeworfenen Lichtwerfer rieselten Glasscherben.

In der hintersten Ecke des Hofes alle fünfhundert Belegschaftsangehörigen in lärmender Verwirrung eingeschlossen, für die aber jetzt keine Zeit mehr blieb – die Männer mit Harken und Sägen drängten sich vor in die erste Reihe, die zur Hauptkampflinie geworden war, Menschenarme, mit verzweifelter Kraft hochgereckt, schlugen die Harken in einen Schokoladenmolch und zerschlitzten ihn, eine Bügelsäge hielt das vorrückende braune Walroß auf und zerschnitt es in zukkende Hälften, die dünnen scharfen Drähte der Verteidigungsbogen fuhren durch die vorrückende braune Masse, die keinen Weg zurück kannte und, wie vom zentralen Willen abgeschnitten, ohne Rücksicht auf ihre Selbstvernichtung fanatisch angriff, eine Phalanx der Massitsoldaten nach der anderen warf sich mit ihren Leibern gegen die Metallzinken und -zähne, die sie zerrissen, zersägten und zu sich windenden Klumpen, Brocken und Fetzen zerschnitten, die rasch verbluteten, bis diese sich häufenden vertrocknenden zerfetzten Leichen für die Menschen den ersten Schutzwall bildeten. Aber hinter den gefällten Reihen rückten immer neue Gliederungen frischer brauner Soldaten vor.

Aus seinem ihm zugewiesenen geräumigen Arbeitszimmer im zweiten Stock des Gebäudes, das die Generaldirektion der NBLB beherbergte, beobachtete Dr. E. Rohan, Mitglied und Sonderberater der höchsten Stäbe, durch das vergitterte Fenster Stunde um Stunde in fieberhaftem Nachdenken die Schlacht auf dem Hof. Diese Schokoladenmolche sind in der Übermacht. Man brauchte etwas sehr Scharfes und dabei Leichtes, eine maximale Punktschneidefläche ... So etwas wie eine Pflugschar? Nein, das wäre zu schwer. Oder etwas sich Drehendes, Rotierendes, so wie eine Kreissäge, aber die wäre wieder zu wenig mobil.

Eda nahm vom Tisch ein Muster des Schokoladenmassits von der Größe eines Kinderkopfes und stach mit dem Fingernagel hinein. Die dünne Furche schloß sich nach einigen Sekunden wieder. Die höchste Form des Massits, zäh wie Gummi. Er steckte sich die letzte Zigarette der Marke Winston an (ich weiß, Rauchen verboten, aber ohne fällt mir nichts ein), bereits aus der letzten rotweißen Schachtel der letzten Stange von Rita (und ich dachte, sie würde bis zur Beendigung des Notstandes VERS reichen), und schaute wieder hinunter auf den Hof. Standa Bimoň hebt die schwere Harke hoch über den Kopf und zerfetzt mit aller Kraft einen Molch nach dem andern, ein Wunder, daß er das so lange aushält – der gleiche Fanatiker wie diese Molche. Ich mag Fanatiker nicht, will an die Vernunft glauben, die aber leider auf unserem Planeten immer noch nicht ausreicht. Aber Tibor Trnka ist mit der Bügelsäge bei weit geringerem Krafteinsatz eigentlich effektiver. Weil die Säge leichter ist.

Und unser Michal hat sich natürlich schon mit Harke und Säge sattgespielt und endlich mit dem leichtesten Werkzeug abgefunden, dem Verteidigungsbogen, wie er auch der Frauenreserve zugeteilt wird. Warum drängt er sich bloß mit dem dünnen Draht ständig nach vorn? Unser kleiner Kampfhahn. Diese Schokoladenmonster sind wirklich gefährlich, Söhnchen. Sie haben uns bereits die ersten Leute erschlagen.

Am Tischrand lag die Meldung mit den Namen der beiden getöteten Wachmänner: Vála, J.; Tikovský, F. Unsere ersten Gefallenen ... Und unser Fehler, daß wir die Einfahrt nicht früher geschlossen haben. Aber auf den Straßen würden wir uns nur schwer wehren können. Hier drin haben wir weit bessere Chancen.

Eda ergriff wieder die Kugel des Schokoladenmassits. Es ist wie ein Ballon. Als Jungs haben wir sie den Mädchen mit einer brennenden Zigarette platzen lassen. Er drückte die glimmende Winston an die braune Haut des Musters, die häßlich aufzischte und ein wenig dickes Gelee absonderte, das die Kippe erstickte. Dann ritzte er wieder, heute vielleicht zum zwanzigsten Male, die Haut mit einer Stecknadel auf, die Schokoladenkugel verblutete, schrumpfte zusammen und vertrocknete. – Wie damals unsere ersten vier Molche am Stacheldraht des Zaunes vom Střížovicer Sanatorium!

Eda Rohan rannte um den Tisch, hob den Hörer des roten

Stabstelefons ab, und nach einer knappen halben Stunde kletterte er auf dem Hof bereits in einen Panzer der Armee. »Michal, willst du ein bißchen mit durch die Stadt fahren?« Aber der Sohn winkte nur mit dem Drahtbogen ab und durchschnitt einen weiteren Molch in der Taille.

Der Panzer rollte durch menschenleere Straßen, in denen sich ganze braune Regimenter formierten, und Eda bat den Kommandanten, zunächst zum Bereichszentrum VERS zu fahren, wo Pavla mit ihren Bibliothekaren und Leuten aus weiteren nichtproduktiven Institutionen eingesetzt war. Das war im Gebäude der Hauptpost, auf ihrem Hof die gleiche Situation wie auf dem Hof der NBLB.

»Pavla, komm mit!« rief ich aus dem Panzerturm.

Aber meine Frau lehnte gleichfalls ab, jetzt ihre Mitarbeiter im Stich zu lassen.

Nach einer Verhandlung im städtischen Krisenstab rasselten die roten Telefone, und die Fernschreiber tickten in alle Richtungen los, aus Ústí brach eine Panzerkolonne in die Metallbetriebe der unweit gelegenen Stadt Povrly auf, wo in allen Werkstätten sofort die Produktion von Stacheldraht organisiert wurde, und in der Modellwerkstatt begann fieberhaft ein Expertenstab zu experimentieren.

Kurz nach Mitternacht die ersten vier Varianten des »Rohanschen Angriffszauns« gefertigt, die die Armee zur unverzüglichen Kampfüberprüfung im Gelände übernahm, und an weiteren Modellen angestrengt bis in die frühen Morgenstunden gearbeitet, damit die Tagschicht die Serienproduktion aufnehmen konnte.

Zum Frühstück (aber da war es schon Mittag) überbrachte der Operationsoffizier Eda ein Glückwunschtelegramm des Vorsitzenden der Regierung und staunte nicht schlecht, als er um die Absendung einer sonderbaren chiffrierten Botschaft an eine gewisse Rita Nedomová gebeten wurde: »Sogleich Karton Winston 4000 Rohan.«

Die Straßen der Stadt überschwemmt von der braunen Millionenarmee, die sich aus der ganzen Umgebung zusammengezogen hatte, wo sie auf den ungeschützten Feldern, Wiesen und in den Wäldern frei herangewachsen war und sich mit Wasser aus Teichen, Seen und Flüssen vollgesogen hatte, bei der Luftaufklärung waren die Areale der NBLB, weiterer Betriebe, des Bezirkskrankenhauses, der Hauptpost und einiger ausgesuchter Objekte als winzige Inseln in dem anbrandenden trüben Schokoladenmeer auszumachen, wie belagerte Festungen, die man jetzt keinen Meter verlassen konnte – gleich hinterm Tor wartete der sichere Tod, dessen sich nur eine von Panzerfahrzeugen geschützte Autokolonne der Armee zu erwehren vermochte.

Unter diesen Frontbedingungen wurden aus der Belegschaft der NBLB zehn Kampfbrigaden von Männern gebildet (abwechselnd vier Stunden Kampf oder Wache und vier Stunden Ruhe) und sechs Hilfsbrigaden von Frauen (ebenfalls in ununterbrochenem Wechsel von acht Stunden Einsatz in Hilfsdiensten, der Küche und der Sanitätsstelle und acht Freistunden).

Nach der wütenden Morgenattacke begannen die Massitmonster regelmäßiger und taktisch geschickter in größeren Abständen anzugreifen – jetzt genügte es nicht mehr, mit vorgestreckter Waffe zu warten, bis sie von selber aufliefen, sondern man mußte mit jedem einzelnen kämpfen.

Bimoňs Brigade wurde nach vierstündiger Ruhe wieder am Nachmittag von 16 bis 20 Uhr in der vordersten Linie eingesetzt. Dreißig Mann, sich gegenseitig die Flanken deckend, gingen mit der Waffe in der Hand gegen die angreifenden Reihen vor – jeder von ihnen wie ein Schlachthofarbeiter, dem das Kettenfließband ununterbrochen weitere elektrisch betäubte Schweine zuführt, an den Hinterbeinen aufgehängt, den Kopf nach unten, in jede Kehle muß man das scharfe Messer stoßen, mit dem man sogleich die Bauchhöhle zu öffnen hat, und für die ganze Operation müssen wenige Sekunden ausreichen. Nur sind die Massitmolche nicht betäubt und an Ketten aufgehängt, sondern rücken auf ihren eigenen Beinen vor, und bei der geringsten Unaufmerksamkeit ihres Gegners walzen sie ihn mit ihrer Viertonnenmasse nieder und zermalmen ihn. In der Sanitätsstelle nimmt die Zahl der Verletzten rasch zu.

Der sportlich trainierte Standa Bimoň schwang unermüdlich mit beiden Armen seine Harke, mit der Präzision eines Basketballspielers den günstigsten Augenblick abpassend, da er mit einem einzigen Ruck die angreifende Silhouette vom Kopf bis zum Schritt aufschlitzen konnte. Tibor Trnka drückte einfach und viel bequemer seine Bügelsäge in die Molchleiber, er brauchte sie dann nur noch ein paarmal hin und her zu ziehen, während Michal, selbst durch den leichten Verteidigungsbogen entkräftet, in die zweite Linie zurücktreten mußte.

Kurz vor Ende der Nachmittagsschicht verspätete sich Tibor mit der Säge um einen winzigen, aber fatalen Augenblick – er reichte aus, daß ihn das sechs Zentner schwere Ungetüm zu Boden werfen konnte; vergeblich versuchte er, unter ihm wegzukriechen, bis Standa es mit der Harke in sich windende Fetzen zerriß.

Von der Frontlinie geht die ganze Brigade zuerst geschlossen in den im Souterrain liegenden Waschraum, die vergitterten Lampen schimmern matt durch die Dampfschwaden, und aus den Brauserosetten regnen Schnüre heißen Wassers auf die ermatteten, verschwitzten, mit einer dicken Kruste eingetrockneten toten Massits bedeckten Männer.

Michal Rohan schleppte sich als letzter hinein und kreuzte geschämig die dünnen Arme über dem mageren Brustkorb. Ich wachse immer nur in die Höhe und sehe aus wie ein Hühnchen aus dem Kühlschrank. Ich möchte einen Körper wie Standa haben . . . Neidisch betrachtete er dessen mächtige Schultern, das Spiel der Brustmuskulatur unter dem Haarflaum, das lange Gemächte, die wohlgeformten Schenkel und die Waden des Schwerathleten, der sich im Dampf unter der Brause drehte, als tanzte er. Ich vertrag ja nicht einmal so heißes Wasser! Und kaltes schon gar nicht. Der dreißigjährige Tibor Trnka hat einen gutgewachsenen und durchgearbeiteten braungebrannten Körper (aus den Zeiten, da er einen LKW fuhr), aber sein Bauch beginnt sich zu runden (weil er jetzt nur noch die Limousine des Direktors steuert). Bei dem Sturz auf dem Hof hat er sich Knie und Ellbogen blutiggeschunden, er stöhnt vor Schmerzen, und Standa führt ihn in die Sanitätsstelle.

Im unterirdischen Saal des Zentralmagazins fast alle Feldbetten besetzt, junge Mitarbeiterinnen in weißen Kitteln gingen zwischen den Verwundeten hin und her (zumeist nur Abschürfungen und Quetschungen, aber auch gebrochene Arme, Beine und Rippen). Standa versuchte wieder vergeblich, Leona anzurufen, die im Bezirkskrankenhaus arbeitete – aber jetzt sind nur noch die roten Stabstelefone in Betrieb –, und führte den verbundenen Tibor in die Unterkunft.

Die hundertneunzig Matratzen direkt auf dem Betonfußboden des niedrigen, fensterlosen Lagerraums müssen für alle fünfhundert Belegschaftsangehörigen ausreichen, und wer kein Glück hat, muß warten oder sich auf den blanken Beton legen. Dienstfreie Frauen und Männer steigen über die Schläfer hinweg und unterhalten sich flüsternd auf dem Flur.

»Dein Mann war in der Sanitätsstelle«, sagte eine junge Buchhalterin zu Tina Trnková.

»Was ist ihm passiert? Etwas Ernstes?«

»Das bestimmt nicht, sonst hätten sie ihn dabehalten.«

»Wo ist er?«

Tina eilte durch den dämmrigen niedrigen Saal und beugte sich über die Reihen der Liegenden, erkennen kann ich ihn nur an den schwarzen Haaren – plötzlich zogen sie jemandes Arme zu sich, dazu ein Männerlachen, aber das war nicht er. Tina stieß den Zudringling ungeduldig weg und lief zu einer weiteren Reihe.

Tibor lag zwischen Standa und Michal, ganz an der Wand, die Hände unterm Kopf, so schlief er zu Hause immer ein, und an beiden Ellbogen leuchteten frische weiße Verbände. Was soll ich ihm sagen, wenn er nicht mit mir sprechen will? Jetzt schaut er mich an ...

»Was ist passiert?« flüsterte Tina und kniete sich vor seiner Matratze auf den Fußboden.

»Ach, nichts weiter«, sagte Tibor.

»Tut es sehr weh?«

»Jetzt nicht mehr.«

»Setz dich her, Tina«, sagte Bimoň und stand von seinem Lager auf, um es für die kniende Frau frei zu machen.

»Du gehst nirgends hin, sonst findest du bis zur Ablösung keine Schlafstelle mehr! Tina hat neben mir Platz«, sagte Tibor und rückte auf der Matratze zur Seite, so daß die junge Frau sich neben ihn legen konnte.

Zwanzig Zentimeter von dem Ehepaar entfernt lag Michal Rohan und zitterte wie nach einem Langlauf. Das hätte mir einfallen sollen, was Standa eingefallen ist. Aber mir ist das überhaupt nicht in den Sinn gekommen. Da sollte ich mich wenigstens jetzt verfatzen, wo doch Tina wieder bei ihm ist. Doch ich kann das einfach nicht. Warum sagen die beiden nichts zueinander? Sie haben sich nichts mehr zu sagen – sie sind einfach fix und alle, und ein Bett ist hier eine Kostbarkeit. Oder brauchen sie keine Worte mehr ...?

Neben den verstummten Ehegatten auf dem Rücken liegend, starrte Michal Rohan die ganzen vier Stunden auf die im Dämmer verschwimmende Decke, bis seine Brigade um 24.00 Uhr wieder zum Kampf antrat.

Der 7. Dezember, der zweite Tag der Belagerung, war der schlimmste. Die Männer kehrten immer ermatteter von der Frontlinie zu der vierstündigen Ruhepause zurück, die ihnen schon längst nicht genügte, und in der überfüllten Sanitätsstelle nahm außer den bisherigen Verletzungen die Zahl der Erschöpften zu, besonders Älterer, die so entkräftet waren, daß sie einfach nicht weiterkonnten.

Tina Trnková beendete eine weitere Achtstundenschicht in

der Küche. Die Lebensmittelvorräte schwanden in der umzingelten Festung der NBLB rasch dahin, und man mußte bereits auf die eiserne Reserve der Armeekonserven und -zwiebäcke zurückgreifen, aus denen die Köchinnen sich bemühten, wenigstens zwei warme Mahlzeiten pro Tag zuzubereiten – die Sachbearbeiterinnen, Archivarinnen, Zeichnerinnen und Sekretärinnen dachten sich angestrengt neue Gulaschvarianten aus Konserven und Suppen aus zerbröckeltem Trockenzwieback aus.

»Machst du das für mich fertig, Hanka?« fragte Tina ihre Kollegin am Suppenkessel.

»Klar, geh schon! Und vergiß nicht, dich zu kämmen!« Die verschwitzte Hanka in der bekleckerten Schürze (noch vor einigen Tagen die allmächtige elegante Stellvertreterin des Generaldirektors) lächelte ihr zu.

Sich unterwegs kämmend, eilte Tina in die Unterkunft, um noch vor Schichtwechsel ein freies Bett zu ergattern (die hier ständig zugunsten der Krankenstelle abnahmen). Alle Matratzen natürlich wie immer besetzt, aber vor Mitternacht erhob sich die dritte Männerbrigade zum Einsatz an der Frontlinie, mit einem Schlag dreißig freie Matratzen, und Tina suchte sich glücklich die sauberste und am wenigsten ramponierte aus.

Nach Mitternacht drängte sich aus dem Waschraum Bimoňs Brigade herein, Tibor war es bereits gewohnt, sich gleich am Eingang nach Tinas winkendem Arm umzuschauen. Rasch kam er zu ihr, legte sich neben sie und war im Nu eingeschlafen.

Nur wenige konnten sich so glücklich schätzen – außer den abgelösten Kampfbrigaden kleckerten Entlassene aus der Sanitätsstelle und Frauen von den Hilfsbrigaden in die bereits volle Unterkunft, im Dämmerlicht bewegten sich Gestalten auf der vergeblichen Suche nach einer Lagerstatt, und oft kamen sie rasch überein, besonders die Jüngeren, sich eine Matratze zu teilen, von der man dann das Flüstern eines Mannes oder das Kichern einer Frau hörte – aber nur kurz, in diesem riesigen Nachtasyl existierten alle unschuldig nebeneinander wie Sportler in einer Berghütte, wie Bergsteiger nach einem besonders anstrengenden Aufstieg.

Tina schlief still im wärmenden Bogen des Körpers ihres Mannes ein, Michal Rohan daneben starrte unter geröteten Lidern zur Decke, und Stanislav Bimoň, der sich mit einem weiteren vergeblichen Versuch, Leona anzurufen, verspätet hatte, schlief mit der Faust unterm Kopf auf dem harten Beton.

Am dritten Tag der Belagerung, dem 8. Dezember nachmittags, schlug sich eine bewaffnete Armeekolonne auf den Hof der NBLB durch, und die Soldaten verteilten an die Männer Rohans Angriffsschilde (»R-Schilde«) – leichte rechteckige, aus Röhren geschweißte Rahmen, in die wie Harfensaiten Stahldraht gespannt war. Mit einfachen an die Rahmen geschweißten Haken kann man eine beliebige Anzahl der R-Schilde zu einem beliebig langen Angriffs-R-Zaun verbinden.

Nach kurzer Instruktion traten die ersten zwei Brigaden mit dieser neuen Technologie zum Kampf an – eine Reihe von sechzig Männern schritt vorwärts, einen sechzigteiligen Wall aus Stacheldraht vor sich her tragend, aber da ging bereits die Angriffsformation von drei Meter hohen und vier Tonnen schweren Schokoladenmolchen, -känguruhs, -robben und -walrossen zum Kampf über, bei dem die Massitungetüme an den Spitzen des Stacheldrahts verbluteten, schrumpften und austrockneten.

Doch die Männer drangen weiter vor, eine Reihe nach der anderen vernichtend, jetzt schon allein durch ihren Vormarsch, so wie das Blatt einer Motorsäge leicht durch den Baumstamm fährt, wie eine Mähdrescherkolonne ein Getreidefeld niedermäht. Von der Verteidigung sind wir zum Angriff übergegangen.

Unausgeschlafen, zerschlagen und abgerackert wie Ackergäule, aber plötzlich mit neuem Elan, so latschten wir nebeneinander her wie bei einem Umzug, und die Massitsoldaten schmolzen dahin wie Märzschnee. Nach einer Weile wurden die ersten Scherze laut: »Jungs, haltet mich, sonst schlaf ich ein! – Michal, hol rasch ein Buch, kannst uns was vorlesen! – Was Spaßiges aber! – Und über Weiber! – Halt mir mal jemand die Drähte, ich muß mich kratzen.« Dann fingen wir an zu singen, bis zum Ende dieser einem Spaziergang ähnlichen Schicht, und die nächsten vier Stunden alberten wir auf den Matratzen in der Unterkunft herum wie kleine Kinder.

Aber bei der Ablösung am Nachmittag stand keinem mehr der Sinn nach Singen oder Blödeln. Die Männer, die wir ablösten, sahen aus wie Braunbier und Spucke, und wir nach einer Weile auch. Unser aus sechzig R-Schilden zusammengesetzter R-Zaun wirkte zwar nach wie vor, aber Massitsoldaten waren es zehnmal mehr, und immer dichtere und schnellere Reihen, wir schnitten zwar rein wie das Messer in Butter, doch von dieser Butter gab es Tausende und aber Tausende Tonnen, bis auch unser R-Zaun aus leichten Drähten schwer wurde wie aus Bleistangen. Einige Männer fielen vor Erschöpfung um, für sie mußten Ersatzleute aus der zweiten Linie einspringen, denn ein Durchbrechen unseres R-Zaunes hätte keiner von uns überlebt.

Wir konnten jetzt weder zurückweichen noch auf der Stelle verharren, Schild an Schild gingen wir immer weiter, taumelten bis in die Nacht über den Hof, um nicht mehr wie Schlachthofarbeiter, die auf den regelmäßigen Nachschub von betäubten Schweinen warten, sondern eher wie eine Reihe von Bulldozern, die sich durch einen wild gewordenen Dschungel vorarbeiten. Die Massitsoldaten kämpften, als ginge es ihnen ums Ganze.

Plötzlich stockten ihre Reihen und begannen zurückzuweichen. Wir rückten ihnen über den kahlen Beton bis durchs Tor auf die Straße nach, dort machten wir schweigend halt. Draußen auf den Straßen wogte uns wie auf einem Sammelplatz ein ganzes Meer von ihnen entgegen.

SONDERMELDUNG an die Krisenstäbe aller Stufen! Die Antimassit-Kontrollstellen Nordböhmens meldeten übereinstimmend, daß heute nachmittag um 17.10 Uhr MEZ die Massitkonzentration unter die kritische Grenze gesunken ist. Damit wurde endlich der Wendepunkt erreicht, die Wachstumsdynamik des Massits kehrte sich in seine Abnahme um. Die Meßeinheit des Silhouetten- oder sogenannten Molchsmassits sank in den ersten zehn Minuten von einer durchschnittlichen Dichte von 262,2 kg auf 261,8 kg, mit der Tendenz eines sich stetig beschleunigenden Rückgangs. Von diesem Augenblick an kann man eine rapide Abschwächung der inneren Energie des Massits erwarten, was sich optisch durch die allmähliche Aufhellung seiner schokoladenbraunen Färbung bis zu gelben Schattierungen äußert.

Am Morgen des 9. Dezember gingen wir über den leeren Hof bis zum Tor. Die Straßen waren von unabsehbaren Massen von Massitmolchen überschwemmt, ebenso wie gestern, aber mit ihnen schien über Nacht etwas geschehen zu sein – sie standen jetzt ohne die geringste Bewegung wie Bäume bei Windstille da, und ihre zuvor glänzende, straffe Schokoladenhaut wirkte in der kalten Sonne matt, runzlig und blaß.

Sie machten keine Anstalten, uns anzugreifen, und so gingen wir nach einer Weile langsam zum Tor hinaus, verbanden unsere R-Schilde zu einem bogenförmigen R-Zaun und drangen vorsichtig, bereit, bei der ersten Attacke der Molche sogleich wieder hinters Tor zurückzuweichen, in die erste braune Reihe ein.

Die angestochenen Molche fielen zusammen wie leere Säcke, wir stachen die zweite Reihe an und rückten durch die dritte und vierte vor; dann begannen die riesigen braunen Massen bereits in furchtbarer Verwirrung vor uns zurückzuweichen, als hätte sich ihr fanatischer Zentralwille erschöpft. Die Molche, Känguruhs, Robben und Walrosse wälzten sich in heller Panik von uns weg, sie taumelten, schwankten, stürzten, einige standen nicht mehr auf, als entkräfte und schmerze sie jede Bewegung, und vor Anstrengung und Schmerz begannen sie sich unmittelbar vor unseren Augen aufzuhellen.

»Da sie alles, was sie nur konnten, verschlungen haben, müssen sie sich jetzt selbst von innen her aufzehren, für jede

Bewegung verbrauchen sie ganze Kilos ihrer Körpermasse«, erklärte Standa. »Das Massit muß ständig wachsen, sonst beginnt es abzunehmen, und dieses Abnehmen hat schon angefangen. Wir haben gewonnen!«

Es sah aus wie ein Schlachtplatz von Walrossen aus barbarischen Zeiten, da diese Tiere massenhaft an den Küsten erschlagen wurden, als wir den R-Zaun über die ganze Straßenbreite in die entsetzt zurückweichenden Massen drückten, langsam, Meter um Meter, bis die Molche aufhörten zu fliehen, sie konnten es nicht mehr, weil uns von vorn ein weiterer R-Zaun der Leute vom Betrieb »Nordfett« entgegenrückte. Die letzten hundert Meter waren nur noch wie der Vortrieb eines Stollens in weichen Fels, und als die beiden R-Zäune schließlich aneinanderprallten, begrüßten wir uns mit den Brigaden von »Nordfett« triumphierend, wie zwei Arbeitstrupps beim Tunneldurchbruch – aus den fünf Kilometern unserer Straße war jetzt ein fünf Kilometer langer Strand von beigefarbenem Staub geworden.

Von den schokoladenbraunen Molchen, die die Massenschlächterei durch die Flucht in Seitenstraßen überlebt hatten, waren nach ein paar Stunden nur kümmerliche, kaum zwei Meter hohe, an Robben erinnernde zimtfarbene Phantome übrig, die verzweifelt und kopflos flüchteten, und weil ihnen die erzwungene Bewegung die letzten Kräfte raubte, schrumpften sie nach weiteren Stunden unbarmherziger Verfolgung zu torkelnden, nicht mehr als einen Meter großen gelben Mumien zusammen, deren durchsichtige Haut sehen ließ, wie sie in innerlichen Krämpfen zusammenbrachen.

Hunderte von R-Zäunen, verstärkt durch Bulldozer, Lastwagen mit davorgesetzten Schneepflügen und Panzer, durchkämmten systematisch Straße für Straße, die ganze Stadt kam uns zu Hilfe, jeder lief mit dem aus dem Hause, was gerade zur Hand war – so eine zimtfarbene Robbe brauchte man nur mit dem Beil, einer Sichel oder einem Schürhaken zu spalten und die noch dünnere Mumie wie einen Luftballon mit einem Schaschlykspieß, einer Stricknadel, einem Küchenmesser anzustechen, ja, es genügte auch schon ein Korkenzieher oder eine Gabel.

Wir lösten den R-Zaun wieder zu einzelnen Schilden auf und spazierten gemächlich durch den Rest unseres Viertels.

»Kommt schnell her, da ist was!« riefen aus einer Toreinfahrt zwei nur mit Kleiderbügeln bewaffnete Frauen, und Standa Bimoň rannte hin. Auf dem Hof duckte sich hinter den Mülltonnen ein geschwächter Schokoladenmolch, dessen faltige Hängebacken wabbelten, als bäte er um Erbarmen.

Die Schlacht war gewonnen, und das war natürlich kein Gegner mehr, Standa hob seinen R-Schild und zerschlug damit gewissenhaft die zusammenbrechende braune Silhouette zu sich windenden Fetzen, aus denen dunkles Blut rann, das rasch eintrocknete. Im Namen der Sauberkeit – dieses ganze Aufflammen unserer Zivilisationsabfälle muß man hart, vollständig und für immer ausmerzen und vernichten, so wie alles, was uns hinunterzieht, zu Boden wirft, demütigt und beschmutzt. Ginge das doch auch im Innern, in unseren Herzen ...

Standa trat aus der Toreinfahrt und blickte seiner Brigade nach, die sich langsam durch die Straße entfernte. In zwanzig Minuten könnte ich zum Krankenhaus laufen und endlich meine Leona wiedersehen ... Aber einem Kampf entflieht man nicht. Standa holte eine verirrte zimtfarbene Robbe ein und zermalmte sie mit dem Schild zu heller Asche.

Die Reste der geschlagenen braunen Armee flüchteten in rasender Sehnsucht zu überleben, gehetzte zimtfarbene Robben stürzten sich, vor Schmerzen gekrümmt, mit letzter Kraft auf die gelben Mumien und sogen fieberhaft Nährflüssigkeit aus ihren im Todeskrampf zuckenden Leibern, Masse verzehrte Masse, bis sie breiig zerrann – die weiche Materie gliederte sich dann verblüffend rasch in Tausende Fangarme, Ranken, Rüssel, Lappen und Adern, die allesamt beharrlich zu den Häusern krochen und hastig die Mauern hochklommen, bis auf die Dächer, wo sie sich zu dichten braunen Wehen regenerierten und Hilfslianen herabsenkten, durch die wie durch Röhren in größter Hast rettende Gallerteklumpen nach oben zischten.

In einer knappen Stunde waren der obere Teil der Häuser und die Dächer in ganz Ústí wieder mit Tonnen nasser brauner Glasur überzogen, wie an dem Tag, da die Massitwolke, der jetzt nur noch übrigblieb, sich von ihrem eigenen, sich rasch verzehrenden Körper zu nähren, auf die Stadt herabgesunken war. Um 17.00 Uhr wurden die Operationen in der gesamten Stadt beendet, und die Sirenen bliesen die letzte Schlacht ab.

Erschöpft, aber glücklich drängten wir uns in den Waschraum, alle Mann auf einmal, wie Schuljungen nach einem aufreibenden, mit einer Turnstunde abgeschlossenen Unterrichtsvormittag; die Frauen warfen inzwischen in der Küche alles in die Pfanne, was noch übriggeblieben war – selbstverständlich wurde am Ende auch nur wieder Zwiebacksuppe und Konservengulasch draus, aber in der Suppe fand der eine ein Paar Erbsenkügelchen, ein anderer ein Stückchen Speck oder ein eingerührtes Ei.

Zur Ruhe ging man bald; in der Unterkunft waren wir fast fünfhundert für die verbliebenen hundertsechzig Matratzen, doch als wir zusammenrückten, ließ es sich darauf erstaunlicherweise schlafen, besonders wenn man auf der Seite lag, wir entschlummerten wie Kinder in einem einzigen riesigen Bett.

Die letzte Nacht in der Festung ...

In seinem ihm zugewiesenen geräumigen Arbeitszimmer im zweiten Stock des Gebäudes, das die Generaldirektion der NBLB beherbergte, fegte Dr. E. Rohan die Reste der Muster des überwundenen Massits in den Abfallcontainer, wusch sich die Hände, entkorkte eine Flasche Weißwein und fingerte aus dem Karton Zigaretten der Marke Winston (von Rita für 4000 Kčs) eine weitere rotweiße Schachtel. Vollgequalmt ist das hier wie in einer Räucherkammer. Eda öffnete einen Flügel des breiten Fensters, und Schwaden abgestandenen Zigarettenqualms drangen hinaus in die Frostnacht, bis sich von oben aus dem Dunkel ein glänzender Rüssel heranschob und mit dem unförmig erweiterten Ende gierig den Tabakrauch schluckte.

Friß nur, friß, mein Scheusälchen, viel kriegst du nicht mehr davon. Eda zündete sich eine Zigarette an. In ein paar Tagen werden natürlich wieder alle zu rauchen anfangen. Und aus den Fabrikschloten werden erneut massive Rauchsäulen quellen – wo wir doch immer noch so tragisch wenige Wasser- und Atomkraftwerke haben –, – und riesige Halden von taubem Gestein, Asche und Schlacke werden wieder wie Krebsmetastasen das Land überwuchern, die Industrie wird erneut die Flüsse vergiften, und Millionen von Autos werden binnen kurzem die reine Luft verpesten ... Hoffentlich trifft auf uns nicht dereinst, wie in der Geschichte so schmerzlich oft auf die Menschen, zu: *Perdidistis utilitatem calamitatis* – was soviel besagt wie: ihr habt aus der Katastrophe nichts gelernt. Wir sind nämlich von selbstmörderischer Vergeßlichkeit.

Standa Bimoň stand (heute schon zum drittenmal) auf dem Flur in der Telefonschlange und sprach dann mit seiner im Bezirkskrankenhaus tätigen Frau Leona (jedes zweite Wort war »Liebling«) so lange, bis ihn das anschwellende Summen der ungeduldigen Menge hinter ihm zwang, den Hörer Michal Rohan, dem nächsten in der Schlange, zu übergeben, wonach er zufrieden schlafen ging.

Michal Rohan telefonierte mit seiner Mutter, die im Bereichszentrum des VERS im Gebäude der Hauptpost nächtigte, wobei er ihr zunächst dreimal hintereinander versichern mußte, daß ihm nichts, aber auch gar nichts passiert sei, bevor sie nach dem Vater fragte. Aber unserem Pappi kann doch nie und nirgends etwas passieren.

In die Unterkunft zurückgekehrt, erblickte Michal wieder die zwei Silhouetten, die er ständig vor Augen hatte – Tibor Trnka führte Tina an der Hand ins Dunkel auf dem Hof. Will er ihr etwas antun ...? Überhaupt nicht. Eher das Gegenteil ... Ich hatte eine furchtbare Wut auf mich, als ich ihnen wie ein Dieb, ein Spitzel oder ein perverser Spanner nachschlich, aber ich konnte einfach nicht anders.

Die zwei krochen ins Gebäude F, wo ich im dritten Stock normalerweise in der Reklame rummähre, doch Tibor führte Tina gleich im ersten Stock in ein Büro, das ich auch kenne. Drin sind gerade man zwei aneinandergeschobene Schreibtische, zwei wacklige Stühle mit abgewetztem Laminat und dann nur noch eine Kartothek in einem Blechschrank. Aber dann noch ein Stück freier Fußboden ... Hinter der Tür dieses Büros wollen Mann und Frau allein zusammensein, und Tina ist dort mit Tibor reingegangen.

Ich schaute auf diese weiße Tür, eine geschlagene Stunde vielleicht, und mir wurde immer mieser. Dann plötzlich Schritte auf der Treppe, und so haute ich rasch ab, doch es war nur ein weiteres Pärchen, das ein Büro aufschloß. Aus der Unterkunft hörte man Gesang, dann nur noch Stille, aber ich hätte sowieso nicht einschlafen können. Ich trottete noch lange über den leeren Hof, wo so viel passiert war ... Was kann jetzt noch kommen? Für mich überhaupt nichts. Als sich Michal in das Gemeinschaftslager in der Unterkunft einfügte, weckte er Standa auf, der ihn sogleich fragte: »Steht am Telefon immer noch eine Schlange?«

»Jetzt haben sich schon alle austelefoniert.«

»Ich bislang noch wenig«, sagte Standa, stand auf und zottelte los, um Leona zum viertenmal anzurufen, aber im Krankenhaus sagte man ihm, Schwester Leona schlafe bereits längst. Nachdem er sich eingehend vergewissert hatte, daß alle Krankenschwestern ausschließlich in streng abgeteilten Zimmern für Frauen schliefen, legte er endlich auf, bestellte jedoch vorher noch ein Telefongespräch mit seiner Gattin für morgen 8.00 Uhr.

DIE ZUSAMMENFASSUNG DER STÜNDLICHEN MELDUNGEN konstatiert eine sich stetig beschleunigende Abnahme der Massitmasse auf dem gesamten Gebiet Nordböhmens. In der Bezirksstadt Ústí folgende Stundenwerte gemessen, nach der Polanski-Weiner-Skala:

21.00 Uhr – 73,2 % (Beginn der Messung)	
22.00 Uhr – 71,9 % – 1,3 %	23.00 Uhr – 70,3 % / – 1,6 %
24.00 Uhr – 68,3 % – 2,0 %	01.00 Uhr – 65,8 % / – 2,5 %
02.00 Uhr – 62,8 % / – 3,0 %	03.00 Uhr – 59,5 % / – 3,3 %

Am 10. Dezember (der später zum Tag des sauberen Landes erklärt wurde) gingen wir schon mit leeren Händen auf die Straße und schauten uns den Untergang des Massits an. Zum Kämpfen war nichts da.

Die geschwächte bernsteingelbe Glasur oder vielmehr die sich verdünnende Gallerte auf den Dächern und an den Mauern der Häuser verendete vor unseren Augen wie ein ungestaltes, enthäutetes Multitier, in der letzten Agonie Tausender versagender Herzen, erstickender Rachen und mühsam nach Luft schnappender Lungen, zerfallender Lebern und Nieren, sich vor Hunger windender Mägen, zuckender leerer Därme und schrumpfender Muskeln – das Massit in den letzten Zügen.

Die Kampfbereitschaft auf die Nullstufe herabgesetzt, und die Krisenstäbe verkündeten ihr bestes Programm, nämlich überhaupt keins. Der Stadtrat verschickte Grußschreiben und Glückwünsche, worauf aus den städtischen Lautsprechern lustige Märsche schallten, und so gingen wir auf die Straßen.

Die Fäuste vor der Brust geballt, rannte Stanislav Bimoň mit den schwebenden athletischen Schritten eines Langläufers seiner Frau Leona entgegen. Das Areal des Bezirkskrankenhauses, während der ganzen Zeit der Belagerung durch militärische Spezialeinheiten geschützt, war schon völlig gesäubert, die hohen weißen Gebäude strahlten im sonnigen Morgen. Standa drängte sich durch die heiter gestimmte Menge auf den Höfen und in den Treppenhäusern, bis er im Schwesternzimmer schließlich seine Frau fand, am Tisch inmitten einer Schar von Leuten, unter denen sich neben den Krankenschwestern zwei Offiziere und zwei junge Männer in Weiß befanden.

Als Leona Bimoňová ihren Gatten in der Tür erblickte,

fuhr sie vom Tisch hoch (sie hatte es seit dem Morgen geschafft, sich die Haare mit Shampoo zu waschen, dazu ein großes Make-up) und lief zu ihrem Mann hinaus auf den Flur. »Standa, mein Lieber, ich hab es kaum erwarten können, dich zu sehen, ich liebe dich so sehr . . .«

»Ich dich auch, Liebling.« Stanislav umarmte Leona und küßte sie so gierig, daß ihnen beiden der Atem ausging. »Was haben denn die zwei Offiziere in deiner Abteilung zu suchen?«

»Sie sind feiern gekommen . . . Na, wo sie uns doch die ganzen vier Tage hier das Leben gerettet haben.«

»Das rettest du anderen hier schon fünf Jahre, und es wäre wohl kaum angebracht, das zum Beispiel in einer Kaserne zu feiern, oder? Und wer sind die zwei Burschen im weißen Kittel?«

»Na, wenn sie weiße Kittel haben und wir in einem Krankenhaus sind . . .«

»Du hast mir immer gesagt, daß der einzige Mann auf deiner Station der Chefarzt ist, und der ist dreiundsechzig – so alt sind die beiden Pinkel nicht zusammen.«

»Aber das sind doch nur zwei Assistenzärzte aus der Urologie . . . Liebling, wir werden uns doch nicht gerade jetzt streiten.«

»Verzeih.« Standa küßte sie wieder massiv ab. »Und komm mit nach Hause.«

»Ich hab bis zwölf Dienst.«

»Dann mach also deinen Dienst. Ich setz mich inzwischen auf diesen Stuhl und warte auf dich«, sagte Standa fest, und er tat es auch wirklich.

Die Eheleute Tibor und Tina Trnka, ein schönes Paar – er stattlich und sonnengebräunt, mit schwarzem Haar und blendendweißen Zähnen, sie mit mädchenhaften Schultern, Armen und Waden, aber den vollen Brüsten und runden Hüften einer jungen Mutter –, gingen Hand in Hand durch die Straßen, in denen der Feiertag begann.

»Am meisten hat mich geschmerzt, daß du mich so lange nicht angesprochen hast, die ganzen furchtbaren Tage«, sagte Tina leise. »Aber jetzt glaube ich, es mußte wohl so sein.«

»Weißt du, ich ... Zuerst wußte ich nichts Schönes, was ich dir hätte sagen können. Na und dann – dann schämte ich mich nur noch und hatte eine furchtbare Wut auf mich, daß ich so ein Blödmann war«, sagte Tibor aufrichtig.

»Wo gehen wir jetzt eigentlich hin?«

»Ich möchte wieder zu uns nach Hause. Läßt du mich rein?«

»Dann komm, aber schnell.«

Michal Rohan schaute ihnen noch eine Weile nach und bog dann in die Straße zum Stadtzentrum ein. Auf den Hausdächern wanden sich Stücke verendenden Massits, sie schlugen kraftlos um sich wie ans Ufer geschleuderte Fische, wie ein zertretener Knäuel von Schlangen, bis schließlich dieses letzte Gewimmel zur toten Ruhe einer einzigen Begräbnisstätte zu erstarren begann.

Geduckt, die Hände in den Taschen, watete Michal bis zu den Knöcheln in den Dünen von beigefarbenem Pulver, das in dicken Schichten alle Straßen bedeckte. Als ich damals am Morgen hier durch zur Arbeit flitzte, an dem Tag, da auf Ústí die braune Wolke fiel, da war Tina für mich nicht mehr als eine hübsche Frau Nachbarin. Und nichts anderes wird sie fortan für mich sein. Das Schlimmste jedoch ist, daß alles so endet, wie es richtigerweise sein soll, für Tina, Tibor und ihren kleinen Tomassino. Und ich – als ich im Leben am glücklichsten war, habe ich damit nur im Wege gestanden und gestört.

Hinter dem roten Geländer der Dampferanlegestelle spielte das Eisenbahnerorchester, und die ersten Paare tanzten schon auf der Mole. Von der Massitschicht auf der Stahlbrücke über den Fluß senkte sich mühsam ein langer gelber Rüssel hinab, bis er endlich den Wasserspiegel erreichte, aber sein geschwächtes gallertiges Hangendes hatte nicht mehr die Kraft, ihn zu halten – der vollgesogene, schwer gewordene Rüssel riß ab, stürzte hinunter und wurde sogleich von der Strömung davongetragen. Michal klappte den Mantelkragen hoch und begab sich zur Hauptpost, zu seiner Mutter.

Eda Rohan fuhr mit seinem schnittigen italienischen Sportwagen (einem der ersten Personenautos in den Straßen von Ústí) an der VERS-Zentrale im Gebäude der Hauptpost vor, um seine Frau abzuholen, die hier die vier Belagerungstage mit weiteren dreihundert Bibliothekaren, Postbeamten, Schauspielern und Angestellten verbracht hatte. Jetzt nahmen alle bereits Abschied voneinander, heiter und gerührt, und Eda staunte, wieviel neue Freunde die so verschlossene und unzugängliche Pavla gewonnen hatte.

»Sie waren so fabelhaft«, seufzte sie, als er sie endlich im Wagen plaziert hatte und den Motor startete.

»Du auch.«

»Wie alle.« Müde kuschelte sich die blasse Pavla in den weichen, den Körperformen angepaßten Sitz, ihre Augen strahlten. »Nie hätte ich gedacht, daß so viele unterschiedliche Menschen einander so nahe kommen können.«

»Wenn ihnen nichts anderes übrigbleibt«, meinte er lachend.

»Nein, Eda, das war bestimmt nicht der einzige Grund. Ich habe das Gefühl, daß hier etwas Neues, Reines entstanden ist, etwas Lichtes.«

»Bleibt nur zu wünschen, daß es so lange wie möglich anhält. Damit wir nicht die Lehren dieser Katastrophe und niemals ihre Warnung vergessen. Gab es bei euch Opfer?«

»Drei. Gleich am ersten Tag Frau Zimová, die gegenüber der Post wohnt. Sie winkte uns über die Straße vom Balkon zu, den die Molche plötzlich mit ihr zusammen herunterrissen. Von Frau Zimová blieb auf dem Pflaster nur noch . . .«

»Und die zwei weiteren?«

»Duras und Skalník, Solisten der Oper. Duras ist in der Kampflinie gefallen, Skalník wollte ihn wegziehen, aber da waren beide schon ... In der Oper waren sie große Rivalen und rauften sich um jede Rolle. Weißt du, gerade das habe ich gemeint mit diesem Neuen und Lichten.«

»Jeder Mensch hat vielleicht ein Stück Licht in sich. Allerdings nur allzu oft mit einer dicken und zähen Haut umhüllt.«

»Wie hat sich unser Michal verhalten?«

»Gut. Wie alle.«

»Das freut mich wirklich. Er war hier, um nach mir zu schauen, aber gesagt hat er nichts. Etwas quält ihn.«

»Das ist mit achtzehn üblich, doch auch vorteilhaft, weil man das in späteren Jahren nicht mehr so auskostet.«

»Und dir ist es gut gegangen?«

»Ausgezeichnet. Wie immer. Mißlich war nur der erste Nachmittag, als mir die Zigaretten ausgingen. Aber ich hab schon wieder genug, und so scheint mir, ich habe die einzigartige Gelegenheit verpaßt, mir das Rauchen abzugewöhnen.«

Unter den Rädern und dem Chassis des italienischen Sportwagens knirschte der beigefarbene Staub, der in ganzer Breite die Straßen bedeckte, durch die die beiden Rohans langsam an den befestigten VERS-Zentralen in den Gebäuden des Gymnasiums, des Rathauses, des Hauptbahnhofs und der Sparkasse vorbeifuhren – die Tore der befreiten Festungen jetzt sperrangelweit geöffnet, überall fröhliches Geschrei, Gesang, Umarmungen, Tanz auf der Straße, und die Leute gingen langsam heimwärts.

»Es hätte viel schlimmer ausgehen können«, bemerkte Eda, »hätten nicht alle Organe und Krisenstäbe ihr Stück Arbeit geleistet.«

»Auch ihr Stabsleute wart gut«, sagte Pavla lächelnd.

»Wie alle, und ich danke für die Anerkennung im Namen aller Stäbe, deren Ausweise ich in der Tasche habe. Aber jetzt möchte ich gern Wald sehen, wenigstens ein Stückchen. Fahren wir wieder auf den Střížovicer Berg?«

»Werden dort nicht Molche sein?«

»Nein, Bäume!«

Auf den Bäumen des Střížovicer Waldes die letzten Klumpen, Ballen und formlosen Stücke vergilbten Massits, das in der Agonie die Stämme hochgeklommen war, als wolle es erneut in Flocken hoch über dem Land dahinfliegen, als sehne es sich danach, in die junge Kraft der frischgefüllten, angriffsbereit über der wehrlosen Erde schwebenden Wolken zurückzukehren – aber gefallener Schnee kehrt nicht wieder an den Himmel zurück. Er schmilzt.

Und wie in einem Frühlingsbirkenwald die Reste des vergänglichen Schnees wegtauen, so verlor das Massit die Kraft, sich an den Bäumen festzuhalten, und rutschte zischend herunter, Stück für Stück glitt von den Zweigen, die erleichtert emporschnellten und sich wiegten, die letzten Tropfen abschüttelnd, die wie Regen unter den Bäumen niederrieselten – die toten Lasten fielen Batzen um Batzen zu Boden, jeder mit einem nassen Plumpsen, wonach sich stets ein weiterer Zweig elastisch hochschwang. Der ganze Wald wellte in lebendiger Bewegung auf.

Pavla schloß die Augen und nahm mit ihrem gesamten Wesen den Hauch der Befreiung in sich auf. Wie in einem Frühlingswald, wenn Dunkel und Kälte weichen... Würden sie doch auch für immer aus unserem Leben weichen, damit sich Ruhe, Frieden und Licht darin ausbreiten... Sie wandte sich Eda zu, schlang von hinten die Arme um seine Taille, schmiegte sich mit der Brust an seinen Rücken und legte ihm das Gesicht auf die Schulter. Gib mir deine Wärme, Liebster, und vor allem Sicherheit. Wo doch in mir nach wie vor so viel Angst, Mißtrauen und Unglauben stecken...

Eda strich schweigend mit dem Finger über den an seiner Schulter ruhenden Kopf seiner Frau und beobachtete den Untergang des Massits – die herabgefallenen Blöcke wurden durchsichtig, platzten auf und schmolzen wie Eis an der Sonne. Rinnsale sauberen, aus der Gefangenschaft befreiten Wassers rieselten glitzernd im Zickzack zum See.

»Das hätten wir also«, sagte Eda und steckte sich eine Zigarette an. Pavla nahm sich auch eine, aber weil sie schon so lange nicht geraucht hatte, begann sie gleich nach den ersten Zügen hartnäckig zu husten.

Berauschende Siegesatmosphäre und laute, allumfassende Begeisterung ... Jetzt auf einmal lieben wir uns alle, selbst in der Gemeinwohnung!

Rita Nedomová (die die vier Belagerungstage zu Hause verbracht und, wie sie sich ausdrückte, »sich wenigstens einmal richtig ausgeschlafen hatte«) opferte zwei Flaschen Sekt, das erste Glas reichte sie mit einem Lächeln Leona, diese lächelte ihr ebenfalls zu (zum erstenmal im Leben!), und am Ende umarmten sich die beiden sogar zur Versöhnung! Jetzt wird alles fabelhaft, oder?

»Vielleicht sollten wir zunächst ein bißchen Ordnung machen«, schlug unser lieber Vertrauensmann Standa schüchtern vor, aber wir stürzten uns geradezu darauf; die Frauen holten aus ihren Wohnungen die Vorratsreste einschließlich der Delikatessen, die wir bislang, jeder bei sich daheim, heimlich geschleckert hatten; rasche Einigung, daß Tina kochen werde, weil sie es von uns allen am besten kann; Rita diente ihr als Küchenhilfe und Serviererin; Pavla machte sich frohgemut daran, das Badezimmer zu scheuern; und Leona, die aufrichtig eingestand (zum erstenmal im Leben, auch vor sich selber), daß sie in der Küche zwei linke Hände hat, ging freiwillig (!!!) daran, das Klo zu säubern; Standa, Michal und Tibor Trnka fegten und wischten die von Massitstaub bedeckte Treppe vom Erdgeschoß bis in unseren vierten Stock; und sogar der widerborstige und faule Eda Rohan putzte im Klubraum und im Dienstzimmer, das er bisher nie betreten hatte, eigenhändig Fenster. Von dieser ungewohnten Arbeit erschöpft, schlich er sich dann nach Hause, um zu rauchen, aber von der allgemeinen Begeisterung mitgerissen, steckte er die Zigarette zurück in die Schachtel und saugte in der ganzen Gemeinwohnung die Teppiche. Kurz, ein Tag der Wunder, und so wird es jetzt dauernd sein.

Tina zauberte aus eigenen Eiern, Ritas Wein, Leonas portugiesischen Sardinen und Pavlas bestem italienischem Parmesan aus der Romagna eine fabelhafte Pizza. Alle nahmen wir im Klubraum Platz, nur Michal war verschwunden. Rita hatte ihn noch vor dem Abendessen in Tinas Schlafzimmer geführt und ihm erklärt:

»Ich soll dir was von Tina bestellen.«

»Warum sagt sie mir das nicht selbst?« fragte Michal leise.

»So ist es für euch beide besser. Tina läßt dir ausrichten, du sollst dir alle deine Musikboxen wieder heimholen, und zwar gleich.«

»Aber warum?«

»Sie will sie nicht in der Wohnung, wo doch Tibor wieder da ist. Er hat sich gewundert, woher die vielen teuren Geräte kommen, und ich mußte es auf mich nehmen. Aber ich werde auch nicht länger bei Tina im Schlafzimmer pennen, verstehst du? Dort ist jetzt für uns beide besetzt.«

Michal kniete sich hin und begann traurig die Blechkästen seiner »Musikkombine« einzusammeln, so daß es Rita in tiefer Seele erbarmte.

»Kurzum, mit Tina ist Schluß, aber mach dir nicht zuviel draus«, sagte sie zu ihm. »Jetzt öffnen bald wieder die Lokale, ich nehm dich mit in ›Die Spinne‹, und dort besorg ich dir ein schnaftes Mädchen, hörst du! Oder wieder lieber eine verheiratete Frau? Am besten vielleicht beides, nicht? Michal, hörst du mir zu?«

Aber Michal hörte ihr nicht mehr zu, schweigend wich er, mit seiner verschmähten Musik belastet, ins Dunkel des Flurs zurück.

Im Klubraum schenkte Rita nach dem Abendessen noch zwei Flaschen Wein aus, und Standa bat um eine Minute Gehör.

»Der Notstand VERS ist praktisch beendet, unsere Wohnungen haben wieder Licht und Wärme, wir kehren nach Hause zurück«, sagte er langsam, »und wir werden auch keinen Vertrauensmann mehr brauchen, der euch allen also für das Vertrauen dankt und hiermit seine Tätigkeit beendet.«

Aber wir überschrien ihn, daß wir ihm dankten, daß er nicht Schluß machen dürfe, weil wir ihn auch weiterhin brauchten, kurz und gut, daß er der Beste sei. In diesem Augenblick zeigten wir alle erstaunliche Eintracht.

»Na schön, wenn ihr ohne Vertrauensmann nicht auskommen wollt«, sagte Standa gerührt, »dann gehorcht ihm und haltet bitte auch heute noch die Disziplin des Notstandes VERS ein, der ja bislang nicht aufgehoben wurde. Wenn wir es so lange ausgehalten haben, dann vielleicht auch diese letzten paar Stunden.«

»Und damit niemand nachts in Versuchung gerät, schwarz Licht zu machen für seinen Liebsten, habe ich für alle eine kleine Aufmerksamkeit mitgebracht«, schloß sich Rita lächelnd an. »Damit ihr euch nach der langen Zeit wieder schön im Bettchen besichtigen könnt. Bitte nehmt euch«, und sie verteilte aus einem Körbchen an alle kostbare Batterien, ganz umsonst. Eigentlich hat sie ein goldenes Herz. Aber das haben wir jetzt ja alle.

Selbstverständlich erhob sich sodann Standa präsidentenhaft als erster und führte seine Leona am Arm mitten durch den Klubraum hinaus. Auf dem Flur hob er sie hoch und trug sie wie vor der Hochzeitsnacht direkt ins Schlafzimmer, wo er sie ungeduldig aufs Bett zu den nächtlichen Freuden der Erwachsenen (bis zum Morgen) niederlegte.

Eda Rohan führte Pavla heim, und während sie Klavier spielte, bereitete er für sie im Nebenzimmer eine Überraschung vor – auf dem Parkett baute er das alte Touristenzelt auf, in dem sie seinerzeit im Erzgebirge die erste gemeinsame Nacht verbracht hatten, schon lange her, noch vor der Hochzeit. Und diesem Geiste getreu, beleuchtete er das Zelt innen mit einer aufgehängten Taschenlampe, legte es weich mit alten Decken aus und stellte, um die Erinnerungen zu vervollständigen, auch noch die Wanderschuhe, die Wanderstöcke und den geschwärzten Kochkessel davor.

Pavla war glücklich im Zelt. »Liebster«, flüsterte sie ihrem Mann zu, »glaubst du, wir könnten es wieder so haben wie damals?«

»Aber das liegt doch nur an uns«, sagte er überzeugt, und so wie damals füllte er die Aluminiumbecher (erst hier eine Änderung: statt des damaligen billigsten inländischen Rums heute perlenden feinsten Champagner Cordon Vert der altberühmten Firma G. H. Mumm).

In Tinas Wohnung hatte sich Rita in Tomášeks Kinderzimmer verzogen, und die Ehegatten Trnka beleuchteten ihr Schlafzimmer bis lange in die Nacht hinein mit der Taschenlampe. Auf dem alten Tonbandgerät spielte Tina ihre fünf abgeleierten Kassetten ab, und Tibor lauschte gerührt diesen schönsten Schlagern der Welt: Musik für uns zwei.

Hinter der Wand, im verlassenen Klubraum der Gemeinwohnung, hörte sie auch der einsame Michal Rohan. Mit toten Augen starrte er durchs Fenster ins Dunkel auf die gegenüberliegenden Häuser der Siedlung, in deren obersten Etagen Licht um Licht verlosch, und wartete nur, bis auch das letzte Fenster dunkel war. Vater hat mir einmal gesagt, daß man mit achtzehn eigentlich ziemlich oft an den Tod denkt.

ERNSTE WARNUNG AN ALLE! In einer Reihe von Orten Nordböhmens, besonders in Städten, verbreitet sich rasch eine durch einen pilzartigen braunen Parasiten einer bislang unbekannten Gattung ausgelöste Infektion. Vor allem ist es gefährlich, verseuchte Wohnungen Evakuierter zu betreten, in denen das überlebende Massit unbekannte Formen entwickeln konnte. Peinlichste persönliche Hygiene ist das Gebot der Stunde! Die Evakuierten, vor allem die Kinder, bleiben weiterhin in den Gebirgssiedlungen.
Der Notstand VERS
wird auf unbestimmte Zeit verlängert.

XIII

Am Sonntagmorgen schlafen wir schön aus; und Tina Trnková wärmte sich glücklich im Bett neben ihrem Mann, auf seine tiefen Atemzüge lauschend. Ich liebe ihn, weil er zu mir zurückgekehrt ist. Jetzt werden wir für immer beisammenbleiben. Und bald auch mit unserem Sohn.

Aber mein Tibor würde ruhig bis zum Mittagessen schlafen, und es wäre doch schade um so viele Stunden unseres ersten gemeinsamen Sonntags nach all diesen Schrecken. Tina stand leise auf, nahm die Taschenlampe und eilte durch die ausgekühlte Wohnung ins Bad. Durch die Glasfüllung der Tür war aus dem angrenzenden Zimmer Ritas Schnarchen zu hören. Ich brauche sie nicht mehr hier, sie soll hingehen, woher sie gekommen ist. Das wird wieder die Wohnung unserer Familie sein.

Im fensterlosen Badezimmer sattes Dunkel, Tina knipste die Taschenlampe an, stellte sie mit gewohnter Bewegung auf die Spiegelkonsole, zog sich das Nachthemd aus und begann, vor Kälte zitternd, sich mit dem eiskalten Wasser zu waschen. Ich werde Tibor bereits zurechtgemacht und frisch wecken, wir gehen in die Gemeinwohnung, er wird sich rasieren, und währenddessen werde ich ihm einen heißen, starken, süßen Kakao kochen, unser erstes Sonntagsfrühstück nach den traurigen Zeiten.

Als Tina sich zu kämmen begann, erstarrte sie plötzlich. Im mattschimmernden Spiegel sah sie auf ihren Armen und Schultern etwas Dunkles. Um Gottes willen, was ist das?

Angstvoll berührte sie mit dem Finger die dunklen Punkte auf dem linken Unterarm. Das ist kein Ungeziefer! Es bewegt sich nicht, ist zäh wie ein Baumschwamm, wie Gummi . . . Au! Es läßt sich nicht abreißen. Ich versuch's mit der Nagelfeile . . . Au! Das ist tief ins Fleisch eingewachsen. Und hier auch – au! Und hier, hier, hier . . .

Die junge Frau saß auf dem Bettrand ihres Mannes und weinte herzzerreißend.

»Was hast du, Schatz?« fragte Tibor, als er endlich aufwachte.

»Schau, was mir passiert ist . . .«

»Zeig her, was ist das? Pickel oder was . . .« Der nackte Tibor setzte sich auf und begann mit den Fingernägeln im Ausschlag seiner Frau zu pulen.

»Au, das tut weh. Und runter geht's nicht, auch nicht mit der Nagelfeile.«

»Je, schau mal, ich hab's auch – hier, schau nur! Da und da und da auch noch . . .« Tibor hatte die gleichen braunen Tröpfchen auf Armen, Schultern und Brust, aber er führte sie mir ganz heiter vor.

»Du hast keine Angst davor?«

»Warum denn? Wo uns doch nichts weh tut. Und wo ich einen so schrecklichen Appetit habe – du auch, stimmt's? Also werden wir einer den anderen kurieren, ja? Und anfangen können wir mit einem zünftigen Frühstück.«

»Dann steh auf, wir gehen in die Gemeinwohnung. Du rasierst dich, und ich koch dir Kakao. Also los, anziehen!« sagte sie dankbar und erleichtert.

»Obwohl – warte noch, Tina. Eine Gefahr kann es in jedem Fall sein.«

»Du meinst . . .«

»Man müßte es untersuchen, verstehst du . . .«

»Wie willst du diese braunen Pusteln untersuchen?«

»Die Pusteln nicht, sondern den Gesamtzustand des Körpers, verstehst du. Appetit ist ein gutes Zeichen, das ist klar, aber man müßte noch die gesamte Lebenskraft überprüfen, verstehst du . . .« Er bemühte sich, ernst zu sprechen, doch sein gebräuntes hübsches Gesicht begann sich schon zu einem diabolischen Lächeln zu verzerren, wie immer, wenn er mich aufzieht, oft mit Lust, aber in diesem Augenblick liebte ich ihn dafür.

»Ich werde dir doch nicht gefallen, so fleckig«, sagte ich noch.

»Du gefällst mir immer«, flüsterte er und zog mich mit heißen Armen an sich, in seiner freudigen Lebenskraft, die er jetzt so freigebig auf mich überträgt.

Die Nacht ist Unglücklichen gegenüber gütiger als der Tag. Michal Rohan durchwachte den Großteil der Nacht mit dem Recorder und erwachte erst am Sonntagnachmittag in dem kalten Zimmer. Erst Nachmittag – könnte ich bloß diesen ganzen unnützen Tag durchschlafen! Leider habe ich jetzt keine Lust mehr zum Schlafen. Aber auch nicht zum Aufstehen – wo soll ich hingehen und was tun?

Der junge Mann seufzte und begann sich im Liegen mit seinem braunen Ausschlag zu beschäftigen. Selbstverständlich hab ich es gleich als erster erwischt, wie seit je immer alles, Masern, Röteln, zweimal Lungenentzündung, Blinddarm, Bruch und Mittelohrentzündung. Für Krankheiten und Katastrophen aller Art bin ich der reinste Blitzableiter. Das hab ich von Mutti. Der Pappi ist gesund wie ein Mustang.

Also jetzt diese Katastrophe in Braun. Prüfend betastete er den rätselhaften Ausschlag. Im Schlaf ist es irgendwie gewachsen, gestern wie Gräupchen, heute schon wie Linsen. Angeekelt betrachtete er die prallen braunen Pusteln auf dem zerkratzten Handgelenk (nachts hatte er vergeblich versucht, sie mit der Schere abzuschälen, und sich dabei blutig gekratzt). Wenn man den Finger draufdrückt, ist es körperwarm, und man spürt darin sogar den eigenen Pulsschlag ... Das muß mit Blut vollgesogen sein. Er preßte die Lippen ans Handgelenk, begann angestrengt zu saugen – eine Pustel löste sich plötzlich und glitt ihm in den Mund. Pfui, ich hab das verschluckt!

Also noch einmal, aber jetzt langsam. Hier muß man wissenschaftlich rangehen! Er drückte die Lippen an eine weitere braune Linse und saugte vorsichtig, bis er die schwache Bewegung spürte, mit der sich die Linse von der Haut trennte, schlangenartig glitt sie zwischen den saugenden Lippen hindurch und klebte sich an Michals Zunge. Das kriecht ja wie ein lebendiges Tier!

Das wollen wir uns doch mal näher anschauen. Michal trat an den Spiegel und streckte die Zunge heraus – in ihrer Mitte haftete so etwas wie eine kleine, glänzende Schnecke. Sitzt das genauso fest wie vorhin auf dem Handgelenk? Er kratzte mit dem Fingernagel daran und zitterte vor Schmerz. Das klebt genauso fest, aber die Zunge ist natürlich viel empfindlicher als die Hand. Was jetzt? Er preßte die befallene Zunge an den Gaumen, worauf sich die Schnecke leicht verschlucken ließ.

Diese Bestie zieht also ganz bereitwillig in den Magen um. Wo ist sie besser aufgehoben? Innen genauso schlecht wie außen, aber zumindest kann ich so, kosmetisch gesehen, unter die Leute ... Und der junge Mann aß sorgfältig alle braunen Tierchen von seinen Händen, Armen und Schultern, wohin er eben mit dem Mund reichte. Jetzt geh ich tanzen, vielleicht finde ich eine, die wenigstens ein bißchen Tina ähnelt.

Als er sich anzog, verspürte er plötzlich heftigen Durst, er leerte eine ganze Kanne kalten Tee, dann noch vier Flaschen Selterswasser, und der Durst verwandelte sich in grimmigen Hunger, Michal stopfte sich mit Brot, Schmalz, Lebkuchen, Marmelade voll, und als er dann noch einmal ausgiebig direkt aus dem Wasserhahn getrunken hatte, fühlte er sich plötzlich derart schwer, matt und schläfrig, daß er sich auszog und – es war immer noch Nachmittag – zurück ins Bett kroch, wo sich die ungewohnte Schwere wohlig im ganzen Körper ausbreitete und auch den Geist mit einer dumpfen, aber angenehmen Lethargie überschwemmte.

Ich wollte doch diesen unnützen Tag ganz durchschlafen, nicht? Und ohne einen weiteren Gedanken schlummerte er ruhig ein und schlief tief nonstop vierzehn Stunden.

»Komm, schau ihn dir an«, sagte Pavla Rohanová am Sonntagabend zu Eda und führte ihn in das Zimmer des Sohnes. Michal schlief fest, und auf seinen nackten Schultern, Armen und Handgelenken zeichneten sich dunkel geschwollene braune Pusteln ab.

»Das ist nichts«, meinte Eda grinsend. »Da schlagen nur seine postpubertären Laster aus.«

»Aber gestern war das viel kleiner, kaum so groß wie Gräupchen, und er hat es mit aller Macht vor mir zu verbergen versucht«, sagte Pavla leise. »Als ich ihn heute mittag zugedeckt habe, war es so groß wie Linsen, jetzt dagegen . . .«

»Ich hab's doch auch.« Eda gähnte und ging in die Speisekammer, obwohl wir erst vor einer Weile zu Abend gegessen haben. Meine beiden Männer haben seit gestern einen ungezügelten Appetit, und im übrigen würden sie am liebsten nur schlafen.

Nach dem Abendessen lesen wir wie immer jeder in seinem Zimmer und kommen dann zur schönsten gemeinsamen Stunde bei einem Kognak und einer Zigarette zusammen, aber heute habe ich nicht viel von dem Buch gehabt – hinter der Wand in der Küche lärmte Eda mit Gläsern und Töpfen, dauernd knallte er die Tür des Kühlschranks zu, und dann kam er zu mir ins Zimmer. Er hatte einen fettigen Mund und roch nach Wein.

»Liest du heute nicht?« fragte ich ihn verwundert.

»Heute ist mir nicht danach. Ich hab keine große Lust«, nuschelte er und fügte nicht allzu logisch hinzu: »Komm schlafen.«

»Aber es ist doch erst halb neun.«

»Komm schlafen«, wiederholte er eigensinnig.

»Kann ich das Kapitel zu Ende lesen?«

»Komm.«

»Dann wenigstens noch die Seite . . .«

Aber er hörte nicht mehr zu, hob mich aus dem Sessel und trug mich direkt ins Bett. An diesem Abend war er ungewöhnlich rücksichtslos, und als er dann ebenso rücksichtslos auf mir einschlief, ertastete ich an seinem schweren Körper die braunen Pusteln, auch schon so groß wie bei Michal.

Pavla Rohanová starrte im Liegen ins Dunkel zur Decke und fuhr prüfend mit den Händen über ihre glatte Haut, von den Schultern bis zu den Waden, nirgends eine Spur dieser befremdlichen Krankheit, nur einige winzige feste Körnchen, die sich jedoch seit gestern erweicht haben und im Schwinden sind. Ich habe Angst. Was beginnt mich da von meinem Mann und meinem Sohn zu trennen?

Am Montagmorgen war Eda nicht aufzuwecken. Sein schlanker Körper war in den Hüften sichtlich dicker geworden, und in seine gebräunte Haut hatten sich Dutzende von bereits gemästeten Würmern des braunen Parasiten eingefressen.

»Du mußt zum Arzt, verstehst du!« drang ich auf ihn ein. »Jetzt gleich am Morgen!«

»Na ja, na klar«, erwiderte er gleichgültig. »Aber jetzt laß mich noch schlafen, ja?« Er drehte mir den Rücken zu und wühlte sich in die Kissen.

Ich habe Angst. Am meisten davor, daß Eda seine braune Krankheit nichts mehr ausmacht.

»Ich bitte dich, das hat doch jetzt fast jeder!«

»Aber mein Standa nicht, ich hab ihn mir im Bad angeschaut, er hat nur ein paar graupengroße Pusteln auf dem Rücken. Und wenn er meine braune Bescherung sähe, dann würde er sonstwas denken. Er ist wahnsinnig eifersüchtig, weißt du?«

»Aber wie willst du das vor ihm verbergen?«

»Seit Sonntag trage ich nachts ein Trikot mit langen Ärmeln. Und selbstverständlich keinerlei Ehefreuden. Er kriegt schon langsam Wut auf mich. Wenn er wüßte, daß ich hier bin . . .«

Die Krankenschwestern Karla Sladečková und Leona Bimoňová, beide noch in weißer Haube und Schwesternkittel, waren am Dienstag gleich nach dem Dienst ins Wartezimmer der orthopädischen Station des Bezirkskrankenhauses gekommen, um sich zur Behandlung ihrer braunen Krankheit anzumelden.

»Die Mädels erzählen schreckliche Sachen darüber«, flüsterte die dicke Karla nervös. »Das soll ja hier das reinste KZ sein ...«

In der weißen Tür erschien die Oberschwester der Orthopädie und führte ihre Kolleginnen in den Rehabilitationssaal. Karla und Leona erstarrten.

Die hohen Saalfenster weit geöffnet, und in der hereinströmenden Frostluft lief eine Schar halbnackter Patienten hin und her, warf sich zu Boden und sprang wieder auf, alles unter den scharfen Pfiffen eines Instrukteurs und seinen bellenden Befehlen: »Springen-springen-springen-nieder! Auf die Knie! Auf! Sprung und Sprung! Im Laufschritt! Schneller! Sprung und Sprung und nieder! Arme aufstemmen und nieder! Noch mal und richtig! Körper kräftig auf den Boden schlagen! Noch mal! Und noch mal!« Von den schweißüberströmten Körpern dampfte es wie von Pferden.

»Nach dieser Einleitung wird dann intensiv an Leitern, Tauen und Stangen geübt«, erklärte die Oberschwester, während sie die verstummten Kolleginnen in ihr Dienstzimmer führte. »Ein Turnus dauert zwei Stunden, und es ist gut, ihn so oft wie möglich zu wiederholen.«

»Was heißt so oft wie möglich?« fragte Karla, naß von Angstschweiß, und schluckte.

»Am besten jeden Tag«, antwortete die Oberschwester trokken. »Das freilich schon individuell zu Hause, auf einem Spielplatz oder im Gelände, denn die Kapazität unserer Station reicht nicht aus. Sie als medizinisches Personal haben natürlich Vorrang, ich kann Sie beide für den Nachtturnus am Sonnabend ab zweiundzwanzig Uhr eintragen. Das medizinische Personal genießt nämlich nur in den Nachtturnussen Vorrang. Die Tagesturnusse sind bis Mitte Januar ausgebucht.«

»Und hilft es?« fragte Leona.

»Unsere Therapie ist vorläufig natürlich erst im Experimentierstadium, aber die Anfangsergebnisse sind vielversprechend, besonders bei täglichem angestrengtem Üben und peinlicher Diät. Ich trage also für den Sonnabendturnus Schwester Karla ein ...«

»Nein!« stieß Karla Sladečková hervor. »Mir fällt gerade ein, daß ich einen Herzfehler habe. Und Ihre Experimentaltherapie würde ich vielleicht nicht überleben. Da warte ich lieber, bis Sie aus dem Experimentierstadium raus und Tabletten oder Injektionen erfunden sind.«

»Wie Sie meinen«, sagte die Oberschwester trocken. »Und Schwester Leona?«

»Ich ... ich muß mich erst mit meinem Mann beraten«, sagte Leona rasch.

»Du wärst ja blöd, wenn du dich von denen so quälen läßt. Die Orthopäden sind doch seit je als Rohlinge bekannt und noch größere Sadisten als die Zahnärzte!« erklärte dann Karla eifrig Leona, als sie aus der Orthopädie durch die Krankenhausflure in ihre Frauenstation zurückkehrten.

»Aber ich kann doch nicht dauernd vor Standa in dem langärmligen Trikot rumlaufen«, klagte Leona unglücklich.

»Dann hilf dir eben selbst.«

»Wie denn?«

»Zum Beispiel so.« Karla drängte Leona vor der Tür zum EKG-Raum in eine Nische, krempelte den Ärmel hoch, drückte den Mund auf einen besonders vollgesogenen braunen Wurm an ihrem Unterarm, preßte die Lippen zusammen, schluckte – und von dem Parasiten war auf ihrem fetten weißen Fleisch nur ein rosiger Abdruck zurückgeblieben.

»Aber was macht das jetzt in deinem Bauch?«

»Das freß ich seit Sonntag schon den dritten Tag, und mir ist eher besser als schlechter.«

Am Nachmittag beschaute sich Leona zu Hause im Spiegel und pulte angeekelt in den vom Hals bis zu den Knien reichenden braunen Beulen. Was soll mir Karla, die frißt immer alles, was ihr unter die Finger kommt. Sie wiegt ja auch schon fast zwei Zentner. Aber ich werde mir doch wegen dieser Pusteln nicht die Figur verderben! Und so zog ich mir Standa zuliebe statt des Trikots zur Abwechslung einen gelben Rollkragenpullover an, selbstverständlich auch mit langen Ärmeln.

Standa ging vor dem Abendessen für ein Stündchen hinaus, um durch die Siedlung zu laufen – vielleicht hat ihn dieser Unrat nicht befallen, weil er schon das ganze Wochenende umhergelaufen ist –, und nach dem Abendessen kam er zu mir ins Schlafzimmer. Da hatte ich schon wieder das scheußliche Trikot an.

»Willst du mir nicht was anvertrauen, Liebling?« sagte er, und als ich lieber schwieg (das verlangt Selbstverleugnung, aber wenigstens wird nichts verdorben), begann er mich zu streicheln, bis er unter dem Trikot die Beulen ertastete. »Warum fragst du nicht bei euch im Krankenhaus, was man dagegen tun kann?«

»Ich hab schon gefragt, aber das ist ja auch schrecklich.«

»Was ist schrecklich?«

»Sie nennen es Experimentaltherapie auf der Orthopädie, weißt du. Das sind stadtbekannte Rohlinge, sie jagen die Patienten fast nackt herum. Sie wollten mich für Samstag nacht eintragen . . .«

»Für Samstag nacht? Und fast nackt?« (Ich weiß doch, worauf mein Standa zuverlässig anspringt.)

»Aber doch nicht so, wie du gleich denkst! Im Trainingsanzug läßt sich das nicht ausheilen, deshalb scheuchen sie die Patienten bei offenen Fenstern herum, selbstverständlich in Unterwäsche, Badeanzügen und so . . .«

»In Unterwäsche bei offenen Fenstern zur Straße hin und Samstag nacht!«

»Zur Straße hin nicht, gegenüber ist nur die Mauer der Prosektur. Und nachts deshalb, weil die Tagesturnusse bis Mitte Januar ausgebucht sind.«

»Und menschlicher geht es nicht?«

»Weißt du, die Leute helfen sich auf alle mögliche Art. Karla Sladečková zum Beispiel, du weißt, wen ich meine, diese schrecklich Dicke . . . also die ißt die Pusteln in aller Ruhe direkt von der Haut, und sie hat mir gesagt, ihr macht das überhaupt nichts aus. Das heißt bis jetzt.«

»Also denk nicht mehr dran, Liebling. Jetzt mußt du dich ausschlafen.«

Ich hab einen guten Mann, nicht? Ja, er ist nicht nur gut, er ist großartig ... Nach kurzer Zeit kam er wieder zu mir und zog mir zart das Trikot vom Leibe. Was hätte ich machen sollen? Ich tat also, wie er sich das wünschte, als schliefe ich. Und mein großartiger Mann drückte seinen Mund – er hatte sich dazu sogar vorher noch einmal rasiert! – an mein Schlüsselbein, schluckte mir dort eine Beule weg und dann weiter eine nach der anderen.

»Aber das darfst du doch nicht, vielleicht ist es gefährlich!« sagte ich erschrocken.

»Ich bin kräftiger und vertrage es leichter als du«, flüsterte er, sein Mund war unabweisbar, er ließ sich nicht wegstoßen und hörte nicht auf, bis ich am ganzen Leibe wieder glatt und sauber war wie ein kleines Kind.

Ich war ganz gerührt und bekam feuchte Augen. Standa ging dann noch was essen und trinken, lange hörte ich die Wasserleitung. Er mußte das wohl runterspülen, und als er sich mir wieder nahte, wollte ich ihn maximal belohnen. Er erwartete das und war phantastisch. Ich habe den absolut besten Mann in der ganzen Siedlung, ja in der ganzen Stadt.

Am Morgen stand er schwer auf, und die Knöllchen, von denen er mich befreit hatte, waren an seinem ganzen Körper ausgebrochen. Nur waren sie über Nacht zur Größe langer, dicker Regenwürmer gewachsen.

Am Mittwochabend ging Tina Trnková, bevor sie die Gemeinwohnung aufsuchte, in ihr zweites, immer noch von Rita Nedomová okkupiertes Zimmer und richtete das Licht der Taschenlampe auf die im Bett liegende Freundin.

»Du willst immer noch nicht aufstehen?« fragte sie mißmutig.

»Ich hab so komisch schwere Beine oder was«, murmelte Rita.

»Weil du dich den ganzen Tag rumsielst! Bist schon wie 'ne Kugel!«

»Bei mir ist das alles auf einmal ausgebrochen.«

»Ich sag's dir ungern, aber wissen mußt du's. Tibor ärgert sich wirklich schon, daß du noch nicht ausgezogen bist. Und wir wollen bald unseren Tomášek aus den Bergen heimholen.«

»Weiß ich doch. Ich hau ja auch baldestmöglich ab. Aber ich kann nicht einfach 'n Koffer nehmen und dorthin zurückkehren. Ich fühl mich so schlapp.«

»Na, hoffentlich wird's bald!«

Kaum waren die beiden Trnkas in die Gemeinwohnung verschwunden, stand Rita rasch auf und schwankte, die Taschenlampe in der Hand, auf wackligen, mit harten, glänzenden braunen Schlangen bewachsenen Beinen in die Speisekammer. Ich muß schnell, bevor dieser dämliche Tibor ... Sie grapschte sich Eier, Kekse und Pflaumenkompott. Zu trinken haben sie nichts mehr da.

Die Vorräte trug sie zu sich ins Zimmer. Nicht mal 'n Bier hab ich mehr. Ich sollte mich anziehen und rausgehen ... Pfeif drauf. Aber trinken muß ich was. Sie schleppte sich ins Bad und stierte stumpf auf die Wanne. Die Wanne kann ich nicht mitnehmen. Aber den Kübel da. Sie ließ einen Eimer voll Wasser laufen und stellte ihn vor ihr Bett. Das müßte bis zum Morgen reichen.

Sie hockte sich auf den Teppich, trank gierig die rohen Eier und aß handvollweise die harten Kekse. Pflaumenkompott mag ich nicht. Aber ist ja egal. Fleisch ... Wenn was von Fleisch da wäre ... Heißes Fleisch ... Ich sollte mich anziehen und rausgehen. Doch dort ist es kalt.

Ein gutes Wasser! Sie schlürfte es aus dem Eimer und wühlte sich dann voller Wonne ins Bett. Wärme ... Die liebe Wärme ist von allem das beste. Wenn jetzt noch der da wäre ... Wie heißt er gleich ...? Der Otík Fajt ... Sein festes, heißes Fleisch ... Hihi! Ich könnte ihn anrufen in der Kneipe, dort bestimmt. Aber ich hab für ihn keine Zigaretten mehr. Ich muß ... Ich sollte ... Ach, ist doch alles egal. Langsam schloß sie die Augen, fuhr mit beiden Händen über die glatten braunen Schlangen an Hüften und Bauch und schlief genüßlich ein. So fabelhaft habe ich noch nie geschlafen ...

XIV

»WAS IST DAS EIGENTLICH? Um diese und andere Fragen zu beantworten, ist Professor Janík von der Prager Universität zu uns ins Studio gekommen. Also was ist das und wie ist es entstanden, Herr Professor?«

»Verehrte Fernsehzuschauer! Jene braunen Gewächse, von denen schon so viele unserer Mitbürger befallen sind, stellen offenbar eine neue, höhere und intelligentere Form des Massits in Gestalt eines Parasiten dar, der die Bedingungen für sein Wachstum – also Wärme, Dunkelheit und Feuchtigkeit – direkt im menschlichen Körper findet.«

»Aber wie gelangt er hinein?«

»Auf vielerlei Art, da unser Kontakt mit dem Massit in den letzten Wochen sehr eng war. Am wahrscheinlichsten durch das Einatmen des beigefarbenen Pulvers, das bis jetzt die Straßen unserer Stadt bedeckt. Sobald sich der Schmarotzer im menschlichen Organismus festgesetzt hat, nimmt er wie jeder Parasit Nährstoffe und Wasser von seinen Wirten, die wir jetzt praktisch alle sind.«

»Ist das gefährlich?«

»Eine erschöpfende Antwort wird die Wissenschaft erst nach einigen Generationen liefern können, aber schon heute ist offenkundig, daß eine direkte Bedrohung von Leben und Gesundheit vorläufig in keinem Falle besteht. Der im menschlichen Körper ansässige Parasit erzwingt sich für sein weiteres Wachstum eine erhöhte Flüssigkeits- und Nährstoffzufuhr, was sich durch enormen Durst und ein ständiges Hungergefühl der Betroffenen äußert.«

»Das heißt also, je mehr wir trinken und essen, um so ausgiebiger füttern wir den Schmarotzer in uns?«

»Genauso ist es. Gerade deshalb ist Mäßigkeit im Essen und Trinken am Platz, eventuell eine geeignete Diät, die jedem individuell der behandelnde Arzt rät. Unbedingt meiden müssen wir Alkohol und Nikotin, und reichlich Bewegung ist uns allen von Nutzen, bestimmt auch dann, wenn uns eine entsprechende Therapie zur Verfügung steht, an der sämtliche Weltzentren angestrengt arbeiten.«

»Und auf die wir jetzt schon in aller Ruhe und ohne Furcht warten können. – Wir haben hier noch einige Anfragen unserer Zuschauer, die wissen möchten, ob es gefährlich ist, jene braunen Hautwucherungen durch Hinunterschlucken und Verzehren zu beseitigen.«

»Das kann man in keinem Fall empfehlen! Wie ich bereits angeführt habe, gedeiht der Schmarotzer am besten in Dunkelheit, Wärme und Feuchtigkeit, und gerade diese Bedingungen findet er optimal innerhalb des menschlichen Körpers, wo sein Wachstum üppiger und aggressiver ist als auf der Haut.«

»Zum Abschluß vielleicht noch eine Frage – ist es heute schon möglich, sich von den braunen Parasiten rasch und vollständig zu befreien?«

»Gewiß. Mäßigkeit im Essen und Trinken ergänzen wir durch Bewegung, durch energisches Trainieren. Vorläufig freilich recht primitiv, aber wirksam.«

»Und gerade dieses wirksame energische Trainieren führen wir Ihnen jetzt im zweiten Teil unserer Sendung vor. Ich danke Herrn Professor Janík für seine beruhigenden und ermunternden Worte, und nun begrüße ich vor der Kamera unsere Mitarbeiter, deren System von Leibesübungen gegen Fettleibigkeit in unserer vorjährigen Sendereihe einen solchen Widerhall ausgelöst hat. Guten Abend, Mirka, guten Abend, Martin! Ja, das sind unsere guten alten Bekannten, Martin Pecold, Trainer der Boxabteilung von ›Sparta‹, und Mirka Švihovská, Professorin für Leibesübungen aus Prag. Das nun folgende Training dauert insgesamt drei Stunden und fünfzig Minuten, von denen wir Ihnen nur einen neunminütigen Ausschnitt senden.«

Zusammenschnitt von Einstellungen der ersten Phase – Martin, in weißen Keilhosen, dreht sich langsam vor der Kamera. Auf Armen, Schultern, Brust und Rücken sind deutlich stark geschwollene braune Streifen zu sehen. Mirka ist in ein weißes Trikot gekleidet (ohne sichtliche Wucherungen).

Martin springt mit beiden Beinen hoch, wirft sich zu Boden und springt wieder hoch. Mirka führt leichtere Varianten dieser Übung für Frauen vor.

Die zweite Phase – Martin klettert eine vier Meter hohe Stange empor und rutscht daran herab. In einer weiteren Einstellung wiederholt Martin das Klettern, aber an einem Tau. Seine braunen Gewächse sind bereits auf die Hälfte geschrumpft. Mirka führt wieder leichtere Varianten der Übungen für Frauen vor.

Dritte Phase – Martin turnt angestrengt am Reck. Seine Hautwucherungen haben sich weiter verkleinert, Mirka zeigt ähnliche Übungen für Frauen.

Martin hangelt sich an der Sprossenwand hoch. Mirka schlägt ihm dabei mit einem Tischtennisschläger auf Brust und Rücken, bis die letzten braunen Reste verschwinden.

Musik; Mirka und Martin verbeugen sich lächelnd und laufen munter hinaus.

»Sie sahen die regelmäßige Donnerstagssendung des Gesundheitsmagazins, und jetzt schalten wir um ins Studio Brno, das für Sie eine Wiederholung der beliebten Volksoperette ›Die Perlen der Jungfer Seraphine‹ bereithält.«

In der letzten Vorweihnachtswoche begann die ganze Stadt die ganze Stadt zu reinigen. Kolonnen von Lastautos, Traktoren, Zugmaschinen und Schleppern sämtlicher Betriebe, Organisationen und Genossenschaften, die ununterbrochen den beigefarbenen Massitstaub aus den Straßen in die Grubenschächte vor der Stadt transportieren.

Alle ohne Unterschied trafen wir uns mit Harken und Schaufeln in den Fabriken, den VERS-Zentralen oder einfach auf der Straße vorm Haus und machten uns energisch ans Werk – fünfzig Hände beladen binnen kurzem einen Lastwagen, und bis er wiederkommt, schaufeln wir die abnehmende Staubhalde um, sieben sie durch wie Sand, harken und wenden sie wie Heu, lockern diesen antimenschlichen Staub, und er schwindet durch die Bewegung und das Licht dahin. Seine Wehen und Schichten verdünnen sich vor unseren Augen, und schon kommt der nächste leere Lastwagen.

Anfangs schützten wir uns mit einer Gazemaske oder wenigstens einem nassen Taschentuch, das wir vors Gesicht hielten, gegen das Einatmen dieses Unrats, aber nach ein paar Tagen war das nicht mehr nötig, weil ja gerade Bewegung diese braune Krankheit heilt, und Bewegung haben wir jetzt alle in Hülle und Fülle (viele von uns wie noch nie im Leben), obendrein an der frischen Luft, noch mehr erfrischt durch die ersten Fröste, bei der Arbeit und im Haus in lustiger Gesellschaft, in der man für erschrockene Besichtigungen im Spiegel weder Lust noch Zeit hat.

Wie in einem gemeinsamen Garten klirren die Schaufeln, Harken und Spaten, rattern die Schubkarren auf dem Pflaster der Stadt und geben ihr ihren Reiz zurück (den ihr viele hartnäckig abgesprochen hatten), dabei freuen wir uns schon ungeduldig wie Kinder auf Weihnachten, da auch zu Hause alles glänzen muß; erstaunlich, wieviel man im Zustand der Begeisterung schaffen kann – von der harten Schinderei auf der Straße geht's unmittelbar weiter mit dem Trubel des Großreinemachens zu Hause, statt der Schippe Kehrschaufel, Besen und Scheuerlappen in die Hand, und die ganze Familie wienert Fußböden und Fenster. Wobei wir amüsiert feststellen, daß körperliche Anstrengung, das wenige und einfache Essen (alles Bessere sparen wir für Weihnachten auf), der Mangel an

Bier (das immer noch nicht ausgeschenkt wird, und das Flaschenbier bleibt ebenfalls für die Feiertage), der Mangel an Zigaretten (von denen es immer noch wenig gibt) und der feste Schlaf im ungeheizten Schlafzimmer insgesamt eine verdammt gesunde Lebensweise bedeuten, von den braunen Streifen, Adern und Huckeln bleiben nach diesen Tagen des verbissenen vorweihnachtlichen Sports nur noch rasch dahinschwindende Pusteln.

Ende der Woche die ganze Stadt gesäubert, und wir hatten fast alle wieder eine reine Haut. Aber das Hinreißendste war dieses Neue und Helle, das an jenen Dezembertagen der alle vereinenden Begeisterung, Opferbereitschaft und Entschlossenheit in jedem von uns und zwischen uns geboren wurde. Warum sollte das nicht für immer so bleiben?

In der Nacht zum 23. Dezember begann auf die gesäuberten Straßen leise Schnee zu fallen, den man nicht mehr wegzuräumen brauchte, Lastwagen und Traktoren hatten die letzten Reste des beigefarbenen Staubes in die Schächte außerhalb der Stadt gefahren und blieben dann in den Garagen. Wir trafen uns alle zum letztenmal, nur noch so, wegen des schönen Augenblicks, wünschten einander frohe Feiertage, und die ganze Stadt ging auseinander, jeder heimwärts – unsere Versammlungsplätze auf den Fabrikhöfen, vor den VERS-Zentralen und den Garagen verwaisten, und von ihren mit Neuschnee bedeckten Flächen führen sternförmig Trampelpfade in die verstummenden verschneiten Straßen, wo sie sich in immer dünnere Spinnwebfäden verzweigen, bis sie schließlich in schmalen Ketten von Fußspuren zu den einzelnen Häusern führen.

Tschechische Weihnacht ... Zeit der geschmückten Christbäume, versteckter Geschenke, des Schlachtens und Bratens von Karpfen, des Duftes nach Vanillehörnchen, Räucherkerzen, Zeit strahlender Kinderaugen, wenn endlich das Glöckchen im Nebenzimmer klingelt, Zeit der Überraschung, Freude und Liebe, alter Weihnachtslieder, uralter Bräuche, brennender Lichter und funken sprühender Wunderkerzen – und immer neue Schüsseln fetten Backwerks und belegte Brötchen und schwere Torten und Mayonnaisensalat und weitere Flaschen Bier und Wein und Nüsse und Äpfel und Apfelsinen und Datteln und Feigen und Ananas und Rum und Punsch und Sliwowitz und süße Liköre (und Fischgräten, die im Hals steckenbleiben, brennende Gardinen, Magenkrämpfe und Gallenkoliken).

Vom frühen Morgen des 24. Dezember an begannen die Küchen der Gemeinwohnungen (die Energieeinschränkungen des VERS galten auch weiterhin) riesige Mengen von Speisen für alle drei Weihnachtstage auszuspucken, die erhitzten und überlasteten Brat- und Backröhren der Gas- und Elektroherde wurden immer nur für ein paar Sekunden gelüftet, z. B. wenn die fertig gebratene Gans der Bimoňs durch den backgar gegangenen Weihnachtsstriezel der Rohans abgelöst wurde, und das Kilo Schweinebauch von Rita Nedomová drängte sich schon ungeduldig auf die drei Bleche Vanillehörnchen, die Tina Trnková liebevoll für ihren Tibor geformt hatte.

Erhitzte Frauen mit Lockenwicklern in den Haaren schlugen Eier in die Schüsseln, raspelten Nüsse und verloren die Nerven, die Männer in Trainingsanzügen schuppten Karpfen, schnippelten an den Christbäumen herum, damit sie in die Ständer paßten, und verschwanden verstohlen zum ersten Bierchen und zu den ersten kleinen Drinks.

Am Abend brachte der Vertrauensmann Standa Bimoň seinen Tischweihnachtsbaum aus grüner Plaste in den Klubraum der Gemeinwohnung und schloß die bunten elektrischen Kerzen an, aber heute natürlich keinerlei Interesse am Klubraum – wenn nie, dann werden wir doch wenigstens am Heiligabend zu Hause sein, oder?! –, und die abgehetzten Frauen trugen die dampfenden Teller und reich gefüllten Schüsseln zu ihren Familien in die frostigen dunklen Wohnungen.

»Kommt doch nachher her, ein bißchen im Warmen und Hellen beisammensitzen!« lud Standa sie ein, als er ihnen auf dem Flur mit der Taschenlampe leuchtete, aber am Plastebäumchen mit den elektrischen Kerzen im Klubraum blieb er mit seiner Frau allein.

»Wir werden doch hier nicht den ganzen Abend hocken!« sagte Leona nach dem Essen.

»Vielleicht kommen sie noch . . .«

»Die sind grade neugierig auf unseren grünen Kunstbaum, wo sich jeder eine echte Fichte aus dem Wald besorgt hat. Könnten wir nicht wenigstens eine richtige Kerze anzünden?«

»Der Notstand VERS gilt immer noch und heute genauso wie an jedem anderen Tag«, sagte Standa fest.

»Für uns zwei. Aber für die übrigen auch?«

In die Stille des Klubraums drang aus allen Wohnungen weihnachtliche Musik, der sich dann noch Gesang hinzugesellte.

»Den Heiligabend soll man zu Hause verbringen«, sagte Leona und erhob sich zum Gehen. »Nehmen wir das Bäumchen mit? Es gehört uns doch.«

»Vielleicht kommen die anderen noch.«

Die beiden Bimoňs saßen im Dämmer ihrer Wohnung, eingemummelt in Decken, und beleuchteten mit der Taschenlampe die Flasche kalten Wein.

»Hier ist eine furchtbare Kälte«, seufzte Leona und ging ins Schlafzimmer, um die Skisocken zu holen.

»Wenn wir's so lange ausgehalten haben . . .«

»Aber die anderen sind's schon überdrüssig. Komm, schau hin!« rief Leona aus dem Dunkel des Schlafzimmers.

Fast in jedem Fenster der bewohnten oberen Stockwerke der ganzen Siedlung brannte aufsässig wenigstens eine Kerze, ein kleines, warmes, lebendiges Flämmchen.

»Am Heiligabend bei 'ner Taschenlampe sitzen, das ist bloß uns zweien eingefallen«, sagte Leona hämisch. »Das heißt, dir.«

Am ersten Weihnachtsfeiertag rülpsten die Leute, hatten den Schluckauf, kurz, waren bis zum Mittag mit Verdauen beschäftigt, danach begannen sie sich erneut bis abends vollzustopfen, und nach einer schweren Nacht mit Ächzen, Sodbrennen und Simagel wiederholten sie das Ganze, auch am zweiten Feiertag schlemmernd und faulenzend. An den überfütterten Körpern brachen wieder die braunen Pusteln aus und wuchsen rasch zum Format dicker Blutwürste an. Na was soll's! Ein paar Tage Diät und Bewegung genügen, und wir kriegen's leicht wieder los, haben es doch im Fernsehen gesehen. Aber die Feiertage lassen wir uns nicht vermasseln!

»Pute mit Kastanienfüllung liebe ich einfach!« erklärte Eda mit schwerer Zunge (das Hemd schon gefurcht von den braunen Huckeln), als er die zweite Portion verspeist hatte und sich eine dritte auf den Teller packte.

»Könntest du dir nicht etwas für morgen lassen?« schlug ihm Pavla vor. »Und lieber mit uns ein bißchen laufen?« ergänzte Michal.

»Aufgewärmt ist es nicht mehr das«, schnaufte der Vater mit vollem Munde. »Und ab morgen renne ich mir das in der Arbeit ab.«

Nicht alle unterlagen der weihnachtlichen Freßlust, zwischen den Häusern trabte eine lange Reihe von abgehärteten Männern durch den tiefen Schnee, an der Spitze regelmäßig Standa Bimoň, der täglich seine zehn Kilometer ableistete, verschärft durch olympische Zehnkampfathletik. Michal Rohan war ihm mit der Atemreserve bei weitem nicht gewachsen, er schloß sich in seinem Zimmer ein, zog das Hemd aus und schlug vor dem Spiegel mit einem langen Lineal auf den braunen Ausschlag ein. »Aua, au, aua, au!« Aber wenn sich einer tätowieren läßt, tut das bestimmt noch viel mehr weh. Ein richtiger Mann muß was aushalten. Und ich will wenigstens aussehen wie ein Mann.

Die Frauen waren insgesamt besser dran als die Männer, ihre unersättlichen häuslichen Esser zu füttern bedingte viel Lauferei, die Pavla und Tina vor der braunen Krankheit schützte. »Tibor hat von diesem Unrat schon mehr auf sich als eigene Haut«, vertraute die abgehetzte Tina seufzend

Pavla an, als sie sich wieder einmal mit Händen voller Geschirr auf dem Flur begegneten.

Manche fand allerdings eine bequemere Methode. Leona Bimoňová läßt sich angeblich von ihrem unermüdlichen Standa jeden Tag vor dem Schlafengehen das Zeug abessen, und Rita Nedomová macht sich das selber, die soll es schon kiloweise gefressen haben . . .

Am letzten Feiertag jedoch stand Rita aus dem Bett auf, mit einemmal erstaunlich munter und unternehmungslustig – wenn auch nur in Dingen der körperlichen Freuden – und ganz heiter. Als hätte sie sich mit der braunen Krankheit angefreundet.

XV

Am 27. Dezember, dem ersten Tag nach Weihnachten, traten wir alle wieder in die scharfe, fast berauschend reine Luft hinaus (an solche Luft kann sich diese Stadt vielleicht schon hundert Jahre nicht erinnern) und tappten durch den sauberen Schnee, auf dem kein einziges Rußflöckchen lag, die Trampelpfade von den einzelnen Häusern verbreiterten sich nach und nach, und breit wie Flüsse mündeten sie in die Tore der ehemaligen Schlachtfelder. Heute nicht mehr Mitglieder von Verteidigungs- oder Räumbrigaden, blieben wir jedoch nicht auf den Höfen stehen; jetzt wieder Forscher, Fahrer, Projektant, Krankenschwester oder Bibliothekarin, ging jeder zurück an seinen Platz, dabei wunderbar vereint in erhebender Siegesfreude.

Der Entwicklungstechnologe in der Abteilung des Konzernhauptspezialisten der NBLB Ing. Stanislav Bimoň, CSc., entkleidete sich gleich am Morgen ohne Rücksicht auf seine Titel bis auf die Turnhose, packte Eimer, Besen und Lappen, und gemeinsam mit der Abteilungssekretärin Tina Trnková und allen Forschern, Handwerkern und Putzfrauen verhalf er zunächst dem ganzen Pavillon C zu peinlichst hygienischem Glanz. Dann duschte er mit eisigem Wasser, zog sich wieder adrett an (für heute hatte er ein weißes Hemd mit dunkler Krawatte gewählt) und kehrte, nach so vielen Wochen ungeduldig und festlich gestimmt, in sein bescheidenes Arbeitszimmer zurück.

Das Metallregal mit Mikrofilmen, Zeitschriften und Büchern, kurz, mit der modernen Wissenschaft gefüllt, auf deren immer dringlichere Forderungen ich bereits mit meinem Brot der Zukunft geantwortet habe ... Stanislav schloß den kantigen Metallschreibtisch auf und steckte sich ein kleines Viereck eines weißgrauen Netzgitters in den Mund, das abgelehnte Muster seines »Ökogrundbrotes«. An dessen Stelle sie zur Mailänder Messe Rohans gauklerisches Biergefrorenes, Johannisbeeremmentaler und Hasenpastete mit Vogelbeeren schicken wollen ... Aber wie wird Mailand nach dieser braunen Katastrophe überhaupt aussehen? Wird ihm noch Gold für Medaillen übrigbleiben?

Stanislav verspeiste aufmerksam sein wissenschaftliches Brot. Es schmeckt immer gleich, wie frisch hergestellt ... Die braune Katastrophe hat es gar nicht berührt. Und jetzt hilft es ihm sogar! Wenn die Menschheit erst eine Katastrophe als Argument akzeptiert ...

»Darf ich ein Weilchen?« fragte Tina in der Tür. »Ich bin allein da. Eda schläft sich wohl erst von den Feiertagen aus.«

»Der Herr Chef kann sich das erlauben.«

»Ich kann Tibor morgens auch nicht aus dem Bett bekommen. Er kriegt immer mehr von dem braunen Unrat. Daran hab ich mich schon gewöhnt. Aber jetzt, scheint mir, fängt das an, ihn auch charakterlich zu verändern ...«

»Du solltest ihn nicht so füttern, Tina.«

»Und ihm statt Schweinebraten Ökobrot geben, nicht wahr?«

»Davon wäre er bald wieder gesund.«

»Das möchte ich ja so furchtbar gern! Manchmal allerdings denke ich ... weißt du, wenn Tibor so viel von dem Zeug hat und ich immer noch fast nichts – ob das so richtig ist? Wo wir doch Mann und Frau sind, sollten wir alles teilen, nicht? Damit wir gleich dran sind.«

»Wenn sich dein Tibor ein Bein bricht, würdest du dir auch eins brechen? Du bist seine Frau, also mußt du ihm helfen, ihn behandeln und gesund machen.«

»Die Leute sagen ... verzeih, aber ich hab gehört, daß du das deiner Leona jeden Abend runterißt.«

»Um sie zu kurieren und gesund zu machen. Weil ich mir damit besser zu helfen weiß als sie.«

»Wenn ich das auch mit Tibor versuchte ...«

»Das darfst du nicht, Tina! Das kann nur einer, der viel stärker ist. Du mußt Tibor helfen, daß er selber herauskommt.«

»Wenn ich nur wüßte, wie! Er liegt nur dauernd, ißt, trinkt und schaut mich so an ... auf einmal wie fremd. Standa, ich fange an, mich vor ihm zu fürchten!«

Michal machte gleich am Morgen in seinem Zimmer der Werbeabteilung im dritten Stock ein paar anstrengende Übungen bei offenem Fenster, bis er nach Luft schnappte. Ich muß diese braune Schweinerei loswerden. Es ist nämlich sehr schwer, sich zu Weihnachten nicht vollzustopfen, schon Mutti zuliebe, die sich so viel Mühe gegeben hat.

Und wenn sich der Mensch den Wanst vollschlägt wie ein Vieh, dann tut ihm die Welt nicht mehr so weh. Als an mir die braunen Beulen wuchsen, habe ich mich auch wie ein Tier gefühlt, und alles war mir schnurz. Vater suhlt sich sogar drin, aber der Mutti ist nichts gewachsen. Und Tina auch nicht.

Unser Chef Berenda, ein dicker, aber flinker Bursche, wie das in unserem Job sein muß, stürzte in mein Kabuff, und gleich: »Hast du was angefangen, Michal?«

»Was Sie mir zuletzt gegeben haben, also das Aprikosenjoghurt ›Aprijog‹, das Brombeerjam und den Kinderlebkuchen ›Mischá‹.«

»Mit dem süßen Zeug ist absolut Schluß, mein Junge. Der ganze Betrieb eröffnet eine Großoffensive gegen die braune

Krankheit, und hier haben wir den ersten Knüller – fettlose Trockenmilch ›Purolakt‹! Mach dich gleich dran.«

Junge, Junge, wie das heute flutscht – ich hatte mir die Reklame in einer halben Stunde ausgedacht! Ich mache eine weiße Frauenfigur mit einem Krug, wie eine antike Statue. Sie sollte selbstverständlich nackt sein, aber das würden sie einerseits nicht genehmigen, andererseits muß es ein Symbol der Reinheit sein. So daß ich eine Göttin in einem weißen griechischen Gewand zeichnen werde, und sie wird schön sein wie Tina. Ihr Gesicht kann ich so auswendig, daß es weh tut.

Der Konzernhauptspezialist der NBLB Dr. E. Rohan traf spät in seiner Abteilung ein, aber vom Gang durch den Morgenfrost erfrischt, verströmte er die übliche Energie, lief munter durch den ganzen Pavillon C, lobte alle für das vorbildliche Großreinemachen und kniff im Vorzimmer frohgelaunt die Sekretärin Tina in die Wange.

»Wirst du was brauchen?« Sie lächelte ihren obersten Chef an.

»Nein. Ich werde arbeiten«, sagte er und trat energischen Schrittes in sein Atelier.

In dem geräumigen Zimmer mit den drei großen Fenstern warteten auf dem riesigen Schreibtisch Papiere vom vergangenen Monat, so wie Tina sie am Morgen bereitgelegt hatte, als wäre in den verflossenen Wochen überhaupt nichts passiert – Einladungen zu Konferenzen, Vorträgen und Verkostungen, Gesuche um Expertisen und Dokumentationen für die künftigen Messen in Wien und Taschkent und die internationalen Lebensmittelausstellungen in Budapest und Kopenhagen, Stapel aller möglichen Entwürfe, Bitten um Meinungsäußerungen. Was mir alles nicht davonläuft. Denn jetzt bin ich ausgeruht und habe Lust auf etwas Kernigeres. Und auch Zeit, bevor das normale Karussell sich wieder dreht.

Wann ist die richtige Zeit, sich an eine große Sache zu machen? Immer, und also gerade in diesem Augenblick – Eda trat an die Wand, wo die verglaste Karte seiner SPINNWEBE hing, und frischte im Geist rasch sein »Meisterwerk« auf: Milch, Eier und Gemüse direkt von den Farmen, Mehl aus kleinen Elektro- und Windmühlen und Obst direkt von den Bäumen, all das strömt zentripetal, und aus dem Zentrum im Gegenstrom Salz, Gewürz und Verpackungsglas. Erzeugung und Verteilung in jedem Netzsegment ...

Ich beginne mit dem Speiseplan, einer Liste von 365 Musterspeisen ... Nein, anfangen muß man hier, mit dem Modell des Produktionsabschnitts des Netzes. Die Begegnung zweier Halbprodukte ... 0,5 plus 0,5 = 1. So einfach wird's freilich nicht sein. Versuchen wir also 0,3 plus 0,3 plus 0,3 plus 0,1 = 1.

Hm. Oder 0,35 plus 0,25 plus 0,15 plus 0,25? Na ja, aber ... Ich sollte es in den Rechner eingeben. Ich beginne lieber mit dem Speiseplan. Also Nummer eins: ein saftiges ungarisches Gulasch mit Gewürzpaprika – mm, das würde ich gleich essen und dazu einen großen Schoppen ungarischen Wein Soproni Kekfrankos ... Oder noch lieber gebratener gefüllter Bauch, silbriges Fett rinnt weich über die glänzende goldbraune Kruste, und dazu einen halben Liter Pilsner mit einer sahnigen Blume ...

Schluß jetzt! Eda betastete seufzend die harten braunen Beulen unter dem Hemd. Seit dem Morgen war das Biest still, doch jetzt plagt es mich schon wieder. Einen furchtbaren Durst hab ich. Ich darf nicht – aber so kann man doch nicht arbeiten.

Er schleppte sich zu dem metallenen Arbeitstisch, füllte ein großes Glas mit Wasser und leerte es auf einen Zug. Aber essen werde ich nichts. Trinken kann ich. Er trank ein weiteres Glas aus, und dann fing er an, das Wasser unmittelbar aus dem Hahn zu schlürfen. Schon ist es besser.

Wieder trat er an die verglaste Karte der SPINNWEBE, aber ihre Netze sagten ihm jetzt nichts. Also wo haben wir aufgehört? Ach ja, das Modell dieses ... dieses ... Produktionsabschnitts. 0,38 plus 0,29 plus 0,183 ... Das braucht den Rechner. Fangen wir also mit dem Speiseplan an. Nummer eins. Ein Stück Rinderbraten saignant mit Pfeffer und Oregano ...

Ach ja. Das Denken setzt aus. Und einen furchtbaren Hunger hab ich. Durst auch. Aber ich kann doch nicht immer nur Wasser ... Zu guter Letzt schaute er fast verzweifelt auf die verglaste Karte an der Wand, dann kniete er schon vor dem Kühlschrank und verschlang gierig direkt aus dessen Fächern die Fleischmuster seiner Entwicklungslebensmittel.

Schwer wälzte er sich in den Chefledersessel und starrte geistesabwesend auf die Glasplatte des Schreibtischs. Heute werde ich mir nichts mehr ausdenken ... Warum auch gleich am ersten Tag nach dieser langen Pause ... Es läuft mir ja nicht davon.

Genüßlich steckte er sich eine Winston an und blickte den blaugrauen Rauchkringeln nach. Diese Tina, wie ich sie vorhin in die Wange gekniffen habe ... Ein strammes Kätzchen ... Ob sie überall so ist? Wie sie wohl aussehen mag ohne Kleider ... Aber ich könnte ja auch Leona anrufen. Schon lange hab ich nicht mit ihr ... Die kommt immer zuerst ... Leona kann's ... He, das Telefon klingelt ... Da hat Leona gerade an das gleiche gedacht wie ich ...

Aber im Hörer meldete sich Tinas Stimme, und sehr dienstlich: »Der Haupttechnologe von ›Nordfett‹ ist da!«

»Er soll warten. Ein Weilchen. Ich hab ein dringendes Gespräch!« sagte Eda, bemüht, mühsam blinzelnd zu sich zu kommen. Ich rufe Pavla in der Bibliothek an. Um mich zu beruhigen. Obwohl ... Eigentlich ist mir ganz angenehm. Und im Leib wie in einem schön warmen Zimmer. Hihi. Pavla würde wieder widerwillig ... und immer das gleiche. Aber das ist doch schließlich ... Egal.

Doktor Rohan hob den Hörer ab und begann kichernd die Nummer seiner Geliebten im Bezirkskrankenhaus zu wählen.

»Du mußt endlich aufstehen – hörst du?« Tina Trnková versuchte im Schlafzimmer ihren Mann zu wecken. Selber war sie schon vor einer Stunde aufgestanden, hatte sich hergerichtet, in der Küche der Gemeinwohnung das Frühstück zubereitet und es in ihre Wohnung gebracht. »Also wach schon auf – ich bitte dich!«

Der Fahrer Tibor Trnka (30) schlug nach zehn Stunden dumpfen, tierischen, traumlosen Schlafs endlich die Augen auf. Sobald er seine Frau erblickte, riß er sie zu sich ins Bett.

»Jetzt nicht ... Ich bitte dich ... Es ist bereits höchste Zeit, loszugehen zur Arbeit, und du mußt dich noch waschen und rasieren und frühstücken«, bettelte sie, aber vergeblich. Als er ihr das Kleid über den Kopf zu zerren begann, entwand sie sich ihm, doch er schaffte es noch, ihr einen so kräftigen Klaps auf den Hintern zu geben, daß sie fast umfiel.

Mit Tränen in den Augen floh sie aus der Wohnung, und Tibor lachte ihr laut hinterher. Auf den nackten Körper streifte er dann einen schwarzen Pullover, darüber einen kurzen Pelz, mit beiden Händen verschlang er das bereitgestellte Frühstück und trat darauf ohne Eile in den frostigen Morgen hinaus.

Nach der Evakuierung der unteren Stockwerke war in der Siedlung kaum ein Drittel der Bewohner verblieben, aber der Notstand VERS hatte natürlich auch die Anzahl der städtischen Autobusse eingeschränkt. An der Haltestelle drängte sich eine Schar von etwa fünfzig Wartenden, und als der Bus endlich kam, entstand mächtiges Gedränge. Tibor Trnka arbeitete sich mit Ellbogen, Fäusten und Knien grob zu der pneumatischen Tür durch, schwang sich in den Bus und fuhr dann, fast auf seinen schwächeren Nachbarn liegend, durch die Stadt.

In den ausgekühlten Garagen der NBLB traten die Chauffeure frierend von einem Bein aufs andere und rauchten ausgiebig zur Erwärmung (was freilich verboten ist, aber die Direktion hat jetzt ernstere Sorgen). Der Notstand VERS schränkt auch den betrieblichen Autoverkehr ein, und der Fahrer Trnka gelangt erst gegen Mittag ans Lenkrad. Den Generaldirektor zum Bezirksrat kutschieren, das ist eine Fahrt für knappe zehn Minuten.

Mit aufgestauter Aggressivität sauste Tibor durch die halbleeren Straßen, trat aufs Gas, dann wieder auf die Bremse, fuhr rücksichtslos mit zwei Rädern über den Gehsteigrand, so daß der Generaldirektor aus dem Staunen nicht herauskam, was da plötzlich in seinen sonst so disziplinierten Chauffeur gefahren war. Aber der Generaldirektor hatte wahrlich ernstere Probleme, und nach zehn Minuten dieser wilden Hetze trabte er sorgenvoll in das Gebäude des Bezirksrats.

Es sieht danach aus, daß ich hier vier Stunden hocke. Tibor hüllte sich fester in seinen kurzen Pelz und atmete die warme Luft aus dem Heizungsgitter am Armaturenbrett ein. Sowieso werde ich frieren wie ein Hund.

Wo soll denn der Körper auf die Dauer die Kalorien hernehmen! Er zog den Zehnliterkanister mit warmem Wasser heran und tat einen tiefen Zug. Nur gut, daß ich es vor der blöden Kutschiererei noch geschafft habe, ihn aufzutanken. Wieder trank er. Hab ich wenigstens was zu tun. Der Direktor kriegt jetzt ein Käffchen, Brötchen und Törtchen. Aber auch das warme Wasser tut einem gut im ganzen Leibe. Und es ist gratis.

Mit Genuß lapperte er träge einen weiteren Liter, rutschte mit den Schultern tief in den weichen Autositz und verfiel, das Kinn auf die mächtige braune Geschwulst an den Schlüsselbeinen gestützt, in die gleichgültige Ruhe eines rastenden Tieres.

So verbrachte er schmerzlos vier Stunden, fuhr dann den Generaldirektor zurück in die NBLB und schlenderte, die Hände in den Taschen des Pelzes, an der Pförtnerloge vorbei in die Stadt. Tina wartet jetzt zu Hause auf mich, aber sie soll mich fettlecken, wo sie's heute früh nicht mit mir gemacht hat. Am liebsten möchte sie wieder zu dem kleinen Tomášek in die Berge fahren. Den Jungen habe ich wirklich schon lange nicht gesehen, doch dort oben ist es noch kälter als hier, und dazu der eisige Wind. Also vielleicht nächstes Mal. Und Tina läuft mir nicht davon. Sie ist ja doch die Meine, und die ganze Nacht werde ich sie im Bett haben.

Tibor Trnka kehrte in drei Kneipen ein, trank drei Tee mit Rum und zwei Grog, und kurz vor Ladenschluß erschien er im Lederwarengeschäft in der Rittergasse. Mija Robová verkaufte soeben Lederhandschuhe, und sobald sie Tibor gewahrte, nahm sie dem Kunden einen Handschuh ab, zog sich ihn über die Hand und fuhr mit der anderen Hand lasziv über das gespannte dunkle Leder. Tibor grinste ihr zu. Diese Mija ist wie eine Wildkatze, und sobald sie den Laden zumacht, gehen wir in ihr Zimmerchen und genießen einander hübsch und gründlich.

Dr. Pavla Rohanová war aufrichtig erfreut, als zu ihr in die Theaterabteilung der Stadtbibliothek am frühen Vormittag die ersten Besucher kamen – drei Gymnasiasten – und den Wunsch äußerten: »Bitte, Frau Bibliothekarin, raten Sie uns, welches Stück für unser Schultheater geeignet wäre. Recht lustig soll es sein. Aber bitte wirklich spaßig!«

Eifrig führte sie sie an den Regalen mit den Komödien entlang, wobei sie ihnen erklärte, was sie bei Aristophanes, Skakespeare und Molière fänden, und kaum hatte sie sie mit prallvoller Tasche hinausexpediert, war schon ein weiterer Besuch da, zwei Laienspielerinnen, die sogar aus Most angereist waren.

»Wir brauchten ein Stück, wo es viele Frauenrollen gibt! Und keine Männerrollen, oder höchstens eine für einen schmächtigen Jungen.«

»Haben Sie in Most so wenig männliche Partner?« fragte Pavla lächelnd.

»Ach, Partner gäb's genug, aber die meisten sind jetzt Braune.«

»Bestimmt finden wir etwas, was Ihnen gefallen wird. Obzwar es von solchen Stücken nicht allzu viele gibt. Frauen allein sind offenbar nicht fähig, so viel Spaß zu produzieren, daß es für eine abendfüllende Komödie reicht.«

Bis zum Nachmittag zählte Pavla glücklich neun Besuche, und das gleich am ersten Tage nach Wiedereröffnung der

Ausleihe. Ich habe das Theater gern, weil ich die Menschen gern habe und sie brauche. Kurz vor fünf erschien noch der Dramaturg der Oper von Ústí, und Pavla saß mit ihm noch lange nach der Schließstunde beisammen. »Sie sollten die Solisten Duras und Skalník nicht vergessen, Ihre zwei im Kampf mit dem Massit Gefallenen«, sagte sie leise bei der Verabschiedung. »Vielleicht könnte man wenigstens im Foyer eine einfache Gedenkplatte mit ihren Namen anbringen.«

»Das werden wir bestimmt tun!« versprach der Dramaturg und küßte ihr die Hand.

Im abendlichen Frost eilte Pavla durch die belebten Straßen an den bereits voll erleuchteten Schaufenstern vorbei heimwärts, müde, aber voller Sehnsucht, sich noch lange über diesen schönen Tag zu unterhalten, doch zu Hause vertrat ihr Michal den Weg in die Küche. »Geh nicht da rein, Mutti!«

»Eda . . . was ist ihm passiert?«

»Nicht viel. Der Pappi hat uns die ganze Speisekammer leergefressen und sich aufgeführt wie ein Vieh.«

»Du bist ein fabelhafter Lügner, aber ich natürlich noch eine größere Lügnerin, weil meine kleinen Lügen manchmal besser sind als Wahrheiten, hihi! Und zweifellos sind sie bequemer und unterhaltsamer, stimmt's?« Leona sprach mit ihrem Liebhaber Eda Rohan, sie kicherte und log ins Telefon, wobei sie sich mit dem Zeigefinger leicht die braune Geschwulst auf dem Unterarm rieb.

Die dicke Karla Sladečková hörte neidisch zu und verschlang dabei schweigend Pralinen. Der 31. Dezember, kurz vor dem Mittag und damit dem Ende ihres gemeinsamen Dienstes in der Frauenstation des Bezirkskrankenhauses, die Ärzte waren schon gegangen, und drei entlassene Patientinnen hatten den Krankenschwestern Leona und Karla drei Schachteln Konfekt geschenkt. Ihre Schachtel (Nougat mit Nuß) hatte Karla bereits aufgegessen, und jetzt knabberte sie fleißig aus der gemeinsamen zweiten (Likörpralinen).

»Na klar hab ich Lust auf dich. Was sagst du? Na du bist

mir ja ein Schwein, Eda ... Also Schluß jetzt ... Ja, heute abend feiern wir!« beendete Leona schließlich das Gespräch.

»Ich wundere mich über dich, daß du dich wieder mit diesem alten Gecken einläßt, wo du zu Hause einen hübschen jungen Mann hast!« sagte Karla mißbilligend und langte nach einer weiteren Praline.

»Ich geh nur ein bißchen fremd, weißt du? Die Männer brauchen das dann und wann ... Selbstverständlich muß man das charmant machen.«

»Wenn Standa dir draufkommt, verdrischt er dich nach Noten.«

»Niemals, denn Standa liebt mich!«

»Aber ich sehe, daß er schon aufgehört hat, dich abzulutschen.« Karla grinste und piekte mit dem von Schokolade pappigen Finger in die braune Geschwulst auf Leonas Unterarm.

»Der Ärmste schafft es nicht mehr, das wieder aus sich rauszukriegen, nicht mal bei seinem täglichen Lauf durch die Siedlung. Jetzt muß ich zu Hause seine Ökobrote essen, und dabei quält mich ein so schrecklicher Hunger. Du Biest, du hast ja inzwischen die ganze gemeinsame Pralinenschachtel leergefressen!« schrie Leona plötzlich und schnappte sich die letzte Likörpraline. Ungeduldig riß sie dann das Zellophan von dem Geschenk ihrer Patientin (Kirschen in Schokolade) und futterte rasch drauflos.

»Mit der Liebe ist es schwer«, sagte sie mit vollem Mund. »Standa ist selbstverständlich phantastisch und wohl auch der beste Ehemann in ganz Ústí, nur kommt mir manchmal dieses ›bis daß der Tod euch scheidet‹ unerträglich vor. Und jetzt besonders, irgendwie ...«

»Aber es soll so sein, und ertragen muß man es.«

»Na ja doch! Nur manchmal ... also zum Beispiel jetzt: Ich muß dauernd diese Ökobrote essen, Wasser trinken darf ich nur aus kleinen Gläsern, und sogar die zählt mir Standa ab!«

»Wenn er halt will, daß du hübsch bleibst ...«

»Aber das will ich doch auch!«

»Ja? Und warum säufst du dann, kaum bist du am Morgen hier eingetrudelt, das Wasser literweise, suchst in der Küche nach Resten, frißt sogar Glukose und Diätkekse mit abgelaufener Garantiefrist?«

»Wie du, Karla, wie du!«

»Und weshalb läufst du nicht lieber abends mit Standa durch die Siedlung?«

»Und warum läufst du nicht? Du würdest es mehr als ich brauchen, meine Liebe!«

»So weit kommt's noch – ich renne hier den ganzen Tag um die Patienten rum, und abends werd ich noch durch die Siedlung flitzen und Kniebeugen machen!«

»Na siehst du.«

»Nur stört meinen Karel das braune Fleisch bis jetzt nicht, er hat selber genug auf sich. Dennoch haben wir uns vorgenommen, uns jetzt zu Weihnachten, Silvester und Neujahr noch einmal richtig den Wanst zu stopfen, und danach ist Schluß mit dem Überfressen!«

»Dann fangt ihr wohl an, ums Haus rumzulaufen? Wenn ich dich so angucke und mir dazu noch deinen Karel vorstelle – hihi! Bei eurem Lauf werden wohl die Fensterscheiben rausfallen, wie bei einem Erdbeben!«

»Warum sollten wir laufen? Wir stellen uns im Badezimmer einander gegenüber und hauen mit großen Holzkellen fürs Wäschekochen aufeinander ein. Eine habe ich schon im Hause, die andere muß ich mir noch dazukaufen.«

»Na, dann wünsche ich euch guten Apppetit!« Leona grinste und knabberte genießerisch ihre letzte Schokoladenkirsche.

Die arme Karla konnte nicht länger zusehen, sie stürzte aus dem Schwesternzimmer und kehrte erst nach längerer Zeit zurück, den Mund noch ganz naß, aber Wasser allein genügte ihr nicht mehr.

»Ich hab fürchterlichen Hunger!« seufzte sie verzweifelt.

»In einer halben Stunde gibt's Mittag«, sagte Leona.

»Aber die halbe Stunde halt ich nicht durch . . .«

»Wir werden es müssen. Ich könnte auch schon schlingen wie ein Vielfraß.«

»Ich hab mehr davon an mir, und es quält mich auch mehr ... Leona?«

»Ach, laß mich in Ruh! Du hast fast die ganze gemeinsame Pralinenschachtel aufgefressen!«

»Leona, Liebste, hör doch, würde es dir viel ausmachen, wenn ich dir jetzt das machte, verstehst du, was Standa dir immer gemacht hat? Das tut doch überhaupt nicht weh ...«

»Du willst ... aber das darfst du niemandem gegenüber ausquatschen!« sagte Leona, drehte den Schlüssel in der Tür herum und knöpfte sich die Bluse auf. »Standa begreife ich, der hat das draußen durch Laufen wieder rausgekriegt, aber du, Karla ... dir schmeckt sogar das Viech!«

»Geschmack hat's eigentlich keinen, doch man fühlt sich danach besser als nach einem Bier und einem doppelten Rum!« sagte dann die errötete Karla, als sie das Besteck fürs Mittagessen bereitlegte.

XVI

DIE FIEBERHAFTE ERFORSCHUNG DES BRAUNEN SCHMAROTZERS verläuft in alle Richtungen, wie eine ganze Reihe seiner Benennungen – zum Beispiel Desomat, Carnefix oder Bodymassit – bereits andeutet. Der deutsche Professor Dr. phil. Dr. med. Dr. chem. Dr. rer. nat. Wolfram Prandt schlug die Benennung Niedrigit vor, womit er den Zwangseinfluß des Parasiten auf den Menschen in Richtung zu niedrigeren Tätigkeiten erfassen will, während die Schüler des Professors den Parasiten einfach den »braunen Teufel« nennen. Ähnlich entstanden die früheren Benennungen wie Descendit, Deviant, Zimttier, Animalit, Aggressit und Bestialit, die entmenschlichenden Wirkungen des Schmarotzers trugen ihm die Namen Degradit, Ahuman, Antispirit und Malformit ein. Die tschechische Benennung Dualit bemüht sich, den Doppelcharakter des Parasiten zu erfassen, der zwar bei allen Menschen eine gemeinsame Form aufweist, aber zugleich bei jedem einzelnen individuelle Züge annimmt, mit denen er seinen Wirt immer stärker beherrscht. In jedem Fall muß man vor Schwerbetroffenen warnen, die ihrer Umgebung gegenüber von gefährlicher Aggressivität sein können.

Silvester ist der letzte und heiterste Feiertag im Jahr, und schon am frühen Abend setzte ein großes Gerenne aus den dunklen, kalten Privatwohnungen in die warme, hellerleuchtete Gemeinwohnung ein, wo ein festlicher Abend vorbereitet war – Standa Bimoň hatte ganze Armvoll von bunten Papiergirlanden, Lichterketten und Lampions herbeigeschleppt (statt der Kerzenhalter kleine Glühbirnen einmontiert, denn der Notstand VERS besteht weiter), während Michal Rohan angemessene temperamentvolle Stereomusik herausgesucht hatte und im Klubraum der Gemeinwohnung Glitzersternchen verstreute, die er in der Werbeabteilung der NBLB aus Gold- und Silberpapier ausgeschnitten hatte.

Pavla Rohanová und Tina Trnková machten in der Küche der Gemeinwohnung belegte Brötchen, Käse- und Geflügelsalat mit Mayonnaise, pikante Appetithäppchen und gebratene Wurst zurecht.

»Tibor schläft immer noch«, seufzte Tina.

»Eda pumpt sich schon seit heute früh voll«, seufzte Pavla. »Nie im Leben hat er so viel getrunken.«

»Und Tibor war niemals so, selbst in den schlimmsten Zeiten nicht. Als würden alle von dem braunen Unrat Befallenen andere Menschen als wir normalen.«

»Ich kriege langsam Angst vor ihnen, auch vor dem ganzen heutigen Silvester. Wer von uns ist denn noch normal geblieben und gesund?«

»Wir zwei. Und dann nur noch dein Michal und Standa Bimoň.«

Vor Beginn der Fernsehsilvestersendung versammelten sich fast alle im Klubraum, Leona Bimoňová in einem grellvioletten Kleid mit langen Ärmeln und in weißen Handschuhen, die die Spuren des Parasiten jedoch nicht verbergen konnten, der genauso befallene Eda Rohan nonchalant mit einem seidenen Halstuch, Tibor Trnka, verschlafen und wütend (wie jetzt immer), unterm aufgeknöpften Hemd die mächtige braune Geschwulst knetend, die beide Schlüsselbeine bedeckte.

Der Vertrauensmann der Gemeinwohnung, Standa Bimoň, feierlich in schwarzem Anzug, schneeweißem Hemd und silberner Krawatte, erhob sich zu einem Toast. »Ich freue mich aufrichtig, daß wir hier nach langer Zeit wieder einmal versammelt sind ... Rita Nedomová kommt nicht?«

»Die hat bessere Unterhaltung!« knurrte Tibor.

»... um gemeinsam Silvester zu feiern. Ich wünsche allen angenehme Unterhaltung, bitte nur eindringlich, die Disziplin des Notstandes VERS einzuhalten – heute wie an jedem anderen Tag –, damit wir ihn bald loswerden können.« Standa war am Ende und schaltete den Fernseher ein.

Auf dem Bildschirm erschienen die üblichen Tänzchen und Schlager der langjährigen Stars des tschechischen Fernsehens, Tibor Trnka begann die belegten Brötchen zu verschlingen, und beim vierten rief er: »Soll ich den ganzen Abend auf diese blöde Mattscheibe glotzen?«

»Tibor, ich bitte dich«, flehte Tina unglücklich.

Das Vergnügen kam nicht in Gang. Standa tanzte bemüht mit der angeschickerten Leona, der auf dem Parkett die Füße wegrutschten, und Pavla litt still mit Eda, der mehr schwankte, als es selbst eine flotte Disko zuließ. Tibor reizte es nicht, mit seiner Gattin Tina zu tanzen, er verdrückte den ganzen Teller der belegten Brötchen, spülte mit Wein direkt aus der Flasche nach und steckte sich eine Zigarette an.

»Wir haben den Notstand VERS, es darf nicht geraucht werden«, ermahnte ihn Standa.

»Heute ist Silvester, also leck mich«, fertigte Tibor den Vertrauensmann ab.

Standa lehnte Leona behutsam an die Wand und trat langsam auf den Störenfried zu. »Drück sie aus oder hau ab.«

Tibor erhob sich angriffslustig, als wolle er sich prügeln, gegen den kräftigen Standa hatte er jedoch keine Chance, und so wandte er sich wutschnaubend zum Gehen. Tina bemühte sich, ihn zurückzuhalten, aber er stieß sie grob weg. »Bleib allein hier bei diesen Dusseln, unter die du gehörst!« Tina brach in Tränen aus.

Infolge der genossenen Speisen und des Alkohols verstärkten sich die Merkmale der braunen Krankheit rasch, und die Sauberen ohne Parasiten hatten es immer schwerer mit ihren von dem wachsenden Aggressor heimgesuchten Partnern – Leona setzte sich in den Kopf, daß Standa sie auf dem Rükken herumtragen müsse, und Eda verschlang handvollweise Mayonnaise.

Michal tanzte ausdauernd mit Tina, die nach Hause zu ihrem Tibor wollte, aber der junge Mann weigerte sich, die junge Frau loszulassen.

»Ich muß zu ihm!« schluchzte sie auf.

»Geh nicht«, bettelte er, »er könnte dir was antun. Er ist doch schon wie ein Tier . . .!«

Aber Tibor Trnka erschien dann wieder und mit ihm, angeführt von Rita Nedomová, der stämmige einarmige Pförtner der NBLB Polda Štrunc in zerknautschter dunkelblauer Uniform und Mija Robová, Tibors Geliebte. Alle vier waren dicht mit dem braunen Tier bewachsen, und lärmend und grölend begannen sie augenblicklich zu futtern und zu saufen.

Wie ein von einer Kobra gebanntes Kaninchen starrte Tina auf die schlanke Mija, die sich in ein enganliegendes Komplet aus glänzendem schwarzem Leder gezwängt hatte. Diese träge junge Nutte lebt nur bei Grausamkeiten auf . . . Als ich damals zu ihr in den Laden kam, wo sie Lederwaren verkauft, und bat, sie solle mir Tibor wiedergeben, meinen Mann und Tomášeks Vater, da hörte sie sich mein eindringliches Bitten, den Kopf in die Hand gestützt, mit geschlossenen Augen an, so als schliefe sie – in meiner Verzweiflung faßte ich sie am Ellenbogen, und das Fräulein Mija stach mich mit einer Schere in die Hand, erst dabei schlug sie die Augen auf. Ihr Blick stach mehr als die Schere.

Mija trat in die Mitte des Klubraumes, hob gleichgültig die

Arme, und schon lief Tibor herbei, um sie im Tanz zu umschlingen.

»Mir ist schlecht«, stöhnte Tina.

»Soll ich dich nach Hause bringen?« erbot sich Michal.

»Dort habe ich nichts mehr zu erwarten.«

Die Braunen gaben an diesem Abend den Ton an; Rita drehte sich mit Polda Štrunc auf dem Parkett, Eda hopste mit Leona los, und die ruhig mit Standa tanzende Pavla mußte vor den wildgewordenen Knien und Ellbogen ausweichen.

Jemand riß die Gardinen ab, in die Nacht leuchtete die Fensterkette des oberen Stockwerks der gegenüberliegenden Häuser, die ganze Siedlung feierte, und jeder machte jetzt bei sich zu Hause Licht – an den Notstand VERS mochte niemand mehr denken, und von den erhellten Balkons stiegen die ersten Raketenschwärme hoch.

Auf unserer Etage spielte jemand an den elektrischen Sicherungen, im Flur flammten plötzlich die Deckenlampen auf, Standa lief hinaus, um sie auszuschalten, aber inzwischen löschte in der Gemeinwohnung jemand das Licht, und Standa eilte zurück, um es wieder anzuknipsen.

»Was habt ihr denn da für einen Spinner?« brummte Polda Štrunc.

»Das ist unser Herr Vertrauensmann«, zischte Tibor rachsüchtig.

»Wo stecken wir ihn hin?« fragte Mija mit geschlossenen Augen.

Der Lärm und das Durcheinander im Klubraum verstärkten sich, plötzlich Dunkel, Licht und wieder Dunkel – eine boshafte Hand spielte am Sicherungskasten auf dem Flur, und Standa rannte erneut hinaus, um den Unfug energisch zu unterbinden. Gleich hinter der Tür der Gemeinwohnung wurde er jedoch zu Boden geworfen, Polda Štrunc schlug ihm von hinten mit seiner harten Armprothese auf den Kopf, gemeinsam mit Tibor schleppte er den kraftlosen Körper in die Kabine des Aufzugs, den sie dann hinunterschickten und zwischen dem dritten und zweiten Stock stoppten, während das ganze Haus Nummer 2002 in vollem Licht erstrahlte.

Die Beseitigung des Vertrauensmanns hatte im Klubraum niemand bemerkt, Eda und Leona saßen auf dem Teppich und tranken einträchtig aus einer Flasche Sekt, Rita bestellte sich einen Csárdás und sprang halbnackt auf den Tisch, um zwischen den wackelnden Gläsern zu tanzen. Pavla Rohanová verschwand in aller Stille und drehte zu Hause den Schlüssel zweimal hinter sich rum.

»Heute will ich dich sehr«, flüsterte der braune Eda der braunen Leona zu.

»Ich dich auch ...«

»Aber wo sind unsere Ehegesponse? Wohin sind diese zwei Teufelchen klammheimlich verschwunden?«

»Offenbar amüsieren sie sich ohne uns besser.«

»Es sieht wirklich so aus, da sie uns wie zwei Waisenkinder zurückgelassen haben.«

»Vielleicht schmusen sie jetzt draußen auf der Treppe«, kicherte Leona.

»Schmusen möchte ich auch.«

»Ich auch.«

»Aber wo?«

»Standa hat im Dienstzimmer Reserveschlüssel für alle Wohnungen im Hause ...«

Eda und Leona stiegen hinab in den zweiten Stock und schlossen mit dem Reserveschlüssel die evakuierte verseuchte Wohnung Nummer 9 auf. Drinnen Dunkel, Kälte, der Muff ungelüfteter Räume, unter den Füßen knirschte beigefarbener Massitstaub, aber das rosa Lämpchen über den Ehebetten beleuchtete dann traulich das Schlafzimmer. Leona bettete auf, Eda stellte einen Infra-Heizstrahler auf das Nachtschränkchen und schaltete die dritte Stufe ein. Die drei langen Quarzröhren leuchteten binnen kurzem in weißer Glut und erwärmten rasch das Laken.

»Endlich mal im Warmen«, seufzte Leona wonnevoll auf.

Tibors brauner Trupp beherrschte den Klubraum, der pferdestarke Polda Štrunc kroch auf allen vieren mit Rita auf dem Rücken um den Tisch und zermalmte dann mit seiner Prothese jedes geleerte Glas, Mija zog mit ihrem Schlangenarm in dem glatten glänzenden schwarzen Leder Tibor zu sich heran und führte ihn langsam hinter die Tür des Dienstzimmers. Die verzweifelte Tina raffte sich noch einmal auf und stürzte sich in den Kampf um ihren Mann, aber dieser schleuderte sie grob gegen die Wand.

Michal sprang ihn entschlossen an, doch um so viel schwächer ... Zuerst stieß ihm Tibor das Knie in den Bauch, und als er sich auf dem Teppich vor Schmerzen wand, kniete sich Tibor hin und bearbeitete ihn bis zur Bewußtlosigkeit mit den Fäusten. Mijas aufgerissene Augen nahmen die Form von Katzenaugen an, und in ihren geweiteten Pupillen brannten dunkle Flämmchen.

IN DEN VORDERGRUND DER FORSCHUNG rückt der Einfluß des Massitschmarotzers auf Verhalten und Mentalität der Betroffenen. Die Ergebnisse der von der Weltgesundheitsorganisation (WHO) in 76 Mitgliedsländern der UNO durchgeführten Untersuchungen von 886569 Personen beweisen überzeugend die zweifache Hauptwirkung des braunen Parasiten auf den Menschen: einerseits gesteigerte Passivität (Schlaflust, Gleichgültigkeit, Abstumpfung), andererseits zunehmende Aktivität (Freßgier, Aggressivität, erhöhter Sexualtrieb). Im allgemeinen handelt es sich um animalische, mehr tierische als menschliche Eigenschaften, und deshalb hat der Expertenhauptausschuß der WHO definitiv die einheitliche Benennung MULTIBESTIA INCORPORATA vorgeschlagen, also EINVERLEIBTES MULTITIER. Schwerere Formen des Befallenseins vom Multitier (MT) bedeuten eine Herabsetzung der menschlichen Selbstkontrolle bis zu ihrem völligen Verlust und folglich eine reale Gefahr.

Das Multitier

02

(psycho-fiction)

Ich fluchte im stillen,
aber schon war mir klar,
daß ich ein Spielzeug bin in den Händen
der ungezügelten Kräfte der Natur,
die keine Schwierigkeiten machte,
sie anzuhäufen,
und um so weniger,
sie zu entfesseln.

Italo Svevo

I

Ich habe zu Hause einen braunen Mann, der ganz anders ist als früher ... In der kalten Küche hockend, lauschte Tina Trnková voller Bangen, wie Tibor im Schlafzimmer erwachte. Er fällt in Schlaf, sobald er aus der Arbeit kommt, steht erst abends wieder auf und macht sich auf den Weg zu nächtlichen Unternehmungen mit seiner Bande, jetzt schon jeden Tag.

Hinter der Wand vernahm man Möbelknarren und das Aufplumpsen fallender Gegenstände, Tibors Training, und dann sein Lachen, kicksend und sonderbar verzerrt, unüberhörbar darin so etwas wie tierische Kraft. Aber Tiere lachen doch nicht ...? Tibor ist jetzt vielleicht glücklich auf eine Art, die ich nicht begreife. Weil das nicht mehr unsere Art von Glück ist ...

In die Küche, in der kaum ein paar Grad über Null herrschten, kam er nackt und vor Kälte schlotternd (die Braunen haben es gern warm), auf Brust und Rücken mit dicken Flechten des glänzendbraunen Multitiers bewachsen, hüpfte er und streckte er sich, daß die Gelenke knackten. Er neigte den Kopf zum Wasserhahn über dem Abwasch und schlürfte gierig das Wasser.

»Tibor«, sagte ich, als er sich endlich sattgetrunken hatte.

Nichts.

»Tibor, wirst du heute zu Hause sein?«

»M-m!« Damit gab er mir zu verstehen – nein.

»Wo gehst du hin?«

»Raus, irgendwohin«, sagte er endlich. »Wo es warm ist.«

»Dann komm mit mir in die Gemeinwohnung!«

»M-m!«

»Könnte ich heute nicht mit?«

»Mm!« erwiderte er, zog sich rasch an und verschwand.

Hinter der Tür von Tomášeks Zimmer schnarcht laut Rita, aber auch sie wird bald erwachen und zur Nacht in die Stadt aufbrechen, bestimmt trifft sie sich dort mit Tibor und dieser Bestie Mija Robová. Von diesen Gedanken wurde mir noch kälter, und ich ging in die Gemeinwohnung, um mich aufzuwärmen.

Auf dem Sofa im Klubraum legte der braune Eda mit der braunen Leona quietschvergnügt Patiencen, in der Küche spülten Pavla, Michal und Standa, dieser mit verbundenem Kopf, still das Geschirr. Die Braunen sind da besser dran. Wir vier Sauberen quälen uns hier nur: Michal meinetwillen, Standa haben sie fast den Schädel eingeschlagen, und ich und Pavla sind ebenso unglücklich.

Aber ich will mich nicht mehr quälen. Ich will meinen Mann wiederhaben – und wenn es nicht anders geht, muß ich eben werden wie er. Tina betastete unter dem Kleid die kleinen, festen Linsen auf Schultern und Hüften. Immer noch das gleiche. Auf mir will das Vieh nicht wachsen, da ich esse wie ein Spatz, und zum Trinken genügt mir ein kleines Glas. Es schmeckt mir einfach nicht.

Sobald sie allein in der Küche blieb, füllte sie einen Krug mit lauwarmem Wasser und begann entschlossen zu trinken. Pfui. Versüßen wir's uns ein bißchen, ja? Sie schüttete vier Suppenlöffel Zucker hinein und trank voller Widerwillen.

»Tu das nicht, Tina!« sagte plötzlich Michal Rohan hinter ihr.

»Mir schmeckt es.«

»Stimmt doch nicht.«

»Ich habe Durst, weißt du . . .«

»Du willst braun werden, oder?«

»Vielleicht geht's mir dann besser.«

»Wenn du in dir diese Bestie pflegst?«

»Kann sein, du kriegst mich dann leichter ins Bett«, sagte ich ihm, und so etwas hätte ich sonst zu niemandem gesagt. Ob das süße Wasser derart rasch wirkt?

»So darfst du nicht sprechen!« wies mich Michal zurecht und entleerte den Krug in den Ausguß. »Willst du nicht ein bißchen im Klubraum tanzen?«

»Ich will mehr!« sagte ich zu dem Jungen und ging nach Hause.

Tomášeks Zimmer kalt und dunkel; ich leuchtete mit der Taschenlampe auf die braune Rita. Sie schlief tief und ruhig wie ein kleines Kind . . . oder wie ein Bär in seiner Winterhöhle? Aber das ist mir jetzt auch schon egal.

Im Licht der Taschenlampe erwachte Rita augenblicks zu völliger Munterkeit (die selbe Rita, die früher zum Aufwachen eine geschlagene Stunde mit Husten, Rülpsen und Seufzen brauchte) und fuhr mich gleich an: »Was ist?«

»Rita, du mußt mir helfen.«

»Was willst du?«

»Ich will sein wie Tibor und du. Ich will dieses Tier.«

»Aber warum so plötzlich?«

»Um mit euch abends auszugehen. Noch heute.«

»So kannst du aber nicht, wie du jetzt bist.«

»Mach es mir irgendwie. Damit ich's hab wie du.«

»So schnell geht das nicht, Schätzchen. Ja, wenn ich SCHNELLSTAUB hätte, aber den hab ich jetzt grade nicht.«

»Dann gib mir, was du hast.«

»Ich laß dich BRAUNFLEISCH kosten.«

Rita stand behende (!) auf, ging zuerst trinken, und dann reichte sie mir eine schmutzige Kasserolle. Das »Braunfleisch« sah aus wie Schokoladenpudding. Geschmack keiner. Ich aß alles auf.

»Gut?« Rita lächelte mir zu.

»Nicht sehr. Und wann fängt's bei mir an zu wachsen?«

»Du mußt paar Tage warten und dich gut mästen und viel trinken. Das wächst jetzt schon von selber, als hättest du ein Kind im Bauch.«

»Eher einen Bandwurm, nicht?«

Dann verspürte ich Durst. Ich leerte ein Glas, aber der Durst wuchs. Ich trank einen ganzen Liter Wasser. »Rita, weißt du, daß mir das Wasser zu schmecken anfängt?«

»Jetzt wird dir alles schmecken.«

»Und wird mich Tibor . . . werdet ihr mich mitnehmen?«

»Heute noch nicht. Aber wenn du ein paarmal geschlafen hast, dann wirst du schon richtig sein.«

»Dann sag mir wenigstens, wohin ihr ... Wohin geht ihr?«

»Das ist schwer, mein Mädchen«, begann Rita umständlich, und ihre Stimme schien sich zu entfernen. »Wir müssen jedesmal woanders hin. Einige Weißlinge fangen an, uns zu verfolgen ...«

»Was sind das für welche, diese Weißlinge?«

»Leute, wie du noch vor einem Weilchen gewesen bist. Die Weißlinge wollen uns jedes Vergnügen vermasseln.«

Ich hörte sie nicht mehr, meine Augen schlossen sich. »Durst ...« Ritas Hand mit einer Blechkanne ... sie gab mir zu trinken. Gutes, gutes Wasser. »Noch ...«

Mich verlangte furchtbar nach Schlaf. Ritas zerwühltes Bett ... Schon liege ich drin. Jetzt wird mich nichts mehr quälen. Jetzt werde ich schlafen wie schon lange nicht mehr. Wie ein Kind, wie eine Bärin in ihrem warmen Pelz ... in ihrem Pelz ...

DIE SCHMERZHAFTE AMPUTATION der braunen Geschwülste des MT (des Multitiers, der Multibestia incorporata) und die nachfolgende histologische Analyse bestätigten, daß das MT tatsächlich ein Bestandteil des menschlichen Körpers ist, vergleichbar – allerdings sehr laienhaft gesagt – der Pustel nach einem Bienenstich oder der Schwellung bei einer Verstauchung. ● Die Plazierung des MT auf der Körperoberfläche ist individuell recht verschieden und hängt von einer Reihe von Faktoren ab, die noch nicht restlos geklärt sind. Als völlig unwissenschaftlich ablehnen muß man jedoch die These des sogenannten Anti-MT-Studienkreises in Bologna, wonach das Multitier an jenen Körperstellen wächst, wo am meisten gesündigt wird (primäre und sekundäre Geschlechtsmerkmale, Bauch, Gesäß u. a.), auch wenn es bisher noch nicht gelang, diese These durch die Ergebnisse spezieller Elektroakupunkturen zu widerlegen. Gleichfalls als Kuriosität führen wir die Behauptung des bekannten Bestsellerautors D. von Äniken an, er habe auf altindischen und aztekischen Tempelreliefs typische MT-Gewächse entdeckt und fotografiert, die außerirdischer Herkunft und in alten orgiastischen Kulten als dunkle Fruchtbarkeitsgottheit verehrt worden seien. ● Seriöser ist die Studie des Stanisław-Lem-Instituts in Kraków, die die Intelligenz des Multitiers und sein vielgestaltiges Verwachsen mit dem menschlichen Organismus durch seine Herkunft aus dem Massit erklärt. Wenn das Massit aus Abfällen aller Art entstanden ist, so hat es auch den Inhalt von Abfallgefäßen aus

Haushalten, Büros, Schulen, wissenschaftlichen Instituten, Redaktionen und Krankenhäusern absorbiert, also außer anderem eine riesige Menge der verschiedensten Periodika, Zeitungen, privater Briefe, amtlicher Korrespondenz, Manuskripte, Krankenberichte, Röntgenaufnahmen, deren Informationsgehalt es infolge seiner Gelehrigkeit eingesogen und sich auf diese Weise rasch bis zur aggressiven Form der braunen Molche entwickelt hat. Nachdem sich diese »Molchsform« dann in das beigefarbene Massitpulver verwandelte, das beim Einatmen und Schlucken in den Menschen eindringt und dessen Lunge und Verdauungstrakt passiert, ist anzunehmen, daß die höchste Stufe des Massits – das einverleibte Multitier – alle diese resorbierten Informationen in sich konzentriert, so daß es jetzt den Menschen bereits »durch und durch« kennt. ● Verlassen wir jedoch den Bereich bloßer Hypothesen und widmen wir lieber gesicherten Erkenntnissen unsere Aufmerksamkeit. Heute wissen wir bereits, daß das Wachstum des Multitiers durch den übermäßigen Genuß von Nahrungsmitteln (besonders stark gewürzten fetten Fleisches) und Getränken (vor allem alkoholischen), ferner durch Rauchen und ungezügelte Sexualität beträchtlich beschleunigt wird. Vergessen wir jedoch nicht, daß wir dem Multitier in uns nicht nur durch den Mangel an körperlicher Bewegung weidlich helfen, sondern auch durch Zustände seelischer Unbeweglichkeit, als da sind Gleichgültigkeit, Indolenz, Apathie, Langeweile und Bequemlichkeit. Weniger bekannt, aber wichtig zu wissen ist, daß sich das Multitier unerwartet rasch eines Menschen bei Wut, Neid und Haß bemächtigt. ● Die Heilwirkungen des MT sind Gegenstand zahlreicher Vermutungen, wissenschaftlich jedoch bislang in der Phase der Anfangsforschung, in keinem Fall darf man es deshalb als »Hausmittel« empfehlen! Bis jetzt kann man nur ganz allgemein gewisse positive Wirkungen des MT bei einigen Arten von Psychoneurosen anführen, bei Angstzuständen, Appetitsverlust, Schlaflosigkeit, Impotenz und Frigidität – aber in diesen sehr spezifischen Fällen stellt die Anwendung von MT eher eine »Roßkur« dar. Als Beispiel dafür kann der Bericht einer Gruppe von Sexuologen der Hamburger Privatklinik von Prof. Dr. W. Poeck dienen, nach deren Angaben der 66jährige Patient F. K., Jahre hindurch erfolglos gegen Impotenz behandelt, nach der einmaligen Anwendung von MT seine 62jährige Gattin verlassen hat, in einer Kommune mit 4 Frauen lebt und zugleich regelmäßig Striptease-Lokale an der Reeperbahn sowie Prostituierte in den anliegenden Gassen besucht. Aber auch diese kuriose Nachricht bestätigt nur die allgemeine Erkenntnis, daß das Multitier höchstens die sexuelle Komponente verstärkt, wohingegen persönliche Zuneigung und wahres Gefühl eher ausgemerzt werden. ● Im großen und ganzen kann man die »braune Krankheit« als Verfall der menschlichen Persönlichkeit bezeichnen. Eine umfassend organisierte Forschung der Universität London stellt bei den Betroffenen den Verlust des Interesses an jedweder intellektueller Tätigkeit fest, von wertvoller Lektüre bis zum Schachspiel, und demgegenüber die Tendenz, Exzesse in Diskotheken, Sportstadien und den abendlichen Straßen auszulösen. »Die betroffenen jungen Leute bieten einen wahrhaft traurigen Anblick, schmutzig, bärtig und wild bemalt, wie sie herdenweise im Stadtpark, auf dem Leicester Square und anderswo herumgammeln, und soweit sie überhaupt aufstehen, dann nur zu weiterem ziellosem Herumbummeln durch die Stadt, was freilich auch eine Folge unserer die Dreimillionengrenze überschreitenden Arbeitslosenzahl ist«, sagte im britischen Fernsehen Dr. C. S. Jackson. »Aber wenn es irgendwo bei einem Verkehrsunfall zu einer Verletzung kommt, trägt fast jeder aus der Menge, die so begierig ist, Blut zu sehen, die vorgeschrittenen Merkmale des MT an sich.«

● Bis Redaktionsschluß haben uns alles in allem nur zwei Erklärungen zur Unterstützung des MT erreicht. Die erste kommt von der Direktion der Tokioter Verkehrsbetriebe, die das MT ihren »enggequetschten« Passagieren in den hoffnungslos überfüllten Wagen der Metro empfiehlt, und die zweite von der Vereinigung der Schlachthofangestellten in Chicago.

II

»Allen ernsten Warnungen zum Trotz verbreitet sich die Ansteckung durch das Multitier, den Parasiten Multibestia incorporata, in unserer Stadt kontinuierlich. Heute kann man bereits von einer Epidemie sprechen, aber besonders traurig ist, daß sie ihre Opfer auch unter uns findet, den Ärzten und dem übrigen medizinischen Personal!« donnerte der Chefarzt der Station für innere Krankheiten vom Podium an der Stirnseite des Saals.

Eine weitere Schulung im Kampf gegen das MT im großen Hörsaal des Bezirkskrankenhauses (gestern auch und morgen wieder), die Krankenschwestern Leona Bimoňová und Karla Sladečková saßen bequem in den runden Plastesesseln und unterhielten sich gut.

»Von diesen Opfern ist hier bestimmt der halbe Saal voll«, meinte Karla grinsend. »Schau dir nur in der zweiten Reihe Doktor Bouše aus der Röntgenabteilung an . . .«

»Bei ihm denkt man, er hat einen Buckel, aber er sah auch vorher schon aus wie ein Dromedar«, sagte Leona kichernd.

»Oder dort die Oberschwester von der Urologie . . .«

»Wie ein aufgedunsener Fisch!«

»Dabei erfordert der Schutz vor dem Parasiten MT nicht mehr als die Einhaltung der üblichen Regeln für eine gesunde Lebensführung«, setzte der Chefarzt der Inneren seinen Vortrag fort. »Heute begreift doch schon jedes Schulkind, daß die Multibestie dem menschlichen Körper nur die überflüssigen Nährstoffe und Flüssigkeiten entzieht, so daß sie bei einer maßvollen Ernährung kein Futter findet, um zu wachsen. Mehr zu essen und zu trinken, als wir unbedingt brauchen, bedeutet, aus dem eigenen Körper eine Brutstätte für das Multitier zu machen, eine dunkle, sich zersetzende Kloake nach Willen und Diktat der Multibestie, die viele von uns in sich geradezu hätscheln und mit der Leidenschaft von Narkomanen pflegen.«

»Der gibt uns aber Saures, was?« flüsterte Leona.

»Der hat ja auch nur ein Drittel Magen und muß schon lange strenge Diät einhalten«, sagte Karla. »Der hat leicht reden!«

»Guck mal, die Schwester Tuháčková aus der Chirurgie! Als sie jetzt den Kopf bewegt hat, ist ihr aus dem Halstuch ein vollgesogenes Stück MT rausgekrochen!«

»Und am Morgen hat sie mir gegenüber behauptet, das Tuch würde sie wegen der Bronchien tragen!«

»Aber der Chefarzt und seine zwei Oberärzte haben bestimmt nichts auf sich.«

»Das sind ja auch verbissene Weißlinge, wie fast alle Doktoren aus der Chirurgie und der Gynäkologie.«

»Doch auch den Ärztinnen sieht man nichts an.«

»Dann schau nur genauer hin, wie sie glänzen!«

»Und warum?«

»Weil sie schlau sind und sich mit Formalincreme einschmieren, die das MT nicht rauslassen. Aber nur dort, wo sie sich einreiben, dafür wuchert es woanders um so mehr, warte nur, bis sie aufstehen!«

»Reichlich Obst und Gemüse, möglichst wenig scharfes Gewürz und überhaupt keinen Tabak und Alkohol! Peinlichste Körperhygiene und besonders viel Aufenthalt an der frischen Luft, die wir jetzt beim Notstand VERS alle zur Genüge in unseren Wohnungen haben. Nutzen wir sie also zur Abhärtung und täglichen Gymnastik!« rief der vortragende Chefarzt den nicht allzu aufmerksam lauschenden Zuhörern zu, die bei seinen Worten heimlich Bücher lasen, Kreuzworträtsel lösten, verschiedenen Blödsinn in ihre Notizblöcke kritzelten und flüsternd Tratsch untereinander austauschten, wie übrigens auf jeder Versammlung. »An der Bestrahlungstherapie wird gegenwärtig noch gearbeitet, aber eine ausgezeichnete und rasche Wirkung hat eine harte Sportmassage. Im äußersten Fall auch das Schlagen auf die betroffenen Stellen, sei es mit der Hand oder einem nassen Handtuch. Manch einem mag das mittelalterlich primitiv und barbarisch erscheinen, bitte sehr. Aber ist das nicht immer noch ein annehmbarer Preis dafür, daß wenigstens der Arzt sauber und nicht vom Parasiten angesteckt vor seine Patienten treten kann? Hauptsache bleibt Selbstdisziplin und starker Wille, wir alle – und vor allem wir Mitarbeiter des Gesundheitswesens – müssen eine gesellschaftliche Atmosphäre schaffen, die jedweder Form von Schwäche und Nachgiebigkeit gegenüber unversöhnlich ist! Ich danke für die Aufmerksamkeit, wir treffen uns morgen vormittag um zehn Uhr wieder, zu einem Vortrag von Professor Janík über die geistigen Voraussetzungen für den Kampf gegen das MT.«

Die Zuhörer im weißen Kittel erhoben sich erleichtert aus ihren Sesseln und eilten auf ihre Stationen (viele zu einem ausgiebigen zweiten Frühstück). »Ich dachte, ich fall gleich um vor Hunger!« rief Karla hinter der Tür des Schwesternzimmers, schon mit vollem Munde, während Leona ungeduldig die zweite Flasche Himbeersirup in sich hineingoß. »So werde ich wieder mindestens drei Kilo zunehmen, und Standa wird zu Hause in Aktion treten«, seufzte sie dabei.

»Warum verhunzt du dir den Körper mit so viel Litern Wasser?« fragte Karla sie lächelnd.

»Wenn doch bloß Braunfleisch da wäre«, sagte Leona sehnsüchtig.

»Damit du weißt, daß ich ein Kumpel bin, nimm dir was

von mir«, bot Karla an, holte aus der Einkaufstasche eine kleine schwarze Kasserolle voller braunem Pudding, aß mit einem Teelöffel davon und reichte einen zweiten Leona. »So 'ne Portion Braunfleisch ersetzt mindestens fünf Liter Bier mit Rum.«

»Wo hast du's her?« fragte Leona, während sie das lockere »Braunfleisch« genoß.

»Hab ich mir selber zu Hause gekocht.«

»Da mußt du mir gleich das Rezept geben!«

»Es ist einfach, brauchst es dir gar nicht aufzuschreiben.«

»Also sag schon!«

»Du nimmst ein bißchen von dem beigefarbenen Massitpulver ...«

»Aber wo kriegt man das her?«

»Die Männer bringen es aus den Schächten vor der Stadt mit, doch eine Menge davon gibt's auch in den verseuchten Wohnungen.«

»Und wieviel davon rührst du an?«

»Eine Tasse etwa, wie wenn du Reis kochst. Du übergießt das Pulver mit Milch, kochst es mit einem Teelöffel Soda auf und läßt es stehen. Dann gibst du fünfzig Gramm Hefe dazu, deckst es mit einer Decke oder einem angewärmten Handtuch zu – Hauptsache, du hältst es immer schön warm –, und in einer Stunde ist es schön gegangen. Prima, was?«

»Prima, aber es war zu wenig«, sagte Leona, als sie zusammen mit Karla die Kasserolle leergegessen und sauber ausgekratzt hatte.

»Ich hab doch noch Schnellstaub da.« Karla grinste und schüttelte in den Fingern ein gläsernes Tablettenröhrchen, das trockenes rotbraunes Pulver enthielt.

»Also davor hätte ich Angst. Das soll ja stark wie der Teufel sein ...«

»Man darf nur ganz wenig nehmen.« Karla schüttete eine Messerspitze von dem »Schnellstaub« auf ihren Handrücken und leckte ihn vorsichtig mit der Zungenspitze auf. »Das ist scharf wie ein Schwert, man muß reichlich nachspülen.«

»Das hast du auch selber gemacht?«

»Ebenfalls ganz einfach. Du nimmst frisches Braunfleisch, zerreibst es auf einem Kuchenblech zu einer dünnen Schicht und trocknest es vorsichtig in der Backröhre. Wenn es schön rot wird, hast du erstklassigen Schnellstaub.«

»Und wie wirkt er?«

»Wie Braunfleisch, nur sofort.«

»Läßt du mich ein bißchen kosten? Aber nur eine mikroskopisch kleine Fingerspitze voll«, bat Leona und leckte neugierig den rotbraunen Staub.

»Und jetzt reichlich trinken«, riet ihr Karla. »Der Schnellstaub ist nämlich im Bauch der reinste Satan.«

»Ich spür ihn schon . . .«

Leona trank ausgiebig und schloß die Augen. Mit einem Schlag fühle ich mich himmlisch. Man vergißt, daß man Sorgen hat, und gleich kriegt man Lust, herumzulaufen, zu hüpfen, zu spielen und sich zu balgen. Schade, daß wir auf der Station nur Weiber haben . . . Am ganzen Körper spürte ich die Stiche heißer Nadeln.

Das wirkt natürlich auf jeden anders – Karla fing sofort an, sich mit eingeweichtem Zwieback vollzustopfen, ihr inneres Tier ist eine gefräßige, gutmütige Kuh, meins dagegen ist eine Leopardin. Bis Dienstschluß blieb nur noch eine knappe Stunde, die vertrödelte ich auf der Station, und als der Chauffeur eines Krankenwagens kam, kniff ich ihn im Aufzug so, daß ihm Tränen in die Augen stiegen.

Zu Mittag, sofort nach dem Dienst, rief ich Eda in den NBLB an, daß ich ihn gleich und auf der Stelle wolle.

»Aber ich hab jetzt grade eine wichtige Beratung«, stammelte er ins Telefon.

»Ich dachte, ich spräche mit einem Chef und einem Mann, aber offenbar hat man mich irrtümlicherweise mit einem beschissenen Sesselfurzer verbunden. Verzeih, daß ich angerufen habe, soll nicht wieder vorkommen!«

»Warte doch, leg nicht auf . . . Also ich fahr dann los.«

Wir trafen uns wie immer an der Telefonzelle hinter dem Krankenhaus, ich sprang zu ihm ins Auto, wir fuhren direkt zu unserem Haus und rannten in den zweiten Stock zur Wohnung Nummer 9 hoch, die wir damals zu Silvester entdeckt hatten.

»Ich würde mir ganz gern mal eine andere Wohnung anschauen«, sagte ich.

»Such dir aus, welche du willst«, antwortete Eda wie ein spanischer Grande und Schloßherr.

»Aber da müßten wir zuvor rauf in die Gemeinwohnung, um die Schlüssel zu holen.«

»Müssen wir nicht.« Eda zog aus der Tasche ein Bund Schlüssel aus mattem grauem Metall und klimperte mir damit gassenjungenhaft vor den Augen herum.

»Was ist das?«

»Ein kompletter Satz Schlüssel zu allen evakuierten verseuchten Wohnungen im Haus – man nennt sie jetzt VERS-Wohnungen.«

»Du hast sie Standa aus dem Dienstzimmer geklaut?«

»Ich nicht, sondern Tibors Bande. Diese lustigen Burschen und Mädchen haben sich Nachschlüssel zu sämtlichen VERS-Wohnungen machen lassen, von einem Schlosser für eine Schachtel Zigaretten, und jetzt verkaufen sie sie. Für dieses Bund hat mir die liebe Rita zweihundert abgeknöpft.«

»Also gehen wir schon wohin, mir ist kalt, und ich hab Durst!«

Eda schloß bereitwillig die Nachbarwohnung Nummer 10 auf – ähnlich unserer Neun, die Wohnungen in diesen Montagehäusern sind alle über einen Leisten geschlagen –, aber eine Kälte wie im Hungerturm, und wir fanden auch nichts zum Heizen. In der benachbarten Elf gefielen uns die blauen Tapeten nicht, von ihnen ging noch mehr Kälte aus, in der Zwölf war es zwar warm, jemand hatte die Zentralheizung aufgedreht, doch im Schlafzimmer grunzte Polda Štrunc unterm Federbett, in Uniform und Schuhen. An solcher Gesellschaft kein Interesse, und so kehrten wir in unsere bewährte Neun zurück, wo wir uns bereits eingewöhnt haben und schon seit Silvester heizen, die Radiatoren der Zentralheizung wärmen schön, und Eda schaltete im Schlafzimmer noch den Infrastrahler ein ... Ich liebe eben Wärme! Doch bevor ich zu Eda ins Bett kroch, füllte ich meine Handtasche mit beigefarbenem Massitpulver. Ich werde mir Braunfleisch kochen und vielleicht auch eine Handvoll Schnellstaub.

Wir liebten uns in der wunderbaren Wärme wie Leoparden in der glühenden afrikanischen Steppe, badeten zusammen in der Wanne voll heißen Wassers (das wir hier selbstverständlich auch angestellt haben), tranken krügeweise kaltes und verspeisten eingeweckte Aprikosen, von denen in der Speisekammer unserer süßen Neun ein Regal voll steht, vom Fußboden bis zur Decke.

Ich schaffte es, noch früher zu Hause einzutreffen als Standa, und zur Sicherheit floh ich gleich vor ihm in die Gemeinwohnung. Was werde ich meinem Männchen heute kochen? Die Leopardin schon wieder am häuslichen Herd, ach ja. Was soll's, ich wärme ihm abermals einen Ziegel gefrosteten Spinat auf, wo er doch so auf Gemüse steht, und gefrostete Pommes frites aus der Schachtel sind in fünf Minuten fertig, genauso wie das Spiegelei.

Als Standa dann zum Essen in die Küche unserer Gemeinwohnung kam, beguckte er mich – obwohl ich den ganzen Körper mit einer elastischen Binde umwickelt hatte, mußte er es mir ansehen –, aber er sagte nur: »Meinst du nicht auch, Liebling, daß wir eigentlich immer nur Spinat mit Spiegelei zum Abendbrot essen?«

»Ich würde lieber mit Mandeln gefüllten Fasan braten, aber für das Geld, das du mir gibst ...«, konterte ich, damit er sich nicht weitertraute. Die Männer muß man kurzhalten.

Nach dem Abendessen saßen wir mit den anderen noch im Klubraum vor dem Fernseher, ich hätte lieber getanzt – die Leopardin wollte noch nicht schlafen. Aber mit den Weißlingen ist das langweilig – Standa, Michal, Pavla und Tina (Tina fängt auch schon an, braun zu werden) saßen auf dem Kanapee wie die Orgelpfeifen. Und Eda tat furchtbar ehrenhaft, er will mit seinem Tierchen noch kämpfen. Eda muß immer eine Extrawurst haben.

Als niemand tanzen wollte, begann ich eben allein, bis das Standa schließlich wurmte – er stand auf, um mich nach Hause zu bringen.

»Aber es ist doch erst neun . . .«

»Wir gehen nach Hause«, sagte er mit seiner gefährlichen, wie durch eine schreckliche Kraft gedämpften Stimme, der zu widersprechen nicht ratsam ist. Bei einem Mann muß man den Augenblick erkennen, wo es nach seinem Willen zu gehen hat.

Zu Hause schubste er mich ins Badezimmer und sagte nur: »Ausziehen!«, immer noch mit beängstigend leiser Stimme. Ich wußte schon, was die Stunde geschlagen hatte, und gehorchen mußte ich ihm. Mit der Taschenlampe zwischen den Zähnen zog ich mir in Kälte und Dunkel das Kleid aus. Zwei Etagen unter uns, in der süßen Neun, leuchtete und wärmte alles im Badezimmer . . .

Standa trat halbnackt ins Bad, in einer schwarzen Gummischürze, wie ein Fleischer oder Henker.

»Heute morgen hast du noch ganz leidlich ausgesehen«, sagte er und stach angewidert mit dem Finger in mein braunes MT auf der Schulter. »Wo hast du dich so zugerichtet?«

Er sprach nicht mehr so leise, und ich hörte auf, mich vor ihm zu fürchten. »Ich hatte Hunger, nach deinen Ökobroten, und Durst, nach deinen abgezählten Gläsern!«

»Dieser braune Mist muß augenblicklich weg!«

»Willst du's mit einem Knüppel runterschlagen?«

»Das hättest du verdient.«

»Aber du traust dich nicht, was?« Ich lachte ihm ins Gesicht, doch nur einen Augenblick.

Er bog mich über den Wannenrand und begann mich hart zu bearbeiten, knetete mich durch und massierte mich – aber das war keine Massage, eher eine Metzgerei, Standa hat riesige Kraft, und die legte er jetzt ganz in seine Hände, er rieb und walkte mich, dabei bespritzte er mich immer wieder mit kaltem Wasser, um mir nicht die Haut abzuschinden, und so rackerte er sich mit mir ab, bis sich in meinem Inneren etwas bewegte, ich begann das MT auszuhusten und auszuschwitzen, es brannte furchtbar und noch mehr, als sich mir das MT vom Körper abzuschälen begann. Ach, tut das weh!

Dann rieb er mich, die völlig Erschöpfte, mit einem Handtuch trocken, streifte mir das Nachthemd über und trug mich ins Bett. Ich kam mir völlig leer vor, aber dabei so ruhig und rein, als verspürte ich tief drinnen etwas Lichtes.

DIE GLOBALE AUSBREITUNG DER BRAUNEN KRANKHEIT entspricht geographisch grob der früheren Verseuchung der einzelnen Territorien durch das Massit. Am meisten betroffen bleiben die industriellen Ballungszentren Europas und der USA; in den weniger entwickelten Gebieten Asiens, Afrikas und Südamerikas kommt das MT nur sporadisch vor, allein die Antarktis ist überhaupt nicht betroffen. ● Die Situation der befallenen Bevölkerung wird ständig durch den Energiemangel kompliziert, der nach dem Außerbetriebsetzen aller Wärmekraftwerke, Fern- und Hausheizungen auf Kohle-, Öl-, Erdgas- und Leuchtgasbasis entstanden ist. Während z. B. die UdSSR, Schweden, Norwegen und Finnland über genügend Wasserkraftwerke verfügen, entsteht in den auf gegenwärtig nur wenige Atomkraftwerke angewiesenen Ländern (England, Frankreich, Bundesrepublik Deutschland, Belgien, Holland) ein fühlbarer »Energiehunger«, und die drastische Einschränkung der Stromzufuhr für die ans Netz angeschlossenen Häuser schafft bei starkem Frost ernste Probleme. Deshalb klingen durch den Äther die Ratschläge der Ärzte: »Bewegen Sie sich regelmäßig in den Wohnungen, aber nicht zu viel. Die Milch für die Kinder wärmen Sie am Körper. Legen Sie sich nicht für längere Zeit ins Bett, weil in den ungeheizten Räumen Unterkühlung droht. Nehmen Sie eine ergiebige Nahrung zu sich – am besten Haferflocken mit Zucker. Wenn möglich, versammeln Sie sich aus mehreren Nachbarhäusern in einem Raum.« ● In den Haus-

halten beginnt das Wasser einzufrieren. Durch den Frost versagen die Batterien der Radios, das Gas in den Metallflaschen geht zu Ende. Wo es möglich ist, ziehen die Menschen in Ställe um, weil sich beim Vieh die Temperatur um 10 Grad über Null hält. Die Bauern haben kein Viehfutter mehr, sie müssen mit der Hand melken und die Milch dann in Plastebeutel füllen, die sie in den Schnee stellen. Tausende Hühner und Schweine sind umgekommen. ● In einigen Gebieten wurde ein Fahrverbot für Privatfahrzeuge erlassen. In Köln am Rhein wurde empfohlen, sich zwei Stunden früher zur Arbeit zu begeben, weil der Bus- und Straßenbahnverkehr eingeschränkt werden muß. Die Autos sollen nicht weniger als vier oder fünf Personen befördern, aber auch diese Maßnahmen reichen nicht mehr aus.

III

Ich habe zu Hause eine braune Frau.

Stanislav Bimoň zog der schlafenden Leona fürsorglich die Decke bis zum Kinn. Jetzt ist sie sauber, aber wie lange hält sie durch und das Tier befällt sie wieder? Liebling, könnte ich dir doch von meiner Kraft abgeben ...

Er kehrte ins Bad zurück, reinigte die Wanne von den braunen MT-Resten, und im Licht der Taschenlampe beschaute er sich im Spiegel – er fand auf seinem Körper nur ein paar winzige Gräupchen und hieb mit den Fäusten drauf, bis auch sie verschwanden. Noch einmal sah er dann nach Leona, duschte sich mit eiskaltem Wasser und ging zum Aufwärmen in die Gemeinwohnung.

»Wie geht es ihr?« fragte ihn Pavla Rohanová leise. Im Klubraum döste Eda unruhig auf dem Sofa vor dem Fernseher, Tina war bereits gegangen, und Michal schaute zum Fenster hinaus ins Dunkel.

»Jetzt wieder gut. Wie lange allerdings ...«, begann Standa, aber Pavla legte den Finger an den Mund, damit Eda und Michal sie nicht hörten, und dann bat sie ihn durch eine Geste ins Dienstzimmer nebenan.

»Tina fängt an, braun zu werden!« sagte sie ihm gleich hinter der Tür.

»Ich hab's bemerkt«, seufzte er.

»So bleiben als Saubere hier nur noch wir zwei und mein Michal. Aber warum gerade wir, wo wir doch auch nichts Besonderes gegen das Multitier unternehmen?«

»Wie ich mich da mit Leona im Bad abgerackert habe, das entspricht einer Stunde Schwerathletik«, sagte Standa mit unfrohem Lachen.

»Das ist freilich eine Bewegung, mit der du das Multitier an Leona und an dir selbst vernichtest«, lobte ihn Pavla. »Aber ich habe nicht viel Bewegung, und dennoch bleibe ich sauber.«

»Weil du dich nicht überfrißt, nicht rauchst und nicht trinkst.«

»Ich denke dauernd darüber nach, und da ist mir der Gedanke gekommen ... Doch du bist Techniker und wirst mich bestimmt auslachen.«

»Was für ein Gedanke ist dir gekommen?«

»Das Multitier, das sind doch nicht nur die braunen Gewächse auf der Haut, sondern seine Hauptkraft wirkt im Innern der Betroffenen«, sagte Pavla eindringlich. »So daß also einer, der innerlich sauber und stark ist und jemanden liebt, dem MT nicht unterliegen kann – auch ohne besondere Diät, Schwerathletik und Massage.«

»Ich weiß nicht«, sagte Standa nachdenklich, und dann brach es aus ihm heraus: »Aber das würde bedeuten, daß sie uns nicht lieben! Eda dich nicht und Leona mich nicht!«

»Vielleicht haben sie nur nicht genug innere Kraft, und deshalb unterliegen sie. Wie hat das eigentlich angefangen, daß wir uns so aufgeteilt haben und jetzt schon gegeneinander stehen? Damals im Dezember, im Krieg mit dem Massit, waren wir doch alle einig und zogen an einem Strick – die Menschen gegen die braunen Ungeheuer. Wie kommt's, daß jetzt Menschen gegen Menschen stehen?«

»Ja, damals waren wir einig, und deshalb haben wir gesiegt. Auch über die braunen drei Meter hohen Molche. Jetzt dagegen unterliegen wir braunen Maden, Zecken und Bandwürmern.«

»Aber wie kann das geschehen?«

»Die Menschen sind müde, sie wollen nicht immer nur kämpfen. Sie sagen, die Gefahr sei gebannt, und jetzt wollen sie leben, genießen, sich amüsieren ...«

»Gewiß, aber dabei müssen sie sich doch nicht zerstören. Ich habe gehört, daß manche aus Massitstaub, Milch und Hefe einen braunen Pudding kochen, sie nennen ihn Braunfleisch.«

»Und daraus bereiten sie sich ein starkes Konzentrat zu, den sogenannten Schnellstaub.«

»Und das schmeckt ihnen, diese gekochten Abfälle?«

»Um den Geschmack geht es ihnen nicht. Sie nehmen das wie Alkohol zu sich, als Beruhigungsmittel, als Aphrodisiakum. Als Droge. Und der Schnellstaub ist schon eine sehr harte Droge.«

»Nachts treffen sie sich angeblich in verseuchten Wohnungen, deren Besitzer evakuiert sind.«

»Wo sie dreist die Zentralheizung anstellen, Heißwasser aufdrehen und Licht anknipsen, diese ihre Höhlen nennen sie VERS-Wohnungen, und in ihrem neuartigen Rotwelsch sind wir die Weißlinge, langweilige, beschränkte, dumme, impotente Patrone, während sie die Braunen sind und selbstverständlich scharf, schneidig und richtig.«

»Vielleicht hört das auf, wenn die Evakuierten aus den Bergen in ihre Wohnungen zurückkehren. Und wenn alle Kinder wieder da sind.«

»Das geht vorläufig schon deshalb nicht, weil sie sich nicht hier anstecken sollen. Der Notstand VERS kann noch lange dauern, Pavla.«

»So daß wir hier unter den verwilderten braunen Banden aus den furchtbaren VERS-Wohnungen leben müssen ... Die in die Berge umgesiedelten Kinder werden ihre Eltern vergessen und diese wieder ihre Kinder ...«

»So schlimm wird's bestimmt nicht, schließlich geht es den

Leuten in den Bergen und vor allem den Kindern doch gut, vielleicht sogar besser als hier in den überfüllten Straßen. Wenn der Notstand VERS endet, werden die Evakuierten zurückkehren, und die VERS-Wohnungen hören automatisch auf zu existieren. Kann aber auch sein, daß nicht alle Umgesiedelten wiederkommen, daß einige für immer in den Bergen bleiben, weil sie sich an die Natur und die frische Luft gewöhnt haben. Was eine gesunde Desurbanisierung bedeuten würde, das Ende der Wohnungsnot und der übervölkerten Städte, die Vereinfachung des Verkehrs, und so würden wir allmählich alle frei in einer neuen, gesunden und sauberen Umwelt leben . . .«

Die Tür des Dienstzimmers flog plötzlich auf. »Ihr unterhaltet euch hier aber sehr gut«, knurrte Eda. Sein Blick verhieß nichts Gutes.

»Wir haben diskutiert.«

»Ach so, diskutiert habt ihr!« Er trat von hinten an mich heran und zog mich grob an sich. »Das ist meine Frau, Standa. Sie gefällt dir? Mir auch. Also nehm ich sie jetzt mit nach Hause ins Bett und werd schön mit ihr spielen!«

Ich fing Standas Blick auf, der mir Hilfe anbot. Aber würde Standa mir helfen, indem er meinen Mann verprügelte? Ich schloß die Augen und ließ mich nach Hause führen.

In den letzten Wochen habe ich mich an die Kälte und Dunkelheit in unserer Wohnung gewöhnt, nicht gewöhnen kann ich mich jedoch an den Verlust der schönsten gemeinsamen Abendstunde mit Eda bei einem Glas Kognak und einer Zigarette. Ich habe nur zu rauchen begonnen, damit wir in den Augenblicken tiefsten Verstehens auch das gemeinsam hätten . . .

»Jetzt wird nicht mehr geraucht!« schrie er mich an und warf mich brutal aufs Bett. Ich habe zu Hause einen braunen Mann, und das ist ein roher Gewaltmensch. Wie ein Tier.

Aber als er sich diesmal entspannt und beruhigt hatte, spürte ich in seinem erschlafften, schweren Leib sonderbare Zuckungen, als kämpfe er mit etwas in sich. Und dann, überraschend und zum erstenmal nach der langen Reihe trauriger Tage und grausamer Nächte mit ihm, spürte ich sein Bemühen um eine gewisse Zärtlichkeit, als beginne er erst jetzt, mich wieder als den ihm nächsten Menschen wahrzunehmen.

»Pavla«, stieß er mühsam hervor. »Pavla!«

»Eda. Hier bin ich. Ich bin bei dir. Wir sind wieder beisammen«, flüsterte ich ihm rasch zu und rieb ihm mit den Fingerspitzen leicht die feuchten Schläfen, damit dieser Erwachensblitz nicht wieder in dem tierischen braunen Nebel unterging. »Erinnerst du dich, wie wir im Sommer in Florenz waren und du mir dann auf der ganzen Busrückfahrt nach Rom das Handgelenk gestreichelt hast, so wie ich dich jetzt streichle?«

»In Florenz ...«, flüsterte er mit schwerer Zunge.

»Ja, dort war es. Und damals im Regen an der dunklen schiefergrauen Ostsee, erinnerst du dich? Und als wir zugeschaut haben, wie es auf die nebligen Wasserflächen der südböhmischen Teiche regnete?«

»Mit Michal ...«

»Ja, Michal war dabei. Und wie wir alle drei in unserem Waldhaus aus dem uralten Brunnen im Keller das diamantklare Wasser hochtrugen? Erinnerst du dich an die Sonne im warmen Gras, das dir vorkam wie aus Metall, und an die Sonne in der Skispur im Firnschnee des Vorfrühlings? Und wie sie dann durch die Birkenkronen wanderte, unsere Sonne, sagtest du, im tiefen Glück des zartgoldenen Abends – erinnerst du dich an den Tag und was du mir da gesagt hast ...? Das alles kann uns doch nicht verlorengehen, Eda. Nicht wahr, wir werden es nicht verlieren ...«

»Wir dürfen es nicht, Pavla. Und – verzeih mir das alles ...«

Er ergriff meine Hand und schlief still ein. Aber spät in der Nacht schon wieder die bekannten Geräusche aus der Küche. Der braune Wolf fraß dort gierig, und als er Wasser aus dem Hahn schlürfte, stieß er mit Knien und Fäusten gegen das Blech des Abwaschtisches. Ich rauchte im Bett eine Zigarette nach der anderen, mir stach es in der Brust, und ich dachte voller Angst, daß ich bald sterben würde.

In diesen bangen Tagen erfreut mich am meisten der morgendliche Weg zur Arbeit, der Schnee des zu Ende gehenden Januar glitzert rein auf Dächern und Straßen, die sonst um diese Zeit nur mit einer schmutzigen Pampe bedeckt waren – jetzt dagegen nirgends ein Rußflöckchen, aus den Fabrikschloten steigen keine Rauchsäulen, der Himmel darüber ist blau wie auf den Bildern eines Märchenbuchs für Kinder, und die ganze Stadt mit ihrer aromatischen Luft wirkt wie aus weißem Flaum, Zucker und Brillanten.

Bei uns in der Stadtbibliothek gedeiht die braune Krankheit nicht – mag das MT keine Menschen, die lesen und nachdenken? Wir Bibliothekare sind fast alle in Ordnung, schlimmer steht es um die Leser. Die Anzahl der ausgeliehenen Bücher ist rapide gesunken, auch meine Theaterabteilung besuchen nur noch die mir Treuesten, und auch die bei weitem nicht mehr alle.

Am Nachmittag kam überhaupt niemand mehr. Ich ordnete die Kartei, und da sah ich ihn durch die Glastür treten. Arsen Králík blieb schweigend dicht vor meinem Tisch stehen, Kunstpelz, Sakko und Hemd aufgeknöpft, als wolle er mir den glänzenden braunen Polypen des Multitiers auf seiner eingefallenen Brust vorführen.

Ein trauriger Fall, dieser Arsen Králík: ein schlechter Bibliothekar, dann ein schlechter Beamter, Literat, Ehemann, Liebhaber, alles schlecht. Riesiger Ehrgeiz, aber Verstand keiner, und dazu ein mieser Charakter. Krummer Rücken, runzlige Glatze, als verachte ihn die Natur genauso wie die Frauen, nach denen er sich so sehnt.

Angeblich liebte er mich (ein ganzes Jahr behauptete er das mir gegenüber mündlich, telefonisch und in schwülstigen vierseitigen maschinengeschriebenen Briefen), aber eher wollte er mich wohl wegen des Gefühls des Triumphes und des Prestiges erobern, was ihm das Leben beides hartnäckig versagte.

Dann verfaßte er ein Theaterstück, das Theater bat mich um ein Gutachten, und ich schrieb die Wahrheit. Sie war niederschmetternd. Ein weiteres Jahr wollte er sich dann an mir rächen und fabrizierte eine Unzahl von anonymen Briefen und Denunziationen (wieder stets vier Seiten dicht mit Maschine beschrieben), und im letzten Jahr hatte ich ihn nicht mehr gesehen. Jetzt ist er in der Werbeabteilung der NBLB beschäftigt und sitzt in einem Zimmer mit Michal. Ich meine, daß unter allen Umständen der Mann die Frau zuerst grüßen muß, aber das lange Schweigen war mir schon peinlich. »Was wünschst du, Arsen?«

»Dich«, stieß er zwischen den entblößten gelbbraunen Zähnen hervor.

»Ein Theaterstück dieses Titels ist mir nicht bekannt und gibt es nicht in den Fonds der Theaterabteilung.«

»Du bist schön sauber und weiß, was?« Er grinste mich an und knetete sich mit den nikotinbraunen Fingern widerlich den braunen Polypen unterm Hals.

»Zum Unterschied von dir. Noch etwas, was die Ausleihe von Theaterstücken und -texten betrifft?«

Er machte einen Schritt vorwärts und versuchte mir über den Tisch hinweg an die Brust zu fassen, aber so feige und kläglich, wie er alles macht, und so schlug ich ihm die Hand mit einem dicken Band des Theaterjahrbuchs weg. »Soll ich dich selber hinausbegleiten oder beim Pförtner anrufen?«

Arsen Králík wich mit einem dümmlichen Lächeln aus der Glastür zurück.

Aber als ich dann am späten Nachmittag das Bibliotheksgebäude verließ, stand er auf dem Bürgersteig gegenüber und sah mir unverwandt nach.

Dieser Mann hatte mich nie interessiert. Ich erledigte meine Einkäufe, ging in die Sparkasse, auf die Post, und jedesmal erblickte ich ihn wieder, sogar vor unserem Haus. Doch um die Feststellung meiner Adresse ging es ihm offenbar nicht. Die hatte er schon damals ermittelt, als er die vierseitigen anonymen Briefe an Eda schickte.

Ich erschrak erst am nächsten Morgen, da er mir aus unserem Haus folgte. Wer hat ihm so früh die Haustür geöffnet? Oder hat er die ganze Nacht in unserem Haus verbracht? In einer dieser VERS-Wohnungen?

DIE VERSCHIEDENEN VÖLKER nehmen die braune Krankheit unterschiedlich auf. Während der hohe katholische Klerus der romanischen Länder das Multitier als ein Produkt des Teufels interpretiert, wird es in den übervölkerten asiatischen und afrikanischen Metropolen recht gleichgültig, ja fatalistisch hingenommen, übrigens kommt es dort beim Stand der Unterernährung oder gar des Hungers praktisch nicht vor. ● In der UdSSR und den osteuropäischen Ländern wird die braune Krankheit, ähnlich wie das Rauchen und der Alkoholismus, für eine unerwünschte Erscheinung gehalten und in allen Kommunikationsmitteln eine umfassende, regierungsseitig gelenkte Propaganda- und Aufklärungskampagne dagegen geführt, unterstützt von den Zentralen des Notstandes VERS in Städten und Industriebetrieben. ● Recht unterschiedlich ist die Situation in den USA und in Westeuropa, wo einige Regierungen und die sogenannte »große Presse« in einer Reihe von Fällen zögernde Haltungen einnehmen – besonders vor Wahlen –, mit Rücksicht auf den hohen Prozentsatz »brauner« Wähler; den entscheidenden Kampf gegen das MT führen hauptsächlich die Universitäten, die großen Bibliotheken und ungezählte Organisationen, Vereine und wissenschaftliche, christliche, Sport-, Frauen-, Abstinenzler- und Umweltschützergesellschaften. Gleichzeitig tauchen jedoch auch tolerante und liberale Ansichten auf, wonach das MT lediglich ein »Kennzeichen der technologischen Zeit« sei, ein »Produkt des technischen Fortschritts«, ein »unerläßliches Übel der Zivilisation«, ein »Ausdruck der freien Wahl der persönlichen Hautfarbe«, die »Materialisierung der unterdrückten Komponenten der menschlichen Natur« und dergleichen. ● Unter den Rechtsextremisten, besonders in den Großstädten Norditaliens, sind sogar radikale Anhänger des MT aufgetaucht und haben die sogenannte »Braune Brigade« gebildet, auf deren Konto bereits eine Reihe terroristischer Aktionen und Entführungen stehen, zu denen sich allerdings auch weitere illegale Organisationen eifrig bekennen. Auf dem Petersplatz hat ein vierköpfiges braunes Kommando das Feuer auf den vorbeifahrenden Papst eröffnet, der nur dank seiner schwergepanzerten Limousine dem Anschlag unverletzt entging. ● In den südlichen landwirtschaftlichen Gebieten der USA wird die braune Krankheit gesellschaftlich geächtet, wegen der falschen Hautfarbe, während auf den Hauswänden im New-Yorker Stadtteil Manhattan Nacht für Nacht die Losungen zunehmen: »Brown is beautiful« – Braun ist wunderschön.

DIE STATISTIKEN der einzelnen Staaten beweisen, daß das MT (ähnlich wie zuvor das Tabakrauchen) in alle Gesellschaftsschichten eingedrungen ist. Die Grundregel »Je höher IQ (Intelligenzquotient) – um so geringer MT« zeigt zu viele Ausnahmen (z. B. sind die Ordentlichen und die Korrespondierenden Mitglieder der Tschechoslowakischen Akademie der Wissenschaften durchschnittlich um 43 % mehr betroffen als die Mitarbeiter der Prager Wäschereien). Es hat zwar den Anschein, daß Menschen mit höherer Bildung weniger verseucht sind, aber das gilt nicht absolut. Die Stadtbevölkerung wird wesentlich mehr erfaßt als die ländliche, und ganz geschützt bleiben bis jetzt praktisch nur die Evakuierten in den Bergen. ● Betroffene unter 60 % nach der Riemens-Walášek-Skala stellen keine ernstere Gefahr dar und können ihren Beruf sowie ihr persönliches und ihr Familienleben fortsetzen, auch wenn ihnen die »Bräune« genauso wenig hilft wie z. B. Alkohol. Hingegen bewegt eine Bräune über 70 % ihre Träger oft zu asozialem Verhalten, z. B. zum Vandalismus in Parks, Telefonzellen und Verkehrsmitteln, wie wir das leider aus unseren Städten kennen. ● Banden von »Vollbraunen« (full-brown), Halbwüchsige in braunen Lederkombinationen, die sich »Brown angels« (Braune Engel) nennen und auf schweren Motorrädern die Jagd auf Frauen und Mädchen aufnehmen, die sie dann zu Orgien in ihre braunen Lasterhöhlen verschleppen, sind bereits zum Schrecken der kalifornischen Küste geworden. »Das ist eine braune Sintflut«, beklagte sich unserem Berichterstatter gegenüber Reverend C. C. Williams, »die jedoch von den Menschen noch nicht ernst genug genommen wird.«

IV

Aus dem weichen Bett zum Frühstück auf den Polstersessel und von dort direkt in die gefederten Polster des Autos, von da in den weichen Sessel im Arbeitszimmer – im Falle von Beratungen und Sitzungen warten weitere Polstersessel in weiteren Arbeitszimmern –, von dort wieder in die Polster des Autos, dann auf den Sessel zum Abendessen, daraus in den Sessel vorm Fernseher und von dort ins weiche Bett – bequem haben wir's uns eingerichtet, was?! Den Hintern dauernd auf was Weichem und Einschläferndem. Wozu haben wir überhaupt einen Körper?

Der Konzernhauptspezialist der NBLB Eda Rohan stand wütend aus seinem ledergepolsterten Drehsessel an der Stirnseite seines Arbeitszimmers auf und warf ihn nach längerem Schnaufen um, und mit weiterem Schnaufen stellte er ihn wieder auf. Schon wieder hab ich Durst. Aber getrunken wird nicht! Er schaute auf die verglaste Karte seiner SPINNWEBE an der Wand, mein Meisterwerk hat sich mir ganz entfernt... Sein starrer Blick verlor immer mehr an Schärfe, so daß er nach einer Weile in dem verglasten Rahmen nur noch schwer erkennen konnte, was er damals vor der braunen Sintflut in einem Aufblitzen von Inspiration gezeichnet hatte. Mein ganzes Bewußtsein ist in die untere Hälfte des Körpers gerutscht. Ich betrachte meinen Lebenstraum und denke dabei an Fressen, Saufen oder die nackte Leona im Bett...

Entschlossen holte er tief Luft. Schluß jetzt! »Ich bin in einer Stunde wieder da«, sagte er zur Sekretärin Tina, rannte hinab in den Waschraum im Souterrain, zog sich aus und begann hart an sich zu arbeiten, vierzig Liegestütze auf den kalten Fliesen, zwanzig Sprünge zur Decke, nach hundert Kniebeugen mit vorgestreckten Armen zerfaserten die braunen Stränge an seinem Leib zu flatternden Fetzen, und nach einer weiteren Gymnastik spülte er dann unter der kalten Dusche einige Kilogramm des Multitiers von sich ab. Aber noch ist genug davon in meinem Inneren geblieben.

Von den zwölf Teilnehmern der Beratung beim Generaldirektor der NBLB waren vier weiß, drei braun und fünf (einschließlich Dr. E. Rohan) braunweiß.

»Der Kampf gegen das MT bleibt nach wie vor unsere Aufgabe Nummer eins!« erklärte der weiße Stellvertreter wie auf jeder Beratung.

»Aber das ist jetzt doch die Aufgabe unserer VERS-Betriebszentrale«, sagte ein Braunweißer.

»Unsere Aufgabe Nummer eins ist, die Rohstoffe aufzufüllen, die Energiefrage zu lösen, den Transport zu erneuern und die Produktion voll anzufahren!« rief der braune Stellvertreter energisch und laut und leerte eine halbe Karaffe Wasser auf einen Zug.

»Aber an erster Stelle stehen die Menschen, und wir müssen vor allem jenen helfen, die vom Multitier befallen sind!« stritt sich mit ihm weiter sein weißer Kollege.

»Wie stellst du dir das vor?« fragte ihn der Generaldirektor (braunweiß).

»In jeder Schicht dreißig Minuten Gymnastik einführen, die sogenannten Physminuten. In einigen Werkstätten, Labors und Büros hat man damit bereits aus eigener Initiative begonnen.«

»Auf Kosten der Arbeitszeit?« wandten die braunweißen Mitglieder der Betriebsleitung ein. »Und wer soll das bezahlen? – Wir haben keine Fonds für solche Leibesübungen. – Aber als unbezahlte Überstunden können wir das von niemandem verlangen. – Das ist Sache des Bewußtseins eines jeden einzelnen. – Soll das jeder in seiner Freizeit erledigen!«

»Wir sind ein Produktionsbetrieb, kein Krankenhaus!« schrie der braune Stellvertreter grob und leerte die Karaffe vollends. »Wir haben Maschinen zur Produktion – und nicht, damit man drum herumhopst wie in einer Turnhalle! Wir müssen den Bedarf Nordböhmens an Nahrungsmitteln dekken – und nicht Kosmetik an den Beschäftigten vornehmen! Auf die sie gar keinen Wert legen. Ob einer braun ist oder weiß, das ist seine persönliche Angelegenheit. Für die jetzt keine Zeit ist!«

»Aber so überlegt doch!« beschwor der weiße Stellvertreter die Runde. »Die persönliche Angelegenheit von so vielen, jetzt eigentlich schon allen Werktätigen ist doch nicht nur eine persönliche . . .«

»Darum soll sich die VERS-Betriebszentrale kümmern«, unterbrach ihn müde der Generaldirektor.« Jetzt sprechen wir hier über Rohstoffe, Energie, Transport und Produktion.

Über den Plan und die neuen Programme. Und auch über die Perspektiven . . . Eda, was macht deine SPINNWEBE?«

»Ich arbeite schon dran«, sagte Eda Rohan, und nachher stand er erneut in seinem Arbeitszimmer vor der verglasten Karte an der Wand. Ich sehe sie bereits wieder in allen Details vor mir, aber die Kraft, sie weiterzuentwickeln, fehlt noch. Im Kopf zeitweise Aufhellung, doch immer noch der braune Nebel. Jetzt heißt es eben durchhalten.

Beim Verlassen seines Arbeitsplatzes schickte Eda die Sekretärin Tina mit den Autoschlüsseln zu Michal in die Werbeabteilung, soll der Junge statt meiner durch die Stadt fahren, und er selber marschierte energischen Schritts bis hoch in die Siedlung, dann und wann im Trab – zu Hause traf er außer Atem und mit pochendem Herzen ein. Jetzt bin ich schon fast weiß, und ich freue mich darauf, daß Pavla das erkennen wird, auch Michal . . . In einer Aufwallung von Sehnsucht nach seinen Nächsten lief er durch die Wohnung, doch das Zimmer des Sohnes war leer und seine Frau noch in der Bibliothek. Aber sie kamen auch nicht nach einer Stunde. Wo treibt sich der Bursche mit meinem Auto rum? Und Pavla schaut sich jetzt in aller Seelenruhe Läden an . . . (Aber du hast ihnen nicht gesagt, daß du sie brauchst, und zu Pavla hast du dich gestern benommen wie ein Tier.)

Schon hundert Minuten allein in der leeren Wohnung, und der Körper brüllt vor Durst. Mit verzweifelter Willensanspannung hält sich Eda Rohan mit beiden Händen am Küchentisch fest und hört zu, wie hinter ihm das Wasser aus dem Hahn ins Abwaschbecken tropft. Wie lange halte ich das aus . . .

Wenn wenigstens dieser Durst . . . Aber ich habe doch heute fast nichts getrunken. Ein gesunder Mensch braucht täglich 1800 Milliliter Wasser, ich hatte zum Frühstück und Mittagessen insgesamt, sagen wir, 1000 ml. So daß ich mir die fehlenden 800 ml erlauben kann, ja sogar muß, weil sonst der Rest des MT in mir meinen Geweben drastisch das Wasser entzieht. Trinken muß der Mensch!

Also genehmigen wir uns ein kleines Glas. Na, das waren etwa 100 ml, also noch 700. Aber nicht mehr aus einem Weinglas, das Appetit auf Alkohol weckt, nein, nein! Trinken wir aus einem ehrlichen, sauberen Glas! Zum Beispiel dieses Halbliterglas für Michals Milch. Ach, ich hab's ja schon so gebraucht ... Also noch eins. Das sind insgesamt 1000, von früh an also 2000. Was eigentlich nicht zuviel ist nach einem so aufreibenden Tag, allein der Nachmittagslauf durch die Stadt ... Ach, das war – das ist schon wieder ein weiterer Liter. Ich wollte es doch nicht ... Aber man darf nicht gleich den Kopf verlieren! Nehmen wir an, am Morgen war ich zu 50 % braun, nach dem Lauf nur mehr zehnprozentig, und jetzt, sagen wir, bin ich's dreißigprozentig? Oder vierzigprozentig, fünfzig-, sechzig- ...

Schon wieder die braunen Schmetterlinge mit schweren warmen Flügeln ... Sie starteten tief in mir. So viele sind es, eine solche Menge! Ihre Flügel streicheln und trösten ... Wie sie mir durch die Brust fliegen, bis in den Kopf und höher. Oder falle ich hinunter...? Aber mir ist hier so wohl. Warm. Entspannt. Ruhevoll. Faul, dabei lüstern ... Also gesund, nicht? Hehe!

Bis sie endlich eintrafen. Mein Herr Sohn und Madame Rohanová. Sind zusammen durch die Straßen gebummelt, während der verlassene Vater hier gelitten hat. Doch jetzt wird er nicht mehr leiden. Was gucken die beiden mich so an?

Na bitte, hab mich eben hingelegt auf dem Fußboden. So müde, und ich bin ja zu Hause, nicht? Nur ein bißchen verschnaufen, dann stehe ich auf und esse was Handfestes nach der Arbeit. Was schaust du mich so an, Weib? Na klar, daß ich es dir – ordentlich machen werde. Bist doch die Meine, stimmt's? Und wenn du nicht willst, ich bin stärker als du. Hehe! Stärken wir uns also zuvor ...

Eda rappelte sich mühsam vom Küchenfußboden hoch, aber Michal vertrat ihm den Weg zur Speisekammer, lehnte sich mit dem Rücken an ihre Tür und klammerte sich mit beiden Händen an den Türstock. »Vati, ich laß dich da nicht rein!« sagte er entschlossen.

»Was erlaubst du dir – du Lauser!« brüllte der Vater den Sohn an.

»Ich schaue es mir nicht mehr mit an, wie du mit Mutti umgehst – du Tier!«

»Michal«, sagte Pavla unglücklich. »So kannst du doch nicht mit deinem Vater ...«

»Das kann ich nicht? Ich muß es, Mutti! Also hör zu, Vater! Wenn du in die Speisekammer willst, mußt du mich zuvor verdreschen. Aber ich werde mich wehren.«

»Eda, ich bitte dich aus ganzem Herzen«, bettelte Pavla. »Könntest du dich nicht beherrschen?«

»Schon dir selber zuliebe, Vati«, sagte Michal. »Ich bitte dich sehr. Wir beide bitten dich.«

Eda zwinkerte jäh, wie von einem Schlag auf den Kopf getroffen. Was sagen mir die zwei da ... Das tut furchtbar weh. Die braunen Schmetterlinge schlagen mit den Flügeln in meinem Kopf und überall. Der Schmerz zerreißt mich – aber ich will ihn weiter haben und diese braunen Lappen aus mir herausreißen. Damit ich wieder sehe – im vollen Licht – die zwei, die jetzt gegen mich stehen. Mein Sohn und meine Frau ... Aber ich liebe sie doch!

Also jetzt schnell, solange es noch anhält, dieses helle Bild. »Bindet mich!« sagte Eda mit schwacher Stimme. »Fesselt mich ans Bett. Rasch!«

»Aber das können wir doch nicht!« schluchzte Pavla auf. »Eda, hörst du mich?«

»Laß ihn, Mutti! Er hat recht, wir müssen ihm helfen! Doch womit ...« Michal zögerte kurz, rannte aus dem Hause und kehrte mit dem Abschleppseil aus dem Auto seines Vaters zurück.

»Du willst es wirklich?« flüsterte Pavla ihrem auf dem Bett liegenden Mann zu.

»Ich bitte dich«, sagte er mit letzter Kraftanspannung.

Pavla hatte die Augen voller Tränen, und Michal mußte

allein mit dem langen Abschleppseil hantieren, behutsam umwickelte er damit seines Vaters Leib und fesselte ihn an alle vier Füße des Bettes. »Wenn du Hunger hast«, sagte er dann verlegen, »bring ich dir aus der Speisekammer ein bißchen ... Worauf hast du Appetit, Vati?«

»Ich will nichts. Nur schlafen, wenn das ginge.«

Pavla setzte sich aufs Bett und streichelte ihm mit den Fingerspitzen zart die feuchten Schläfen. »Morgen ist es gut«, flüsterte sie ihm zu wie einem kranken Kind. »Heuer ist ein schöner Winter, und wir werden Ski fahren, ja? In unser Waldhaus ... Dort liegt bestimmt schon viel Schnee. Gleich nach dem Frühstück schnallen wir uns die Brettl an ... Erinnerst du dich, wie du mir das Skifahren beigebracht hast? Ich bin dauernd hingefallen. Aber Michal hat es auf Anhieb gelernt. Wir werden den ganzen Tag draußen sein, in dem reinen weißen Märchen. Und abends zünden wir im Kamin ein Feuer an ...«

Der Körper des Gefesselten zuckte, sein Gesicht erblaßte. Seine Frau legte sich zu ihm und umschlang ihn, um ihn zu beruhigen, es war, als leide sie mit ihm. Die Krise brach nach Mitternacht aus und ließ Edas Körper in einem letzten Krampf erzittern, Pavla konnte es nicht mehr ertragen und flüsterte ihm zu: »Warte, ich binde dich los!«

Um mir Erleichterung zu verschaffen, würde sie sich wieder freiwillig diesem Tier ausliefern, das sie gestern nacht gequält hat ...

»Nein. Jetzt halte ich schon durch«, sagte ich und mobilisierte alle innere Kraft, um nicht mehr zu zittern, und so beruhigte sich auch Pavla.

Am Morgen erwachte ich frisch, leicht, sauber außen und innen, befreit und entfesselt – das Abschleppseil lag auf dem Parkett unterm Bett. Also hatte mich Pavla nachts doch losgebunden.

Sie schlief neben mir, immer noch im Kleid, so wie sie sich abends zu mir gelegt hatte, die Arme vertrauensvoll um meine

Taille, ihre schlanken, wehrlosen Arme stärker als das dicke Abschleppseil.

DIE HEIMPRODUKTION des sogenannten Braunfleischs und Schnellstaubs hat sich bereits in der gesamten Kulturwelt verbreitet, und das Reisebüro der unternehmungsfreudigen Firma Neckermann hat die erste »Weltspeisekarte nationaler Spezialitäten« herausgegeben, die jeder Teilnehmer ihrer Touristenreisen gratis erhält. Wir lesen hier von der Zubereitung des »Weinbraunfleischs« (Jugoslawien), des »Butterbraunfleischs« (Dänemark), des »Paprikabraunfleischs« (Ungarn), eines spanischen mit Oliven, eines griechischen mit Feigen, eines tschechischen mit Powidl, eines japanischen mit Krabben und sogar eines mit Schnecken, serviert in der Normandie in echten Schneckengehäusen, oder eines philippinischen, zubereitet mit Kokosmilch. Als schärfste Spezialität wird der »schwedische Schnellstaub« gepriesen, angesetzt in heißem achtzigprozentigem Aquavit. ● Während in der UdSSR und den anderen sozialistischen Staaten die industrielle Produktion von Massiterzeugnissen und jedwede Reklame dafür verboten sind, entstanden durch Kartellabkommen zwischen dem britisch-holländischen Konzern Unilever und dem amerikanischen General Foods bereits zwei multinationale Schwesternkonzerne, Massite Internationale und Massyntex, die 513 verschiedene Massitprodukte in Form von konservierten Pasteten, Marmeladen, Bonbons und gefüllten Schokoladen, gefrosteten Erzeugnissen, Kaugummis, Zahnpasten, Limonade, Cremes, Hautölen und Sprays in 86 Länder liefern.

V

Die Braunen werden mit jedem Tag frecher! Wütend, aber machtlos blickte Michal Rohan beim morgendlichen Weg zur Arbeit auf seine Haltestelle an den NBLB zurück, die ihm hinter den Scheiben des anfahrenden Autobusses aus den Augen entschwand. Zwei braune Halbwüchsige hatten mit ihren Leibern böswillig die Bustür blockiert, damit er nicht aussteigen konnte und bis zur nächsten Haltestelle mitfahren mußte, wo sie ihn dann mit Knien und Fäusten auf den Gehsteig hinausschubsten. Warum bloß, wo ich doch diese Kerle nie im Leben gesehen habe? Sie haben nur erkannt, daß ich ein »Weißling« bin, und das ist für sie ein ausreichender Grund für Brutalitäten.

Michal trabte den Kilometer zurück zum Haupteingang der NBLB, und auf der Treppe in den dritten Stock des Gebäudes nahm er dann immer zwei Stufen auf einmal, so daß er außer Atem, aber dennoch mit Verspätung zur Beratung in der Werbeabteilung eintraf.

»Der Transport funktioniert schon wieder, die landwirtschaftlichen Betriebe liefern, und Rohstoffe haben wir genug, was Veränderungen in der Produktion bedeutet und also auch in der Reklame für unsere Erzeugnisse«, referierte soeben der Leiter Berenda. »Wir stellen die Propagierung der Trockenmagermilch Purolakt ein.«

»Aber warum?« rief Michal, noch ehe er sich setzte. »Die Reklame ist doch gut gelungen.« Das ist diese Göttin im weißen griechischen Gewand, der ich den Kopf von Tina Trnková gemalt habe.

»Das behauptest du nur, weil du sie gemacht hast«, sagte Berenda lachend.

»Unkritische narzißtische Bewunderung für seine schülerhafte Zeichnung«, meinte Arsen Králík (der immer dämlich quatscht), und Frau Marta reichte mir Tee nach Wunsch, also ohne Zucker.

»Nein. Das sage ich deshalb, weil Purolakt eine richtige Sache ist und gegen die braune Krankheit wirkt!« erklärte ich ihnen, und das ist wahr, aber darauf legt keiner mehr Wert – Berenda ist ein Braunweißer, etwa fifty-fifty, genauso wie Frau Marta, Arsen Králík dagegen ist braun wie ein Taucher, der soeben aus dem braunen Sargasso-Meer aufgetaucht ist, und am Hals sitzt ihm ein ekelhafter kaffeebrauner MT-Polyp.

»Wärst du pünktlich gekommen«, stichelte mein Chefchen Berenda, »dann hättest du gehört, daß wir an Zucker, Milch, Butter und Eiern jetzt wieder so viel zur Verfügung haben wie vor dem Krieg mit dem Massit. So daß wir nicht immer nur weiter die Trockenmilch Purolakt herstellen müssen, sondern die Fleischproduktion wieder anlaufen lassen und auch die Propagierung von Sahnegefrorenem ›Süßeis‹, der süßen Buttercreme ›Dulcinea‹ und des Eierkognaks ›Ovalon‹ wieder aufnehmen.«

»Der fette Milchstrom hat die Schollen des Kriegshungers aufgebrochen und brandet, von Kristallzucker gekrönt, vorwärts, um die entkräfteten Städte zu stärken«, deklamierte begeistert Arsen Králík, der sich für einen gewaltigen Dichter hält.

»Noch vor einem Monat haben wir hier gehört, daß die NBLB eine Großoffensive gegen die braune Krankheit eröffnen«, begann ich, nun schon wütend, doch Arsen fiel mir ins Wort: »Noch vor einem Monat gab's halt weniger Zucker und Butter!«

»Aber dieser fette Milchstrom, das sind Milliarden Kalorien, also ganze Tonnen neues Multitier an den Menschen!«

»Wenn's nach dir ginge, dürften die Leute bloß trockenes Brot essen und mit einem Schuß Wasser nachspülen, was!«

»Wenigstens wären sie wieder gesund.«

»Bei Wasser und Brot – wie im Knast.«

»Lieber gesund bei Wasser und Brot als wandelnde Haufen braunen Unrats!« schleuderte ich ihnen voll ins Gesicht. »Als wir gegen das Massit kämpften und dann die Stadt säuberten, haben wir alle noch wie Menschen ausgesehen. Aber schaut euch jetzt an, wie ihr ausseht!«

»Na, das ist vielleicht die Höhe!« regte sich nun auch die nette Frau Marta auf (sie schämt sich für ihr MT, und damit man es nicht sieht, schmiert sie sich Arme, Hals und Beine mit Formalincreme ein – doch das MT bricht dann woanders aus, und das ist noch peinlicher, wie vergangene Woche, da sie mit drei Brüsten zur Arbeit kam).

»Chef, der Michal soll sich entschuldigen!« schrie Arsen, daß der Polyp an seinem Hals wie wild hin und her schwabbelte. »Er soll sich auf der Stelle bei uns allen entschuldigen!«

»Also Schluß jetzt«, sagte Berenda, der Arsen nicht mag (diesen Kerl kann niemand mögen), aber sich vor seiner Spitzelei fürchtet. »Der Krieg mit dem Massit ist längst beendet, und wir haben ihn nicht gewonnen, um aus der Not der Frontbelagerung in die Not eines Gefängnisses bei Wasser und Brot überzuwechseln. Wir haben gesiegt, und jetzt lassen wir's uns gut gehen – das ist doch normal. Und die NBLB werden Süßeis, Dulcinea und Ovalon herstellen – was sich übrigens alles dein Vater ausgedacht hat, Michal –, und wir vier werden es nach Kräften propagieren.«

»Aber warum nicht auch das Purolakt?« fragte ich ihn.

»Purolakt wird ebenfalls hergestellt, allerdings ohne Reklame, die es ja gar nicht braucht – so wie Quark zum Beispiel keine braucht.«

»Die fetten Sahnecremes sind eben doch besser als Magerquark«, gab Frau Marta zu bedenken. »Wer wird denn jetzt noch Wert auf das säuerliche Purolakt legen, wenn die Läden voll sind mit Süßeis, Ovalon und Dulcinea?«

»Na eben!« sagte ich, »das ist ja das Schreckliche.«

»Ich beende die Beratung«, unterbrach uns Berenda. »Bis morgen erwarte ich eure Vorschläge für die Propagierung dieser drei neuen Produkte der NBLB. Also wenn niemand mehr was hat – was willst du schon wieder, Michal?«

»In vielen Werkstätten, Labors und Büros hat man bereits die freiwillige Gymnastik gegen das MT eingeführt«, wiederholte ich, was Vater mir gesagt hatte. »Man nennt das Physminuten, eine halbe Stunde strammer Übungen täglich genügt . . .«

»Aber ich habe keine Minute übrig, geschweige denn eine halbe Stunde, um hier wie ein Hampelmann zwischen den Tischen rumzuhüpfen«, sagte Berenda. »Ich habe so viel Arbeit, daß ich mir noch was nach Hause mitnehmen muß, Michal!«

»Hingegen hat unser junger Herr Michal Zeit in Hülle und Fülle, jeden Tag stellt er sich in unserem Büro mit offenem Hemd vor den Spiegel und fummelt schamlos am ganzen Körper herum – ein äußerst widerwärtiges Beispiel narzißtischer Onanie! Und ich muß ihm dabei neben meiner Arbeit zusehen!« klagte Arsen, und Berenda schloß sich ihm an und sagte todernst zu mir: »Du hast ungesund viel Zeit für dich, mein Junge.«

Herrschaften, ist es denn heute schon schamlos und ungesund, sauber zu sein?!

Als wir das Arbeitszimmer verließen, bemühte sich Frau Marta, als letzte zu gehen, aber dennoch gelang es ihr nicht, das MT vor mir zu verbergen – diesmal war es ihr hinten als dritte Gesäßbacke ausgebrochen.

»Würde mir diese halbe Stunde täglich wirklich genügen?« fragte sie mich, ganz rot im Gesicht.

»Bestimmt!« sagte ich und empfahl ihr, sich in der VERS-Betriebszentrale beraten zu lassen.

Unsere Frau Marta ist ein gutmütiges Geschöpf, wenn sie sich für ihr MT noch schämt und es loswerden möchte, aber solche Menschen werden immer weniger. Die Braunen heben die Köpfe, überall ist es voll von ihnen, in den Arbeitspausen treffen sie sich in den Toiletten, in den Garagen, doch auch schon in einigen Büros, essen Braunfleisch und schnupfen Schnellstaub, rufen einander fröhlich auf den Fluren was zu, stellen im Betriebsspeisesaal die Tische zusammen und scharen sich auf dem Hof, selbstbewußt, laut und immer dreister, abends füllen sie die Straßen und ziehen mit Hallo in ganzen Banden durch die Stadt, niemand traut sich mehr an sie ran, die anständigen Leute gehen ihnen lieber aus dem Wege. Aber was wird, wenn das immer so weitergeht?

Als ich dann nachmittags aus der Arbeit kam, durchsuchte und begrapschte mich der Wachmann Polda Štrunc (braun wie Schlachtefestsuppe) im Pförtnerhaus »stichprobenhalber« – seine Braunen durchsucht er nie, obwohl man an ihren Buckeln unter dem Mantel nicht erkennen kann, ob das ein MT-Buckel ist oder ein Laib gestohlener Emmentaler. Die Braunen halten zusammen, und gerade darin liegt die Gefahr für die Menschheit.

Nur gut, daß wir wenigstens zu Hause jetzt eine saubere Familie sind. Vater hält sich großartig – er ist wirklich phantastisch –, und Mutti raucht häufig, statt Abendbrot zu essen, nur eine Zigarette, so daß sie davon schon zu hüsteln anfängt. Mir wär's lieber, sie würde statt der Zigaretten ordentlich futtern, denn meine Mutti kann doch niemals braun sein.

Aber mit Tina steht es schlimm, Tina ist braun geworden. In den Klubraum der Gemeinwohnung kommt sie jetzt bloß, um sich aufzuwärmen, sie sitzt auf dem Fußboden, preßt sich mit dem ganzen Leib an den Heizkörper und wartet nur, daß Tibor oder Rita sie abends holen. Einmal hab ich ihre Bande von Braunen in unserem Hause gesehen. Es waren sechs, unter ihnen auch Arsen Králík, sie schlichen im Dunkeln leise in das leere Stockwerk der VERS-Wohnungen.

Tina sitzt auf dem Teppich, preßt sich an die Zentralheizung, immer wieder leckt sie ihren Schnellstaub, und ihre Augen glänzen, doch in diesen Augen ist nichts mehr für mich.

»Du bist ein dummes weißes Huhn«, sagt sie zu mir. »Ein kleiner weißer Scheißer.«

»Und deine Braunen sind selbstverständlich großartig und genial, ja?«

»Das sind Kerle.«

»Zum Beispiel der Arsen Králík?«

»Kerle sind das, die sich nicht fürchten zu leben. Du fürchtest dich, auch nur ordentlich Wasser zu trinken. Du bist für mich überhaupt kein Mann, du armer Schlucker.«

In der Tür des Klubraums tauchte Tibor auf, aber er kam nicht herein, stieß nur einen Pfiff aus, und Tina sprang auf und lief ihm nach wie ein braves Hündchen.

MT-PRIVATKLUBS schießen aus dem Boden wie Pilze nach dem Regen; die tschechische Wochenzeitung »Junge Welt« bringt darüber eine Weltreportage, die vier Tage später die Zeitschrift »National Geographics« nachdruckt.

»Ich hatte Gelegenheit, Versammlungen von MT-Befallenen an den verschiedensten Orten zu beobachten«, schreibt der tschechische Reporter, »von einer lauten Konditorei an einer Stockholmer Hauptstraße und einer versteckten Weinstube in einer Lissabonner Vorstadt bis zu exklusiven Nachtklubs im Londoner Viertel Chelsea und einer Braunen Bar in New York.

›Kommt es Ihnen moralisch vor, mit der braunen Krankheit Geschäfte zu machen?‹ fragte ich Mr. Edward Donalds in seinem Lokal Eddie's Multibest Bar in der 42. Straße in Manhattan.

›Was wollen Sie?‹ sagte mir der Besitzer Eddie in einem braunen Nicki mit einem aufgedruckten Tigerkopf auf der Brust. ›Sollen sie doch lieber hier bei mir in Ruhe die braune Ware genießen, als daß sie sich zu Hause Heroin spritzen und anschließend auf den Straßen herumballern, nicht?‹

›Aber wenn dann Ihre couragierten Gäste aus Ihrer Bar nachts auf die Straße gehen?‹

›Das ist schon Sorge der Polizei‹, erklärte mir Eddie Donalds. ›Und wissen Sie, was mich das Lokal allein an Steuern kostet?!‹

Die Küstenzentren Jugoslawiens durchleben jetzt im Winter eine tote Saison, doch in einigen, zumeist leeren, Ausländerhotels kann man einen Braunen Salon finden.

›Das ist eigentlich mehr ein Spaß‹, sagte mir die sympathische Draga Masločová, Sekretärin des hiesigen Reisebüros Kvarner, die jetzt freilich wenig zu tun hat. ›Aber wissen Sie, daß das manchmal auch hilft? Jeden Sommer haben wir eine Menge so schüchterner Gäste, daß sie die ganzen vierzehn Tage auf einem kleinen Stück Strand liegen und überhaupt nicht miteinander sprechen. Auch unsere Kontaktabende schaffen da keine wesentliche Abhilfe. In unserem Braunen Salon dagegen findet jeder rasch einen Partner. Gestern haben sich dort sogar zwei Gäste aus Ihrem Prag verlobt, die sich erst hier zum erstenmal gesehen haben. Sie ist achtundzwanzig und er dreiundfünfzig. Dabei servieren wir bei uns nur die leichtesten Sorten von Braunfleisch mit reichlicher Gemüsebeilage.‹

Als die reizende Draga meinen Blick auf das braune MT-Zünglein an ihrem Handgelenk bemerkte, verdeckte sie es mit dem Ärmel ihres enganliegenden schwarzen Pullis und fügte mit lieblichem Erröten hinzu: ›Übrigens nutzt das auch dem Fremdenverkehr.‹

Das berühmte Münchner Lokal Zum goldenen Salamander, in dem die Gäste ihre geladenen Partnerinnen so lange mit auserlesenen Massitdelikatessen füttern, bis sie ganz willig sind, und sie dann mit einem der vor dem Lokal in langer Reihe wartenden Taxis nach Hause fahren, erlaubte mir mein Taschengeld nicht zu besuchen. Dafür beobachtete ich im Budapester Café Astoria bei einer Tasse hervorragenden Kaffees und einem Glas Mineralwasser stundenlang ungestört die ausgelassenen Gruppen an den Nachbartischen, die sich damit vergnügten, einander ein schwarzbraunes Pulver (offenbar Schnellstaub) in die Weingläser zu schütten. Nach der Konsumtion einiger Portionen dieses Pulvers gingen die Tischgesellschaften auseinander, zumeist paarweise.

Auf der Rückreise machte ich noch per Anhalter einen Abstecher nach

Kitzbühel, bei uns bekannt von den Fernsehübertragungen der Olympischen Winterspiele. Das ist ein reizendes Gebirgsstädtchen unterhalb von bewaldeten Hängen mit glänzenden Skipisten, und auf dem alten Marktplatz fand ich das hiesige Zentrum des Braunen Schokoladenklubs, direkt neben dem Renaissancepfarrhaus.

›Das ist eine unchristliche Scheußlichkeit‹, sagte mir der Pfarrer P. Sebastian Mayr, ›die die fremden Touristen eingeschleppt haben, hauptsächlich solche, die statt des gesunden Skisports, der Leib und Seele stärkt, in Weinstuben und Bars rumhocken. Aber leider auch die Evakuierten, die aus ganz Europa vor der braunen Sintflut zu uns in die Berge geflüchtet sind und sich jetzt langweilen. In der Kirche seh ich sie nicht, aber hier nebenan.‹ P. Sebastian schlug ein Kreuz. ›Da gehn selbst alte Damen hin, die wirklich nur ans Beten denken solltn. Doch unsere Jugend ist zumeist gesund und nimmt das bloß als vergnüglichen Spaß. Da ham's mit dem abscheulichen Zeug den jungen Lukashansl gefüttert, bis er wie ein Vieh war, und dann sind's auf ihm über den Marktplatz gerittn – was der Lukashansl übrigens verdient hat, weil er nicht mal christlich grüßen kann. Kurzum, unsere Burschen und Mädel tobn sich dort aus, aber am Sonntag komm's dann doch mit ihren Eltern zu mir in die Frühmesse. Vergessen's nicht, daß in unserem Städtl der Toni Sailer geborn ist, und wir alle hier sind stolz auf ihn.‹

Man muß allerdings hinzufügen, daß wir bislang nur von Ansammlungen Brauner an öffentlich zugänglichen Orten gesprochen haben. Was jedoch geschieht, wenn sich eine braune Bande irgendwo privat trifft, darüber schweigt des Sängers Höflichkeit.«

VI

Der Pförtner Polda Štrunc (54) erwachte frühzeitig in seiner eiskalten Dachkammer und wartete im Dunkel auf das Klingeln des Weckers. Mein ganzes Leben lang bin ich an Ordnung gewöhnt. Nur nützt mir das jetzt einen alten Quark.

Beim Rasseln des Weckers stand er rasch auf, schnallte sich die mit Kunstleder bezogene Plasteprothese an den linken Oberarm, zog die dunkelblaue Uniform der NBLB an und stieg in die blankpolierten schwarzen Schnürschuhe. Hier müßte man ein bißchen aufräumen. Der kräftige Mann ließ den Blick durch sein Zimmer mit dem Eisenbett auf dem nackten Dielenfußboden, der alten Küchenkredenz mit den wenigen Blechtassen und über das gardinenlose Fenster schweifen. Eine Frau müßte her. Aber welche nimmt sich einen Mann mit einer Hand, der es gerade bis zum Pförtner gebracht hat und in ein paar Jahren in Rente geht?

Polda Štrunc trat an den Tisch, wo er sich schon am Abend vorher zwei Thermosflaschen zu je einem Liter und einen viertel Brotlaib bereitgestellt hatte. Gierig aß er das Brot und trank die zwei Liter mit Sirup gesüßten Tee. So, gleich geht's mir besser ... Mit geschlossenen Augen genoß er die beruhigende Wärme, die sich vom Magen nach und nach in den ganzen Körper ergoß, und betastete mit der gesunden Hand die mächtigen MT-Stränge um die Taille und auf beiden Armen. Wenn ich das Vieh ordentlich füttere, wächst mir vielleicht eine neue Pratze, nicht?

Dann streifte er die Wollhandschuhe über (an vier Fingern schon löchrig), trat in den Morgenfrost hinaus und schritt um 5.59 Uhr, genau eine Minute vor Beginn der Frühschicht, durchs Haupttor der NBLB.

»Hast wieder auf mich geschissen, was?« brummelte der alte Pförtner Bulina.

Früher bin ich immer schon um halb sechs erschienen, damit der alte Bulina nach der Nachtschicht früher heimkam, die Nachtschicht verrinnt langsam, und ich hab sowieso zu Hause nichts zu tun. Aber jetzt will ich nicht mehr.

»Seitdem du ein Brauner bist, zieht's dich nicht ausm Bett, was?« knurrte Bulina.

»Halt 's Maul, oder ich puste dich weg wie Scheißpapier!« Früher war mir Bulina ein guter Kumpel, aber jetzt pfeif ich auf ihn. Was soll's.

Beim Hupen der Sirene um 6.00 Uhr streifte sich Polda Štrunc die rote Binde auf den Ärmel und nahm sich seiner Funktion an. Schon dreißig Jahre gucke ich hier durchs Fenster auf die Leute, und nur selten guckt einer auf mich. Was bin ich für sie – ein Krüppel in der Pförtnerbude. Aber jetzt pfeif ich auf alle.

Eingang und Ausgang kontrollieren, das Telefon bedienen und alle Augenblicke hinauslaufen, um die Schranke zu heben, das strengt ganz schön an, um halb zehn hab ich Anspruch auf ein Frühstück. Aber die Kronen spar ich mir auf für das Bier in der Kneipe. Um zehn bringen mir meine neuen Kumpel, die aus der Garage, Braunfleisch. Und heute vielleicht auch Schnellstaub.

Tina Trnková schmiegte sich an den heißen Leib ihres Mannes, der sie wieder liebte, und sie seufzte im Ausklingen der Wonne. Er hat mich am Abend genommen, in der Nacht und jetzt am Morgen wieder ... Er will mich fortwährend. Und ich ihn auch.

Widerwillig stand sie dann auf, begann sich anzuziehen und das Frühstück zu bereiten.

»Komm noch mal her«, rief ihr Tibor lachend aus dem Bett zu. »Komm noch mal.«

»Ich würde gern, klar, aber wir müssen jetzt wirklich zur Arbeit. Wenn's bloß schon Abend wäre.«

Tibor stand erst in letzter Minute auf, und rasch verspeisten wir alles, was wir im Hause hatten. Vorm Gehen guckten wir noch mal ins Wohnzimmer, wo Rita unter ihrem Pelz mit einem Kerl schlief, Tibor schlich hin und stibitzte ihr aus der Handtasche ein volles Röhrchen Schnellstaub, den er gerecht mit mir teilte. Als wir dann in der Küche direkt aus dem Wasserhahn nachgespült hatten, begann Tibor mich schon wieder mit nassem Mund abzupusseln.

Ich liebe ihn so, wenn er mich über die Straße führt und ich seine Kraft spüre ... An der Haltestelle harkte er die Wartenden beiseite wie Heu, hob mich hoch, trug mich in den Autobus, und während der ganzen Fahrt hielt er mich um die Taille gefaßt. Ich schmiege mich an ihn, spüre seinen warmen Geruch und möchte, daß die Fahrt nie endet.

Die Abteilung des Konzernhauptspezialisten der NBLB hatte sich schon daran gewöhnt, daß die bislang immer so gewissenhafte Chefsekretärin Tina Trnková nur noch das machte, was sie mußte, unwillig und so spät wie möglich (womit sie endlich den Sekretärinnen der meisten anderen Abteilungen glich).

»Du solltest was unternehmen, Tina«, redete ihr der Ingenieur Bimoň ins Gewissen.

»Hab ich schon.«

»Hast du vielleicht irgendwelche Frauenprobleme?« fragte sie ihr Chef Dr. Rohan.

»Probleme – nein.«

Die meiste Zeit schaut Tina zum Fenster hinaus auf den Hof, wo an den Garagen hin und wieder ihr Tibor auftaucht. Wenn ich bloß schon zu ihm könnte ...

Sobald die Arbeit endet, eile ich zum Pförtnerhaus und warte, bis er kommt. Ich bin ganz von ihm erfüllt, habe nichts anderes im Kopf, keine Pflichten, keine Sorgen, auch keinen Gedanken mehr an unseren Tomášek in den Bergen, wo er jetzt sowieso nicht zu uns herunter kann. Ich warte auf meinen Mann, ich bin seine Frau – mehr weiß ich nicht und will ich auch nicht wissen.

Kurz nach neun Uhr morgens fuhr durchs Tor der NBLB ein mit einer Plane abgedeckter LKW und hielt vor der Rampe des Lagerraums.

»Bogan ist schon da«, sagte Tibor Trnka, der hinterm Garagentor Ausschau gehalten hatte, trat rasch die Zigarette aus und eilte mit zwei weiteren zur Geheimclique gehörenden Chauffeuren zu dem Lastauto.

»Liegt ganz hinten«, sagte der Chauffeur Bogan. »Die drei Fässer.«

Wir mußten zuerst achtzig Kannen Honig abladen, und zwar so schnell wie möglich, bevor jemand kam, das war eine Schinderei, die aber die Mühe lohnte, Bogan war auf der Rückfahrt von den Imkern von der Strecke abgebogen und hatte aus den Schächten vor der Stadt drei Fässer Massitstaub mitgebracht.

Wir rollten sie in die Aufbereitung, wo der erstarrte Honig in heißem Wasser verflüssigt wird, und die Jungs aus dem Lager nahmen sie gleich in die Mache. Sie haben hier Fünfziglitertkessel zum Kochen von Braunfleisch und große Zinkbleche zum Trocknen von Schnellstaub. Wir sind schon bestens eingespielt, und mit von der Partie sind auch der Garagenmeister und der Lagerverwalter. Für ein Kilo Schnellstaub gibt heute jeder gern ein Pfund, und die drei Fässer enthalten eine halbe Tonne. Und wenn wir sie raus in die Stadt fahren, hebt unser Kumpel Polda Štrunc am Tor bereitwillig die Schranke.

Nach Beendigung der Aktion kehrte Tibor in die Garage zurück und erfuhr dort, daß der Generaldirektor heute nicht mehr wegfahren werde. Auch gut, ich werde mich schon irgendwie vergnügen! Tibor schüttete sich von seinem Anteil eine Fingerspitze Schnellstaub auf den Handrücken, leckte ihn mit Genuß auf und spülte ausgiebig mit warmem Wasser nach. Ich werde toll in Form sein, wenn heute meine Schicht endet. Am Tor schnapp ich mir meine Tina, und wir machen uns einen wunderschönen Tag. Und in der Nacht gibt's wieder Feuerwerk!

Über den angefangenen Bogen seines Arbeitsauftrags (Eierkognak »Ovalon«) gebeugt, las der Mitarbeiter der Werbeabteilung der NBLB Arsen Králík (46) selbstquälerisch immer wieder den in der Armbeuge versteckten kurzen Brief, mit dem ihm die Redaktion der Bezirkszeitung sein letztes Gedicht, »Durch den Schacht meines Körpers«, an dem er acht Tage angestrengt gearbeitet hatte, zurückschickte.

»Ihr Beitrag (Durch den Schacht meines Körpers) ist zur Veröffentlichung ungeeignet, wir senden ihn beiliegend zurück.« Stempel verwischt, Unterschrift unleserlich.

Acht Tage habe ich gebrannt und in Flammen gestanden – und jetzt ein einziger roher Satz. Verdammte Scheißkerle die! Mit verzehrender Wut blätterte Arsen hastig die Seiten der Bezirkstageszeitung bis zur Kulturrubrik um, auf der täglich ein Gedicht abgedruckt wird, das heutige heißt »In den Bergen«. Statt meiner suggestiv eindringlichen Rhythmen haben sie eine blöde Reimerei abgedruckt, wie »Auf den Bergen weißer Schnee fällt und sich den Kinderlein die Wangen röten und ihre Äuglein blitzen.« Wer hat diesen Scheiß geschrieben? Eine gewisse Světlana Juříčková, pah! Und gleich darunter eine Theaterrezension von Pavla Rohanová, die uns mitteilt, daß angeblich »diese hinreißend in sich geschlossene Inszenierung einen weiteren markanten Erfolg der Regisseurin Nina Ptáčková darstellt« – eine Kulturzicke macht für die andere Reklame. Ich hab ein Jahr lang mit Herzblut ein Theaterstück geschrieben, das man mir an den Kopf geschmissen hat, genauso wie die zwölf kurzen Verse heute – dieses pseudointellektuelle Dämchen geht ins Theater, selbstverständlich umsonst, und gleich am Morgen danach drucken sie ihr drei Spalten ab, sie kriegt volle hundertacht Zeilen, eine große Schlagzeile und ihren Namen fettgedruckt drunter!

»Ich geh ein Weilchen an die Luft«, sagte Michal Rohan, der am Nebentisch über seiner Aufgabe brütete, der Propagierung der süßen Buttercreme »Dulcinea«. »Wenn mich jemand sucht, bin ich einfach weg.«

Arsen sah dem Davongehenden haßerfüllt nach. Dieser blöde Fratz traut sich was, weil sein Vater das Protektionskind des Generaldirektors ist und seine Mama der Liebling des Chefredakteurs dieser belemmerten Zeitung. Aber wer hat mich jemals gern gehabt?!

Arsen Králík leckte gierig den Schnellstaub, als wäre das eine frische Wunde und zugleich Heroin, und trank warmes Wasser aus der Zweiliterthermoskanne, bis er endlich wärmende Erleichterung spürte, die aus den unteren Leibespartien hochstieg und den Bauch direkt mit dem Gehirn verband. Jetzt sollte ich ein Gedicht schreiben ... Ich jage die weiße Frau Pavla in eine niedrige Höhle ... Unter der schwarzverrußten Decke glimmt schon das Feuer ... Ich binde sie rücklings an die Wand und weide mich an ihrer Angst ... Meine starken braunen Hände auf ihrem zitternden weißen Fleisch und meine alles durchdringende Kraft ...

Aus der Arbeit direkt in die Kneipe, die »Spinne« ist das richtige Lokal, wir treffen uns hier, eine ganze Clique, Tibor mit Tina und Rita, Arsen Králík und Polda Štrunc. Alle Tische voll besetzt, das Bier fließt in Strömen, und jeden Tag gibt's hier mächtigen Spaß.

Heute waren es zwei Gymnasiastinnen, die sich an unseren Tisch setzten, eine lustige Dicke mit Brille, die andere schwarzhaarig, sie tat furchtbar streng. Die Mädels fühlten sich nicht sehr wohl in dem rammelvollen Ausschank, und als sie mal aufs WC verschwanden, schüttete Tibor ihnen zwei ordentliche Portionen Schnellstaub in die Limonade.

Nach einer halben Stunde glänzten ihre Augen. Arsen ging mächtig an sie ran, und die Mädelchen begannen sich ihm anzuvertrauen. Die lustige Dicke mit Brille heißt Zdenka, die strenge Schwarze Danuše, und beide machen in diesem Jahr Abitur, Zdenka hat heute ein Rendezvous mit einem »Herrn Ingenieur«, seine Frau ist zur Kur gefahren, und Zdenka ist nur gekommen, um sich ein bißchen Schnellstaub zu besorgen, damit sie abends schön fit ist. Danuše ist kategorisch dagegen, sie ist nur mitgekommen, damit Zdenka sich allein nicht fürchtet.

Arsen ging ran wie Bolle, schob seinen Stuhl zwischen sie und tuschelte den beiden was ins Ohr, daß sie nicht mehr zu kichern aufhörten. Wir fünf legten für eine Lage Bier zusammen, und Rita rückte mit dem Schnellstaub raus.

»Geben Sie mir recht viel davon«, bat die lustige Zdenka und hielt ihr Halbliterglas hin (an Limonade kein Interesse mehr).

»Ich würde das nie in den Mund nehmen«, sagte die strenge Danuše. »Aber der Mensch sollte eigentlich alles kennenlernen, nicht?«

Wir sagten – ja, da habe sie recht, der Schnellstaub schäumte im Bier, alle sprachen wir dem Gerstensaft tüchtig zu, und dann brachen wir auf, in die Stadt.

In dem kleinen exklusiven Lederwarengeschäft in der Rittergasse begannen die beiden Verkäuferinnen kurz vor sechs den Laden aufzuräumen, als wieder Mijas Kunde auftauchte und verlegen vor dem leeren Pult stehenblieb.

Die hochgewachsene, schlanke Mija (27) grinste ihrer Kollegin zu. Der trübsinnige Vierziger mit Goldrandbrille ist schon zum viertenmal da, immer zur gleichen Zeit, kurz vor Ladenschluß, und wartet geduldig, bis ich mich seiner annehme. Er ist verrückt nach mir, traut es sich jedoch nicht zu sagen, und gekostet hat es ihn bereits drei Hunderter, sein Geld kommt in die Ladenkasse, aber ich will etwas für mich.

»Was soll's heute sein?« fragte Mija mit süßer Stimme ihren Kunden, der hier in den letzten Tagen ein Portemonnaie, eine Brieftasche und einen Gürtel gekauft hatte.

»Wenn Sie für mich etwas Hübsches hätten«, sagte er verlegen.

»Aber natürlich. Versuchen Sie das da.«

»Was ist das bitte?«

»Eine Hundeleine. Eventuell auch eine Hundepeitsche. Oder ein Halsband. Strecken Sie die Hände aus, ich zeig's Ihnen ...«

Als er ihr die Hände hinhielt, schlang ihm Mija um beide Handgelenke die elastische Leine aus geflochtenem Leder, führte den verstärkten Haltegriff durch den Metallring am anderen Ende und zog die Schlinge fest an. Wie ich diese Leute hasse, die ich hier von früh bis abends bedienen muß, alle diese Dämchen, die sich selbst zwischen zwölf Handtaschen nicht entscheiden können und mich ins Magazin jagen, damit ich weitere auspacke, und dieses Männerpack, das nur herkommt, um mich frech anzuglotzen, dabei zerknüllen sie zehn Paar Handschuhe, und am Ende kaufen sie nichts. Aber jetzt werde ich mal glotzen ...

Mija Robová zog grausam die Lederschlinge weiter zu, bis sie tief ins Handgelenk des Mannes schnitt. Amüsiert bemerkte Mija den hellen Streifen an seinem Ringfinger. Der ist vom Ehering, den dieser Knülch vor mir versteckt, um mich zu täuschen und seine Frau zu betrügen.

»Mija, ich geh schon!« rief die andere Verkäuferin.

»Mach's gut. Ich sperr dann hier zu.«

Im Laden wurde es still, man hörte nur den abgerissenen

Atem des gefolterten, jetzt bereits puterroten, schweißbedeckten Kunden, als in der Tür Tibor Trnka erschien und hinter ihm die ganze Bande.

»Ich komme!« rief Mija ihnen zu, löste dem Kunden die Fessel und lächelte ihn liebenswürdig an. »Es gefällt mir, daß Sie ein richtiger Mann sind. Gehen Sie mit?«

Mija schloß den Laden ab und kam mit uns, so daß unsere Clique komplett war, und mit uns zogen auch die beiden Gymnasiastinnen aus der »Spinne«, die lustige Zdenka und die strenge Danuše, beide mit Schnellstaub geladen, jetzt schon beide lustig, und mit Mija zusammen gesellte sich uns noch ein fremder Herr hinzu, er trug eine Goldrandbrille und hatte was mit den Händen, er rieb sich dauernd die Handgelenke.

Es war bereits Abend und dunkel, da ja jetzt nur die Fenster der oberen Stockwerke erleuchtet sind, aber gerade so gefällt uns unsere Stadt, hübsch auf dem Haufen schlenderten wir über die ganze Breite des Gehsteigs, und die Weißlinge mußten vor uns auf die Fahrbahn ausweichen. Das war richtig von ihnen, denn wem gehört jetzt die Straße? Uns! Und so fingen wir an zu singen. Die Polizisten und die VERS-Inspektoren mit den weißen Armbinden schauten uns nach, sagten aber nichts. Was hätten sie uns auch sagen können? Wir sind doch keine Verbrecher, sondern einfache Menschen, die sich nach getaner Arbeit ein bißchen zerstreuen wollen, oder?!

So gelangten wir bis ans Elbufer, in dem schwarzen Fluß schwammen weiße Eisbrocken, daß uns ganz kalt wurde, und wir überlegten, ob wir in eine weitere Kneipe gehen oder uns was Ergiebigeres gönnen sollten.

»Komm mit mir ins braune Heim«, trällerte Mija den bekannten Schlager, »komm, wir wolln dort glücklich sein!«

»Ich bin dafür«, sagte Tibor sachlich. »Aber wohin?«

»Ich kenne hier in der Nähe eine schicke VERS-Wohnung«, sagte Rita und führte uns in ein altes Haus hinter der Kirche, wo sie im zweiten Stock fünfmal klingelte. Ein bärtiger langer Kerl, nur im Bademantel, öffnete, Rita sagte etwas zu ihm, und Tibor gab ihm eine volle Flasche Schnellstaub für die männlichen Mitglieder unserer Clique. Die Frauen können zu diesen Partys umsonst.

Wer in dieser Wohnung vor der Evakuierung gewohnt hat, muß wunderbar in den drei riesigen Zimmern gelebt haben, aber wenn er jetzt aus den Bergen auf einen Sprung hier hereinschaute, würde er vor Schreck umfallen – alle Möbelstücke auf den Korridor geschoben und die Fußböden mit einer dikken Schicht Matratzen, Decken und Federbetten gepolstert (wollen wir also hoffen, daß der Wohnungsinhaber in weit entfernten Bergen weilt oder zumindest heute nacht nicht kommt), statt der erloschenen Lüster brannten (und qualmten und stanken) überall Petroleumlampen, und in diesem wilden Dämmer sielten sich in den weichen Haufen von Bettzeug direkt auf der Erde an die fünf Menschen herum.

Ein gewaltiger Kachelofen verströmte Hitze, aus drei Tonbandgeräten dröhnte lautstark schärfste Rockmusik, und Schnellstaub wirkt rasch ... In einer Stunde lagen wir schon alle auf einem Haufen neben- und übereinander, Tibor schmuste mit Tina und noch einer, Rita mit Polda, Arsen beschäftigte sich mit den zwei Gymnasiastinnen – die strenge Danuše war kein bißchen streng mehr, und die pummlige Zdenka hatte ihr Rendezvous mit dem »Herrn Ingenieur« längst vergessen –, und der bebrillte Schnösel aus Mijas Laden kroch auf allen vieren, Mija saß auf seinem Rücken, trieb ihn mit der Peitsche an und ritt auf ihm wie auf einem Pferd.

Die Party nahm eine jähe Wende, als aus dem Korridor plötzlich Lärm erschallte und eine weitere Clique eindrang, aber die gefielen uns nicht – lauter Männer, sie stanken nach Rum, hatten keine Weiber mit, so fingen sie an, nach unseren zu grapschen, und eine Schlägerei brach aus. Tibor verteidigte mit Fäusten seine Tina, Polda haute mit seiner Prothese um sich, die Gymnasiastinnen kreischten vor Angst und Arsen mit ihnen – er hatte sich hinterm Ofen verstecken wollen und sich dabei den Bauch verbrannt –, Rita schlug sich wie ein

Mann, und Mija spritzte brennendes Petroleum auf die Angreifer.

Als wir dann schließlich mächtig mitgenommen ins Freie gelangten, beschlossen wir, uns das nächtliche Nest in unserem Haus in der Siedlung zu bereiten, und nur noch für unsere Clique.

DIE NÄCHTLICHE HÖHLE von Tibors brauner Bande (die evakuierte verseuchte Wohnung Nr. 12 im zweiten Stock des Hauses Nr. 2002) wird durch die vollaufgedrehte Zentralheizung erwärmt plus zusätzliche Heizquellen, elektrische Öfchen, Heizsonnen und Infrastrahler, die die Bandenmitglieder in beträchtlicher Menge aus anderen evakuierten Wohnungen zusammengeschleppt haben, genauso wie sonstige Gegenstände, die ihr Gefallen fanden.

Es handelt sich vor allem um Lebensmittel, die von den Evakuierten zurückgelassen wurden, also Konserven, eingewecktes Obst, Flaschenwein, Äpfel, Kartoffeln, und dann noch vorrangig um Bettzeug, Matratzen, Federbetten, Decken und Kissen, die die Bandenmitglieder statt Sitzmöbeln und Betten benutzen (mit Ausnahme eines kostbaren antiken Sessels, der aus der Wohnung des evakuierten Prof. Dittrich stammt und hier als Häuptlingssitz Verwendung findet). Von weiteren Gegenständen verdienen Jagdtrophäen aus der Sammlung des evakuierten Geologen Dr. Havelský Aufmerksamkeit, präparierte Schädel von Hirschen, Mufflons, eines Kongowasserbüffels, eines seltenen Steinbocks aus dem Tien-Schan-Gebirge und das Fell eines amerikanischen Bisons sowie wertvolle orientalische Säbel, Schwerter und Türkendolche mit gekrümmter Klinge aus der Sammlung des evakuierten Ing. Zahradka.

Tibors Bande war anfangs durch verschiedene evakuierte Wohnungen nomadisiert, aber nach Zusammenstößen mit anderen Banden hatte sie sich in die hiesige zurückgezogen, wo sie sich auf gewisse Art konstituiert hatte, indem sie Tibor Trnka als Anführer und Arsen Králík als dessen »Ratgeber« anerkannte, welch letzterer jedoch in dieser halbwilden Gemeinschaft weder allzu große Autorität noch Respekt genoß. Polda Štrunc stellt die gehorsame rohe Kraft dar, während Rita Nedomová als Marketenderin fungiert. Die Bande lebt po-

lygam, der Anführer Tibor polygyn zugleich mit Tina Trnková und Mija Robová, Rita Nedomová polyandrisch mit A. Králík und P. Štrunc, wobei freilich diese Bindungen weder verpflichtend noch ausschließlich sind.

Unsere VERS-Wohnung ist ein gemütliches Nest und so schön warm, daß wir hier ruhig auch ohne Kleider weilen können. Am wärmsten haben wir's im Bad, wenn Rita zusätzlich heiße Steine in die Wanne legt.

Die dußligen Weißlinge bibbern in ihren dunklen Quartieren vor Kälte auf knarrenden Stühlen, aber wir wärmen uns hier bequem auf Haufen von Matratzen, Federbetten, Decken und Kissen. Lediglich Tibor setzt sich manchmal in den Sessel. Tibor ist der Anführer unserer Clique, weil er schlau, hübsch und der stärkste von uns ist. Tibor sitzt im Sessel, und wir werfen die Sachen, die wir gerade aus leeren Wohnungen gebracht haben, vor ihm auf den Boden. Rita hat heute einen schönen roten Teppich abgestaubt, Tina einen Zwiebelzopf, Mija zwei Riemen und eine Reitpeitsche, Arsen wieder nichts, und Polda hat eine Roßhaarmatratze angeschleppt. Die beschissenen Weißlinge schinden sich ab, um sich Sachen kaufen zu können, bewachen sie und zittern um sie, reinigen, bürsten und reparieren sie.

Wir nehmen uns einfach, was uns gefällt, und wenn wir's satt haben, schmeißen wir's weg.

Tina kochte Braunfleisch, wir essen alle aus einer Kasserolle. Braunfleisch ist das Richtige. Dann machte Rita in einer Pfanne Steine heiß, die Tibor im Fluß gesammelt und mitgebracht hatte. Runde, glatte Kieselsteine, die beim Baden überhaupt nicht stören. Rita machte sie heiß, bis sie glühten, und schüttete sie in das heiße Wannenwasser, damit es noch heißer wurde und uns schön das ganze Badezimmer erwärmte. »Sssst« zischen die heißen Kiesel, wenn sie von Ritas Pfanne ins Wasser gleiten. Aus dem Bad quillt heißer Dampf, und wir alle freuen uns schon aufs Baden.

Die Weißlinge mit ihren leeren Birnen glotzen jetzt auf das

blöde Fernsehen, beugen sich über dämliche Kreuzworträtsel, ihr Strickzeug oder versponnene Bücher und verderben sich dabei die Augen. Wir haben es nicht nötig, uns die Zeit zu verkürzen. Wir leben sie einfach. Rekeln uns in weichen Haufen von Matratzen, Federbetten, Decken und Kissen, essen, trinken, lieben uns und schlafen, wann und wie es uns beliebt. Wir haben es hier prima und sehr schön, die Wände dekoriert mit Geweihen und Fellen als Gruß der wunderbar freien Tiere aus Urwald, Bergen und Prärie.

Tibor saß im Sessel, verspeiste eine frische Zwiebel und begann die Unterhaltung: »Werden wir immer in dieser VERS-Wohnung bleiben?«

»Hier ist es doch hübsch.«

»Aber im Haus ist nicht mehr viel zu essen übrig.«

»Reißen wir uns morgen nacht eine andere unter den Nagel?«

»Das ist schwer, weil jede Clique ihre Bude bewacht.«

»Aber wenn die VERS-Inspektoren hier reinschneien, müssen wir sowieso weg.«

»Vor denen ist nur die Gemeinwohnung sicher.«

»Wir brauchen eine Gemeinwohnung«, sagte Tibor.

»Doch in welchem Haus?«

»Selbstverständlich hier in unserem!«

»Aber die Weißlinge werden sich wehren.«

»Wir sind stärker«, schloß Tibor die Unterhaltung und stand aus dem Sessel auf. Tina und Mija sind gespannt, welche von ihnen Tibor heute ins Badezimmer mitnehmen wird.

DIE BRAUNE KRANKHEIT wird nicht nur durch körperliche Bewegung geheilt, sondern, wie neueste MT-Forschungen zeigen, auch durch Gedankenbewegung. Bildlich gesprochen ist es möglich, genauso wie den Körper des Betroffenen auch seinen Geist in Bewegung zu setzen, damit er sich über den von dem Multitier diktierten primitiven, animalischen Typ erhebt. Zur Bewegung des Geistes dient anfangs beispielsweise das Aufsagen von Lesebuchgedichten, des Ein-

maleins, arithmetischer oder geometrischer Reihen, der Abfolge böhmischer Herrscher, der Nebenflüsse von großen Strömen, der Hauptstädte verschiedener Länder u. ä. Die Gedankenaktivität kann man weiter durch kompliziertere Aufgaben steigern, wie z. B. das Lösen von Rätseln, Quizaufgaben und Rebussen, oder indem man den Betroffenen auffordert, mit eigenen Worten seinen Lebenslauf, die Geschichte des zwanzigsten Jahrhunderts oder den Inhalt eines Fernsehspiels zu erzählen. Eine gute Hilfe gewährt auch das aktive Anhören von Musik, die selbstverständlich passend gewählt werden muß, doch die bislang höchste Wirkung wird durch das Provozieren eigener schöpferischer Tätigkeit erzielt, sei es auf technischem oder künstlerischem Gebiet. Eine gewaltige Reserve für den Kampf gegen das MT bleibt der Gefühlsbereich, dessen systematische Erforschung allerdings kompliziert ist. Allgemein gilt weiterhin der Grundsatz, beim Umgang mit stark befallenen Personen (d. h. über 75 % nach der Riemens-Walášek-Skala), die leicht ihren aggressiven Trieben unterliegen, maximale Vorsicht walten zu lassen. Mit derart Betroffenen muß man zwar besonnen und ruhig verfahren, aber auch energisch und im Notfall selbst unter Anwendung von Gewalt.

VII

Der Entwicklungstechnologe der NBLB Ing. Stanislav Bimoň ging noch einmal erregt durch sein bescheidenes Arbeitszimmer im Pavillon C, bis er sich schließlich ein flaches Aluminiumetui in die Achselhöhle schob und sich an den Tisch setzte. Ich muß es in jeder üblichen Position ausprobieren, also auch im Sitzen.

Der moderne Mensch lebt in ständig größerer Hektik, immer weniger Zeit bleibt ihm für Familie, Weiterbildung, Sport, Kultur und Natur – und jetzt gewinnt er plötzlich Dutzende freier Minuten am Tag! Ohne daß er etwas verliert, und obendrein wirft er eine tausendjährige überflüssige Gewohnheit um . . .

Standa hielt es nicht länger aus, ruhig dazusitzen, ein paar

Minuten marschierte er zwischen Fenster und Tür hin und her, dann las er auf der Stoppuhr die Erwärmungszeit ab – 7 Minuten und 28 Sekunden –, nahm das Etui aus der Achselhöhle, klappte es ungeduldig auf und steckte ein kleines Viereck von dem grauweißen Netzwerk seines neuen »vollsättigenden Ökobrots« in den Mund. Ausgezeichnet, es ist schon fast warm!

Das flache Aluminiumetui enthielt bissengroße Ökobrotkarrees, deren Temperatur Standa sorgfältig mit einem Kontaktthermometer maß: durchschnittlich 32,4 Grad Celsius. Hätte ich es ganze zehn Minuten ausgehalten, wäre das Thermometer bis auf Körpertemperatur gestiegen, die für die menschliche Nahrung ideal ist.

Meine Erfindung ist einfach. Das vollsättigende Ökobrot, das alle notwendigen Nährstoffe enthält und schon in mundgerechte Bissen zerschnitten ist, wodurch der Gebrauch von Gabeln, Messern, Löffeln, aber auch Tellern, Schüsseln und Geschirr wegfällt, erwärmt sich jedermann in seinem Achselhöhlenetui mit eigener Körperwärme bis zur idealen Verzehrtemperatur und kann es dann jederzeit und an jedem Ort essen, auf der Straße, im Park, in der Metro, bei der Arbeit, beim Autofahren und natürlich auch im Gehen und im Dunklen.

Die Menschheit braucht keine Küchen, Gaststätten, Restaurants, Kellner und Köche mehr, sie hört auf, mit den abnehmenden Rohstoffen zu wüsten, Zeit fürs Kochen zu verschwenden, und es vergeht auch die stumpfe Freßgier, die Körper und Geist schadet. Man lädt seinen Partner nicht zum Abendessen ein, sondern ins Theater oder ins Konzert, und in der Pause erfrischt man sich abseits aus seinem Achselhöhlenetui – wieso wird eigentlich die Aufnahme von Nahrung für ästhetischer gehalten als die Ausscheidung ihrer verdauten Reste? Ferner wird diese Ökonahrung aus dem Etui ermöglichen, was die Ärzte schon lange empfehlen, nämlich so häufig wie möglich in möglichst geringen Portionen zu essen.

Gewiß, manch einem wird diese Kost zu eintönig erscheinen. Aber wie glücklich würden die Hunderte Millionen danach greifen, die auf unserem Planeten hungern. Und in einiger Zeit wird auch manchem unserer Feinschmecker das warme Ökobrot aus dem Etui recht sein, weil es weder Rohstoffe noch Energie im Überfluß geben wird.

»Sie warten schon auf dich«, sagte in der Tür die Sekretärin Tina Trnková zu dem auf und ab marschierenden Standa, der in seiner Aufregung gar nicht das Ende der Arbeitszeit registriert hatte.

»Gehst du nicht mit?«

»Nein.«

»Warum nicht?«

»Ich hab dazu keine Zeit.«

»Und wozu hast du Zeit?«

»Das würdest du ja doch nicht verstehen«, sagte sie abfällig und ging nach Hause.

Tina ist jetzt schon ganz braun. Zwar ist sie wieder mit ihrem Tibor beisammen – aber ist diese Art von Glück noch menschenwürdig?

Standa warf sich rasch in Sportkleidung und lief hinunter in den Sitzungssaal, wo er täglich nach der Arbeit die »Physminuten« leitet, eine halbstündige Gymnastik gegen das MT (im gesamten NBLB-Konzern nimmt etwa die Hälfte der Beschäftigten an den Physminuten teil).

Die Fenster des Sitzungssaals geöffnet, die Februarkälte strömt herein, die Mitarbeiter aus Pavillon C bereits in Übungskleidung versammelt, am Leib braune MT-Reste (Chef Rohan, in Exquisitturnhosen aus glänzender violetter Seide, hat nur noch einen geringfügigen Ausschlag), und unter Standas scharfen Pfiffen begann das Training mit einem Lauf, gemischt mit Sprüngen, dann Geräteturnen, ausgesucht harte Übungen für die Männer und leichtere für die Frauen. In der kalten Luft begannen die angestrengten Körper bald zu dampfen, und das MT löste sich kiloweise von ihnen.

»Mein Lebtag war ich nicht so fabelhaft in Form«, sagte Eda nach dem Training zu Standa in der Duschkabine, während er unter dem kalten Wasser über seine jetzt glatte und bereits sonnengebräunte Haut strich.

»So geht's uns allen. Um so weniger begreife ich, warum heute schon wieder drei nicht gekommen sind. Als wir angefangen haben, waren wir zweiundvierzig, jetzt sind wir keine dreißig mehr.«

»Irgendwie kommt es aus der Mode. Wem macht es übrigens dauernd Spaß, nach der Trillerpfeife zu hüpfen wie auf dem Kasernenhof? Mir auch nicht.«

»Mentale Übungen sind freilich bequemer.« Standa rubbelte sich mit dem Handtuch ab, bis sein massiger weißer Körper die Farbe von Himbeereis annahm.

»Ich hab's im Fernsehen gesehen, aber funktioniert das?«

»Komm, schau dir's an.«

Die VERS-Betriebszentrale war im Betriebsambulatorium untergebracht, und ihr Chefarzt Dr. med. Lichtenberg erschien persönlich, um den Konzernhauptspezialisten zu begrüßen. »Etwa fünfzig Prozent unserer Beschäftigten nehmen unsere Hilfe bei der Heilbehandlung in Anspruch, einschließlich der Physminuten.«

»Ließe sich die Prozentzahl nicht erhöhen?«

»Die VERS-Zentralen gewähren jedermann kostenlos Hilfe, der Interesse daran bekundet.«

»Aber diese Hilfe sollte zur Pflicht gemacht werden!« fiel ihm Standa schroff ins Wort.

»Genauso wie Zähneputzen und Händewaschen«, bemerkte Dr. Rohan. »Offenbar kann man jedoch nichts davon durch Anordnung des Generaldirektors durchsetzen.«

»Wir müssen Geduld haben«, sagte Dr. med. Lichtenberg geduldig, »und Verständnis für unsere Menschen, die nach dem Krieg mit dem Massit jetzt mühsam wieder die Produktion in Gang bringen.«

»Und die Banden von Braunen ziehen derweil wie die Vandalen durch die Stadt«, unterbrach ihn Standa ungeduldig, »sielen sich in verlassenen Wohnungen herum, bemächtigen sich ganzer Etagen – auch in Ústí haben wir schon die ersten vollbraunen Häuser!«

»Wir brauchten mehr VERS-Inspektoren«, sagte der Chefarzt. »Allerdings ist ihre Arbeit nicht leicht und häufig auch unpopulär. Aber Sie wollten sich unsere mentalen Übungen gegen das MT anschauen. Wie Sie im Fernsehen beobachtet haben, handelt es sich darum, den Geist der Betroffenen in Bewegung zu setzen und zu beleben, angefangen mit dem Gedächtnis bis hin zu schöpferischer Aktivität.«

Im ebenerdigen Hörsaal der VERS-Zentrale ein Lärm wie in einer einklassigen Dorfschule, ein Arzt in weißem Kittel ging wie ein Lehrer zwischen den Bankreihen auf und ab. Die erste Reihe der am meisten vom Multitier Befallenen sagte im Chor auf: ». . . mal zwei ist sechzehn, mal zwei ist zweiunddreißig, mal zwei ist vierundsechzig . . .«

Die Patienten in der zweiten Reihe wurden in der Erdkunde Spaniens geprüft. »Die Hauptstadt von Spanien ist Madrid«, antwortete vorbildlich mit einem ganzen Satz der junge Ingenieur Doubek.

»Gut«, lobte ihn der Arzt und fragte weiter: »Kennt jemand noch andere spanische Städte?«

»Barcelona«, antworteten die Patienten beflissen. »Sevilla – Malaga – Granada – Valencia – Cordoba – Toledo – Valladolid – Bilbao – San Sebastian – Saragossa.«

»Salamanca«, sagte Ingenieur Doubek, als seine Mitpatienten nicht mehr weiterwußten. »Jerez und Huelva.«

»Ausgezeichnet. Und kennt jemand spanische Gebirge?«

»Die Pyrenäen!« rief die ganze Bank auf einmal, aber dann kam nichts mehr.

»Sierra Nevada, Sierra de Guadarrama, Sierra de Gredos, Sierra de Alcaraz«, sagte Ingenieur Doubek auf, als läse er irgendwo ab.

»Ausgezeichnet, Doubek, es genügt schon. Du kannst dich in die dritte Reihe setzen.«

In der dritten Reihe schrieben die zwei Fortgeschrittensten ihren Lebenslauf, und hinter ihnen, in der vierten Reihe, malten die Allerfortgeschrittensten Aquarelle und modellierten Figuren aus weißer Plastmasse.

»... mal zwei ist einhundertachtundzwanzig, mal zwei ist zweihundertsechsundfünfzig, mal zwei ist fünfhundertzwölf, mal zwei ist eintausendvierundzwanzig ...«, fuhr inzwischen die erste Reihe der Anfänger fort. Eda Rohan erklärte, ihm bereite das Kopfschmerzen, und durchs Fenster sah man ihn dann auf dem Hof, wo er sich gierig aus einer weißroten Schachtel eine Zigarette ansteckte und in einem bläulichen Rauchwölkchen zu seinem Auto eilte.

Kaum ist er das Vieh auf der Haut los, schon füttert er es wieder in der Lunge, dachte Standa verächtlich und ging noch in die Turnhalle, wo die braune Krankheit mit den bisherigen Methoden behandelt wird, also mit Laufen, Springen und angestrengtem Trainieren mit Hanteln und an Sprossenwänden. Einfach, aber wirksam, nicht? Dann lief er hinauf in den ersten Stock und trat in die Tür des Stabs der VERS-Betriebszentrale, wo bereits eine Gruppe von Inspektoren mit weißen Armbinden versammelt war.

Die VERS-Inspektoren überwachen die Einhaltung der Notstandsregeln, und zwar in ihrer Freizeit freiwillig und unentgeldlich. Standa streifte sich die weiße Armbinde über den Ärmel und begab sich auf Kontrollgang durch den ihm zugeteilten Abschnitt.

Eine Stunde nach Arbeitsschluß war es still in den Fluren des Bürogebäudes, aber hinter der Tür der Lohnbuchhaltung hörte man heitere Stimmen, und Standa trat ein, ohne anzuklopfen. Vier Mitarbeiterinnen auf Stühlen, die sie um einen Schreibtisch zusammengeschoben hatten, blickten erschrokken zu ihm auf. Die eine versteckte rasch etwas unter einem Stapel von Lohnbogen, und die Augen aller vier glänzten unnatürlich wie nach dem Genuß von Braunfleisch.

»Sie konsumieren hier Braunfleisch«, beschuldigte sie Standa.

»Wir? Wie kommen Sie darauf?« erwiderten sie, kreuz und

quer durcheinander und immer kämpferischer, »wir machen hier die Quartalsabrechnung, wissen Sie, was das heißt – Quartalsabrechnung? – Das ist eine Arbeit, die du dir nicht mal vorstellen kannst – Herr Inspektor! – Und zu Hause erwartet uns eine zweite Schicht, mit den Kindern. – Und obendrein noch um unsere faulen Hauspaschas rumspringen, die, statt einer abgerackerten Frau zu helfen, lieber mit einer weißen Armbinde rumstromern und die Leute sekkieren!«

Standa schob schweigend den Stapel Lohnbogen weg, unter dem eine Kasserolle mit einem Rest Braunfleisch und vier Suppenlöffeln zum Vorschein kamen. Angewidert ergriff er die Kasserolle und warf sie mitsamt Inhalt in den Abfallkorb.

»Und jetzt bildest du dir ein, ein großer Held zu sein, ja?« sagte in die Stille hinein die mütterlich aussehende Älteste der Buchhalterinnen.

»Abfälle gehören in den Abfall«, entgegnete er fest.

»Du solltest auch wissen, daß wir hier wirklich schuften – für wenig Geld – und oft bis in den Abend hinein sitzen wie gerade heute«, fuhr die Mütterliche fort. »Und das erschöpft einen sehr, verstehst du? Manchmal so, daß wir einfach nicht weiterkönnen. Wir sind alle vier Mütter. Sollen wir uns das Herz lieber mit teurem starkem Kaffee und die Gesundheit mit Tabletten ruinieren? Braunfleisch ist billig und schadet wenigstens nicht.«

»Aber es stumpft ab wie eine Droge, das ist doch keine Lösung!« widersprach Standa. »Wohingegen zum Beispiel Physminuten . . .«

»Ich bin sechsundfünfzig, zwei von uns sind schwanger, und Physminuten haben wir jede bis über beide Ohren im Haushalt. Du willst uns einfach nicht verstehen, Inspektor«, sagte die alte Frau, nun schon voller Zorn. »Also hör zu, junger Herr, laß dich hier nicht mehr sehen – verstanden? Laß dich hier bei uns nicht mehr sehen!«

Standa wich aus der Lohnbuchhaltung zurück, schloß leise

die Tür hinter sich, und auf dem Flur preßte er einen Augenblick die Stirn an die kalte Fensterscheibe. Was hätte ich ihnen darauf antworten sollen?

Langsam stieg er die Treppe hinab und schritt nachdenklich über den Hof, als ihn plötzlich verdächtige Geräusche aus dem Lagerhaus alarmierten. Das Tor geschlossen, aber durchs hintere Fenster sah man eine ganze Truppe von Braunen bei der Arbeit – das waren keine abgerackerten Frauen mit einer halbgeleerten Kasserolle, hier kochten ausgeruhte stramme Chauffeure und Lagerarbeiter Braunfleisch in Fünfzigliterkesseln und rösteten auf viereckigen Zinkblechen Schnellstaub en gros.

Sie sind im ganzen fünf, denen bin ich nicht gewachsen – Standa stürzte in ein Büro im Erdgeschoß und rief den Stab der VERS-Zentrale an, um Verstärkung anzufordern.

Einige Zeit geschah nichts, bis plötzlich aus dem Tor des Lagerhauses ein überdeckter LKW direkt zum Pförtner fuhr, der Wachmann Polda Štrunc hob die Schranke, und der Lastwagen verschwand auf der Straße.

Standa lief durch das offene Tor ins Lager, wo kein Schwanz mehr war, verschwunden waren die Kessel mit Braunfleisch und die Bleche mit Schnellstaub. Wer hatte die Braunen gewarnt? Und wie? Natürlich, hier ist ja Telefon.

Über den Hof hasteten sechs VERS-Inspektoren mit weißen Armbinden. Welcher von ihnen . . .

»Unter uns ist ein Verräter!« sagte Standa, und auf seine Aufforderung hin gingen alle sechs Männer in das Büro im Erdgeschoß, wo sie sich nackt auszogen. An manchem Körper da und dort ein kleines braunes Gräupchen, aber im großen und ganzen waren sie alle weiß.

»Wer also kann sie gewarnt haben?« drang Standa auf die Männer ein.

»Sag uns noch einmal, wie du telefoniert hast.«

»Mit diesem Apparat, direkt zu unserem Stab.«

»Jungs, wer hat den Hörer abgenommen?«

»Ich nicht. – Ich auch nicht. – Wir waren etwa zehn . . .

Aber na klar – am Telefon saß doch die Srncová!« entsannen sie sich endlich.

Alle sieben Inspektoren liefen rasch zum Stab der VERS-Zentrale. Růžena Srncová, freiwillige Helferin dort, schickte sich soeben zum Gehen an. Der Stadtinstrukteur für den Notstand VERS hörte sich die Meldung an und drang sofort auf sie ein: »Warum haben Sie das getan?«

»Aber ich hab doch nichts . . .«, begann sie, doch gegen so viele Zeugen konnte sie sich nicht lange wehren. »Mein Mann arbeitet in der Garage, er ist ganz braun . . .«, gestand sie unter Tränen. »Ich hatte Angst, daß man ihn einsperrt.«

»Aber man kann doch niemanden dafür einsperren, daß er die braune Krankheit hat – genauso wie jemand mit Schnupfen oder Magengeschwüren nicht für seine Krankheit bestraft werden kann«, hielt ihr der Stadtinstrukteur entgegen. »Oder ein Raucher wegen Zigarettenrauchens, ein Erotomane wegen sexueller Zügellosigkeit oder ein Alkoholiker fürs Biertrinken. Außer solchen Fällen natürlich, die eine allgemeine Bedrohung darstellen.«

»Die in der Garage stellen aber eine allgemeine Bedrohung dar!« stieß Standa hervor. »Illegale Produzenten von Schnellstaub sind doch nicht das gleiche wie Raucher, sondern wie Hersteller von Drogen und Verkäufer von Narkotika, und das wird auf der ganzen Welt bestraft!«

»Schnellstaub und andere Massitprodukte stehen bislang in keinem Verzeichnis verbotener Narkotika«, erklärte ihm der Stadtinstrukteur, »ebensowenig wie Tabak und Bier. Oder außereheliche Sexualität.«

»So daß man gegen das Multitier eigentlich nichts unternehmen kann?«

»Unsere Gesellschaft tut doch alles! Die Regierung behandelt die Situation zweimal wöchentlich und beschließt wirksame Maßnahmen, die von drei Ressortministerien realisiert werden, ferner von den Räten aller Ebenen, den gesellschaftlichen Organisationen, den Gesundheitseinrichtungen und den Industriebetrieben, in deren VERS-Zentralen und Kollektiven direkt an den Arbeitsplätzen – so wie in deinem im Pavillon C, Standa. Dank diesen Maßnahmen können wir gute und immer bessere Ergebnisse aufweisen – über fünfzig Prozent der Bürger sind schon weiß, also sauber und gesund.«

»Aber Braune gibt's immer noch genug.«

»Ebenso wie Raucher, Biertrinker, untreue Eheleute und an Schnupfen oder Magengeschwüren Erkrankte. Allerdings begünstigt die braune Krankheit die schlechten Anlagen und Neigungen. Aber wir können doch die Leute nicht wegen einer Krankheit oder schlechten Neigungen ins Gefängnis stecken, im Gegenteil, wir sind verpflichtet, ihnen allseitig Hilfe angedeihen zu lassen, und wenn nach und nach alle Menschen in Stadt und Land diese Aufgabe als die ihrige betrachten und anfangen, sich gegenseitig zu helfen, wird das Multitier genauso schnell verschwinden, wie es aufgetaucht ist.«

»Das sollte aber schon bald sein!« meinte Standa zweifelnd.

»Das ist eine Frage weniger Wochen, Standa. Und für dich wäre es gut, wenn du mehr Verständnis für die Menschen aufbrächtest – und mehr Vertrauen!« sagte der Stadtinstrukteur, worauf er vorschlug, der Kollegin Srncová die weitere Tätigkeit in der VERS-Betriebszentrale zu untersagen und ihren Mann, J. Srnec, Automechaniker der NBLB, wegen unerlaubter Tätigkeit während der Arbeitszeit vor die Disziplinarkommission der NBLB zu laden.

Die genesende Stadt braucht freiwillige Helfer, die in ihrer Freizeit in die Bereichszentralen des Notstandes VERS kommen, von wo sie dann als Zweimannstreifen zum Kontrolldienst in den Straßen aufbrechen.

In der Zentrale Nr. 28 trafen sich heute siebzehn Mann, alle kennen wir uns schon und verrichten diese Arbeit gern, damit unsere Stadt bald wieder sauber ist.

»Ich habe hier einen schweren Fall und zwei leichtere in der Parkstraße«, sagte uns der Chefinspektor nach der Instruktion. »Wer meldet sich?«

»Ich«, sagte Standa augenblicklich.

»Gut. Und wen nimmst du mit?«

»Wieder Michal. Wir zwei sind schon aufeinander eingespielt.«

»Dann geht los. Aber wollt ihr nicht noch einen dritten für den schweren Fall?«

»Wir schaffen das zu zweit.«

»Wäre ich ein Brauner, ich möchte Standa nicht in die Hände fallen!« sagte jemand, und alle lachten.

»Nanu, geht denn von uns Angst und Schrecken aus?« fragte Michal und streckte seine magere Brust heraus, so daß wir wieder alle lachen mußten. Standa hat Kraft, Michal Witz, und das macht sich beides bezahlt. Der Chefinspektor gab ihnen eine Karte mit den drei Adressen in der Parkstraße, zwei Trillerpfeifen dazu, und Stanislav Bimoň und Michal Rohan legten die weißen Armbinden an.

»Nehmen wir uns zuerst den schweren Fall vor oder die zwei leichten?« fragte Standa auf der Straße Michal.

»Das erinnert mich an den Witz, wie der Aufseher mit der Peitsche in der Hand zu den Galeerensträflingen sagt, er habe zwei Nachrichten für sie, eine gute und eine schlechte, welche sie zuerst hören wollten. Die Sträflinge wollen natürlich erst die gute hören, und so sagt ihnen der Aufseher: Zu Mittag gibt's Hähnchen. Und jetzt die schlechte Nachricht: Der Kapitän will nach dem Essen Wasserski fahren.«

»Der Witz gefällt mir nicht sehr«, sagte Standa, der sich nie durch Sinn für Humor ausgezeichnet hatte, »aber fangen wir mit den leichten Aktionen an.«

Die erste erwartete sie in der Parkstraße 16, wo sich die Bewohner über verdächtigen Lärm aus einer leeren verseuchten Wohnung im ersten Stock beschwerten. Schon auf dem Flur vor der Tür dieser VERS-Wohnung, in der jetzt, während des Notstandes, selbstverständlich niemand etwas zu suchen hatte, war lärmende Musik und unmenschliches Eselsgeschrei zu hören.

Erst nach langem Pochen öffnete uns endlich ein splitternackter Dickwanst, bewachsen mit schweren MT-Beuteln, und drin sahen wir es wieder einmal: voll aufgedrehtes Tonbandgerät (aber das konnte sein eigenes sein), vier eingeschaltete Heizsonnen (die gehörten bestimmt nicht ihm, die hatte er aus anderen evakuierten Wohnungen zusammengeramscht), selbstverständlich auch die Zentralheizung voll aufgedreht (die man in evakuierten Wohnungen nicht anstellen darf), auf dem Tisch eine Waschschüssel Braunfleisch, das auf den Teppich verkleckert war, und dieser Saukerl sielte sich in den Pfützen herum, schlürfte das Zeug direkt vom Fußboden und iahte dabei wie ein Esel.

Um überhaupt menschlich mit ihm sprechen zu können, mußten wir ihn zuerst auf Trab bringen, Standa kniete sich auf seine Brust und trainierte seine Arme, wir bogen ihn in der Hüfte, drehten und rollten ihn hin und her, bis er endlich fähig war, zu antworten, daß er Jiří Mrzena heiße und mit einem Schlüssel hier hereingelangt sei, den er dem Vertrauensmann der hiesigen Gemeinwohnung einfach entwendet habe.

Wir stellten ihn auf die Beine und scheuchten ihn durchs Zimmer, er mußte laufen, springen, Rumpfbeugen machen, in Kniebeuge hüpfen, zu Boden fallen, wieder aufspringen, und Michal malträtierte unterdes sein abgestumpftes Gehirn mit Fragen, wieviel neun mal achtzehn sei, wer Christoph Kolumbus gewesen sei, was er entdeckt habe, in welchem Jahr, und was man alles aus Kohle herstelle. Der Dicke befreite sich so von ganzen Fetzen des Multitiers, bis er uns schließlich sagte, daß er nicht Jiří Mrzena heiße, sondern Josef Novák, und daß er niemandem einen Schlüssel entwendet habe, sondern überhaupt nicht wisse, wie er hierhergekommen sei – er war schon so weit fit, daß er auch zu lügen imstande war, so schmissen wir ihn hinaus auf den Flur, seine Kleidung ihm nach, und die VERS-Wohnung sperrten wir zu, und Michal wetzte hoch in den vierten Stock, um dem Vertrauensmann der Gemeinwohnung den Schlüssel zurückzugeben.

Der zweite Fall, in der Parkstraße 74, war eine kleine, ganz hübsche Frau von etwa dreißig, bewachsen mit braunen MT-Adern wie Rocquefort von Schimmel. Halbnackt saß sie in der überhitzten VERS-Wohnung auf einem zusammengerollten Teppich und aß stumpf Braunfleisch aus einem Kindernachttopf, den wir ihr wegnehmen mußten. Wir versprachen, ihr den Nachttopf zurückzugeben, sobald sie uns alles gestanden habe.

»Franta wollte mich schon lange ... Wir arbeiten zusammen in einem Büro«, sagte sie ausdruckslos, nach der ihr entzogenen Delikatesse schielend. »Immer bedrängte er mich, und jetzt als Brauner noch viel mehr. Eines Abends, vergangene Woche, verfolgte er mich. Ich wollte ihn nicht ... Da war ich noch weiß. Ich lief davon, Franta mir nach. Ich hatte Angst vor ihm, weil es schon dunkel war, und ich mußte doch heim. Mein Mann ... Wir haben zwei Kinder. Im Postamt war Licht, ich lief hin. Vor der Post stand einer in Uniform, ein Eisenbahner. Ich bat ihn, mich vor Franta zu beschützen, sagte, daß mich ein Brauner verfolge. Dann war Franta ran. Der Eisenbahner krempelte sich einen Ärmel hoch – er war auch ein Brauner. Sie lachten beide, und dann bugsierten sie mich hierher. Franta kommt jeden Tag her und füttert mich, und nun geben Sie mir das Braunfleisch zurück!«

»Sie müssen sich jetzt anziehen und heimgehen«, sagten wir ihr. »Ihr Mann und die Kinder warten bestimmt auf sie.«

»Das Braunfleisch her!« kreischte sie los und warf nach uns, was ihr gerade unter die Hände kam, bis wir ihr den Nachttopf zurückgaben.

»Aber Sie können doch hier nicht so bleiben, junge Frau ...«

»Ich hab mich schon dran gewöhnt, und mit Franta gefällt's mir.« Das Braunfleisch gab ihr die unerschütterliche Ruhe wieder. »Ohnehin wollte ich mich schon längst scheiden lassen, habe nur nicht gewagt, es meinem Mann zu sagen. Aber jetzt hab ich vor nichts mehr Angst.«

»In Ihre Privatangelegenheiten mischen wir uns nicht ein,

aber hierbleiben können Sie nicht. Diese Wohnung ist verseucht, sie gehört einer evakuierten Familie, und Sie haben hier nichts zu suchen. Also stehen Sie bitte auf und ziehen Sie sich an.«

Sie erhob sich jedoch erst, als wir drohten, ihr das Braunfleisch wieder wegzunehmen, wir mußten es ihr lassen, damit sie sich anzog, und es dann immer einen Meter vor ihr hertragen, um sie so herauszulocken wie einen Hund, der Wurst an einer Schnur nachjagt.

Vor dem Haus riefen wir eine Streife der VERS-Inspektoren herbei, die sie dann nach Hause brachte.

»Ein vom Multitier Befallener ist ein demütiges Stück Mist ... Wodurch eigentlich?« überlegte Standa laut.

»Die Frau hat gesagt, sie wollte sich schon lange scheiden lassen. Als würde diese Krankheit alles Niedrige, das in den Menschen steckt, an die Oberfläche befördern. Scheußlich, nicht?«

Der dritte Fall erwartete uns in der Parkstraße 51. Das war hinter der Kirche, das alte Haus hatte nur zwei Stockwerke und mußte also ganz evakuiert sein. Alle Fenster dunkel, wir nahmen die weißen Armbinden ab und spazierten durch die breiten Flure mit den gewölbten Decken, bis wir dröhnende Musik hinter einer Tür hörten.

Wir klopften an, und uns öffnete ein bärtiger Riese, einen Bademantel auf dem nackten Leib. Wir sagten ihm, man hätte uns aus der »Spinne« hergeschickt (wo sich die Schwerbraunen treffen), und er knurrte uns an, warum wir keine Weiber mit hätten, aber schließlich ließ er uns für zwanzig Kronen ein – den Preis eines Kilos Schnellstaub.

In drei riesigen Zimmern ohne Mobiliar an allen Fenstern die Rollos heruntergezogen, der Kachelofen strahlte trockene Hitze aus, und im flackernden Licht von Petroleumlampen (die der Notstand VERS genauso verbietet wie das Verbrennen von Kohle im Ofen und den Aufenthalt in solchen verseuchten Wohnungen überhaupt) sielten sich bei brüllender

Musik auf Matratzen und Federbetten direkt auf dem Fußboden an die zwanzig spärlich bekleidete Braune.

Mit der Entdeckung dieses braunen Nestes endete unsere Aufgabe, aber sofort zu gehen war jetzt nicht ungefährlich. Wir setzten uns also auf eine Matratze unterm Fenster und taten, als amüsierten wir uns wie die übrigen. Doch schon nach kurzer Zeit drehte sich uns angesichts dieser Schweine der Magen um.

»Ich kann mir das nicht mehr mit anschauen«, flüsterte Standa.

»Ich auch nicht. Aber eine Weile müssen wir's wenigstens noch aushalten.«

Diese Weile verkürzte sich rasch, als eine zerzauste Frau zu Standa gekrochen kam, sie grapschte nach ihm und versuchte ihm das Hemd aufzuknöpfen – wobei sie freilich seine Weiße entdeckt hätte. Rasch umarmte ich ihn also und drückte ihn an mich, als würden wir zwei überhaupt keine Frau brauchen, aber sie war schon so gieprig, daß sie mich an den Haaren packte, mich von Standa wegzerrte und dabei nur immer lallte: »Armes Schweinchen« – sie zu mir!

»Schluß jetzt!« zischte Standa, stieß sie weg, und schon flitzten wir in den Korridor und dem Ausgang zu, aber das Weib hinter uns her.

»Er will sich nicht ausziehen!« beklagte sie sich bei dem bärtigen Riesen im Bademantel an der Tür über Standa. »Sie sind überhaupt komisch. Untersuch sie lieber!«

»Zieht die Hemdchen aus«, befahl uns der Riese. Jetzt half nur noch Geschwindigkeit.

Standa sprang ihn an und riß ihn zu Boden, ich lief hinaus auf die Straße und pfiff gellend auf meiner Pfeife, bis einige VERS-Inspektoren herbeiliefen und weitere Verstärkung holten. Als alles vorbei war, das Haus Nummer 51 verschlossen und versiegelt, kehrten wir langsam in die Bereichszentrale zurück. Standa hinkte und leckte sich das Blut von den aufgeschlagenen Lippen. Der heutige Dienst war zu Ende.

Ein Winterabend, die Straßen dunkel, in den Häusern nur

ein, zwei Fenster der obersten Stockwerke erhellt – die Fenster von Klubraum und Küche der Gemeinwohnung. Bei genauerem Hinsehen da und dort ein Lichtschimmer in Nachbarfenstern, wo jemand bei sich im Schlafzimmer mit der Taschenlampe leuchtete oder heimlich eine Kerze angezündet hatte. Vielleicht zu einer schönen Stunde der Liebe und Zärtlichkeit.

Diese Lichter übersehen die VERS-Inspektoren, sie beobachten nur forschend die Fensterreihen in den unteren Etagen, die verseuchten Wohnungen, wo das geringste Aufblitzen die braune Gefahr signalisiert. Aber für heute hatten wir genug davon.

Die Stadt legte sich ruhig zum Schlaf nieder, einsame Passanten eilten nach Hause, und zum Elbufer spazierten Liebespaare, als plötzlich in die Stille hinein Lärm und Geschrei erschallte. Grölende Banden marschierten die Gehsteige entlang, ergossen sich über die Fahrbahnen, zerstampften die Beete der Vorgärten, johlten im Chor und stießen mit den Füßen die Mülltonnen um – es sah aus wie ein brauner Angriff gegen die Stadt, und die Straßeninspektoren begannen sich zusammenzuscharen, auch wir beide rüsteten uns zum Kampf.

Aber für ein Eingreifen von uns bestand kein Grund. Es waren nur Haufen von Fans, die nach dem Sieg ihrer Hockeymannschaft aus dem Winterstadion heimwärts zogen.

DER DIREKTOR des größten Prager Kaufhauses, KOTVA, faßt die bisherigen Erfahrungen mit den »braunen« und »weißen« Kunden zusammen. Während die »weißen« ein gleichmäßiges Interesse an dem gesamten angebotenen Sortiment bekunden, ohne sichtbare Pendelausschläge im Vergleich zu früheren Kaufgewohnheiten, zeigt sich bei den »braunen« ein starkes Absinken des Interesses besonders für Kosmetika, Papierwaren, Bücher, Seife, Zahnpasta und Reinigungsmittel aller Art, dafür erhöhen sich beträchtlich die Einkäufe von Lebensmitteln (besonders Fleischkonserven) und alkoholischen Getränken (vor allem Rum). ● Eine unbegreifliche Besonderheit bleibt die beobachtete Tatsache, daß der »braune« Kunde fähig ist, von einigen Warenarten (z. B. Zündhölzern, Zucker, Salz) riesige Mengen zu kaufen, die seinen persönlichen Bedarf um ein Vielfaches übersteigen. ● Die vom MT befallenen Kunden kaufen massenweise warme Kleidung auf, Wollpullover (besonders solche in schreienden Farben), und bezeichnend ist ihre Vorliebe für Leder- und Pelzwaren. »Unsere Pelzabteilung hat den Absatzplan für das erste Quartal bereits in der ersten Januarwoche erfüllt«, teilte uns der Direktor des Kaufhauses KOTVA abschließend mit.

»MIR GENÜGT ES, das Auto anzuschauen, und schon weiß ich, wie braun sein Fahrer ist«, sagte uns Unterleutnant Heinz Lämmchen von der Ostberliner Verkehrsinspektion. »Da kann das Auto fahren oder parken.«

»Wonach erkennen Sie es beim Fahren?«

»Die weißen Fahrer haben oft eine Neigung zu überflüssiger Nervosität, fahren vor Kreuzungen bei Grün nur langsam los und hemmen durch unangepaßt große Sicherheitsabstände den Verkehrsfluß. Die braunen hingegen fühlen sich souverän, über die Kreuzungen rasen sie bei Gelb und häufig auch bei Rot, gewähren nicht die Vorfahrt, überholen an unübersichtlichen Stellen – kurzum, sie verhalten sich verantwortungslos.«

»So daß Strafen für Verkehrsverstöße . . .«

». . . praktisch nur die Braunen zahlen.«

»Aber wie erkennen Sie, daß es sich um einen braunen Fahrer handelt, wenn der Wagen parkt?«

»Weil die Braunen ihre Autos grundsätzlich nicht waschen.«

»Können Sie unseren Lesern noch einen unterhaltsamen Vorfall erzählen?«

»Ja, ich hab mal einen Fahrlehrer erwischt, der seinen Schülerinnen empfahl, ihr MT zu pflegen, das würde ihnen Mut machen. Ein feiner Lehrer, nicht wahr?«

»Das gewiß. So daß wir zum Abschluß . . .«

»Ein brauner Fahrer stellt in jedem Fall eine erhöhte Sicherheitsbedrohung dar. Vor allem diese Banden scharfer Jungs auf schweren Motorrädern. Aber das gab es ja auch schon früher.«

FERNSEHEN UND MULTITIER stimulieren einander in vielen Fällen! Es ist vor allem die Passivität des Fernsehzuschauers, die ein ungestörtes Wachstum des MT fördert, das dann durch die übliche unmäßige Konsumtion von Speisen und Getränken beim allabendlichen Starren auf den Bildschirm weiter verstärkt wird. Gerade anspruchslose Sendungen (die wiederholten Auftritte von Altstars populärer Musik oder primitive Geschichten mit leicht vorhersehbarem und natürlich prinzipiell gutem Ende) schaffen durch ihren einschläfernden Einfluß ein günstiges Klima für das MT, das gleiche gilt auch besonders für Fußball-, Eishockey- und Boxkampfübertragungen. ● *Demgegenüber haben einen heilsamen Einfluß auf die braune*

Krankheit literarische Sendungen, ernste Musik, wertvolle Filme, Bildungs- und populärwissenschaftliche Programme. In diesem Zusammenhang führen wir noch die Feststellung eines Reporters von »Prag am Abend« an, wonach bislang die Besucher von Konzertsälen ausschließlich »weiß und sauber« sind, während die Diskotheken geradezu eine Brutstätte des MT bilden.

DIE SPORTJOURNALISTEN haben die einzelnen Sportarten nach ihrem Einfluß auf das MT eingestuft. An erster Stelle rangiert die künstlerische Gymnastik, die das MT zuverlässig vernichtet, an zweiter Eiskunstlauf, an vorletzter Boxen und an letzter Freistilringkampf. »Weltweit ist der Freistil zur ausschließlichen Domäne der Braunen geworden«, behauptet Dr. Hřebíček in der Wochenzeitung »Tschechoslowakischer Sport«, »kein Ringer ohne MT kann wagen, den Ring zu betreten, wenn er nicht gleich in der ersten Runde eine schwere Verletzung riskieren will«.

AUS EINEM LESERBRIEF an den bekannten Psychiater Dr. med. M. Balsam: »Meine Frau Marie und ich haben bisher immer aneinander Genüge gefunden, wir haben alle Freizeit zu Hause bei gemeinsamer Lektüre oder wertvollen Fernsehsendungen verbracht, an den Sonnabenden und Sonntagen dann mit Ausflügen in die umliegende Natur. Wie sollen wir uns fortan verhalten, da ihr in der Gemeinwohnung Nr. 6 braune Mieter immer zudringlicher den Hof machen?«

VIII

In der Gemeinwohnung des Hauses Nr. 2002 ein ruhiger Abend der Familien Rohan und Bimoň (das Ehepaar Trnka und Rita Nedomová lassen sich nicht mehr hier sehen), die Frauen bereiteten das Abendessen zu, die Männer halfen ihnen beim Geschirrwaschen, eine Stunde am Fernseher, dann ruhige Stunden über einem Buch, bei gedämpfter Musik und leisem Gespräch. Wir haben uns aneinander gewöhnt, uns gefällt es hier, die kalten, dunklen Wohnungen suchen wir nur zum Übernachten auf.

Die Tür des Klubraums sprang plötzlich auf, herein trat Tibor Trnka und ließ Polda Štrunc vor, der auf Standa losstürmte und mit seiner harten künstlichen Hand ausholte. Gleich hinter ihm drängten sich Arsen Králík, Rita, Tina und Mija Robová, diese mit einem Riemen in den Händen, herein – die Braunen griffen an!

In letzter Sekunde duckte sich Standa unter dem mörderischen Schlag von Poldas Armprothese weg, stieß mit aller Kraft den Kopf gegen den Bauch des Angreifers, hob ihn hoch und schmetterte den schweren Körper auf den Fußboden. Tibor stürzte sich wie ein Wilder auf Standa, sie begannen zu kämpfen.

Die hochgewachsene, schlanke Mija warf Eda behende den Angriffsriemen um den Hals und begann, den Riemen mit ausgestreckten Armen vor sich haltend, die Lederschlinge zuzuziehen. Arsen sprang zu Pavla Rohanová und packte sie grob um die Taille, um sie zu Boden zu werfen – die angegriffene Frau verpaßte ihm eine Ohrfeige, offenbar die gröbste Gewalttat, derer die zarte Pavla überhaupt fähig war –, aber da stürzte zum Schutz der Mutter bereits wutentbrannt Michal Rohan herzu, mit solcher Wucht, daß er, obwohl um die Hälfte leichter, Arsen niederwalzte. Inzwischen hielt Leona, in jeder Hand eine Gabel, an der Wand Tina und Rita in Schach, welch letztere wegen der unerwartet heftigen Gegenwehr unsicher geworden war – als wolle sie noch abwarten.

Der sportliche Stanislav Bimoň war glänzend in Form, überwältigte Tibor und kniete ihm auf der Brust, als dem in Mijas Lederschlinge röchelnden Eda endlich aufging, daß ein Gewürgter eine letzte Chance in engster Nähe des Würgers hat. Mit den freien Händen zog er Mija dicht an sich heran, wodurch er die Wirkung der Schlinge aufhob, holte tief Luft, packte hart die schmalen Handgelenke des Mädchens und drehte sie ihr mit aller Kraft auf den Rücken. Das Mädchen schrie vor Schmerz auf, ließ den Riemen los und schaute sich wild auf dem Kampfplatz um: Polda schnaufte kraftlos auf dem Fußboden, Tibor stöhnte unter Standas Knien, Arsens kümmerlicher Körper wand sich kläglich unter Michals wütenden Schlägen, und Tina wurde von Leonas Gabel in Schach gehalten, ebenso Rita, die sich, wie immer, bestimmt schon anschickte, zum Sieger überzulaufen. Mija biß den siegreichen Eda Rohan heftig in die Wange und trat ihm zugleich auf die Zehen, wodurch sich seine Umklammerung für eine Sekunde lockerte – Mija entwand sich ihm behende und flüchtete mit langen, gleitenden Sprüngen aus der Gemeinwohnung. Die Braunen waren geschlagen.

»Aber ihr zwei entwischt uns nicht!« zischte Leona, die Gabeln drohend auf die beiden gefangenen Frauen gerichtet.

»Wohin sollten wir denn entwischen, Leona?« schmeichelte sich Rita ein. »Wir haben uns hier doch immer wohl gefühlt . . .«

Michal holte eine Wäscheleine, Tibor und Polda wurden an Händen und Füßen gefesselt (was sich bei dem zusammengeschlagenen Arsen erübrigte), das Hemd wurde ihnen aufgeknöpft und die drastische Vernichtung des Multitiers eröffnet. Standa nahm sich Tibor vor, Eda den Pförtner Polda Štrunc und Michal den mickrigen Arsen Králík, die Leiber der liegenden Gefangenen wurden unbarmherzig mit Händen, Fäusten, Ellbogen und Knien bearbeitet, bis die prallen braunen Lappen und Flechten des Multitiers auf ihrem entblößten Brustkorb platzten, sich abschälten und zerfaserten und die braune Masse ihnen aus Mund, Nase, Ohren und Poren quoll. Bis sich die Heilbehandler müde geschunden hatten. Michal kniete auf Arsens Brust, hob nur noch schlapp dessen Arme hoch und ließ sie zu Boden fallen.

»Was rackern wir uns so ab, versuchen wir's lieber mit mentalen Übungen!« schlug Eda Rohan schweißtriefend vor, zog sich einen Sessel zu den Gefesselten und ließ sich bequem darauf nieder. »Tina und Rita wird das auch guttun. Also los, Mädels, bildet einen Kreis um mich!«

Tina ging schweigend zu dem liegenden Tibor, sank neben ihm nieder und preßte das Gesicht an seine Schulter.

»Ich war von Anfang an dagegen, so garstig gegen unsere

liebe Gemeinwohnung vorzugehen!« beteuerte Rita ihren neuen Eifer und kniete sich folgsam neben Tina hin.

»Fangen wir mit der leichtesten geometrischen Reihe an, alle zählen laut und deutlich mit!« befahl Eda. »Zwei mal zwei ist vier, mal zwei ist acht, mal zwei ist sechzehn, mal zwei ist...«

»Zweiunddreißig!« rief Rita eilfertig.

»Zweiunddreißig!« beeilte sich der ramponierte Arsen Králík beflissen. Aber Tibor und Polda schwiegen verbissen, bis ihnen Standa schmerzhaft seine Fäuste gegen die Schlüsselbeine drückte. Tina wurde von der die Initiative ergreifenden Rita durch ein grobes Kneifen in die Hüfte zum Gehorsam gezwungen, so daß schließlich unter Ächzen und Stöhnen fünfstimmig erklang: »Mal zwei ist vierundsechzig, mal zwei ist hundertachtundzwanzig, mal zwei ist zweihundertsechsundfünfzig.«

Rita und Arsen waren bereits voller Eifer, Tina stumpf, Polda beherrschte die höheren Multiplikationen nicht, wiederholte sie jedoch, den anderen folgend, wenigstens mühsam, nur Tibor sträubte sich noch ein paarmal, aber Standas Fäuste im Schultergelenk machten ihn rasch kirre. »Mal zwei ist eintausendvierundzwanzig, mal zwei ist zweitausendachtundvierzig, mal zwei ist viertausend . . .«

»Das sollte einstweilen genügen, wir gehen jetzt zu Erdkunde über«, bestimmte Eda. »Ihr werdet jetzt Städte in Italien nennen, und damit sich euer verseuchtes Gehirn rascher in Bewegung setzt, fügt jeder hinzu, woran er sich bei jeder Stadt erinnert. Wer meldet sich als erster?«

Wie Musterschüler in der ersten Bank meldeten sich Arsen und Rita, die aufgerufen wurde und stolz sagte: »Rom!«

»Gut, Rita. Und woran erinnert dich das Wort Rom?«

»Cinzano! Und Campari, bianco und rosso, und trockener Martini. Und Rotwein Ruffino in Korbflaschen! Ausgezeichneter Schampus Asti Spumanti und dann noch Parmesan und grünes Pistazieneis.«

»Florenz, das auf malerischen Hügeln in einer anmutigen Landschaft gelegen ist, die schon viele große Meister des Pinsels zu großartigen Gemälden inspirierte, auf denen genial Szenen zum Leben erstehen, die bis heute unauslöschlich zu den Eindrücken gehören, die unvergeßlich sind«, schwadronierte der aufgerufene Arsen los (also ohne wesentliche Heilwirkung), bis ihn Eda verdrossen unterbrach und Tina Trnková drannahm.

»Neapel«, sagte Tina erst, nachdem Rita sie abermals gekniffen hatte. »Sehen und sterben.« Und wieder schloß sie die Augen an Tibors Schulter.

»Italien«, brachte Polda Štrunc nach längerem schmerzhaftem Nachdenken hervor, »das ist wie ein Stiefel. Und dort ist der Papst. In der Stadt Rom.«

»Mailand!« stieß Tibor Trnka, Standas Faust an der Schulter, hervor und bellte wütend: »Autos! Fiat! Alfa Romeo und Lamborghini! Masseratti und Ferrari!«

»Gehen wir nun zu höheren mentalen Übungen über. Jeder erzählt jetzt seinen Lebenslauf«, befahl Eda den Gefangenen. »Wir fangen mit Schlüsselerlebnissen aus der Kindheit an, aber kein bloßes Gequatsche! Wer meldet sich?«

Rita: »Als ich ein kleines Mädchen war, hatte ich meinen dritten Vati sehr gern, auch wenn er mich oft verhaute, aber daran gewöhnte ich mich. In der Kneipe ließ er mich immer Bier schlecken, und seitdem bin ich gern unter Leuten . . .«

Arsen: »Seit zartester Kindheit war es mir auferlegt, alle möglichen Unbilden zu ertragen, was mich jedoch in keiner Weise verbitterte, sondern, im Gegenteil, festigte und stählte, was wiederum besonders durch passend gewählte Lektüre und eigene dichterische Versuche gefördert wurde . . .«

Tina: »Wir hatten es zu Hause sehr hübsch, aber dann verließ uns Vater. Von mir verabschiedete er sich in der Küche. Er stellte den Koffer auf den Fußboden und hob mich ein letztes Mal hoch . . . Damals war ich fünfeinhalb Jahre.«

Polda: »Ich war ein kräftiger Junge und habe alle verdroschen. Bis mir das mit der Pratze passierte. Da erst habe ich erkannt, wie schlecht die Menschen sein können . . .«

Tibor: »Wir hatten einen großen Garten voller Kirschen

und Johannisbeeren. Mutter schaukelte mich dort in einer Hängematte, die sie zwischen die Baumstämme gespannt hatte, und ich pflückte für sie Maiblumen. Aber das ist schon furchtbar lange her. Und ich will jetzt und hier nicht davon erzählen!«

»Laßt sie in Ruhe, ich bitte euch«, bat Pavla Rohanová die Sieger. »Wir können doch nicht so mit Menschen . . .«

»Kannst du dir überhaupt vorstellen«, unterbrach Standa sie, »was sie mit uns anstellen würden, wenn sie die Oberhand gewonnen hätten?«

»Aber die Oberhand haben wir gewonnen, wir haben sie kirre gemacht, was sollen wir noch?« Eda Rohan stand auf. »Mögen sie abzwitschern!«

»Damit sie sich noch heute abend gegenseitig mit Schnellstaub füttern und morgen wieder hier eindringen?« schrie Standa. »Oder uns einen nach dem andern überfallen?«

»Aber wir können hier doch nicht fünf Menschen als Gefangene halten«, gab Eda zu bedenken.

»Alle fünf nicht. Aber unsere drei werden wir fortan bewachen!« Standa löste Polda die Fesseln, brachte Arsen durch einen Fußtritt zum Stehen und warf beide hinaus auf den Flur. »Künftig werdet ihr verdroschen, sobald ihr euch in unserem Haus sehen laßt!« rief er ihnen nach. »Oder auf der Straße davor!«

Mit Michals Hilfe zerrte er dann den gefesselten Tibor ins Dienstzimmer der Gemeinwohnung, danach trat er mit einem Strick in der Hand zu Rita und Tina. »Das wird euch helfen, es bis morgen früh ohne Essen und Trinken auszuhalten«, sagte er zu ihnen. »Morgen werdet ihr alle drei fast sauber sein.« Er fesselte beiden Frauen die Hände und sperrte sie mit Tibor im Dienstzimmer ein.

»Wir werden sie kurieren«, sagte er dann entschlossen zu den übrigen. »Und ich werde persönlich dafür sorgen, daß in unsere Gemeinwohnung, in die ganze Etage, ja ins ganze Haus kein Gramm des Multitiers mehr eindringt – weder an ihnen noch an uns!«

»Da sollen wir hier wohl jeden Tag Striptease veranstalten?« kicherte die (leicht bräunliche) Leona.

»Auch ohne Striptease sehe ich den braunen Unrat an dir, und ich hole ihn dir gleich runter!« sagte Standa zu ihr und führte sie am Ellbogen ins Bad zu einer harten Handbearbeitung. »Genauso wie jedem anderen! In Ústí gibt es jetzt schon genug Häuser, die durch und durch weiß sind. Aber auch durch und durch braune. Und unser Haus wird weiß sein!«

DIE WELTWISSENSCHAFT sucht in Tausenden wissenschaftlichen Forschungsstätten angestrengt nach neuen Methoden gegen das MT und erreicht bemerkenswerte Erkenntnisse, von denen wir heute vier anführen, benannt nach dem Ort der Forschung. ● Der Test YOKOHAMA arbeitet mit einer sogenannten Minimalisierung der physiologischen Funktionen. Ein 36jähriger japanischer Freiwilliger, von Beruf Taucher, 67,6 % Bräune nach der Riemens-Walášek-Standardskala, wurde in eine hermetische Metallzelle eingeschlossen. Völlig abgesondert von der Außenwelt, drehte er täglich zehn Stunden die Handkurbel einer Welle bei einer Nahrungsaufnahme von 1000 Kalorien (Reiskonzentrat und grüner Tee, beides auf Körpertemperatur erwärmt), wobei er durch Knopfdruck eine beliebige Musik wählen konnte. Nach zwölf Tagen wies er immer noch eine Restbräune von 0,11 % der R.-W.-Skala auf. Dieser Test bringt eine interessante Erfahrung mit der Zählebigkeit des MT. ● Der Test CHICAGO führte eine »Supermassage« mit dem Apparat Multi-B-mat vor, eine massive maschinelle Bearbeitung des braunen Patienten durch Vibration, harte Massagen, Kaltwassergüsse und Mozartmusik aus einem eingebauten Lautsprecher, wodurch die Bräune des Behandelten in 8 Stunden von 98,88 % auf 0,46 % der R.-W.-Skala gesenkt wurde. Zur Erreichung einer so ungewöhnlichen Ausgangsbräune (98,88 %) konsumierte die freiwillige Versuchsperson im Laufe einer Woche insgesamt 22 kg Fleisch, 31 Liter Bier, 8 Liter Whisky, 4 kg Schokolade, sah sich 23 Kriminalfilme an (mit 193 Morden, 14 Vergewaltigungen und 42 Folterszenen) und 11 pornographische Filme, sie absolvierte 17 Sexualakte und 9 Boxkämpfe mit ausgesucht schwächeren Gegnern. An diesem Test ist am interessantesten die Feststellung, daß man selbst durch diese konzentrierte Kultivierung des MT den Menschen nicht auf volle 100 % »bräunen« kann. ● Der Test RIGA bereitete für den 42jährigen lettischen Schachgroßmeister Ilmar Avota, der sich vorher freiwillig auf 60 % bräunen ließ, ein Simultanspiel (blind) mit 30 Gegnern gleichzeitig vor. Nach dieser immensen geistigen Anstrengung (die Begegnung dauerte insgesamt 5 Stunden, und der Großmeister, mit dem Rücken zu den Spieltischen gewandt, gewann von den 30 Partien 7, remis gingen 22 aus, und nur 1 verlor er) war die Bräune des Großmeisters unter 1 % der R.-W.-

Skala gesunken. Eine Therapie dieser Art hat allerdings kein weites Wirkungsfeld, aber der Wert dieses Tests beruht vor allem darauf, daß er bei der Heilung der braunen Krankheit die Aufmerksamkeit von den körperlichen auf die geistigen Prozesse lenkt. ● Der Test SOFIA wurde unter den Einwohnern der bulgarischen Metropole sehr populär, die an ihren freien Tagen den Aufstieg aus ihrer 565 m über dem Meeresspiegel gelegenen Stadt in das nahe Witoscha-Gebirge (2286 m) unternehmen, wo sie ein Glas Kefir erhalten und nach kurzer Ruhepause wieder zu Tale steigen. Diese zweimalige Überwindung eines Höhenunterschieds von 1721 m zeitigt überraschend gute Auswirkungen, und der Test SOFIA ist nicht nur eine überzeugende Propagierung der Touristik, sondern auch ein Beweis, daß man sich nur dazu zu entschließen braucht, um das MT loszuwerden.

EINE ELEKTRISCHE WASCHMASCHINE für Menschen entwickelte die amerikanische Firma Westinghouse-Electric aus dem Supermassagegerät Multi-B-mat, bekannt vom Test CHICAGO, für welchselbiges Gerät jedoch nur einige Gefängnisse und spanische Klöster Interesse bekundet haben. Kommerziell weit erfolgreicher ist das neue Modell Multi-Best de luxe, bei dem der Patient das Programm selber wählt, z. B. die rasche Vibration bis zu einem angenehm einschläfernden Schaukeln verlangsamen, die harte Massage in eine leichte Relaxationsmassage verändern, das Wasser bis auf 55 Grad erwärmen, es parfümieren (aus eingebauten Düsen mit dem Duft nach Flieder, Lilien, Jasmin und ozonreicher Waldluft) und aus dem Lautsprecher statt Mozart beispielsweise Rock and Rolls von Elvis Presley hören kann. ● Auch wenn die Heilwirkung dieses Modells dabei bis um 93 % sank, stieg der Absatz um 850 %, und das Modell de luxe wird zweifellos ein großer Schlager der Frühjahrssaison.

IX

Eda Rohan sog auf dem dämmrigen Flur ein letztes Mal den parfümierten blauen Rauch ein, löschte die halbgerauchte Zigarette und steckte sie zurück in die rotweiße Schachtel. Standa Bimoň hat aus unserer Gemeinwohnung ein Behandlungs-KZ für die Braunen gemacht – und damit eigentlich für uns Weiße.

Schon im Korridor hörte man das schwere Schnaufen Tibors, der an der Reckstange turnte – Standa hatte sie über dem Eingang ins Dienstzimmer montiert, in das er außerdem Gewichte, Hanteln, eine Leiter und ein Tau gebracht hatte, stolz nennt er das Ganze »Physminutenraum des Hauses 2002« – unter seiner Obhut ist das eine wohlausgestattete Folterkammer.

»Noch fünf Klimmzüge bis hoch zum Kinn, dann kannst du zu den Hanteln übergehen!« sagt Standa zu Tibor und widmet sich weiter Tina und Rita, die mit Springseilen hüpfen müssen.

Den armen beiden Trnkas und Rita Nedomová bleibt nichts anderes übrig, als sich ihm zu fügen, denn sie wissen nicht mehr, wohin sie gehen sollten – jede Gemeinwohnung in Ústí bewacht jetzt schon das ganze Haus, und herumstreunende fremde Braune werden von den Weißen genauso geschlagen und vertrieben wie von den ansässigen Braunen. Standa hat den Gefangenen die Nachschlüssel zu allen VERS-Wohnungen unseres Hauses abgenommen, und Abend für Abend scheucht er sie in seine »Turnhalle«.

»Es genügt, Tina, du kannst ins Bad. Rita macht noch zehn Minuten weiter!« befiehlt unser unermüdlicher Stanislav. »Beeil dich mit den Hanteln, Tibor! Auf dich wartet noch die Leiter.« Die drei gehorchen ihm wie Häftlinge – oder eher wie dressierte Zirkustiere, schneller oder langsamer, ruhig, widerwillig und auch wütend, am häufigsten jedoch gleichgültig und stumpf, nur um die Physminuten rasch hinter sich zu bringen. Aber ihre Heilung macht keine wesentlichen Fortschritte. Manchmal zwar eine Besserung hin zur »Weiße«, doch dann lecken sie wieder irgendwo an Braunfleisch oder Schnellstaub, und jeglicher Erfolg ist mit einem Schlag zunichte gemacht. Standas drei Patienten reinigen sich durch die abendlichen Übungen bis auf vierzig Prozent Restbräune, aber am nächsten Tag kommen sie als achtzigprozentige Schwerbraune wieder. Insgesamt ist es für die Katz.

»Weil sie es nicht aus eigenem Willen tun, sondern durch Zwang«, sagt meine Pavla. Sie hat recht, aber Standa will das nicht hören.

»Wir sollten mit ihnen lieber mentale Übungen betreiben«, schlägt Michal vor. Was den Kommandanten Standa jetzt nicht mehr interessiert. Mentale Übungen helfen indirekt, sie wecken nur den verseuchten Geist, vertreiben seine Abgestumpftheit und richten ihn auf höhere Ziele aus, sind jedoch nicht imstande, das Multitier sichtbar und rasch in ganzen Stücken direkt auf dem Körper zu liquidieren, was aber Stanislav als einziges interessiert und offenbar auch in seinen vernichtenden Ausfällen gegen die braune Multibestie beflügelt, die er mit dem gleichen leidenschaftlichen Fanatismus vollführt wie der heilige Georg seinen Kampf mit der Lanze gegen den Höllendrachen.

Standas Gemeinwohnung stinkt nach Kasernenschweiß, und wir fühlen uns, obzwar ohne Heizung und Licht, wohler zu Hause. Wie in einer Skifahrerbaude sitzen Pavla und ich im Pelz beim abendlichen Gläschen Kognak und einer Zigarette, und Michal spielt uns eine kleine Nachtmusik vor... Glück ist eigentlich eine einfache Sache und um so tiefer, je mehr wir uns bewußt sind, wie wenig selbstverständlich es ist. Wir freuen uns zusammen auf den Frühling.

Grell strahlt die Morgensonne vom frostklaren Himmel in die Fenster des großen Arbeitszimmers des Konzernhauptspezialisten der NBLB. Eda Rohan steht auf Zehenspitzen vor der Wand mit der verglasten Karte seiner SPINNWEBE und fährt mit den Fingern erregt über sein Meisterwerk, die farbigen Punkte, bizarren Kurven, Angriffspfeile und kühnen Segmente. Am Beginn eines großen Projekts sollte immer ein Traum stehen, und das Bild meines Traums ist jetzt schon vollendet. »Den Roman habe ich mir bereits ausgedacht«, sagte der große Flaubert, »es bleibt nur noch, ihn zu schreiben.«

Na ja, das ist sehr hübsch. Aber träumen und sich etwas ausdenken ist weit leichter und angenehmer, als das Ganze zu einer perfekten Dokumentation radikal neuer Technologien der Lebensmittelproduktion und der Lebensmittelverteilung für zehn Millionen zusammenzustellen, nicht wahr? Nach dieser Vorlage an der Wand.

Eda nahm entschlossen die Karte von der Wand und setzte sich damit an den Arbeitstisch. Ich komme mir jetzt vor wie ein Architekturstudent im ersten Semester, so ein begeistertes Würstchen, das sich bei einem romantischen Abendspaziergang ein weißes Haus am Waldrand erträumt hat, märchenhaft bis in die letzten Details, das Gitter am Gartentor (selbstverständlich aus Bronze), die Dachrinnen (aus Kupfer), die Beschläge der Türen und Fensterläden (aus Messing), den Briefkasten (aus nichtrostendem Stahl), den Marmorbelag am Kamin (in dem gefällig ein Scheiterhaufen aus Birkenkloben aufgeschichtet ist), im Bad eine rosa Wanne mit verchromten Armaturen, und aus dem Ankleidezimmer (gelbgestreifte Tapeten und über dem Spiegel eine eckige Mattglaslampe) flüstert eine Frauenstimme: »Komm schnell, Liebling, legen wir uns hin« – und jetzt ein harter Schnitt: Auf demselben Platz am Waldrand steht ein ratloser Bauherr in Gummistiefeln vor einer gähnenden Baugrube, in deren Schlamm soeben der Bagger steckengeblieben ist, auf die Ziegelstapel pladdert Regen, Kalk und Zement fehlen, und es wird beides nicht geben . . .

Aber ich erbaue mein weißes Haus schon . . . Da klingelte das Telefon und riß Eda aus seiner schöpferischen Begeisterung. »Wenig kümmerst du dich um mich, was ist los mit dir? Bist ein fader und dümmlicher Tatterich geworden«, warf ihm Leona Bimoňová vor, bemüht, weitere Geschlechtskontakte in unserer VERS-Wohnung Nr. 9 im zweiten Stock zu erwirken. Was mich aber jetzt nicht mehr lockt, wo ich es zu Hause viel besser habe. Treib du's mit deinem sportlichen Standa, liebe Leopardin! Mich erregst und amüsierst du nicht mehr!

»Ich hab keine Zeit, ich arbeite!« fertigte Eda die zudringliche Geliebte ab und legte auf. Gestern nacht, beim Licht der Taschenlampe, war meine Pavla wie heiße Milch mit Rum und Honig . . . Nach achtzehn Jahren Ehe habe ich mich in die eigene Frau verliebt! Und Liebe und schöpferische Arbeit sind die beste Medizin gegen das MT.

Wenn der Mensch einen reinen weißen Geist hat, sprüht die Inspiration nur so, und so machte sich Eda an sein Projekt SPINNWEBE, mein Lebenswerk wieder gestartet, und schon nach ein paar Stunden zeichneten sich die neuen Umrisse dieses umfangreichen Netzwerks ab. »Jetzt hab ich für niemanden Zeit!« schnauzte Eda die Sekretärin Tina an, aber er mußte welche haben, denn der Generaldirektor persönlich suchte ihn auf.

»Dieses Süßeis, Ovalon und Dulcinea sind dir gelungen, ab ersten März fahren wir weitere acht Bänder«, sagte ihm der Chef der NBLB. »Aber wie geht's mit der SPINNWEBE weiter?«

»Soeben hab ich sie voll angekurbelt!« meldete Eda triumphierend.

»War ja auch höchste Zeit«, sagte der General bissig.

»Und was passiert sonst in deiner Abteilung?«

»Alles in völliger Ordnung, Harmonie, Eintracht und in bestem Elan, im Galopp, in Blüte und Aufschwung!«

»Immer gute Laune, was? Und Bimoň?«

»Ich erwarte gerade seinen Bericht.«

»Schauen wir ihn uns an!«

Der Entwicklungstechnologe Stanislav Bimoň legte vor den Blicken seiner Chefs die kleinen Karrees seines »vollsättigenden Ökobrots« (grauweißes Netzwerk, das an nichts Eßbares erinnert) in ein flaches Aluminiumetui, worauf er sich das Hemd aufknöpfte, sich das Etui in die Achselhöhle schob, wie ein Thermometer, und schweigend begann, mit todernstem Gesicht in seinem schmalen Arbeitszimmer auf und ab zu gehen.

»Was hat er?« wollte der Generaldirektor wissen.

»Was hast du?« übersetzte Eda seinem untergeordneten Technologen.

»Ich bringe das Ökobrot durch meine Körperwärme auf

eine Temperatur von sechsunddreißig Grad Celsius, also die ideale Temperatur der menschlichen Nahrung«, lautete die Antwort. »Im Durchschnitt dauert das elf Minuten und achtundzwanzig Sekunden.«

»Soviel Zeit hab ich nicht«, sagte der Generaldirektor. »Und was weiter?«

»Das vollsättigende Ökobrot ist die komplexe Antwort auf den globalen Mangel an Rohstoffen und Energie«, erklärte Stanislav stolz. »In dieser Form der Ökonahrung aus dem Etui erhält jeder die notwendigen Nährstoffe, die er selber und umsonst auf die ideale Verzehrtemperatur erwärmt. Ökonahrung aus dem Etui bedeutet gigantische Einsparungen, denn der Bedarf an Haus- und Betriebsküchen, Speisegaststätten, Restaurants, Kellnern, Köchen entfällt, was weitere Einsparungen an Elektrizität, Kohle, Dampf, Leuchtgas bedeutet . . .«

»Es reicht«, unterbrach ihn der General. »Was sagt dazu der Hauptspezialist?«

»Ich fürchte, es handelt sich hier um Science-fiction aus dem Bereich des schwarzen Humors«, sagte der Chef Eda erbarmungslos. »Bimoň führt uns dauernd die gleichen Ökobrote vor, schon längst in der Fachliteratur und seinen früheren Forschungsberichten beschrieben. Als einziges Novum hat er sie diesmal in Briefmarkenformat geschnitten – warum eigentlich?«

»Das ist die gemessene Größe der Bissen, die man mit den Fingern direkt aus dem Etui nehmen kann, wie zum Beispiel Pralinen aus einer Bonbonniere«, erläuterte Standa, »womit der Bedarf an Eßbestecken entfällt. Und wenn wir bedenken, daß allein in unserer Betriebskantine jährlich Bestecke im Wert von sechzehntausend Kronen verschwinden . . .«

»Aber Briefmarken aus Ökobrot zu machen ist dir nicht eingefallen?«

»Nein. Warum?«

»Weil eßbare Briefmarken und ganze Briefe kein schlechter Einfall wären, das ist allerdings jetzt schon meiner«, fuhr Eda

Rohan heiter fort. »Wie vielen untreuen Frauen würde das zum Beispiel die Ehe retten, wenn sie ihre Liebeskorrespondenz fortlaufend aufäßen! Die Schüler müßten zur Strafe die mißlungenen Zeichnungen kauen und einige Schriftsteller ihre Bücher, was sie billig ernähren und zu einer Gesundung des Buchmarktes führen würde.«

»Ich protestiere dagegen, daß man meine Arbeit lächerlich macht«, rief Stanislav puterrot, »mit der ich der allgemeinen Forderung nach Einsparungen entgegenkommen wollte . . .«

». . . und zu weit gegangen bist. Ich lehne die Vorstellung von einer Menschheit ab, die so tief gesunken ist, daß sie sich nicht einmal mehr das Lagerfeuer der diluvialen Mammutjäger erlauben kann! Damit zu rechnen bedeutet, sich schon darauf vorzubereiten und sich von vornherein damit abzufinden, was mich immer aufregen wird!« empörte sich Eda. »Die Welt muß ihren Reichtum und ihre Freiheit planen, nicht Armut und Einschränkung. Ökobrot aus dem Etui in der Achselhöhle – pfui! Da könnten wir ja gleich den jungen Müttern eine solche Operation ihrer Bauchmuskulatur vorschlagen, daß sie darin wie ein Känguruh ihre Kinder bis zum Alter von drei Jahren hegen und pflegen! Was zugleich Einsparungen bedeuten würde – an Kinderbettchen, Kinderwagen und Säuglingskleidung . . .«

»Jetzt aber Schluß!« sagte der Generaldirektor. »Wie lange hat Bimoň an diesem horrenden Unsinn gearbeitet?«

»Den ganzen Januar.«

»Die Prämie für Januar streichen!« entschied der Generaldirektor und kratzte sich den braunen Ausschlag am Handgelenk. »Wann immer ich von Bimoň höre, geht es nur um Physminuten und VERS-Inspektionen. Man muß ihn wieder zu ordentlicher Arbeit heranziehen. Verantwortlich der Abteilungsleiter!«

»Schmeiß das Zeug weg«, sagte dann der Chef Eda zu Standa und steckte sich eine Winston an. »Für die nächsten tausend Jahre ist das purer Stuß.«

»Bestimmt denkst du jetzt, wie furchtbar geistvoll du bist, nicht wahr?« sagte Standa düster.

»Warum eigentlich nicht?«

In der Arbeit hab ich Standa immer noch unter der Fuchtel, aber zu Hause wird's mit ihm immer schlimmer, aus dem Vertrauensmann unserer Gemeinwohnung ist ein tyrannischer Diktator geworden, wir alle verdächtig, und wenn wir es zuließen, würde er uns zwecks MT-Kontrolle täglich nackt ausziehen lassen oder uns zumindest abtasten wie Schmuggler.

»Ausziehen!« schreit er Tibor an, der sich wieder einmal toll zugerichtet hat, zwingt ihn zu Sprüngen, Kniebeugen, Liegestützen, und wenn Tibors dicke braune Stränge nicht rasch genug verschwinden, kniet sich ihm Standa auf den Brustkorb wie einem Gekreuzigten und schlägt ihm die Arme auf die Erde ... In Tibors und Tinas Augen glimmen Zorn, Haß und Rachsucht, was natürlich die Heilwirkung zunichte macht. Aber eigentlich darf man sich über sie nicht wundern.

»Ich glaube, Stanislav nimmt das zu ernst«, flüstert Pavla, der von jeder physischen Gewalt schlecht wird.

»Jetzt übertreibt er aber!« sagt mein Michal laut.

Leider wurden auch die schlimmsten Dinge der Welt sehr ernst betrieben – und immer furchtbar eifrig.

DIE VERSCHIEDENEN LÄNDER gehen gegen das Multitier auf sehr unterschiedliche Art vor. In Skandinavien und den nördlichen Gebieten der UdSSR ist die traditionelle Sauna äußerst beliebt, bei deren Temperatur (bis 130 Grad) das MT stark anschwillt, worauf sein Gewebe bis in die Tiefe durch das Peitschen mit Birkenruten zerstört wird; die Heilwirkung wird durch ein Bad in eiskaltem Wasser oder Wälzen im Schnee vollendet. Auch auf den britischen Inseln hat der Gebrauch von Birkenruten (das sogenannte birching) eine hundertjährige Tradition, ebenso wie der klassische Schulrohrstock (»the English schoolmaster's cane«), während das kontinentale Europa eher dem väterlichen Lederriemen den Vorzug gibt (und Böhmen dem gutmütigen mütterlichen Kochlöffel). ● Als Rarität führen wir den Nürnberger »Therapeutischen Salon« an, in dem die braune Krankheit mental durch ein strenges Kreuzverhör behandelt wird, bei dem das grelle Licht einer Tischlampe dem Patienten direkt in die Augen sticht, oder sogar die »Heilfolterkammer«, in der zahlende Kunden mit schweren Gewichten an den Füßen an einer Kette zur Decke hochgezogen oder auf eine Leiter gespannt werden. ● Die brutalen Methoden einiger südamerikanischer Diktaturen (z. B. die »Heil«-Konzentrationslager in Chile und Paraguay) dienen allerdings eher zur Liquidierung von Angehörigen des nationalen Widerstands, wobei Südafrika das traurige Primat beibehält, indem es farbige Häftlinge vor Grubenhunte spannt. »Aber die sind ja sowieso braun«, erklärte der Direktor der Kapstädter Gruben W. van Snyders zynisch dem Berichterstatter der Reuter-Agentur.

DAS GEHIRNTRAINING ist gegen das MT weit wirksamer als jedwede Gymnastik, gute Heilergebnisse zeitigen z. B. die tschechischen Leserwettbewerbe, die Massenschachturniere in den Leningrader Betrieben, die internationalen Rubik-Würfel-Wettbewerbe in Budapest, die Mathematikolympiaden in der DDR, die Wettbewerbe der Schweizer Kreuzworträtsellöser, der dänischen Rätselfreunde, der Musikamateure und Computerspieler in England, der Bridgespieler in den USA u. ä. Außerdem bieten in den entwickelten Ländern heute schon die Universitäten, die großen Bibliotheken und die verschiedensten Bildungsgesellschaften kostenlose Kurse verschiedener mentaler Übungen an, in die sich Zehntausende Interessenten drängen. »Viele akzeptieren das wie jede andere modische Welle«, sagte uns der Reporter des finnischen Fernsehens, »aber diese Mode ist bestimmt gut, und man kann sich nur wünschen, daß sie sich so lange wie möglich hält.«

X

Dauernd haben sie über mich gegrinst, wenn mir mein Standa jeden Abend im Badezimmer die Haut gerubbelt hat, aber jetzt werden sie schon selber gerubbelt, hihi! – Leona Bimoňová schaute amüsiert zu, wie ihr Stanislav den rücklings auf dem Fußboden liegenden Tibor bearbeitete. Tina hat Wut, doch nach einer Weile wird sie selber übers Springseil hüpfen müssen. Der lieben Familie Rohan gefällt das nicht, aber niemand traut sich auch nur zu mucksen. Mein Mann ist der Stärkste von allen.

»Brauchst du nicht Hilfe, Standa? Bist doch schon ganz verschwitzt«, schmeichelt sich Rita Nedomová bei ihm ein.

Das ist ein raffiniertes Biest! Braun wie ein Dschungelaffe (ich nur elegant bräunlich) und verräterisch den Ihren und den Unseren gegenüber, lauert sie wie ein gefangenes Tier, bis sich die Braunen wieder aufraffen, was ich mit ihr nicht erleben möchte. In Standas Turnraum springt sie folgsam, aber kaum ist sie bei sich zu Hause, schlürft sie literweise Wasser, frißt Braunfleisch und schnupft Schnellstaub. Die rührt nichts, und wie durchtrieben sie ist! Standa hat sie sogar ein blauweißes Seidenband gebracht, um die Hüfte zu binden als Zeichen seiner Funktion im Hause – um sich bei ihm noch mehr einzukratzen! Aber ich hab den Lappen zu Fetzen zerrissen und es so arrangiert, daß sie in Standas Übungsraum eine halbe Stunde Kniebeugen machen mußte, was sie völlig geschafft hat. Hihi!

Meinem Mann ist der Notstand VERS ungeheuer von Nutzen, er hebt sein Selbstbewußtsein, jetzt ist er kein Hausmeister mehr, sondern Herr der Gemeinwohnung und des ganzen Hauses, Richter und König – so daß aus der kleinen Leona eben doch die First Lady geworden ist, hihi! Man sollte das gehörig auskosten, aber dazu ist mein Standa absolut nicht geschaffen. Tibor ächzt schwitzend am Reck, Tina und Rita machen Kniebeugen – ich muß es auch –, Michal übt freiwillig und voller Eifer, er hat dazu auch Pavla überredet, schließlich mußte sich auch Eda hinzugesellen ... Wir passen gar nicht mehr alle rein in den Turnraum, und aus der ganzen Gemeinwohnung ist eine Trainingsstätte unter Standas Pfeife geworden.

Vielleicht gut für die Gesundheit, aber im großen und ganzen fade bis zum Gehtnichtmehr.

Nur gut, daß Standa nach der Arbeit im Betrieb noch seine Einsätze als Inspektor der VERS-Zentrale macht, so habe ich oft ganze Nachmittage frei für mich. Der Einkauf ist rasch erledigt, wo doch Standa beim Kampf gegen das MT zum Abendessen Spinat reicht, und in der Gemeinwohnung räumt an meiner Statt immer eine von den braunen Sträflingen auf – so fabelhaft ging's mir zuletzt nur als ledigem Mädchen!

Und so zieh ich mit Karla Sladečková nach dem Dienst ins

Café Savoj, wo wir in einer gelben Ecknische unseren Stammplatz haben. Hier ist es furchtbar elegant, die befrackten Kellner verkaufen schwarz Zigaretten und die Garderobenfrau für einen Fünfer eine Tüte Schnellstaub, den wir in den Wiener Kaffee mit Schlagsahne schütten.

»Na, was treibt dein eifersüchtiger Standa?« fragte mich Karla, über ihrem gewürzten Kaffee grinsend.

»Er tobt sich als VERS-Inspektor aus. Schon zweimal ist er mit aufgeschlagenem Maul heimgekommen, und einmal hat er gehinkt.«

»Immer noch so furchtbar eifrig?«

»Wie stets übertreibt er's. Er ist einfach zu ehrlich, und ihn wurmt es, daß von den Braunen immer noch genug da sind, Reinweiße gibt's eigentlich nur wenig, in der Mehrzahl sind wir mehr oder weniger braunweiß. Standa kann einfach nicht begreifen, daß braun zu sein heute schon eine gängige Sache ist, wie paar Kilo Übergewicht . . .«

». . . die jeder zweite hat«, fügte Karla hinzu, die gut und gerne zwanzig hat.

». . . oder ein kleiner Schwips nach einer Party, den niemand ernst nimmt.«

»Und der eigentlich was ganz Entzückendes ist. Ein lustiger Mensch, der einen guten Tropfen liebt, kommt mit den Leuten immer besser aus als ein widerlicher Trauerkloß.«

»Braun sein ist heute einfach eine normale Krankheit, wie zum Beispiel Husten in einer Fabrikstadt, wo jeder hustet.«

»Bei uns in Ústí schon die Kinder ab fünf Jahren.«

»Ich meine überhaupt, daß diejenigen, die jetzt braun sind, ohnehin nur das tun, was sie eigentlich immer tun wollten. Erst jetzt trauen sie sich.«

»Weil ein Brauner bequemer lebt als ein Weißer«, sagte die braune Karla und holte aus der Tasche eine Tüte Schnellstaub.

»Nimmst du noch was?«

»Aber gern. Zu Hause erwarten mich nur Spinat und ein hartes Training.«

Wir schütteten uns beide noch ein paarmal was in den Kaffee, worauf Karla wie immer von Freßgier befallen wurde, sie schob sich vier Schokoladentörtchen rein, zweimal je hundert Gramm Touristensalami, fünf Semmeln und einen Sahnebecher mit Eierlikör.

Auf mich wirkt der Schnellstaub anders, und ich sah mich im Lokal um, wo mehrere interessante Herren saßen, sie lächelten mir von ihren Tischen zu und fuhren sich dabei vielsagend mit den Fingern über ihre braunen Tierchen, die ihnen unter den Manschetten hervorlugten. Mit dem da würde ich es ganz gern mal probieren ... oder mit dem dort – doch da würde Standa mich totschlagen. Ich hab's ja auch nicht nötig, mir in Lokalen Männer zu angeln, wo mich zu Hause in der Gemeinwohnung mein Liebhaber erwartet, nicht? Ich habe immer darauf geachtet, daß es Niveau hat.

Aber zu Hause in der Gemeinwohnung täglich eine Langeweile, wie sie vielleicht in Kasernen herrscht, jeder sieht zu, so bald wie möglich von hier zu verschwinden, und hockt lieber zu Hause in Kälte und Dunkelheit, selbst beim Fernsehen treffen wir uns kaum zu dritt oder viert, und sonst überhaupt nicht mehr. Und Eda, weiß wie ein Kalkkübel, will auch nicht für ein Stündchen mit mir in unsere schön durchwärmte VERS-Wohnung zwei Stock tiefer ... Dabei hätte ich es gerade jetzt so nötig, mich wenigstens für ein Weilchen aufzuwärmen. Ich bitte ihn fast, aber er macht nur Späße – verdammt noch eins, bin ich denn für ihn plötzlich so was wie räudig?!

»Wenn du mich in Rage bringst, sag ich Standa, daß du auf den Flur rauchen gehst!« drohte Leona Eda an.

»Werde ich dann zehn Minuten länger turnen müssen?« machte er sich lustig.

»Ich sage Standa, er soll dich ordentlich rannehmen – und er tut das voller Lust, das weißt du genau!«

»Aber wenn ich mit dir brav in unser warmes Zimmerchen zwei Stock tiefer gehe ...«

»... dann bist du wieder mein Liebling, und Standa läßt dich in Ruhe.«

»So daß mir nur noch die Wahl bleibt«, sagte Eda Rohan lachend, »entweder von Herrn Bimoň rangenommen zu werden oder von Frau Bimoňová?«

»Das Lachen wird dir schon vergehen«, erklärte Leona Bimoňová unerbittlich. »Heute hast du noch die Wahl. Morgen nicht mehr.«

DER URSPRUNG DES BRAUNEN MULTITIERS, Multibestia incorporata, ist nach den neuesten Forschungen viel älteren Datums, als bisher angenommen – vielleicht sogar um Jahrtausende, er reicht bis in die Morgendämmerung der menschlichen Geschichte zurück!

Alle Merkmale der braunen Krankheit, die sich bei den verschiedenen Personen unterschiedlich zeigen – von Gleichgültigkeit, Stumpfheit und Obskuranz bis zu Freßgier und räuberischer Aggressivität –, kommen beim Menschen schon lange vor, und man kann zu der begründeten Meinung gelangen, daß unter den außerordentlichen Umständen der Überschwemmung mit riesigen Massitmengen nur körperlich sichtbar an die Oberfläche durchgebrochen ist, was im Menschen seit eh und je existiert. Bildlich gesprochen, war der prähistorische tierische Affenmensch hundertprozentig »braun«, ebenso wie die Tierarten seiner Zeit, und die ganze Geschichte der menschlichen Zivilisation ist in gewisser Hinsicht zugleich eine Geschichte des Kampfes mit dieser animalischen braunen Komponente, die nichtsdestoweniger bis heute überdauert hat und jetzt in Form der braunen MT-Gewächse als Verkörperung menschlichen Unterliegens an die Oberfläche getreten ist.

Weil das Multitier am besten in Reglosigkeit und Dunkelheit gedeiht, muß der Mensch zu Bewegung und Licht streben. Körperliche Bewegung wirkt nur beschränkt, zeitweise, und wie schon früher nachgewiesen, bedarf es zu einem völligen Erfolg ständiger geistiger Bewegung, durch die das MT im Menschen unterdrückt und vernichtet wird.

Aber wie kann man das schnell und bequem erreichen?

Die besten Ergebnisse zeitigen die modernen psychologischen Methoden der Konzentration und Autosuggestion, ausgehend von dem autogenen Training nach J. H. Schultze, den Behandlungsmethoden von Jacobson, Bechterew und zahlreicher weiterer, ohne die man sich die heutige Psychotherapie nur schwer vorstellen kann.

Die Methoden des autogenen Trainings (AT) haben sich schon vor Jahren über die ganze Welt verbreitet und den Rahmen der Medizin überschritten. Auch ganz gesunde Menschen führen heute eine bestimmte Art des AT durch, bei den sowjetischen Sportlern als »Psychoregulationstraining« bekannt. Einige Varianten des AT haben sich hervorragend in der Pädagogik bewährt, bei der Arbeit mit der heranwachsenden Jugend, beim Studium von Fremdsprachen, in der Kosmonautik usw. usw. Das AT ist heute bereits eine Selbstverständlichkeit

z. B. bei einer Reise unserer Fußballer nach Südamerika, um ihnen zu helfen, die Akklimatisationsbeschwerden beim Überfliegen der Zeitzonen zu meistern, und bei einer Tournee des Prager Philharmonischen Orchesters durch Japan ermöglichte es den Musikern mehrere Auftritte täglich.

XI

»Hier kann man nicht mehr atmen!« konstatierte Michal Rohan im vollgeräucherten Zimmer der Werbeabteilung der NBLB, stand energisch von seinem Tisch auf, öffnete das Fenster für die hereinströmende frische Frostluft und setzte sich wieder an seine Reklameentwürfe für die süße Buttercreme Dulcinea.

»In dieser Kälte kann man nicht arbeiten!« behauptete Arsen Králík, machte das Fenster zu und setzte sich erneut an seine Reklameentwürfe für den Eierkognak Ovalon.

Dieser miese Arsen Králík raucht wie ein Schlot, und weil er für ordentliche Zigaretten kein Geld hat – er versäuft alles –, dreht er sich die Stengel selber aus verschiedenen Kräutertees in Zeitungspapier – wir haben hier einen Gestank wie im Unterdeck eines Kriegsschoners in der Seeschlacht bei Trafalgar, wo die Schiffskanonen nach vorn Feuer spien und allen Qualm nach hinten auf die Mannschaft im Unterdeck. Das hab ich mit Mutti und Vater im Londoner Museum der Madame Tussaud gesehen, bloß war dort der Rauch natürlich nur gefilmt.

Nach einer Weile begannen mir die Augen zu brennen, und so riß ich das Fenster wieder auf. Seit der Tracht Prügel in unserer Gemeinwohnung, als Arsen sich an Mutti rantraute, fürchtet er sich, mir offen entgegenzutreten, andererseits kann ich ihn nicht wieder verhauen. »Wenn du noch mal unseren Arsen anfaßt«, hat mir der Pförtner Polda Štrunc gesagt, als ich es noch einmal versuchen wollte, »lauere ich dir hinter einer Ecke auf und mache aus deiner Fresse ein gehacktes Beefsteak!« Was Polda mit seiner schrecklichen künstlichen Pratze leicht schaffen würde.

Die armselige Natter Arsen wird sich mir nicht offen entgegenstellen, dafür hetzt er jemanden gegen mich auf, jetzt unseren Abteilungschef Berenda.

»Was ist los, Michal, dauernd gibt's wegen dir Stunk!« schalt er mich, als Arsen ihn geholt hatte.

»Arsen soll hier nicht rauchen, wo doch beim Notstand VERS das Rauchen sowieso verboten ist!« erinnerte ich ihn.

»Der Notstand VERS verlangt in erster Linie maximale Energieeinsparung«, hechelte Arsen, »aber der junge Herr Rohan läßt natürlich zynisch kostbare Wärme durchs offene Fenster hinaus, für die unsere Bergleute, Energetiker und Eisenbahner mit solch aufopfernder Anstrengung . . .«

»Hört auf damit – alle beide!« seufzte der Chef Berenda und eilte schon wieder von dannen. »Macht das Fenster zu, raucht nicht, aber vor allem – ich bitte euch sehr! – hört auf, mir auf den Docht zu gehen!«

Kaum war er verschwunden, begann Arsen erneut, sich aus Zeitungspapier und getrockneten Brombeerblättern eine Zigarette, dick wie ein Hühnerschenkel, zu drehen.

»Ich seh schon, ich muß dir noch einmal die Fresse polieren, du Massitsau!« versprach ich ihm. »Und ich freu mich schon sehr drauf.«

»An deiner Stelle würde ich mich nicht freuen, sondern im Gegenteil fürchten«, erwiderte Arsen langsam und stocherte mit den Fingern in dem kaffeebraunen Polypen an seinem Hals herum. »Wenn unser Tag kommt, werden wir dich mitsamt deinen weißen Würmern überschwemmen wie der mächtige braune Fluß Mississippi!«

Das ist freilich nur das Gequassel eines Braunen, dem das Wasser bis zum Halse steht, denn in unserem Betrieb und in ganz Ústí sind wir jetzt bereits über sechzig Prozent Weiße. Die Leute brauchen keine VERS-Zentralen und keine VERS-Inspektoren mehr, jetzt machen sie schon von selber die Übungen des AT, und einer hilft dem andern, überall nehmen die vollweißen Häuser zu, und die ganze Stadt fängt langsam an, weiß zu werden.

In unserer Werbeabteilung dagegen wird der Kampf gegen das MT immer noch nicht mit voller Kraft geführt. Der ewig abgehetzte Chef Berenda hat bislang dafür keine Minute Zeit gefunden, ich allein schaffe das nicht, aber auch unsere nette Frau Marta hat es aufgegeben. Ein paarmal war sie in der VERS-Betriebszentrale, wo sie das große Einmaleins aufsagen und ihren Lebenslauf schreiben mußte (das gefiel ihr sehr, weil sie allein wohnt und niemanden hat, dem sie über ihr Leben erzählen könnte), doch einmal, so sagt sie, war sie ganz nervös, und ihr tat der Kopf weh, so braute sie sich zu Hause einen Grog zur Beruhigung, dann einen zweiten, verspeiste ein halbes Kilo Schweinebauch, und jetzt steckt sie wieder bis über beide Ohren drin, zum zweiten Frühstück schmurgelt sie sich heimlich Braunfleisch.

Das Problem besteht nicht so sehr darin, weiß zu werden, sondern nachher auch weiß zu bleiben, oft seh ich das, wenn ich nachmittags mit Standa zusammen als VERS-Inspektor agiere. Manch einer ist ganz anständig, aber dann geht ihm etwas verquer – die Frau läuft ihm davon, der Direktor schimpft ihn aus, ihm tut ein Zahn weh, er kriegt in der Schule eine Fünf in Erdkunde –, und er richtet sich zu wie ein Vieh und beginnt zu toben, prügelt sich in der Kneipe, schmeißt Mülltonnen um, haut einer Statue im Park was ab und zertöppert die Scheibe einer Straßenlaterne oder einer Telefonzelle ... Aber das hat es wohl immer gegeben. Dieses Vieh sitzt innen drin in den Leuten – in uns allen –, und es wartet nur darauf, daß wir's rauslassen. Um die braunen MT-Beulen auf der Haut geht es eigentlich gar nicht.

Als Mutti Geburtstag hatte, kauften wir, Vati und ich, für sie kubanischen Bananenlikör und ließen eine Sahnetorte backen, groß wie ein Lenkrad, sie andererseits briet uns eine Gans, und nach langer Zeit futterten wir wieder mal ausgiebig – aber das ist doch wohl richtig, wenn eine Mutter Geburtstag hat, nicht? –, und über Nacht brachen an mir braune MT-Beulen aus, was bedeutet fortan nur heißen Tee und durch die

Siedlung laufen, für ein ordentliches Mahl mehrere Stunden Leibesübungen. So viel Anstrengung kostet es, weiß zu bleiben, mich macht's schon langsam müde. Und wie oft frage ich mich, ob es sich eigentlich lohnt.

In der Gemeinwohnung wird's immer ärger, die Bimoňová spielt die Königin, und weil sie selber nur Feinfrostspinat heißmachen kann, fängt sie an, Tina und jetzt auch Mutti in die Kocherei reinzureden, wir würden zu gut leben und damit das Multitier unterstützen!

Und Standa ist der reinste Scharfrichter geworden, die Braunen hassen ihn, und auch wir Weißen fangen schon an, uns vor seiner Knute zu fürchten. Mutti hüpft über das Springseil, und sie lacht dabei gar nicht mehr, Vati und ich traben auf der Stelle (aber Vati bereits ganz lässig), Tina und Rita müssen Kniebeugen machen, daß der Schweiß von ihnen rinnt, Tibor muß auf der Leiter turnen, und weil das Standa immer noch zu wenig wirkungsvoll erschien, hat er ihm Hanteln an die Füße gebunden wie in einer mittelalterlichen Folterwerkstatt – mir kommt's allmählich vor, daß diese rohe, primitive Behandlungsart eigentlich schlimmer ist als die ganze Krankheit, von der sich der Mensch einzig und allein kurieren kann, wenn er's selber will. Und dabei helfen ihm am besten verschiedene mentale Übungen, wie zum Beispiel das autogene Training – aber auf keinen Fall Kasernendrill und körperliche Folter. Die Gemeinwohnung haben wir jetzt weiß, doch immer leerer, Rita kommt erst spät nachts, wenn wir alle schlafen, um was zu kochen. Und Tibor hat sich eines Tages einfach verkrümelt.

Tina wartet jeden Abend auf ihn; auf dem Teppich kauernd wie ein krankes Tier, preßt sie sich mit dem Leib an den Heizkörper und starrt nur zur Tür, ob er sie nicht wieder holt.

»Du kannst doch nicht immer bloß so . . . Was für Musik soll ich dir einlegen?« sagte ich zu ihr, als sie schon stundenlang schwieg und wir allein im Klubraum zurückgeblieben waren.

»Ist doch egal«, antwortete sie mit leerer Stimme, wie jetzt stets – wenn sie überhaupt spricht.

Also spielte ich eine Kassette mit heißestem Rock ab, den sie als einziges wenigstens ein bißchen wahrnimmt, ich wollte sie in Bewegung bringen, und so versuchte ich es wieder: »Wollen wir tanzen?«

»Nein.«

»Oder soll ich dir ein Buch holen? Ich könnte dir was vorlesen . . .«

Darauf gab sie mir keine Antwort.

Zu gern würde ich sie aus der Lethargie herauslocken – aber Tina will einfach nicht. Standas Übungen schlagen bei ihr überhaupt nicht mehr an. Wenn sie wenigstens mich gern hätte, doch sie liebt nach wie vor ihren Tibor und will braun bleiben wic er, bis er sie wieder zu sich holt.

Spät am Abend klingelte in der Gemeinwohnung das Telefon, und als ich abhob und mich meldete, sagte eine grelle Frauenstimme: »Du bist der Junge von den Rohans, stimmt's? Also richte Tina aus, daß Tibor bei mir ist und auch weiterhin sein wird. Das läßt ihr Mija Robová bestellen.«

»Diese Hure«, sagte Tina niedergeschlagen, als ich es ihr mitteilte. »Ich hab's ja geahnt.«

»Was willst du tun?«

»Was könnte ich denn tun, weißt du was?«

Eine Weile lag sie wie tot da, dann stand sie auf, unendlich langsam, als schmerze sie jede Bewegung – wo sie jetzt doch weiß, daß sie die ganze Zeit umsonst gewartet hat. Am Ende stellte sie sich vor mich hin, hakte beide Daumen in die Taschen ihrer Jeans und sah mir direkt in die Augen. Aber irgendwie sonderbar, Gutes für mich war da nicht drin.

»Was guckst du mich so an?« sagte sie heiser, obwohl doch eher sie mich komisch ansah.

»Ich . . . na doch normal, nicht . . .«

Tina zog ein Tablettenröhrchen aus der Tasche und schüttete sich den Inhalt in den Mund. Das war natürlich Schnellstaub.

»Glotz nicht so und hau ab, hol Wein, zu Hause habt ihr bestimmt genug«, befahl sie mir kichernd. »Nach einem Weilchen werde ich tollen Durst haben.«

Ich wetzte aus der Gemeinwohnung nach Hause, die Eltern schliefen schon, schnappte mir in jede Hand eine Flasche Weißwein und rasch zurück in den Klubraum, ich fürchtete, Tina könnte ... Ich weiß eigentlich nicht, was alles ich in diesem Augenblick fürchtete.

Im Klubraum war es fast dunkel, und Tina stand da wie vorhin. Nur hatte sie jetzt bloß noch die Jeans an. Die Flaschenhälse in meinen Händen waren eiskalt, aber auf einmal wurden sie gleichsam brennend heiß.

Tina nahm mir die Flaschen ab, stellte sie ruhig auf den Tisch, und dann drückte sie meine Hände an ihre Brüste. Ihre nackte Haut war wahnsinnig heiß.

»Na dann komm, du weißes Kaninchen«, flüsterte sie mir von nahem zu. »Du hast kalte Finger, aber gleich wird dir warm sein, glühend warm. Hab keine Angst mehr ... Das hast du doch immer gewollt ...«

»Ja, Tina, doch ... Weißt du, ich hatte gedacht ...«

»Sprich jetzt nicht, sag nichts mehr. Halt mich fest. So nicht – warte, ich mach's selber.«

Mit leisem Lachen packte die junge Frau den vor Erregung zitternden Jungen auf die Erde, zog ihn aus wie ein kraftloses Spielzeug und legte sich zu ihm, der vorzeitige Krampf des Jungen reizte sie nur noch mehr, sie trank den Wein direkt aus der Flasche und nahm sich Michal wieder und wieder, unersättlich lange und immer gröber, bis er vor Schmerz zu ziefern begann, erst dann stieß sie ihn weg, zog sich rasch an und verschwand.

Schweißnaß blieb Michal auf dem Rücken liegen wie ein Verwundeter. Ich hab's selbstverständlich schon lange gewußt, wie diese Sache verläuft, hab darüber eine Menge Bücher gelesen, Fotos gesehen, mit Vater in London auch einen Film, und ich hab mich so schrecklich danach gesehnt, aber jetzt empfinde ich darüber eher Trauer. Ich hatte nämlich immer gedacht, daß die Menschen einander dabei näher sind und sich mehr lieben.

DAS AUTOGENE TRAINING (AT) ist ein Komplex mentaler Übungen, deren Zweck es ist, den Schlüssel zu sich selbst zu finden und sich zu öffnen, die eigenen ungenutzten Möglichkeiten aufzuschließen und sich in Bewegung zu setzen. Für den Anfang genügt es, einige Minuten täglich zu üben, und diese »Mentminuten« des AT haben einen weit wirksameren und nachhaltigeren Einfluß als die bisherigen »Physminuten«.

Für unsere Fernsehzuschauer haben wir einen AT-Fernsehschnellkurs nach dem populären Buch von A. V. Levi »Die Kunst der Selbstbeherrschung« vorbereitet. Allen Interessenten wird empfohlen, jede Übung an sich selber auszuprobieren – am besten sofort – und dann nach Belieben mehrmals zu wiederholen. Achtung – wir fangen an!

AT-1: SICH MIT DEM BLICK FESTSAUGEN. Beobachten Sie pausenlos oder in regelmäßigen Intervallen einen Gegenstand (z. B. eine Streichholzschachtel), 3 bis 4 Minuten. Dann schließen Sie für weitere 3 bis 4 Minuten die Augen und bemühen sich, im Geiste das visuelle Bild jener Streichholzschachtel hervorzurufen, vollständig und mit allen Einzelheiten (Farbe des Etiketts, Aufschrift und Abbildung darauf, Schrifttyp), erst dann öffnen Sie die Augen und vergleichen Ihre »gedachte Fotografie« mit der wirklichen Schachtel. Wiederholen Sie das fünf- bis zehnmal. Ihre Aufgabe ist, ein deutliches inneres Sehen zu erreichen. Es wird selbstverständlich nie so klar sein wie das wirkliche; das Bild wird anfangs einer verschwommenen Silhouette in der Dämmerung ähneln, aber Ihre Hartnäckigkeit wird Früchte tragen.

AT-2: INNERES VIDEOSKOP. Eine halbe bis 2 oder 3 Minuten saugen Sie sich mit dem Blick an einem Gegenstand fest, z. B. wieder an der Streichholzschachtel, dann an einem anderen – zum Beispiel an einem Glas, bis sich beide deutlich im Gehirn »abdrukken«. Danach stecken Sie im Geist die Streichholzschachtel in das Glas.

AT-1 und AT-2 sind besonders für jene geeignet, die in sich eine starke räumliche Vorstellungskraft fördern wollen. Deren Beherrschung öffnet den Weg zum freien Operieren mit Bildern und zur Bildung eines inneren »Videoskops« – eines leistungsfähigen Instruments der Autosuggestion und des Intellekts. Es gibt jedoch Menschen, denen es trotz aller Anstrengung nicht gelingt, ein solches visuelles Bild in sich hervorzurufen. Falls Sie dazu gehören, quälen Sie sich nicht damit. Ihnen werden wieder andere Übungen besser gelingen als den übrigen.

AT-3: DIE FIXIERUNG EINES FINGERS ist eine der einfachsten Übungen und kann für uns der Schlüssel zum gesamten Arsenal des AT werden. Die ersten Übungen führen wir mit dem Zeigefinger der rechten Hand durch (bei Linkshändern der linken).

Variante mit offenen Augen (die vorbereitende): Blicken Sie aufmerksam auf die Spitze Ihres Zeigefingers, als sähen Sie ihn zum erstenmal und wollten ihn eingehend studieren (betrachten Sie ihn wie bei AT-1). Es ist ein gutes Zeichen, wenn Sie schon bei diesem Betrachten Wärme und den eigenen Pulsschlag im Finger spüren.

Variante mit geschlossenen Augen (die grundsätzliche): Nehmen Sie eine gelöste, bequeme Haltung ein, im Sitzen oder Liegen, aber auf jeden Fall so, daß Ihr Zeigefinger nicht in der Luft hängt, sondern aufgestützt ist: aufs Knie, aufs Bett, auf die Seitenlehne des Sessels – er soll einfach auf irgend etwas ruhen. Schließen Sie die Augen, denken Sie an nichts und richten Sie Ihre Aufmerksamkeit auf die Spitze des Zeigefingers. Nur sie interessiert Sie jetzt, dieses Stückchen Haut, das eine Unterlage berührt. Die Fingerspitze nimmt Ihre ganze Aufmerksamkeit in Anspruch, und in diesem Augenblick existiert in Ihrem Leben nichts Interessantes, es gibt nur Ihre konzentrierte Aufmerksamkeit und die Fingerspitze. Das ist jetzt der einzige Punkt, über den Sie den Kontakt zur Welt aufrechterhalten. Sie nehmen die Welt nur durch seine Vermittlung wahr. Das ist eine riesige sensible Wahrnehmungsfläche.

Atmen Sie gelöster, strecken Sie weder Hand noch Finger aus, bewegen Sie keinen Körperteil, sondern versuchen Sie absolute Reglosigkeit zu wahren. Der Finger, nur die Fingerspitze . . . Es ist Ihnen angenehm, den Kontakt des Fingers mit einer anderen Materie zu spü-

ren. Versuchen Sie sich jeden Zentimeter, jeden Millimeter Haut vorzustellen, die Berührungslinie mit der Unterlage, als beobachteten Sie sie unter dem Mikroskop. Stellen Sie sich vor, wie von der Fingerspitze Impulse ausgehen, Ströme, die aufs Gehirn gerichtet sind ... An dieser Stelle beginnt ein Flämmchen zu glimmen ...

Improvisieren Sie, denken Sie sich sonstwas aus, nur um Ihre Aufmerksamkeit auf diesen Punkt zu bannen. Die Abschlußphase der Übung ist ein merkliches Gefühl von Wärme – Sie spüren den Pulsschlag im Finger –, nicht selten auch die Vorstellung, daß sich Ihr Finger vergrößert oder sogar seine Form verändert hat.

Diese ersten Übungen des AT erhöhen Ihre Wahrnehmungskraft und Beobachtungsfähigkeit, die es Ihnen in den weiteren Phasen ermöglichen, Ihre schöpferischen Kräfte zu erkennen.

Die Übungen des AT sind für jeden gesunden Menschen geeignet. Aber Vorsicht: Wir dürfen sie nicht bei Erkrankungen des Kreislaufsystems, bei Infektions- und Gemütskrankheiten durchführen! In solchen Fällen kann der Kranke erst anfangen, wenn sich sein Zustand ausreichend stabilisiert hat.

XII

»Spätestens bis sechs Uhr abends müssen wir hier raus«, sagte Mija Robová in der Wohnung ihrer Eltern zu Tibor Trnka, als sie das Telegramm ihres Vaters aus Prag gelesen hatte. »Meine Alten sind schon unterwegs.«

»Sind sie so streng gegen dich, deine Erzeuger?« fragte grinsend der nackte Tibor.

»Nicht besonders, aber es würde ihnen wohl nicht sehr gefallen, wenn ich mich hier mit einem verheirateten Braunen rumsiele.«

»Sie sind weiß?«

»Ziemlich. Und es würde ihnen schon gar nicht gefallen, wenn sie hier alle ihre Federbetten, Kissen und Decken in einem Haufen auf der Erde fänden. Also steh auf und hilf mir, verdammt noch mal!«

Die Liebesleute sammelten die Betten, Kissen und Decken

vom Fußboden zusammen, zogen frische Überzüge auf und brachten sie zurück an ihren ursprünglichen Platz.

»Die drei Tage hier im Warmen waren sehr schön«, seufzte Tibor. »Aber wo sollen wir jetzt hin?«

»Keine Bange. Noch heute abend sind wir in einem neuen zünftigen Nest.«

»Wie hast du's gefunden?«

»Ein Junge hat mich eingeladen.«

»Mich auch?«

»Er hat gesagt, ich kann auch meinen Partner mitbringen.«

»Was ist das für ein Junge?«

»Ich kenn ihn nicht. Er ist zu mir in den Laden gekommen.«

»Und da hat er nur so, ohne jeden Grund . . .«

»Ich hab ihm wohl gefallen.« Mija grinste. »Aber keine Angst, er ist okay, ich hab ihn mir gut angeschaut. Er ist wie wir, und die Braunen halten doch immer zusammen.«

Die beiden packten die notwendigsten Sachen in einen Koffer, Mija zog sich einen schwarzen Wildlederpelz an, schnallte sich einen schmalen Ledergürtel um, Tibor schnappte sich den Koffer, und dann fuhren sie mit dem Bus gemeinsam durch die abendliche Stadt bis hoch in das alte Patrizierviertel.

Die stille Straße dunkel, nur da und dort leuchtete in den obersten Stockwerken das Fenster einer Gemeinwohnung.

»Der Junge hat mir gesagt, es ist Nummer sechs«, murmelte Mija.

Die Nummer 6 war ein riesiges Haus im Jugendstil, fast ein Palast. Die mehrflügligen Fenster der unteren vier Stockwerke starrten blind ins Dunkel, nur im fünften Stock leuchtete rötlich ein breites gewölbtes Fenster. Die Hausglocken waren aus altem Messing, und nach dem Klingeln kam lange niemand.

Schließlich öffnete sich das Gitterfensterchen in der hohen Haustür. »Wer ist da?« erschallte es von drinnen.

»Ich bin's, Mija Robová. Sie haben mir heute früh im Geschäft in der Rittergasse gesagt, daß wir kommen können.«

»Ach, Sie sind das. Wieviel seid ihr?«

»Nur wir zwei.«

Drinnen rasselte das Schloß, dann eine Kette.

»Kommt rein«, sagte ein Bursche im Skipullover, ließ das Liebespaar ein, schloß gründlich zu, zog die schwere Kette durch die geschmiedeten Ösen an beiden Türflügeln und sicherte sie mit einem Hängeschloß.

»Sie haben's hier wie in einer Festung«, meinte Mija in die bedrückende Stille hinein.

»Manchmal ist einem das gerade recht«, erwiderte der Kerl feixend und führte uns zum Aufzug.

Der Aufzug war ein richtiger Käfig aus Messingstangen, ringsherum geschliffenes Glas, drinnen zwei Spiegel und sogar ein roter Samtsitz, aber erst die Wohnung in der fünften Etage, die reinste Residenz, wir hatten ja schon manches gesehen, doch so was wohl nur im Film – der Korridor groß wie eine ganze Neubauwohnung und dahinter ein riesiger Salon mit geschnitzter Holzdecke, Möbel wie in einem Schloß und ein gewaltiger Kamin aus schwarzem Marmor.

In dem Kamin brannte ein helles Feuer, und ringsherum saßen an die zehn Typen, alle garantiert braun, aber nur zwei davon waren Frauen.

»Ich bringe euch das Kätzchen, das Lederwaren in der Rittergasse verkauft«, stellte uns der Bursche der Gesellschaft vor.

»Guten Abend alle miteinander!« sagte Mija, bemüht, daß es recht heiter klang.

»Sieht nicht schlecht aus«, begannen sich die Typen zu unterhalten. »Wenn sie erst den Pelz auszieht. – Und alles. – Sie hat sich ihren Macker mitgebracht. – Das war allerdings nicht nötig. – Der wird uns auch zupaß kommen. – Los, runter mit dem Pelz! – Und du zieh dich auch aus, Macker!«

»Ihr legt aber ein mächtiges Tempo vor!« sagte Mija, schon ziemlich nervös.

»Das richtige wirst du erst noch sehen, Schätzchen. – Also helf ihr schon einer!«

Zwei Männer packten Mija und begannen ihr den Pelz herunterzuzerren.

»Ich helfe ihr allein!« sagte Tibor, aber da hatten ihn bereits drei andere gepackt und drehten ihm die Arme nach hinten.

»Das haben wir nicht ausgemacht!« schrie Mija, doch die zwei Kerle zerrten sie schon halbentkleidet ins Nebenzimmer und schlossen die hohe weiße Tür hinter sich.

Tibor richtete nichts aus gegen die drei Burschen, die harte Griffe beherrschten. Sie zogen ihn bis aufs Hemd aus und schafften ihn im Aufzug hinunter, bis in den Keller, wo sie ihm auch das Hemd abnahmen.

»So würde dir kalt, aber du kannst dich warmarbeiten«, sagten sie und schubsten ihn zu einem großen Stoß von Birkenstämmen, die in einer Ecke des eiskalten, geräumigen Kellers lagen. »Hast du das Feuer oben im Kamin gesehen? Das braucht eine Menge Nahrung, und du wirst uns jetzt schöne Kloben sägen. Alle gleich lang, nach diesem Muster.«

Sie warfen einen genau bearbeiteten Kloben vor mich hin, dazu eine kleine Handsäge, erst dann ließen sie meine Arme los, und da glänzten in ihren Händen schon dünne silbrige Drähte auf, Autoantennen, das ist eine scheußliche Waffe, die schneidet in die Haut wie ein Rasiermesser.

»Was ist, beginnen wir ohne weitere Überzeugungsarbeit?« Sie grinsten mich an, und die Antennen in ihren Händen pfiffen durch die Luft.

Was konnte ich tun? Ich nahm die Säge und machte mich über den ersten Stamm her. Die Kerle steckten sich noch eine Zigarette an, schlossen mich ein und verschwanden.

Sogleich rannte ich durch den ganzen Keller, aber es sah hoffnungslos aus. Dicke Betonmauern, kein Fenster und die verschlossene Tür mit Eisenblech beschlagen.

Mir war furchtbar kalt, und schon deshalb mußte ich anfangen zu sägen. Es ging recht blöd, die Säge hatte ein sehr dünnes Blatt, das sich dauernd bog, die Birkenstämme waren krumm, voller Äste, und obendrein naß – eine Arbeit für einen Mörder.

Ich mußte die ganze Nacht rackern, bis sie mich wieder holten, diesmal drei andere und mit ihnen ein Weibsstück. Die hielt statt der Antenne eine Fahrradkette in den Händen.

»Na, du bist ja inzwischen hier unten ganz weiß geworden, Macker!« lachten sie mich aus. »Und Weißlinge mögen wir nicht! Hau ab, aber dalli!«

Sie warfen mir meine Kleidungsstücke hin und Mijas Koffer, und als ich mich anzuziehen begann, schlug mich diese Mistbiene mit der Kette auf den Rücken. Die Weißlinge sind Rindviecher, aber die da waren die reinsten Bestien. Sie zerrten mich auf die Straße und schlossen sofort hinter mir zu. Ich fühlte mich elend wie noch nie. Den Betrieb erreichte ich mit letzter Kraft, der Garagenmeister erschrak furchtbar bei meinem Anblick und ließ mich ein paar Stunden auf Säcken hinten in der Garage pennen.

Als ich dann erwachte, war mir ganz schwummrig, und nirgends eine Prise Schnellstaub. Ich hätte den Garagenmeister drum bitten können, aber statt dessen blieb ich auf den Säkken liegen. Durch den Kopf jagten mir alle möglichen Gedanken. Ich hatte Lust auf etwas, ich weiß nicht, worauf, aber jedenfalls auf etwas ganz anderes.

Dann dachte ich an Tina. Sie ist eigentlich eine prächtige Frau. Und das sollte ich ihr wieder einmal sagen. Also ging ich zu ihr in den Pavillon C.

Tina erschrak sehr vor mir, weil ich fast weiß war, aber sie war froh, daß ich wieder zu ihr gekommen war. Ich saß mit ihr im Vorzimmer des Chefs und schaute zu, wie fleißig sie auf der Maschine schrieb und dann die Blumen im Fenster goß. Eine ganz hübsche Stunde.

»Wir sollten wieder mal nach Tomášek schauen«, sagte ich, weil es mir gerade einfiel.

»Du möchtest das im Ernst?« Sie war ganz moll davon.

Wir fuhren am Nachmittag, gleich nach der Arbeit. In den Bergen war es sehr schön – überall reiner weißer Schnee, wie wir ihn unten in der Stadt fast nie haben.

Unser kleiner Tomášek war prima. Er sauste gleich zu mir und spielte mit mir mehr als mit Tina, aber Tina machte das nichts aus. Auch ihre Mutter war sehr nett. Ihnen geht es hier in den Bergen fast besser als unten in der Stadt. Sie wollten uns überhaupt nicht weglassen. Es war ein wunderschöner Nachmittag.

Aber das ist kein Ersatz dafür, daß wir Tomášek immer noch nicht zu uns nehmen können. Als sich Tina von dem Kleinen und ihrer Mutter verabschiedete, fing sie an zu heulen. Der Bus in die Stadt war überfüllt, wir stiegen wie gerädert aus, was unsere Stimmung nicht gerade hob.

Tina war erschöpft und hatte keine Lust auf die Gemeinwohnung, sie wollte nicht wieder dort turnen müssen, so bereitete ich das Abendbrot.

»Na wunderbar, Tibor«, rief mir Bimoň vor allen zu, ganz blöd war das, »du bist heute fast weiß, und ich freu mich über dich!«

»Auf deine Freude scheiß ich«, sagte ich ihm ins Gesicht, machte rasch das Essen und brachte es Tina. Sie heulte immer noch wegen Tomášek. Aber was kann ich da tun, verdammt noch eins?!

Zu Hause war es kalt und dunkel und zum Schlafengehen noch zu früh. Es wurde stinklangweilig. Und so gaben wir wieder nach, Tina leckte Schnellstaub, ich dann auch, was sollten wir auch anfangen den ganzen Abend. Wir liebten uns, kriegten davon Durst, dann Hunger, inzwischen kam Rita, auch ganz verhungert, wir kochten uns im großen Wäschetopf Braunfleisch und hauten wieder mal ordentlich auf den Putz.

Wenn der Mensch braun ist, hat er keine Probleme, und das ganze Leben ist fröhlicher oder läßt sich zumindest verschlafen.

Wir hörten auf, die Gemeinwohnung aufzusuchen, kochen wird Rita immer spät in der Nacht für uns alle drei.

Als erster trudelte Arsen Králík bei uns ein, die Weißlinge hätten ihn direkt auf der Straße verdroschen. Aber dann kam Polda Štrunc und sagte, Arsen hätten sie wegen einer Sauerei vor einem Mädcheninternat verprügelt. Schließlich kam auch Mija, Tina ist jetzt schon alles schnuppe, und so habe ich meine ganze Clique wieder beisammen.

Alle sechs sitzen wir jetzt allabendlich bei uns zu Hause, im Trainingsanzug und in Decken eingemummelt, bei Kälte und Dunkel, und denken sehnsüchtig an unser gemütliches Nestchen in Nummer 12 unten im zweiten Stock, das der dämliche Bimoň mit einem zusätzlichen Schloß versehen hat, wir denken an die zusammengetragenen Berge von Kissen, Federbetten und Pelzen, an die Hörner, Geweihe, Tierschädel und Waffen an den Wänden, an die trockene Wärme der drei eingeschalteten Heizsonnen und das schöne warme Badezimmer, wenn Rita zusätzlich glühende Steine in die Wanne gepackt hat.

Den Frauen glänzen die Augen, und alle warten, was ich sagen werde.

»Wir brauchen dieses Haus. Das ganze!« erklärte ich schließlich.

»Ja, richtig!«

»Nirgends anders können wir mehr sein.«

»Und die Weißlinge haben uns nichts zu befehlen.«

»Wir haben schließlich das gleiche Recht zu leben wie sie!«

»Aber diesmal müssen wir sie anders angreifen, schlauer als beim letztenmal.«

»Zuerst entwaffnen wir sie. Und dann schnappen wir uns schön einen nach dem anderen«, schloß ich die Besprechung.

DIE GEEIGNETSTE ZEIT für die Übungen des AT sind die Morgenstunden gleich nach dem Erwachen und abends dann vor dem Einschlafen, immer wenigstens 5 Minuten, und weiter dann noch zweimal 5 bis 10 Minuten, z. B. nach der Heimkehr von der Arbeit –

aber notfalls auch nur 2 Minuten beim Warten auf den Bus, beim Schlangestehen, während der Fahrt mit Straßenbahn, Bus oder Zug –, das ist unendlich besser, als sinnlos jede Minute auf die Uhr zu schauen und über die Verspätung zu fluchen.

Ideal ist es freilich, wenn man sich für diese Minuten zu Hause einen stillen Winkel sucht und zunächst die passende Körperstellung einnimmt.

Die bekannteste Körperstellung des AT ist die »Droschkenkutscherhaltung«: Wir sitzen auf einem Stuhl, Sofa oder Hocker, die Knie um 45 Grad angewinkelt, die Arme auf die Schenkel gelegt, der Rumpf ist leicht vorgebeugt, den Kopf lassen wir frei sinken. Eine andere Stellung, in Rückenlage, bringt maximale Lockerung. Zwischen diesen beiden Stellungen gibt es eine dritte: Wir sitzen zurückgelehnt in einem tiefen Sessel, die Hände auf den Seitenlehnen, den Kopf auf die Rückenlehne gestützt. Ansonsten kann man auch am Tisch sitzen, den Kopf in die Hände gestützt, oder man kann den Kopf auf die auf dem Tisch ruhenden Hände legen. Wichtig ist nur, daß unsere Stellung einfach, ungezwungen und stabil ist – und nachdem wir sie bequem eingenommen haben, fahren wir fort:

AT-4: BEFREIUNG DER MUSKULATUR. Lassen Sie einen Strahl von Aufmerksamkeit über Ihren Körper wandern und wiederholen Sie das. Die ganze Aufgabe besteht jetzt darin, sich von jeglicher Muskelanspannung zu befreien. Sobald Sie eine entdecken, lockern Sie sie – dazu bedarf es einer geringfügigen, kaum wahrnehmbaren Bewegung. Vollführen Sie sie – das ist eine Mikrobewegung. Der Muskel bewegt sich dabei eigentlich nicht, er »setzt sich« nur leicht.

In den ersten Sekunden bemühen Sie sich, die Spannung im Ganzen von sich abzuwerfen, alle Körperstellen auf einmal zu lockern. Zum Teil ermöglicht Ihnen das bereits die Körperstellung des AT. Der Scheinwerfer Ihrer Aufmerksamkeit soll ein-, zweimal Ihren Körper absuchen, ohne irgendwo besonders zu verharren. Die stärksten Verspannungen werden in seinem Licht von selber »auferstehen« – lösen und lockern Sie sie.

(Diese Übung wird Ihnen auch im praktischen Leben großen Nutzen bringen – sie erleichtert die Arbeitskonzentration, den gesellschaftlichen Umgang, aber zum Beispiel auch das Einschlafen.)

AT-5: »RELAXATIONSGESICHT«. Hinter geschlossenen Augenlidern richten wir den Blick nach unten und nach innen. Den Unterkiefer schieben wir leicht vor und lassen ihn sinken. Wir lockern die Zunge und berühren mit ihr leicht die oberen Zähne. (Diese Übung verhilft dazu, rascher in die tieferen Phasen des AT überzugehen.)

AT-6: TIEFE RUHE ist das Haupttor zu den Erfolgen des AT. Dies bedeutet, alle Körpertätigkeiten zu beherrschen, sie zu ordnen, zu dämpfen und zu reinigen. Den gesamten Gedankenbereich von Zerstreutheit und Zerstreuung zu befreien, von Unruhe und Aufregungen zu reinigen, ihn zu Disziplin und Stille zu führen, worin er seine höchste konzentrierte Kraft wie einen Laserstrahl empfängt.

Anfangs kann man sich auf verschiedene Art helfen, zum Beispiel durch die klassische verbale Autosuggestion (indem man nur im stillen aufsagt):

- Ich bin ruhig. Ruhig. Ruhig . . .
- Mir ist leicht. Leicht. Leicht . . .
- Mir ist frei. So frei . . .

Für manchen ist es besser, diese Sätze durch eine Vorstellung oder Erinnerung zu ersetzen – an eine abgelegene Wiese im Waldesschatten, das nächtliche Rauschen eines Baches, einen Sommermittag auf dem Anger eines südböhmischen Dorfes, die Kronen riesiger uralter Bäume bei Windstille, das stille Rieseln von Schneeflocken nachts im Schein einer Straßenlaterne, die Unendlichkeit des Sternenhimmels, das ruhige abendliche Meer, die tiefe Stille einer verschneiten Landschaft, die majestätische Ruhe der Kämme und Gipfel des Hochgebirges...

In jedem von uns ist so ein See der Stille und des Glanzes verborgen, die unerschütterliche, ruhige Mitte unseres Wesens, und es lohnt sich, mit ihr Kontakt anzuknüpfen, damit sich nicht nur im Gehirn, sondern auch in den Nerven und im ganzen Körper allmählich großer Friede, Ausgeglichenheit, Beherrschung, Entspannung und Stille ausbreiten, nicht eine x-beliebige Ruhe oder nur Dämpfung, Relaxation oder Beruhigung, sondern eine machtvolle, tiefe Ruhe, allseitig und allumfassend, den ganzen Körper einnehmend und erfüllend, jede Faser und jede Körperzelle durchdringend, so als tauchte man langsam in dicke, lauwarme Milch.

XIII

Das geräumige Arbeitszimmer des Konzernhauptspezialisten der NBLB in Unordnung gestürzt wie ein Klassenraum in der Zeichenstunde, aus der die Kinder plötzlich geflüchtet sind – auf den großen Tischen, aber auch auf Stühlen und Fensterbrettern häuften sich Zeichnungen und Entwürfe, Skizzen mit grellbunten Pfeilen und dicken roten Rufzeichen, Fotos, Kopien und Zeitungsausschnitte, Eda Rohan, den Kopf am Zerspringen, schritt über die auf dem Fußboden ausgebreiteten Karten und Pläne und zündete sich eine weitere Zigarette an.

Mein Lebenswerk SPINNWEBE ist schon längst aus dem verglasten Rahmen an der Wand herabgestiegen, ist vorangeschritten und hat sich in achtzig Richtungen verzweigt, aber der Mensch hat nur ein Gehirn zur Verfügung. Und für alles reicht ein Gehirn allein nicht aus ... Ich fühle mich wie vor einem auf der Erde ausgebreiteten Zirkuszelt, habe bereits alle benötigten Balken, Pfeiler, Masten und einen ganzen Hektar Zeltplane zusammengetragen und aufgestapelt, habe Bänke für die Zuschauer besorgt, den Balkon fürs Orchester und ein Hochreck für die Artisten unter der Zeltkuppel, Bretter, Latten, Treppen, Logenbrüstungen und frischgestrichene Geländer, einen halben Waggon Sägespäne für die Manege, Richtungspfeile für Eingang, Notausgang und Toiletten, Ziervorhänge, Fransen und Quasten, Seile, Stricke, Lampen und Kilometer elektrische Leitung, in den Käfigen stehen Löwen, Tiger, Giraffen, vier Gattungen von Affen und der dressierte Eber Emil bereit, Elefanten mit Schabracken trompeten schon mit den Rüsseln, und edle spanische Hengste scharren ungeduldig mit den Hufen, die Artisten bereits geschminkt, die Kunstreiterin fertig gepudert, der Clown hat die Wasserpistole gefüllt, an der Kasse die Eintrittskarten ausverkauft – aber ich habe einfach nicht die Kraft zu der letzten, entscheidenden Tat: all das zusammenzustellen, zu verbinden, von der Erde aufzuheben und das Zeltgewölbe zu errichten.

Künstler nennen so etwas »schöpferische Krise«. Na ja. Was heißt Künstler, die haben gut leben. Einem Dichter geht das Gedicht nicht von der Hand, klappt er eben die Mappe zu und setzt sich in den Schriftstellerklub. Oder die Maler, was man so von ihnen erzählt, im Atelier ein Mädelchen, Wein und Musik... Da kann man dann leicht malen! Haben's doch im Film gesehen, wie selbst der große Michelangelo Buonarotti, als es mit den Fresken für den Vatikan nicht voranging, eine römische Schenke aufsuchte und mit dem Degen ein Weinfaß anstach. Und dann malte er die Sixtinische Kapelle aus.

Würde mir bloß der Kopf nicht mehr so weh tun. Schon vierzehn Tage rackere ich hier wie ein Maultier vierzehn Stunden täglich, das ist doch nicht auszuhalten. Ich bin davon schon wie tot. Eda steckte sich eine weitere Winston an, und nach kürzerem Seelenkampf (besiegt) entkorkte er niedergeschlagen eine Flasche Weißwein. Aber im Wein ist Wahrheit, nicht? Und Inspiration. Goethe trank roten, fing früh am Vormittag an und schaffte tagsüber in aller Ruhe drei Flaschen.

Eda schenkte sich ein weiteres Glas ein, schritt über die auf dem Fußboden ausgebreitete Karte hinweg und schaute zum Fenster hinaus. Unten auf dem Hof standen Tibor Trnka in einem geckenhaften schwarzen Ledersakko und drei weitere Chauffeure in heiterer Unterhaltung um zwei Autos herum.

Tibor hat es verstanden, sich einen angenehmen Job auszusuchen. In zehn Minuten fährt er unseren General in die Stadt, kann vier Stunden im Auto pennen oder Bücher lesen, zehn Minuten Fahrt zurück, das Auto in die Garage, und ausgeruht geht er nach Hause, um sich auszuruhen. Oder er fährt den General in siebzig Minuten nach Prag, bummelt dort den ganzen Tag frei und ledig durch die Straßen, wie ein Student in den Ferien, weitere siebzig Minuten Fahrt am Fluß entlang nach Ústí, und wenn er erst spät am Nachmittag heimkehrt, kassiert er noch Überstunden.

Tibor pfeift – logisch – auf die Schinderei in Standas

Turnhalle, weil sein Multitier ihn überhaupt nicht stört. Er hat eine ihn liebende braune Frau und seine lustige braune Clique, ihr braunes Leben ist leicht, sie brauchen sich nicht anzustrengen, Freuden lassen sich leicht arrangieren, und eventuellen Kummer kann man verschlafen. Wohingegen das Leben in Weiß erfordert, sich peinlichst zu überwachen, dauernd irgendwelche Diät, Abstinenz und Übungen, selbstverständlich weder Alkohol noch Zigaretten (Eda schenkte sich wieder das Glas voll und zündete sich eine weitere Zigarette an), jeden Augenblick Selbstüberwindung und Verzicht – ist diese Weiße nicht eigentlich widernatürlich und antimenschlich?!

Und die Bräune ist vielleicht gar nicht so etwas niedrig Animalisches, sondern das Leben selber und seine gesunde Erdverbundenheit, das bloße Dahinfließen einfacher Bedürfnisse und Wonnen, befriedigt und gestillt in dem mächtigen warmen, von der Urkraft der Mutter Erde gespeisten Strom ... Eda schloß die Augen und ließ sich auf dieser Welle davontragen, dann leerte er das Glas Wein, steckte sich eine neue Zigarette an und betrachtete seine SPINNWEBE.

Diese Mentminuten des AT, wie man sie jetzt im Fernsehen vorführt, könnten hervorragend sein, allein schon diese tiefe Ruhe – damit sich nicht nur im Gehirn, sondern auch in den Nerven und im ganzen Körper allmählich großer Friede ausbreitet, Ausgeglichenheit, Beherrschung und Stille, tiefe Ruhe, jede Faser und jede Körperzelle durchdringend wie dicke, lauwarme Milch ... Aber mir droht jetzt das Gehirn zu zerspringen, die überspannten Nerven klirren, und die Körperzellen sind mit Nikotin und Alkohol getränkt.

Eda hob mühsam den nächstliegenden Bogen des Projekts SPINNWEBE auf und starrte angestrengt auf die dicken roten Rufzeichen, die er gestern in schöpferischer Begeisterung an den Rand gemalt hatte – jetzt weiß ich nicht einmal mehr, warum eigentlich. Weiße Freuden sind so flüchtig, zart und leicht zerschlagbar ... Und mit einer Flasche Wein im Leibe geht weder das AT noch das Projektieren.

Gequält seufzte er über seinen Blättern, die ihm jetzt nichts mehr sagten, sammelte sie auf wie Glasscherben und stopfte sie zurück in die Mappen, Schubladen und Ordner. Und was jetzt? Noch ein Glas Wein? Das wäre schon zu viel. Wie war das von dem warmen braunen Strom?

Er schloß die Augen und stimmte sich verbissen wieder auf diese Welle ein, schwimmen wir hinein in den mächtigen tropischen Strom, den Amazonas, das Wasser ist warm und braun vom mitgeschwemmten Lehm, an den lehmigen Ufern paradiesisch nackte braune Menschen – was so etwas wie der Versuch eines Anti-AT sein sollte, wobei allerdings der Höhenflug der Imagination nicht gelingt unten in diesem braunen Souterrain, das schwerere und gröbere Munition braucht. Also wozu sich weiter unnütz quälen? Jetzt denke ich mir sowieso nichts mehr aus, der Kopf tut mir weh, der Tag ist verloren, und so bleibt nur noch übrig, den Rest schmerzlos totzuschlagen. Eda trat ins Vorzimmer und bat Tina Trnková um eine Dosis Schnellstaub.

»Aber«, sagte sie nur, nahm bereitwillig aus der Tischschublade eine kleine blecherne Teebüchse voll rotbraunen Pulvers und reichte sie ihm.

»Darf ich mir alles nehmen?«

»Selbstverständlich.«

»Und was bin ich dir schuldig?«

»Wirst es uns schon irgendwie zurückgeben«, erwiderte lächelnd die junge braune Dame.

Eda ging in sein Arbeitszimmer, schüttete sich den Staub in den Mund, trank reichlich Wasser nach, setzte sich in den Sessel und schloß die Augen. Dieser Schnellstaub wirkt wirklich rasch ...

Die dicken braunen Schmetterlinge bahnen sich in mir bereits wieder den Weg von unten in den Kopf ... Und ihre Zahl nimmt ständig zu. Schon ist es eine ganze Wolke, die mich verschluckt hat. Ich bin eine harte, eckige Schokoladentafel, hin und her gedreht und gekaut von einem unförmig riesigen weichen Mund. Darin liegt eine furchtbare Ohnmacht... Aber auch Erleichterung. Dieser riesige Mund saugt alle Anspannung aus mir heraus... Die Unzufriedenheit mit dazu und den ganzen Schmerz der Selbsterforschung und des Denkens. Wenn auch die schöpferische Freude... Dann auch die schöpferische Unruhe und Qual... Und allmählich alles. Ich werde ein immer kleineres und rundlicheres Stück Schokolade, jetzt schon ohne Kanten und Ecken, so wie mich die riesige Zunge dieses weichen, feuchten Mauls hin und her wälzt, zerkleinert, beleckt und zerkrümelt, bis ich, nur mehr ein winziges Stückchen Schokolade, mich in süßen braunen Saft auflöse.

An diesem Tage traf Eda Rohan erst abends schwerbraun zu Hause ein und begann sogleich die Speisekammer zu plündern.

»Wäre es nicht besser, statt des Essens tüchtig zu turnen?« riet ihm Pavla.

Michal rannte vors Haus zum Auto, holte das Abschleppseil und bettelte: »Leg dich hin, Vati, ich binde dich wieder am Bett fest.«

»Ach, laßt mich in Ruh, ihr zwei!« schnauzte Eda sie grob an, stopfte sich den Wanst, verkroch sich ins Schlafzimmer und rief nach seiner Frau.

Ich schaue meine reine, weiße Pavla an und reiße sie zu mir herab unter meine braune Flut, sie fällt in mich wie ein Würfel Zucker in heißen Kaffee, ich ergreife sie, verbeiße mich in sie, durchdringe sie und löse sie auf in meinem Bild brauner Pornofotografie.

»Wir haben uns geeinigt, daß unser Haus weiß bleiben wird!« erinnerte Standa Bimoň am Abend darauf in der Gemeinwohnung den dicht mit braunen MT-Lappen bewachsenen Eda und zeigte auf das Reck in der Tür des Dienstzimmers. »Also bitte!«

»Ein paar Übungen vor dem Abendessen können nicht schaden, als Aperitifs zur Appetitsanregung!« spöttelte der braune Eda, hängte sich an die Reckstange und machte ein paar schlappe Klimmzüge.

»Das ist kein Turnen, er streckt sich nur ein bißchen«, sagte Leona zu Standa, voller Begier, ihren abweisenden Liebhaber zu bestrafen. »Standa, nimm ihn tüchtig ran!«

Und kaum war ihr Mann gegangen, um eine Hantel zu holen, flüsterte sie dem am Reck hängenden Eda rachsüchtig zu: »Ich hab's dir versprochen, daß du rangenommen wirst!«

»Liebling, verzeih«, flüsterte der Braune heuchlerisch.

»Ich habe dich gewarnt.«

»Verzeih, und ich bin wieder der Deine.«

»Wann?«

»Gleich morgen nachmittag. Versprochen!«

»Aber wenn du lügst, erwartet dich ab morgen jeden Abend die Hölle!« konnte sie noch sagen, bevor Standa mit einer Zehnkilohantel wiederkam und sie dem hängenden Braunen an die Knöchel band.

War es schon anstrengend, mit Armkraft die siebzig Kilo des eigenen Körpergewichts am Reck bis in Kinnhöhe hochzuziehen, so war das gleiche mit einem Zehnkilogewicht an den Beinen fast eine Folter. Eda lief binnen kurzem rot an und glänzte von Schweiß. Ich hab größte Lust, die Stange loszulassen und einfach runterzuplumpsen – doch da würde sich mir dieser unzurechnungsfähige Weißling Standa auf die Brust knien und mich hart mit den Fäusten bearbeiten, wie damals Tibor. Diese verdammten Bimoňs! Aber bevor ich mich ihm ausliefere, dann doch lieber ihr! Eda schnaufte schmerzlich und warf Leona flehentliche Blicke zu.

». . . vierzehn, fünfzehn, sechzehn, siebzehn«, zählte Leona seine immer langsamer werdenden Klimmzüge, und als sie sich an den Qualen des Liebhabers sattgeweidet hatte, befahl sie: »Genug!« und band ihm die Hantel von den Füßen.

»Laß sie noch dran, wenigstens zwanzig Klimmzüge muß er noch machen!« forderte der Vertrauensmann der Gemeinwohnung.

»Das hält er heute nicht mehr durch«, sagte Leona mit der

Autorität einer Krankenschwester. »Hast du bemerkt, wie es um seine Schläfen zuckt? Das kenne ich nur allzugut aus dem Spital. So fängt nämlich ein Herzkollaps an.«

»Meinst du im Ernst, der kann nicht länger?« zweifelte Standa noch.

»Heute nicht mehr. Beim erstenmal muß man immer vorsichtig rangehen.« Leona sah Eda vielsagend in die Augen. »Aber von morgen abend an schafft er ohne weiteres fünfzig Klimmzüge. Und ab übermorgen kann die Hantel zwanzig Kilo wiegen.«

Der listige braune Eda spielte sofort einen Herzkranken, preßte die Hand aufs Herz, seufzte auf der Couch, ließ sich von seiner Familie umsorgen, verspeiste mit Appetit eine doppelte Portion und trank vier Biere.

Morgens in der Arbeit dann nur noch ein leerer Blick auf seine verglaste SPINNWEBE, und bevor er die erste Winston gepafft hatte, hatte er sich schon eine ganze Serie exquisiter Delikatessen unter dem Sammelbegriff »Waldesrhythmen« ausgedacht, rief die Sekretärin Tina und diktierte ihr lustvoll eine lange Rohstoffbestellung für die entsprechenden Muster, zwei Fasane und ein Dutzend Rebhühner, ein Kilo Hirschrükken, ein Kilo Rehkeule und drei Kilo Wildschwein, dann bestellte er noch zwei Paar Bärentatzen, Mufflonfleisch und Nutria, und als er sich gerade an Biber erinnerte (am besten gebraten auf Salbei), klingelte das Telefon.

»Ich erinnere dich an dein gestriges Versprechen«, rief ihn Leona aus dem Bezirkskrankenhaus an.

»Die ganze Nacht hab ich an dich gedacht«, log er gleißnerisch in den Hörer.

»Mein Dienst endet heute bereits zu Mittag.«

»Und fünf Minuten nach zwölf erwarte ich dich an der alten Stelle.« Ich freu mich auch schon auf dein Fleisch, liebe Leopardin.

Vor zwölf sauste der braune Eda frohgelaunt in seinem schnittigen italienischen Sportwagen durch die Stadt, an der Telefonzelle hinterm Krankenhaus stieg Leona zu, wir fuhren direkt zu unserem Haus und liefen gemeinsam hoch in den zweiten Stock zur Tür unserer alten VERS-Wohnung Nummer 9. Leona hatte den Schlüssel in der Handtasche und sperrte auf. Drinnen war es bereits schön warm.

»Ja, wer heizt denn in unserem Liebesnest?« fragte ich sie.

»Ich bin schon gestern abend auf einen Sprung hier gewesen und hab die Zentralheizung angedreht«, gestand sie.

»So sicher, daß du mich rumkriegst?«

»Ich hab's doch gewußt, daß du weich wirst.«

»Ich werde weich oder hart sein, je nachdem, wie du's grade willst und brauchst«, versprach ich ihr und schaltete, weil sie das gern hat, im Schlafzimmer den Infrastrahler auf Stufe drei.

»Wir werden uns hier wieder fühlen wie in Afrika!« freute sie sich und zog sich in dem Strom trockener Glut sogleich ungeduldig aus.

»Aber wie kann ich dich lieben«, sagte ich, als sie damit (sehr schnell) fertig war, »wenn mich die Vorahnung des heutigen Reckturnens mit einer Zehnkilohantel bedrückt? Und von morgen an mit zwanzig Kilo an den Beinen!«

»Es wird reichen, wenn du vor Standa ein paarmal mit der Stirn zuckst, ich werde ihm wieder was von einem Herzkollaps einreden. Selbstverständlich nur, wenn du nett zu mir bist.«

»Und wenn nicht?«

»Dann ist mein Standa sehr streng zu dir.«

»Ich werde nett zu dir sein, Liebling. Aber wie?«

»Das weißt du genau! Und du kannst es auch. Ja, so . . . Das ebenfalls . . . Ja, so. Ja . . . Ja, ja ja! . . . Ja! Ja! . . . Ja-a-a! . . .«

Nach der langen Pause fanden wir wieder Appetit aneinander, höllischen Appetit, und wir verabredeten auch gleich einen weiteren Treff – übermorgen am selben Ort. In der Gemeinwohnung brauche ich jetzt nicht mehr zu üben. Und Pavla und Michal haben es gleichfalls aufgegeben.

Auf der Beratung bei dem (jetzt schon weißen) Generaldirektor löste die erneute Bräune des Konzernhauptspezialisten

Gereiztheit und Amüsiertheit aus, wie jede seiner Exzentrizitäten, und Dr. Rohan wurde aufgefordert, sich behandeln zu lassen, um seinen Untergebenen ein Beispiel zu geben.

Die Teilnehmer der Beratung (mit Ausnahme von Dr. Rohan jetzt praktisch alle weiß) vernahmen mit Befriedigung, daß die NBLB derzeit bereits über 71,2% weiße Beschäftigte und 89 reinweiße Arbeitsstätten verfügten. Diese entschiedene Wende war durch die Massenverbreitung des AT erreicht worden.

Die Erfahrungen aus der ganzen Republik und die Berichte aus dem Ausland bestätigen übereinstimmend, daß die Übungen des AT insgesamt die positiven Eigenschaften des Menschen festigen, seine Konzentrationsfähigkeit stärken, seine Arbeitslust und also auch seine Produktivität steigern, ihm Energie, Frische, Selbstvertrauen und das Vertrauen der anderen verleihen, wodurch sich die Atmosphäre am Arbeitsplatz beträchtlich verbessert. Deshalb wurde beschlossen, den Antrag der VERS-Betriebszentrale auf Ankauf einer weiteren Sprossenwand und weiterer drei Sätze Sporthanteln (in jedem Satz 2 Stück zu 2,5 kg, 2 Stück zu 5 kg, 1 Stück zu 10 kg und 1 Stück zu 20 kg) abzulehnen und statt dessen 1000 Exemplare der Broschüre »Fernsehschnellkurs des AT« anzuschaffen und umsonst an die Belegschaft zu verteilen.

In der Sache von Rohans Entwurf für einen neuen Zyklus erlesener Fleischdelikatessen »Waldesrhythmen« machte der (besonders weiße) ökonomische Direktor darauf aufmerksam, daß für dieses Projekt, obwohl bislang noch nicht genehmigt, bereits eine ungewöhnliche und offensichtlich übermäßige Menge von Fleischmustern angekauft wurde, obendrein noch in den höchsten Preisklassen.

Dr. E. Rohan wurde zu maximaler Sparsamkeit ermahnt, und ferner wurde ihm empfohlen, im Rahmen des gegenwärtigen Trends zur Weiße über die Entwicklung neuer, fleischloser Lebensmittel mit wenig Kalorien nachzudenken, nichtsdestoweniger wurde im Hinblick auf die Exportinteressen der NBLB Rohans Entwurf gebilligt und dafür der Betrag von

10 000 Kčs bereitgestellt, mit dem Hinweis, daß die »Waldesrhythmen« auf ein Niveau entwickelt werden, welches ermöglicht, sich um die Höchstwertung auf der bevorstehenden internationalen Lebensmittelausstellung in Kopenhagen zu bewerben.

»Das ist gut für uns, wir haben zehntausend für Fleisch und Grünzeug gekriegt!« sagte Eda Rohan nach der Rückkehr von der Beratung zur Sekretärin Tina und schickte sie nach einer Flasche Rotwein. Zu Wild paßt Rotwein besser als weißer.

Auf der Glasscheibe der SPINNWEBE setzt sich schon eine beigefarbene Staubschicht ab, denn Eda hantiert jeden Tag gleich von früh an mit dem dunkelgefärbten Fleisch von Wild (am liebsten hat er das rotbraune des Wildschweins), der weiße Laborkittel bereits mit Blut bekleckert, aus dem Konzernhauptspezialisten ist ein genießerischer Metzger geworden und aus seinem Arbeitszimmer ein blutiges Schlachthaus, unermüdlich zerschneidet er Fleisch mit einem großen Fleischermesser, immer wieder schnippelt er sich einen Bissen ab, wälzt ihn in Salz und Pfeffer und ißt ihn roh, verspeist einen Bissen rohe Niere oder Leber und spült mit einem Schluck Rotwein nach, walkt und knetet voller Genuß den blutigen, scharfgewürzten Teig durch – gelingt ihm ein weiterer »Waldesrhythmus«, so kostet er ihn sogleich, die mißlungenen dagegen frißt er einträchtig mit Tina auf.

Und abends in der Gemeinwohnung zuckt er statt eines Grußes nur ein paarmal mit der Stirn, als drohte schon wieder ein Kollaps, und fläzt sich in einen Sessel. Hinter mir höre ich die Weißlinge albern mit Springseil und Hanteln herumhopsen und wundere mich, daß sie dessen nicht schon überdrüssig sind. Pavla und Michal schweigen vorwurfsvoll, ich rede sie auch nicht an und gucke lieber gar nicht mehr hin. Die zwei langweilen mich einfach. Und wenn's dann auf der Mattscheibe des Fernsehers dunkel wird, spüre ich unterm Tisch die heiße Berührung von Leonas Bein. Wir freuen uns schon beide darauf.

Jetzt schon jeden zweiten Tag gleich nach dem Mittag mit Leona zusammen in unser braunes Paradies in der VERS-Wohnung 9, wir werfen die Kleider ab, und zur größeren Bequemlichkeit machen wir auch gleich auf dem Fußboden das Bett, die elektrische trockene Glut streichelt die nackte Haut.

Dann ruhen wir in der Wanne mit heißem Wasser und lassen uns dabei ein Glas eingeweckte Aprikosen munden.

»Ich liebe dich«, sagt Leona, die in diesem Augenblick immer lyrisch sein muß.

»Lüg nicht.«

»Natürlich lüge ich, aber da ich dich so sehr will, ist das eigentlich mehr als eine gewöhnliche, langweilige Wahrheit . . .«

»Na ja, nimm dir lieber eine Aprikose«, sage ich, um sie zu stoppen, und stecke ihr eine in den Mund. Von den eingeweckten Aprikosen ist hier die ganze Speisekammer voll.

Plötzlich Pochen an der Tür, und als es nicht aufhören will – es könnten ja VERS-Inspektoren oder die ehemaligen Wohnungsinhaber sein –, schlich ich mich hin und vernahm Tinas Stimme: »Du mußt aufmachen, Eda! Es ist wichtig.«

So öffnete ich also, und da marschierten sie auch schon herein – an der Spitze Tibor Trnka, ihm folgten Polda Štrunc, der Pförtner, und Arsen Králík aus der Werbung, dann diese schreckliche Mija Robová, Tina und Rita. Die Männer hielten Autoantennen in den Händen und die Frauen Fahrradketten.

»Ihr habt's hier schön mollig, da werdet ihr uns doch erlauben, uns ein Weilchen aufzuwärmen?« feixte Tibor. »Oder wollt ihr uns lieber gleich wieder in die Kälte jagen?«

»Wie könnte uns eine derartige Unhöflichkeit einfallen!« Eda feixte ebenfalls, während er sich ein Handtuch um die Taille schlang. Die aschfahl gewordene Leona hüllte sich in eine Decke und klapperte vor Schreck mit den Zähnen.

»Wollt ihr euch bitte setzen und unsere bescheidene Bewirtung in Anspruch nehmen«, fuhr Eda lächelnd fort, bemüht, die Szene in den Grenzen gesellschaftlicher Konversation zu halten, und wandte sich ungezwungen an Leona: »Liebling, reich doch bitte unseren Gästen Aprikosen!«

Die Mitglieder von Tibors Bande machten es sich in dem Bettzeug auf dem Fußboden bequem, aber die scheußlichen Schlaginstrumente blieben in ihren Händen. Nur Polda Štrunc legte seine Antenne weg und schlabberte das Obstkompott direkt aus dem Weckglas.

»Diese Neun hatten wir auch schon ins Auge gefaßt«, sagte Tibor.

»Auch die Speisekammer voller eingemachter Aprikosen«, fügte Polda mit vollem Munde hinzu.

»Wir haben beschlossen, euch diese Wohnung zu belassen«, fuhr Tibor fort, »wenn ihr uns bei unserem Vorhaben helft.«

»Wie stellst du dir das konkret vor?« fragte ihn Eda.

»Ihr seid braun wie wir, folglich gehören wir zueinander«, sagte der Häuptling Tibor. »Ihr könnt Mitglieder unserer Clique werden. Einstweilen selbstverständlich nur geheim, so etwas wie Kandidaten.«

»Und was erwartet ihr von uns?« wollte Eda wissen.

»Das sag ich euch, wenn die Zeit ran ist. Schon bald«, erwiderte der Häuptling. »Mit euch beiden sind wir insgesamt acht, das ist schon eine Kraft. Wir müssen dieses Haus erobern, und ihr werdet uns dabei helfen. Aber wer uns verraten möchte . . .«

Tibor schlug jäh mit der Antenne auf den Fußboden, und gleich darauf – offenbar eingeübt – wiederholte es die ganze Bande mit den Antennen und Ketten. Das war ein gräßliches Geräusch, das man nicht so schnell vergißt.

–

DER ATEM ist das Zentrum unseres Seins und bestimmt gemeinsam mit dem Herzschlag, wie wir uns fühlen, wie wir aussehen, aber auch wie wir uns im gesellschaftlichen Umgang verhalten. Für die Atemautosuggestion werden folgende Formulierungen vorgeschlagen:

- ich atme völlig frei
- ich atme ungezwungen
- leicht und frei
- regelmäßig
- ich verlasse mich auf meinen Atem
- vor lauter Trägheit möchte ich gar nicht atmen

Bemühen Sie sich, daß jedes Einatmen wie ein Gähnen ist und das Ausatmen dem Niesen ähnelt. So empfinden Sie allmählich Wonne am Atmen.

Das Modell dazu bietet uns ein Seufzer der Erleichterung. Dieser unwillkürliche Akt wischt buchstäblich die Spannung hinweg. Er bringt Wohlgefühl zwar nur kurz und geringfügig, aber eben doch Wohlgefühl – das Gefühl von Erleichterung, Beruhigung, Erfrischung. Diesen Augenblick dürfen wir uns nicht entgehen lassen, wir müssen aus ihm ein System machen.

Wenn wir in unseren »gewöhnlichen Atem« hineinhören, bemerken wir, daß auch er ein Moment der Wonne enthält. Beim Ein- und Ausatmen entsteht ein leichtes, natürliches Wonnegefühl, wie es sich bei jedweder natürlichen Körperfunktion einstellt, ja selbst bei freier Bewegung. Fühlen Sie sich ein in die Empfindungen, die das Atmen in Ihnen auslöst, und bemühen Sie sich, das Entzücken zu erfassen und zu steigern, das Ihnen die leichte Bewegung des Brustkorbs bereitet, die sich mit Luft füllende Lunge, die Erleichterung beim Ausatmen . . . Achten Sie darauf, daß sich dieses Wohlgefühl verstärkt.

AT-7: BEFREIUNG DES ATEMS (sollte in einem gut durchlüfteten Raum durchgeführt werden).

Nehmen Sie eine der Stellungen des AT ein, lockern Sie die Muskulatur (AT-4) und versinken Sie in völlige Ruhe (AT-6). Atmen Sie in Ihrem üblichen Rhythmus, nicht tiefer als gewöhnlich, halten Sie nicht den Atem an. Hauptsache ist jetzt, alle Aufmerksamkeit Ihrem Atem zu widmen, eine positive, freudige, begeisterte Aufmerksamkeit. Fühlen Sie sich nachdrücklich in Ihren »Atemgenuß« ein. Keine Gewalt, nichts Gekünsteltes, nichts Gewolltes. Nach einiger Zeit wird sich Ihr Atem leicht verlangsamen und vertiefen, wird an Regelmäßigkeit gewinnen. Die Muskeln Ihres Körpers lockern sich noch mehr, und es ist auch möglich, daß Sie eine mäßige Wärme verspüren, weil sich auch Ihre Adern lockern. Jetzt kosten Sie schon aus, wie frei Sie atmen, Sie berauschen sich geradezu an der Freiheit Ihres Atems. Das Herz geht zu einem konzentrierten, ruhigen Rhythmus über. Das Gefühl der Ruhe, der Frische, des inneren Jubels und der angenehmen Entspannung wächst.

Suggerieren Sie sich, daß dieser Zustand ein dauerhafter wird, der Sie überall begleitet, in jedweder Situation: Sie atmen immer leicht und mit Genuß, Ihr Atem gehorcht Ihnen stets und überall, er hängt nur von Ihnen ab.

Diese Übung wird Ihnen besonders in Konfliktsituationen helfen – und am besten davor. Das ist einfach und wirksam. Mit Hilfe des AT können Sie sich einen Schutzpanzer in Form Ihres Atems nicht nur gegen heimtückische, unverhoffte äußere Einflüsse schaffen, sondern auch einen Schild für Ihr inneres Gleichgewicht. Die Intensität der »Atemwonne« sinkt zwar mit der Zeit, aber der freie Atem wird zur Basis Ihres Lebens und ein mächtiger Stützpfeiler für Ruhe und Sicherheit.

AT-8: SCHLAFATEM bedeutet die höchste Stufe der Befreiung, die völlige Herrschaft des natürlichen Rhythmus der Ruhe. Zum »Schlafatem« gehen Sie über, indem Sie den Atem lockern und dann auf dieser Welle einfach »weiterschwimmen«. Sie können in sich zugleich solche Vorstellungen hervorrufen: Im Rhythmus des Atems wiegen Sie sich auf Meereswellen . . . Sie schaukeln auf einer Schaukel . . . Sie tauchen in einen Ballen weiche Watte. Zur Erreichung des »Schlafatems« dürfen Sie nicht an Zeit sparen, Sie gewinnen in ihm (außer einem schnelleren Einschlafen) einen der zuverlässigsten Schlüssel zur inneren Ruhe.

Bei allen Übungen des AT ist es wichtig, sich nicht zu überhasten. Erwarten Sie keine raschen Erfolge. Stellt sich keine merkliche Wirkung ein, dann bedeutet das nicht, daß Ihre Anstrengung vergeblich war: ihre Ergebnisse bahnen sich erst den Weg durch das Unterbewußtsein. Bildlich gesagt, unser unterbewußter brauner »Unterteil« (das Multitier) schafft es mit seinem uralten schwerfälligen biologischen Mechanismus einfach nicht, Schritt zu halten mit den blitzschnellen, ungeduldigen Forderungen des weißen »Oberteils«. Das »Unterteil« ist seit eh und je gleichgültig, verbohrt konservativ und eignet sich nur schwer einen neuen Rhythmus an. Aber Ihre entschlos-

sene, dauerhafte Anstrengung wird früher oder später seinen hartnäkkigen Widerstand brechen. Denken Sie daran, daß kein einziger Ihrer Versuche verlorengeht! Und ein Mißerfolg bedeutet hier nichts, weil schon der Versuch dynamisch und schöpferisch ist.

Seien Sie sich bewußt, daß Sie alles bereits in sich haben. Die Fähigkeiten und Zustände, die Sie mit Hilfe des AT zu erreichen trachten, kennen Sie im Wesen schon. Sie haben sie nämlich bereits erlebt, bestimmt in der Kindheit, aber auch später, in jenen flüchtigen Augenblicken plötzlicher Lockerung, Frische, der Freude und des Glücks, der eine vielleicht bei einer bestimmten Musik, der andere beim Skifahren oder im Kanu, beim Schwimmen im morgendlichen Meer, an einem Abend unter Sternen, bei einer guten Tat, oder zum Beispiel dieses »weihnachtliche Gefühl« vor dem geschmückten Baum, dieses Gefühl der Reinheit, des Friedens, der Liebe zu den Menschen und der tiefen Freude.

Durch das autogene Training nehmen Sie nichts Fremdes in sich auf. Sie schöpfen nur aus dem, was Sie in sich haben, festigen und entwickeln Ihre besseren Seiten. Das AT ist keine Zauberei, sondern bloß eine wissenschaftlich bestätigte moderne Methode, fähig, Ihre inneren Kräfte zu mobilisieren und etwa so zu nutzen, wie ein Wasserkraftwerk die Strömung eines Flusses ausnutzt.

XIV

Der schrecklichste Tag meines bisherigen Lebens ...

Spät in der Nacht saß Michal Rohan allein in der leeren VERS-Wohnung Nummer 14 im dritten Stock und bemühte sich krampfhaft (was freilich jedweden Erfolg ausschließt), die Mentminuten des AT-7 »Befreiung des Atems« zu üben. Ich hocke hier in einer wildfremden Wohnung im Sessel und reibe mir die kalten Hände auf den Knien, die in einem Winkel von 45 Grad gebeugt sein sollten, damit es die richtige »Droschkenkutscherhaltung« des AT ist, aber die Knie zukken mir dauernd wie beim Laufen, und ich bemühe mich vergeblich, meinem Atem freudige, positive, begeisterte Aufmerksamkeit zu widmen – der Atem treibt mit mir Possen, und meine ganze Aufmerksamkeit ist auf das heutige schreckliche Erlebnis gerichtet.

Es fing ganz normal an, nur daß Standa Bimoň zu einer zweitägigen Schulung der VERS-Inspektoren nach Prag gefahren war und also heute in der Gemeinwohnung nicht geturnt wurde. Vater ist schon ein hoffnungsloser Brauner, zu Tina ist wieder ihr Tibor zurückgekehrt, so kommt sie erst nachts mit Rita her, um was zu kochen, und Tibor kommt überhaupt nicht mehr her, Mutti und ich sind die einzigen beiden Weißen hier, wie die zwei letzten Ritter auf den Zinnen einer Burg. In der ganzen Stadt nimmt die Zahl der Braunen stetig ab, nur in unserem Haus wird's immer schlimmer.

Abends ging Mutti sehr zeitig nach Hause schlafen, Vater und die Bimoňová glotzten in die Röhre, ich verkroch mich mit einem Buch in der Hand in einen Sessel und schlief darüber ein.

Dann hörte ich auf einmal Kichern hinter mir und dabei dauernd »Pst! Pssst« – und als ich die Augen aufschlug, spiegelte sich in der Scheibe des Bücherschranks, wie auf dem Kanapee vor dem Fernseher mein Vater mit der Bimoňová ordinär schmuste.

Ich schloß die Augen und wünschte mir, daß ich das nur träume. Aber dann sah ich es wieder und wieder ... Dabei bewegte ich mich wohl, und die zwei schlichen aus der Gemeinwohnung. Und dann schlief ich kein bißchen mehr.

Als sie verschwunden waren, stand ich auf und ging ihnen nach auf den Flur. Sie hielten sich an den Händen und huschten gemeinsam die Treppe hinunter. Ich zog mir die Schuhe aus und schlich ihnen auf Socken im Dunklen nach. Die zwei stiegen bis in den zweiten Stock hinab und verschwanden in der VERS-Wohnung Nummer 9.

Ein paar Sekunden verharrte ich an der Tür. Die Bimoňová kicherte weiter so albern, jetzt schon laut, aber Vater ... Was alles mein Vater diesem Weibsstück noch im Korridor zu sagen schaffte!

Wie ein begossener Pudel kroch ich hoch ins vierte Stockwerk. Mutti schlief noch nicht, sie saß im Pelz am Klavier und spielte beim Schein der Taschenlampe.

»Wo hast du deine Schuhe, Michal?«

Typisch Mutti – im Zimmer finster wie in einer Dunkelkammer, und sie bemerkt sofort, daß ich keine Schuhe anhabe. Das war der letzte Augenblick, wo ich sie noch sehr liebte. Dann erzählte ich ihr alles.

Mutti spielte weiter Klavier.

»Mutti, um Himmels willen, ist dir das denn völlig schnuppe?!«

»Und was soll ich tun?«

Das fragte sie mich ganz ruhig!

»Aber Mutti, wir zwei packen ihm jetzt gleich ein paar Sachen in den Koffer und schmeißen ihm den Koffer unten vor die Tür. Und sagen ihm, er soll sich bei uns nicht mehr blikken lassen!«

»Das hätte keinen Sinn, Michal.«

»Nein? Und was hat dann Sinn, Mutti?«

Sie spielte weiter Klavier!

»Mutti, hast du mich überhaupt gehört?«

»Hab ich. Übrigens weiß ich es schon lange.«

»Du weißt das schon lange?! Und . . . und nichts?!«

»Dein Vater ist ein erwachsener Mensch, Michal.«

»Ach so, er ist erwachsen. Und du auch, nicht wahr. So furchtbar erwachsen, daß es dir egal ist, wenn dein eigener Mann gerade jetzt, in diesem Augenblick . . . Wie alt bist du, Mutti? Hundert? Oder hundertfünfzig?« Da begann ich sie schon zu hassen.

Mutti spielte Klavier.

»Wenn Vater nicht geht, dann gehe ich«, sagte ich ihr also. »Denn das ist keine Familie, sondern ein Puff. Und im Puff wohnen will ich nicht.«

Ich warf ein paar Sachen in einen Koffer, völlig sinnloses Zeug, und knallte hinter mir die Tür zu. Ich ging. Aber wohin?

Zunächst kehrte ich in den Klubraum der Gemeinwohnung zurück und warf mich in einen Sessel. Ich fand nicht mal mehr die Kraft, den Recorder einzuschalten, so groggy war ich.

Dann, es war schon Nacht, kamen Tina und Rita, sie machten sich daran, das Abendessen und Schnellstaub zu bereiten.

»Was hast du, Michal?« fragte Tina. »Du zitterst ja am ganzen Leibe. Hast du Fieber?«

»Mir ist übel.«

»Dann leg dich zu Hause lang.«

»Dort kann ich nicht mehr hin. Niemals mehr.«

»Aber was ist denn um Himmels willen passiert?«

Sie sah mir in die Augen. Ich hab sie wohl nicht richtig zu lieben vermocht, sie ist wieder mit Tibor zusammen, aber dennoch ist Tina jetzt der einzige Mensch auf der Welt, mit dem ich wenigstens sprechen kann. Und so erzählte ich ihr von der furchtbaren Schande – ich glaubte immer noch verzweifelt, daß Tina mir das irgendwie ausreden würde.

»Ich hab Vater mit der Bimoňová gesehen. Und Mutti ist das völlig schnuppe!«

»Du hast es ihr gesagt?« fragte Tina leise.

»Heute abend. Und sie hat dabei ruhig auf dem Klavier weitergeklimpert.«

»Sie hat's wohl schon gewußt.«

»Das ist ja gerade das Furchtbare, daß sie davon weiß und dabei nichts ... Du hast es auch gewußt, Tina?«

»Wie alle. Außer Standa Bimoň.«

»Warum hast du es mir nie gesagt?«

»Meinst du, das hätte was geholfen? Und geglaubt hättest du mir ja doch nicht.«

»Stimmt. Das hätte ich niemandem geglaubt ... Leider hab ich's aber gesehen. Und gehört. Und Mutti hat es mir in aller Ruhe bestätigt.«

»Was willst du tun?«

»Das weiß ich jetzt noch nicht. Jedenfalls zieh ich erst mal weg. Zum Glück haben wir im Hause genug freie Wohnungen, nicht?«

Bimoň hat im Dienstzimmer nebenan im Schrank einen Reserveschlüssel für alle VERS-Wohnungen. Der Schrank selbstverständlich verschlossen, doch jetzt ist sowieso alles egal – hier komme ich nicht mehr her, um mir dieses »Ehepaar« Rohan nicht anschauen zu müssen.

Ich suchte mir in der Küche die zwei größten Messer heraus, brach damit den Schrank auf, schnappte mir den erstbesten Schlüssel, der mir unter die Hand kam – Nummer 14 im dritten Stock, aber das spielt ja keine Rolle –, in die andere Hand den Koffer, und schon ging ich los.

»Komm, iß doch wenigstens einen Happen«, forderte mich Tina auf.

»Ich will jetzt AT machen, und das geht am besten auf nüchternen Magen.«

Und so sitze ich jetzt in der frostklammen VERS-Wohnung Nummer 14 in »Droschkenkutscherhaltung« und konzentriere mich aus Leibeskräften auf meinen Atem, ich müßte so rasch wie möglich durch AT-7 – »Befreiung des Atems« – hindurch und tief in AT-8 eindringen, in diesen »Schlafatem«, der einer der zuverlässigsten Schlüssel zur inneren Ruhe und die höchste Stufe der Befreiung sein soll, ich suggeriere mir, daß ich langsam in weiche Watte falle, in einen Haufen Heu, in eine Wanne voll warmer Milch, ich bemühe mich fast wütend darum, aber es geht immer weniger – weil gerade diese Hast und diese Verbissenheit alles zunichte machen. Wie könnte ich jetzt auch ruhig sein?

Nach einer halben Stunde war ich wie eine entladene Batterie und spürte nur noch die durchdringende Kälte der Wohnung. Und Hunger. Und ich fing an, mich vor mir selber zu fürchten. Also ging ich zu den Frauen in die Gemeinwohnung, und Rita gab mir einen Teller höllisch scharfen Gulasch.

»Ist dir schon besser?« fragte mich Tina.

»Nein.«

Tina und Rita fütterten sich aufgekratzt mit frischem

Braunfleisch aus einer Kasserolle, und ihre Augen begannen zu glänzen.

»Nimm dir auch!« forderte mich Rita lachend auf.

»Laß ihn, ich bitte dich!« sagte Tina.

»Du schweig!« fauchte Rita, schob die Kasserolle zu mir und legte einen sauberen Löffel vor mich hin. »Nimm dir, Michal, in einer Weile wird dich nichts mehr quälen!«

Ich schaute mir den braunen Pudding an, den ich noch nie gekostet hatte. Warum eigentlich nicht? Jetzt ist doch sowieso alles egal. Nebel vor mir und in mir, Hauptsache, ich brauche an nichts mehr zu denken – und es tut nicht mehr weh.

Ich nahm den Löffel zur Hand.

»Michal, überleg es dir«, sagte Tina rasch.

»Was quatschst du dauernd dazwischen!« herrschte Rita sie an.

»Das ist doch noch ein Junge«, seufzte Tina.

»Aber ich will keiner mehr sein«, betonte ich. »Du hast es ja auch gegessen, als es dir ganz schlimm ging, und meine Worte hast du in den Wind geschlagen.«

Ich fing an, von dem Braunfleisch zu essen, voller Neugier, was es bei mir bewirken würde. Doch nichts geschah.

»Schmeckt's?« Rita lächelte mir zu.

»Es hat eigentlich gar keinen Geschmack«, sagte ich.

»Weil es nur so 'ne Art Weiberkasch ist, aber ein richtiger Mann braucht auch was richtig Scharfes!« Rita lachte und bestreute mir das Braunfleisch dicht mit einem rotbraunen Pulver.

»Schnellstaub gib ihm nicht«, versuchte es Tina noch einmal, doch Rita belferte sie an: »Noch ein Wort – und du kriegst's von Tibor mit der Kette!«

Der Schnellstaub begann bald zu wirken. Als kröchen mir aus dem Magen dicke Blutegel in den Körper, also ziemlich eklig ... Aber nach einem Weilchen nicht mehr. Die Blutegel fingen an, mir gutzutun, als saugten sie die ganze Enttäuschung und Bitterkeit aus mir heraus, bis ich völlig leer war, und ich spürte nur noch mein Blut, das sich frei bis in den Kopf ergoß, beruhigte und wärmte wie roter Glühwein.

Am Ende richtete ich mich so zu, daß ich gegen Morgen zu tun hatte, mich in meine VERS-Wohnung zu verdrücken, bevor meine ehemaligen Eltern zum Frühstücken eintrudelten. Ich will sie nicht sehen. Aber jetzt pfeife ich auf sie. Die Teufel klopfen an meine Tür, und ich mache ihnen auf.

Ich bin ein Brauner geworden und fühle mich schau.

»Dauernd das Gerede vom Kampf gegen den braunen Unrat – und jetzt hast du ihn selber kiloweise auf dir!« sagte mir morgens mein Chef Berenda. Er ist nach wie vor braunweiß, weil er weder für das eine noch das andere die Kraft hat. Übrigens pfeife ich auf ihn.

»Mich hast du dauernd in die VERS-Zentrale gejagt, und jetzt siehst du selber so aus!« hielt mir unsere Frau Marta vor. Aber sie ist nett, und in der Frühstückspause werde ich sie um ein Häppchen Braunfleisch bitten.

»Bilde dir bloß nicht ein, du hättest damit etwas bei mir gewonnen«, hielt mir Arsen Králík feixend entgegen. »Es gibt nämlich Braune und Braune – und zwischen ihnen ist ein Unterschied wie zwischen Regenwurm und Löwe. Du bist der Regenwurm.«

»Und du ein popliges Ungeziefer.«

Ich bin zwar jetzt ein Schwerbrauner wie Arsen, aber er ist mir deswegen um nichts sympathischer. Arsen kann nämlich niemandem sympathisch sein. Übrigens pfeife ich auf ihn, und wenn er zum Mittagessen geht, klau ich ihm aus der Schublade sein Röhrchen Schnellstaub. Ein brauner Mensch hat keine Sorgen, nichts tut ihm mehr weh. In der Betriebskantine kaufe ich mir zwei Mittagessen, nachmittags bummle ich frei und ledig durch die Straßen und esse, wofür das Geld reicht, aber abends muß ein einzelner Brauner vorsichtig sein, denn eine Bande von Weißen oder auch von Braunen könnte ihn schnappen, so verdufte ich noch vor Einbruch der Dunkelheit in meine VERS-Wohnung Nummer 14.

Jetzt hab ich's dort schön warm, hab die Zentralheizung aufgedreht, aber Licht mach ich lieber nicht, um keine VERS-Inspektoren anzulocken. Mir reicht das Licht von der Straße, ich krieche ins Bett und lasse den Recorder laufen. Sonderbar, daß ich von all meinen Kassetten nur noch die mit dem härtesten Rock mag. Selbst der alte Elvis langweilt mich. Am liebsten hab ich die Sex Pistols.

Mir geht's eigentlich gut so allein hier, und wenn nicht, dann kratz ich mir vom Fußboden ein bißchen Massitstaub zusammen, hier liegen ganze Haufen, und koche mir Braunfleisch und dörre mir Schnellstaub. Dann genügen dazu ein paar Liter Wasser.

So sitz ich auch mal da bei meiner Musik, und auf einmal klopft's an die Tür. Ich schaltete den Recorder aus und lugte durchs Guckloch in der Tür. Auf dem Flur selbstverständlich Dämmer, aber ich erkannte doch, daß es ein weibliches Wesen war, allein. Das konnte Tina sein ... oder sogar meine Mutter ...

Rasch schloß ich auf. Vor mir stand ein wildfremdes Mädchen.

»Was treibst du hier?« fragte sie, sie duzte mich gleich, obwohl sie mindestens ein halbes Jahr jünger war als ich.

»Und du?«

»Ich bin in die Berge evakuiert und wollte mal nach unserer Wohnung schauen. Wir wohnen in der Sechzehn, und hier in der Vierzehn wohnen unsere Nachbarn, die Mráčeks. Sie sind auch in den Bergen. Und da hab ich deine Musik gehört ...«

»Und bist nachschauen gekommen, ob ich den Mráčeks nicht die Wohnung demoliere, ja? Also komm rein, damit du beruhigt bist.«

Das Mädchen besichtigte gründlich die Wohnung. Unter einer mächtigen Haarflut guckte ein kleines Gesicht hervor, nur die Augen waren riesig. Im ganzen war sie recht hübsch.

»Wie heißt du?« fragte sie mich.

»Michal. Und du?«

»Anila. Aber manchmal bin ich Vanille.«

»Und wie erkennt man, wann du was bist?«

»Das wirst du schon selber begreifen. Du bist ein Brauner, stimmt's?«

»Na ja.«

»Wieviel Prozent hast du?«

»Achtzig, neunzig ... Ich weiß es nicht, ich pfeif drauf.«

»Warum pfeifst du drauf? Kann ich mir's anschauen?« Sie nahm einen Löffel vom Tisch und berührte vorsichtig den braunen MT-Lappen an meinem Hals. Dann drückte sie mehr zu. »Tut's weh?« Dauernd fragte sie nach was.

»Nein.«

»Und jetzt?«

»Das spürt man schon mehr.«

Sie pikte mit dem Löffel immer weiter auf mich ein, bis es mich am Ende nervte und ich ihr erklärte, daß man sein MT wie ein Stück des eigenen Körpers empfindet.

»Und was für ein Gefühl ist das, so ein Vieh auf sich zu haben?«

»Normal.«

»Na das bestimmt nicht, normale Menschen sind doch die Weißen. Kannst du das Zeug nicht loswerden?«

»Das könnte ich, aber ich pfeif drauf.«

»Warum pfeifst du auf alles? Und warum bist du allein hier?«

»In der Gemeinwohnung haben wir einen dämlichen Vertrauensmann.«

»Das heißt einen Weißen, stimmt's? Weshalb bist du dann nicht in einer braunen Clique?«

»Auf die Clique pfeif ich. Ich fühl mich hier wohl, so allein.«

»Aber allein kann sich doch keiner wohlfühlen.«

»Ich ja.«

»Da müßtest du ein einsamer Wüstling sein.«

»Was soll das heißen?«

»So nenne ich die, die sich allein in eine VERS-Wohnung verkriechen, Heizstrahler einschalten und Schnellstaub schlucken. Aber dazu bist du noch zu jung. Ansonsten gibt es dann noch Pärchen, die in eine solche Wohnung wie in eine Hotelabsteige kommen, die nenne ich Ratten, und dann Cliquen, die sich hier zu Partys versammeln. Die ramponieren am meisten die Möbel, das sind Wildsäue.«

»Na, du kennst dich ja bestens aus.«

»Ist doch schließlich unser Haus, nicht? Und wir kehren bald wieder in unsere Wohnung zurück.«

»Kommst du oft her?«

»Jede Woche. Und deine Musik mag ich. Aber wieso spielst du nur in einem fort diese Sex Pistols?«

»Weil's mir gefällt.«

»Mir auch ... manchmal. Wollen wir tanzen?«

Anila tanzte exakt und sehr gut, sie hat Gefühl für Musik, aber nach einer Stunde wollte sie schon wieder aufbrechen.

»Wie gefällt's dir in den Bergen?« fragte ich sie.

»Es geht. Bis auf den Umstand, daß dort hauptsächlich alte Leute sind und Kinder.«

»Kommst du wieder mal?«

»Wenn ich Lust habe.« Dann wurde sie auf einmal ernst. »Ich möchte dir wünschen, mich kennenzulernen, wenn ich Vanille bin. Aber mit einem Braunen könnte ich nicht gehen.«

Ich überlegte, was ich ihr darauf antworten sollte, doch da klopfte wieder jemand an die Tür. Es war Tina.

»Sei mir nicht böse, ich wurde gezwungen ...«, flüsterte sie mir zu, als ich aufmachte, und da drang auch schon Tibors Bande in meine VERS-Wohnung ein. Die Männer hatten dünne Autoantennen in den Händen und die Frauen Fahrradketten.

»Was treibt ihr denn hier, meine lieben Kinder?« fragte uns Tibor mit gemeinem Grinsen.

»Und ihr?« schrie Anila zurück.

»Das wirst du gleich erfahren, holdes Mädchen«, feixte Tibor.

»Wohl kaum«, erwiderte sie völlig ruhig. »Das hier ist die

Wohnung unserer Nachbarn, der evakuierten Familie Mráček, und ihr habt hier überhaupt nichts zu suchen! Also bitte, raus mit euch! Oder ich rufe Leute zu Hilfe!«

»Laß sein, Tibor«, sagte Rita. »Sie ist eine Evakuierte, und das könnte ein Malheur werden!«

»Dann packt wenigstens ihn!« befahl Tibor und ging.

Polda Štrunc drehte mir die Hände auf den Rücken, Mija Robová warf mir einen Riemen um den Hals, zog ihn zu einer Schlinge zusammen und zerrte mich hinaus auf den Flur, wie einen Hund am Halsband.

»Michal!« rief mir Anila nach. Und dann schrie sie: »Michal . . .«

DAS BLUT strömt in einem reich verzweigten Netz von Adern durch unseren Körper und dringt überall hin, aus den Röhren der großen Schlagadern bis in die mikroskopischen Haargefäße, die das Innere der Knochen und jede Gehirnzelle (und derer gibt es zehn Millionen) mit feinsten Schleiern umhüllen, vom Herzen bis in die letzte Kapillare und wieder zum Herzen zurück. Über diese ganze ungemein lange Strecke verflechten sich die Zweige dieses komplizierten Netzes mit den Zweigen eines anderen, nicht weniger allgegenwärtigen Systems – die dünnen Verzweigungen der Nerven dringen bis ins Herz, ziehen sich an den Adern entlang durch sämtliche Organe, umwinden sie wie Lianen und reichen bis in die feinsten Blutgefäße.

Die Ruhestellung des Körpers bedeutet nicht nur eine Lockerung der Muskulatur, sondern auch eine Lockerung der Blutgefäße, die sich ausdehnen und mit Blut füllen. Beim AT erreichen wir das durch die Hervorrufung eines Gefühls von Wärme – die bei der Fixierung des Fingers (AT-3) einige von Ihnen vielleicht bereits gespürt haben.

Wir nehmen eine der Positionen des AT ein, lockern die Muskulatur (AT-4), erfüllen uns mit tiefer Ruhe (AT-6), befreien den Atem (AT-7) und beginnen das AT-9: WÄRME.

Wir konzentrieren die Aufmerksamkeit auf die rechte Hand (Linkshänder auf die linke). Wir stellen uns vor, daß sich die Hand vom Handgelenk aus nach unten erwärmt, unaufhaltsam und ununterbrochen.

Wir sagen uns im Geist (und am besten im Rhythmus des Atems):

- die Hand erwärmt sich
- die Finger erwärmen sich angenehm
- die Handfläche erwärmt sich immer mehr
- in die Hand ergießt sich sanfte Wärme
- die Finger sind schon ganz heiß
- die Wärme rinnt mir die Finger hinab
- sie erfüllt meine Fingerspitzen
- sie überschwemmt die Fingernägel
- die wohlige Wärme in der Hand verstärkt sich immer mehr
- die Hand ist bereits heiß, sie beginnt zu glühen
- die Wärme pulsiert
- sie prickelt angenehm
- die Glut erfaßt das Handgelenk
- sie erwärmt bereits den Ellbogen
- der ganze Arm ist schon warm, heiß, glutheiß, von der Schulter bis zu den Fingerspitzen ...

Haben diese Wortformeln keine Wirkung, dann stellen Sie sich vor, daß Sie die Hand in ein warmes Bad tauchen, auf den Heizkörper gelegt haben oder übers Feuer halten; daß Ihre Hand aus Watte ist, in die heißes Wasser einsickert; daß sie in einem Tontopf steckt, in den jemand frisch gekochte Milch gießt. Sie können Ihre eigene Wärmevorstellung finden.

Wenn wir das Wärmegefühl in der einen Hand hervorgerufen haben, stellen wir oft fest, daß es sich von selber in die andere und dann durch den ganzen Körper ergießt. Das Blutgefäßsystem hat die Tendenz, als Ganzes zu reagieren. Wir können das ausnutzen und gleich beim ersten Training das Gefühl von Wärme auch in den Armen und Beinen hervorrufen:

- die Wärme ergießt sich in beide Arme
- beide Arme sind von pulsierender Wärme erfüllt
- bis über die Schultern, die Schlüsselbeine, die Schulterblätter
- warm die Beine, der ganze Körper, die Brust, der Bauch, Rücken, Hüften, Kreuz, Becken
- der ganze Körper, der ganze Körper, der ganze Körper ...

Aber aufgepaßt! Das AT-9 (Wärme) darf man nicht bei schweren Herzfehlern, Infarkten oder Thrombosen betreiben, bei denen die Adern höchstmögliche Ruhe brauchen.

»Kopf kühl, Füße warm«, besagt eine alte Volksweisheit, und bei den Übungen des AT werden wir niemals das Gefühl von Wärme auch im Kopf hervorrufen, sondern ihn im Gegenteil mit folgenden Formeln kühl halten:

- meine Stirn ist kalt
- die Stirn ist mäßig kühl
- ich spüre darauf ein kühlendes Lüftchen

Die abschließende Etappe des AT-9 (das Gefühl von Wärme im ganzen Körper außer dem Kopf) endet mit folgenden Formeln:

- die Stirn ist kalt
- der Körper ist warm
- locker und warm
- schwer und warm
- weich und warm
- ich strahle mit dem ganzen Körper Wärme aus
- ich verwandle mich in die Sonne
- ich bin die Sonne

XV

Der Technologe in der Abteilung des Konzernhauptspezialisten der NBLB, Ing. Stanislav Bimoň, CSc., rührte widerwillig mit einem Glasstab in dem stinkenden, blutigen Teig. Sein Forschungsvorschlag »Vollsättigendes Ökobrot im Etui« durch Entscheidung des Generaldirektors abgelehnt und er mit der untergeordneten Aufgabe betraut, Rohans neuen Delikatessen-Zyklus »Waldesrhythmen« zu »ökonomisieren« (weil er angeblich zu nichts anderem fähig sei).

Stanislav steckte sich mit dem Glasstab eine winzige Probe des »Waldesrhythmus Nr. 9b« (Nutria im eigenen Blut mit Preiselbeeren, Rotwein und Pfeffer gedünstet) in den Mund, spuckte sie angeekelt aus und spülte sich den Mund nach. Rohan schüttet so viel Pfeffer in seine Wildgerichte, daß seine

»Rhythmen« alle gleich schmecken, wie zu stark gepfefferte Buletten.

Und seine Nummer 9b würde praktisch genauso schmekken, wenn statt des Nutrias Rindfleisch von der billigsten Sorte drin wäre (oder auch das Fleisch einer verreckten Katze), so daß das »Ökonomisieren« schnell gehen wird – ich schlage einfach billigere Fleischsorten vor, importierte Zusätze ersetze ich durch heimische, und weiter werde ich damit keine Zeit mehr vergeuden.

Das Zuviel an Gewurzen ist ein feudales Überbleibsel aus der Zeit, da die Gewürze erstmalig von Übersee nach Europa kamen, damals wurden die Speisen der Reichen mit ganzen Bergen von Gewürzen serviert, die nicht einfach aufs Fleisch gestreut wurden, sondern das ganze Stück Fleisch wurde darin getränkt. Doch die modernen Trends sind gegenläufig, das letzte statistisch bedeutsame neue Gericht, der »Hamburger«, ist ohne nennenswerten Geschmack. Und was für einen Geschmack haben eigentlich Kartoffeln, Reis oder eine Semmel?

Oder nehmen wir die teuersten und feinsten Delikatessen – Austern, Krabben, Langusten, Krebse, Hummer, Froschschenkel, Kalbshirn, Spargel, Sahne, Champignons. Ohne Zusätze sind sie fast geschmacklos.

In der reinen Freude eines Weißen über das aufbrandende schöpferische Denken ging Stanislav immer schneller in seinem Arbeitszimmer auf und ab, ich habe die Konturen einer neuen Lebensmittelindustrie erblickt – Argumente in großer Anzahl, und wir finden sie vielleicht schon in der Mythologie, welchen Geschmack mögen wohl Speise und Trank der antiken Götter auf dem Olymp, Ambrosia und Nektar, gehabt haben, daß die Götter sich daran nicht überaßen, wo sie doch ganze Jahrtausende nichts anderes konsumierten? Können Ambrosia und Nektar süß, bitter, sauer, salzig gewesen sein? Natürlich nicht! Die Antwort ist einfach. Der einzige Geschmack, der einem nie über wird, ist – kein Geschmack.

Und in seiner reinweißen Schöpferwonne begann Standa sofort sein neues Projekt zu konstruieren, welches den volkstümlichen »Hamburger« und zugleich die luxuriösen französischen Austern übertreffen wird. Mache ich es als Speise oder als Getränk? Es wird beides zugleich sein! Eine eßbare Paste, die man nach Belieben mit Wasser verdünnt – so daß man sie essen und trinken, aber auch wie Gefrorenes schlecken kann! Und ich packe sie in eine Dose, wo sie sich ein ganzes Jahr frisch hält – eine Einkilofamilienpackung. Fünf- und Zehnkilobüchsen für die Massenverpflegung und praktische Taschentuben (wie es sie für Zahnpasten gibt) für Reisende und Schulkinder, wer will, kann sie sich aufwärmen, und wer nichts dazu bei der Hand hat – zum Beispiel Bergsteiger, Skilangläufer, Arktisforscher –, kann sie mit der eigenen Körpertemperatur in der Achselhöhle erwärmen. Und ich gebe ihr den Namen AMBRONEKT.

Speise und Trank für jede Tages- und Nachtstunde, nahrhaft und köstlich für Millionen Menschen, für alt und jung, für Gesunde und Kranke und vor allem für Kinder. Was muß alles drin sein? In jedem Fall zunächst Milch ... In stiller Freude verteilte Stanislav einen Liter Milch in Bechergläser und begann die ersten Muster zu mischen.

Nach Arbeitsschluß eilte er hinab in den Sitzungssaal von Pavillon C und pfiff heiter das halbstündige Training der Physminuten gegen das MT an. Wir sind kaum mehr zwanzig, die wir uns hier treffen, und alles Weiße – wir könnten bereits ruhig damit aufhören, aber es gefällt uns, bei offenem Fenster den Körper zu recken und zu strecken, und wir kommen eigentlich nur noch aus Freude an der Bewegung zusammen.

Erfrischt eilte er dann über den Hof in die VERS-Betriebszentrale und gesellte sich zu seiner Gruppe.

»Ich würde gern damit aufhören. Jeden Tag komme ich erst spät heim, die Familie fängt schon an, mir Vorwürfe zu machen«, beklagte sich einer der freiwilligen Inspektoren. »Das zieht sich nun über sechs Wochen hin, und eigentlich haben wir gar nichts mehr zu tun.«

»Haben wir's sechs Wochen ausgehalten, stehen wir's auch

noch zwei oder drei weitere durch!« belehrte ihn Standa energisch.

»Vielleicht ist's gar nicht so lange nötig«, sagte der Gruppenleiter. »Der Notstand VERS wird bald beendet sein, und die Evakuierten werden aus den Bergen in die Stadt zurückkehren. Dank der Massenverbreitung des AT ist jetzt die Situation in unserem Betrieb so gut, daß es ab morgen genügt, nur alle zwei Tage Inspektionen durchzuführen. Uns muß jetzt nicht mehr interessieren, ob sich jemand irgendwo eine Kasserolle Braunfleisch zusammenpantscht, sondern wir werden uns bloß auf die Großproduktion konzentrieren. Ich danke euch für die aufopferungsvolle Hilfe, heute ist der erste freie Tag, genießt ihn daheim. Und von morgen an erwarte ich hier nur jene, denen diese Stunde jeden zweiten Tag zu Hause nicht fehlt. Wegtreten!«

»Ich komme bestimmt, und ich werde auch weiterhin kommen!« versprach Stanislav Bimoň und trat seinen Nachmittagsdienst in der Stadt an. Auch in den VERS-Bereichszentralen herrscht jetzt schon Ruhe, immer weniger Arbeit für die freiwilligen Stadtinspektoren – die Anzahl der Braunen nimmt rapide ab, in die VERS-Wohnungen trauen sie sich nicht mehr, sie hocken zu Hause herum als aussterbende Sekte des untergehenden braunen Kults.

In der Zentrale Nummer 28 sieht es aus wie auf einem Postamt. Die Inspektoren reißen Pakete mit weißen Broschüren auf, »Fernsehschnellkurs des AT«, stopfen sie in die Aktentaschen und verteilen sie in ihren Abschnitten. Dieses weiße Büchlein ist jetzt in Mode, denn wer regelmäßig danach übt, gewöhnt sich leicht Rauchen, Alkohol und Gefräßigkeit ab, verliert überflüssige Pfunde, bekommt Lust auf Bewegung und einen frischen Geist, er empfindet neue Freude am Leben, was alles zusammengenommen das Multitier weit zuverlässiger vernichtet als die allerschwerste Athletik – und für dauernd.

Standa verstaute vierzig weiße Broschüren in zwei schweren Aktentaschen und brach allein auf (Michal Rohan kommt nicht mehr mit, und die anderen sind Standas schnellem Schritt nicht gewachsen), voller Genuß atmete er die klare Frostluft und freute sich an dem frischgefallenen Schnee. Die ganze Stadt ist jetzt außen weiß und wird es bald auch innen sein!

Überall geht es gut voran, nur in unserem Haus wird's immer schlimmer. In der Wohnung der Trnkas trifft sich angeblich schon wieder Tibors braune Bande, und sie treiben dort alle möglichen scheußlichen Dinge – aber es ist eben Tibors legale Wohnung, und wenn sie die Zentralheizung nicht andrehen und den elektrischen Strom nicht einschalten, habe ich keinen Grund zum Einschreiten. Die Gemeinwohnung suchen sie überhaupt nicht mehr auf.

»Da müßtest du mich an den Haaren reinziehen!« sagte mir Tina grinsend ins Gesicht. »Und das darf man wohl nicht, oder?«

»Leider nicht.«

Unsere weiße Gemeinwohnung halte ich jetzt allein mit Pavla Rohanová. Eda ist ein Brauner, wegen seines Herzfehlers darf er nicht trainieren, und so sielt er sich den ganzen Abend auf der Couch vor dem Fernseher herum. Als ich in Prag war, hat Michal im Dienstzimmer den Schrank aufgebrochen und daraus den Schlüssel zur VERS-Wohnung Nummer 14 geklaut. Ich fand dann dort seine Musikapparate, Michal selber war schon wieder verschwunden.

Wir üben immer ein Weilchen vor dem Abendessen, Pavla und ich, nur wir zwei, weil auch Leona keine Lust mehr hat.

»Mich kotzt das Herumgehopse an, und es ist ja auch furchtbar altmodisch«, sagt sie, bemüht, das braune MT-Zünglein im Ausschnitt vor mir zu verbergen. »Jetzt gilt einzig und allein das AT!«

»Na schön, üben wir also das AT.«

Aber das AT klappt bei uns noch nicht recht, Leona erinnert dauernd daran, wie die Mentminuten des AT bei ihnen im Bezirkskrankenhaus geübt werden, ist jedoch selber nicht fähig, sich länger als fünf Sekunden zu konzentrieren. Bei mir hingegen klappt das Konzentrieren und die Lockerung der Muskulatur und des Atems gut, so wie bei jedem Sportsmann, aber die Autosuggestion geht bei mir einfach nicht, und eigentlich ist sie mir zuwider.

»Weil du zu wenig Phantasie und Sinn fürs Spiel hast«, hält mir Leona entgegen. »Und hauptsächlich deshalb, weil du keinen Augenblick nur an dich denken kannst – weder beim AT noch im normalen Leben!«

Leona wirft mir vor, ich würde alles zu ernst nehmen, wäre ohne Sinn für Humor und übertrieben streng zu den Leuten, verstünde es nicht mit ihnen. Sie möchte, daß ich »unternehmender und schlauer« bin – was bei ihr gerissen und durchtrieben bedeutet. Etwa so wie Eda Rohan.

»Tag für Tag kommst du erst spät abends aus der Arbeit nach Hause«, hält sie mir vor. »Wegen dieser Physminuten, die das AT längst besiegt hat.«

»Aber mir macht es Spaß, vielleicht auch nur als Sport . . .«

»Und diese VERS-Inspektionen! Warum immer nur du?«

»Jemand muß das machen, und ich helfe stets gern, wo Not am Mann ist.«

»Wenn du mich wirklich liebtest, würdest du mehr an dich denken. Und selbstverständlich auch an mich!«

»Du weißt doch, daß ich ständig an dich denke. Und daß ich dich maximal liebe!«

»Wirklich? Dann beweis es mir! Werden wir heute nacht schön schmusen, im Warmen und bei Licht im Dienstzimmer?«

»Du weißt doch, daß das nicht geht.«

Leona will nur meine Eifersucht provozieren, wenn sie im Klubraum dann und wann mit Eda Rohan kokettiert. Sie weiß, wie gut ich von ihr weiß, daß sie mir niemals untreu sein könnte. Leonas ewige Spiele . . . Manchmal eigentlich erfrischend, wenn sie meine Schwerfälligkeit damit aufrührt. Ich brauche meine Frau, so wie sie ist, und ich liebe sie in jeder ihrer Gestalten.

Abends schauten wir uns ein Fernsehspiel an, als sie plötzlich leise in den Klubraum traten: Tibor, Tina, Rita, Michal, Arsen Králík, Mija Robová und Polda Štrunc. Sie stellten sich im Halbkreis vor meinen Sessel. Die Männer hielten wie Waffen Autoantennen in den Händen, die Frauen kurze Lamellenketten, und der schwerbraune Michal trug ein zu einem Knäuel zusammengewickeltes Abschleppseil. Tibor schaltete den Fernseher aus.

»Gehen wir?« sagte Pavla Rohanová zu ihrem Mann und stand auf.

»Ich noch nicht«, knurrte Eda.

Pavla verschwand allein. Tibor schnippte mit der Antenne durch die Luft, Eda Rohan erhob sich aus seinem Sessel und reihte sich in den Halbkreis der Braunen mir gegenüber ein. Aber plötzlich stand unter ihnen auch meine Leona ...

Rita stellte einen Teller Schnellstaub vor mich auf das Tischchen und bohrte einen Löffel hinein.

»Iß das!« befahl mir Tibor, seine Antenne pfiff durch die Luft, und wie auf ein Taktstockzeichen schlug die ganze Bande mit den Antennen und Ketten auf den Fußboden. Es knallte wie ein Gewehrschuß.

»Standa, ich bitte dich«, sagte Leona unglücklich.

»So rede ich nicht mit dir, wenn du gegen mich stehst.«

Leona schaute Tibor an – meine Leona bat ihn um Erlaubnis! –, und erst als er nickte, trat sie auf mich zu und kniete vor meinem Sessel nieder.

»Standa, ich bitte dich, gehorche ihnen und nimm dir ein bißchen davon. Es ist doch nichts dabei, ich hab doch auch ... Das schadet dir doch nicht!«

»Was haben sie mit dir gemacht, Leona?«

»Iß wenigstens ein paar Löffel«, bettelte mich meine Frau. »Du mußt. Sonst werden sie dich schlagen und foltern ...« Dann brach sie in Tränen aus.

»Ich kann das nicht mehr mit ansehen«, sagte Tina und wandte sich ab zur Wand.

»Zieh's nicht in die Länge«, bat Rita Tibor.

Tibor schnippte mit seinem Draht, alle stürzten sich auf mich und warfen mich mitsamt dem Sessel um. Štrunc schlug mich mit seiner Prothese auf den Kopf. Neun gegen mich allein.

Sie fesselten mich mit dem Abschleppseil, Mija schlang mir einen Riemen um den Hals, und Rita steckte mir einen Löffel Schnellstaub in den Mund. Ich warf den Kopf hin und her, blies und spuckte.

Sie schüttete den ganzen Teller Schnellstaub in eine gummierte Tüte, die sie mir über den Kopf stülpten. Ich drohte zu ersticken und schnappte nach Luft. Der Schnellstaub brannte mir in Nase und Bronchien, löste einen hartnäckigen Husten aus. Mit jedem Atemzug gelangte er tiefer in Mund und Nase. Ich spürte, wie er mir in die Schleimhäute drang, die Feuchtigkeit aus dem Körper raubte und sich gierig damit verband. Er saugt jedes Molekül Wasser aus mir heraus und beginnt zu reagieren ... Tausende hungrige braune Würmer verbeißen sich gierig in mein Inneres ... Riesiger Durst ... Die Würmer werden rasch dick, weich und fangen an, mich zu wärmen ... Sie beißen nicht mehr, kriechen nur noch ... Der Durst immer quälender ... Sie kriechen aus dem Bauch immer höher, bis in den Kopf, und ich bestehe nur noch aus diesem wahnsinnigen Durst ...

»Trinken«, hauchte Standa, als sie ihm endlich die Tüte vom Kopf nahmen. Ein voller Eimer Wasser stand schon bereit. Der gefesselte Standa steckte den Kopf bis zu den Schultern hinein und schlürfte gierig das lauwarme Wasser, wie ein dankbares Tier.

Am nächsten Morgen kam der schwerbraune Standa Bimoň (zum erstenmal im Leben) zu spät zur Arbeit, und als erstes trank er zwei Liter Wasser.

Was hab ich da gestern ... Aha. Ambronekt. Na ja ... Stumpf sah er zum Fenster hinaus auf den verschneiten Hof, bis ihm allein von dem Anblick kalt wurde. Dann begann er zu essen. Ich muß mich ordentlich stärken.

Standa verspeiste alle Muster seiner Ökobrote und danach

konzentrierte Eiweißstoffe und Fette, die zu ihrer Injektionsfüllung bestimmt waren, aber mit dem Essen wächst der Appetit (das Zeug hat ja auch keinen Geschmack), und Standa verschlang auch noch die blutigen Teige von Edas »Waldesrhythmen«. Er spülte mit einem weiteren Liter nach und rief dann Leona im Bezirkskrankenhaus an, sie solle heute nachmittag nirgends rumtrödeln, weil er sie um drei zu Hause im Bett erwarte, sie sehr wolle und es ihm ohnehin zu schaffen mache, es bis drei ohne sie auszuhalten.

Die Hauptsache hätten wir also. Was weiter? Na nichts, eine Weile wird man noch was tun. Ich soll Edas Rhythmen ökonomisieren. Aber wie kann ich etwas ökonomisieren, was ich gerade aufgefressen habe? Darüber mußte er selber laut lachen. Er kam sich ungemein witzig vor und begab sich frohgestimmt zum Chef, um neues Fleisch zu holen.

»Du hast alles aufgefressen, stimmt's?« erriet Eda, der in einem blutbeschmierten Fleischerkittel herumwerkte.

»Na ja.«

»Verdammter Kerl, wir haben für Fleisch nur zehntausend gekriegt, und wenn wir jetzt mit Tina insgesamt drei dazu sind . . .«

»Hättest mich eben nicht aus unserem Arbeitskollektiv aussondern sollen, Chef. Übrigens meine ich, daß du von diesen Rhythmen schon genug zusammengepantscht hast, meinst du nicht? Wieviel eigentlich?«

»Vierzehn, mit fünf Varianten . . . Das könnte wirklich genügen«, überlegte der Konzernhauptspezialist laut, schnitt sich ein Stück rohe Rehleber ab und spülte mit einem Glas vierjährigem ungarischem Rotwein der Marke Kekfrankos nach.

»Und für den Rest des Geldes könnten wir – wenn ich billige Rindfleischsorten rechne – fast einen Doppelzentner kaufen.«

»Ein Doppelzentner Rindfleisch . . .« Eda erzitterte vor Genuß, aber er beherrschte sich und fügte als Chef hinzu: »Ich laß es mir noch einmal durch den Kopf gehen.«

Dann langte er in den Kühlschrank und gab mir den Vorderteil eines Hasen, an dem allerdings nicht viel Fleisch ist, mit auf den Weg. Man könnte die Wut kriegen, daß Leona mir pro Tag nur zehn Kronen bewilligt.

Ich bekam dafür in der Kantine ein halbes Pfund Pferdewurst und kochte sie mir zusammen mit dem Hasenfleisch in einem Autoklav, damit's schnell ging – ein komischer Geschmack, aber ein paar Löffel Pfeffer besserten das schön auf. Und als die Sirene tutete, flitzte ich – schon längst angezogen, adieu, Physminuten, bye, bye, weiße Inspektorenbinde! – direkt nach Hause, um schon um drei Uhr meinen Liebling im vorgewärmten Bett zu begrüßen. Leona war wunderbar, wild wie eine Leopardin ...

Am Nachmittag machten wir uns alle zehn (außer der hochnäsigen Pavla Rohanová) daran, die Gemeinwohnung in Schuß zu bringen. Der Häuptling Tibor sagte jedem, was er zu tun habe.

Zuerst räumten wir den Klubraum aus, ließen nur den Teppich auf dem Fußboden, das ganze Mobiliar mitsamt dem Fernseher zerrten wir ins Dienstzimmer.

»Jetzt werden wir hier bessere Unterhaltung haben als das blöde Fernsehen!« rief lachend unser Häuptling, und wir alle wieherten mit.

Aus der ehemaligen VERS-Wohnung unserer Clique im zweiten Stock schleppten wir dann alle die wunderschönen Sachen in den Klubraum, ganze Berge von Kissen, Decken und Federbetten, auf denen wir jetzt sitzen werden, nur der Häuptling bekommt einen geschnitzten Sessel. Schließlich holten wir auch noch vorsichtig die schönen Schädel der Hirsche, Mufflons, des Büffels, des Steinbocks und das Bisonfell heraus und nagelten sie im Klubraum an die Wand. Das ist jetzt unsere Gemeinwohnung, und die VERS-Inspektoren können uns hier nichts anhaben.

Die Frauen kochten Mengen von Essen, Braunfleisch und Schnellstaub, und Eda besorgte Wein. Wir schalteten drei Infrastrahler ein und zogen Pullover, Hemden und Blusen aus – wie prachtvoll wärmt das auf der nackten Haut, wenn es draußen friert und widerlicher Schnee fällt! Rita begann in einer großen Pfanne glatte Flußkiesel zu erhitzen. Ich bin neugierig, wozu die uns dienen sollen.

Der Häuptling setzte sich vor uns in seinen Sessel und eröffnete die erste Versammlung unseres braunen Hauses Nummer 2002.

DAS GEFÜHL VON SCHWERE in den Muskeln ist ein subjektives Anzeichen von tiefreichender Lockerung – der Muskel gibt so dem Gehirn zu erkennen, daß er nicht zu gehorchen wünscht, daß er Ruhe braucht. Dieses Gefühl entsteht selbsttätig bei großer Ermüdung und beim Einschlafen.

Das Gefühl der Schwere kann unangenehm sein. Ruhen wir aber aus, gewinnt es den Charakter von tiefer, süßer Erschlaffung. Darum gerade müssen wir uns bemühen, wenn wir die Muskulatur gründlich lockern und zur nächsten Übung übergehen wollen: AT-10: SCHWERE. Wieder in einer Stellung des AT, gelockerte Muskeln, tiefe Ruhe, befreites Atmen und das Gefühl von Wärme (AT-4,6,7,9). Wir stellen uns vor, wie sich allmählich in unseren ganzen Körper Schwere ergießt:

- die rechte Hand wird schwer
- Schwere erfüllt die Hand
- sie ergießt sich in die Hand wie flüssiges Blei
- die Schwere wächst
- die Hand ist schwer

Manchem werden bildliche Vorstellungen besser entsprechen: Die Hand ist ein Gewicht, ein schwerer Stein, ein Bleiklumpen, sie füllt sich langsam mit Quecksilber . . . Und wieder bemerken wir, daß wir uns beim AT nie etwas vorlügen – das Gefühl der Schwere bedeutet nämlich nur, sich die Erdanziehungskraft vorzustellen, die objektiv existiert. So daß wir uns die Schwere nicht nur suggerieren, sondern sie tatsächlich zu spüren beginnen.

Und zugleich mit dem Gefühl der Schwere lassen wir in uns auch Wärme entstehen:

- die Hand ist schwer und warm
- ihrer bemächtigt sich eine angenehme, warme Erschlaffung ...

Mit fortschreitender Lockerung:

- die Hand ist weich, gelockert, träge
- schlaff, schwer
- warm und schwer ...

Ähnlich wie bei der Suggerierung von Wärme rufen wir uns das Gefühl der Schwere nicht im Kopf hervor, dieser muß leicht bleiben, und wir gehen auf die bereits bekannte Weise vor. Wir erfüllen mit Schwere zunächst die rechte Hand (Linkshänder die linke) oder beide Hände auf einmal. Wenn wir darin das Gefühl von Schwere erreichen, gehen wir zu den Beinen über, und allmählich beginnt uns der ganze Körper schwer zu erscheinen:

- ich bin weich, gelockert, erschlafft
- schwer
- warm
- warm, einer angenehmen trägen Mattigkeit verfallen
- warm und schwer, schwer und warm ...

Das ist bestimmt die leichteste Schwere. Und sie ist auch süß.

»Ich war furchtsam und eingeschüchtert. Ich hatte panische Angst vor allem, vor den Menschen, den Vorgesetzten, jede Unannehmlichkeit bedrückte mich so, daß ich fast krank wurde. Und das hielt an, bis ich mit dem AT begann. Ich wählte mir die Formel aus: Mein Körper ist heiß und schwer, die Stirn ist kühl ...

Üblicherweise bin ich ziemlich bequem, und wenn ich etwas längere Zeit machen soll, bringe ich selten die Geduld dazu auf. Doch jetzt betreibe ich schon über ein Jahr das AT und brauche mich zu nichts mehr zu zwingen. Ich habe wesentliche Erfolge erzielt. Überragend sind sie nicht, das keinesfalls, aber in Hinblick auf meine Fähigkeiten bedeuten sie sehr viel. Hauptsache, daß mir das Leben jetzt leichter fällt, ohne Komplikationen für mich ist und mich mehr amüsiert. Unter Menschen fühle ich mich jetzt frei ...« Das war ein Zitat aus dem Zeitungsbericht von V. Levi, ein Brief der Leserin Lore V. In einem weiteren Brief führt der Leser A. D. an: »Mit Hilfe Ihrer Formeln vertiefe ich den Zustand der Ruhe und Zufriedenheit. Und es ist etwas Verblüffendes geschehen: Meine Arbeitsfähigkeit ist so gestiegen, wie ich es nie erwartet hätte.«

»Ich lebe im Hohen Norden und arbeite unter komplizierten und schweren Bedingungen«, schreibt der Arbeiter D. L., »im Sommer Hitze bis fünfunddreißig Grad, da quälen uns die Mücken, und im Winter Frost bis zu minus fünfundvierzig Grad. Dabei ermüdet man natürlich sehr, körperlich und geistig. Nach drei Monaten AT fühlte ich merkliche Erleichterung, und schon nach fünf Monaten war ich imstande, nach der Schicht zehn, fünfzehn Kilometer zu laufen, und ich fühlte mich wohl danach. Jeden Tag absolviere ich das AT, und die volle Lockerung gelingt mir. In einem Monat oder zwei wird man keine guten Ergebnisse erzielen, man muß länger seriös trainieren. Hauptsache ist, das Gefühl der Erleichterung, zu erreichen, die Aufmerksamkeit nach innen zu lenken. Nicht alles wird gleich gelingen, aber man darf den Mut nicht verlieren und auch die Anstrengung nicht scheuen. Wer einmal seine Muskeln gelockert und Freude dabei empfunden hat, der wird niemals mehr damit aufhören.«

XVI

»Das ist alles für heute«, sagte der Chefarzt der Frauenstation des Bezirkskrankenhauses nach der Visite, erhob sich zum Gehen, wandte sich jedoch an der Tür noch einmal um.

»Schwester Bimoňová!«

»Ja, Herr Chefarzt?«

»Das muß verschwinden!« Voller Abscheu wies der Chefarzt mit dem Finger auf das braune MT-Zünglein, das Leona am Hals aus der Bluse ragte. »Sie sind die letzte Befallene auf meiner Station, sehen Sie also zu, das Zeug spätestens binnen vierzehn Tagen loszuwerden! Andernfalls können Sie bei uns nicht mehr tätig sein.«

»Du machst uns nur Schande«, sagte Karla Sladečková verächtlich zu Leona, als die beiden im Schwesternzimmer allein blieben, worauf sie im Sessel die »Droschkenkutscherhaltung«

einnahm, die Augen schloß und sich mit glückseligem Gesichtsausdruck in die Mentminuten des AT versenkte.

»Steig mir doch sonstwohin, du Trampel!« zischte Leona und umwickelte sich das Multitier am Hals wütend mit einem Seidentuch. Plötzlich war es auch ihr eklig.

Unser ganzes Spital ist jetzt verrückt nach diesem AT, alle Doktoren sind schon totale Weiße, ihnen folgend, auch die Schwestern, zuerst selbstverständlich die jüngsten (die einen Herrn Doktor heiraten möchten), dann die Stationsschwestern, die Oberschwestern und so weiter ... Und selbst Karla Sladečková, die gefräßige Karla, die sogar Glukose und schimmlige Diätzwiebäcke mit abgelaufener Haltbarkeitsfrist verschlungen und mich gelehrt hat, Braunfleisch zu kochen und Schnellstaub zu rösten!

Wenn Karla im Café Savoj alle Familienersparnisse in Torte, Kaffee und Schnellstaub angelegt und verfressen hatte, verhaute sie zu Hause der Herr Gemahl mit einem großen Holzlöffel fürs Wäschewaschen, sie aus Hunger dann mit derselben Kelle ihren Mann, und weil sie kein Geld mehr fürs Essen hatten, mußten sie fasten, bis sie abmagerten und weiß wurden, und jetzt sind sie beide leidenschaftliche Fans des AT. Aber Karla hat das gutgetan, sie hat reichlich zwanzig Kilo abgespeckt, einschließlich des MT, und sobald sie mal fünf Minuten frei hat, sitzt sie im Sessel, schließt die Augen und lockert sich tief innerlich. Wie zum Beispiel jetzt – unser Dienst ist zu Ende, normalerweise würden wir nach Hause eilen oder ins Café Savoj, doch Karla hockt weiter mit geschlossenen Augen still da und sieht völlig glücklich aus.

An diesem AT muß was dran sein, aber ich hab dazu jetzt einfach nicht die Nerven und schon gar nicht die Zeit – Leona blickte mit einer Spur von Neid noch einmal auf die strahlend ruhige Karla, für die jetzt Zeit glücklicherweise nichts bedeutete. Dann zog sie sich das Tuch um das MT am Hals fester – allmählich scheut man sich, sich damit auch nur auf dem Korridor sehen zu lassen –, lief mit gesenktem Kopf durchs Krankenhaus und hastete in die nächste Fleischerei.

Das gemeinsame Kochen in der Clique paßt mir mächtig, ich brauche jetzt überhaupt nicht mehr am Küchenherd zu stehen – Tina schafft das für uns alle zehn, mich läßt sie gar nicht ran. Tibor verlangt nur, daß Standa und ich jeden Tag was mitbringen. Am liebsten selbstverständlich Fleisch, aber so viel Fleisch geht ins Geld, und so kaufe ich nur die billigste Rotwurst, Standa wieder bringt Meerrettich, den er mit der Hacke hinter der Mauer des alten Friedhofs ausgräbt. Dabei muß er sich unheimlich schinden, bis er ein paar Wurzeln aus der gefrorenen Erde rausgehackt hat.

Leona kaufte zwei Kilo der billigsten Rotwurst und eilte nach Hause, um zu baden und sich anzuhübschen.

»Es genügt schon!« rief ihr Standa aus dem Schlafzimmer ungeduldig zu. »Komm endlich zu mir!«

»Ich fliege, du mein Wildling!«

Standa hat mir den kleinen Verrat verziehen, aber anders ging es faktisch nicht, Tibor drohte mir, daß er, wenn ich mich nicht seiner Clique anschließe, Standa von meinen nachmittäglichen Zusammenkünften mit Eda in unserem Liebesnest im zweiten Stock erzählt, und das hätte Standa hundertmal mehr weh getan, als jetzt ein paar Kilo des MT auf sich rumzutragen. Unsere Ehe hat doch einen unendlich höheren Wert, nicht? So daß ich es eigentlich aus Liebe zu meinem Mann getan habe.

Er ist stark wie ein Stier, und diese paar Kilo des MT an seinem Körper machen ihm überhaupt nichts aus, eher im Gegenteil ... Standa war immer ein phantastischer Liebhaber, aber jetzt ist er im Bett einfach göttlich. Zwar hat er nicht Edas Phantasie und erfinderischen Spieltrieb, aber dafür so viel Kraft und Stärke – wie ein Wasserfall des braunen Mississippi. Zauberhaft, daß ich jetzt mit meinem eigenen Mann schon am frühen Nachmittag zusammenkommen kann, eigentlich heimlich wie ein Liebespaar – denn abends müssen wir immer in der Gemeinwohnung sein, und dort kommen wir nicht mehr leicht zueinander.

Täglich fängt es auf die gleiche Weise an, alle (außer der weißen Pavla Rohanová, die sich hier überhaupt nicht mehr sehen läßt) setzen wir uns auf die Matratzen, Federbetten, Kissen und Decken auf dem Fußboden des ehemaligen Klubraums. Tibor nimmt im Häuptlingssessel Platz, um die Tagesbeute, die Aufgaben, Belohnungen und Strafen zu verteilen.

Häuptling Tibor führt unsere Clique mit fester Hand und faßt niemanden mit Samthandschuhen an. Tina und Mija Robová sind hier gewissermaßen seine Frauen, und Arsen Králík ist sein Ratgeber – aber der quatscht nur, meistens Blödsinn, so daß der Häuptling mehr auf Rita hört und in letzter Zeit immer mehr auf Eda, der auch hier (wie immer) rasch nach oben klimmt. Polda Štrunc ist der Leibwächter des Häuptlings, Standa und Michal sind zur schweren Arbeit bestimmt, und ich – eigentlich nichts. Die braune Clique braucht keine »First Lady«.

Tibor sitzt im Sessel, und jeder legt vor ihm nieder, was er heute angeschleppt hat – Tina ein großes Stück Fleisch in blutigem Zeitungspapier, Rita eine Flasche Rum und einen Kasten Bier, Arsen drei Päckchen Tabak, Polda einen halben Sack Kartoffeln, Mija ein paar häßliche Riemen mit Hundehalsband (die klaut sie wohl in dem Laden in der Rittergasse, wo sie als Verkäuferin arbeitet) und Eda zehn Gläser eingeweckte Aprikosen – dieser Gauner hat den Schlüssel von unserem Liebesnest im zweiten Stock behalten und plündert dort die Speisekammer. Michal hat heute erneut nichts gebracht.

»Wieder diese Blutwurst – was Billigeres gab's wohl nicht beim Fleischer?« machte sich die ganze Bande über Standa und mich lustig, als wir unsere Beiträge hinpackten. »Na ja, und wieder den Kren ... Wer soll denn das dauernd fressen?«

»Die Bimoňs müssen sich verbessern«, entschied der Häuptling. »Tina, Rita und Mija haben schöne Sachen besorgt, sie bekommen den Fön und dürfen sich den ganzen Abend fönen. Michal kriegt fünfundzwanzig mit der Kette und geht dann mit Standa vors Haus Schnee räumen.«

Die Clique hat Standa (und auch mir) immer noch nicht die Zeit verziehen, da unser Haus weiß war und er sie hart zu turnen zwang. Jetzt muß er die schlimmsten Arbeiten verrichten, aber Standa muckst sich nicht und gehorcht ... Die Bräune äußert sich bei jedem anders, bei Standa bedeutet sie völlige Unterwerfung. Mein Mann ist jetzt ein genauso gründlicher und gewissenhafter Brauner, wie er damals ein Weißer war. Gewissenhaft bis zum Überdruß, würde ich sagen, aber das war er ja immer.

Michal hingegen ist alles egal. Nach dem Urteil des Häuptlings zog er sich träge das Hemd aus und stellte sich an Standas Übungsreck in der Tür des Dienstzimmers. Polda band ihm beide Handgelenke mit Riemen an der Reckstange fest und begann ihn dann auszupeitschen, und Mija zählte laut die Schläge mit der scharfen Fahrradkette mit – das war eine sehr schmerzhafte Strafe, aber Michal hat so dicke MT-Schichten auf sich, daß er beim Auspeitschen nur ein paarmal zusammenzuckte, und als Mija fünfundzwanzig Hiebe gezählt hatte, streifte er sich ruhig wieder das Hemd über und ging mit Standa Schnee räumen. Diese zwei sind bereits gezähmt wie die Hündchen und kriechen für einen Löffel Schnellstaub notfalls auf allen vieren ...

Abends essen wir heiße, in der Röhre gebackene Kartoffeln mitsamt Schale, dazu rohe Zwiebeln (Standas Meerrettich mag keiner mehr) und schwarzgegrilltes Fleisch (von den Brennern des Gasherdes werden die runden Deckplättchen abgenommen, und die Fleischstücke werden direkt in der offenen Flamme geröstet), trinken Bier mit Rum, schnurpsen Äpfel, und am Ende bringt Eda Wein. Die heute belohnten Tina, Mija und Rita umfächeln sich wie mit einem Fächer mit dem Fön die Haare, der heiße Luftstrom wärmt auch uns angenehm die Haut ... Mir hat der Häuptling noch nie erlaubt, den Fön zu gebrauchen.

»Also, wer hat was vorzuschlagen«, eröffnet der Häuptling die Unterhaltung.

»Wir könnten einen Weißling jagen«, empfiehlt Mija. »Riemen haben wir genug.«

»Ich kenne ein Mädcheninternat am Rande der Stadt, da wimmelt's von hübschen jungen Bienen«, Arsen regt seine Vorstellung so auf, daß ihm der Speichel trieft. »Wir könnten ihnen am letzten Nachtbus auflauern und sie herbringen . . .«

»Aber wir sind doch hier selber genug Weiber!« sagte Tina energisch und wechselte einen Blick mit Mija.

»Na klar!« unterstützte sie die Nebenfrau des Häuptlings. »Wenn jemanden jagen, dann einzig und allein weiße Männer!«

»Was sollen wir denn mit denen?« wandte Tibor ein. »Standa und Michal reichen doch aus für die ganze Arbeit.«

»Wir könnten mit ihnen schön spielen . . .«, sagte Mija verträumt.

»Ein Mann ist immer zu was gut!« ergänzte Rita lachend.

»Damit wir uns wieder mal richtig strecken können!« wünschte sich Polda und holte mit seiner schrecklichen Prothese aus.

»Schon lange haben wir nichts unternommen«, schloß sich ihnen mutig auch Arsen an, doch da kam der gewandte Höfling Eda (ich glaube aber doch, daß er uns alle hier nur zum Narren hält) seinem Häuptling zu Hilfe (gegen den konkurrierenden Ratgeber Arsen): »Wir sind eine starke Clique, wir können uns sonstwas zutrauen, und ich sehe schon bildlich vor mir, wie unsere Lieblinge hier auf den Weißlingen wie auf Pferden reiten, das würde ihnen sicherlich stehen«, schmeichelte Eda den Frauen (außer mir), »aber die Situation in der Stadt ist jetzt für uns alles andere als günstig. Die Weißlinge sind in erdrückender Überzahl, sie lassen sich nichts mehr gefallen, und die VERS-Inspektoren wachen an jeder Straßenecke. Und Frauen haben wir doch hier wirklich genug, und alles Extraklasse«, schmeichelte er ihnen wieder, zwinkerte Mija kokett zu (mich schaute er nicht mal an), »gefangene Männer müßten wir zudem dauernd bewachen und von dem wenigen füttern, was uns noch geblieben ist. Mija kann sich einen Partner für ihre aufregenden Spiele hier unter uns suchen«, jetzt bot er sich der jungen Bestie schon ganz schamlos an! »Und Tibor hat recht mit der Feststellung, daß Standa und Michal die grobe Arbeit hier mühelos bewältigen.«

»Klar!« bestätigte der Häuptling Edas Rede und reichte ihm seine eigene Flasche Wein, was eine hohe Auszeichnung ist. Der gedemütigte Arsen fraß wütend unsere eingeweckten Aprikosen auf.

»Na schön, aber vielleicht könnten wir doch wieder mal abends losziehen«, schnurrte Mija. »Schon so lange sind wir nirgends gewesen . . .«

»Morgen brechen wir auf zu einem Streifzug durch die Straßen!« entschied der Häuptling, um seine Zweitfrau und die übrigen zu erfreuen.

Der Streifzug fiel nicht gut aus. Die Zeit war vorbei, da wir als braune Clique mit Gesang und Geschrei wie Fußballfans durch die Straßen zogen und die Leute sich uns anschlossen. Jetzt gehören die Straßen den Weißen, und die Braunen müssen zu Hause hocken. In einer knappen Stunde begegneten wir vierzehn VERS-Inspektoren, und uns überlief es kalt. Das Café Savoj ist jetzt schon reinweiß, aber auch die »Spinne« wird von einer Bande beherrscht, und die schmeißt die braunen Gäste auf die Straße; also führte uns unser Arsen in eine versteckte Schifferkneipe weit draußen am Elbufer. Ein langweiliger Abend, wir tranken lauwarmes Bier und schauten zu, wie die Schiffer Billard spielten, bis Arsen sich mit Rum volllaufen ließ und Krawall machte. Die Schiffer verdroschen ihn mit den Queues und warfen ihn hinaus in den Frost, sie sind stark wie Pferde und schlagen gleich zu. So machten wir Schluß mit Streifzügen durch die Straßen.

Abend für Abend sielen wir uns im Klubraum auf Haufen von Bettzeug rum (die Überzüge müßten längst gewaschen werden), essen gebackene Pellkartoffeln mit schwarzgeröstetem Fleisch, trinken Bier mit Rum und sind Eda dankbar, wenn er paar Flaschen Wein mitbringt, doch die Hauptsache fängt an zu fehlen ... Schnellstaub gibt es immer weniger, für ein Kilo wird schon ein Hunderter bezahlt.

Die VERS-Inspektoren bewachen die Schächte vor der Stadt, wohin damals im Dezember der Massitstaub von den Straßen gekarrt wurde, Tag und Nacht so gründlich, daß keine Maus durchschlüpfen kann. In den leeren VERS-Wohnungen haben wir zusammengefegt, was übriggeblieben ist, und bald wird nichts mehr dasein, um Braunfleisch zu kochen und Schnellstaub zu rösten. Ich komme ja auch ohne das Zeug ganz gut aus, das Vergnügen war für mich immer mehr als das Essen, aber Standa fehlt das rotbraune Pulver sehr ... Der Schnellstaub hat ihn und Michal bereits zu Sklaven gemacht.

Wärme haben wir zum Glück noch genug, und Wärme ist das Leben, nicht? Draußen friert und schneit es, wir schalten die Heizstrahler ein, Rita hat auf einer Pfanne Steine erhitzt und sie in das ohnehin schon heiße Wasser in der Wanne geschüttet. Der Häuptling ist aus dem Sessel aufgestanden, hat seine beiden Frauen gemustert – heute hat er Mija gewählt, sie an die Hand genommen und ins Bad geführt. Der Häuptling geht immer als erster.

Wir übrigen warten, bis die Reihe an uns kommt, und jeder vergnügt sich, wie er kann. Eda und Tina knabbern Fleisch, Rita schmust mit Arsen und Polda auf den zerknautschten Kissen. Standa und Michal sind durchfroren vom Schneeräumen zurückgekehrt und schmiegen sich an den Radiator der Zentralheizung.

»Wo wart ihr so lange?«

»Uns hat eine Bande von Weißlingen geschnappt, wir mußten auch ihren Gehsteig räumen«, beklagten sie sich.

»Ja, konntet ihr denn nicht abhauen?«

»Das wollten wir, aber sie waren zu viele.«

Standa aß gierig die abgekühlten Kartoffeln, die ich für ihn verstecken mußte (weil die Bande auffrißt, was sie sieht), dann krempelte er sich sogleich die Ärmel hoch, preßte seinen

Mund an den mit MT bewachsenen Arm und vertilgte ungeduldig sein eigenes Multitier. Michal, der Ärmste, tat das heute auch statt des Abendessens ... Den beiden fehlt der Schnellstaub am meisten.

»Mir ist immer noch kalt«, seufzte Standa.

»Dann komm zu mir ...«

Ich zog den nächsten Heizstrahler dicht an uns heran, kuschelte mich mit Standa in ein Federbett, und wir freuten uns schon auf den Moment, da wir in dem wohlig erwärmten Badezimmer an die Reihe kämen. Rita und Polda plantschen dort immer unmöglich lange herum.

Am Donnerstagnachmittag, nach der Heimkehr aus der Klinik, sah ich vor dem Nachbarhaus einen Möbelwagen und ringsum alles voller Leute. Die erste evakuierte Familie kehrte aus den Bergen zurück! Ich drängte mich zu ihnen durch, und nach langer Zeit erblickte ich wieder einmal Kinder – einen bildhübschen Jungen von etwa acht Jahren und ein fünfjähriges Mädchen. Mir war wohl, aber zugleich zum Heulen. Unsere zwei Kinder sind immer noch bei Großmutter im fernen Böhmerwald, wo so viel Schnee gefallen ist, daß man nicht hinfahren kann. Aber vielleicht bald ...

»Jetzt wird's schon schnell gehen«, sagten die Leute auf dem Gehsteig. »Täglich vier Möbelwagen, und jeder macht zwei Touren pro Tag. – Es sollen auch LKWs fahren. – Wenn bloß schon alle wieder da wären! – Dann ist endgültig Schluß mit den Braunen!«

Diese Leute waren ausnahmslos Weißlinge, sie warfen mir böse Blicke zu, und ich machte, daß ich wegkam. Unser Haus ist wahrscheinlich das letzte braune in der ganzen Siedlung, und das ist auch schon allgemein bekannt.

Noch vor dem Hauseingang holten mich zwei wildfremde Weiber ein und streckten mir die weiße Broschüre mit dem Schnellkurs des AT entgegen.

»Das macht Sie rasch gesund«, sagte die eine, und die andere: »Sie werden sich glänzend fühlen.«

Bittend redeten sie auf mich ein, und ich mußte ihnen das weiße Buch abnehmen, diese Woche schon das vierte.

»Habt ihr den Möbelwagen vorm Nachbarhaus gesehen?« Mit diesen Worten eröffnete der Häuptling im Klubraum das Gespräch.

»Die Leute kehren nach und nach aus den Bergen zurück«, erklärte Tina.

»Unter ihnen war ein bildschöner junger Mann«, sagte Mija Robová mit geschlossenen Augen. »Wie gern würde ich ihn dressieren und mit ihm spielen . . .«

»Nehmen wir ihn uns vor?« Arsen fletschte die gelben Zähne und fummelte an seinem MT-Polypen unterm Hals herum.

»Wir werden uns niemanden vornehmen, sondern auf dem Arsch zu Hause sitzen!« erwiderte Rita scharf. »Sonst kriegen wir mächtige Senge.«

»Was tun wir, wenn die Evakuierten hierher zurückkehren?« fragte Tina.

»Was sollten wir tun?« schrie Arsen sie an. »Wir sind doch legal und regulär in der Gemeinwohnung dieses Hauses, ihr als ordentliche Mieter und wir als eure Gäste, oder?«

»Ja, aber den Evakuierten wird unsere Gemeinwohnung ebenfalls gehören«, gab Rita zu bedenken. »Und wenn sie hier ihre Federbetten auf der Erde finden, die Heizstrahler aus der ganzen Bude und die geklauten Waffen, das Fell und die Geweihe an der Wand . . .«

»Wir nehmen sie in unseren Kreis auf und führen sie in unsere Spiele ein«, begann Arsen zu predigen, »ziehen sie hinein in den heftigen Pulsschlag der Freiheit ohne die erstickenden Hemmnisse der sogenannten technischen Zivilisation, die einen nur langweilt und frieren macht, wir gewinnen sie und reißen sie mit . . .«

»Du schwatzt, Arsen, wie immer«, lachte ihn Rita aus. »Was ist, wenn sie sich nicht gewinnen und mitreißen lassen? Und uns die VERS-Inspektoren auf den Hals hetzen?«

Die Clique verstummte; wir schauten den Häuptling im Sessel an, aber er schwieg ebenfalls, bis er schließlich fragte: »Eda, was sollen wir tun?«

»Nichts Besonderes. Wir werden ja sehen. Die Evakuierten kehren schubweise zurück, und sie haben ihre eigenen Sorgen. Wir werden geduldig mit ihnen verhandeln, über die schweren Zeiten sprechen, da wir hier gegen die Massitmolche gekämpft haben, während sie es sich in der Bergesstille gut gehen ließen, werden sie an unsere Opfer und die Kampfesverdienste erinnern ... Verhandeln kann man immer, beliebig lange, und uns kann nichts passieren.«

Der Schlaumeier Eda sprach genau das aus, was wir hören wollten.

»Arsen ist natürlich ein Esel – selbstverständlich können wir niemals normale Menschen hierherbringen. Nach einer gewissen Zeit werden wir unsere Clique sowieso auflösen müssen, aber bis dahin gilt – carpe diem! Das ist lateinisch und heißt: Nutze den Tag, genieße, was du kannst und solange es noch geht!«

»Das nenne ich ein Wort!« lobte ihn der Häuptling, reichte ihm seine Flasche Rum, stand aus dem Sessel auf und führte seine Tina ins Badezimmer, aus dem es schon mächtig dampfte.

Wir schalteten alle Heizstrahler und Föne ein, eine afrikanische Temperatur, Eda brachte Wodka, Rita eine Schachtel Schnellstaub, und alle machten einen drauf – ich auch. Standa und Michal kamen abgerackert vom Schneeschieben wieder, aßen rasch die Kartoffeln auf und schliefen, an die Zentralheizung gelehnt, ein. Wenn sich mein Liebling ein bißchen aufgewärmt hat, werde ich ihn wecken, und wir bereiten uns zusammen ein Stück heißes Paradies.

Eda schob die allzu zudringliche Mija weg (um dem Häuptling nicht Hörner aufzusetzen!) und setzte sich zu mir aufs Federbett. Wir begannen nett zu plaudern; der Knülch kann höchst liebenswürdig sein, und Standa schlief ja – als es ausbrach.

Polda fing an, sich mit Arsen um Rita zu streiten, bis daraus eine Prügelei aller drei entstand, weil Arsen heute an der Reihe war, aber Polda ist natürlich stärker und schlug mit seiner schrecklichen künstlichen Hand zu. Wir amüsierten uns darüber, Eda und ich, doch dann sah ich Mija, wie sie sich zu dem schlafenden Standa schlich, ihn aufweckte und ihm Schnellstaub in den Mund schüttete. Na schön, soll es Standa ein bißchen genießen, wo ich doch für ihn nichts mehr habe – aber dieses Biest Mija knöpfte sich auf einmal die Bluse auf und steckte ihr braunes Tier auf den Brüsten Standa direkt in den Mund!

»Verschwinde, aber sofort!« rief ich ihr zu. »Das ist mein Mann!«

»Er gehört der ganzen Clique, wie alles hier!« Sie lachte mir unverschämt ins Gesicht.

»Du willst ihn also nicht in Ruhe lassen?!«

Mija sprang auf und warf mir ihre Riemchen um den Hals, doch ich weiß aus dem Spital genug vom menschlichen Körper, drückte ihr beide Daumen in die Augen, daß sie aufschrie, drückte weiter zu, bis sie um Gnade zu betteln begann.

Ich legte mich zu meinem Mann, der dann noch lange die Reste des verschütteten Schnellstaubs vom Heizkörper leckte. Diese Hure Mija rieb sich die gequetschten Augen, warf Michal ihre Riemen über, zog, bis er auf dem Rücken lag, und setzte sich rittlings auf ihn. Dann stand plötzlich Tibor über ihnen, stieß sie mit dem Fuß und ließ den Antennendraht durch die Luft pfeifen ... Polda verdrosch mit seiner Prothese Arsen und Rita, und mein Standa leckte immer noch den heißen Radiator ab.

Mir hob sich der Magen. Das Tier muß doch drin bleiben ... Ich war wohl niemals sehr weiß, aber so braun erst recht nicht.

DER MENSCH ist das einzige Geschöpf auf Erden, das in elementarer Form mit der Fähigkeit begabt ist, seinen Gesichtspunkt zu ändern. Wären wir nicht fähig, uns wenigstens ein bißchen in andere hineinzuversetzen – zu denken und zu fühlen wie sie, ihre Erlebnisse, Einschätzungen und Entscheidungen in uns zu reproduzieren –, dann wäre kein höherer Umgang als der auf animalischem Niveau möglich.

AT-11: SICH EINLEBEN. Wir beginnen der Einfachheit halber zunächst mit verschiedenen Gegenständen zu üben und allmählich zum Sich-Einfühlen in andere Menschen überzugehen. Die Operation der inneren Identifizierung ist in allen Fällen sehr ähnlich, und diese Übungen bringen jedem Nutzen, besonders aber Interessenten für schöpferische Tätigkeit, denn sie entwickeln stark die Vorstellungskraft.

Im Regal steht ein Buch. Betrachten Sie es aufmerksam, auch den Raum ringsum, gewöhnen Sie Ihren Blick an diesen umliegenden Raum. Versetzen Sie sich dann in diesen Raum und betrachten Sie die Welt nun so, als wären Sie dieses Buch geworden – das heißt, als wären Sie es schon längst, von Geburt an. Schauen Sie sich aus dem Lebensraum des Buches um, von seinem Standpunkt aus, mit seinem Blick. Sie sind ein Buch geworden und haben Ihre eigene Existenz. Sie nehmen die Welt mit Ihrer Materie wahr, nach Ihrem Gutdünken. Sie stehen in Ihrem Regal, und die Grenzen Ihres Ichs sind genau bemessen – von den Buchdeckeln und dem Schnitt. Von beiden Seiten drücken Bücher gegen Sie, Ihre Nachbarn, und vor Ihnen ist die Welt der Berührungen, die Welt der menschlichen Augen und Hände. Sie warten stolz und geduldig, bis man Sie in die Hand nimmt und aufschlägt, dann stellen Sie den Augen bereitwillig Ihre Seiten zur Schau . . .

Oder versuchen Sie ein kleiner Teelöffel zu sein, der mit den übrigen Löffeln im Dunkel einer Schublade liegt. Plötzlich Licht, das Klirren der Metalleiber, und Sie spüren die Wärme einer Frauenhand, die Sie aufhebt und aufs Tischtuch legt. Dann die Wärme einer kleinen Kinderhand, die Wärme des Breis, in den Sie getaucht werden, und die feuchte Wärme des Kindermunds, die Berührung einer zartrauhen Zunge . . .

Auf die gleiche Art werden Sie für eine Weile eine Türklinke, der Glühfaden einer soeben eingeschalteten Glühbirne, eine Schneeflocke, ein blühender Apfelbaum im Frühlingsregen, was Sie gerade wollen, je häufiger Sie wechseln, desto besser. Versetzen Sie sich von Anfang an ganz und gar in die gewählte Sache, vermeiden Sie ungünstige Einflüsse der Umwelt, erfühlen Sie die Oberfläche, die Materie, die Bewegung, die Beständigkeit oder Flüchtigkeit des jeweiligen Gegenstands in verschiedenen Situationen – erfassen Sie das innere Gesetz und den Charakter der Sache.

Dazu genügt Ihnen vollauf Ihr eigener Vorrat an Sinneswahrnehmungen. Durch Improvisation, Spiel und Phantasie können Sie sich verwandeln und bis ins Unendliche einleben. In Wirklichkeit leben aber nicht Sie sich in die Dinge ein, sondern durch Ihre Anstrengung »belebt« das Ding Sie, gibt Ihnen Gelegenheit zur Selbstenthüllung – und gerade darum geht es Ihnen.

Diese Übungen sind ungemein fesselnd. Nur anfangs scheinen sie schwierig und unnatürlich zu sein. Dann aber bricht eine innere Barriere (Sie kehren einfach zur kindlichen Freiheit des Verstandes zurück, die Ihnen zu Unrecht verschlossen blieb), die Logik des Sich-Einlebens reißt Sie mit, führt Sie weiter und löst das bedeutungsvolle Gefühl der Anteilnahme an einem anderen Sein aus. Die Grenzen Ihres Ichs erweitern sich, als würden Sie sich an das erinnern, was Sie vor langer Zeit gekannt, aber dann vergessen haben, die Dinge beginnen Ihnen merkwürdige Geschichten zu erzählen und neue Seiten in Ihnen aufzudecken.

Beginnen Sie sich im Geiste zu verwandeln, leben Sie sich in Dinge ein, die Sie nicht vor Augen haben, sondern sich nur vorstellen ... Sie sind zum Beispiel momentan allein – können Sie sich jedoch langweilen, wenn sich in Ihnen ganze Welten verbergen und Sie sich jederzeit auf den Weg dahin machen können? Sie werden mit einer Beute zurückkehren, die Ihnen ganz praktisch, beim Studium, beim gesellschaftlichen Verkehr und in der Arbeit, hilft.

Vor allem fürchten Sie keine Experimente. Autosuggestion ist eine genauso schöpferische Angelegenheit wie Poesie oder das Erfinden einer neuen Technik. Mehr noch – sie ist die Grundlage allen Schöpfertums.

Ein Experiment für einen Dichter: Sie haben sich in einen sauberen Bogen Papier verwandelt. Sie sind ein schneeweißes Blatt, das sehnsüchtig auf Worte wartet, auf ihre innere Elektrizität, ihren Kurzschluß, das Sprühen von Funken bis zum steilen strahlenden Lichtbo-

gen ... So ein sehnsüchtiges reines Blatt Papier kann ebenso reine und sehnsüchtige Verse evozieren.

Ein Experiment für einen Anglistikstudenten: Wenn Sie sich nach gründlicher Lockerung zum Beispiel vorstellen, daß Sie ein Engländer sind, werden Sie die nächste Lektion seiner Sprache viel leichter beherrschen.

Ein Experiment für einen schüchternen und furchtsamen Untergebenen: Stellen Sie sich vor, Sie wären ein Tiger, und wenn Sie sich in seiner gestreiften Haut befinden, werden Sie im Bedarfsfall einen Zustrom unnachgiebiger Selbstsicherheit und Kraft verspüren ...

Ein Experiment für alle: Wenn Sie sich vorstellen, Sie wären ein Kind, eine Frau, ein Mann, ein Mitarbeiter, werden Sie fähig sein, mit Kindern, Frauen, Männern und Mitarbeitern besser umzugehen, denn Sie lernen sie nicht nur besser verstehen, sondern auch gern zu haben.

Haben Sie eine lebhafte Phantasie, dann ist diese für das AT unbezahlbar. Zuerst verwandeln Sie sich – ich bin die Sonne –, und dann, in der neuen inneren Qualität, schreiten Sie voran zu der Vorstellung: Ich bin stark und ruhig, ich leuchte und wärme.

Möge diese Vorstellung in uns allen aufleben.

XVII

In der Nacht schneite es wieder, und Pavla Rohanová trat am Morgen aus dem Haus Nummer 2002 in eine funkelnd weiße Stille. Unsere Siedlung sieht jetzt aus wie ein elegantes Sportzentrum hoch in den Bergen, der Schnee hat die ausgedehnten Rasenflächen zwischen den Häusern weich gepolstert und die Fahrbahnen verwischt, über denen die aufgereihten Straßenlaternen wie Stangen ragen, die eine Skipiste markieren, die Mülltonnen sind mit hohen Schneehauben bedeckt, und die Teppichklopfstange erinnert an ein Glockengestell am Rande einer verschneiten Wiese.

Die Fabrikschornsteine sind tot wie die Säulen historischer Ausgrabungen, ohne ihren Rauch bleibt der Himmel in der berauschend reinen Luft nackt und die Stadt darunter weiß, als rüste sie zu einem Fest. Durch die Straßen fahren leise große Möbelwagen, aber auch Lastwagen und Traktoren mit Anhänger, die die evakuierten Familien aus den Bergen zurückbringen. Vor den Hauseingängen herrscht fröhliches Treiben, die Leute kehren heim und mit ihnen endlich auch die Kinder ... Auf dem Marktplatz, vor dem Rathaus, wird der erste Schneemann dieses Winters gebaut.

An der Tür unserer Stadtbibliothek, schon lange vor Öffnung, eine ungeduldige Schlange von Wartenden; damit sie mich überhaupt durchlassen, muß ich meinen Ausweis zeigen, daß ich wirklich hier beschäftigt bin und mich nicht vordrängen will, das Interesse an Büchern ist jetzt phantastisch – ein Ergebnis der Massenverbreitung des AT.

Das Sonderbarste jedoch ist, daß die von dem braunen MT-Parasiten befreiten Menschen aufnahmefähiger sind als je. Das Multitier hatte sich von ihren niedrigen und dunklen animalischen Neigungen, mit denen es sie einschränkte, fesselte und beherrschte, genährt und war angeschwollen wie ein Blutegel. Mit seiner Beseitigung nun war es, als seien auch jene dunklen, niedrigen Neigungen und Fesseln verschwunden, und die befreiten Menschen waren wie bezaubert von ihrer freigesetzten Intelligenz, als wären ihnen ein Paar neue Augen gewachsen, durchdringende und ungemein begierige Augen.

Angesichts des riesigen Leserandrangs entschied der Direktor der Bibliothek, die Theaterabteilung provisorisch mit einem Freiwilligen aus der Dramaturgie der Oper von Ústí zu besetzen und die somit freigestellte Dr. Pavla Rohanová zur zentralen Buchausleihe zu schicken, wo der Leseransturm am heftigsten war.

Hastig ziehen wir die Arbeitskittel an, und da hallt von unten auch schon der tägliche Lärm beim Öffnen des Haupteingangs, eine Menschenwelle brandet die Treppen hoch, die Glastüren fliegen auf, und wir hinterm Pult fühlen uns wie auf einem Schiff in tosender Brandung.

»Geben Sie mir alles über das AT, was Sie dahaben.«

»Haben Sie eine Weltgeschichte?«

»Ich brauche ein Buch, aus dem ich was über die Sterne erfahre.«

»Ich auch und überhaupt über den ganzen Kosmos!«

»Etwas über die Entstehung des Lebens bitte.«

»Suchen Sie mir was darüber heraus, wann und wie die Menschen angefangen haben, Menschen zu sein, damals im Diluvium oder wann das war. So fünf bis sechs Titel.«

»Bitte etwas über Psychologie, übers AT soll auch was drin sein!«

»Haben Sie einen Krimi?« piepste jemand schüchtern, doch die ungeduldige Menge schubste ihn mit Hohn und Spott vom Pult weg, und schon wurden wir weiter beschossen:

»Ich brauche ein paar Romane, aber solche, wo ich etwas über mich lesen kann.«

»Hier habe ich ein Verzeichnis von sechsundachtzig Büchern aufgestellt, doch es genügt mir, wenn Sie dreißig für mich finden . . .«

»Etwas über Natur, mit vielen Farbbildern!«

»Ist schon ein Roman über das AT erschienen? Wieso nicht?!«

»Bitte was über den Himalaja, die Alpen oder wenigstens die Antarktis.«

»Etwas über den Menschen als solchen, aber keine Anatomie bitte.«

Ich gebe ihnen die Bücher, die sie mir geradezu aus den Händen reißen, die Regale leeren sich rasch, man muß sie mit den eben zurückgegebenen Bänden auffüllen, muß blitzschnell entscheiden und sich merken, was über die Natur, die Menschen und ihr Inneres drinsteht – wo ist die distinguierte Ruhe meiner Theaterabteilung geblieben, diese leisen und langen Gespräche mit meinen regelmäßigen Besuchern! Das da ist ein ganzer mächtiger Fluß geistigen Hungers, und ich fühle mich erbebend als Bett eines der zahlreichen Zuflüsse.

Wir essen im Laufen, machen freiwillig Überstunden und

verlassen am späten Abend erschöpft, aber glücklich die ausgeplünderte Bibliothek, in der nur noch Krimis, Bücher übers Kochen, über Motoren, Sexuologie, Heimwerken und der komplette Arthur Hailey zurückgeblieben sind.

In unserer Siedlung werden die erleuchteten Fenster täglich mehr, nicht nur in den obersten Stockwerken, sondern die warmen, eckigen Sterne steigen immer tiefer zur Erde hinab, bis dann alles auf einmal aufleuchtet ... Unser Haus jedoch bleibt dunkel als letzte Bastion des Multitiers. Vor dem Eingang muß ich tief Luft holen, und so leise wie möglich schleiche ich mich dann in unsere vierte Etage, voller Angst, jemandem zu begegnen. Aus der ehemaligen Gemeinwohnung dringen Geräusche, die man am liebsten nicht hören möchte, und zu Hause sperre ich die Tür ab und verriegle sie. Ich bin allein hier, weder mein Mann noch mein Sohn kommt mehr heim, und ich gehe nicht mehr in die Gemeinwohnung, wir haben aufgehört, uns zu sehen.

Im Dunkel des stillen Zimmers hüllte sich Pavla in eine Wolldecke, setzte sich bequem in einen Sessel, schloß die Augen und vertiefte sich in die Mentminuten des AT. Die Muskeln lockern, den Atem befreien, tiefe, den ganzen Körper erfüllende Ruhe, die in jede Faser und in jede Zelle dringt, Wärme, Schwere, Wärme und Schwere ...

Der ganztägige Schwall von Aufregungen aller Art ebbt ab, löst sich auf und verschwindet wie der Wind über einem See, dessen Wasserfläche, nicht mehr von Wellen gekräuselt, in strahlendem Glanz eine Unendlichkeit nach der anderen spiegelt. Ich bin ein Tropfen Wasser vom vorjährigen getauten Schnee ... Im schimmernden Dunst steige ich mit Tausenden anderen empor, wo uns der spielerische Wind erfaßt, durcheinanderwirbelt und zu einer Wolke flicht ... Wir rasen entgegen der Erdrotation in den goldroten Westen und fahren hinein in die Nacht ... Dort unten ist Dunkelheit, und wir sind versilbert vom Mond, der mit uns bis zum rosigen Morgendämmer wandert ... Wir zerreißen zu Strömen, werden schwer und regnen herab ... Ich bin ein Regentropfen, fliege durch die Luft und sinke in die riesigen Wellen eines warmen südlichen Ozeans ... Wir sind durchsichtig aquamarinblau, schäumen und rinnen über die glänzenden Leiber von spielenden Delphinen, bis die Mittagsglut den Wellenschlag beruhigt und wir wieder als Dunst zum Himmel aufsteigen ...

Ein heftiges Pochen an die Tür, Pavla riß aufgestört die Augen auf.

»Mach auf! Ich weiß, daß du da bist! Hörst du?! Also mach schon!« drängte eine Männerstimme im Flur.

Das ist Arsen Králík, der mich jede Nacht belagert und dessen Niedertracht sich allmählich zur Unzurechnungsfähigkeit steigert.

»Laß mich rein, ich mach dir, was du schon lange nicht hattest, stimmt's? Und ich mach's dir ordentlich, so wie du's brauchst. Du wirst unter mir stöhnen und wimmern und dich pitschnaß winden und drehen ...« Dieser widerwärtige Exhibitionist kratzt mit den Nägeln an der verschlossenen Tür, wirft sich mit dem Körper dagegen und geilt sich auf, als wäre er bereits dabei, mich zu vergewaltigen.

Pavla zitterte unter der Decke am ganzen Leibe und rauchte nervös eine Zigarette nach der anderen. Heute dauert es schon eine halbe Stunde, und ich bin hier so verzweifelt allein ...

Erst als die Tür endlich zu knarren aufhörte und es still wurde im Flur, wagte Pavla, aus dem Sessel aufzustehen, und zündete sich eine weitere Zigarette an, die jedoch einen quälenden Husten bei ihr auslöste. Das Rauchen wird mich noch mal ruinieren, bestimmt bin ich schon krank davon. Ich sollte jetzt noch einmal die innere Lockerung versuchen ... Aber heute habe ich die Kraft nicht mehr dazu. Die einsame Frau im Nerzpelz ging im Dunkel der eiskalten Wohnung auf und ab, bis ihr die Ermüdung des Tages die Augen zuzudrücken begann. Dann tastete sie sich zum Bett und fiel in einen tiefen Schlummer.

Die Übungen des AT sind am wirksamsten gleich früh nach dem Erwachen, wenn sich der gelöste Geist am leichtesten der reinen Freude am bloßen Sein öffnet, die sich dann in alle Teile unseres Wesens ergießt – Pavla stand auf, sich an jeder Bewegung freuend, an dem kühlenden Wasser am Körper, an der Sonne vorm Fenster. Freude ist der natürliche Zustand des Menschen, und ich fühle sie in mir wie eine sich entfaltende kristallene Blume des Lichts.

So schritt sie durch den morgendlich reinen Schnee aus der Siedlung bis ins Stadtzentrum, beschwingt von dieser allumfassenden Freude und dem die Häuserwände durchdringenden Glanz, die erwachende Stadt ist wie eine Kinderkrippe beim Eintreffen ihrer Pfleglinge, die zu dem auf sie wartenden Spielzeug laufen, den Puppen, Plüschbären, den in Garagen wartenden Personen- und Lastautos, den Modelleisenbahnen und mächtigen Elektroloks, zu den Eimern der Reinemachefrauen und den Ledersesseln der Direktorinnen, in Werkstätten, Geschäfte, und schon fängt es an – wir stecken die Puppen in die Puppenwagen, die Milchflaschen in die Kühlboxen, die glühenden Metallstücke in die Pressen, die Keramik in den Brennofen und die Weinflaschen in die Regale der Kaufhallen, ich gebe den Leuten Bücher in die Hand, und alle treffen wir uns so in diesem großen gemeinsamen Spiel. Ich fühle mich wunderbar darin, wie erfüllt von grenzenloser Musik, und dieses erhebende Gefühl verläßt mich auch nicht, wenn ich müde bin (anstatt der früheren zehn Besucher meiner Theaterabteilung warten jetzt schon täglich fünfhundert auf mich, aber ich freue mich auf sie), ja sogar nicht bei den Gedanken an meinen Mann und den Sohn, die mich beide verlassen haben ... Ein Felsblock von Freude hat all meine Bangnis und Angst zerschmettert. Und wenn mich zuweilen das Stechen in der Brust daran erinnert, daß ich vielleicht Krebs habe, dann weiß ich jetzt, daß ich mich auch vor dem Tode nicht fürchte.

Die Februarabende sind zu leuchtenden Spätnachmittagen geworden, von den Dächern hängen Brillanteiszapfen, und die Wassertropfen trommeln auf den Blechsimsen die Frühlingsouvertüre. Pavla Rohanová stand zu Hause am Fenster und schaute durch den Vorhang hinunter auf die Straße, wo sich ihr heruntergekommener Michal mit einer schweren eisernen Kratze abrackerte. Der vereiste Schnee klebte so fest am Gehsteig, daß er sich nur in kleinen Stücken abhacken ließ, wie erstarrte Glasur. Und wenn Michal den Gehsteig vor unserem Haus gesäubert hat, muß er vorm Nachbarhaus weitermachen, sie warten dort schon auf ihn mit Hallo – einem Braunen tut doch ein bißchen Bewegung gut, nicht? –, hämisch wie zu einem öffentlichen Sklaven.

Er ist mein Sohn.

Pavla langte nach der Schachtel Zigaretten, legte sie aber sogleich wieder weg. Das hilft mir nicht. Sie hüllte sich in die Decke auf dem Sessel, schloß die Augen und versuchte die Kraft zu dem zu sammeln, was sie jetzt tun mußte.

Es war schon dunkel, als sie ihre Wohnung verließ und durch den Flur schritt, ein letzter Augenblick von Beklemmung vor der Tür der ehemaligen Gemeinwohnung – sie atmete tief durch, schloß auf und trat entschlossen ein.

Aus dem Klubraum waren die Möbel verschwunden, und in Bergen schmutziger Kissen und Federbetten sielten sich dort auf dem Fußboden die Trnkas, Rita und die Bimoňs, Králík, Štrunc und Eda mit Mija Robová herum, alle auf einem Haufen wie ein stinkendes braunes Tierknäuel. Im roten Schein der elektrischen Heizstrahler glänzten auf ihren halbnackten schwitzenden Leibern dunkel die dicken braunen Kränze des Multitiers. Mein Michal saß auf dem Parkett, schmiegte sich an den Radiator der Zentralheizung und lutschte sich den Unterarm ab.

»Ich will meinen Sohn holen«, sagte ich laut.

Niemand antwortete mir, Arsen Králík stand rasch auf und stellte sich hinter mich.

Ich ging zu Michal, Arsen immer dichter hinter mir, und

bat ihn, nach Hause zurückzukehren, ich sei dort allein und würde ihn brauchen . . . Der Sohn sah mich eine Weile an, aber in seinen Augen rührte sich nichts. Dann beugte er sich wieder zu seinem Ellbogen und knabberte stumpf daran.

»Michal, ich bitte dich«, flüsterte ich ihm zu.

»Wir können doch nicht erlauben, daß sie so dreist in unsere Beratung eindringt und versucht, unsere Clique zu schwächen und zu zersetzen!« schrie Arsen über meinen Kopf hinweg.

»Sie wohnt in unserem Haus – du nicht!« fertigte ihn Eda scharf ab. »Also komm runter und setz dich auf den Hintern!«

»Aber sie gehört nicht in unsere Clique und soll nebenan warten, bis wir mit der Beratung fertig sind!« schrie Arsen und versuchte mich hinter die Tür des Dienstzimmers zu zerren.

Ich sträubte mich und packte Michals beide Hände, damit mich Arsen nicht von ihm losreißen konnte. Arsen rüttelte mich an den Schultern, schob mir von hinten seinen Ellbogen unters Kinn, bog mir den Kopf zurück und schleppte mich weg – erst jetzt erwachte Michal aus seiner Lethargie, sprang auf, verband die Fäuste über dem Kopf und stieß sie Arsen mit aller Kraft zwischen die Augen, und gleich noch einmal und ein drittes Mal.

Arsen ließ mich los, fiel auf den Rücken. Michal kniete sich auf ihn und drosch weiter auf sein Gesicht ein. Alle standen auf und bildeten einen Kreis um uns. In ihren Händen erschienen scharfe Drähte und geschwärzte Ketten, und Mija drehte aus ihren scheußlichen Riemen bereits eine Würgeschlinge.

»Arsen ist ein unmöglicher Kretin, wir hätten ihn längst verprügeln sollen, er stürzt uns noch alle in ein schweres Malheur«, begann Eda, wobei er sich Mijas Riemen ums Handgelenk schlang. »Wir sind das letzte braune Haus in der Siedlung, jetzt können wir uns nicht mehr erlauben . . .«

Ich hörte nicht, was er weiter sagte, aber es verfehlte offenbar seinen Eindruck nicht, denn man ließ mich mit Michal gehen.

»Ich hab mich so nach dir gesehnt«, sagte ich dann zu Hause zu ihm.

»Ich auch, Mutti.«

»Hast Hunger, stimmt's?«

»Ja. Aber jetzt ... Ich hab im Zimmer eine Menge Draht. Bind mich am Bett fest.«

»Verlange nicht so etwas von mir!«

»Ich bitte dich, Mutti ...«

»Ich geb dir zwei Schlaftabletten, und morgen ist alles wieder gut.«

Michal schlief elf Stunden, am nächsten Morgen turnte er hart eine Stunde, und eine weitere verbrachte er im Badezimmer. Ich hörte von dort pfeifende Hiebe, danach schwere Schläge und schmerzliche Seufzer, aber ich konnte nicht zu ihm, weil er sich eingeschlossen hatte.

Er kam dann bleich und erschöpft heraus, seine Augen waren schon rein. Zum Frühstück trank er nur eine Tasse Tee, und zur Arbeit ging er zu Fuß.

Am ersten Tag rief ich ihn jede Stunde an, doch jetzt ist es nicht mehr nötig. Mein Sohn wartet jeden Nachmittag vor der Bibliothek auf mich wie ein ungeduldiger Liebhaber, hängt sich bei mir ein, und wir eilen nach Hause zu den wunderbaren geistigen Spielen, in denen Michal mich bald übertreffen wird.

»Wie kommt's, daß ich jetzt viel besser denken kann als damals, da ich noch völlig weiß war?« will er wissen (und tausend andere Dinge). »Es kommt mir vor, als hätte ich in mir zwanzig neue Stockwerke entdeckt, von denen ich früher keine Ahnung hatte – wo kommt in mir plötzlich dieser riesige Wolkenkratzer her?«

»Er war immer in dir, wie in jedem. Der Mensch ist viel größer, als wir normalerweise denken. Aber wir erschöpfen uns mit kleinlichen Aufregungen – was gibt's zum Abendbrot und was im Fernsehen, was hat wer über uns gesagt und was werden wir jetzt über ihn sagen, ob auf Urlaub dahin oder dorthin, ob Cordhosen kaufen oder wieder Jeans, hohe oder flache Schuhe, ob eine Abmagerungskur anfangen, die Frisur ändern, die Farbe des Lippenstifts, die Krawatte, die Korridortapete ... Bis wir über diesen oberflächlichen Dingen vergessen, was wir in uns haben.«

»Und was ist das?«

»Die Fähigkeit zum Glück. Freiheit, Ruhe und Frieden. Licht. Kraft. Freude. Und Liebe, zum Beispiel die, die uns zwei jetzt wieder zueinandergeführt hat.«

»Du hast mich zu dir geführt, Mutti. Und du glaubst, daß all das Schöne, was du jetzt aufgezählt hast, daß das jeder in sich hat?«

»Bestimmt, sonst wäre er doch kein Mensch – und es bedarf auch keines AT, um das in sich aufzudecken. Allerdings trennt so manchen davon seine eigene, manchmal recht feste Kruste aus Stein und Sand ...«

»... so wie auch die steinerne, tonigquarzige Kruste der Erdkugel unterschiedlich dick ist, denk doch nur an die höchsten Gipfel des Himalaja und den tiefsten Meeresgrund im Pazifischen Graben, der Unterschied macht gut zwanzig Kilometer erstklassiges Gestein aus. Aber im Hinblick auf den ganzen Planeten ist das nur eine dünne, erstarrte Schale. Und weißt du, was darunter ganz im Innern ist?«

»Etwas Heißes, nicht?«

»Und wie! Geschmolzenes Nickel und Eisen unter einem unheimlichen Druck. Der glühende Kern des Planeten ... So was wie ein Stück Sonne.«

»Und das hat jeder Stern in sich?«

»Jeder lebende. Soweit er nicht selber die Sonne eines eigenen Systems ist ... Das ist doch grandios, nicht?«

»Ja. Das ist wie bei den Menschen.«

»Hm! Mir fängt davon schon an die Birne zu brummen. Machen wir wieder was Leichteres – Sich einleben, AT-II, ja? Was wirst du heute sein?«

»Ich unternehme vielleicht wieder meinen Lieblingsausflug um die Erdkugel – wo du mich doch so schön über sie belehrt hast –, und zwar als Wassertropfen.«

»Das ist prima, hab ich auch schon gemacht, aber Mutti, viel mehr erlebst du, wenn du kein Tropfen bist, der nicht lange zusammenhält, sondern ein Wassermolekül, das ewig existieren kann, verstehst du? Also sei ein Wassermolekül in einer Birne, die jemand ißt, zum Beispiel ein junges Mädchen ... Du wirst in ihrem Körper sein und so jung wie sie ... Dann wirst du einmal weinen, aber vor Glück, und er wird dich auf den Mund küssen, so daß du in ihn übergehst ... Du wirst in ihm sein und in ihr und dann in ihrem Kindchen – und so immer weiter bis ins Endlose. Wie hast du das ausgedrückt?«

»Glücklich in der Umarmung all dessen, was wir werden.«

SCHON VON ALTERS HER nennt man das »alter ego« – das andere Ich – seinen besten Freund, mit dem uns gemeinsame Interessen, eine Übereinstimmung in Gefühlen und Stimmungen, das gleiche Verhältnis zur Welt und zu den Menschen und jenes besondere Vertrauen verbinden, in dem wir einer dem anderen mehr vertrauen als uns selbst, bis hin zu dem Gefühl, daß wir in eine Person verschmelzen.

Diese zutiefst menschliche Fähigkeit der Identifizierung, die mehr oder minder jeder in sich trägt, entwickelt und vertieft die Übung AT-12: GEMEINSAMES ERLEBEN.

Versuchen Sie eine einfache, fesselnde Übung, die Sie jederzeit überall durchführen können. Fahren Sie zum Beispiel mit der U-Bahn, dem Zug oder dem Bus. Ihnen gegenüber sitzt jemand und liest in einem Buch. In Verkehrsmitteln ist es nichts Besonderes, wenn die Leute einander anschauen, und so beobachten Sie unauffällig Ihr Gegenüber. Der ganze Witz besteht darin, wie Sie es beobachten.

Sie richten Ihre Aufmerksamkeit auf es und nur auf es. Sie müssen dabei jedoch absolut gelockert sein. Versuchen Sie nichts zu erraten, zu erfassen – nein, Sie setzen sich einfach dem Strom seines Seelenlebens aus, so wie es ihn durch Körperhaltung, Bewegungen, Mi-

mik, Atem, Aussehen ausdrückt. All dies lassen Sie in sich ein, aber zwingen Sie sich zu nichts.

Das ist der Zustand, in dem wir ein Konzert oder eine Theateraufführung in uns aufnehmen, in einem derart gelockerten und zugleich schöpferischen Zustand sind wir zum gemeinsamen Erleben offen.

Lassen Sie nur den Strom bedenkenlos in sich ein. Sympathisieren Sie lebhaft mit Ihrem Gegenüber, heften Sie sich an es mit Ihrem Denken, Ihrem Atem, den Bewegungen und dem Herzschlag, mit der ganzen Seele. So beobachtet ein hingerissener Zuschauer den Schauspieler, in einer solchen beidpoligen Beziehung stehen Freunde und Liebespaare. Etwas drängt Sie, sich auf die gleiche Weise zu setzen, die Stirn zu runzeln wie es. Wehren Sie sich nicht dagegen, aber kopieren Sie es nicht absichtlich. Plötzlich durchzuckt es Sie, beinahe hätten Sie sich erhoben – und schauen Sie, unser Gegenüber wäre beinahe eine Station zu weit gefahren und eilt nun zum Ausgang.

Die verschiedenen Varianten solcher Übungen bringen merkliche Erfolge und erleichtern auch den gesellschaftlichen Verkehr. Wenn Sie so mutig und ohne Hemmungen Menschen in Ihr Inneres »einlassen«, mit denen Sie alltäglich verkehren, werden Sie – innerlich gereinigt und um ihre tiefere Kenntnis bereichert – feststellen, daß sie zu Ihnen eine wärmere Beziehung haben, genauso wie Sie zu ihnen.

XVIII

Der Frühbus aus der Siedlung in die Stadt fuhr an der Haltestelle »Brücke« vor, wo zwei braune Halbwüchsige zusteigen wollten. Die Fahrgäste ließen sie jedoch nicht hinein, sondern schubsten sie zurück auf den Gehsteig.

»Latscht ihr nur zu Fuß!«

»Dann werdet ihr wenigstens diesen braunen Unrat früher los!«

»Daß ihr euch nicht schämt, euch in diesem Zustand unter Menschen zu zeigen!«

Die Tür schloß sich, und der Bus rollte über die Brücke. Michal Rohan schaute sich durchs Fenster nach den hinausgestoßenen Jugendlichen um. Gerade die beiden haben mich damals im Januar absichtlich nicht aussteigen lassen, so daß ich die ganze Strecke zurücktraben mußte ... Damals war der Bus voll von frechen Braunen, gegen die wir paar Weißen nichts ausrichten konnten. Jetzt sind wir nur noch Weiße oder Rückkehrer aus den Bergen, die sich vor allen Braunen ekeln. Und wer nur irgend kann, liest während der Fahrt das weiße Büchlein des AT, so daß unser Bus morgens der reinste Leseraum ist.

Die ganze Stadt ist jetzt schon weiß, und das ist wie ein nationaler Feiertag, Wildfremde machen sich auf der Straße miteinander bekannt, nur so, aus Freude am Kennenlernen, gleich haken sie sich unter, nirgends Gedränge, jeder gewährt jedem den Vortritt, in der Kaufhalle, am Aufzug, an jedem Eingang und jeder Tür, und beim Überqueren der Straße alle Autofahrer allen Fußgängern, bis daraus ein Verkehrschaos wird, die Leute stehen auf den Gehsteigen, die Motorisierten fahren nicht, und dazwischen tollen fröhlich Kinder herum, mit roten Schulranzen auf dem Rücken, und alle winken einander zu – die reinste Pracht.

Das Multitier hat solche Senge gekriegt, daß es sich niemals mehr aufraffen, sondern dahinsiechen und endgültig krepieren wird. Der Chef unserer Werbeabteilung Berenda ist schon fast weiß (diesbezüglicher Endtermin für sämtliche Leiter der NBLB ist der 1. März), auch die nette Frau Marta bekämpft tapfer die letzten Reste des MT, und in der Frühstückspause gönnt sie sich statt des Braunfleischs zehn Mentminuten des AT. Das braune Vieh ist nur noch Arsen geblieben.

Kaum betrete ich unser Zimmer, reiße ich absichtlich das Fenster auf, doch Arsen traut sich nicht mehr zu mucksen, er hockt in drei Pullover gemummelt da, den MT-Polypen am Hals hinter einem schmuddligen Tuch versteckt, und rauchen geht er aufs Klo.

Den Braunen hat das Sterbeglöckchen geläutet. Betrachteten die normalen Leute sie noch unlängst wie einen geckenhaften Kettenraucher oder einen heiteren Alkoholfreund (und imponierte das einigen sogar), so ist heute ein Brauner für alle nur noch etwas Unerträgliches, wie jemand, der die Luft mit Nikotin verpestet, oder eine klägliche Schnapsruine, die nicht mehr die Kraft hat, mit dem Saufen aufzuhören. Und die paar Braunen, die noch übriggeblieben sind, schleichen geduckt an den Hausmauern entlang, als wären sie vom Aussatz befallen.

Tag für Tag nimmt die Zahl der Evakuierten zu, die aus den Bergen zurückkehren, und das ist immer eine große Begrüßerei und Fragerei, wie dieser und jener die wilde Zeit überlebt hat. Sie können nicht viel erzählen – in den Bergen haben sie in Ruhe und Behaglichkeit gelebt, und nichts ist ihnen dort passiert, aber wir, die wir das alles hier unten durchgemacht haben, wir sind jetzt für sie wahnsinnig interessant.

»Michal, ich bitte dich, ich halte dir im Speisesaal einen Platz frei, an dem Tisch unterhalb des Klaviers, und reserviere dich das ganze Mittagessen über nur für mich allein!« rief mich aufgeregt Lubošek Málek an, ein ehemaliger Schulkamerad, so als bäte ein kleiner Redakteur, ein Anfänger, einen berühmten Boxkönig um ein Interview.

Lubošek ist rosig, reinlich und rund, auch eine runde Brille trägt er, gestern ist er mit Vater und Mutter aus den Bergen zurückgekommen, und heute morgen hat er seinen Job wieder angetreten. Er brachte mir das Tablett mit dem Mittagessen bis zu dem Ecktisch unterhalb des Klaviers, die Äuglein hinter die Brille gequetscht, und: »Also erzähl schon!«

»Aber du hast doch bereits alles gehört.«

»Na ja, aber wie es aus der Nähe aussah, verstehst du? Diese marschierenden Massitstücke sahen wirklich aus wie Molche?«

»Ich hab vorher nie einen Molch gesehen. Diese braunen Massitviecher waren gemästete Ungetüme von zwei Doppelzentnern und bis drei Meter hoch.«

»Junge, Junge! Da warst du mächtig entsetzt, was?«

»Gar nicht so sehr. Man brauchte bloß mit ’ner Feile reinpiken oder mit Vaters Angriffs-R-Schild aus Stacheldraht, und das Massitvieh fiel in sich zusammen wie ein leerer Sack. Nur drängten gleich darauf weitere fünfzig frische Massitmolche nach.«

»Das muß toll aufregend gewesen sein, was? Und Michal, da habt ihr damals drei Tage lang hier in der Fabrik auch geschlafen?«

»Das ging nicht anders, denn sobald du nur einen Schritt ins Freie getan hättest, hätten dich die Massitviecher binnen einer Sekunde überwalzt.«

»Na ja, das ist klar. Aber Michal, da haben in den drei Nächten hier mit euch in der Fabrik auch die Weiber gepennt?«

»Wo hätten sie denn sonst pennen sollen?«

»Na ja, das ist klar, aber da habt ihr in dem Lagerraum alle nebeneinander auf Matratzen gelegen?«

»Auf Matratzen oder auf dem blanken Boden zwischen den Matratzen.«

»Das muß doch auch höllisch aufregend gewesen sein, nicht?«

»Nicht so, wie du denkst.« Lubošek ging mir langsam auf den Docht. »Das waren Frontbedingungen, und wir fühlten uns alle irgendwie vereint ... Das wirst du nie begreifen. Und deshalb konnten wir gegen das Massit so rasch siegen. Gegen das Multitier dann war es viel schlimmer, weil da schon jeder für sich allein kämpfen mußte. Mit sich selber.«

»Du warst auch ein Brauner, stimmt's?«

»War ich.«

»Und schwer?«

»Schwer genug.«

»Was für ein Gefühl war das, Michal ... ich meine, am Körper, verstehst du ...«

»Man fühlte sich als Tier.« Dieser pubertäre Lubošek kotzte mich jetzt schon buchstäblich an. »Und selbstverständlich war das höllisch aufregend«, sagte ich absichtlich. »Unaufhörlich in der Brunft wie ein Hirsch im Oktober, verstehst du?«

»Junge, Junge! Und hast du auch mit in so einer braunen Höhle gelebt?«

»Ja.«

»Und waren da auch Weiber bei euch?«

»Klar!«

»Und da habt ihr in der Höhle alle miteinander . . .«

». . . in Federbetten auf dem Fußboden geschlafen. Genauso, wie du dir das vorstellst! Lubošek, wenn ich dich so anhöre, du würdest das auch mal ganz gern ausprobieren, was?«

»Na das nicht, aber verstehst du . . . vielleicht so für zwei Tage, nur um es kennenzulernen. Du weißt ja, in den Bergen lag viel Schnee, Ski fahre ich nicht, also ziemlich langweilig, und ich habe von alledem überhaupt nichts genossen.« Lubošek beugte sich über den Tisch dicht zu mir und flüsterte, nun schon schwitzend: »Hör mal, Michal, wir haben die ganze Penne zusammen abgeschrubbt, und so möchte ich dich jetzt bitten . . . Aber zu meinen Eltern keinen Mucks, die würden mir meinen Recorder fürn ganzen Monat in den Schrank sperren! Michal, du als ehemaliger Brauner, bestimmt weißt du von so einer übriggebliebenen braunen Höhle, verstehst du . . .«

»In der scharfe Weiber sind, ja? Damit du's mit ihnen kennenlernst?«

»Genau.«

»Aber so würden sie dich nicht nehmen. Sie mögen keine Weißen, verstehst du.«

»Weiß ich doch! Aber wo die Schächte vor der Stadt mit ganzen Tonnen Chlorkalk zugeschüttet sind, zahlt man für Schnellstaub jetzt schon tausend Kronen pro Kilo, verstehst du . . .«

»Ach so. Und ich soll dir als ehemaliger Brauner einen Ratschlag geben, ja?«

»Na ja.«

»Was fürn Recorder hast du?«

»Einen funkelnagelneuen japanischen, Hitachi-Stereo für genau zweitausend, aber warum fragst du?«

»Verscheuere ihn, kauf dir zwei Kilo Schnellstaub, friß das

Zeug und spül mit zwei Eimern lauem Wasser nach. Ich führe dich dann in eine braune Höhle, wo man dir zuerst ein Lederhalsband umlegt wie einem Hund, und halbnackte wilde Weiber werden auf deinem Rücken reiten, werden dich wie einen Scheuerlappen gebrauchen, und dafür kriegst du dann und wann ein paar gebackene Pellkartoffeln, jeden Tag ein paar mit 'ner Fahrradkette übergezogen, und so wirst du eine höllische Aufregung genießen ... Du willst das machen? Junge, Junge! Und für solche Rindviecher haben wir gekämpft!«

»Mit dir hat man auch gar keinen Spaß«, beklagte sich Lubošek Málek beleidigt und begann die abgekühlte Suppe zu löffeln.

Jeden Nachmittag wartet Michal Rohan in dem kleinen Park vor der Stadtbibliothek auf seine Mutter, und damit ihm nicht kalt wird, hüpft er in dem frischgefallenen Schnee hin und her und sagt sich innerlich das AT auf:

meine Füße sind leicht, elastisch, beweglich
meine Hände sind leicht, elastisch, beweglich
alles in mir federt leicht, ich habe Lust, mich zu bewegen
ich bin ganz beweglich, leicht, frisch
in mir spielt jede Ader, alles in mir ist munter
die Frische wächst fortwährend
etwas knufft mich in die Rippen – hoppla!

»Dir ist kalt, Michal«, sagte Mutti zu mir.

»Jetzt nicht mehr. Komm, hüpf mit!«

»Vielleicht irgendwo anders als ausgerechnet vor den Fenstern der Stadtbibliothek«, wehrte Mutti lachend ab, wir gehen zu Fuß zusammen bis in die Siedlung, und zu Hause erfrischen wir uns jeder in seinem Zimmer mit einer halben Stunde AT.

Die größte Mühe bereitet es mir, mich zu beruhigen, weil in meinem Kopf alle möglichen Gedanken (zumeist Unsinn) herumhopsen, wie die Affen im Käfig, wenn die Kinder nachmittags in den Zoo kommen, um sie zu füttern; aber schon das Befreien des Atems ist schön. Lausche auf deinen Atem und du hörst den Rhythmus des Kosmos.

Und dann öffnet es sich in mir bereits wunderbar, und es funkelt wie früher, wenn ich mir Kassetten ausgewählter Musik abspielte, in mir dröhnt und leuchtet es, bei der Musik von Kassetten war ich immer allein, doch das fällt jetzt weg, wenn man aufhört, immer nur an seinen Alltagsblödsinn zu denken, an Heimtücken von anderen und von sich selber, an Neid und Wut und Angeberei und Angst, an alle diese Krusten und Schalen, die uns voneinander trennen und inmitten derer jeder allein ist ... Wenn sich das alles auflöst wie Eisschollen an der Sonne, schmilzt auch die Einsamkeit dahin, und alle Menschen sind wie Regentropfen im Ozean dieses Riesigen, Hellen und Wunderbaren, das wir in uns haben, weil das Innere aller Menschen das gleiche ist, genauso wie das Innere der Sterne – auch der Mensch hat in sich strahlende Glut und gewaltige Energie, und dabei ist er größer als alle Sterne und Galaxien zusammen, denn wie sonst könnte der Mensch auch nur versuchen, den Kosmos zu begreifen; wenn er weniger in sich hätte als eben dieser Kosmos, da wäre er ja wie eine Ameise, die in eine Schreibmaschine gefallen ist und nur staunt, nichts ringsherum erfassend. Der Mensch jedoch ist es, der sich diese Schreibmaschine ausgedacht hat, er stellt davon Millionen Stück her und schreibt darauf Verse und Berechnungen der Astronomie, denn das Leben ist etwas so Gewaltiges, daß es niemals untergehen kann, weder durch einen Krieg noch durch das Erlöschen der Sonne, den Wärmetod laut dem zweiten Hauptsatz der Thermodynamik, und ich schwimme hinein in diese riesige Unendlichkeit, breite mich in ihr aus und verschmelze mit ihr, bis ich sie ganz in mir fühle.

Auf einmal störte mich ein Klopfen an die Korridortür, immer stärker und stärker, und im Korridor schloß Mutti schon auf, Vati erschien – bewachsen mit dem braunen Mistzeug des MT wie in der ganzen letzten Zeit, jetzt obendrein blutig gekratzt und auch gebissen.

»Es war nicht mehr auszuhalten, so komme ich lieber heim«, sagte er ganz ruhig zu uns, wie nach einem Spaziergang durch den Park der Siedlung, bei dem es zu regnen angefangen hat.

»Komm weiter«, sagte ihm genauso ruhig Mutter.

»Also Moment«, stoppte ich ihn. »Wenn du wieder mit uns wohnen willst, gib mir zuvor die Autoschlüssel!«

»Hattest schon Sehnsucht danach, stimmt's?« Er grinste und reichte sie mir.

»Weder nach der Karre noch nach dir.« Jetzt feixte auch ich. »Ich hole nur das Abschleppseil und binde dich persönlich ans Bett!«

»Michal!« sagte Mutti.

»Glaub ihm nicht«, erklärte ich ihr. »Er geht nämlich von den Braunen zu den Weißen über und umgekehrt, seelenruhig, als liefe er über die Straße. Über eine kleine, schmale, auf der nichts fährt.«

»Was allerdings sehr menschlich ist«, verzapfte Vater wieder eine seiner albernen Plattheiten.

»Laß uns jetzt allein und geh ein bißchen spazieren«, wünschte sich Mutti.

»Ich werde vor dem Haus unterm Fenster stehen, und wenn was sein sollte, dann ruf mich, ich komm mit einem Knüppel hoch«, sagte ich und ging.

Die Anzahl der heimgekehrten Evakuierten nimmt mit jedem Tag zu, und mit ihnen kehren auch die Kinder zurück. Erst jetzt sieht man, wie leer es hier ohne sie war. Die Kinder tummeln sich ums Haus, fahren Schlitten und auf ihren putzigen winzigen Ski, auf jedem Hang haben sie mit ihren kleinen Hintern schon eine dunkle Schlitterbahn glattgerutscht, sie bauen Schneemänner und tollen fröhlich im Schnee der Siedlung herum, als wären sie immer noch oben in den Bergen ... Gern schau ich den Kindern zu, wie sie spielen und glücklich sein können, einfach so, ohne besonderen Grund, wozu wir Erwachsenen uns erst mühsam durcharbeiten müssen. Die Kinder können das von selber, und darin sind sie hundertmal klüger als wir. Wie kommt es nur, daß sie es dann vergessen?

»Michal!« schallte es aus einem Fenster unseres Hauses. Aber Mutti war das nicht. »Warte auf mich!«

Und nach einem Weilchen stand sie vor mir, unter einer riesigen Haarflut ein kleines Gesichtchen und darin riesige Augen. »Ich muß gleich wieder nach Hause, da wir heute erst gekommen sind und gerade die Koffer auspacken«, erklärte mir Anila ganz außer Atem, weil sie aus dem dritten Stock runtergerannt war. »Erinnerst du dich an mich, Michal?«

»Ich erinnere mich an alles. Jetzt bin ich übrigens wieder gesund.«

»Das weiß ich, ich hab doch gleich nach dir gefragt.« Sie lief rot an. »Spielst du immer noch in einem fort diese Sex Pistols?«

»Daran erinnerst du dich?«

»Ich erinnere mich an alles.«

»Auch daß du mir gesagt hast, daß du manchmal Vanille bist? Und mir gewünscht hast, dich als Vanille kennenzulernen?«

»Ja.« Anila errötete immer mehr. »Aber jetzt muß ich wirklich heim . . . Ich wollte dir nur sagen, daß du auf mich warten sollst.« Und schon flitzte sie in den Eingang unseres Hauses.

DER MODERNE MENSCH, gejagt von einer fieberhaften (und neurotisierenden) Hast, schafft an einem Tag so viele Dinge, daß er eigentlich für keines Zeit hat – für die Freude am allerwenigsten.

AT-13: SCHULE DER FREUDE bedeutet vor allem, sich von dem unsinnigen Vorurteil zu befreien, daß Freude etwas Unangebrachtes sei, würdelos und in der heutigen komplizierten Welt eigentlich unziemlich, etwas Zweitrangiges, Primitives, Kindliches oder andererseits Seniles, kurz, etwas wenig Intelligentes. Viele Menschen hegen Mißtrauen der Freude gegenüber, haben dafür weder Begabung noch Verständnis, eigentlich liegt ihnen nichts daran, oder sie achten sie gering, ja fürchten sie sogar.

Hören wir auf, uns der Freude gegenüber als stumpfe Ignoranten zu verhalten, als Autofahrer, die mit ihren Reifen eine blühende Wiese zerfurchen. Lernen wir, täglich fünfzig Freuden zu finden – die kleinsten sind die zuverlässigsten und beständigsten –, und sei es nur über die Sonne vorm Fenster, einen Gang durch die Straßen, die bloße Bewegung oder den Atem, wie wir hier schon gezeigt haben. Dazu genügt es, sich für die Freude zu öffnen – hinzuschauen und wahrzunehmen, ihrer stillen, erregenden Musik zu lauschen und sich ganz von ihr durchdringen zu lassen.

Je mehr Freude Sie in sich haben, um so mehr davon werden Sie anderen vermitteln, die sie Ihnen – verdoppelt – zurückgeben, und Sie können sie dann schon vervierfacht aussenden, was das Prinzip der abschließenden Lektion ist – AT-14: AUSSTRAHLUNG.

Beginnen wir mit einem gegenteiligen Beispiel. In ein Zugabteil, wo bereits einige Reisende sitzen, tritt ein weiterer Passagier – auf den ersten Blick verdrossen, gereizt und wütend. Ohne daß er ein Wort sagt, beginnt sich seine innere Disharmonie auch auf die übrigen zu übertragen, die ihm natürlich bei nächster Gelegenheit seinen unangenehmen »Service« heimzahlen.

Bestimmt wählen wir lieber die andere Möglichkeit, wobei wir vor allem folgendes im Sinn haben:

- Ich bin eine Quelle des Lichts!
- Ich strahle Wärme aus!
- Ich bin ein Generator des Glücks!

Dieser Gedanke, dieses Gefühl, dieser felsenfeste Glaube muß unaufhörlich in Ihnen brennen, ohne Rücksicht auf die äußeren Umstände. Schließlich setzen Sie sich beim gesellschaftlichen Verkehr ja auch der psychischen »Ausstrahlung« anderer aus. Sie sind genauso suggestibel wie sie, und es kommt darauf an, daß das Licht den Schatten überstrahlt. Jeder schafft sich sein Kraftfeld, jeder leuchtet mit seinem Licht, und je stärker die Lichtquelle ist, um so strahlender ist auch ihr Widerschein.

XIX

Vor jedem der zwölf Leitungsmitglieder der NBLB (elf schon längst ganz weiß, nur Dr. E. Rohan weist immer noch 30 % Restbräune auf) ein Glas entrahmter Milch und für die ehemaligen Raucher (die Aschenbecher im Kellermagazin eingeschlossen) ein Tellerchen Kinderkaugummis.

»... womit die Liquidierung des MT in unserem Betrieb abgeschlossen ist«, sagte der Generaldirektor (von allen natürlich der weißeste). Elf lächelnde Gesichter, nur Dr. E. Rohan betrachtete konzentriert die Tischkante. »Bleibt noch übrig, die Tätigkeit der VERS-Betriebszentrale zu beenden und ihr für die Arbeit zu danken. Wollen wir dem Leiter der Zentrale eine außerordentliche Prämie und allen Mitarbeitern Dankesbriefe überreichen?«

»Vielleicht würde ein Dankesbrief für den Leiter genügen, der dann den Mitarbeitern in unserem Namen mündlich dankt«, schränkte der ökonomische Stellvertreter ein.

»Gut, so beschlossen. Was hast du noch?« fragte der Generaldirektor und trank seine Milch so vorsichtig, als wäre es unverdünnter (neunzigprozentiger) Absinth.

»Diesen Delikatessen-Zyklus ›Waldesrhythmen‹ ... Er hat uns schon Zehntausende allein für die Fleischmuster gekostet, aber angesichts des heutigen Trends und der Massenverbreitung des AT hat er kaum Chancen.«

»Versteht sich, diese braune Scheußlichkeit müssen wir sofort stoppen!« knurrte der Generaldirektor. »Rohan wird auferlegt, unverzüglich ein neues Projekt auszuarbeiten, würdig der neuen Zeit und des Namens unseres Betriebes!«

»Gerade wollte ich es Ihnen vorschlagen«, ergriff Eda Rohan das Wort und hielt dabei vorsichtig das weiße Seidentuch fest, das die braunen MT-Adern an seinem Hals verdeckte. »Eine neue Serie kalorienarmer Delikatessen namens Quarkpirouetten.«

»Was und woraus soll das sein?«

»Schaum aus Quark, Wasser und einer Menge Luft. Ich mixe mit dem Vibrationsmixer alles so, daß es dann praktisch nur leere Blasen sind.«

»Das ginge vielleicht. Aber wann befreist du dich endlich von diesem ekelhaften Zeug?« Der Finger des Generaldirektors zeigte angewidert auf Edas weißes Halstuch.

»Ich habe einen Herzfehler, so daß ich zum Beispiel die Hervorrufung eines Wärmegefühls, AT-9, überhaupt nicht üben kann«, sagte Eda bedauernd. »Aber ich werde mich aus Leibeskräften bemühen, meine Restbräune so bald wie möglich loszuwerden . . .«

»Solange dir das nicht gelingt, schließe ich dich von den Leitungssitzungen aus. Mit sofortiger Wirkung«, entschied der Generaldirektor, und dem Davongehenden rief er noch nach: »Ich habe gehört, deine ganze Abteilung ist eine braune Lasterhöhle, mach dich also morgen auf eine Tiefenkontrolle gefaßt!«

»Meine Abteilung ist morgen weiß wie frischgefallener Schnee!« versprach der gescholtene Eda in der Tür des Direktionszimmers. »Diese verdammten Weißlinge sind so unduldsam«, seufzte er auf dem Weg über den Hof, und gleich hinter der Tür seines Pavillons C nahm er aus der Tasche ein Tablettenröhrchen, leckte Schnellstaub, trank Wasser nach und ließ seine Untergebenen im Sitzungssaal zusammenrufen, wo er sie anbrüllte, wie soeben er angeblafft worden war, und sogleich brach die große Säuberung aus – alle Fleischmuster von Wild- und Haustieren in den Abfallmühlen liquidiert und, damit sie schneller verschwanden, dicht mit Chlorkalk überschüttet und in die Mülltonnen geworfen.

Inzwischen ein Doppelzentner trockener Quark gebracht, und noch am selben Tag begann die ganze Abteilung des Konzernhauptspezialisten, nach den Instruktionen ihres Chefs fieberhaft die Quarkpirouetten zu entwickeln: »Quark wenig, Wasser viel und Blasen soviel wie möglich!«

»Ich hatte mir was Besseres ausgedacht«, sagte der schwerbraune (der letzte in der gesamten Abteilung) Standa Bimoň. »Es hieß Ambronekt . . .«

»Also her damit! Was ist das?« drang Eda in ihn.

»Ich hab's schon vergessen«, murmelte Standa; die rechte Tasche seines schmutzigen Arbeitskittels war naß von Blut.

»Was ist dir passiert?«

»Nichts.«

»Was hast du da in der Tasche? Zeig her!«

»Ich dachte nur ... ich hab furchtbaren Hunger«, stammelte Standa und zog aus der Tasche ein mit Chlorkalk bestreutes Stück Nutria, das er aus der Mülltonne gefischt hatte.

»Schmeiß das weg, aber sofort!« befahl ihm Eda, und dann sah er durchs Fenster, wie Standa an der Mülltonne das Fleisch mit dem Ärmel abwischte und gierig auffraß, roh, wie es war.

Standa steckt schwer drin, vor der morgigen Kontrolle wird man ihn im Keller verschwinden lassen müssen. Eda Rohan leckte Schnellstaub, spülte mit einem Schluck Rotwein nach, und weil es Mittwoch war und schon Mittag, fuhr er zum Bezirkskrankenhaus, lud an der Telefonzelle Leona Bimoňová in den Wagen ein, und sie fuhren gemeinsam zum Haus Nummer 2002.

Das letzte Lieben in unserem Nest in der VERS-Wohnung Nummer 9 ... Am Wochenende kehrt der Inhaber aus den Bergen heim. Aber schon jetzt sind diese Zusammenkünfte riskant, unser Haus hat sich rasch mit Evakuierten gefüllt, vor dem Eingang spielen Kinder, alle Weile guckt jemand aus einer Tür, und wir zwei müssen uns in den zweiten Stock schleichen. Zur Sicherheit schicke ich Leona voraus und folge ihr erst nach fünf Minuten.

»Wir werden uns nach dem hier sehnen«, sagt Leona. In den fünf Minuten hat sie es bereits geschafft, sich auszuziehen, und jetzt braucht sie noch ein bißchen Lyrik.

Ich habe mich mit ihr wohler gefühlt inmitten der wenig witzigen und noch weniger erfinderischen Clique in der braunen Gemeinwohnung, wo wir vorm Bad Schlange standen. Obzwar das in der Wanne mir eigentlich nie besonders gefallen hat. Und damals mit Mija Robová – zwar ein interessantes Erlebnis, aber natürlich riskant, die Gefahr einer Körperverletzung. Zuerst kratzte sie mich mit den Nägeln, dann biß sie mich, und am Ende ertränkte sie mich beinahe in der Wanne. Und dafür mußte ich Tibor noch eine ganze Büchse des irrsinnig teuren Schnellstaubs geben.

»Was wirst du mir jetzt Zärtliches sagen?« fragte Leona.

»Trink erst mal.«

Die eingeweckten Aprikosen hier haben wir der Clique geopfert, und ich muß meinen eigenen Rotwein spendieren. Heute zum letztenmal, ab morgen steige ich auf leichten Wein um, trockenen weißen, im Rahmen meines etappenweisen Kampfes gegen das MT.

»Dann nenn mich wenigstens Leopardin«, bat Leona und schloß die Augen.

»Das kommt dir zärtlich vor? Na schön. Meine Leopardin.«

»Komm zu mir, mein Leopard ...«

Im Verlauf von zwei Stunden hörten wir es dreimal an die Tür klopfen und viermal das Telefon läuten. Unser Haus ist bereits zum Normalzustand zurückgekehrt. Was ist, wenn meine hiesigen Besuche verraten werden und man mich auf Schadensersatz verklagt? Wieviel können die zweihundertfünfzig Gläser eingeweckte Aprikosen kosten? Plus Aufräumen der ganzen Wohnung?

»Du hast mich heute überhaupt nicht wahrgenommen«, warf mir Leona nachher vor, und als ich zum Auto zurückkehrte, begegnete ich auf der Treppe und vor dem Haus insgesamt elf Personen. In unserem Haus geht es einfach nicht mehr.

Für ein Vergnügen scheue ich niemals Zeit und Geld, und Rita gab mir die Adresse ihres geheimen MT-Klubs, streng nur für Geladene, Eintrittspreis hundert Kronen pro Person. Den ganzen Tag manschte ich auf der Arbeit mit trockenem Quark herum, der mir schon am Gaumen klebt wie Gips – der General hat mir für die Quarkpirouetten einen mörderischen Termin aufgebrummt –, und nachmittags machte ich mich begierig auf zum Klub. Zu Hause erwartet mich nichts mehr, und Leona muß jeden Nachmittag schon um drei bei Standa im Bett sein. Ich bin alleingeblieben.

Es war oberhalb des Parks in einer stillen Straße alter Patrizierhäuser, Nummer 6, fünfte Etage, ein düsteres Mietshaus mit einem Aufzug aus Messingstangen und geschliffenem Glas. Im fünften Stock mußte ich fünfmal an eine eisenbeschlagene Tür klopfen und Ritas Losungswort sagen.

Mir öffnete Polda Štrunc in schwarzer Maske, die gleichfalls maskierte Rita Nedomová nahm mir den Hunderter ab und reichte mir eine gleiche schwarze Maske. »Setz das auf, wir sind hier in einer ausgeborgten Wohnung, und alle wollen streng geheim bleiben.«

In dem Salon mit hölzerner Kassettendecke flackerte ein Feuerchen in einem riesigen Kamin aus schwarzem Marmor, um den sich fröstelnd zwei Frauen drängten sowie ein Pärchen – alle schwarz maskiert wie auch die übrigen Gäste, aber selbst unter der Maske erkannte ich den jungen Luboš Málek, Michals ehemaligen Mitschüler vom Gymnasium. »Und wer sind die übrigen?«

»Alles frische Rückkehrer aus den Bergen, die sich fingierte Namen zugelegt haben, weil sie sich furchtbar vor Verrat fürchten. Die zwei dort heißen hier Doris und Zuza.« Rita zeigte auf die zwei Frauen am Kamin. »Doris, die mit der Brille über der Maske, ist Professorin oder so was. Und dort die zwei, mit Decknamen Gita und Gaspard, sind Eheleute, ich hab so den Eindruck, daß Gita gern möchte, daß der Schnellstaub aus ihrem Gaspard einen richtigen Mann macht, der er wohl nicht ist. Was für einen Namen wählst du?«

»Von mir aus Robert.«

»Also gut, setz dir die Maske auf, und ran geht's. In zwei Stunden machen wir Schluß, weil ich die Wohnungsschlüssel zurückgeben muß«, sagte Rita und stellte mich der Gesellschaft vor: »Das ist Robert, ein richtiger Brauner. Wir sind jetzt vier zu vier, folglich können wir anfangen.«

Wir setzten uns vor den Kamin an ein Tischchen, auf dem für jeden eine Teetasse mit Schnellstaub bereitstand, dazu Krüge mit warmem Wasser. Ich schluckte die Miniportion – in den Tassen war kaum der Boden bedeckt, Rita will schließlich auch was verdienen –, leerte einen halben Krug und harrte der kommenden Dinge.

»Sie sind das erste braune Exemplar, das ich kennenlerne«, sagte die Professorin Doris, wobei sie mich so eingehend besichtigte, daß sich ihre Brille beschlug.

»Da haben Sie mich noch nicht kennengelernt!« rief arrogant der Knabe Luboš Málek, der hier als »Larry« auftrat, und kippte den Inhalt seiner Tasse hinunter. »Ich war Chef einer braunen Bande und habe die ganze Straße in Schach gehalten«, prahlte und log dieses Bürschlein, was er sich offenbar pubertär in den langen Winterferien im Gebirge zusammengeträumt hatte.

»Wirklich? Aber das ist ja furchtbar interessant ... Ich bin in den Bergen immer nur gerodelt und habe mich entsetzlich gelangweilt, mein Mann ist nämlich schon ein halbes Jahr auf Montage in Indonesien«, sagte bedeutungsvoll Zuza zu ihm, ein stattliches, wohlgemästetes Dämchen, und rückte dichter an ihn heran. »Erzählen Sie mir doch was von dieser braunen Hölle hier unten ...«

Der unzureichende Ehemann Gaspard schluckte inzwischen seinen Schnellstaub und spülte mit Wasser nach.

»Iß auch meinen!« sagte Frau Gita und schob ihm angeekelt ihre Tasse hin.

»Aber ist das nicht zuviel?« sorgte sich Gaspard. »Wo ich doch schon gestern und vorgestern welchen gegessen habe ...«

»Wirkung hat er bis jetzt keine«, hielt ihm die Gattin Gita so hämisch vor, daß man selbst unter seiner Maske sah, wie er sich schämte.

»Die Bräune interessiert mich als biologisches Phänomen, über das ich eine Studie für unsere Institutszeitschrift schreiben will«, erklärte mir die Professorin Doris, wobei sie den Schnellstaub vorsichtig wie ein starkes Gift konsumierte. »Mein Fach ist nämlich die Zoologie ...«

»Ich habe täglich fünf- bis sechshundert tonnenschwere und vier Meter hohe Massitmolche liquidiert«, prahlte Lubošek-Larry. »Und dann in der Nacht ... Wir Kämpfer schliefen natürlich gemeinsam in einem Lagerraum auf dem nackten Fußboden, zusammen mit dem weiblichen Hilfspersonal. Sie verstehen, das waren eben Frontbedingungen ... und selbstverständlich auch höllisch aufregend.«

»Erzählen Sie mir ausführlich davon«, bettelte ihn Zuza und legte ihm die Hand aufs Knie. Dieses Dämchen ist in den Bergen ohne Mann ganz schön ausgehungert.

»Besonders interessieren mich die braunen Reaktionen in einigen spezifischen Situationen, wie zum Beispiel Bekundungen von Libido«, fuhr die Professorin Doris fort und schob mir ihre feuchten, knochigen Finger in die Hand – sie glaubt jetzt wohl, ich würde mich sogleich auf sie stürzen, und sie verfaßt dann darüber einen Artikel für ihre zoologische Zeitschrift ... Diese gelehrte Zicke nervte mich schon mächtig. In unserer Clique sind wenigstens lustige und hübsche Weiber gewesen, Mija sogar sehr hübsch und wild wie eine Tigerin ... Diese Doris dagegen ist so unterhaltsam wie ein Kursbuch, die Finger sind aus Eis, und hinter ihrer Maske beobachtet sie mich durch die Brille wie einen Gorilla im Zoo.

Die ausgehungerte und unternehmungslustige Dame Zuza langte bereits ungeduldig (wo wir doch nur zwei Stunden Zeit haben, nicht wahr?) Larry-Lubošek unters Hemd. »Zeig mir dein braunes Tierchen, Larry ... Aber du hast ja hier nichts!«

»Doch nicht so direkt hier vor allen«, stammelte der große Krieger Larry, der mehr fürs Quatschen als fürs Handeln ist.

»Jesusmaria!« schrie plötzlich mit dünner Stimme der Ehemann Gaspard auf, als er unterm Hemdsärmel eine winzige braune MT-Pustel fand, »an mir wächst's schon! Ich hab doch gesagt, daß das Pulver zuviel für mich ist!«

»Mit mir schaffst du immer noch nichts, dafür hast du jetzt das ekelhafte Zeug an dir!« kreischte seine Gattin Gita. »Wenn ich das auch noch von dir kriege ...«

»Aber ganz bestimmt, junge Frau«, sagte Rita beschwichtigend. »Dazu seid ihr doch beide hier, oder? Nur keine Angst, ich hab's auch, und mich stört's überhaupt nicht.«

»Sie wollen sagen, daß ... daß dieses braune Ekzem auch an mir erscheinen kann?« entsetzte sich die Professorin Doris, riß ihre Hand aus der meinen, sprang auf und schrie mich gellend an: »Wagen Sie nicht, mich auch nur anzurühren!«

»Aber damit haben doch Sie angefangen!« machte ich sie aufmerksam.

»Das ist ja schrecklich, wenn ich mich auch damit anstecke!« wimmerte die Dame Zuza. »Da könnte ich ja überhaupt nicht mehr unter die Leute . . .«

»Was werden wir tun?« klagte Gita niedergeschlagen.

»Wir müssen uns präventiv reinigen!« befahl die Professorin Doris. »Energisch und notfalls auch drastisch!«

Die beiden Frauen, das Ehepaar und Lubošek rissen sich hastig die Kleider herunter, wälzten sich über den Boden und schlugen aufeinander los, als brenne ihre reine weiße Haut, doch da griffen auch schon Polda und Rita ein und schmissen alle hinaus auf den Flur.

»Verdammtes Pack, diese Evakuierten!« verschaffte sich dann Rita Erleichterung. »Für ihren popligen Blauen kommen sie akkurat her, um sich aufzugeilen und uns wie ekelhafte Schlangenbrut anzuglotzen.«

»Wir müssen verschwinden, bevor sie uns VERS-Inspektoren auf den Hals hetzen«, sagte Polda. »Damit ist dieses Quartier erledigt.«

Rasch verließen wir das Haus und flüchteten in den dämmrigen Park.

»Gehen wir noch zu unserer Clique?« fragte Polda, als wir wieder zu Atem gekommen waren.

»Ich hab keine Lust«, sagte Rita. »Die haben doch nichts mehr zu beißen, und ihnen dauernd Rum und Bier bringen . . . Und wenn ich an diesen dämlichen Arsen denke . . .«

»Heute gehen wir zu mir!« sagte Polda energisch.

»Du würdest mich wirklich mit zu dir nach Hause nehmen?« Rita seufzte bezaubert und hängte sich bei ihm ein.

Ich spazierte durch den abendlichen Park, in dem die ersten Liebespaare eintrudelten. Mir war traurig zumute. Ich war allein.

Aus den Mentminuten des AT ist eine Massenmode geworden, und jedermann brüstet sich, wie wunderbar er sich jetzt fühlt, dieser Zufluß an Energie, Frische, neuen Kräften und allem Möglichen – aber eher Unmöglichen. Zu Hause sitzen Pavla und Michal im Sessel, schwatzen begeistert über irgendwelche Wassertropfen, Sterne und Moleküle, worauf sie die Augen schließen und einen glückseligen Gesichtsausdruck annehmen.

»Eda, komm, probier's doch auch!« will Pavla mich in Versuchung führen.

»Ist es wirklich so gut?«

»Besser, als du dir überhaupt vorzustellen vermagst!« behauptet Pavla, und Michal sogar, dies sei die Tür zur Vollkommenheit!

»Eine halbe Stunde im Sessel hocken wie ein Droschkenkutscher und sich was suggerieren?«

»Es geht nicht nur um diese halbe Stunde«, belehrt mich Michal. »Der Witz besteht darin, daß niemand einen Tabakladen ausrauben und es sich dann beim AT bequem machen kann – nein, man muß, will man wirklich was davon haben, immerfort sauber sein. Und wenn das alle Menschen so betrachten, dann werden sie keinerlei Betrügereien, Lumpereien und Gemeinheiten mehr begehen wollen und können. Wie zum Beispiel Ehebruch.«

»Weil sie bessere Dinge entdecken, nicht nur in sich, sondern auch in den anderen«, sagt Pavla. »Bessere und unendlich süßere.«

»Du sprichst von diesen mühsamen mentalen Übungen wie von einer Delikatesse . . .«

»Das ist ein Genuß, Eda, ein starker und hoher Genuß. Und auch ein Abenteuer.«

»Am Ende ist's gar noch spannend?«

»Und großartig. Erinnere dich an unseren vorjährigen Skiausflug ins Riesengebirge, an den Vorfrühlingstag voller Sonne. Wie wir unten an dem hohen Berg standen, der schwarze Wald von einem breiten Streifen reinen Schnees durchzogen, der sich vom Fuß bis zum Kamm erstreckte. Überall Skifahrer in grellbunten Kombinationen, und wie sie da die breite Schneise hochstiegen, wurden sie immer kleiner, bis man nicht mehr unterscheiden konnte, wer rot, blau oder gelb gekleidet war, eben nur emporsteigende menschliche Silhouetten, und oben lösten sie sich im Sonnenglanz auf.«

»Ich erinnere mich, wie wir dann auch aufstiegen, der Hang machte uns mächtig zu schaffen. Aber es lohnte die Mühe. Der Ausblick vom Kamm war hinreißend ... weiße Gipfel unter einem klarblauen Himmel und die Sonne auf dem weißen Schnee ...«

»Und ringsum nur Blau und Weiß und Gold und die tiefe Ruhe völliger Windstille, wie der Atem der Unendlichkeit und Ewigkeit ... Das hast du zu mir gesagt, und dann den Vers von Guillaume Apollinaire, die unendliche Herrschaft der Stille, erinnerst du dich? Und das gerade ist es, was Michal und ich dir jetzt zu erklären versuchen.«

»Das alles läßt sich, wenn man hier mit geschlossenen Augen im Sessel sitzt, herbeizaubern?«

»Das ist sogar erst der Anfang, Eda.«

Für einen Genuß und ein Abenteuer war mir die Zeit noch nie zu schade, und so probierte ich die Mentminuten. Übrigens immer noch besser, als sich mit einer Zehnkilohantel an den Füßen am Reck abzustrampeln. Zudem wäre ich als Brauner jetzt schon ganz unmöglich. Die Rückkehr der Leute aus den Bergen bedeutet eine definitive Wende in der Gesamtatmosphäre.

Im Sessel zu sitzen wie ein Droschkenkutscher würde mir allerdings keinen Spaß machen, da siele ich mich lieber auf dem Teppich und mime eine Schlange, einen Fisch, eine Meduse oder einen Delphin, bis ich mich locker und leicht fühle. Den Körper zu lockern ist natürlich viel leichter, als im Kopf das zudringliche Gedankenkarussell zu stoppen, wenigstens für diese halbe Stunde am Tag, doch auch das läßt sich lernen. Einfach die Gedanken frei strömen lassen, sie nicht unterstützen und sich ihnen nicht widmen, bis sie still werden wie Kinder, für deren Spiel wir uns nicht interessieren. Uns von ihnen trennen und sie gleichgültig beobachten wie eine Schar von uninteressanten Touristen in einer stillen Landschaft, wie einen in weiter Ferne vorbeifliegenden Vogelschwarm, und selbst zu dieser Erde und dieser Landschaft werden.

Merkwürdigerweise genügt es, von der Alltagshektik abzuschalten, alle Bangnisse, Ängste, Sorgen, Unsicherheiten, die ganze Spannung abzuschütteln, und schon beginnt das Abenteuer einer Expedition in das eigene Innere und die reinen Genüsse, die man sich nicht zu suggerieren braucht – denn wir haben sie alle in uns –, man muß sich nur an sie erinnern, sie auffrischen und wieder wachrufen ... Wie wir als Kinder in den Ferien durchs hohe Gras gewatet sind, das Licht in Mutters Augen, die Weihnachtsgeschenke, der Sternenhimmel und der morgendliche Wald, die goldenen Gefühle der Jugend, die Begeisterung über eine Inspiration, das geheiligte Gefühl angesichts eines guten Werkes, die Liebe zu den Kindern, der Kinder zu den Eltern und Menschenliebe – aber es geht nicht nur um diese Erinnerungen und Gefühle, sondern darum, das reine, lautere Mark zu finden, das ihnen allen gemeinsam ist, und das ist die reinste menschliche Materie von Licht, Frieden, Kraft und Freude ... sie wie das durchsichtige Wasser eines Bergbachs zu sehen, seine langen geschmeidigen Wellenkämme, die die glattgewaschenen Granitblöcke attakkieren und daran zu Schaumornamenten der Freude zersplittern, ihre ungeduldige Rückkehr zu immer neuen Spielen in diesen granitenen Champagnerbottichen, das jauchzende Wirbeln freier Brillantgehirne, Windmühlen aus wogendem Glas und die Sprünge von Kristallbuketts aus dem leuchtenden Schaum ... diesen unterirdischen strahlenden Fluß zu sehen, der alle Menschen durchströmt, in ihn einzutauchen und sich von ihm durchdringen zu lassen.

In Trainingsanzug und dicken Socken liege ich in dem dunklen, ungeheizten Zimmer auf dem Teppich unter einer

Decke und staune über die (für einen Techniker ungemein berauschende) Feststellung, daß man außer mit dem Hirn auch mit dem Herzen denken kann und das zu lernen vermag.

Unsere gewöhnliche Ingenieursintelligenz ist wie ein kalter weißer Punktscheinwerfer, dessen Licht der dunklen Bühne nur scharfbegrenzte Flächen entreißt, aber daneben existiert noch die Intelligenz des Herzens, eine farbige, geschmeidige, reiche und freie Intelligenz, und in ihrem plötzlich erweiterten Bewußtsein nehme ich das Geräuschgemisch unseres Hauses, das erst zu leben beginnt, neu wahr – ich sickere in alle seine Wohnungen und Zimmer ein und breite mich darin aus, plötzlich bin ich mit allen Menschen beisammen, sie sind mit mir, in mir, ich bin in ihnen, und jetzt stellen wir schon gemeinsam die Möbel um, putzen die Fenster, lassen die Wanne vollaufen, machen uns vor dem Spiegel für ein Rendezvous mit einem Burschen und für das Stelldichein mit einem Mädchen hübsch, küssen uns, zeugen Kinder und gebären sie, kosen und lieben sie, jemand hustet hinter der Wand, und das bin ich, genauso wie der, der jetzt den Plattenspieler eingeschaltet hat, so werden wir hier zusammen leben, sterben und wiedergeboren werden in die ewige Morgenpracht der Welt.

Und so trat ich aus meinem engen, seichten »Ich« des erfolgreichen, ja beinahe berühmten »Industriekünstlers« mit wechselnden Neigungen zu Innigkeit und Zynismus (die natürlich jedermann hat) heraus; und über meinen persönlichen Trödelkram und die Halden von braunen Abfällen, über all diese immer mitgeschleppten Koffer voll Sand hinweg erblickte ich in bereits vorgeschrittenem Alter zum erstenmal die Unendlichkeit des Bewußtseins, das über das persönliche Leben, über Raum und Zeit hinausreicht – vorläufig nur seinen gröbsten Umriß, aber vielleicht doch einige strahlende, in dieser gigantischen Makrostruktur zitternde Punkte.

Am nächsten Morgen war von alledem ein unbestimmtes lichtes Gefühl geblieben, eine geschärfte Wahrnehmungsfähigkeit auch für Kleinigkeiten, die ich normalerweise übersehe – wie liebevoll mir Pavla das Frühstück bereitete, Michal mir eine Hälfte seiner Pampelmuse überließ (die er sonst immer ganz verschlingt) und wie er mir sogar die Schuhe putzte! Ein rührendes reinweißes Gefühl der Liebe in unserer Familie, und zum erstenmal nach zwanzig Jahren zündete ich mir früh keine Zigarette an.

Draußen naßkalt und Regen, der Schnee auf den Straßen grau, er begann zu Matsch zu tauen, aber dieses in mir erweckte strahlende Drängen verläßt mich nicht mehr. Leise fuhr ich durch die morgendliche Stadt, in meinem Arbeitszimmer stehe ich jetzt erregt vor der Wand, wo mich mein Werk SPINNWEBE erwartet, und ich fühle, daß es nun schon zu einer endgültigen Lösung voranschreiten könntc.

Ich bin ein geborener Skeptiker mit starker Neigung zu Ironie, aber es ist tatsächlich möglich, sein Denken zu Disziplin zu zwingen, es zu beruhigen, zu reinigen und seine volle Kraft freizusetzen, es bis aufs äußerste zu konzentrieren, ja sogar bis weit über die eigenen engen Schranken hinaus.

Da läutete das Telefon.

»Hier ist deine Leopardin, die sich nach dir sehnt«, meldete sich Leona Bimoňová aus dem Bezirkskrankenhaus.

»Du rufst mich noch an . . . Wie geht es dir?«

»Ohne dich mies.«

»Dann fang doch mit dem AT an, und du fühlst dich fabelhaft.«

»Das wiederholt hier im Spital jeder bis zum Überdruß und jetzt schon fremde Leute auf der Straße. Aber von dir möchte ich etwas anderes hören, du weißt schon, was. Was machst du jetzt?«

»Ich denke nach. Beginne zu arbeiten. Und mir macht das Spaß.«

»Ich werde dir mehr Spaß machen, wenn du mich zu Mittag an unserer Telefonzelle hinterm Krankenhaus erwartest. Ich hab den Schlüssel zur Dunkelkammer im Souterrain unseres Hauses, dort wird uns niemand stören, und dort ist's schön dunkel . . .«

»Aber ich hab's hier so schön hell.«

Leona knallte wütend den Hörer auf die Gabel. Eda stand auf, griff mechanisch nach der rotweißen Schachtel mit den Winston-Zigaretten, öffnete sie jedoch nicht. Das Bild der nackten Leona stellte sich ein, ohne Rücksicht auf die vorige Verzückung, und zwar genauso stark wie sonst – was allerdings sehr menschlich ist. Die Keime des Multitiers bleiben lange in uns und warten geduldig auf die geringste Gelegenheit zu einem erneuten Hinabtrudeln ins braune Dunkel. Aber jetzt habe ich widerstanden, nicht? Ich sollte mich dafür belohnen, vielleicht ein kleines Glas Weißwein ... Wo doch zum Beispiel der große Goethe schon früh am Vormittag zu trinken begann, und das ist jetzt gerade ...

Eda Rohan grinste sein Spiegelbild in der verglasten SPINNWEBE an und holte tief Luft. Dann öffnete er seinen Laborkühlschrank, rief die Sekretärin Tina herein und befahl ihr, alle Flaschen Weiß- und Rotwein ins Magazin zu bringen, worauf er vor ihren verblüfften Blicken eine ganze Stange Winston in die Abfallmühle warf.

DAS MINISTERIUM FÜR UMWELTSCHUTZ erklärt den Notstand VERS mit Wirkung vom 1. März für beendet. Das Ministerium für Energetik gestattet, von diesem Tage an alle Betriebe und Kraftwerke wieder in Gang zu setzen, einschließlich derer, die feste, flüssige und gasförmige Brennstoffe verwenden, und hebt zugleich sämtliche Heizbeschränkungen für Industrieobjekte, Schulen und gesellschaftliche Gebäude sowie Wohn- und Verwaltungsräume auf. Das Ministerium für Verkehrswesen setzt jegliche Einschränkungen des Personen- und Güterverkehrs sowie des Ort- und Fernverkehrs von Fahrzeugen mit Verbrennungsmotor außer Kraft. Das Ministerium für Handel teilt mit, daß ab 1. März der Verkauf des vollen Sortiments von Tabakerzeugnissen (einschließlich Schnupftabak) in allen Verkaufsstellen, Restaurants, Bahnhöfen, Speisewagen, Flugzeugen und Straßenautomaten wieder aufgenommen wird. Das Ministerium für Gesundheitswesen weist warnend darauf hin, daß Rauchen gesundheitsschädlich ist.

XX

»Wir müssen gehen!« sagte Leona Bimoňová am Nachmittag im Bett zu ihrem Mann.

»Wenigstens ein Weilchen noch«, bettelte der braune Standa.

»Steh bloß auf, sonst kriegst du wieder was mit der Kette!«

In der Küche schnitt Leona zwei dicke Scheiben Rotwurst ab, die eine aß sie auf, die andere steckte sie Standa in den Mund. Würden wir uns nicht zu Hause sattessen, die Clique ließe uns glatt verhungern. Den Rest der Blutwurst steckte sie ein, dann schubste sie ihren Mann hinaus auf den Flur.

Unser Haus ist voller Weißlinge, alle Evakuierten sind schon aus den Bergen zurückgekehrt, vorgestern auch die Durdíks, deren Wohnung unsere Gemeinwohnung war – die werden schön auf die Verheerung geglotzt haben und auf die Waffen, Hörner, Geweihc und das Fell an der Wand! Sie kamen so überraschend, daß wir es nicht geschafft haben aufzuräumen – vor dem Haus stand plötzlich ihr Möbelwagen, und wir verdufteten, kurz bevor sie unsere vierte Etage erreichten. Treffen müssen wir uns jetzt in der Wohnung der Trnkas, und um zehn Uhr haben wir bereits still zu sein, weil die Weißlinge auf der Einhaltung der Nachtruhe bestehen.

Kaum trat ich in Trnkas Wohnzimmer, da sprang der Häuptling Tibor aus dem Sessel auf, riß mir den Rest Rotwurst aus der Hand und verschlang ihn rasch, Mija bettelte vergeblich um ein Stückchen, und Tina ging ohne ein Wort an den Wasserhahn und trank. Ums Essen entsteht immer Zank. Polda kommt nicht mehr her (so daß es keine Kartoffeln gibt), auch Rita nicht (und so sind wir ohne Bier und Rum), Eda ebenfalls nicht (also fehlt der Wein), Michal auch nicht, so daß Standa alle Schwerarbeit jetzt allein ableisten muß.

In der Clique sind wir jetzt noch sechs, und am meisten von allem fehlt uns Schnellstaub – Standa schon schmerzlich –, statt dessen schüttet er literweise warmes Wasser in sich hinein, so daß er aufgedunsen und geschwollen ist wie ein Molch, sein Fleisch ist schwabblig wie Sülze, und wenn ich ihn beim Lieben ordentlich drücke, spritzen aus seiner Haut braune Tunke und brauner Schleim, und von seinen schönen männlichen Formen bleibt ein zerknautschter nasser Lappen übrig.

Standa verliert mehr und mehr seine riesige Kraft, und ich muß mit ihm den Gehsteig vor dem Haus räumen, wo der Schnee tagsüber taut, nachts jedoch wieder zu einer dicken Eisschicht gefriert. Ich haue das Eis mit einer schweren eisernen Kratze kaputt, und Standa schaut mir zu, wie ein trauriger alter Bernhardiner an die Hauswand gelehnt. Eine Stunde wärmen wir uns dann an der Zentralheizung und warten auf die Wanne voll heißen Wassers – aber das ist jetzt nichts Besonderes, da der Notstand VERS aufgehoben ist und das ganze Haus wieder normal beheizt wird.

Der März begann mit reichlich Sonne, aus den Fabrikschloten steigt Rauch, und alles ist wieder normal, die Siedlung voller Menschen, darunter viele Kinder . . . Ich habe schon große Sehnsucht nach unseren beiden, die immer noch bei Großmutter im Böhmerwald sind, und ich möchte sie endlich zu Hause haben – aber der Anblick ihres ruinierten Vaters würde sie wohl entsetzen. So wie die Kinder in unserem Hause sich vor mir entsetzen und kreischend vor mir flüchten wie vor einem Monstrum. So gern würde ich wenigstens einem das Köpfchen streicheln, aber seine Eltern würden mich wohl lynchen. Selbst den Autobus kann ich nur am Ende der Siedlung besteigen, wo mich keiner kennt.

Am Donnerstagabend kamen unverhofft Polda und Rita, aber wir freuten uns vergeblich, daß sie in unsere Clique zurückkehren würden und es also wieder Rum, Bier und Kartoffeln gäbe. Sie brachten nur einen leeren Koffer mit beschädigten Schlössern mit, Rita stopfte alle ihre Sachen hinein, und Polda umwickelte ihn dann mit einer Schnur wie ein Paket.

»Wohin?« fragte Tibor.

»Rita wird jetzt bei mir wohnen, als meine gesetzmäßige Gattin!« verkündete Polda stolz.

»In der Kirche wart ihr schon?« spöttelte Mija. »Und wo habt ihr die Ringe?«

»Morgen fange ich in der Weinstube des Savoj an, und die Ringe werden aus dickem achtzehnkarätigem Gold sein, wie du es in deinem ganzen Leben nicht sehen wirst, du Ladenschneppe«, fertigte Rita sie ab und wandte sich dann an Tibor und Tina: »Euch beiden danke ich, daß ich das halbe Jahr hier wohnen durfte. Das hat mir sehr geholfen, und ich werde für euch immer ein Fläschchen haben. Aber ins Lokal kommt nicht, denn das Savoj ist ein anständiges Unternehmen.«

»Und da lassen wir sie ruhig so gehen? Desertieren und die Clique verraten?« regte sich Arsen Králík auf, der damit definitiv um die Möglichkeit gekommen ist, eine Frau zu kriegen.

»Spiel hier nicht den starken Mann, du Miesling!« sagte Rita zu ihm. »Das hier ist doch alles vorbei, die Braunen sind zum Abschuß freigegeben. Löst euch lieber von selber auf, bevor ihr in die Bredouille kommt.«

»Ich verabschiede mich von euch allen im Guten, weil ich hier Rita begegnet bin«, erklärte Polda Štrunc gerührt. »Und wenn ich euch was raten darf, dann fangt sofort mit dem AT an, denn das ist was Riesiges, und Rita und ich, wir sind dabei restlos glücklich.« Er hob den umschnürten Koffer auf und führte Rita aus dem Zimmer.

»Diese zwei Analphabeten möchte ich jetzt sehen, wie sie in die Tiefen ihres Inneren eintauchen!« prustete Arsen los, als sie gegangen waren. »Da wird wohl dieses AT auch bald in der Schweinemast eingeführt werden ... Na sag doch selbst, Tibor!«

»Fall uns nicht aufn Wecker«, brummte Tibor, dem jetzt schon alles egal ist, packte Mija an der Schulter und verschwand mit ihr im Badezimmer.

Polda trug den Koffer hinaus auf den Flur, während Rita noch kurz mit Tina und Leona im Korridor stehenblieb. »Mädels, in dieser Menagerie erwartet euch nichts Gutes mehr. An eurer Stelle würde ich mir meine Kinder heimholen und wieder normal zu leben anfangen. Tina, schmeiß die Bande raus und hol dir deinen kleinen Tomášek.«

»Das möchte ich sehr gern«, seufzte Tina.

»Ihr habt wirklich mit dem AT angefangen?« fragte Leona.

»Polda hat es in der Fabrik gelernt, er ist ganz versessen drauf, und so muß ich's mit ihm betreiben. Eigentlich klappt's bei mir nicht, und ich versteh's auch gar nicht«, gestand Rita, »aber wenn es meinem Polda solche Freude macht ... So klapp ich einfach die Augen zu und sage ihm, daß ich mich fabelhaft fühle wie er. Aber mir ist ja auch fabelhaft bei ihm – dem einzigen Mann, der mir richtig Zunder gibt, und dem einzigen in meinem Leben, der mich mit zu sich nach Hause genommen hat und dort ganz normal mit mir wohnen will«, jubelte Rita und eilte ihrem Verlobten nach zum Aufzug.

Im Zimmer saßen Arsen und Standa auf dem bekleckerten Teppich, einen Eimer lauwarmes Wasser zwischen den Beinen, abwechselnd schöpften sie es mit einer Blechtasse heraus und gossen es in sich hinein. Aus dem Bad hörte man lautes Plätschern, dort trieb es Tibor mit Mija.

»Ist es mit deinem Tibor auch so fabelhaft?« erkundigte sich Leona.

»Und mit deinem Standa?« fragte Tina zurück.

»Ich möchte meine Kinder wieder dahaben.«

»Und ich meinen Tomášek.«

Die beiden Frauen begannen zu flüstern, aber ihre Männer hätten sie ohnehin nicht gehört, selbst wenn sie laut gesprochen oder gar geschrien hätten.

Neben dem Chefarzt und den Ärzten der Frauenstation versucht schon jedermann, die letzte braune Schwester im Bezirkskrankenhaus, Leona Bimoňová, zu kurieren. Bei ihrem Eintreffen heute morgen im Schwesternzimmer wartete man bereits auf sie, außer den hiesigen Ärzten vier fremde Ärzte, darunter eine Frau, außerdem lag ein weiteres Paket mit den weißen Broschüren des AT-Fernsehschnellkursus bereit (die man jetzt umsonst in jedem Tabakladen bekommt).

»Das ist doch ganz leicht, Schwester Leona, wenn Sie zunächst Ihre Gedanken unter Kontrolle nehmen und lenken«, rief ihr gleich in der Tür ein dicker Neurologe zu. »Sie lokkern sich, konzentrieren sich – betrachten Sie es als ein Spiel! – und rufen ein Bild in sich hervor und dazu auch gleich seinen Geschmack! Also zum Beispiel eine Zitrone, soeben haben Sie sie aufgeschnitten und schmecken, wie saftig und sauer sie ist ...«

»Oder lieber einen Würfel Zucker, wie eckig, hart, rauh und süß er ist«, unterbrach ihn ein nervöser Psychiater, dem umgehend ein schwerathletischer Orthopäde ins Wort fiel: »Versuchen Sie lieber, ein Bild und eine Tastsinneswahrnehmung zu verbinden! Zum Beispiel eine Nadel, wie kalt und spitz sie ist – das geht leichter, nicht wahr! Und stellen Sie sich auch gleich ein Wattebällchen vor, so weiß und weich ...«

»Bestimmt hilft Ihnen mehr die Vorstellung, wie Sie sich langsam, ganz langsam in weiche, butterweiche Federbetten legen«, schlug die reizende junge Röntgenologin Zuzana vor, während der hagere Augenarzt Leona zu suggerieren versuchte: »Sie schaukeln in einem Kahn, frei dahingetragen von der Flußströmung ...«

»Da sehen Sie, Leona, und dabei ist es erst am Morgen«, seufzte der Chefarzt der Frauenstation, als es ihm endlich gelang, seine eifrigen Kollegen und Kolleginnen aus dem Schwesternzimmer auf den Flur zu drängen. »Diese Woche mußte ich Ihretwegen schon zweimal beim Direktor antanzen.«

»Übers Wochenende bring ich das bestimmt in Ordnung, am Montagmorgen komme ich reinweiß!« versprach Leona ihrem traurigen Chef, der ihr beim Gehen noch eine (in dieser Woche schon die sechste) weiße AT-Broschüre zusteckte.

»Na, jetzt reicht's aber!« sagte dann Schwester Karla Sladečková, als die Ärzteschaft abgezogen war. »Fünf Minuten vor zwölf, stimmt's?«

»Ich hab doch mit dem Schnellstaub bereits Schluß gemacht und esse fast nichts, aber dieses AT geht mir einfach nicht in den Kopf«, erwiderte Leona unglücklich und machte sich auf, ihre Patienten zu versorgen.

»Schwester Leona, Sie sind immer so nett zu mir, jetzt habe ich etwas für Sie«, flüsterte auf dem Flur unsere alte Reinemachefrau und reichte mir ein weiteres dieser weißen Büchlein. »Das wird Ihnen helfen!«

»Hören Sie, Schwesterchen, wenn Sie ein bißchen üben wollen – bei mir unten herrscht immer absolute Ruhe«, bot mir dann auch noch unser Leichenträger an.

Sie alle sind wenigstens Mitarbeiter des Gesundheitswesens, aber wenn jetzt auch schon meine Patienten anfangen wollen, mich zu kurieren ... Vor dem Betreten jedes Zimmers bibbere ich, was sie sich wieder für mich ausgedacht haben könnten. In Nummer 22 liegen vier Patientinnen, und drei halten erneut diese weißen Broschüren bereit.

»Sie sind doch eine intelligente Frau, Schwester Leona«, agitiert mich die erste, »und es wird Ihnen keine Mühe bereiten, sich zum Beispiel in eine Schneeflocke zu versetzen. Das ist so beruhigend. Oder direkt in eine Wolke.«

»Jetzt im Winter eine Wolke sein, das ist nicht gerade sehr unterhaltsam«, wendet die zweite ein. »Hören Sie, Schwester, ich liege hier bereits die sechste Woche mit zerschnittenem Bauch, aber mir ist fabelhaft bei dieser Sujetvorstellung – setzen Sie sich zu mir aufs Bett, schließen Sie die Augen und folgen Sie mir dorthin.« Und schon klappt sie das weiße Buch auf und liest mir daraus vor:

»Strand am Meer. Ein heißer Tag. Sie haben einen Badeanzug an und rekeln sich wohlig im Sand.

Sie schauen auf das Meer hinaus. Sie sehen die ans Ufer plätschernden Wellen und die Köpfe der Badenden.

Sehen Sie sich um, was rings um Sie am Strand geschieht! Kinder spielen mit einem roten Ball. Der Rettungsschwimmer wiegt sich in seinem Boot. Unter einem Sonnenschirm schläft ein Liebespaar.

Die Sonne hat Sie gründlich durchwärmt, sie beginnt zu

brennen. Sie müssen sich von einer Seite auf die andere drehen, haben Lust, sich zu erfrischen. Sie gehen ins Wasser. Es ist kalt ... Fühlen Sie das auch, Schwester? Wunderbar, nicht? Und dabei war ich noch nie im Leben am Meer!«

»Aber das ist doch unnützer Tempoverlust, wenn sich Schwester Leona die Kühle des Meereswassers suggerieren soll, wo sie sich vorher durchwärmt gefühlt hat!« stritt sich mit ihr die dritte Patientin. »Logischer wäre es, das Gefühl von Wärme zu verstärken, es mit Schwere zu kombinieren und bis zu den resultierenden Suggestionen fortzufahren – ich wärme und leuchte – ich verwandle mich in die Sonne – ich bin die Sonne.«

»Laßt sie in Ruhe«, setzte sich die vierte Kranke für mich ein. Sie ist fast achtzig, ein unheilbarer Fall, jeden Tag erwarten wir ihren Exitus. Sie spricht mühevoll und langsam. »Unser Schwesterchen Leona, wie sie doch für uns sorgt, sie ist schon unsere Sonne. Jetzt ist nur wichtig, Leona, daß du das von dir auch weißt und dich so fühlst. Auch bei den Kleinigkeiten, wenn du uns Tabletten oder das Thermometer bringst, das Kissen aufschüttelst, uns die Stirn abwischst ... Mit dem allen wärmst und leuchtest du – weil du dich uns hingibst. Verstehst du? Und wenn du dich den Menschen hingibst, kannst du keinem Multitier gehören. So ist das.« Sie schloß die Augen.

Zu Tränen gerührt verlasse ich Zimmer 22 und nehme allen Mut zusammen, um die benachbarte Nummer 23 zu betreten.

Dieses AT hat das ganze Krankenhaus auf den Kopf gestellt, aus den Patienten sind gütige Ärzte geworden und ich in ihrer Obhut eine umsorgte Pflegerin ... Im Schwesternzimmer warteten auf mich schon weitere freiwillige Heilgehilfen, diesmal vier wohlbeleibte Hals-Nase-Ohren-Ärzte.

»Bei mir will und will das AT nicht klappen! Aber ich sage mir, wenn es ein Polda Štrunc gelernt hat ...«, sagte Leona am Nachmittag zu Hause in der Küche (Standa lag nebenan im Schlafzimmer) zu Tina Trnková bei der ersten geheimen Zusammenkunft wegen der weißen Broschüre des AT.

»Bei mir funktioniert's überhaupt nicht, ich bleibe lieber bei der Diät«, seufzte Tina. »Ohnehin habe ich mich schon lange nicht mehr richtig sattgegessen. Aber wenn ich Tibor liebe und mit ihm aus der Sache rauskommen will – dann sollte das doch genügen, nicht?«

»Sicher. Wenn uns unsere Männer liebhaben, dann werden sie mit uns zusammen, uns und unseren Kindern zuliebe, weiß werden – und wenn nicht, sollen sie sich zum Teufel scheren. Also dann Freitag?«

»Freitag. Ich bringe Wein und eine Wäscheleine.«

»Nimm zwei, die Männer werden furchtbar toben. Ich bringe spezielle Schlaftabletten, den Schlüssel zur Dunkelkammer hab ich schon.«

Am Freitagnachmittag teilten Leona und Tina gleich nach der Rückkehr von der Arbeit ihren Männern mit, daß gegen ihre Clique Anzeige erstattet worden sei und jeden Augenblick die VERS-Inspektoren kommen könnten. Nach kurzer Beratung wurde beschlossen, in die Wohnung der Bimoňs zu ziehen.

Zu Hause schenkte Leona den beiden Männern von dem bereitgestellten Rotwein ein, wonach sie binnen kurzem fest einschliefen. Leona und Tina schleppten die kraftlosen Leiber ins Schlafzimmer, fesselten sie mit den Wäscheleinen und banden sie an den Ehebetten fest.

Die beiden Freundinnen gingen dann in die Wohnung der Trnkas, wo sie das Eintreffen der restlichen Clique abwarteten, Arsen Králíks und Mija Robovás. Nachdem sie sie über die angeblich bevorstehende Kontrolle informiert hatten, führten sie sie unter Berufung auf den Häuptling Tibor in die Dunkelkammer im Kellergeschoß, schlossen sie ein und kehrten in Leonas Schlafzimmer zu den eingeschläferten Ehemännern zurück.

»Ich hab Angst davor«, flüsterte Tina.

»Ich auch. Aber jetzt müssen wir es zu Ende bringen.« Leona setzte sich mit einer weißen AT-Broschüre in der Hand in einen Sessel und schloß die Augen. »Willst du es nicht wenigstens einmal noch versuchen?« forderte sie Tina auf, als es im Zimmer bereits dämmerte.

»Ich denke dauernd an ihn. Und an uns alle.« Tina blickte zum Fenster hinaus auf die Häuser der Siedlung, wo in sämtlichen Stockwerken Licht brannte. »Es ist hier schon wieder wie früher. Die Mütter baden ihre Kinder, die Väter machen mit ihnen Schulaufgaben, und morgen gehen die kompletten Familien spazieren ... Ich brauche mir nichts zu suggerieren, Leona. Es geht doch nur darum, daß wir leben wie Menschen. Und dazu braucht man keine Broschüre.«

»Wir müssen auch die beiden davon überzeugen«, meinte Leona mit einem Seufzer. »Sollten wir nicht ein bißchen schlafen, bevor es losgeht?«

»Ich könnte nicht einschlafen.«

Es begann spät in der Nacht. Die Männer erwachten aus Leonas Narkose, rüttelten an ihren Fesseln, schimpften und brüllten. Wir mußten ihnen den Mund mit Handtüchern stopfen.

»Wann geben wir ihnen was zu essen?« sorgte sich Tina.

»Frühestens zu Mittag.«

»Könnten wir sie nicht wenigstens was trinken lassen? Du weißt doch, wie weh das Tier tut, wenn es kein bißchen Wasser kriegt.«

»Komm, setzen wir uns ins Wohnzimmer nebenan, und hab keine Angst. Der Mensch hält es ohne Wasser vierundzwanzig Stunden aus, ohne Essen dreißig Tage, und die zwei haben ganze Kilo des MT auf sich.«

Wir hockten bis zum Morgen im Wohnzimmer. Leona versuchte noch einmal vergeblich, das AT zu lernen, am Ende warf sie die weiße Broschüre beiseite. Die beiden werden uns noch helfen müssen.

Wir hatten uns vorgenommen, erst zu Mittag zu ihnen zu

gehen, aber alle Weile stand die eine oder andere von uns auf und schaute ins Schlafzimmer. Tibor zitterte wie bei Schüttelfrost. Standa sammelte still Kräfte und versuchte alle paar Minuten, sich durch Aufbäumen des Körpers von den Fesseln zu befreien. Das einzige, was wir für sie tun konnten, war, ihnen den Schweiß von der Stirn zu wischen.

Leona ertrug es viel besser als ich – ohne sie hätte ich es nie geschafft. Aus dem Krankenhaus hatte sie eine »Ente« fürs Urinieren mitgebracht.

»Lern es nur auch!« lachte sie mich aus. »Wenn Tibor neunzig ist, wird es dir zupaß kommen!«

Ich bediente Tibor wie ein Kind und sah in seinen Augen tierischen Haß.

Die Zeit schleppte sich endlos dahin. Wir fasteten zugleich mit unseren Männern, und beide waren wir schon fast weiß. Samstag mittag kochten wir einen Graupenbrei und fütterten damit unsere Patienten. Als ich Tibor den Knebel aus dem Mund nahm, biß er mich in die Hand.

»So nun wieder nicht!« erzürnte sich Leona und holte ein langes Metallineal. »Jetzt habt ihr die Wahl – entweder den Brei oder Dresche! Die zweite Prozedur wäre die kürzere!«

Die Männer schluckten die paar Löffel Brei und begannen vor Hunger zu wimmern, dann zu brüllen; wir mußten ihnen wieder die Knebel in den Mund stecken, und zwar so, daß sie nicht darauf kauen oder sie hinunterschlingen und daran ersticken konnten.

Die Krise trat Samstag abend ein, sie schüttelte die beiden Männer in immer wilderen Zuckungen, die Fesseln schnitten ihnen ins Fleisch, und die Betten unter ihnen knarrten, als würden sie gleich auseinanderfallen. Um sie füttern zu können, mußte Leona ihnen die Handtücher mit einer Zange aus dem Mund nehmen, denn sie hatten jede Beherrschung verloren, bissen sich in die Zunge und warfen sich so hin und her, daß es uns nicht gelang, ihnen auch nur Milch einzuträufeln – sie spritzte ihnen über die krampfverzerrten, bärtigen Gesichter.

»Ich halt's nicht mehr aus!« Tina kamen die Tränen. »Könnten wir sie nicht wenigstens für ein Weilchen losbinden?«

»Ein Kranker muß kuriert werden, und das tut manchmal weh. Vielleicht wäre es wirklich besser, ihnen das Zeug mit dem Lineal runterzuschlagen.«

»Ich kann Tibor nicht schlagen.«

»Und ich hätte für Standa nicht genug Kraft. Aber ich krieg das raus aus ihm, und wenn er mich nachher totschlagen sollte!«

Schließlich schliefen wir dann spät in der Nacht alle vier vor Erschöpfung ein.

Am Sonntagmorgen waren unsere Männer blaß und kraftlos, aber still, auch als wir ihnen den Mund frei machten.

»Sei nicht mehr böse auf mich, Tibor«, bettelte Tina.

»Du hättest es mir vorher sagen sollen!« knurrte er.

»Du hättest es doch nie erlaubt, nicht wahr? Und ich kann es nicht mehr erwarten, unseren Tomášek heimzuholen ...«

»Weiß ich doch. Aber jetzt gib mir was zu essen!«

»Es kocht schon!«

Leona brachte Kölnischwasser und erfrischte damit Standa im Gesicht. »Siehst du, Liebster, du hast mich damals jeden Tag kuriert, und so mußte ich dir das einmal vergelten«, sagte sie zu ihm.

»Selber hätte ich die Kraft dazu finden sollen«, brummte er und schloß die Augen.

Wir fütterten sie wieder mit Graupenbrei und heißem Kakao, und sie schliefen ein, bevor wir sie überhaupt losgebunden hatten.

»Das Schwerste haben wir noch vor uns«, sagte Tina.

Wir duschten, und dann brachten wir den Schlüssel der Dunkelkammer zu Ingenieur Vojáček im zweiten Stock, der ihn normalerweise in seiner Obhut hat.

»Wir fürchten uns hineinzugehen, weil sich dort irgendwelche Fremden eingeschlossen haben«, sagte ihm Leona. »Nehmen Sie lieber ein paar Nachbarn mit, denn die Leute führen sich da auf wie die Tiere.«

Aus dem Fenster von Leonas Wohnzimmer sahen wir dann Mija Robová, wie sie aus unserem Hauseingang schoß und mit langen Sätzen durch den matschigen Schnee flüchtete wie eine verwilderte Katze. Arsen Králík wurde von einem Krankenwagen abgeholt, aus dem Haus trug man ihn auf einer Bahre.

Die schwersten Augenblicke begannen, als unsere Männer aus dem Bett aufstanden. Sie hatten noch Reste des Multitiers in sich, dazu Hunger und Durst – und wir konnten ihnen nicht verwehren, in die Speisekammer und an den Wasserhahn zu stürzen. Und sich über uns zwei Frauen herzumachen.

Alle vier bewegten wir uns dann durch die Wohnung der Bimoňs wie bei einem Spiel, als wäre Freitag und Samstag hier überhaupt nichts geschehen. An den Handgelenken der Männer schrien rot die Einschnitte von den Fesseln, aber die beiden taten, als wüßten sie nichts davon und sähen sie gar nicht, so wie wir zwei Frauen uns bemühten, nicht hinzuschauen. Angestrengt konversierten wir über die allergewöhnlichsten Dinge, die Trnkas machten keine Anstalten heimzugehen. Die weitere Heilbehandlung übernahm jetzt unser kleines Kollektiv, jeder brauchte die Hilfe von jedem.

Tibor machte immer noch ein finsteres Gesicht. Standa war blaß vor verbissener Konzentration, und am rührendsten war, wie sich die beiden gegenseitig bewachten – wann immer einer sich aus dem Zimmer entfernte, folgte ihm der andere »unauffällig«, um ihm zu verwehren, in der Küche, im Bad oder gar in der Toilette Wasser zu trinken. Der Sonntag verging langsam, alle vier schauten wir dauernd verstohlen auf die Uhr. Jede Minute Selbstverleugnung war ein kleiner Sieg und jede Stunde eine weitere gewonnene Schlacht.

Um drei Uhr nachmittags, als Tina wieder, wohl schon zum

sechstenmal, eifrig etwas über Wintersport erzählte (von dem sie praktisch nichts versteht), begann Tibor auf einmal zu lachen.

»Das sollte doch wohl genügen, nicht? Wir könnten jetzt wirklich was zu beißen vertragen.«

Alle setzten wir uns an den Eßtisch, vor jedem eine Tasse heißer Tee und zwei Kekse, aber wir taten, als wären wir beim Schlachtefest, bis es Tibor erneut nicht aushielt, seine Diätportion in Sekundenschnelle verschlang und Tina lachend zurief: »Keine Angst, ich freß deine Kekse nicht auf! Schluck sie runter, und ab geht's in die Berge! Du wolltest doch Tomášek heimholen, oder?«

»Jetzt gleich?« fragte Tina überglücklich.

»Zieh dich schon an, daß wir den Bus noch kriegen.«

»Wir fahren euch in unserem Auto«, sagte Standa rasch.

Wir fuhren also auf der internationalen Fernstraße Prag–Ústí–Berlin bis ganz hinauf (von der Siedlung eine knappe halbe Stunde) und fanden mit Mühe eine Lücke auf dem überfüllten Parkplatz. Tausende von Skiläufern waren über den Sonntag in die Berge gekommen, auf den weißen Hängen, in den Hotels, Bauden und Restaurants wimmelte es von ihnen. Nur die Fertighäuser der Evakuierten standen zumeist schon leer – geblieben waren nur jene, die sich entschlossen hatten, für immer hier zu leben.

»Glückliche Menschen«, meinte Standa.

»Aber in der Stadt ist es vielleicht doch besser, nicht?«

»Wirklich? Schau dich doch mal hier um und dann dort hinunter!«

Um uns die glitzernd weißen Kämme des Erzgebirges unter einem klaren blauen Himmel, der jedoch über der Stadt mit einemmal nicht mehr so blau war – aus den Schornsteinen der Wärmekraftwerke, Gaswerke und Chemiebetriebe stiegen Rauchsäulen, über der ganzen Stadt lag ein leichter bräunlicher Schleier.

»Und das nun schon in den ersten paar Tagen«, sagte Standa.

»Warte hier auf mich«, sagte Tina zu Tibor, und nach einer Weile kam sie mit einem roten Koffer in der Hand wieder, begleitet von ihrer Mutter und dem Söhnchen Tomášek.

»Ahoi, mein Junge!« rief Tibor dem Kleinen zu. Tomášek stürzte auf ihn los, bohrte sich mit dem ganzen kleinen Körper in ihn und wollte überhaupt nicht von ihm lassen.

»Na komm schon«, sagte Tibor gerührt. »Wir fahren nach Hause . . .« Am Ende mußte er ihn auf den Arm nehmen und im Auto dann auf seinen Schoß setzen.

»Ich staune dennoch, wie es uns vier gelungen ist, da rauszukommen. Auch ohne AT . . .«, sagte ich zu meinem Manne Standa, als wir zu Hause allein waren. Und mein großartiger Mann küßte mir beide Hände. Die Liebe ist hundertmal mehr als alle Physminuten, Mentminuten und alles mögliche weitere Training, als sämtliche Behandlungsmethoden, Systeme und Tricks . . . Tausendmal mehr.

Am Samstagmorgen fuhren wir in aller Herrgottsfrühe mit dem Auto in den Böhmerwald, um unsere Kinder heimzuholen, und der reinweiße Standa jauchzte über die reinweiße Landschaft. Doch bei der ersten Haltepause beobachteten wir, daß auf den Schneeflächen längs der Landstraße überall kleine schwarze Punkte verstreut waren.

»Was ist das?«

»Ruß«, seufzte Standa. »Es fängt schon wieder an.«

Ein ruhiger Nachmittag in der durchwärmten Dachwohnung des neuvermählten Paares Štrunc, Polda strich die frischgezimmerten Blumenkästen grün, Rita wusch in dem neuen, nichtrostenden Spülbecken Geschirr. Nur die Wände waren noch kahl, aber es genügt, Tapeten zu kleben, Gardinen aufzuhängen, einen Teppich zu kaufen, dazu einen Lüster, ein Kanapee, zwei Sessel, und wir haben's hier urgemütlich.

»Und jetzt machen wir eine Viertelstunde AT, willst du?« schlug Polda vor.

»Darauf freu ich mich schon den ganzen Tag!« Rita lächelte ihm zu, und die Ehegatten machten es sich in den Sesseln bequem.

Polda nahm die »Droschenkutscherhaltung« ein, schloß die Augen über der weißen Broschüre des AT-Schnellkurses. Heute stürzen sich damit auf jeden übriggebliebenen Braunen in der Fabrik und auf der Straße täglich mindestens zehn Mann, ohne das Büchlein geht es nicht. Ich hab aus der Broschüre kaum jedes fünfte Wort verstanden, so daß mir entgangen ist, worum es eigentlich geht, aber das macht nichts! Es ist nämlich nützlich und angenehm, eine Viertelstunde in Ruhe dazusitzen und seinen Gedanken nachzuhängen. Mit vierundfünfzig hat man über vieles nachzudenken.

Rita saß im Sessel gegenüber und betrachtete unter halbgeschlossenen Lidern voller Respekt ihren Mann. Wie gebildet mein Polda ist! Für mich ist das weiße Büchlein so, als wäre es Chinesisch – ich war immer mehr fürs Rechnen als fürs Lesen –, aber er durchfühlt das auch faktisch und sieht in dem Sessel aus wie der hochwürdige Herr Erzdechant von Ústí. Polda ist ein guter Kerl, charaktervoll und lieb, der mich ernsthaft geheiratet hat – mich, dreimal geschieden, immer durch eigene Schuld, und die ganzen Jahre nur in Lokalen mit Männern, die ich nicht mehr zählen kann und die mich alle haben sitzenlassen. Aber Polda hat mich echt gern, und ich bin ihm dafür so dankbar.

»War's schön für dich?« störte er sie nach viertelstündiger Meditation auf.

»Sehr«, sagte Rita aufrichtig. »Mit dir immer, Polda!«

»Für mich mit dir auch.«

Rita erhob sich aus dem Sessel und verließ mit einer Tasche die Wohnung, um einzukaufen.

Diese Viertelstunde gemeinsamer Ruhe ist wirklich hübsch, und diese Mentminuten sind in jedem Fall eine gute Erfindung.

Die ganze Stadt ist jetzt schon absolut weiß, so daß daraus der reinste Horror entsteht, zum Beispiel in der Kaufhalle – wenn man ein Kilo Rotwurst verlangt, weisen einen alle Verkäuferinnen dringlich darauf hin, daß soeben frischer Joghurt und Sauermilch eingetroffen sind. Fordert man eine Stange Zigaretten, wuseln mindestens gleich zwei Weiber um einen herum und versuchen einem das Rauchen auszureden, wahnsinnig taktvoll, manche haben mich auch schon zu sich nach Hause eingeladen, »zu einem Stündchen bei einer Tasse Tee, wo Ihnen eine Menge Dinge aufgehen werden«. Und eine Flasche Rum kaufen kann man nur abends im leeren Geschäft – sonst entstünde ein Menschenauflauf –, aber die Kassiererin packt einem dann das weiße Büchlein dazu.

Ich hab wieder einen Job, als Serviererin im Café Savoj. Noch unlängst brachten hier die Kellner in den Jackenärmeln verbotene Zigaretten, und die Garderobenfrau verkaufte unterm Pult Tüten mit frischem Schnellstaub. Heute ist es selbstverständlich ein Nichtraucherlokal. Wie früher sitzen hier die weißen Leute oder die aus den Bergen Heimgekehrten, nur Kognak bestellen sie weniger. Einen Schoppen Wein häufiger, manchmal auch eine ganze Flasche, bei der sie dann stundenlang hocken. Aber die das AT betreiben ...

Ich erkenne sie schon von weitem, ihre Augen scheinen zu glänzen, sie sind immer bester Laune, dabei ungemein leise. Sie sitzen über ihren weißen Büchern und bestellen sich höchstens einen Tee, ohne was drin (Kaffee nie und an Wein selbstverständlich nicht zu denken), oder Mineralwasser, ein Glas Milch oder gewöhnliches Leitungswasser – hier bei uns in Ústí! – oder auch überhaupt nichts.

Also miserable Gäste – aber sie wissen das, und weil sie so wahnsinnig rücksichtsvoll uns, dem Personal, gegenüber sind, bezahlen sie eben jede Stunde einen Schoppen Wein, bitten jedoch, ihnen den Wein nicht zu bringen, sie täten es nur, damit ich und der Betrieb finanziell nicht geschädigt würden! Ehe ich das begriffen hatte, machte ich mal einen noblen älteren Herrn zur Schnecke, so gehe das doch nicht – dieser Gentleman entschuldigte sich verlegen bei mir, bezahlte eine Flasche Schampus, aber bevor ich sie brachte, war er schon gegangen, in die Konditorei gegenüber, Zeitung lesen ...

Die AT-Leute haben also das Savoj auf den Kopf gestellt. Wer früher was erleben wollte, der fand hier bestimmt eine Liebste für den Abend oder sogar eine längere Bekanntschaft. Aber jetzt sitzen die, die AT machen (nur gut, daß mein Polda noch nicht soweit geht!), hier still über ihrem weißen Büchlein, und wenn sich jemand zu ihnen setzt, dann nur Mann zu Männern, Frau zu Frauen, und dann lesen sie gemeinsam darin.

Aber warum eigentlich nicht, wenn es ihnen guttut, es ist ja eigentlich was Hübsches, bestimmt ist es das ...

Ich frage mich nur, wie lange das die Leute so aushalten.

»Meinst du nicht auch, du übertreibst langsam?« sagte Anila zu Michal Rohan, der ihr schon zwanzig Minuten aus der weißen Broschüre des AT vorlas. Sie saßen an einem Fenster des Nichtrauchercafés Savoj, er über einem Glas klaren (wenn auch nicht allzu frisch schmeckenden) Wassers, sie vor einem Sahnebecher mit gehackten Nüssen, geriebener Schokolade und Eierkognak Ovalon.

»Dir macht das AT wirklich keinen Spaß?« fragte Michal ungläubig.

»Es war schon zu viel. Und ich muß mich auch nicht kurieren, wo ich doch niemals braun gewesen bin.«

»Aber es geht doch längst nicht mehr ums bloße Kurieren! Hör dir das an, hier, über die Versuche von Lang und Miller ...«, Michal blätterte in dem weißen Buch rasch bis auf Seite 49 und las vor: »... die an Gehirn oder Gefäßsystem der Versuchspersonen eine Klingel oder einen verstellten Fernseher anschlossen und dann die Personen aufforderten, die Klingel zum Läuten zu bringen und die flimmernden Streifen auf dem Bildschirm zu beseitigen. ›Aber wie sollen wir das machen, wenn dazu keine Knöpfe oder Drähte vorhanden sind?‹ fragten die Versuchspersonen die Ärzte, und diese darauf: ›Sie müssen es einfach schaffen. Sich selber in einen solchen Zustand versetzen, daß es Ihnen gelingt.‹ Und als die Leute fragten, in welchen Zustand sie sich versetzen sollten, wurde ihnen gesagt, darauf müßten sie selber kommen – und es gelang ihnen am Ende, sie regulierten Hirnaktivität, Pulsschlag und Blutdruck so, daß die Klingel zu läuten begann und das Fernsehgerät ein klares Bild zeigte.«

»Aber warum sollte ich mit dem Gehirn einen Fernseher abstimmen und eine Klingel klingeln lassen, wenn ich mit dem Finger auf den Klingelknopf drücken kann und den Fernseher unser Vati einreguliert?« wandte Anila ein, während sie in ihrem Sahnebecher zum gefrorenen Kern vordrang.

»Weil du dadurch ganz toll deine Fähigkeiten entwikkelst . . .«

». . . mit denen ich dann wie ein Kutscher im Sessel sitzen und mir suggerieren soll, wie pfundig mir ist?«

»So wird dir auch sein, doch der Hauptspaß besteht darin, daß, wenn du aus dem Sessel aufstehst, dieses großartige Gefühl bleibt, auch im überfüllten Bus oder in der Schlange vor der Essenausgabe.«

»Mir ist auch ohne das großartig. Solange mich allerdings nicht dauernd jemand schulen will.«

»Und du wirst alles in einem erstaunlich durchdringenden Licht sehen, wirst die ganze Pracht der Welt begreifen. Verstehst du mich?«

»Kein Wort«, sagte Anila und verspeiste eine Kirsche aus dem Becher.

»Also hör zu, ich trinke jetzt zum Beispiel Wasser«, Michal nahm einen Schluck, »und nehme wahr, wie mir seine Moleküle ins Gewebe eindringen, durch die Zellwände rutschen wie weiche Perlen, Trillionen weiche Perlen tragen das Leben, und ich fühle, wie das alles phantastisch funktioniert und was das Leben überhaupt ist. Wer nicht fähig ist, sich das bewußt zu machen, der tankt beim Trinken einfach Wasser. Stumpf, wie eine Kuh etwa.«

»Meinst du nicht, daß dein Vergleich . . .«

»Oder nimm diesen Sahnebecher. Du schleckst das Zeug, es ist süß und kalt – und basta! Aber wenn du imstande bist, jedes Bröckchen der Nuß zu erfühlen und den Baum zu sehen, auf dem sie gewachsen und gereift ist, über diesem Baum dann den Himmel und die Sonne ... Hier ist noch ein Brösel Schokolade, und das wieder sind Kakaoplantagen in Afrika, in der wildschönen, farbenprächtigen Dämmerung, und ein nächtlicher Tropenguß ... In der Schokolade ist Milch, und das ist eine grüne Wiese ...«

»... auf der die Kuh weidet, über die du mir schon referiert hast. Ich geh lieber nach Hause«, sagte Anila und stand vom Tisch auf.

Michal Rohan bezahlte rasch bei der Serviererin Rita Štruncová und eilte Anila nach in die Garderobe, half ihr in den kurzen weißen Lammpelz und fuhr dabei fließend fort: »Und auch das ist nicht nur ein Mantel gegen die Kälte, sondern das sind Berghänge voll blühenden Enzians und Alpenrosen, und darauf weiden Schafherden ...«

»... und auch Kühe!« Anila prustete vor Lachen. »Deine heutige geistige Schulung ist hartnäckig aufs Rindvieh gerichtet. Wohl aus Hunger – hättest du dir statt des Leitungswassers nicht doch lieber ein Rindsgulasch bestellen sollen?«

»Ich wollte dir nur erklären, daß du beim Anziehen deines Pelzes, beim Wassertrinken, in jeder Bewegung und jedem Atemzug die hinreißende und eigentlich einheitliche Bewegung der ganzen Menschheit und des Kosmos fühlen kannst. Aber das sind nicht nur vage Gefühle, nein, das beruht auf Wissenschaft.« Automatisch zog Michal das kleine weiße Büchlein aus der Tasche und las begeistert vor: »Und es ist möglich, daß sich schon bald die wissenschaftlichen Erkenntnisse mit der intuitiven Weisheit des Organismus zu einem Ganzen verbinden, zu wissenschaftlich fundierter Lebenskunst, und daß das AT zur seelischen Massenkultur wird ...«

Anila verließ das Café, und Michal hastete hinterher, als die Garderobiere ihm nachrief: »Junger Herr! Wer zahlt für die Garderobe?«

Michal mußte umkehren, reichte der Garderobenfrau fünf Kronen, und sie zwinkerte ihm zu: »Möchte der junge Herr statt des Wechselgeldes nicht lieber das da? Es wird Ihnen bestimmt zupaß kommen ...« Und sie legte ein blaugoldenes

Schächtelchen mit Präservativen der Marke Primeros aufs Pult, deren Absatz im Café Savoj jetzt merklich gesunken war.

Michal flüchtete, holte Anila auf der Straße ein und setzte seinen Exkurs über die seelische Massenkultur fließend fort: »... die Unwissenheit, Dumpfheit, Hoffnungslosigkeit, Langeweile, Neid und Haß schrittweise aus dem menschlichen Leben verbannt. Aber erst dann, wenn alle es betreiben, die ganze Menschheit. Dann wird auf der Erdkugel das Paradies einkehren, die Bewegung dahin hat bereits begonnen.«

»Weißt du was?« seufzte Anila. »Ich werde mir das weiße Büchlein auch durchlesen, wenn es dich so gepackt hat. Aber jetzt, da wir nun mal beisammen sind ...«

»Ich wollte dir nur das großartige Gefühl erklären, das du in dir hervorzaubern oder auch von anderen empfangen kannst, das heißt also, es sich gegenseitig senden und empfangen und einer sich im andern widerspiegeln. Dieses wunderbare Gefühl, daß du wärmst und leuchtest ...«

»Ich müßte mich jetzt aufwärmen, aber dazu genügt mir deine Quatscherei nicht. Also werde ich dir jetzt etwas von meinem wunderbaren Gefühl erzählen. Erinnerst du dich, wie ich dir damals sagte, daß ich manchmal Vanille bin? Und daß ich mir wünschte, daß du mich einmal als Vanille kennenlernst?«

Sie stellte sich in einen dunklen Hauseingang, zog Michal an sich, knöpfte sich den Pelz auf und preßte die Hand des Jungen auf ihre Brüste. »Jetzt wärme mich! Und mach aus mir Vanille!«

Michal wurde mit einem Schlage heiß. Ich spüre ihren Körper unter dem dünnen Hemd aus Mull, wie sie sich mir nähert – und darin liegt hundertmal mehr als damals, da die braune Tina mich nachts im Klubraum so brutal genommen hat. Aber auch jetzt ist darin etwas Braunes aus jener Zeit. Alles ist so furchtbar kompliziert! Wie wird das eigentlich sein mit dem Sex?

Langsam begann sie ihn zu küssen, und er hörte rasch auf, sich Gedanken zu machen.

XXI

Der Sommer dieses Jahres geriet prachtvoll und brachte endlich auch andere Interessen als immer und ewig dieses AT, dessen Massenverbreitung allmählich nachließ (nur ein Rest verbohrtester Fans blieb zurück), genauso wie jede andere Modewelle, wie z. B. Rollschuhfahren, die Zimmerkultur von verkrüppelten Miniaturbäumchen in flachen Töpfen nach der japanischen Methode Bonsai, Miniaturmodellautos, Digitaluhren, Joga, dunkle Spiegelbrillen, der Rubik-Würfel, brauner Nagellack, glänzende, rings um die Augen aufgeklebte Punkte, violette Haartönung, Pfennigabsätze, Ledersakkos usw.. usf.

An den heißen Sommertagen zogen die europäischen Völker an die Meeresküsten und die Ufer von Seen, Flüssen und Teichen und breiteten sich auf Sandstränden, im erwärmten Gras und auf dem Beton der Freibäder aus, wo die Anzahl der Leser der weißen AT-Broschüre rasch abnahm, denn es ist wirklich schwer, bei Tanzmusik aus tausend voll aufgedrehten Transistorempfängern und Kindergeschrei der Stille zu lauschen, übrigens liest es sich unbequem in der prallen Sonne, dafür aalt man sich wohlig, wenn die heißen Strahlen den liegenden Körper liebkosen und uns die modische braune Hautfärbung verleihen, die zusätzlich durch Dutzende Bräunungscremes, -öle und -sprays verstärkt wird, von denen die am meisten verlangten uns den »Schutzeffekt 3« versprechen – damit wir schmerzlos und dreimal so schnell braunbrennen.

Und so schmoren wir hier träge in angenehmer Mattigkeit, eine nackte, gedankenlose Herde, rotbraunes Dunkel hinter den vor der Sonnenglut geschlossenen Lidern – wenn wir sie aufklappen, können wir uns an der anziehenden braunen Schönheit von Mädchen im Bikini oder an der reizvollen bronzefarbenen Muskulatur junger Sportler weiden (in der Badekleidung haben sich jene Textilmuster durchgesetzt, die Tiger- oder Leopardenfelle imitieren), und in den Augen entzünden sich braune Flämmchen.

Am Wasser kommt natürlich der Appetit, um die Kioske und Stände mit heißer Bockwurst, Bier, farbiger süßer Limonade, Sahneeis überall Gedränge, dazu lustige, lärmende Musik aus Kofferradios und Lautsprechern – ein schöner Sommertag, alles ist wieder völlig normal.

XXII

Am ersten Herbsttag gegen Mittag trafen wir uns (eine Laune unseres Chefs) auf dem Dach von Pavillon C, weil schönes Wetter war und unsere Abteilung eine Sonderprämie von 10 000 Kronen für die neue Serie kalorienarmer »Quarkpirouetten« erhalten hatte.

Aus den Fabrikschornsteinen der Stadt samt Umgebung steigen mächtige Rauchsäulen zum bläßlichen Himmel empor und verschmelzen zu einer nebligen Smogschicht, die wie eine braune Wolke über der Landschaft hängt, nur fern am Horizont von den höchsten Kämmen des Erzgebirges überragt.

»Und was werden wir jetzt machen?« fragte Standa Bimoň.

»Wieder etwas Gehaltvolleres. Der trockene Quark wird den Leuten bald über sein, ich hab schon ein paar neue Einfälle mit durchgedrehtem Schweinefleisch und mittelscharfem Paprika«, sagte Eda Rohan. »Sei es, wie es sei – es war eben doch eine besondere Zeit damals im Winter, wir haben hier Dinge erlebt, was?«

»Wie wir hier mit den Massitmolchen gekämpft haben«, erinnerte Tina Trnková. »Und dann unter uns, Clique gegen Clique, der Familienvater gegen die Familie und der Ehemann gegen seine Frau . . .«

»Aber jetzt sind wir alle wieder beisammen, es bleibt nur noch das Schlachtfeld in unserem Innern«, sagte Standa.

»Das wird allerdings nie verschwinden«, meinte Eda.

»Warum sollten wir dauernd gegen etwas kämpfen?« wandte Tina ein. »Der Mensch ist doch wie ein Stück Erde, auf dem er einen Garten angelegt hat – warum soll er ihn nicht wieder wachsen lassen?«

»Das darf er nicht mehr!« brummte Standa.

»Er will es doch auch gar nicht. Wenn er allerdings anfängt, zu viele Pülverchen in seinem Garten auszustreuen – schaut euch nur an, wie viele Sorten in jeder Drogerie verkauft werden – Grasvertilgungsmittel und solche, die sein Wachstum fördern, Mittel gegen Maiblumen und eine Menge weiterer Pflanzen, gegen Raupen, gegen Blattläuse, gegen Schnecken, und dann wieder etwas, damit die Zitronen gelber und die Orangen orangenfarbener werden – durch diese Pflegemaßnahmen ist heute ihre Schale absolut giftig –, dann hält es das ursprüngliche Grün schließlich nicht mehr aus und verwelkt«, sagte Eda grinsend. »Aber das macht nichts, dann läßt er sich eben was anderes einfallen. Als Gattung ist der Mensch nämlich unsterblich – doch gehen wir lieber hinein, hier ersticken wir noch.«

Der braune Rauch aus den Schornsteinen der NBLB erfüllte die Luft mit säuerlich beißendem Qualm, und wenn der Wind ihn uns ins Gesicht trieb, begannen wir zu husten. Unser Chef beendete die Feier also in seinem Arbeitszimmer. Zuerst schob er das Tablett mit den Gläsern entrahmter Milch und den Kinderkaugummis, die Tina gebracht hatte, beiseite, zauberte aus dem Kühlschrank eine Flasche süßen Sekt der Marke »Bohemia« hervor und riß ungeduldig eine rotweiße Stange Zigaretten der Marke Marlboro auf.

Tina bemerkte ein paar Flecken auf Edas und Standas weißen Laborkitteln. »Was habt ihr da?«

»Ach nichts, das sind nur Tropfen von Schwefelsäure aus unserem Fabrikschornstein«, sagte Eda feixend.

Ich schaue mir diese braunen Tropfen an, eine Art dünne braune Gallerte . . . Aber das haben wir doch schon gesehen!!

Das Multitier

00

(Ausgangszustand)

Ich habe die Grenzen seines Bewußtseins strahlen sehen;
aber sind hier überhaupt Grenzen?
Nur Wanderdünen – manchmal,
Wanderdünen – manchmal,
entfliehende Dünen . . .
Oder könnten Sie vielleicht starten
eine singende weiße Maschine?

Hart Crane

Ein gewöhnlicher Tag in einer Stadt ...

(TIBOR)

Der Tag begann schön wie immer, seit unser kleiner Tomášek wieder bei uns zu Hause ist und wir uns wieder gern haben, morgens, gleich nach dem Aufwachen, nehmen wir ihn zu uns ins Bett, Tina und ich, und er erzählt uns was, es ist erstaunlich, wie sich bei dem Kerlchen der Verstand zu entwikkeln beginnt. Ich trug ihn auf dem Arm bis zur Bushaltestelle, aber in dem Gedränge dort verging mir mit einem Schlag die gute Laune, die Leute schubsten sich wie die Tiere, und denkt ihr, jemand würde eine Mutter mit einem kleinen Kind vorlassen? Um meine Familie in den Bus zu befördern, mußte ich einigen auf die Füße treten, wir gerieten fast aneinander, und dann ging's den ganzen Tag so belemmert weiter, ich fahr doch so gern Auto, aber heute mit dem Generaldirektor gerade man vier Kilometer, und danach wartete ich geschlagene vier Stunden auf dem Parkplatz auf ihn, das war meine ganze Kutschiererei an diesem Tag – ist denn das was für einen Mann?! In den Muskeln zuckte das Bedürfnis, mich zu entladen, ich kriegte mich mit dem Garagenmeister in die Wolle, und in dieser braunen Stimmung sockte ich zum erstenmal wieder nach langer Zeit direkt von der Arbeit in die Kneipe, zuerst zwei Bier und zwei Rum, und auf in die Straßen – die Weiber gucken mir nach und ich ihnen.

(TINA)

Es ist schon spät am Abend, und Tibor ist noch nicht da, diesen Monat bereits zum zweitenmal ... In unserem kleinen Garten wuchern schon wieder die Brennesseln und anderes Unkraut, in der Ecke wächst der Haufen nicht weggeräumter Abfälle. Aber ich habe in mir die dauerhafte weiße Gewißheit, daß die Erde unseres Gartens gut ist und wir ihn gemeinsam wieder in Ordnung bringen, daß wir die Bäume beschneiden, die Erde umgraben und neue Beete anlegen. Nur jetzt, in diesem Augenblick, fühle ich mich einfach müde. Und ich habe keine Lust, über etwas nachzudenken. Ich habe so einen ... so eine Art braunen Appetit, etwas zu essen, mir einen ordentlichen Schnaps zu gönnen, in die Wanne zu kriechen und mich ohne einen einzigen Gedanken im heißen Wasser zu aalen, zwei Stunden, wenn's geht, und dann nur noch schlafen, schlafen, schlafen, traumlos wie ein Tier. Morgen ist's vielleicht schon wieder gut. Dieser Krieg beginnt jeden Tag von neuem.

(EDA)

Der warme braune Fluß umspült den weißen Berg aus kristallischem Quarz, und die erbarmungslose Notwendigkeit des täglichen Aufstiegs ... Es ist schon halb zwölf, gleich Mittag, ich stehe erschöpft vor meinem Lebenswerk, der SPINNWEBE, die Wonne der Inspiration will sich heute einfach nicht einstellen. Daß diese weißen Freuden so wenig selbstverständlich sind, so schwer herbeizuführen und so leicht zu zerschlagen, so zerbrechlich und flüchtig ... Wohingegen die braunen Freuden bereitwillig sofort da sind und die braune Lebensweise so leicht ist, bar jeglicher Anstrengung. Henry Neville behauptet in seiner Robinsonade aus dem 17. Jahrhundert sogar, daß es »nichts Natürlicheres gibt, als faul und unzüchtig zu sein, wenn die Umstände es erlauben«. Gewiß übertrieben, aber in meiner Position sind die Umstände dafür äußerst günstig. In einer Weile gibt's Mittag. Soll ich mich mit weiteren Versuchen, diesen schroffen Quarzfelsen zu besteigen, abquälen oder lieber Leona anrufen und mir mit ihr am Nachmittag in unserer Dunkelkammer im Souterrain zwei braune Stunden des Vergessens gönnen? Den Abend werde ich dann in Ruhe mit meiner Familie verbringen und ab morgen wieder hart arbeiten ...

(LEONA)

Ich mach die Arbeit im Krankenhaus gern, auch wenn ich hier von acht bis zwölf nicht zur Ruhe komme, aber ich bin auch nachher bis in die Nacht abgehetzt – aus dem Spital gleich einkaufen, die Kinder im Kindergarten abholen, aufräumen, kochen, flicken, Wäsche waschen und bügeln, und so immer im Kreis. Mein Standa ist ebenfalls ein so langweilig einsiger Weißling, nach der Arbeit im Betrieb hat er noch Versammlungen, lernt mit den Kindern, abends rennt er durch die Siedlung, repariert den Nachbarn die Wasserleitung, studiert bis in die Nacht hinein, und das bißchen Liebe für mich hat er erst so spät übrig, daß ich lieber schlafen möchte. Natürlich liebe ich Standa, aber warum können wir nicht einmal auf alles pfeifen, die Kinder bis zum Dunkelwerden zum Spielen ins Freie schicken und gleich am Nachmittag so wie damals zusammen nackt ins Bett kriechen, mit einer Flasche Wein ... Unter Eheleuten ist das doch wohl nichts Braunes, oder? Doch mein weißer Standa tut das nie. Und so wenigstens als eine Nuß für das gehetzte Eichhörnchen die zwei Stunden mit Eda im Keller in der Dunkelkammer. Sobald wir dort einträten, würde ich ihm sagen: »Meine Kinder haben mich gern, die Patienten, die Ärzte, alle, und ich sie, mein Mann liebt mich, ich ihn auch, und dich hab ich nie geliebt. Aber ich bin hier.« Gleich ist es Mittag, und ich halte mich in der Nähe des Telefons auf. Falls Eda anruft.

(STANDA)

Jeder Tag bedeutet einen neuen Start, und ich beginne ihn bereit und frisch, eine halbe Stunde Gymnastik, eine kalte Dusche, ein Morgenlauf, in die Arbeit zu Fuß und dauernd auf der reinen weißen Welle der Entschlossenheit, Konzentration, des Glaubens und der Begeisterung – doch auf mich zu schon wieder der braune Gegenstrom: Mein »Ambronekt« heute definitiv abgelehnt als »langweilige Phantasie« (aber das gerade schließt sich doch aus, nicht?), und statt dessen muß ich »Schweipapa« machen (Schweinspaprikapastete), einen weiteren scharfgewürzten Speck aus Eda Rohans Schamanenkessel (er wird dafür eine weitere Goldmedaille kriegen). Ich weiß, ich muß durchhalten. Wenn man sich entschlossen an eine große Tat macht, muß man auf dem Weg dahin durch viele Pfützen und Pfuhle waten ... Eda hat mich zu seinem Stellvertreter ernannt, ich habe für ihn sämtlichen öden Papierkram zu erledigen, zu Hause repariere ich in allen Etagen die Wasserleitungen, Leona hat auch zu viel auf dem Halse, sie sagt, ich würde sie vernachlässigen, und dabei muß man so viele neue Bücher lesen, manchmal ist es zum Umfallen. Doch wir fallen natürlich nicht um, auf unserem überlasteten Motor hat sich nur eine Kohleschicht abgesetzt, wir aber haben die Kraft, die Kohle zu verbrennen und das reine Metall wieder auf Hochglanz zu bringen! Das muß ich Leona sagen.

(MICHAL)

Die ganze Woche lebe ich vor allem für den Augenblick am Freitagnachmittag auf dem Bahnhof, da der D-Zug aus Prag einfährt und ich in der aussteigenden Menge Anilas riesigen Haarschopf erblicke, und sogleich fliegen wir aufeinander zu – Anila studiert bereits ein halbes Jahr an der philosophischen Fakultät in Prag, ich will mich dort nächstes Jahr anmelden, aber schon jetzt lerne ich aus ihren Büchern und Skripten, das ist für mich ein völlig neues Dasein, es ist etwas Phantastisches, zusammen zu studieren, wo wir uns doch lieben!

Darüber reden wir jetzt bereits vier Stunden auf einer Parkbank, das heißt, es redet hauptsächlich Anila, und alles geht irgendwie daneben. Anila erzählt, wie sie in Prag mit einer Clique in Theater und Diskos rennt, ohne Karten, versteht sich, und abends noch ins Hallenbad schwimmen, und wie ihr die Kommilitonen, Assistenten und Dozenten nachsteigen, dazu noch ein Kubaner und zwei Studenten aus Äthiopien ... Ich hier in Ústí trotte Tag für Tag zur Arbeit, danach lese ich in Anilas Büchern und Skripten und bilde mir ein, daß ich dauernd mit ihr beisammen bin, dabei ist sie ganz woanders – dort ohne mich. Und mein »neues Dasein« kommt mir auf einmal wie etwas Erdachtes vor, als spielte ich hier einen Studenten der philosophischen Fakultät, und das, was ich wirklich bin, ist so furchtbar weit entfernt von dem, was ich sein möchte und vielleicht auch könnte. Also warum sich überflüssig quälen? Um wieviel besser ging es mir doch damals, als ich ein Brauner war und meine einzige Sorge darin bestand, mich vollzufressen, mich irgendwo zu verkriechen, den Recorder laufen zu lassen und mich einfach herumzusielen.

Anila sagt, sie werde im Sommer mit einer gewissen Vera

durch ganz Europa bis nach Portugal trampen, denn Mädchen nehme jeder Autofahrer gern mit und gemeinsam erleben sie mehr, Hauptsache, nicht heiraten, lieber immer neue Leute kennenlernen, sie ist erst ein halbes Jahr in Prag und kennt schon so viele – und das fängt an, mich zu nerven, ich bin für sie einfach Luft! Habe ich mich vielleicht die ganze Woche darauf gefreut, fünf Stunden lang einem so albern aufgeblasenen Fratz zuzuhören? Verdammt noch mal, warum geht man abends eigentlich in den Park?!

»Du unterhältst mich heute aber nicht sehr, Michal«, sagte sie, als sie endlich gewahr wurde, daß ich schon eine Stunde schwieg.

»Den Eindruck habe ich auch. Da sollte ich wohl mal anfangen, nicht?«

»Glaubst du, du schaffst das noch? Wo du doch immer der gleiche bist ... so ein braver Knabe, der früh schlafen geht.« Sie lachte mir ins Gesicht, und da durchzuckte es mich plötzlich, ich packte sie an den Haaren und zerrte ihr mit aller Kraft den Kopf nach hinten – das war schrecklich, aber ich brauchte gewissermaßen, daß es ihr weh tat –, und ich zog immer weiter, bis sie rücklings auf der Bank lag, doch da war die Angst in ihr schon der Wut gewichen, und sie fuhr mir mit den Fingernägeln ins Gesicht.

»Laß mich los!« kreischte sie. »Wenn du nichts anderes kannst – du Vieh!«

In diesem Augenblick hätten wir einander erschlagen können ...

Am Ende versöhnten wir uns wieder, den ganzen Samstag und Sonntag waren wir beisammen in unserer weißen Musik, und das war schön. Aber ich fühlte jetzt schon, daß das Braune in uns jederzeit wieder ausbrechen kann.

(PAVLA)

Ich sitze im Wartezimmer der onkologischen Abteilung vor der weißen Tür, hinter der sie mir vielleicht in einer Weile sagen, daß ich Krebs habe und bald sterben werde. Auf eine sehr schmerzhafte Weise.

Wie wär's, wenn ich jetzt von hier flüchte, das Urteil hinausschiebe und das letzte Stück Leben noch genieße? Es mit Erregung, Genüssen und Vergessen erfülle – nach Prag, Budapest, Paris fahre, allein im Hotel wohne, mir einen Liebhaber suche (wo doch Eda eine Geliebte hat) oder mich langsam mit Sekt betrinke, dann ein paar Tabletten schlucke, in einer fremden Stadt einschlafe und nicht mehr erwache ...

Ich sitze auf der harten Bank im Krankenhaussaal der verlorenen Schritte und sammle erneut innere Kraft zum Ausstieg aus dem einschnürenden braunen Panzer von Unruhe, Zwang und Angst, Kraft, um in mir dieses Sterneninnere wiederzufinden, über das mich mein Sohn belehrt hat, jenen See unerschütterlicher Ruhe, Freiheit, Liebe und des Glanzes ... Ich sammle Kraft, um mich als Teil all des Unendlichen, Lichten und Wunderbaren zu fühlen, das dauert, auch wenn einer von uns früher stirbt als seine Nächsten ... Bis ich es endlich, auch in der schwersten Stunde, in mir finde. Es ist ständig in uns, und ich weiß, es wird mich nicht verlassen, mag mich hinter dieser Tür erwarten, was da will.

(ICH)

Ja, wenn der Mensch sich nicht aufgibt und angestrengt und mit Ausdauer ... Aber manchmal habe ich so eine braune Lust, mich auf den Rücken zu legen und einfach alles schwimmen zu lassen. Oder mich befällt eine so braune Wut ...

(DU)

Du mußt durchhalten, dich überwinden und immer wieder überwinden.

(WIR)

Unsere Kraft liegt in den Hirnen und Herzen, in dem weißen menschlichen Bündnis. Damit haben wir immer gesiegt und werden wir immer siegen. Wir werden bestimmt siegen.

(DAS MULTITIER)

Ich habe eine riesige, mitreißende braune Kraft und halte sie angriffsbereit in Milliarden Wesen, schon Tausende Jahre nonstop rund um die Uhr.

1980–82